Narrativa del Acantilado, 396

HERSCHT 07769

LÁSZLÓ KRASZNAHORKAI

HERSCHT 07769

LA NOVELA BACHIANA DE FLORIAN HERSCHT

RELATO

TRADUCCIÓN DEL HÚNGARO
DE ADAN KOVACSICS

BARCELONA 2026  ACANTILADO

TÍTULO ORIGINAL *Herscht 07769*

Publicado por
ACANTILADO
Quaderns Crema, S. A.

Muntaner, 462 - 08006 Barcelona
Tel. 934 144 906
correo@acantilado.es
www.acantilado.es

Cubierta a partir de *Cabeza de un husky* (1824),
de Henry Hawkins

ISBN: 979-13-87964-22-1
DEPÓSITO LEGAL: B. 7037-2026

AIGUADEVIDRE *Gráfica*
QUADERNS CREMA *Composición*
ROMANYÀ-VALLS *Impresión y encuadernación*

PRIMERA EDICIÓN *mayo de 2026*

FRANJAS DE ARCOÍRIS

La esperanza es un error.

Angela Merkel, canciller de la República Federal Alemana, Willy-Brandt Straße 1, 10557 Berlín, puso como destinatario y luego arriba a la izquierda, en el lugar previsto para el remitente, simplemente Herscht 07769, sólo eso, sugiriendo de tal modo el carácter reservado del asunto, aunque por otra parte consideraba también que no merecía la pena emplear muchas palabras ofreciendo datos precisos acerca de su identidad en el sobre, puesto que la oficina de correos seguramente dirigiría la respuesta a Kana basándose en el código postal, y en Kana enseguida lo encontrarían por el apellido, y en cuanto a la sustancia de la carta, estaba toda expuesta con sus propias palabras en la hoja de papel que dobló cuidadosamente en cuatro e introdujo en el sobre, lo ponía todo, explicando de entrada que la señora canciller, como doctora en física que era, comprendería de inmediato lo que él, allí en la localidad de Kana en Turingia, pensaba al querer advertirle educadamente que una personalidad como ella no sólo debía interesarse por las preocupaciones y problemas cotidianos del país, sino también a veces por preocupaciones y problemas en apariencia alejados de lo cotidiano, sobre todo cuando éstos asedian con una fuerza destructiva precisamente la vida cotidiana, y se trata, escribió, en efecto de un asedio, es más, de un hecho que sacude de manera fundamental la existencia de la humanidad en su conjunto y el orden social y que se hace evidente cada vez desde más frentes a la vez, entre los cuales a él solamente le cabe resaltar en este caso el más importante, la señal de alarma científica implícita en el curso de los experimentos con el vacío y en las descripciones de ciertos procesos que quedan aparentemente sin respuesta, pues se demostró, para colmo hace tiempo, si bien a él sólo le ha llegado ahora, que en un espacio completamente vacío según el lenguaje normal y corriente ocurren cosas, lo cual parece motivo suficiente para que quien gobierna el país y es una de las personalidades más influyentes del mundo considere esto, y justamente esto, como una prioridad, convoque al Consejo de Seguridad como mínimo, ya que no se trata de una mera cuestión política, sino vital, y esbozó entonces de manera muy concisa los detalles, y eso fue todo, pues consideraba preferible ser breve, sabiendo que la destinataria tendría muy poco tiempo para leerlo y, además, para qué explayarse cuando en el fondo se trataba de una experta, de modo que firmó, dobló la hoja en cuatro, la introdujo en un sobre y por último le puso las señas, pero no, sacudió la cabeza, no está bien, sacó el papel del sobre, lo estrujó y lo arrojó al suelo, pues debo partir, dijo para sus adentros como solía hacer, debo partir del hecho de que la señora canciller es doctora en física, de que no hace falta, por tanto, explicarle nada con detalle, sino ir directamente al grano para que comprenda enseguida de qué asunto tan importante se está hablando y, concretamente, para que enseguida haga algo, convocar al Consejo de Seguridad es lo mínimo, se acodó entonces en la mesa, apoyó el mentón en las manos juntas, se inclinó para recoger el papel, lo alisó para quitarle las arrugas y volvió a leer el texto, y como tenía un bolígrafo con el que podía escribir en color azul o verde o rojo, lo cogió, pulsó el rojo y con ese color rojo subrayó con fuerza y varias veces la expresión «lo mínimo» situada justo después del Consejo de Seguridad, y a continuación asintió con la cabeza de forma muy expresiva, como quien daba el visto bueno a todo, y volvió a doblar en cuatro la hoja con sumo cuidado, igual que antes, siguiendo las líneas ya marcadas, volvió a introducirla en el sobre y se dirigió de inmediato a la oficina de correos, donde sólo había dos personas delante de él, y la primera acabó enseguida, pero la segunda, que llevaba un pequeño paquete, quería averiguar con sumo detalle algo, a ver cuánto costaba enviarlo por correo ordinario, cuánto certificado por DHL ExpressEasy, cuánto normal por DHL ExpressEasy y cuánto por correo certificado, no había manera de que se decidiera, no hacía más que estirar el asunto, formulaba más y más preguntas, después suspiraba dando a entender que le costaba tomar una decisión, y eso que él, apostado detrás de ella, no tenía mucho tiempo en esa pausa de almuerzo ampliada, ya que el Jefe no se mostró muy proclive a dejarlo marchar, desconfiaba de Florian, se le notaba que consideraba el dolor de muelas una excusa inaceptable, un alemán no tiene dolor de muelas, le espetó, pero no tenía alternativa, tuvo que soltarlo media hora antes del almuerzo para que pudiera acudir a la clínica odontológica Collier, pero sólo para ver a la doctora Katrin, de ninguna manera al doctor Henneberg, al que tenía miedo, y lo cierto era que no resultó muy persuasivo al aducir el dolor de muelas, pero no le quedó otro remedio, no tenía el valor suficiente para decirle la verdad al Jefe, es más, de hecho nunca había tenido el valor suficiente, pues conocía demasiado bien al Jefe, iniciarlo en la verdad habría supuesto dejarle echar un vistazo a su interior o, para ser más exacto, a ese único rincón oculto de sí mismo que el Jefe no había alcanzado aún, hasta allí sólo había llegado la señora Ringer, mientras que el Jefe no lo había hecho ni podía hacerlo ahora, pues no deseaba confiarle el único secreto, ése no, ya que por lo demás le había contado muchas cosas o, dicho de otro modo, el Jefe le había sonsacado casi todo, de manera que era en realidad un libro abierto para el Jefe, yo lo sé todo sobre ti, repetía una y otra vez, incluso lo que tú no sabes de ti mismo, estás bajo mi responsabilidad, de manera que tienes que contarme siempre todo, porque si no lo cuentas, yo lo percibo, y entonces ya sabes lo que viene, y Florian lo sabía, porque desde que le impidiera ser panadero y lo contratara en su empresa y se convirtiera también él, Florian, en limpiador de edificios, había recibido innumerables manotazos del Jefe, por cualquier causa, pues todo cuanto hacía estaba mal, que esto no es así, que esto no se pone allá, que esto no toca ahora, sino después, y no después, sino ahora, y no con esto, sino con lo otro, y no tan fuerte, y no tan suave, nunca nada le gustaba, y eso que llevaba cinco años trabajando con él, de modo que Florian no debía mencionar el asunto, y no lo mencionó, calló desde el principio de los principios, concretamente desde el momento en que le vino la iluminación como un relámpago, estaba justo volviendo a casa después de ver al señor Köhler y pensaba en lo que había escuchado, porque, a decir verdad, no entendía, durante mucho mucho tiempo, no entendió lo que quería decir el señor Köhler, pero luego, camino de casa, de pronto, como si realmente un rayo hubiera dado en él, se dio cuenta de qué se trataba y mucho se asustó al comprender que esto significaba que el universo se basaba en el hecho incomprensible de que en un espacio vacío cerrado siempre surgían junto a mil millones de partículas de materia también mil millones de partículas de antimateria, de modo que unas se eliminaban a otras, pero después, de repente, esto no ocurrió, tras la partícula de materia mil millones y uno no apareció la partícula de antimateria mil millones y uno, de manera que entonces una partícula de materia permaneció existiendo o directamente creó la existencia, como una abundancia, como un exceso, como un plus, como un error, y de allí, única y exclusivamente de allí y por eso existía el universo, o sea que sin eso no existiría, y tanto le asustó la idea que tuvo que detenerse y apoyarse en el muro cuando al llegar al final de la Oststraße torció a la izquierda y se dirigió por la Fabrikstraße rumbo al centro comercial, se apoderó de él una sensación de calor, le zumbaba el cerebro, simplemente no pudo seguir andando, pues según el señor Köhler la ciencia no podía explicarlo por el momento, pero cuando lo dijo Florian seguía en la pregunta de cómo podía surgir algo de la nada, que fue lo que dijo el señor Köhler, que el proceso comenzaba en un vacío cerrado de tal manera que de la nada en la nada de súbito surgía algo, o sea, empezaba ese acontecimiento, lo cual era del todo imposible, pero aun así empezaba, empezaba con el nacimiento de esos mil millones de partículas de materia y mil millones de partículas de antimateria que se eliminaban unas a otras en el acto, de modo que de ese proceso se liberaba un fotón, y Florian estaba todavía en esta frase del señor Köhler, trataba de comprenderla, de forma que sólo le llegaba la voz del señor Köhler que explicaba el final del asunto, el cual era según él todavía más asombroso, aunque la esencia de éste se le iluminó de verdad cuando pasó por delante del edificio abandonado de la estación o, más concretamente, delante de la santa con la lanza que estaba sujeta a un semicírculo de hierro, y se fue arrastrando por la calle desierta junto a las ventanas cegadas con tablones hasta que de alguna manera llegó a casa

de la nada en la nada

y siguió arrastrándose por la escalera como quien acaba de recibir una paliza, ya era tarde para ir a ver a la señora Ringer, de modo que no podía hacer más que volver a casa, pero a la llave le costó entrar en la cerradura, la puerta se abrió con dificultad, y él encontró la cocina envuelta en una especie de niebla sombría, como si una fuerza maligna le impidiera alcanzar su sitio acostumbrado y sentarse finalmente, estaba hecho polvo, seguía sentado, con la cabeza entre las dos manos para que no estallara por los latidos, y se arrastraban también sus pensamientos, de manera que no fue de extrañar que al día siguiente, cuando se subió en la esquina de la Christian-Eckardt-Straße con la Ernst-Thälmann-Straße al coche del Jefe, éste enseguida se dio cuenta de que algo le ocurría a Florian, así que preguntó, a ver, qué carajo te pasa, qué problema tienes, y como Florian se limitó a negar con la cabeza y a mirar fijamente hacia delante, el Jefe sólo añadió, mecagüenlaleche, empezamos bien el día, y la pinta que tienes para colmo, ¡si ni siquiera te has afeitado!, con lo cual, claro, quería decir que Florian volvía a estar mal de la chaveta, pero no era eso, únicamente le preocupaba, y mucho, lo que había dicho el señor Köhler el día anterior, que no era nada fácil, pues primero había que entender al señor Köhler, había que entender básicamente qué significaban las palabras del señor Köhler, lo cual en sí ya era difícil, porque de física sólo sabía lo que había leído aquí y allá desde la infancia y, por otra parte, lo que podía captar en el curso titulado «Por los caminos modernos de la física» que se impartía en la Escuela de Adultos, allí iba él, al edificio del Instituto de Bachillerato Lichtenberg, pues sólo había llegado a terminar la enseñanza obligatoria y se había formado como panadero, de manera que los martes por la tarde estaba allí sentado entre los oyentes, llevaba ya dos años, subía a la colina, a la Schulstraße, y se limitaba a escuchar, prestaba atención, apuntaba esto y aquello, y así acabó de forma diligente el primer año y al siguiente volvió a matricularse para escuchar lo mismo de nuevo, ya que en el primero no lo había entendido todo, y le sentó bien volver a escuchar al docente, al señor Köhler, que explicaba el mundo maravilloso de las partículas elementales, como lo llamaba, y de allí vino que el señor Köhler le propuso que, si le ayudaba a talar un enorme abeto ya seco en su jardín en la Oststraße, él le explicaría lo que seguía sin entender del mundo maravilloso de las partículas elementales, porque al final del segundo año Florian sacó fuerzas de flaqueza y en la noche de despedida se acercó al señor Köhler en el sótano del Instituto de Bachillerato Lichtenberg, donde el señor Köhler impartía sus clases para adultos, y le dijo que por desgracia había algunas cosas de lo escuchado en esos dos años que no le resultaban del todo claras, que no se preocupara, le respondió el señor Köhler, podía ir a verlo, siempre y cuando le ayudara a talar ese árbol, y él, claro, no dejó que el señor Köhler interviniera para nada, él solito taló el árbol del señor Köhler el fin de semana siguiente, le quitó también las ramas y primero las llevó hasta la puerta del jardín y luego, mientras el señor Köhler lo observaba pasmado, cogió el tronco y lo sacó todo entero como si fuese una simple ramita y lo añadió a las ramas para que después se lo llevara un coche, no fue nada problemático, con la consecuencia de que el señor Köhler no sólo volvió a explicarle todo, sino que desde entonces todos los jueves a las siete de la tarde Florian iba a ver al señor Köhler, el propio señor Köhler se lo ofreció, primero el jueves siguiente, después el otro, hasta que al final se convirtió en un hábito, y ahora se encontraba en la oficina de correos, viendo que aquella ancianita no era capaz de decidirse a enviar el paquete, y eso que a él sólo le quedaban veinte minutos de la pausa del mediodía, qué podía explicarle al Jefe si llegaba tarde, no podía seguir mintiendo, no podía decir que había tanta gente delante de él en la clínica odontológica, pues hasta el Jefe sabía que a esa hora no quedaba allí casi nadie, es más, que después de las doce ya no admitían más pacientes, así que no podía aducir eso, lo mejor habría sido acabar allí cuanto antes, miraba a Jessica, que estaba detrás de la ventanilla respondiendo con suma paciencia a la anciana, pero cuando finalmente le tocó a él, la cosa tampoco fue coser y cantar, pues entonces fue Jessica quien empezó a estirar el tiempo, a ver, ¿y esto qué, Florian?, ¿para Angela Merkel?, oye, tú qué te imaginas, que le escribes así sin más y que ella luego lo lee, ¿eh?, y él no supo qué contestarle, ya que Jessica no era precisamente conocida por mostrar mucha comprensión en asuntos que se apartaban de lo habitual allí en la oficina de correos, tanto ella como su marido, desde que se habían mudado de la Bachstraße, partían de la base de que las cosas son sencillas y transparentes, es más, el marido de Jessica, el señor Volkenant, superaba incluso a Jessica añadiendo que no hacía falta tanto cuento, que las cosas eran pan comido y punto, con lo cual a Florian le venía a la mente algo muy distinto, como también en esta ocasión, cuando Volkenant, tras la espalda de Jessica, le gritó desde el almacén de paquetes, ni hablar, le gritó, porque si lo quieres, si quieres mandarlo por ochenta céntimos, es como si cogieras ochenta céntimos y los tiraras por la ventana, ¿entiendes?, y repitió que la cosa era pan comido, y a Florian lo que se le ocurrió fue el tortazo que sin duda le esperaba, y entonces apremió a Jessica, puso los ochenta céntimos en el mostrador y no respondió a ninguno de los dos, y ellos tampoco insistieron, se miraron y ya está, les importaba un pepino, Jessica se encogió de hombros, estampó con fuerza el sello en el sobre e hizo una mueca, como dando a entender que por ella podía Florian tirar el dinero por la ventana si quería, y el Jefe tampoco dijo nada, sino que le clavó a Florian un tortazo, no le dijo ni esto ni aquello, sino que se limitó a propinarle como siempre un manotazo, y él agachó la cabeza y no dio ninguna explicación, como quien sabe que de todos modos no le serviría de nada, se había retrasado diecisiete minutos, porque eran las doce y cuarenta y siete, ¿qué podía decir?, ¿que había mucha gente delante de él para la consulta de la doctora Katrin?, no tenía ningún sentido seguir por ahí, el Jefe sabía por supuesto que él no había ido a la clínica odontológica, aunque no se conformó con que Florian le ocultara algo, a mí no me vengas con guardar secretos, le espetó en el coche cuando salieron de la carretera B88 rumbo a Bibra, pero Florian se contuvo, no respondió, miró fijamente hacia delante, lo cual bastó por el momento, pues el Jefe no insistió, hasta que llegaron a Bad Berka, y allí se limitó a decirle «vamos, sal» y «venga, coge el puto Kärcher», pero luego, después de tratar el pavimento con un producto químico, siguieron fregando en silencio el suelo, donde un «imbécil de cuidado» había vertido una pintura que no se iba así sin más, de manera que los llamaron a ellos, que ya eran conocidos en toda la región oriental de Turingia, el Jefe ofrecía buenos precios y siempre realizaba los trabajos con minuciosidad, puntualidad y resultados satisfactorios, le daba igual lo que vertían ni qué grafitis había que eliminar, el espectro era amplio, ellos estaban especializados en todo, limpieza, protección, chorros de arena, rajaduras de cristales, es más, los llamaban incluso para quitar chicles, de manera que casi todo tenía cabida en el espectro, como lo denominaba el Jefe, el espectro ha de ser tan amplio que quepa de todo, me entiendes, Florian, no sólo los grafitis, sino todo, porque nosotros vivimos de eso, me entiendes, no me entiendes, claro, un gigantón como tú, y nunca entiendes nada, porque así lo llamaba cuando estaba de buen humor, pocas veces, pero en ocasiones ocurría que estaba de buen humor, y entonces lo llamaba gigantón, venga, puto gigantón todo músculo que no entiende nada de nada porque lo único que le interesa es el universo, el universo, claro, y golpeaba entonces el volante, lo miraba por un instante y empezaba a escupir las palabras ya sin asomo de buen humor, diciendo que Florian había de dejar el universo, que el universo era cosa para los judíos, él, Florian, había de ocupar el tiempo en cosas prácticas, y preguntando si conocía, por ejemplo, cada uno de los versos del himno nacional, si se sabía el himno al completo, pues había de saber que un alemán empezaba siempre por el comienzo, ¿entendido?, no por la tercera estrofa, qué banda de criminales liberal nos había hecho tragar todo eso, eso de no tener que cantar, mecagüenlaleche, nuestro propio himno desde el principio hasta el final, esto nadie nos lo puede quitar, la puta que los parió, porque es el punto de partida de todo, pero en ese momento ya solía gritar a voz en cuello y pisaba a fondo el acelerador emocionado al recordar el himno entero, casi levantándose del asiento cuando quería enfatizar alguna palabra, lo cual hacía rugir el motor del Opel, y entonces tenía que gritar para superar el ruido, canta, Florian, canta, la puta que los parió, que suene la maravillosa primera estrofa, y la segunda, no nos venga aquí nadie a decir lo que es NUESTRO HIMNO, y entonces Florian enseguida debía ponerse a cantar

Deutschland, Deutschland über alles
Über alles in der Welt,
Wenn es stets zu Schutz und Trutze Brüderlich zusammenhält...

y el motor rugía, ciento treinta, ciento cuarenta, era lo máximo a lo que se atrevía normalmente el Jefe con el Opel, así viajaban a toda velocidad rumbo al siguiente y luego al siguiente encargo, de modo que Florian tampoco en esta ocasión tuvo posibilidad alguna de escabullirse, pues debía cantar casi cada vez que iba a algún sitio en el Opel, vaya, qué voz cascada que tienes, Florian, ¿no serás judío?, le espetaba siempre, y le gritó también esta vez, oye, mecagüenlaleche, que así no vas a cantar nunca en la ópera de Dresde, te lo digo yo, y quitaba el pie del acelerador, dando a entender de esta manera el desprecio que sentía por Florian y por todo aquel que desafinaba como él, un alemán tiene un fino y gran oído para la música, solía decir, de manera que Florian tuvo que renunciar a ir a ver a la señora Ringer y a cambio lavar el viernes su mono de trabajo para que más o menos se le secara sobre el radiador hasta el día siguiente, y todos los sábados a las once de la mañana debía presentarse a los ensayos para mejorar el oído, pero el oído no mejoraba, seguía teniendo una voz cascada y seguía también obligado a cantar regularmente el himno nacional en el Opel que el Jefe había comprado bajo mano no mucho después de que lo contratara, el coche tenía entonces cuatro años y medio y, claro, había que reparar esto y aquello, a veces se estropeaba esto, a veces lo otro, es lo que pasa con los coches viejos, gruñía el Jefe, pero no criticaba el coche, sino que lo elogiaba, porque al menos era alemán, un Opel siempre será un Opel, ¿verdad?, aunque a veces haya que reparar algo, porque los americanos la cagaron, cagaron de manera espantosa la obra maestra que es un Opel, de modo que no paraba de repararlo, y lo hacía con gusto, siempre solo, o sea que no necesitaba entonces a Florian, es más, Florian ni siquiera tenía permiso para entrar en el patio del Jefe, cosa que no habría hecho de todos modos nunca por el perro, el Jefe a veces comentaba la reparación con el vecino Wagner, sólo con él, pero la comentaban, no más, el Opel solamente podía tocarlo el Jefe, a ver, ¿sabes quién era Adam Opel?, le preguntaba a veces en el coche, y Florian le respondía enseguida, pues el padre de Wilhelm y de Carl, decía, a lo cual el Jefe, como si se tratara de una broma que a ambos les gustaba repetir, lo corregía diciendo, de Wilhelm VON Opel y de Carl VON Opel, aunque a Florian no le gustaba repetirlo, pues no le parecía ni divertido ni interesante, más bien le aburría, ¿te aburre, no?, el Jefe lo intuía cuando le insistía que lo repitiera, que no, decía Florian negando sin convicción alguna con la cabeza, que sí, todo esto te aburre, lo sé, gritaba el otro tratando de acallar el ruido del Opel, y durante un rato iban los dos en silencio en el coche, y a continuación Florian recibía una colleja, como lo llamaba en broma el Jefe, así sin más, de buenas a primeras, una colleja, eso era todo, con lo cual daba por cerrado el asunto, y Florian lo aceptaba desde hacía tiempo como algo natural, el Jefe siempre daba por concluido un tema con una colleja, y entonces él agachaba la cabeza, como quien admite que el destino es así, el Jefe era el destino, algo que no se podía cambiar, lo admitía y esperaba la respuesta de Berlín, y luego, como la respuesta tardaba en llegar, comenzó a ir a la oficina de correos, eso sí, cuando conseguía llegar a tiempo antes del cierre, porque los Volkenant cerraban a las 18 horas, y por supuesto sucedía más de una vez que ellos, Florian y el Jefe, llegaban más tarde a casa con el Opel, y entonces no tenía sentido ir corriendo al casco antiguo, no encontraría abierta la oficina para preguntar, pero a veces sí lo conseguía, y le preguntaba también al cartero, del que sabía que por las noches se quedaba bebiendo en el bar IKS hasta la hora de cierre, él preguntaba, pero nada, tanto el cartero como Jessica se limitaban a negar con la cabeza, aunque de hecho el cartero lo hacía incluso sin que se le preguntara, siempre, sobre todo cuando se acercaba la hora de cierre, nada, nada de nada, y el Jefe llegó a inquirirle al cabo de un tiempo, oye, por qué carajo vas siempre a ver a Jessica, venga, explícame, y qué podía él responderle, porque te gusta, ¿eh?, vaya, metiéndose con una mujer casada, me cago encima ahora mismo, se sonrió y comenzó a darse palmadas en las rodillas, lo cual era sólo la introducción, pues enseguida se echó a reír a su manera, o sea, abrió la boca, pero sin soltar ningún sonido, agitaba la cabeza con la boca abierta y se inclinaba hacia la cara del otro, le parecía divertido, y así se reía siempre, y luego le daba una fuerte palmada en la espalda y después otra, que Florian debería haber interpretado como un reconocimiento, aunque Florian no lo interpretaba así, sino que se sonrojaba y esbozaba una sonrisa forzada, como admitiendo la sospecha, hasta que al final se largaba para evitar estar cerca del Jefe, pues mientras estaban juntos, había de estar alerta, nunca podía saber qué se sacaría el otro de la chistera, de manera que durante un tiempo lo mejor era que sospechara de algo con Jessica, pues mucho peor era cuando le venía con que la patria los necesitaba a todos, con que él, o sea Florian, haría bien en no aplazar más la decisión, esto es, en sumarse a ellos y solicitar por fin el ingreso en el batallón, pues así llamaba él a sus camaradas, el batallón, y si bien no quedaba muy claro lo que era, Florian sabía que no quería formar parte, les tenía miedo, todo Kana los conocía, los nazis, decía la gente en voz baja, y lo que el Jefe deseaba de forma cada vez más agresiva sonaba, además, amenazante, porque si ingresaba, entre aquellos nazis debería haber luchado día tras día no sólo con el Jefe entregándose al máximo, sino también con ellos, eso sí, sin entusiasmo ni entrega alguna, porque lo único seguro era, pues los conocía, que no lo dejarían en paz, que debería someterse él también al tatuaje, pero temía el tatuaje más incluso que al dentista, no quería que lo tatuaran, ni la Cruz de Hierro, ni el escudo con el águila de la lengua colorada que el Jefe le recomendaba con insistencia, a Florian le bastaba pensar en ello para que se le pusiera la piel de gallina, le bastaba imaginar la aguja y el zumbido espantoso de la máquina de tatuar que él a veces escuchaba cuando había de acompañar al Jefe después del ensayo al local de Archie porque algún miembro nuevo o uno antiguo se tumbaba bajo la máquina mientras los otros esperaban fuera, le daban ganas de huir, de huir a toda pastilla, como un loco, en la dirección opuesta de donde estaban esa aguja y esa máquina de tatuar, así que no, de ninguna manera, y en la medida en que se sentía capaz de decirlo, lo expresaba de forma decidida, no, él nunca se tatuaría, no era su estilo, añadía en voz baja, y el Jefe se ponía furioso, ¿cómo?, ¿conque no perteneces a los nuestros?, ¡que sí, que perteneces!, si yo pertenezco al grupo tú también perteneces, porque, no sé cuántas veces debo decírtelo, decirte que estás bajo mi responsabilidad, cuántas veces debo metértelo en esos oídos sordos, venga, piensa y elige, o la Cruz de Hierro o el escudo con el águila de la lengua colorada, pero no le des muchas vueltas, pues la semana que viene me acompañas y te pones bajo las manos de Archie, mecagüenlaleche, aunque luego salgas de ahí llorando, aunque gracias a Dios, hasta el momento Florian se había salvado, no había tenido que ponerse bajo las manos de Archie, si bien, eso sí, había de admirar regularmente el pecho todo músculo del Jefe, con la luciente Cruz de Hierro, porque me la he ganado, decía, y tú también tienes que ganártela, más no decía, volvía a meterse la camisa en el pantalón y luego se limitaba a añadir a modo de explicación a los demás que Florian por el momento no se tatúa, que es como un crío que se mea en la cama, pero el problema es que es tan fuerte, repito, tan tan fuerte que ni siquiera cinco de nosotros podríamos sujetarlo cuando estuviera bajo la aguja, ya me entendéis, ni siquiera cinco, es fuerte como un toro, muchachos, es lo que hay, el otro día nos salimos de la B88 por culpa de las obras, la carretera estaba toda embarrada, y no había manera de sacar del barro el lado derecho del coche, y entonces se bajó, cogió el Opel conmigo dentro, ¿me entendéis?, conmigo dentro, lo levantó y volvió a ponerlo en la carretera, o sea que habrá que convencerlo para que lo haga por él mismo, a lo cual los demás no dijeron ni pío, miraban al Jefe, al que esas miradas silenciosas no le gustaban nada, nada de nada, de manera que enseguida pidió unas cervezas, las repartió entre los miembros del batallón y dijo, por el Cuarto Reich, y entonces todos brindaron, a la manera antigua, como hacían los auténticos alemanes, de tal manera que al chocar una o dos gotas cayeran sobre la botella del otro, o sobre su mano, con lo cual el asunto quedó por el momento zanjado, y Florian podía concebir la esperanza de tomarse un pequeño respiro, ya que durante la semana el asunto no solía estar sobre el tapete, más bien hacia el fin de semana, generalmente los viernes, cuando el Jefe, evidentemente, ya daba vueltas en la cabeza a las asambleas del fin de semana, si no interfería el Opel, el cual realmente presentaba problemas, ahora el cardán, ahora la bomba de agua, ahora el radiador, ahora esto, ahora aquello, a menudo daba alguna señal, lo cual obligaba a pensar lo primero en una visita al taller el sábado, así que iban entonces en busca de una pieza de recambio al taller de Adelmeyer o al de Eckardt, pero nunca al de Opitz, esa gente está inflada como un pavo y para colmo son de Renault, no tienen ni puñetera idea de un Opel, explicaba el Jefe a Florian, o sea que iban a lo de Adelmeyer o a lo de Eckardt, tras lo cual no le estaba permitido entrar en el patio, el Jefe aparcaba allí el coche, Florian cerraba rápidamente el portón por los ladridos del perro que tironeaba de la cadena y se limitaba a decir, vale, pues entonces me voy, y se iba, cuando llovía al café Herbst o a ver a la señora Ringer en la biblioteca, y cuando no llovía a su lugar preferido en la ribera del Saale, donde había dos bancos bajo dos castaños delante de los campos de deporte, casi directamente a la orilla del río, muy cerca de un pequeño puente, le gustaba mucho, y mientras el Jefe arreglaba el coche y no llovía, tenía entonces horas por delante, horas para permanecer sentado allí solo y seguir pensando en lo que había explicado el señor Köhler, para digerir allí en el banco cómo evolucionaban las cosas, y estaba ahora allí sentado, apenas llegaban los gritos de la pista de balonmano relativamente lejana, y se preguntaba qué hacer, qué podía haber ocurrido en Berlín, pues no había recibido aún respuesta alguna, el día anterior había ido a ver a los Volkenant, había preguntado al cartero, pero tanto unos como el otro se limitaron a negar con la cabeza, aunque ya no en un gesto de burla, sino más bien de pena, de manera que había materia para reflexionar sobre qué hacer, eso rumiaba él bajo uno de los dos castaños cerca del pequeño puente, porque a lo mejor sólo se trataba de que era demasiado impaciente, pues no podía esperar que la canciller de Alemania leyera y comprendiera la carta de inmediato y, además, le contestara enseguida, de modo que lo más conveniente sea quizá armarme de paciencia por el momento, decidió sentado en el banco más corto bajo uno de los dos castaños en las proximidades del pequeño puente, y entonces escuchó el rumor de los pequeños rabiones del Saale, de las ágiles olas de las aguas someras que rompían allí donde algunos cantos rodados se interponían en su camino, escuchó el murmullo dulce, tranquilo y borboteante, y pensó en lo terriblemente difícil que era relacionar ese murmullo con aquel vacío en el que de la nada surge algo, sobre lo que el propio señor Köhler había dicho, por cierto, que precisamente por tal razón había abandonado sus estudios de física cuántica y sólo hablaba sobre ello en sus lecciones vespertinas y solamente mientras contara con suficientes oyentes, precisamente por tal razón se había apartado de la física cuántica, pues no lograba armonizarla con su sentido común, de manera que empezó a buscar algo que no precisara más que cierto sentido común, cosa esta que, claro está, no mencionaba en ningún momento en la Escuela de Adultos, se quedaba en el mundo maravilloso de las partículas elementales en lugar del mundo espantoso de las partículas elementales, y buscó ese algo que no precisara más que sentido común y, de hecho, lo encontró, de modo que desde hacía años únicamente le interesaba la meteorología, su pequeña estación meteorológica de aficionado, una estación privada registrada ya incluso en el canal televisivo MDR y en el *Ostthüringer Zeitung*, que había levantado él solo trabajando durante años y años, ya tenía cuanto necesitaba, una estación privada de esas características podía medir la temperatura, la fuerza del viento, la humedad y la presión atmosférica, al principio sólo eso, pero luego, mientras se difundía su fama y podía recurrir a los datos de los noruegos y del servicio meteorológico del canal MDR, deseaba cada vez más ampliar su paleta de aparatos, como la llamaba, y desarrollar de forma casera, pues él sólo poseía uno comprado bajo mano de la marca Michelson-Martin, un actinómetro químico, algo inaccesible para él por el precio, y además, se dijo, qué meteorólogo aficionado es el que no fabrica por sí mismo sus aparatos de medición, de manera que decidió intentar producirlos de forma casera y el experimento se saldó con un éxito tal que acudieron a admirarlo no sólo los vecinos de su calle, que de todos modos no entendían nada de nada, sino también personal de la televisión MDR y del *Ostthüringer Zeitung*, y a partir de ese momento comenzó la fructífera colaboración, Adrian Köhler, dijo el señor Köhler levantando un poquito la voz, poseía desde entonces una estación de predicción meteorológica reconocida, a pesar de que a los profesionales no les gustan demasiado estas cosas, decía, en general suelen tratar con una condescendiente sonrisa a los aficionados, y con razón, por cierto, añadía, pero gracias a la fabricación casera del actinómetro químico fue aceptado, por decirlo de alguna forma, y creía que los del Servicio Meteorológico Alemán, los del Servicio Meteorológico Noruego y los de la MDR a veces echaban un vistazo a sus datos, quizá, decía ladeando un poco la cabeza, quién sabe, sea como fuere, podía dar buenas predicciones en lo que respectaba a Kana y sus alrededores, y él se conformaba con eso, no quería competir con nadie, decía, por qué iba a hacerlo, él estaba simplemente enamorado de la meteorología, que no era como la física cuántica, donde la aceptación del absurdo era el requisito básico, mientras que en el caso de las predicciones meteorológicas, si bien existen lógicamente la relatividad y la incertidumbre, puesto que trabajamos con probabilidades, pero sólo hasta que caía la nieve o la temperatura subía por encima de los veintiocho grados, y él se sentía feliz si había previsto nieve o si había previsto una temperatura superior a los veintiocho grados, a él le bastaba Kana y le bastaba que la gente, aunque fueran pocos, reconociera que merecía la pena prestar atención a sus predicciones, muchos tenían la sensación de que el señor Köhler se dirigía específicamente a ellos al decir que no viajaran demasiado temprano por la L1062 rumbo a Seitenroda, ya que era muy probable que hubiera niebla a esa hora y resultaba por tanto preferible evitar esa vía que atravesaba el bosque, o llevad un paraguas, pues es muy probable que llueva, concretamente con una probabilidad del 35 por ciento entre las 14 y las 18 horas, un porcentaje suficientemente alto que invita a tener un paraguas en el bolso, y a mí, dijo con una sonrisa, esto me basta, te confieso, Florian, que todo esto sólo lo hago para entretenerme, unos se entretienen con las rosas, otros pintan cada año de nuevo su casa, y yo querría saber si en los próximos tres días habrá niebla en la carretera B88 al amanecer para que los ciudadanos de Kana salgan entonces un poco más tarde con sus coches, eso es todo, dijo, en realidad deberías encontrar una ciencia sencilla que te divierta, ¿por qué no te dedicas al oficio que has aprendido?, ¿por qué no eres panadero?, pero Florian agachaba la cabeza y la movía de un lado a otro, como dando a entender que eso no me está dado, yo no puedo elegir, tengo que ocuparme de aquello cuya esencia usted, señor Köhler, me ha mostrado y que me preocupa muchísimo, qué dices, reaccionaba el señor Köhler, tú no te preocupes, hijo mío, ya lo resolverán los teóricos de la física cuántica, aunque, claro, nosotros eso no lo viviremos, pues sí, he ahí el problema, lo miró tristemente con sus grandes ojos celestes Florian, yo también temo que no lo viviremos, pero no hay que temer nada, negó con la cabeza el dueño de la casa y se ajustó las gafas, tú mira el cielo, mira esas nubes, mira los rayos del sol que las atraviesan, son cosas tangibles, no tienes por qué sumergirte en ese asunto del vacío, pues puede ocurrir que te hundas del todo y, para colmo, lo que tanto te oprime no es la ruina de la física cuántica, sino la de la razón limitada del ser humano, dijo, pero para Florian en vano, tan obsesionado ya por esa única idea que le había quedado de cuanto el señor Köhler había explicado todos los martes en el sótano del Instituto Lichtenberg de forma precisa y con una fuerza realmente iluminadora, casi indómita, de tal manera que había de pararse allí, y allí se paró y se sumergió en la idea y se hundió definitivamente en ella, tenía la sensación, confesó más de una vez al señor Köhler, de que él nunca más volvería a ser el que era, pues jamás habría imaginado que el mundo, bajo el peligro de un hecho tan terrorífico, estuviera tan expuesto a destruirse en cualquier momento, y no sólo a la destrucción, porque el principio de los principios ya le aterraba, dijo, porque, si todo baila hasta tal punto en el filo de la navaja de la amenaza de la destrucción, la situación había de ser igualmente peliaguda en el momento en que comenzamos a existir, y yo ya no puedo alegrarme mirando el cielo, señor Köhler, el horror se apodera de mí, pues lo veo todo, todo tan indefenso, veo tan indefenso el universo, y su mentor se asustó entonces seriamente al pensar que Florian se anegaría en llanto y procuró consolarlo cuanto antes diciéndole, a ver, hijo mío, todo esto es sólo física, sólo ciencia, y la ciencia, no cabe la menor duda, no encuentra por el momento la respuesta a la pregunta, todavía no, hijo mío, por ahora no, pero siempre ha sido así, la ciencia no cesa de formular preguntas a las que durante un tiempo no halla la respuesta, y la respuesta surge a pesar de todo, a pesar de todas las dificultades, y surgirá también en este asunto de imposible solución, puedes estar seguro de ello, y después de una y otra conversación de esta índole, cuando Florian se había marchado, se quedaba encogido en el sillón y se acusaba de hablarle de cuestiones insolubles al muchacho, pues, por una parte, ese niño, por asombrosamente inteligente y receptivo que fuera, no entendía nada de verdad, sino que lo trasladaba a su peculiar sistema, y por otra, con esos conocimientos mal entendidos él, el señor Köhler, sólo excitaba de manera superflua el alma hipersensible de ese entusiasta melancólico, en más de una ocasión había decidido dejar de hablar del mundo maravilloso de las partículas elementales, puesto que el mundo de las partículas elementales era todo menos maravilloso, era más bien terrible, él no se lo tomaba tan a pecho, pero allí estaba ese coloso, ese niño gigante ante el cual no sólo no tenía sentido decir, sino tampoco insistir de forma convincente y con argumentos, lo cual era ya desde luego tarde en este caso, no tenía sentido decir que la ciencia ya lo resolvería en el futuro, aunque, claro, no era seguro que lo resolviera, pensó mirando malhumorado un diminuto insecto que se movía por el suelo, que había salido de alguna minúscula grieta y se dirigía quién sabía adónde, pues había preguntas a las que la física hasta el día de hoy no había sido capaz de dar una respuesta, lo cual, dicho con otras palabras, significaba ni más ni menos que la física no sabía la respuesta a las preguntas más esenciales y fundamentales, es más, no cesaba de ponerse en la situación de plantear cuestiones insolubles, o sea, de chocar consigo misma y dejar entonces a la gente con su desesperación, preguntándose qué pasaría después, qué saldría de todo aquello, lo cual no quería decir, claro está, que Florian tuviera razón, que la demostración experimental de la predicción de Dirac y del desplazamiento de Lamb hubiera destapado la caja de Pandora, el futuro no se presentaba, según su firme convicción, tan terrible, Florian simplemente exageraba, aunque no era ésta la idea de Florian, él no exageraba en absoluto, de modo que decidió, puesto que su carta ni siquiera le había llegado a la señora canciller al quedar varada en el laberinto burocrático, no apostar por la paciencia, sino aprovechar el primer momento que se le diera para escribir otra carta, con la intención de iluminarla respecto al alcance de las consecuencias, pero luego, cuando llegó ese primer momento, lo primero que hizo fue llamar la atención de la señora canciller respecto a la preocupación por el hecho de que somos testigos de una continua ralentización en el camino del estado subatómico a las dimensiones que percibimos, allí dentro, en el caos atómico o subatómico, se produce una serie tremendamente rápida de acontecimientos—si bien hay que tener en cuenta que no existe allí ya nada parecido a una «velocidad»—, más rápida todavía que lo rápido, no sé cómo decirlo, resulta difícil expresarlo con palabras, así que le diré, señora canciller, que se produce una serie continua y fulminante de acontecimientos, e incluso esta formulación, lo de «fulminante», en realidad expresa por desgracia de forma meramente aproximada, es más, engañosa, lo que ocurre, pues mientras en el camino a las unidades más grandes avanzamos hacia un campo de observación que se va ralentizando gradualmente visto desde dentro, o sea, desde el mundo profundo de los cuarks, donde no hay tiempo para el tiempo, es decir, que mientras avanzamos con nuestra observación hacia las dimensiones macroscópicas, hemos de pensar ese algo que percibimos como mundo en un estado muy, pero muy ralentizado, y sólo en este estado extremadamente ralentizado tiene sentido hablar de tiempo y de espacio en esta delirante infinitud de apariciones y desapariciones, pues por lo demás no hay ni tiempo ni espacio en la profundidad, y he aquí justo el problema, porque PRECISAMENTE si se contempla la estructura profunda de la realidad no se trata ni de apariciones ni de desapariciones, allí, en el mundo de la aniquilación entre la materia y la antimateria por ejemplo, no se origina nada ni se desvanece nada, porque en cuanto algo surge, enseguida deja de ser, porque el fotón que entonces se libera es luz, y la luz es en realidad la propia nada, y tampoco existen ni el tiempo ni el espacio ni la velocidad, en general, tampoco existe un algo, por desgracia, y lo peor es que por tanto nada existe en realidad allá en lo profundo, para lo cual hemos de alzarnos a una visión diferente, para lo cual se necesitan otras circunstancias, y la esencia de estas circunstancias es que nuestra manera de ver—¡lo repito!—ha de ralentizarse de manera increíble para que el algo se nos manifieste en forma de tiempo y de espacio, en forma de lugar y de contenido de los acontecimientos, pero, mierda, llegado a este punto las palabras ya se le atascaban, y en ese preciso instante se le detuvo el bolígrafo en la mano, pues hasta él se dio cuenta de que así no se debía hablar, y menos aún con una canciller, a la señora canciller seguro que no le gustaban las palabrotas, y menos aún las muy vulgares, y ésta sin duda lo era para ella, frunció Florian el ceño, y se le apareció entonces la cara de Angela Merkel, y después Angela Merkel de cuerpo entero, su porte, sus movimientos, su manera de andar, ese atractivo rostro, esa delicada belleza que había que respetar, no es que él se expresara normalmente de manera muy basta, en absoluto, hasta las señoras mayores utilizaban en Kana la palabra *mierda*, aunque en este caso, en una carta dirigida a la señora canciller, era desde luego imperdonable, volvió a leerla, y lo cierto es que le saltó a la vista, y mucho, le dio vergüenza que la palabra se le escapara hacia al final de la misiva, pero ya no podía tacharla, qué pinta tenía una carta dirigida a la canciller con la palabra *mierda* tachada o emborronada, de modo que decidió volver a escribirlo todo y cogió entonces una hoja DIN A4 en blanco y copió lo escrito hasta el momento, eso sí, sin la palabra *mierda*, y tranquilo continuó asegurando que escribía sobre todo ello al considerar conveniente iluminar también el trasfondo de la situación esbozada en la anterior misiva, pues pensaba que la terrorífica situación arriba descrita del mundo en que vivimos mostraba de forma adecuada el alcance del asunto, y como nuestros días estaban contados, si bien no podíamos saber cuántos nos quedaban, aunque podía ser incluso que no nos quedara ya casi ninguno, él se permitía dirigirse a la señora canciller con la esperanza de que ella lo entendiera, y aguardaba allí en Kana su respuesta, él se llamaba Herscht, de nombre completo Florian Herscht, y aguardaba con impaciencia la respuesta, y a continuación cerró el sobre y se encaminó acto seguido a la oficina de correos, y si bien tenía tiempo suficiente para llegar fue corriendo por la Bahnhofstraße y luego por la Jenaische Straße para ponerse, ya en la Roßstraße, en la cola delante de la ventanilla de Jessica, el señor Volkenant, que estaba atrás, incluso le gritó al ver a Florian, ¿qué vamos a hacer ahora?, hoy tampoco has recibido nada, a lo cual Florian le hizo una seña, no, no, esta vez se trata de algo distinto, y le mostró el sobre, por el amor de Dios, dijo Jessica negando con la cabeza cuando cogió el sobre y vio el nombre de la destinataria, ¿otra vez?, Florian, ¿no hay manera de que entiendas que esa gente de arriba nunca lee esta clase de cartas?, nosotros no llegamos a ellos, sabes, ellos allá en lo alto, dijo señalando el techo, y nosotros aquí abajo, ¿comprendes?, pero Florian se limitó a sonreír y contó los ochenta céntimos, estaba convencido de que no era así, de que Angela Merkel no era así, de que ella escuchaba a los simples ciudadanos, y además en los días anteriores se había tranquilizado en lo que respectaba a la primera carta, pues estaba ya seguro de que tarde o temprano, por mucho laberinto burocrático que hubiera, llegaría a su destinataria, aunque la señora canciller habría de reflexionar, en medio de miles de gestiones y tareas, sobre el modo de reaccionar, pues el asunto era de suma importancia, el más importante de todos si la señora canciller lo comprendía, y él, Florian, hacía cuánto estaba en sus manos para que esto fuera así, y entonces era evidente que ella no titubearía, que convocaría el Consejo de Seguridad, ya que lógicamente ella, Angela Merkel, por sí sola no podría resolver el asunto, por desgracia, para ello se necesitaban todos los líderes del mundo o al menos los más influyentes, capaces de tomar decisiones, con una rapidez vertiginosa además, pues el asunto no toleraba más dilación, así que subió aliviado por la Roßstraße, pues esta vez quería bajar de la colina por el otro lado hacia la fábrica de porcelana, cerca de la cual estaba el llamado rascacielos en cuya última planta, la séptima, vivía él desde el principio, esto es, desde que había salido de la institución y el Jefe se había hecho cargo de él, pues realmente había de llamar de este modo lo que el Jefe había hecho con y por él, se lo debía todo, también el haber conseguido una vivienda en el llamado rascacielos, el haber conseguido además un empleo en medio de tanto desempleo, tus conocimientos de panadero no te servirán de nada, le había advertido el Jefe, y él no poseía nada de nada, sólo la mochila que apretaba contra el pecho, de modo que el Jefe le compró un mono de trabajo y una gorra «Castro» y lo introdujo en el trabajo de la limpieza de superficies, o sea, le enseñó un verdadero oficio, le dijo, de suerte que con una paga semanal y la prestación de desempleo Hartz IV y el subsidio para el alquiler y todo lo demás tenía bien guardadas las espaldas, y eso lo debía al Jefe, que no tenía ni esposa ni hijos, de manera que Florian era para él algo así como un hijo, eres un niño del que me he hecho cargo, Florian, así que harás lo que yo diga, y lo harás cómo y cuándo y hasta que yo lo diga, había que darle siempre las cosas masticadas y repetírselas una y otra vez, porque, explicaba el Jefe a sus camaradas, en vano parece haber ido a la universidad, yo ni siquiera me atrevo a ponerle un móvil en las manos, pues por un lado el niño es un genio y por otro rematadamente corto de alcances y, además, ni siquiera tiene claro quién es, ya sabéis el enorme tamaño que tiene, pero si le pegas un grito se larga corriendo, ni se le pasa por la cabeza pararse y devolver el golpe, y eso que podría hacerlo perfectamente, podría aplastarnos con una sola mano, os lo aseguro, a lo que los demás no decían ni mu, de hecho no solían hablar demasiado, así era el batallón, pocas palabras y mucha acción, tal era su consigna cuando se reunían los viernes o los sábados por la tarde o algún festivo y planeaban, con pocas palabras, los pasos que dar cuando había que mostrar poderío, cuando había que defenderse, cuando había que oponer resistencia, en resumen, cuando había que estar presentes, y, claro, los verdaderos días festivos eran muchos, el pasado era rico, para nosotros inagotable, señaló Fritz, y eso tampoco nos lo pueden quitar, no contaban ellos con un líder, un comandante o superior designado, no habían nombrado a nadie, hasta al propio Jefe lo veían más bien como un líder de opinión, porque aquí entre nosotros reina la democracia, esto, camaradas, decía ahora el uno, ahora el otro, es la verdadera democracia, este batallón se basa en el habla y en la acción francas y directas, porque lo que protegemos es un valor, el único valor que antaño existía, pero hoy en día ya sólo de nosotros depende que siga existiendo, es lo que hay, camaradas, a nosotros nos ha sido confiado, decían en la casa del número 19 de la Burgstraße, que les pertenecía, y así la llamaban, el Burg, el 'Castillo', y con el Castillo no podían volver a meterse ni siquiera las roñosas autoridades, y expresaba a la vez de la manera más perfecta lo que los unía, la responsabilidad por la defensa de la patria, esto ni más ni menos, que no era moco de pavo, todo en un entorno completamente hostil a ellos, porque la ciudad y la valiosa Turingia en general consistían sobre todo en escoria, en cobardes y oportunistas, e incluso el país entero que las falaces potencias fiscalizadoras internacionales, como lo expresaba Fritz, habían cedido con éxito a unas autoridades del todo antinacionales, se ha perdido todo, decían, todo cuanto hablaba del glorioso pasado, de la entrega absoluta de padres y abuelos, del sacrificio personal, de la lealtad, del ideal alemán y de la defensa orgullosa de la raza, de modo que ellos, los pocos, habían de estar preparados, lo sabían, nadie los había convocado para ello, todos habían acudido de forma voluntaria, el uno había encontrado al otro, no hubo que organizarlos, el batallón se formó por sí solo y únicamente esperaba la hora de entrar en acción, que era como llamaban al momento inicial de la lucha por el Cuarto Reich, algún día llegará el día x, lo esperaban desde hacía años, esperaban el día y la hora de poder decir hasta aquí hemos llegado, el día en que se levantaran de sus taburetes en la Burgstraße 19, sacaran las armas de sus escondites y se pusieran manos a la obra, y entonces no habría piedad, por eso brindaban ellos los viernes o sábados en la Burgstraße 19 o cuando, una vez finalizadas las fiestas de verdad, regresaban al Castillo, no frecuentaban los bares, como muchos otros grupos parecidos en Turingia y Sajonia, ellos no, no querían mostrarse, había gente como ellos tanto en Turingia como en Sajonia y también en otras partes, lo sabían, claro que lo sabían, gente a la cual le bastaba mantener un contacto permanente por internet, y se ponían entonces el equipamiento pardo y hacían ondear banderas engañosas, como en Plauen en los desfiles del Primero de Mayo, pero para ellos era sólo circo, y ellos no querían circo, ellos querían guerra, y nosotros no debemos temer a los migrantes, decía el Jefe, como esos que gritan día tras día, que si los migrantes para acá y los migrantes para allá, y que si se ha dejado entrar a los cabezas envueltas y los cabezas rebozadas y los cabezas empaquetadas y los fumadores en pipa que entonces nos quitarán así y asá nuestra Alemania, mecagüenlaleche, alzaba la voz, nosotros no nos concentramos en los migrantes, sino en los judíos, que esos sí que nos quitaron ya lo que era nuestro, y no y no, nosotros no tenemos motivos para aliarnos con nadie, porque no somos nosotros los que queremos ser grandes, sino que queremos que Alemania vuelva a ser grande, ésa es nuestra tarea, y los demás asentían con la cabeza, eso los entusiasmaba, día tras día, y así se entusiasmaban los unos a los otros en el Castillo, pero no con discursos pomposos, ellos despreciaban la pomposidad, esto era un batallón y ellos eran soldados, camaradas en la grave y funesta situación a la que había ido a parar Alemania, el Jefe lo mencionaba a menudo a Florian para que por fin viera con claridad en qué consistía la puta situación, aunque sus palabras no llegaban a Florian, ¿me escuchas, carajo?, le gritaba y lo agarraba de la nuca, a lo cual el otro decía que sí, que lo escuchaba, claro, pero no lo escuchaba, le daba vueltas en la cabeza a la pregunta de si había conseguido expresarse con claridad en sus dos cartas, entre las cuales habían transcurrido ya más de dos meses y de si había tenido sentido mencionar en la segunda que la relatividad del tiempo y del espacio y de los llamados hechos llevaría tarde o temprano a la segura desaparición de la realidad y si era acertado hablar de esto y no desarrollar de forma más extensa aquello a lo que allá en Berlín se había de prestar minuciosa atención, y no halló una respuesta tranquilizadora a estas preguntas, de manera que en los días laborables tras el envío de la segunda carta se arrepintió de haber señalado que el tiempo y los demás conceptos con él relacionados carecían desesperadamente de fundamento, con lo cual no hice más que confundir a la señora canciller, pensó cada vez más nervioso, pues no era eso lo esencial, tendré que hablarle de lo esencial y no de mi asombro o de mi consternación, que es asunto mío, y lo esencial corresponde a la canciller alemana Angela Merkel, es ella quien debe actuar, pues sólo en ella se puede confiar, Angela Merkel comprenderá lo que quiero decir, siempre y cuando lo formule yo de forma clara y concisa, y cuando esa noche volvió a su casa en la séptima planta del llamado rascacielos y se sentó para volver a escribir a Berlín una advertencia que de alguna manera había de aclarar lo antedicho y ponerlo en su sitio, ya no fue capaz de formular nada de forma concisa, es más, se puso tan nervioso por su incapacidad de captar lo esencial que no pudo escribir ni una sola palabra, y para colmo al día siguiente no tuvo que ir al trabajo, sino directamente a la pelea, que fue lo que le gritó el Jefe mucho antes de la hora del encuentro habitual, cuando al amanecer o incluso de madrugada le tocó el timbre y Florian, pestañeando dormido, se asomó a la ventana, ¡alarma, Florian, alarma!, hoy no tienes que afeitarte, pues habrá pelea, le gritó, le habían telefoneado poco antes desde Eisenach, le explicó ya en el Opel y se inclinó sobre el volante apretando el acelerador, que alguien había profanado la casa natal de Bach, tenía ganas de traer la metralleta, dijo, pero primero miraremos lo que ha ocurrido, y en efecto miraron, si bien la casa natal de Bach en Eisenach, constituida en museo, no era de hecho la casa natal de Bach como se creía antes, le había explicado el Jefe mientras se acercaban al lugar de autos, porque se supone que la casa natal estaba en realidad situada en la Ritterstraße, pero aunque se tratara de un error, ese edificio era a pesar de todo el centro del cultivo del legado de Bach en la ciudad, y lo hemos aceptado y bien está, he ahí toda la explicación, concluyó el Jefe, porque entretanto llegaron, aparcaron el coche, se aproximaron al lugar, y al Jefe sólo le dio para soltar un grito inarticulado al encontrarse frente a los dos grafitis que alguien había dejado durante la noche con pintura acrílica a ambos lados de la puerta de entrada y que no estaban allí la noche anterior, según declaró el vigilante del museo que había cerrado a la seis de la tarde, todo había funcionado como siempre, cerré la puerta, declaró a la policía, incluso miré atrás, así, claro, y mostró cómo había mirado atrás, pues yo siempre lo hago, y todo tenía un aspecto normal, de modo que esto debe de haber sucedido a ultimísima hora, porque por la noche todavía hay gente aquí en la plaza, sobre todo jóvenes, y después también algunos indigentes que permanecen sentados bebiendo cerveza, pero éstos no pudieron ser, de eso estoy seguro, son muchachos de Eisenach, indigentes de Eisenach, chungos, sí, aunque jamás capaces de tal cosa, debe de haber sido algún migrante, lo juraría, juraría que ha sido algún migrante, dijo abriendo los brazos, y luego lo contó igual, con las mismas palabras, a los interesados y aterrados que, al ver el ajetreo y las luces del coche de policía, acudieron rápidamente en tropel una vez abierta la casa, mientras el Jefe y Florian se ponían manos a la obra, el Jefe de forma minuciosa, pues lo observaban unos cincuenta o sesenta lugareños, inspeccionó el material de la pintura, cogió una muestra, la molió poco a poco entre las yemas de los dedos, mientras alzaba la vista entornando los ojos, como si no sólo inspeccionara, sino que examinara muy a fondo el material, después murmuró algo, volvió a coger una muestra y hasta se llevó algo de la pintura con la punta de un dedo a la boca, escupió con vehemencia y dio un furioso puñetazo al muro golpeando de lleno la boca abierta del animal pintado a la izquierda, a lo cual los espectadores retrocedieron un poco, y entonces se dirigió a Florian para que trajera un disolvente y este cepillo y aquella pistola de pintor y el otro papel de lija, y Florian lo fue a buscar, evidentemente asustado, pero no por los lugareños, sino por el extraño comportamiento del Jefe, no entendía nada de nada, estaba un tanto confundido, consciente de que debía de haber un problema grave si el Jefe se mostraba así, pues ¿qué quería ese cabrón?, soltó en el coche con la cara roja como un tomate mientras volvían a casa, ¿qué quiere decir con eso de NOSOTROS?, ¿y por qué esa CABEZA DE LOBO?, ¿me lo puedes explicar?, no puedes, porque alguien tan cabrón no tiene explicación alguna, a ver, dime, ¿por qué profana ese pedorro mientras la saliva le sale entre los gordos labios y el moco por la nariz curva, por qué deshonra el pedorro un lugar así?, ¡un símbolo nacional!, ¡es la CASA NATAL DE BACH!, ¡esto es EISENACH!, la puta que lo parió, Florian, lo mato, mecagüenlaleche, lo encontraré y lo agarraré del cuello con ambas manos y lo ahogaré poco a poco, con la máxima lentitud que pueda, para ver cómo le salen los ojos de las órbitas, cómo le cuelga la lengua a ese rufián, porque la pagará, porque nos vamos a vengar, decía golpeando el volante y ahora apretando el acelerador y ahora frenando, sin mirar siquiera por el retrovisor, Florian tenía miedo de que alguien se les empotrara por atrás en uno de esos frenazos, le cortaré la picha, seguía gritando el Jefe, se la meteré en la boca salivosa y luego cogeré una pistola de pintar y se la meteré por el CULO, ¿me entiendes, Florian?, ¿me escuchas?, y Florian asentía asustado, pero le temblaba la cabeza por la tensión mientras miraba fijamente la carretera, primero la B88 y luego la B90 camino de casa, no se atrevía a hablar, no se atrevía a preguntar, y eso que no le faltaban preguntas para hacer, pues, igual que el Jefe, tampoco él entendía qué significaba el hecho de que alguien pintara dos grafitis tan incomprensibles junto a la entrada de la casa natal de Bach, jamás les había ocurrido nada parecido desde que trabajaba para el Jefe, lo más frecuente era limpiar grafitis pintados en muros de hormigón, en casas situadas en lugares remotos, debajo de los puentes, junto a las vías del tren y en lugares similares, pero en un museo, eso era algo inaudito y escandaloso incluso para él, el propio Jefe había declarado que esa gente, o sea, la gente que afea el mundo con sus grafitis gracias a Dios jamás atacaba las estatuas, las fuentes, los palacios, las iglesias o precisamente los museos, se suponía que regía entre ellos una ley no escrita, y luego pasa esto, ya está, pues sí, y para colmo la casa natal de Bach, a Florian lo habría consternado incluso si no lo hubiera consternado el estado en el que el asunto había sumido al Jefe, pues jamás lo había visto igual, aunque Florian sabía lo que Johann Sebastian Bach significaba para el Jefe, sabía que Bach no sólo era para el Jefe un compositor entre otros, sino un fenómeno celestial, un profeta, un santo, como en los buenos días explicaba a menudo a Florian, en cada una de sus notas re-gis-tró el espíritu alemán, el nexo de la germanidad con las Ideas Supremas, el Jefe habría preferido no poner, como los demás, a Hitler o a Müller o a Dönitz o a Model o a Dietrich o directamente a Dienel en la bandera del batallón, sino a BACH, pero los otros siempre lo rechazaban y le decían que era mejor Hitler o Müller o Dönitz o Model o Dietrich o directamente Dienel, de manera que no se ponían de acuerdo y quedaba sin resolver a quién ponían en la bandera secreta, lo esencial era que la guardaban en el lugar más secreto, no en el Castillo, donde los podían asaltar por segunda vez, pues ya lo habían hecho en una ocasión tras los grandes alborotos, algún cabrón los había denunciado, llegó una unidad del comando especial de operaciones de la policía y se llevó a Fritz a cuyo nombre estaba alquilada la casa, aunque no pudieron acusarlos de nada, porque la policía ni siquiera conoce sus propias leyes, aunque, eso sí, la situación podía repetirse en cualquier momento, de manera que trasladaron sus objetos más importantes a sitios dispersos y jamás revelados, pero dejemos esto, dijo el Jefe a Florian, y eso que había sido él mismo quien había sacado a colación el asunto de la bandera, en la que yo, dijo señalándose a sí mismo con la mano derecha mientras sujetaba con la izquierda el volante, única y exclusivamente puedo imaginar en primer y último lugar a BACH, por eso he fundado la Orquesta Sinfónica de Kana y por eso tienes que sumergirte en lo que escuchas todos los sábados durante los ensayos, pues para entender a Bach se necesita oído, tú tienes alma para ello, pero te falta oído, y entonces le clavó otro manotazo, Florian encogió el cuello y se quedó mirando con indiferencia la carretera por el parabrisas, y cuando el Jefe volvió con que a ti lo único que te interesa es el universo y ¿por qué?, ¿por qué te interesa el universo?, deberías ocuparte de Bach, puesto que Bach vivió aquí, y aquí vivieron todos los Bach, por si no lo sabes, de manera que éste es un Territorio Nacional Bach, un verdadero alemán de Turingia se dedica a Bach, no al universo, porque nuestro universo va de Wechmar a Leipzig, ¿has entendido?, ¿lo comprendes?, Florian asintió con la cabeza, aunque no entendía, y la vida comenzó a volver por sus cauces habituales, ni siquiera se les ocurrió que lo sucedido en Eisenach pudiera repetirse, el bárbaro ataque parecía un caso aislado, al cabo de un tiempo ni el Jefe volvió a mencionarlo, pasaron los meses, atravesaron el verano, entraron en el otoño, empezó a hacer frío, aunque apenas había que poner la calefacción, o sea, de hecho apenas habría sido necesario, pero en el rascacielos la ponían al máximo, había que abrir las ventanas, porque en los días de temperatura más suave hacía tanto calor por las noches que Florian sólo podía dormir con la ventana abierta, y entonces apareció el invierno de verdad, hasta que un buen día la radio anunció que se había acabado, que asomaba ya la primavera, y tornaron a adentrarse ya en el verano, y llegó entonces el día que Florian se había puesto como plazo para recibir una respuesta de la Cancillería, y no recibió respuesta alguna, de lo que dedujo que algún funcionario de la Cancillería actuaba de obstáculo, era la única explicación, habían tenido casi un año para responder, pero ya era el 31 de agosto, o sea que Florian se dirigió por última vez a la oficina de correos, le dijeron que no había llegado nada, bajó de la colina, se sentó en el chiringuito de Ilona en el Baumarkt, pidió una *bockwurst* y un Jim Him y en esta ocasión no intervino en la conversación entre los clientes, esto es, no los escuchó decir que las obras en la carretera B88 avanzaban de una manera descaradamente lenta, que la Hartz IV había vuelto a llegar con un día de retraso y que nadie hacía nada, ni siquiera se pedían disculpas, nada, no los escuchó porque debía decidir cómo proceder y entonces tomó la decisión, se comió la *bockwurst*, se bebió el Jim Him y subió al rascacielos, cogió una hoja DIN A4, la dobló, la cortó por la mitad, y en una de las mitades sólo escribió: para Angela Merkel, canciller de la República Federal Alemana, y a continuación Distinguida señora canciller, llegaré el 6 de septiembre al mediodía, Herscht, lo introdujo en un sobre, puso las señas de la manera acostumbrada y despachó la misiva en la oficina de los Volkenant, y después fue a ver al señor Köhler, que precisamente ese día lo recibió diciendo qué bien que hubiera venido, pues tenía cosas importantes que explicarle, lo invitó a sentarse y después de ir y venir un buen rato por la habitación sin decir palabra, se plantó ante Florian, se ajustó con dos dedos las gafas sobre la nariz y dijo, mira, hijo, tengo que explicarte algo, en primer lugar, que estás mezclando dos cosas, cuando menos dos, de todo aquello que yo te expuse en su día, tú piensas que el algo surge de la nada y que por tanto desembocará también en la nada, y nunca prestaste atención cuando traté todo esto con mucha reserva, no escuchaste bien, así que ahora presta atención, pues las conclusiones dependen de unas premisas sumamente sensibles y no se pueden sacar conclusiones de forma irresponsable, yo soy en un principio profesor de Física y Matemáticas, y sólo eso, un profesor y no una mente científica altamente cualificada, y puede que por eso no hablara nunca de manera bastante clara y no consiguiera ofrecer una idea creíble de las cuestiones sobre las que comenzaste a interrogarme, pero ahora ya no quiero seguir presenciando cómo te hundes y te pierdes cada vez más en tu propia interpretación, porque me he enterado por los Volkenant que le estás mandando cartas a Angela Merkel, no lo hagas, hijo mío, Angela Merkel jamás leerá tus cartas, ni siquiera se las hacen llegar, y lo que sería peor es que sí se las hicieran llegar, porque ¿qué pensaría entonces Angela Merkel de nosotros, los ciudadanos de Kana?, ¿que estamos todos chalados?, porque yo sé o, mejor dicho, intuyo perfectamente qué es lo que tanto te asusta, y es eso lo que le has escrito, ¿no es así?, sí, así es, respondió el señor Köhler a su propia pregunta, pues Florian callaba, pero, querido, se sentó entonces frente a Florian,

de alguna parte a alguna parte

te lo he dicho varias veces, aunque en vano, tú nunca te enteras de que estás mezclando dos cosas, los acontecimientos que supuestamente se produjeron en la primera centésima de segundo tras la Gran Explosión y los procesos que desde entonces se producen también en nuestro presente, tú los mezclas y crees que el «surgir de la nada» está ocurriendo ahora mismo, pero no es así, hijo mío, tú escúchame, porque te estás atormentando en vano, en lo que respecta a la Gran Explosión, y para colmo sólo en la teoría, o sea, no comprobado experimentalmente, se introdujo ese número proporcional que yo detallé diciendo que según esa explicación del surgimiento del mundo material se generan de forma sincrónica con los mil millones de partículas de materia mil millones de partículas de antimateria, y luego de pronto o en el momento mismo de la primera milésima de segundo del surgimiento del universo, eso no lo podemos decidir, no se forma una partícula de antimateria tras los mil millones de partículas de materia más una y los mil millones de partículas de antimateria, de manera que ese más uno de las partículas de materia aparece como un excedente, como el punto de partida de la materia, como aquello de lo que está hecho el algo, la materia, la realidad, pero eso se produjo en el momento de la Gran Explosión, Florian, no ahora, no hoy, porque hoy SIEMPRE surgen tras los mil millones de partículas de materia más una los mil millones de partículas de antimateria más una, y la aniquilación es continua y perfecta, es decir, se destruyen las unas a las otras, y con la colisión se liberan mil millones de fotones, ¿me entiendes?, son dos cosas bien distintas, hijo mío, por un lado está lo que ocurrió o, más bien, pudo ocurrir una sola vez en el momento de la Gran Explosión y luego está lo que ocurre después y también en el presente y ocurrirá asimismo en el futuro hasta el infinito, tú eso lo mezclas continuamente y llegas a la conclusión errónea de que, como el mundo surgió a partir de un único fallo, ese fallo volverá a producirse, pero a la inversa, y ni siquiera sé lo que imaginas, ¿quizá que de repente en el futuro se produzca un acontecimiento que destruya el mundo material existente en un plis plas?, pues eso es absurdo, hijo mío, no ocurrirá, a ver si lo entiendes, te lo ruego, y no te desesperes por ello, créeme, te preocupas en vano y envías también en vano esas cartas a la canciller, no pretendo ofenderte, pero lo cierto es que te pone un poco en ridículo, y no sólo a ti, sino también a mí y a toda nuestra ciudad, Kana es un lugar que tiene su orgullo, se diga lo que se diga, y nuestros conciudadanos se enfadarán si la desacreditas, aunque Florian ya había hecho oídos sordos al comienzo del discurso del señor Köhler, convencido como estaba de que esa explicación demostraba que el señor Köhler únicamente pretendía aliviar un poco la terrible carga que tenían encima, pero esa carga no se debía ni se podía aliviar, sino que era preciso actuar para evitar lo peor, que podía suceder perfectamente, y puesto que, de ello no le cabía la menor duda, podía suceder y con toda probabilidad iba a suceder de la misma manera inexplicable que en el momento de la Gran Explosión, no había forma de consolar a Florian, él ya había calado mucho mejor el funcionamiento de las cosas y había reconocido el peligro, la catástrofe está al caer, dijo entonces con tono triste y alzó poco a poco los ojos celestes hacia el señor Köhler, pero no para que volviera a consolarlo, sino para aclararle que a él ya no se lo podía consolar, pues en este asunto no cabía ya ningún consuelo, ésa era la realidad, y su única esperanza residía en la señora canciller y en el Consejo de Seguridad, allí se reunía gente responsable, capaz de movilizar a los mejores expertos en esas cuestiones fundamentales para el mundo, y el señor Köhler se limitó a negar con la cabeza, se quitó las gafas, se tocó el caballete de la nariz, pero luego no volvió a ponerse las gafas, que quedaron en sus manos ya carentes de fuerzas, y permaneció sentado, sin devolver siquiera el saludo a Florian cuando éste se marchó de la habitación, en parte porque se puso a pensar, porque se le ocurrió algo que después contó por teléfono a su amigo de Eisenberg, el doctor Tietz, concretamente que si no nos aproximamos al tema de este modo, sino considerando que si en el segundo diez elevado a la menos cuadragésimo tercera potencia tras la Gran Explosión allí están tanto las partículas de materia como las de antimateria, y si dejamos de lado toda la teoría de la aniquilación y nos concentramos en que existe un mundo material y existe un mundo antimaterial, entonces el mundo material está allí, claro, pero ¿dónde se ha metido el mundo antimaterial?, porque desde luego no está en la realidad, no lo encontramos en ninguna parte, no podemos demostrarlo en ninguna parte, o sea, ¿DÓNDE ESTÁ?, así que por eso se sumió en sus pensamientos mientras Florian se marchaba y, por otro lado, también porque comenzó a comprender que era impotente, había hecho cuanto se le podía pedir, nadie podía responsabilizarlo de aquello en que se plasmaría la desesperación irresponsable de Florian, porque algo iba a ocurrir, pensó con amargura, y en efecto ocurrió, pero no aquello que imaginó, porque el domingo siguiente sonó el teléfono del Jefe, le costó despertarse, pues había dormido como un tronco, la puta que los parió, ¿ni siquiera un domingo lo dejan a uno en paz?, y bajó entonces como una exhalación hasta su Opel y estaba a punto de ponerlo en marcha, pero miró en ese momento el reloj del coche, que indicaba las 4 y 10 de la mañana, o sea, demasiado temprano para marcharse, en Wechmar no habría nadie salvo el administrador, volvió entonces a la casa, y ya no pudo dormir, ni siquiera se atrevió a intentarlo, tan increíble sonaba todo, no me lo puedo creer, insistía después en el coche, mientras golpeaba como de costumbre el volante, Florian tuvo que agarrarse rápidamente de los bajos del asiento, no me lo puedo creer, negando con la cabeza el Jefe, es el mismo cabrón de mierda, Florian, el mismo, y volvió a golpear el volante, pues no encontraba las palabras, simplemente no sabía qué decir, porque la misma mano había vuelto a pintar NOSOTROS y la CABEZA DE LOBO en el molino de los Bach en Wechmar, según el administrador, que, como era insomne crónico, había salido más de una vez por la noche del edificio a respirar aire fresco y se había dado cuenta de lo ocurrido, y consternado como estaba llamó enseguida a la policía y luego al Jefe para que fuera de inmediato, pues si los lugareños veían lo sucedido se montaría un escándalo enorme, lo mejor era acudir en el acto, dijo poco después de las cuatro de la madrugada con voz temblorosa en el teléfono, pero el Jefe tuvo un momento de clarividencia al mirar el reloj del coche y sólo se puso en marcha y despertó también a Florian, por supuesto, cuando según sus cálculos la policía debía de haber llegado a Wechmar procedente de Érfurt, y eso fue lo que ocurrió, llegaron más o menos a la misma hora al molino de los Bach, la casa solar de los Bach, que es como la llamó el Jefe en el coche hablando con Florian, porque el Jefe lo sabía todo sobre Bach, y mucho lo admiraba Florian por ello, sabía cuándo había llegado Veit Bach procedente de Hungría y a partir de allí hasta los detalles más nimios, recitaba de memoria y de carrerilla los nombres de todos lugares conmemorativos de Bach, puedo decirlos de corrido en cuanto me despiertan, aseguraba los viernes o los sábados por la tarde a los demás, a quienes no paraba de explicar lo ocurrido en Turingia con los Bach y sobre todo con Johann Sebastian Bach, pero en vano, pues a nadie interesaba Bach, a ellos les interesaban Hitler y Müller y Dönitz y Model o directamente Dienel, pero no Bach, realmente no, reconocían, bien es cierto que Bach era un verdadero turingio, pero poco más podían decir, no eran muy melómanos que digamos, pues sí, al Jefe sólo lo entendían los músicos de la Sinfónica de Kana, y les encantaba escucharlo, pues mientras sermoneaba contando que Veit Bach y luego Hans cogían la cítara que el primero había traído de Hungría y tocaban una música maravillosa mientras el trigo se convertía en harina, tan maravillosa que incluso quedó el recuerdo de ella, de tal modo que hasta yo, decía tocándose el pecho, lo cual siempre significaba que se señalaba la Cruz de Hierro, hasta yo puedo saberlo, y a los músicos les encantaba escucharlo, y el Jefe, de hecho, nunca se dio cuenta de que en realidad no les atraían las historias que contaba, sino la circunstancia de que mientras hablaba se producía una pausa, porque, a decir verdad, la Sinfónica de Kana estaba compuesta por músicos aficionados que algo sabían de sus respectivos instrumentos, aunque no lo suficiente para tocar lo que exigía un Johann Sebastian Bach, ellos estaban más bien preparados para tocar las melodías de siempre, *Let the Sunshine* de la película *Hair*, canciones de los Beatles, *Dragonstone* de *Juego de Tronos* o *Blood of My Blood*, cosas de ésas, pero Bach era, por decirlo con suavidad, difícil, y el Jefe se enfadaba, pues creía que todo se debía a que no ensayaban bastante y que por eso no funcionaba, por eso se venían abajo una y otra vez el *Concierto de Brandeburgo n.º 5* o los pasajes instrumentales de la *Pasión según san Mateo*, de modo que cuando en el curso de un ensayo no aguantaba más, daba tal golpe en el timbal que todos dejaban enseguida de tocar sus instrumentos y escuchaban avergonzados sus sermones, con la consecuencia de que preferían que les hablara de Bach e hiciera por tanto una pausa, el clarinetista sugería que no había que forzarlos, pero el Jefe lo regañaba y decía que sin grandes objetivos la Sinfónica de Kana nunca llegaría a nada, y Johann Sebastian Bach era un gran objetivo, pues sí, de acuerdo, decía el clarinetista, eso y nada más, ya que ni él ni ninguno de los miembros de la orquesta querían llevarse mal con el Jefe, el fundador y el alma de la orquesta, o sea que la mayoría volvía a coger, cohibida, sus instrumentos y seguía intentándolo, y así continuaba el procedimiento, mientras Florian permanecía sentado todos los sábados en el gimnasio del Instituto de Bachillerato Lichtenberg y procuraba mejorar su oído, en vano, pues su oído no mejoraba, el Jefe simplemente no lo entendía, no lo entiendo, negaba con la cabeza ante sus camaradas, lo único que tiene que hacer desde que comenzamos a ensayar es permanecer allí sentado y prestar oídos, pero su oído sigue tan catastrófico como siempre, a este Florian no se le pega nada, nada de nada, aunque yo no me rindo, concluía, y los demás reaccionaban con indiferencia a sus palabras, pues sí, no te rindas, Jefe, ya vendrá, porque lo llamaban Jefe, y eso esperaba él que hicieran todos, nadie habría sabido decir desde cuándo y por qué se había extendido ese tratamiento, de hecho casi nadie conocía su verdadero nombre, a veces llegaba a sugerir que ni él mismo lo conocía, cuando le daban una patada en el culo, decía, entonces sí, entonces lo recuerdo vagamente, a lo cual brindaban, chocaban las botellas de cerveza y se bajaban la bebida, Florian no, él no bebía, todo el mundo lo sabía, siempre pedía sin alcohol, y además sólo cuando estaba con ellos fuera del Castillo, porque en el Castillo no entraba, yo sin alcohol, levantaba entonces la mano mientras se hacía el pedido, y por supuesto nadie quería quedar en ridículo pidiendo una cerveza sin alcohol, de manera que era él quien había de llevarla, lo cual también incomodaba a los demás, por lo que consiguió no tener que reunirse muchas veces con ellos, y cuando lo hacía no se burlaban de él, aceptaban que sólo bebiera sin alcohol, si bien en realidad nadie sabía por qué, solamente el Jefe lo sabía, pero no les revelaba que a Florian, por el alcohol, enseguida se le cubría el cuerpo con una erupción cutánea, ¿también el culo?, le preguntó sonriendo el Jefe al enterarse por primera vez, también, respondió Florian inclinando la cabeza, en todas partes, caramba, vale, pues entonces no bebas cerveza, sino vino, tampoco, respondió Florian, da igual lo que beba, si tiene alcohol aparecen esas manchas rojas, será tu hígado, dijo el Jefe, debes de tener un hígado débil, ya lo arreglará Bach, tú preséntate todos los sábados a las once y el hígado se te fortalecerá, el hígado y el oído, pues no puede ser que mi propio trabajador no beba cerveza ni tenga oído, no puede ser, mecagüenlaleche, así que preséntate a las once, y a partir de ese día allí estaba Florian a las once, jamás se retrasaba, el Jefe no lo habría tolerado, de hecho no perdonaba nunca ningún retraso, si algún violín o viento o contrabajo o violonchelo llegaba tarde, ni que fuese un minuto, el Jefe de inmediato le pedía explicaciones, le hablaba de la patria y la responsabilidad, y jamás lo olvidaba, de hecho no se lo perdonaba nunca a nadie, quien llega tarde es una persona de carácter débil, decía de pie junto a la silla que simbolizaba la tarima del director en la que, por la democracia, no podía ponerse nadie hasta la primera actuación que apenas se vislumbraba en un lejano futuro, quien llega tarde no es digno de ninguna música y menos aún de la de Bach, y todos sabían que el Jefe no estaba para bromas, de hecho nunca lo estaba, y cuando soltaba alguna, nadie lo entendía o, mejor dicho, nadie se daba cuenta de que se trataba de una broma, el Jefe tenía un aspecto terrorífico, y por eso mismo inspiraba respeto incluso entre sus camaradas, porque éstos no eran unos hombretones cogotudos y anchos de espaldas, con los músculos entrenados como él, sino que directamente parecían, solía decirles al comienzo, y puede que lo pensara como una broma, aunque nadie se reía, con esas mejillas pálidas y esos miembros fláccidos parecían, aseguraba, unos tuberculosos en plena agonía, pero después ya no lo decía, ni siquiera en broma, pues se daba cuenta de que los camaradas se lo tomaban a mal, y en sus miradas aparecía algo que al Jefe no le gustaba, y cuando esto sucedía se batía en retirada, interrumpía lo que estaba diciendo o haciendo, comenzaba a tocarse la nariz o acariciarse la cabeza rapada y finalmente se rascaba la Cruz de Hierro en el pecho, y cuando había llegado al final, todos estaban ya entretenidos con otras cosas, el asunto quedaba olvidado, y él ya sólo se permitía recordarles de vez en cuando la utilidad de hacer ejercicio físico, los alemanes puros como vosotros, decía, necesitan los dos tipos de fuerza, esto es, la fuerza física y también la fuerza de carácter, y él realmente predicaba con el ejemplo, pues tan pronto como tenía tiempo acudía después de trabajar al gimnasio Balance detrás del paso a nivel, levantaba pesas, corría en la cinta, se entrenaba con los remos y hacía las cien flexiones, en una palabra, que se mantenía en forma a sus cincuenta y tres años, como explicaba a Florian, pero tú, mecagüenlaleche, no tienes que hacer nada, a ti te cayó la lotería, joder, yo me esfuerzo todas las tardes o en casa o en el Balance, mientras que tú no haces nada, lo único que te preocupa es el universo, y levantas, como si fuese una almohada de plumas, ciento cincuenta kilos sin tambalearte, éste levantó ciento cincuenta kilos, contó en una de las reuniones de los viernes a los demás, y sólo volvió a poner la barra con las pesas en el suelo cuando se lo ordené, ¿me entendéis?, ¡cuando yo se lo ordené!, y ni siquiera le resultó tan pesado, ni siquiera entendió, la puta que lo parió, que eran tres quintales, el tío es todo músculo, pero, lo creáis o no, simplemente no lo sabe, no tiene ni puta idea de que está tallado en un madera puñeteramente fuerte, pues nada, es eso, y levantó entonces la jarra de cerveza y gritó, por la Fuerza, y ese día no tenía ganas de ir con los demás, a pesar de que era domingo, habían trabajado durante toda la jornada en el molino o, mejor dicho, acabaron en menos de una hora con el trabajo, pero había pasado más de medio día antes de poder comenzar con la limpieza del muro, porque los policías procedentes de Érfurt le dieron vueltas y más vueltas al asunto, como si realmente hiciera falta, y no hacía falta, dijo el Jefe a Florian, le echan un vistazo, recorren el recinto, le sacan unas fotos, y ya está, para qué mierda estiran el tiempo, para qué hablan tanto por teléfono, vale, que telefoneen, pero dejen a los demás hacer su trabajo, hacia las doce apenas podía ya con los nervios, Florian trató de apaciguarlo, no era tarea fácil, el Jefe se dirigió varias veces a los policías y les preguntó, ya que llevaban allí desde el amanecer, cuándo podrían empezar por fin, pero ellos lo rechazaban diciendo que no se pusiera nervioso, que ya le avisarían cuando se pudiera, y durante un buen rato no sucedió nada de nada, alguna llamada telefónica, algunas idas y venidas, conversaban, tomaban café, o sea, seguían dándole vueltas al asunto, de modo que sólo unos minutos antes de las dos recibieron la autorización para aplicar el disolvente de pintura, y para entonces el Jefe estaba tan hasta las narices, como decía, que envió solamente a Florian, él se quedó en el Opel, fumando, pues sí, era su única pasión, por desgracia no podía renunciar a ella, respondía él cuando se planteaba la cuestión de por qué tanto ejercicio para un fumador, una pasión, explicaba de mala gana, y usted no puede entenderlo, añadía, pero no confesaba que sólo el tabaco era capaz de aplacar la continua tensión que lo habitaba, pues era lo que lo atormentaba siempre, la tensión justo debajo de la Cruz de Hierro, no conseguía librarse de ella, sólo el tabaco le ayudaba, sobre todo en ese momento en que un escándalo tan repugnante se había producido en Turingia, y no sabía él si descargar la rabia en los policías o dejarse llevar de lleno por el impulso asesino que la indignación impotente había generado en la tensión permanente que lo habitaba, indignación contra ese «autor o autores desconocidos», pues así lo o los llamaban los maderos, hablaban de un «autor» y lo definían como «desconocido» cuando en realidad no era más que un maricón zarrapastroso, baboso, pajero y blandengue que se comía las uñas y al que ellos, los maderos, no pillarían jamás, señaló en el camino de regreso en el coche, pues una panda de inútiles como esos de Érfurt ni siquiera son capaces de pillar a un carterista en el tranvía de su ciudad y menos aún a una lagartija tan alevosa como ésta, y se creen la rehostia porque son de Érfurt, insistía enfurecido, Érfurt, un sitio plagado de piojos, ¿estás de acuerdo?, preguntó a Florian, que no podía hacer más que estar de acuerdo, claro, así que en eso quedaron respecto a Érfurt, mientras seguían a ciento treinta por hora por la A4 hasta Susla y luego a noventa por la B88 rumbo a casa, pues ésa era la velocidad permitida, y en esta ocasión el Jefe se atuvo a ella, es más, varias veces ralentizó en las curvas, por alguna razón se volvió mucho más cauteloso en el camino de regreso que en el de ida, a buen seguro tenía en la mente al llamado autor desconocido, supuso Florian, que lo miró de soslayo, a ver si lo averiguaba, pero no averiguó nada, pues la cara del otro sólo revelaba que estaba sumido en los más profundos pensamientos, se mordía los labios y reflexionaba, aunque no informó sobre el tenor de sus reflexiones a Florian, y sí, luego, al batallón, mas no ese mismo día, porque ese día, que era domingo, él tuvo que seguir reflexionando sobre el asunto en casa, solo, pensar y pensar, decía para sus adentros, sentado en la habitación de espaldas al televisor, acodado en la mesa, la cabeza calva apoyada en las manos, y a continuación se duchó con agua fría, porque lo que hacía falta era pensar y pensar, pensar con serenidad, una cabeza fría para la reflexión, lo cual no funcionaba así sin más, había que apartar todo lo demás, concentrarse única y exclusivamente en el tema, pues debía ver de qué se trataba y en qué consistía la mejor táctica, para lo cual no solamente se necesitaba concentración, sino también tiempo, de modo que se devanó los sesos durante toda una semana, que fue suficiente, todo encajó, o sea que cuando se reunieron en el Castillo el viernes siguiente y él expuso la situación, sus palabras eran como chasquidos, como si cada palabra que pronunciaba fuera en sí una orden, los camaradas, es decir, aquellos que pudieron acudir, lo escucharon con atención, y no había más que hablar, el plan se configuró en cuestión de minutos, se dispersarían de forma concertada, irían en diferentes direcciones, porque a un cervatillo no le disparas allí donde está, sino allí donde estará, ¿no es así?, dijo, pero no tuvo que explicar nada, lo entendió Jürgen, lo entendieron también los demás, nada de nerviosismo, nada de dudas, lo pillaremos, se miraron a los ojos, pues estaban todos de acuerdo en que sí, el Jefe expuso los detalles, y lo que dijo era como si les hubiera quitado las palabras de la boca, y en ese momento les resultó muy útil que él conociera a la perfección los escenarios bachianos de Turingia y de Sajonia, aunque por el momento sólo se concentrarían en Turingia, según acordaron, y esa misma noche se pusieron en marcha, a partir de la medianoche estaban cada uno en su sitio, Karin en Ohrdruf, Jürgen en Arnstadt, Fritz en Mühlhausen y el propio Jefe en Érfurt, los demás se sumaron a Karin o a Jürgen o a Fritz o al Jefe, en todas partes encontraron al cabo de pocos minutos los escondites adecuados desde donde podían observar los posibles escenarios, mientras mantenían el contacto a través de los teléfonos móviles, pero nada, dijeron a cada hora, y luego al día siguiente, cuando ya había amanecido y volvieron en sus respectivos coches a Kana, no hemos registrado movimiento alguno, porque, claro, el tío ése es puñeteramente listo, espera el momento, como ha hecho hasta ahora, asintió con un murmullo el Jefe, mientras yo, intervino Andreas, cambiaba de puesto de vigilancia cada tanto, y yo también, se sumaron primero Fritz, luego Gerhard y Karin y los demás, pero nada, concluyó Jürgen y después, como en él era habitual, se tocó con la punta de la lengua el hueco del colmillo que le faltaba, por lo cual siempre se le desfiguraba un poco la cara, chupeteó aquel hueco dando a entender así que estaba dispuesto a volver enseguida para pillar a aquel cabronazo, pero así como tenían innumerables ideas respecto a lo que iban a hacerle cuando lo pillaran, no tenían en ese momento ni la menor intuición de lo que estaba preparando, de dónde volvería a profanar algo, y esta palabra, *profanar*, era de Karin, que se mostraba tan impasible como si estuvieran hablando de quién recogería las botellas vacías, ella se limitó a hacer lo que había que hacer, se había subido a su destartalado Jeep CJ 7 con los otros tres que la acompañaban y había viajado a la quietud de esa pequeña ciudad, llegaron hacia la medianoche, y a esa hora tan tardía Ohrdruf estaba tan desierta que no sólo no aparecía viandante alguno en las calles, sino que tampoco estaban encendidas las luces en las casas, Karin condujo rápidamente por la ciudad entre la casa de Johann Christoph, el Lyceum y la iglesia de San Miguel y acabó estacionando en la Wilhelm-Boß-Straße, señaló a sus tres compañeros dónde debían apostarse, mientras que ella se situó sola a escasos metros de la iglesia, pues según el Jefe, que les había dibujado a todos exactamente dónde se hallaba cada objeto y cuáles eran las superficies que podían ser atacadas, la iglesia era el punto más sensible, allí había que contar con la posibilidad, porque ese puto chupapollas seguro que no se contentaba con un museo y buscaría lugares cada vez más escandalosos, Karin asintió con la cabeza y dio media vuelta con su calma de siempre, comprobó su navaja mientras se acercaba al coche, pero sólo por costumbre, porque la llevaba siempre en el bolsillo derecho sobre el muslo de su traje de combate, se subió al coche con los otros tres camaradas, cerraron las puertas el uno tras el otro, y enseguida cruzaron el casco antiguo, actuaron como había que actuar, Karin era un tipo de persona a la que incluso los compañeros temían un poco, sea porque en el lugar de su ojo izquierdo tenía uno de vidrio y de ahí que su mirada resultara terrorífica, sea porque nada la sacaba de quicio, se mantenía disciplinada en todo momento, siempre impertérrita fuera cual fuese la situación, así es Karin, decían de ella, y eso contribuía a que irradiara una gran fuerza, una fuerza que compensaba de forma evidente el hecho de que pesara menos de treinta y cinco kilos y sólo alcanzara el metro sesenta de estatura, ella, apuntó Fritz en tono elogioso cuando se incorporó al grupo, nunca jamás mostrará ningún sentimiento, y también esta vez le bastó su mirada impasible y un gesto de la cabeza para señalar a los miembros del batallón dónde se hallaban los mejores puestos de vigilancia en la Kirchstraße, instaló allí a Gerhard y a los otros dos, y ella se tumbó en un banco del parque que rodeaba la iglesia, se tumbó de costado dando la espalda al templo y se tapó toda entera con un abrigo que llevaba, como si fuera una vagabunda más, decidida a pasar allí la noche, y lo mismo hicieron también los otros, un grupo en Arnstadt, el siguiente en Mühlhausen, el tercero en Érfurt, allí llegaron todos antes de la medianoche y esperaron en esas pequeñas ciudades desiertas a que el tío se presentara, pero no se presentó, hacia las ocho de la mañana estaban ya todos de vuelta en Kana e hicieron balance de lo sucedido, lo cual consistió en que se sentaron en la gasolinera ARAL y pidieron un café a Nadir, a quien a pesar de su procedencia eran incapaces de odiar, entre otras cosas porque aquél era el lugar más discreto, permanecieron callados un buen rato, hasta que el Jefe dijo que debía marcharse y que esa noche continuarían, nada más, de modo que todos se fueron a sus trabajos, el Jefe recogió a Florian en la esquina de la Ernst-Thälmann-Straße, y por mucho que fuera sábado se dirigieron en el acto a Jena, donde había que quitar unos grafitis en varias calles, el Jefe había descargado la lista en casa, pero era Florian quien la llevaba durante la faena, y en ella figuraban con exactitud los números de las casas y así iban de una dirección a la otra, el encargo era para el día anterior, aunque a raíz de lo sucedido, es decir, porque él, el Jefe, necesitó un día para pensar en cómo proceder, lo aplazaron un día entero, Jena, rechinó los dientes el Jefe mientras frenaba ante la primera dirección, vaya panda de maricones, escucha, Florian, que esto es una panda de maricones, mételo en la cabeza, vale, respondió Florian, y sacó del maletero tres AGS, cada uno con una potencia diferente, y soltó un chorro con el de 270 para probar, pero enseguida recibió una cachetada, a ver, ¿no te acuerdas de lo que utilizamos en

Eisenach, imbécil?, es exactamente el mismo acrílico, ¿no lo ves?, necesitamos el de 60, añadió señalando el pulverizador de 60, tras lo cual Florian guardó rápidamente los otros dos, que eran por tanto innecesarios, en el bolsillo interior de su mono de trabajo y se puso a rociar la superficie que habían de limpiar, mientras el Jefe abría los brazos, alzaba la vista al cielo y seguía murmurando, no me lo puedo creer, cómo puede ser alguien tan imbécil, este tío no se acuerda de nada, hay que repetirle siempre todo, y después bajó la vista y se quedó vigilando que Florian no cometiera de nuevo alguna estupidez, el cielo estaba cubierto de nubes pesadas y oscuras, en los días anteriores ya habían aparecido varias señales de que se acercaba el otoño, y allí estaba el otoño, pues, definitivamente, llegarían las gélidas lluvias, las nieblas matutinas, así que ya no podrían subir por la L1062, y eso que por esa zona, en Neustadt, o en Berg, o en Münchberg habían tenido en los últimos tiempos prácticamente más trabajo que en los alrededores de la B88, trabajo había de sobra, no podían quejarse, y por eso estalló tanto el Jefe cuando Florian le pidió un día libre el jueves, sólo un día, dijo al Jefe, quien primero lo miró sin entender nada de nada, como si estuviera sordo, y le preguntó de nuevo, sólo un día, insistió Florian, iré por la mañana y volveré por la noche, pero no puedo ir el fin de semana, porque se trata de un asunto oficial, y no basta con ir a la oficina de empleo de Jena, me escribieron, sino que tengo que ir a Berlín, a la oficina de empleo central, en persona, mintió, pues había decidido mentir si hacía falta, con tal de que lo soltara, aunque al principio no pareció que tuviera éxito, porque el Jefe, claro, comenzó a despotricar al enterarse de qué se trataba, ¡a Berlín!, oye, ¿te has vuelto loco?, ¿ahora quieres dejarme con la cantidad de curro que hay?, no, no, no, se defendió Florian, es sólo un día, yo no lo dejaré a usted nunca, y era, en efecto, lo que Florian pensaba, pensaba que nunca dejaría al Jefe, ni siquiera se le pasaba por la cabeza, a pesar de que a veces se lo sugería la señora

Ringer de la biblioteca, así como una o dos señoras del rascacielos, a las que no les gustaba cómo lo trataba el Jefe, le decían que lo dejara y se buscara un empleo decente en la panadería Chech o en la fábrica de porcelana, pero él no entendía adónde querían ir a parar, él veía al Jefe como alguien que siempre había estado allí y siempre estaría, la vida no cambiaba nunca a ojos de Florian, todo transcurría siempre de la misma manera, las mañanas, las noches, las estaciones, los años, todo, siempre igual, no habría entendido que un día se despertara y no estuviera el rascacielos, no estuviera el Jefe, no estuviera Kana, no estuviera la República Federal Alemana, le resultaba inconcebible, de manera que tampoco entendía las propuestas sin duda bien intencionadas de que se buscara algún empleo en la economía sumergida para complementar la Hartz IV, ¿cómo iba a hacer algo así?, preguntaba entonces, el Jefe no sólo era su patrón, sino también su padre en el lugar del padre, de modo que sus vecinas se daban por vencidas y lo dejaban con una sonrisa, y también él con una sonrisa les gritaba cuando se marchaban que gracias por el consejo, pero no, y no, le dijo el Jefe, tú no te vas a ninguna parte, soy siempre yo quien arregla tus asuntos en la oficina de empleo, o sea que también arreglaré éste, muéstrame el papel que te mandaron, ay, el papel, mintió otra vez Florian, el papel está en casa, la verdad es que ni siquiera me acuerdo dónde, eso sí, ponía en persona, entiéndame, volvió a la carga, y miró al Jefe con una mirada tan implorante y repitió de forma tan insistente eso de que tengo que ir que realmente sorprendió al otro con su insistencia, de manera que el Jefe, después de desfogarse, ya no dijo nada, sino que con un ademán de resignación le dijo que fuera, si quería, al menos así se independizará un poco, pensó, y el jueves a primera hora Florian se encontraba ya junto a las vías, allí donde figuraba el nombre de Kana, pues el edificio de la estación había dejado de funcionar, sólo por la parada de los autobuses de larga distancia se alzaba ante la fachada principal en la Bahnhofstraße, frente a la antigua entrada, la escultura en relieve restaurada y convertida en monumento público que representaba con colores vivos la figura de una mujer y una lanza, y que los lugareños denominaban en tono de burla «la señora de san Jorge mata al dragón», por lo demás estaba todo roto tanto dentro como fuera del edificio, las puertas, las ventanas, pero no lo derribaron, se limitaron a reparar el tejado, a pesar de que su destino estaba evidentemente sellado y nadie lo necesitaba, de manera que los viajeros, si es que los había, se ponían a esperar a un lado o al otro de las vías, igual que Florian, quien, eso sí, se instaló allí una hora antes de que llegara a Kana el tren procedente de Orlamünde, pues esa noche no había pegado ojo, por temor a no despertarse y llegar tarde y, además, no cesaba de pensar en su gran misión, se daba la vuelta para un lado y luego para el otro en la cama, pues no paraba de componer en la cabeza las palabras adecuadas que diría en persona a la señora Merkel—¡breves!, ¡sólo unas pocas!—, cuando empezara diciendo que si bien se podía dudar, y con razón, respecto a lo que él entendía de la física cuántica, pero no respecto a que gracias al señor Köhler poseía conocimientos suficientes como para advertir al Estado alemán y a quien lo encarnaba, la señora canciller Angela Merkel, de lo que les esperaba si no actuaban con prontitud, pues era imprescindible levantar algo contra el azar, que a su juicio ya ni siquiera debía denominarse azar porque podía producirse en cualquier momento, sí, podía producirse, es más, explicaría luego a la señora Merkel, podía producirse incluso en el minuto siguiente, bien era cierto que no comprendía el mundo subatómico, cómo iba a comprenderlo, pero ese mundo se le había abierto al entendimiento y le había revelado que, si era verdad la creación a partir de la nada, podía igualmente ocurrir que tras los mil millones de antipartículas surgidos de la nada junto con los mil millones de partículas de materia no apareciera ese supuesto plus de una partícula de materia en la Gran Explosión, tal como había dicho el señor Köhler, sino que, por ejemplo, a raíz de la hasta entonces habitual formación equilibrada de partículas y antipartículas de repente, en un instante terrible y debido a una ruptura satánica de la simetría, se produjera +1 antipartícula, y entonces se destruiría la pareja de dos veces mil millones de partículas y antipartículas y se alejarían los bien conocidos mil millones de fotones, de modo que esa partícula +1 de antimateria crearía una nueva realidad, un antiuniverso, un reflejo mortífero viendo la realidad, y, claro está, esa cifra, mil millones, sólo indicaba la proporción en el curso de las gestaciones, interpretaría luego Florian lo expuesto, esto es, que después de todos los MIL millones de partículas de materia y de antimateria surgía +1 partícula de materia y +1 partícula de antimateria, y tal vez, por un exceso satánico provocado por una terrorífica casualidad, luego +1 partícula de antimateria, y así sucesivamente, o sea que sólo se trataba de un ejemplo para expresar las proporciones, una medida para entender mejor el asunto, lo esencial, continuaría Florian siempre y cuando la señora Merkel no lo interrumpiera, lo esencial era que puesto que una vez pudo producirse ese plus inexplicable que fue la aparición de una partícula de materia en el momento de la Gran Explosión, también era concebible que de manera igualmente inexplicable apareciera en cualquier momento una única partícula de antimateria tras todos los mil millones de partículas de antimateria y los mil millones de partículas de materia, también a raíz de una ruptura de la simetría, esto podía producirse de forma igualmente incomprensible, y así ocurriría el nacimiento de una realidad antimaterial, lo cual para nosotros, diría para acabar, pues no diría nada más, decidió esa noche cuando optó por no dar más vueltas en la cama y dirigirse a las vías del tren una hora antes de lo necesario, lo cual para nosotros, diría, supondría una catástrofe, y no sólo en la Tierra, no sólo en esta galaxia, sino en todo el universo, porque si se topaba el universo material con ese universo antimaterial, enseguida desaparecerían en su opinión, y desaparecería así el Algo y no quedaría tampoco lo de signo contrario, como diría el señor Köhler, o sea el AntiAlgo con la carga opuesta, lo cual significaría para nosotros el surgimiento de la Nada y todo regresaría entonces al punto del que partimos con el universo, a esa Luz Mortífera que es para nosotros idéntica a la Nada, en vano se ha negado la existencia de esa Nada, en realidad temblaban los primeros genios de la civilización incluso ante la mera idea de esa Nada, pero nosotros no debemos actuar así, nosotros debemos afrontar el hecho, el Gran Diálogo entre el Algo y la Nada, debemos hacer algo, él al menos eso había deducido de las lecciones del señor Köhler en Kana, así cerraría Florian su informe en la Cancillería, y esperaba el tren, y el tren procedente de Orlamünde venía con retraso, no había manera de sentarse, sólo se había asfaltado la superficie junto a las vías, allí solamente se podía estar de pie y esperar después de pasar por el túnel de hormigón al andén dirección Jena, estar de pie y esperar, en eso consistía la estación, y Florian permaneció de pie y esperó y se preocupó, y mucho, por el miedo a no poder realizar el trasbordo en Jena-Göschwitz o en Halle, pero al final llegó el tren con un retraso de sólo doce minutos, aunque aun así Florian pasó el viaje aterrado por el temor a no poder realizar los trasbordos, nunca en su vida había viajado tan lejos, es más, nunca había viajado en tren más allá de Jena, siempre solamente en el Opel, de modo que no tenía experiencia alguna, era lo que había dicho también el Encargado del rascacielos, al que había pedido que le ayudara a comprar el billete en el autómata para el largo viaje, escucha, Florian, no te preocupes por los trasbordos, ni en la ida ni en la vuelta, porque hoy en día los trenes circulan siempre con retraso, pero se esperan el uno al otro para los trasbordos, así que nada de preocuparse cuando uno se retrasa un poquito o el otro sale un poquito antes de lo previsto, tú llegarás, seguro, esto es así, la Reichsbahn ya no es lo que era, ya nada es lo que era, en el mundo de hoy ya no existe la puntualidad, no existen los horarios, eso no interesa ya a nadie, dijo el Encargado, que luego hizo una señal a Florian para que sacara el billete de la boca del autómata, ya está, Florian lo cogió y se lo agradeció mucho, no tienes por qué agradecerme nada, ya sabes, a mi edad se alegra uno de que le pidan un favor, a mi edad uno ya no vale nada, dijo el Encargado y se mostró muy triste y ni siquiera respondió cuando Florian se despidió de él ante el antiguo edificio de la estación diciendo que aún tenía cosas que hacer en el casco antiguo, se limitó a despedirse haciendo un gesto con la mano y sintió tal tristeza por sus propias palabras que sólo pudo marcharse de allí, porque en realidad no podía decir esas tristes palabras a nadie, no había nadie a quien decirlas, en el rascacielos la mayoría eran desconocidos, ni siquiera saludaban, ni siquiera sabían quién era el Encargado, y él tampoco decía nada, para qué, así se fue él a su casa, al rascacielos, mientras Florian, ya con el billete en el bolsillo, pensaba que había de contar de todas maneras la noticia de que se marchaba a Berlín a la señora Ringer, la única persona a la que había confiado lo más íntimo, todavía en la época en que comenzó a acudir a la biblioteca en busca de libros sobre física, pero la biblioteca no poseía ni un solo libro sobre física, sólo tenía a la señora Ringer, y ella lo escuchaba, es más, escuchaba encantada a Florian, de modo que él iba a verla a menudo, también para contarle algún asunto confidencial o para pedirle algún consejo, la señora Ringer era para él algo así como una madre, a pesar de que la señora Ringer apenas había superado los cuarenta años, lo cual, sin embargo, no impedía a Florian tratarla como su madre, y eso, claro, no significaba que él le expusiera todo, absolutamente todo, eso no, había cosas, por ejemplo, el miedo que le daban las mujeres, que no se atrevía a confesarle ni siquiera a ella, y, aunque no las temiera de verdad, tenía la sensación de que el amor físico no era algo que fuese con él, y esto no podía hablarlo con la señora Ringer, pues también ella había sido mujer en algún momento, era un tema que tampoco hablaría con su verdadera madre si en algún momento apareciera, pensaba Florian, uno esto ni siquiera lo habla consigo mismo, en esta cuestión todo el mundo se encuentra siempre solo, de modo que la señora Ringer tampoco insistió mucho cuando las demás conocidas le recomendaron que ayudara a Florian, pues seguro que ahí estaba el problema, ya había superado con creces los veinte años, quién sabía cuántos tenía exactamente, y todavía no se había casado, y no sólo eso, pues nadie sabía siquiera si Florian había tenido alguna vez una relación con una mujer, pero la señora Ringer se negaba a sacar a colación el tema de la sexualidad, comprendía y respetaba que Florian no quisiera hablar de ello, ya lo hará el Jefe, esa bestia, decía la señora Ringer para sus adentros, allí estaba él, por qué no hablaba él con Florian sobre ese asunto con la labia que tenía, ese hombre era tan sucio por dentro que no le hubiera costado nada, aunque el Jefe se conformaba con darle de vez en cuando una fuerte palmada en la espalda y gritarle, oye, que me he enterado de que este sábado te casas y no me has dicho nada, y luego daba más y más puyazos a Florian, que se ponía rojo como el tomate, pero el tema tampoco a él le gustaba particularmente, ¿para qué?, explicaba a los demás en el Castillo, ¿me serviría de algo que se casara?, ¿o que una puta con mala baba le hiciera perder la cabeza?, pues no, no me serviría, porque con lo influenciable que es incluso me dejará plantado, así que dejó el tema, no insistió mucho y, aunque disfrutaba viendo a Florian sonrojarse, tampoco le hacía tanta gracia, realmente prefería dejar de lado el asunto, para que a Florian no se le ocurriera recordar que también él tenía una pija entre las piernas, decía, con lo cual daba por concluido el tema, y Florian desde luego se sentía aliviado, porque al principio temía que ése sería el principal tema entre ellos, las mujeres, pero después se tranquilizó, porque lo cierto era que las mujeres no se parecían a la señora Ringer, ni a las señoras del rascacielos, ni a Ilona del chiringuito llamado Grill, ni a la señora canciller, sino—él también lo tenía claro, no era tan estúpido—en general amantes o putas o incluso algo peor, el hecho de que tuvieran tetas y mearan de otro modo, que llevaran falda y todo eso, irritaba sobremanera a Florian, no sabía cómo empezar con las mujeres y la sexualidad, sabía que no era correcto pensar así de ellas, aunque no podía pensar en ellas de otra forma, y para colmo ahí estaban la señora Ringer y las señoras del rascacielos e Ilona del Grill y últimamente, claro, la señora canciller, siempre podía aferrarse a ellas, pues no eran mujeres como las demás, a éstas no las conocía ni las quería conocer de esa manera, y no se trataba de que ella no quisiera escucharlo, se defendía la señora Ringer cuando su marido le reprochaba por qué no hacía nada ya que no era capaz de librarlo del Jefe, claro que estaba dispuesta a escucharlo, protestaba ella, cómo diablos no iba a escucharlo, pero si había alguien que sabía a ciencia cierta que el tema no le interesaba, ese alguien era ella, sólo en apariencia se sentía cohibido cada vez que se producía alguna referencia a la sexualidad, porque la verdad era que el asunto le aburría, ella, la señora Ringer, estaba profundamente convencida de ello, jamás se había encontrado con nada parecido, si bien estaba segura de que a Florian la sexualidad no le afectaba, si se sonrojaba, pues se sonrojaba, decía la señora Ringer, a cuyo juicio el rubor se debía a que le daban vergüenza quienes planteaban tales cuestiones, si se sonrojaba era porque sentía vergüenza por ellos, no por la sexualidad, puesto que no se atrevía a decirles que en su opinión la sexualidad era algo vergonzoso, una sumisión, falta de elevación por encima de la naturaleza, y de ello, de la sexualidad y de todo cuanto ataba al hombre a la naturaleza, todo el mundo debería liberarse, eso estaba detrás de esos rubores que tanta burla provocaban, ésa era su opinión, concluía la señora Ringer, aunque si Florian hubiera sabido de ello muy probablemente se habría distanciado, pues él muy en lo hondo no creía que el ser humano tuviera que mantenerse lejos de la naturaleza, cómo habría podido mantenerse lejos si era parte de ella y, además, la naturaleza con sus moléculas, sus átomos, su realidad subatómica era la dueña de todo, aunque no sabemos quién es ella, la naturaleza, o aquello que denominamos naturaleza, no tenemos ni la menor idea de quién es la naturaleza, pensaba a menudo sentado en el banco más corto debajo del castaño más grande, antes incluso de que el señor Köhler le abriera los ojos para entender cuál era la dirección del pensamiento y de la mera reflexión, la dirección a la que debía ajustar sus pensamientos y sus meras reflexiones, pues había que encontrar el fundamento de todo, ese conocimiento fue el que le transmitió el señor Köhler en esos dos años en que él, el señor Köhler, daba una vez por semana—entre otros a Florian—una clase sobre el mundo maravilloso de las partículas elementales en el sótano del Instituto de Bachillerato Lichtenberg, pues no le habían dado sitio en otro lugar, sólo allí, en el sótano, lo cual al principio ofendió un poco su orgullo, le ofendió que sólo pudiera conseguir eso del director del instituto y de los coordinadores regionales de la Escuela de Adultos, aunque luego se conformó, lo aceptó, el público resultó ser entusiasta, no eran muchos los que asistían a la clase, pero se veía el brillo en sus ojos, por lo cual, a su juicio, merecía la pena hacerlo, de modo que no lo dejó, siguió, fue contando cosas como si se hallara entre niños, todos los martes entre las seis y las siete y media de la tarde procuraba introducir a los oyentes en las honduras de la misteriosa ciencia física como si hablara con un público infantil, ésa era su sensación, y no sin motivo, porque introducía en los misterios de la física hasta una profundidad para la cual el público no estaba preparado, lo sabía, lo sabía por los últimos diez minutos en los que la audiencia podía formular preguntas, faltaba ese saber matemático y físico elemental que habría hecho posible que comprendieran lo que el docente les revelaba, en el que el docente trataba de introducirlos, de modo que no era capaz de controlar a qué conclusiones llegaban después de escucharlo, en qué se convertía en sus cabezas ignorantes aquello que él les explicaba mediante palabras, esquemas, breves películas y a veces, en contadas ocasiones, mediante experimentos que él mismo llevaba a cabo, aunque en definitiva tampoco le molestaba mucho, sobre todo no lo agobiaba y muy en especial no se sentía responsable del camino que cada cual seguía a raíz de lo escuchado en sus clases, hasta el día en que el niño Florian se le presentó y compartió con él lo que llamaba sus preocupaciones relativas al universo y le pidió su consejo, pues sí, a partir de entonces se dio cuenta de que se había metido en un problema y de que no se debía hacer o decir cualquier cosa de forma irresponsable, fue Florian por quien por primera y última vez sintió y sentía aún cierta conciencia de culpa, confesó el señor Köhler a su buen amigo, el doctor Tietz, psiquiatra que vivía en una localidad no lejos de Kana, la única persona a la que conocía desde su juventud y con la que se llevaba bien y que poco después de terminar su carrera había regresado a las proximidades de su ciudad natal y no se había movido de allí, los demás a los que consideraba sus amigos habían muerto o se habían trasladado lejos, de manera que sólo quedaba él, el doctor Tietz, al que habló de esos remordimientos de conciencia surgidos con el tiempo y que al principio se desentendió del asunto con una broma, porque en el fondo le alegró que Adrian dejara a ese joven acercarse a él, de modo que no mostró mucha comprensión por su inquietud y sobre todo procuró que su amigo no se hundiera en esa sensación de mala conciencia, si sientes mala conciencia, le dijo, no te mientas pensando que no le has dado motivos, afronta claramente el asunto y trata de ayudarte ayudándole a él, o sea, convéncelo de que te dé tiempo a reflexionar sobre tus argumentos y entretanto pídele que te eche una mano con las tareas en torno a la estación meteorológica, o sea, poco a poco, con método y sensibilidad, ve tentándolo a pasarse al mundo para ti mágico de la meteorología, créeme, entonces lo olvidará todo, se liberará de sus preocupaciones y de esta forma tú también te liberarás de las tuyas, pues me da la impresión de que con su teoría influye más en ti que tú en él y por eso estás tan nervioso, eso dijo el doctor Tietz de Eisenberg, su viejo amigo, y Adrian, mientras apartaba decididamente la idea de que Florian tuviera alguna influencia en él, no, en absoluto, lo escuchó y consideró que desde luego había un elemento de sabiduría en el consejo del doctor Tietz y se le ocurrió una forma de ponerlo en práctica, pero Florian, por desgracia, no se presentó el jueves siguiente, de modo que el sábado se dirigió al rascacielos deseoso de saber si le había sucedido algo, aunque por lo visto su joven pupilo, pues así llamaban los vecinos a Florian, no se encontraba en casa o al menos no reaccionaba a los timbrazos, debían de ser eso de las doce del mediodía, podía pensar con justa razón que lo hallaría en su casa, y Florian, de hecho, se encontraba en casa, pero precisamente redactando la cuarta carta y para colmo supuso que el Encargado quería hablarle, pues lo hacía a menudo, si bien no a esa hora, sino en general hacia las siete, cuando, sobre todo en otoño, las tardes lo agobiaban y pedía a Florian que bajara a su casa para conversar un poquito, o sea que Florian permaneció un rato indeciso y no reaccionó al timbre, y dijo para sus adentros, eso sí, sólo para sus adentros, pues sólo para sus adentros se atrevía a llamarlo Friedrich, vale, señor Friedrich, entiendo, pero tenga un poco de paciencia, pues he de acabar primero esto y luego bajaré, ni se le pasó por la mente que se tratara de otra cosa y menos aún que fuese el señor Köhler quien tocaba el timbre, cómo podía ser el señor Köhler, un hombre demasiado importante para ir a verlo a su casa, el rascacielos era algo así como una mancha en Kana, se construyó en su día para la fábrica de porcelana, cuando eran miles los que trabajaban allí, una mancha por diversos motivos, en parte porque se levantó para el llamado pueblo hermano vietnamita, lo cual era cierto en el sentido de que eran en su mayoría trabajadores vietnamitas quienes ocupaban los bancos de trabajo de la fábrica de porcelana, pero, claro, no sólo vivían allí vietnamitas, sino también gran cantidad de hijos e hijas de otros pueblos «hermanos» de África y de otros continentes y, por otra parte, por cómo se desarrollaba allí la vida, porque bien se podía imaginar cómo iba a transcurrir allí todo, decían entre ellos los ciudadanos de Kana cuando se comenzó a construir el rascacielos, tantos hombres y tres veces más mujeres juntos, genial, vaya, pero ninguno de los lugareños contó con lo que sería luego la realidad, un nido de depravación, así lo resumió el Encargado, denominado así a falta de alguien que ocupara el puesto de conserje, Sodoma y Gomorra son una minucia en comparación, así lo expresaron los vecinos de la Ernst-Thälmann-Straße ya un año después de que se instalaran los vietnamitas, aquí se necesita policía, decía el Encargado, verdadera policía, y avisó también, pero en vano, no venía nadie, daba la impresión de que quienes lo inventaron todo para la fábrica de porcelana planearon también esto, lo tenían exactamente previsto, forma parte del plan quinquenal, camaradas, decían con una carcajada en el bar IKS quienes ni siquiera habían conseguido un empleo en la fábrica, sobre todo Hoffmann, el bromista oficial del IKS, y no sólo del IKS sino también del Grill, los hombres huían, explicaba a su pasmado público, imaginaos, me ha dicho el Encargado que cualquier varón, sea vietnamita o negro o amarillo o azul, no regresa tranquilamente a casa después de trabajar, sino que entra a hurtadillas en el edificio, tal es el hambre de varón que tienen esas hembras, y, claro, el asunto se convirtió al principio en la comidilla de la gente, y no sólo en el IKS, pero con el tiempo se diluyó, así como el rascacielos comenzó a desaparecer de la rumorología, hasta que al cabo de unos años ya no interesó a nadie cuanto ocurría allí, y lo cierto era que tampoco ocurría nada especial, aunque, eso sí, se mantuvo su mala fama, sobre todo después de que la fábrica de porcelana se viniera abajo y en los años noventa fuera a parar a manos de una empresa privada muniquesa que sólo pudo proporcionar empleo a unas cien personas, así que los vietnamitas volvieron a su país, gran parte de los pisos quedaron vacíos y los que no, fueron ocupados por estudiantes de Jena y por algunos ancianos solteros, así como por Florian, por supuesto, en el piso más recóndito de la séptima planta, casi no se lo pudo creer por la alegría cuando el Jefe lo instaló allí, era su primera vivienda independiente, lo inundó una sensación increíblemente agradable cuando se quedó solo después de subir la cama y una mesa y unas cuantas sillas, se puso el mono de trabajo y la gorra «Castro» y apretando la mochila contra el pecho y agachando un poco la cabeza, pues el techo era demasiado bajo para su tamaño, se puso a deambular entre la habitación y la cocina, abrió varias veces el grifo del lavabo para convencerse, una y dos y tres y cuatro veces, de que efectivamente corría el agua, se sentía feliz, podía mirar por la ventana, podía ver el maravilloso paisaje, las montañas de los alrededores de Kana, no todo por supuesto, pero sí al menos lo que podía verse desde la séptima planta, el monte Dohlenstein, hasta entonces sólo había poseído una mochila, y ahora tenía una mesa, tenía una cama, tenía tres sillas, y todo era suyo, era de él, que hasta ese momento no había podido poseer nada, porque en la institución no se permitía ninguna posesión privada, sólo la mochila que le dieron al ingresar, de modo que en realidad no tenía ni la menor idea de lo que suponía tener algo, que alguien, él, por ejemplo, tuviera una vivienda, la alegría le duró semanas, es más, meses, y de hecho no terminó nunca, sólo se mezcló con la gratitud hacia el Jefe, de manera que con el paso del tiempo no distinguía las dos, contemplaba las escarpadas laderas del Dohlenstein, en invierno los bosque nevados y en primavera su verdor, y pensaba en el Jefe, a veces, cuando se levantaba de la mesa incluso le acariciaba el borde, así nomás, de forma inconsciente, y le venía a la mente el Jefe, que todo eso se lo debía a él, el piso, la mesa, todo, de manera que después del traslado tampoco cambió mucho, el Jefe quiso darle algunas veces un armario o un buen espejo para el baño, pero él lo rechazaba, sólo le aceptó una lámpara para leer y algo así como un banco de madera, de esos que antes se usaban en los restaurantes y que el Jefe encontró quién sabía dónde, aunque lo hizo con muchas dudas, pues siempre insistía en conservar el piso en su estado original, que todo se mantuviera tal como era cuando empezó a vivir allí, a veces le preguntaba el Jefe, oye, ¿por qué no te compras una cortina?, mecagüenlaleche, o algo por el estilo, pero él se escabullía con alguna frase divertida, en el caso de la cortina, por ejemplo, ¿para qué, Jefe, quién va a mirar adentro por la ventana de la séptima planta?, o sea que nada, ahorraba bastante de su sueldo semanal, no compraba nada, sólo tres años después de comenzar a trabajar para el Jefe le salió con que tenía 370 euros ahorrados y pidió al Jefe que le ayudara a comprar un teléfono móvil, pues siempre había soñado con tener uno, así como quizá un ordenador portátil, porque el uno le serviría en el trabajo y el otro para los estudios, y el Jefe se mostró muy reacio al principio, reaccionó sumamente enfadado a la idea del portátil, y sobre todo le soltó una perorata por el teléfono móvil, ¿para qué necesitas un móvil?, a ver si me entiendes, tú sólo hablas conmigo, la puta que te parió, y para eso no necesitas un móvil, pues entonces al menos un portátil, le rogó Florian, a lo cual el Jefe retrocedió un poco, como quien se dispone a examinar con más detenimiento las intenciones ocultas de su interlocutor, y le espetó, ¿será porque quieres investigar el puto universo, verdad?, mejor sería que investigaras a Bach, mecagüenlaleche, tú mírame a mí, cuando oigo el nombre de Bach se me pone carne de gallina, porque, a ver si me entiendes, yo tengo corazón, de lo contrario cómo iba yo a quererlo tanto, cuando lo escucho, me vuelvo loco, me quedo sin fuerzas en los brazos, a veces ni siquiera sé cómo tocar sin ninguna fuerza en los brazos, porque para los timbales se necesitan fuerza y voluntad, por eso toco los timbales, por eso elegí los timbales cuando se repartieron los instrumentos, y no quiero decir que tenga que tocar todo el tiempo, en absoluto, pero de vez en cuando hay que darle, miro la particella *y ¡paf!*, ¿cuatro cuartos?, ¿tres cuartos?, me lo sé al dedillo, y, a ver si me entiendes, cuando empezamos a tocar, a ver, no sé, uno, el *Concierto en re mayor*, yo me encuentro en el universo, ¿me comprendes?, porque ése es el universo, me cago en diez, porque tú has nacido en un lugar excepcional o al menos aquí te dejaron caer, y nosotros aquí no nacimos para idiotas, así que te quito de la cabeza la idiotez y le meto a Bach, pero Florian conocía perfectamente las andanadas del Jefe, que soltaba más bien por costumbre, no estaba realmente enfadado, de modo que en vano siguió despotricando, que de móvil nada, y para qué necesitas un portátil si, además, el rascacielos no tiene conexión a internet, ni la tendrá, mecagüenlaleche, y no cuentes con que te deje entrar a casa, porque a mí no me vendrás a pulsar las putas teclas durante horas, Florian se mantuvo firme y continuó intentando convencer al Jefe, lo intentó una y otra vez argumentado que desde luego no había internet en el rascacielos y sí, sin embargo, en el café Herbst, y que allí la señora Uta le permitiría conectarse, se lo había preguntado y sí, hasta que el Jefe finalmente cedió y le compró un portátil bajo mano y le instaló lo imprescindible y le mostró los primeros pasos, pero curiosamente Florian pareció entenderlo todo de inmediato o pareció que sabía ya de entrada cómo manejar un portátil, a pesar de que lo negaba, y aun así tenía clarísimo lo que significa buscar algo en Google o cómo se guardaba o se borraba algo o cómo se deslizaba el dedo por la pantalla, y daba la impresión de comprender enseguida los conceptos, lo que era el escritorio, lo que era el programa, lo que era descargar, etcétera, o sea que no tuvo que explicarle mucho, que hiciera lo que quisiera, que se sumergiera en el portátil, pero Florian al principio ni siquiera se atrevió a tocarlo, el primer día lo puso sobre la mesa de la cocina y se quedó mirándolo hechizado, iba y venía a su alrededor y apenas durmió, pues se levantaba cada dos por tres a echarle un vistazo, a comprobar que efectivamente seguía allí, pero a partir del segundo día ya no existía nada salvo el HP, su HP, lo abría, lo cerraba, volvía a abrirlo, lo conectaba, pulsaba la primera tecla, o sea que se sumergió en su ordenador, tardó días en probarlo todo y sólo entonces se dirigió al café Herbst y comenzó a navegar y a descargar todo cuanto le importaba y, claro, lo que le importaba eran en particular los temas relacionados con la física, aquellos de los que había oído hablar al señor Köhler, aunque ni así logró comprender del todo la sustancia de los asuntos, en vano leía despacio una y otra vez los artículos y estudios accesibles, en vano buscaba interpretaciones y explicaciones sencillas y descriptivas, la conclusión fue que un buen día cerró el portátil en el café Herbst, decidió probar suerte después de dos años y se dirigió a la Oststraße, y allí empezó la historia común de Florian y del señor Köhler, de la que por supuesto pronto se enteró todo el mundo, pues Kana era una ciudad pequeña, todos sabían todo de todos o al menos querían saberlo, al principio los vecinos de la Oststraße inquirían en broma al señor Köhler qué hacía allí Florian, si se le habían estropeado los aparatos meteorológicos y lo había contratado como gato para predecir el tiempo, porque, como se dice, cuando retozan los gatos, agua o viento al canto, y luego la señora Ringer le preguntó por Florian cuando se toparon en el Lidl y expresó su satisfacción porque el muchacho, como lo llamaba, tuviera por fin un verdadero apoyo, cosa esta que el señor Köhler no escuchó con agrado, porque no quería ser el apoyo de Florian, el muchacho le caía bien simplemente y, además, éste, con su ingente fuerza y su buena voluntad, le podía ayudar cuando hacía falta, ahora reparando el tejado, ahora instalando un aparato nuevo a una altura que a él le habría resultado difícil, siempre surgía algo, y Florian parecía feliz de poder ayudar, y al señor Köhler a su vez le gustaban al principio esas pequeñas lecciones de los jueves, le gustaba dar clases, quizá por eso había elegido la carrera de profesor de Física y no la de físico teórico o la de investigador de programación, para las que tenía tanto el talento como los conocimientos necesarios, pero no, a él le gustaba que hubiera gente de pie o sentada delante y poder hablar de asuntos en los que era experto y con los que podía granjearse su interés, le gustaba ver en sus ojos ese brillo que consideraba el máximo reconocimiento, porque ese brillo significaba que alguien, un rapaz de sexto o un oyente jubilado de la Escuela de Adultos, es más, últimamente el propio Florian de pronto habían comprendido algo, lo cual lo llenó de la mayor satisfacción y orgullo durante décadas, qué más podía pedir, explicaba al doctor Tietz las veces que se reunían cada dos o tres semanas, o en su casa en la Oststraße o en la del doctor en Eisenberg, es más, sabes qué, esto es todo lo que puedo pedir, y era eso, esa súbita comprensión, lo que hubo de examinar y replantearse ahora precisamente debido a Florian y de lo que, también debido a Florian, salió con un resultado más que deprimente, pues significó a la vez su fracaso como pedagogo y su desilusión en lo que respectaba a la ciencia, ocurrió más o menos en esa época en que comenzó a observar los peligrosos síntomas de la obsesión en Florian y se dio cuenta de que el muchacho, de hecho, no había comprendido nada y el brillo en los ojos celestes sólo indicaba—y eso, ahora lo veía, podía valer para toda su carrera—que la persona en cuestión había tomado un camino del todo equivocado, que la persona en cuestión había llegado a una conclusión del todo equivocada, que la persona en cuestión había sacado de pronto conclusiones del todo equivocadas que podían llevar a sus oyentes a cualquier sitio, en particular a Florian, sobre quien ya no tenía ningún poder, ya no era capaz de convencerlo de que interpretaba de manera incorrecta cuanto acababa de escuchar, de que directamente saboteaba la interpretación correcta porque se había metido en un malentendido, en una interpretación interpretada de un modo equivocado, en una interpretación simplificada, y entonces ya no le podía ayudar ni Dios, puesto que Florian se había enrocado en una explicación del mundo basada en ese malentendido, Florian, que no tenía ni la menor idea de que el vacío no era idéntico a la nada filosófica, de que la Nada no existía siquiera, y que no entendía en absoluto ni el significado de la radiación de fondo en microondas ni un solo elemento de la relativista teoría cuántica de campos, como tampoco que, ya que se metía en conclusiones teóricas, no debería haberlo hecho con la confusa teoría de la llegada del apocalipsis, sino más bien con lo que se iluminó en la mente del hombre, con lo que se produjo con la anihilación de las partículas de materia y de antimateria, concretamente la radiación electromagnética que volvió a desintegrarse en materia y antimateria hasta que la temperatura del universo se enfrió y alcanzó aproximadamente tres mil grados Kelvin para que a partir de ese momento surgiera la luz en una gama visible para nosotros, porque ella, la luz, como todo el mundo, incluso Florian, había de saber, sólo podía nacer en una franja temporal determinada de esta radiación electromagnética, pues por debajo de cierto Kelvin ya no hay luz, para que luego, no sabemos con exactitud cuándo, volviera con el nacimiento del Sol y de las estrellas a despertar a partir de esas nuevas fuentes, ¡Florian!, ¡por el amor de Dios!, ¡para que hoy siga brillando!, pero ahora ya daba lo mismo, porque él ya no podía corregirlo de ninguna manera, lo cual acabaría siendo un problema, pensó, y eso que no sabía que Florian había viajado a Berlín y había regresado, no le dijo ni una palabra, cuando volvió a aparecer después de una pausa de una semana, de dónde había estado ni en general de si había estado en alguna parte, sólo dos días después, el sábado, se enteró por la señora Ringer, en el Lidl, junto al mostrador de la verdulería, donde justamente se podían conseguir tomates en rama a mitad de precio, de que Florian había viajado a Berlín, pero algo había salido mal, porque Florian no le había contado nada, ni siquiera a ella, a la señora Ringer, que quiso saber si él, el señor Köhler, a lo mejor sabía algo, pues, a ver, no sólo no sé nada, respondió él con cara larga, es que ni tan sólo tengo conocimiento de este asunto, qué diablos podía haber hecho allí, se preguntó luego en casa al sentarse a cenar, le gustaba el tomate en rama, sobre todo porque le atraía especialmente la fragancia de la rama, comió rodajas de salami con un poco de queso acompañadas de tomate, he ahí su cena, no solía comer mucho por las noches, salvo cuando conseguía tomate en rama de temporada, pues entonces no podía resistirse y lo saboreaba largamente en la boca, no hay nada mejor que el tomate en rama, explicaba al doctor Tietz, por eso mismo ya merece la pena sobrevivir al invierno, pero por desgracia se acababa rápido, no hay nada que hacer, cada cual tiene su punto débil, el mío, explicó riendo y con un poco de vergüenza al doctor Tietz, es el tomate en rama, a lo cual su amigo le respondió que era mucho mejor que si lo fuera un Ferrari, y entonces se rieron a gusto, porque siempre era así, el doctor Tietz sabía cómo relajar el ambiente, el doctor Tietz era un experto en eso, y el señor Köhler se sentía agradecido al destino por haberle dado un amigo así y, además, procuraba dar señales de esa gratitud, por ejemplo, teniendo presente el día del cumpleaños de su amigo, el de su esposa, el del crío, el aniversario de su boda y tampoco se olvidaba de presentarse con algún detalle antes de las grandes fiestas, pues nunca pasaban juntos las fiestas, el señor Köhler lo respetaba, las fiestas pertenecían a la familia, y el doctor Tietz lo reconocía, bien es cierto que nunca agradecía de forma abierta las atenciones del otro, pero de alguna manera le transmitía su agradecimiento, en una palabra, que se llevaban muy bien, el señor Köhler no podía o no quería imaginar que esto algún día se acabaría, a pesar de que debería haberlo pensado, pues ambos se hallaban ya sumidos en una edad avanzada, pero no, consideraba lo más correcto y conveniente no preocuparse por ese asunto, disfrutarían de la mutua amistad mientras pudieran y listo, así quedaba zanjada la cuestión, la estación meteorológica funcionaba, recogía los datos, él miraba los datos del Servicio Meteorológico Alemán y los de la televisión MDR y los de los noruegos y cuidaba y actualizaba su página web y se alegraba cuando la gente lo interpelaba en la calle diciendo «Köhler, el hombre del tiempo», vivía en paz, solo pero en paz y tranquilo, y nada debía perturbarlo, decidió, tampoco el caso de Florian, y así comenzó a pensar en cómo dar por terminada la relación con Florian, de hecho preguntó en la siguiente ocasión a la señora Ringer qué le aconsejaba, y la señora Ringer se puso pálida y le dijo, ay, no lo haga, ni se le pase por la cabeza, señor profesor, Florian lo idolatra a usted, enfermaría si usted no lo dejara entrar en su casa, sería preferible que le hablara usted del problema, si tan capaz ha sido de entusiasmarlo, entonces, estoy segura de ello, sin duda será capaz de sacarlo de allí, es usted un gran pedagogo, señor profesor, todo el mundo lo sabe, un hombre realmente sabio, estoy convencida, se acercó entonces un poco hacia el señor Köhler, convencida de que conseguirá que Florian cobre conciencia de su error y de que podrá señalarle una meta clara que no suponga una carga para su relación, porque sé, continuó la señora Ringer, que usted puede obrar milagros, a tanta gente de aquí le ha hecho usted bien, Kana está llena de alumnos agradecidos que conocieron la física y, en general, la ciencia en la extraordinaria época en que usted enseñó en el instituto, por favor, dijo la señora Ringer cogiendo las manos del señor Köhler, no lo abandone, Florian es una persona maravillosa, pero muy sensible, escúcheme, y esto lo dijo con un tono desesperado, de modo que el señor Köhler retiró las manos y se despidió, mientras que la señora Ringer permaneció un rato inmóvil junto al mostrador de los productos cárnicos, donde se habían encontrado esta vez, le había sonado amenazante, es más, casi funesto, que el señor Köhler quisiera desprenderse de Florian, en su asombro ni siquiera le contó hasta qué punto Florian estaba de hecho encantado con él, y la verdad era que ella reconocía que ese entusiasmo estaba más que justificado, era la admiración que sentía toda la ciudad por el que fuera su profesor de Física y Matemáticas, y precisamente por eso no podía él de ningún modo abandonar a Florian, explicó ella en casa a su marido mientras freía las chuletas de cerdo, que solía acompañar con una salsa marrón, que a ella, por cierto, no le entusiasmaba, es más, si podía ser sincera, confesó a una de sus fieles lectoras, la señora Ingrid, le aburría, pero a su marido le gustaba, y entonces, o sea, si así era, pues no había nada que hacer, tocaba salsa marrón con las chuletas, y se rieron ella y la señora Ingrid, que confesó que también a ella le pasaba algo parecido, desde su infancia siempre preparaban salsa marrón y patatas hervidas para las chuletas en su casa, es la tradición y ya está, dijo la señora con unas cuantas novelas románticas que llevaba apretadas contra el pecho, porque ya estaban registradas en su cuenta de usuaria, y volvieron a reírse del asunto, pues sí, la salsa marrón, era lo que tocaba con las chuletas de cerdo, pero ella, dijo la señora Ringer señalándose a sí misma, confesaba sinceramente que ya le aburría un poco, aaay, cómo le gustaría hacer algo distinto para las chuletas, aunque su marido, pues sí, asintió la señora Ingrid, y se despidió y se marchó de la biblioteca, y la señora Ringer se quedó pensando que algún día introduciría de forma subrepticia algo diferente en los almuerzos de fin de semana, que no fueran siempre las chuletas con la salsa marrón, vale, es barato y todo lo demás, pero bien podría ser también otra cosa, y a todo esto el señor Köhler volvía a casa desde el Lidl preguntándose qué había pasado, por qué había ido Florian a Berlín, ¿tenía algo que ver con lo que ocurría entre ellos?, no sabría decirlo, algo malo intuía, pues pensó en las cartas que

Florian…, claro…, enviaba a la señora canciller, según contaban los Volkenant, sea como fuere, decidió investigar el asunto, le dio vergüenza haber esperado tanto tiempo, porque en realidad no era del tipo que suele darle muchas vueltas a los problemas, consideraba que lo mejor era quitarse de encima cuanto antes las preocupaciones torturantes, de modo que no regresó a casa, sino que dio media vuelta, y entonces recordó lo que llevaba, recordó la compra de la semana que llevaba en las bolsas, el pollo a precio de oferta, el filete delgado de ternera, unas cuantas chuletas de cerdo que debía poner sí o sí en la nevera, o sea que se dirigió de nuevo a su casa, envolvió las piezas de pollo, las chuletas a pares y el filete de ternera en film plástico y los colocó uno al lado de otro en la nevera y enseguida se puso en marcha, ya estaba tocando, una vez más, el timbre de Florian, quien esta vez, puesto que alguien ya había tocado el timbre hacía una semana y él no había averiguado quién era, no podía ser Friedrich, desde luego, pues él siempre llamaba al caer la noche y ahora era el mediodía, igual que la semana anterior, pensó Florian, quien en esta ocasión interrumpió sus quehaceres en la mesa de la cocina, abrió la ventana, se asomó y a punto estuvo de caer por la ventana ante el asombro de ver allí abajo, delante de la puerta, al señor Köhler en persona, ¡ahora bajo!, ¡ahora le abro!, gritó, y bajó corriendo las escaleras, ya que el ascensor, para variar, no funcionaba, por desgracia, el ascensor no funciona, señor Köhler, le dijo jadeando y de forma, por tanto, apenas comprensible, no importa, respondió el otro con un tono sombrío que no era el de siempre, Florian se dio cuenta enseguida, debía de haber algún motivo grave para que el señor Köhler fuese a verlo a su casa, qué podía hacer, se preguntó mientras se ponía delante pidiendo perdón de entrada por el desorden que encontraría y acto seguido se ponía detrás para no parecer descortés al adelantarse, y al final llegaron arriba de alguna manera, y Florian no paraba de pedir disculpas por el ascensor estropeado, ya hemos avisado un montón de veces, pero nuestro Encargado no puede hacer nada, se encoge de hombros y explica que avisa una y otra vez a la empresa responsable, aunque ésos no vienen y no vienen, y nosotros ya nos vamos acostumbrando, explicaba con tono alegre, mientras el invitado iba marcando un ritmo cada vez más lento rumbo a lo alto a medida que ascendían y cuando llegaron al piso y se sentaron en la cocina permaneció largos minutos sin ser capaz de abrir la boca, estaba tan ahogado que sólo podía jadear, se quitó las gafas y permaneció todo encogido en la silla sin apenas conseguir respirar, apenas consigo respirar, dijo resoplando, y pidió entonces un vaso de agua, Florian se dirigió a toda prisa al grifo y enseguida lo trajo y se sentó en la silla frente a él, y lanzó al invitado una mirada claramente dichosa y llena de orgullo, en buena parte porque de hecho, descontando al Encargado, que a veces, cuando el ascensor funcionaba, subía a verlo, jamás había tenido a un invitado, el Jefe casi nunca iba, no voy a subir yo a la séptima planta, no soy idiota, mecagüenlaleche, se negaba él a su manera cuando Florian intentaba invitarlo a tomar un café, y además tu café es una mierda, Florian, tendrías que cambiarlo, pero él no cambió nada, pues no tenía ni la menor idea de cómo proceder para mejorar el café, de modo que también esta vez se disculpó de entrada cuando el señor Köhler, a las preguntas de Florian, ¿un poco más de agua?, ¿o un café?, ¿u otro vaso de agua?, respondió que vale, que aceptaba un café, su café por supuesto no era tan bueno como en los locales de la ciudad, dijo Florian, aunque haría todo lo posible para que gustara al señor Köhler, quien desde luego no entendió lo que Florian quería decir, por qué un café podía no gustar, el café era igual en todas partes, aguachirle que había que mantener caliente, eso era todo, y por lo demás sólo estaba pensando en cómo empezar y qué decir, de hecho, pero luego se enfadó consigo mismo porque estaba dudando, de manera que cuando por fin consiguió recuperar el aliento, se puso manos a la obra, a ver, Florian, tú escucha, he venido porque las cosas no pueden seguir como hasta ahora, podría decir que ya estoy viejo, lo cual es cierto, y no puedo ponerme una vez a la semana a tu disposición, aunque no es eso de lo que quiero hablar, sino de que por lo visto te has montado una película de un posible cataclismo y te remites a mí, pero esa película es errónea y más erróneo todavía remitirte a mí, lo que yo te cuento y lo que te he contado durante dos años en la Escuela de Adultos no es lo que tú has entendido, mira, yo no tengo nada que ver con tu idea del mundo que es tuya y sólo tuya, y antes de que te cause mayores problemas, debo advertirte, porque estás sacando conclusiones falsas, incorrectas y del todo inaceptables de cuanto has escuchado de mí, pero luego me responsabilizarán a mí, ya se está rumoreando en la ciudad, lo cual no me agrada en absoluto, yo…, aunque ahora es posible que amplíe los conocimientos—y en parte por ti, lo admito—participando en una nueva investigación que se ocupa de calcular la masa de los agujeros negros, en la cual sospecho que está la antimateria, que en realidad ha desaparecido, aunque no sabemos dónde, pero todo esto sólo sería un pasatiempo, porque en primer lugar me ocupo de la estación meteorológica y no de la teoría cuántica y tú, en cambio, del TODO QUEDARÁ LIMPIO, que es lo que pone en vuestro coche, y en eso se ha de quedar, solamente se trata de un buen consejo, o lo aceptas o no lo aceptas, si me escuchas, lo aceptarás y entonces no habrá problema, tomó un trago del café, sólo un trago, pues era imbebible, probablemente por culpa del agua, pensó, o quizá porque apenas tenía café, o porque llevaba días ya en la cafetera, vaya uno a saber, y apartó la taza y la puso sobre la mesa de la cocina, dio las gracias, se levantó y para despedirse solamente dijo, tú entiende esto como que a partir de ahora asumo yo el asunto, y tú cuídate mucho, y el jueves siguiente ya no reaccionó al timbre, Florian lo tocaba una y otra vez, lo apretaba con fuerza, lo pulsaba tres veces seguidas brevemente, al final lo intentó apretando sólo el borde del llamador, y lo cierto era que el timbre sonaba en cada ocasión y se oía perfectamente, pero nada, el señor Köhler no acudió a abrir la puerta como solía, ¿dónde podía estar?, se preguntó Florian, el señor Köhler siempre estaba en casa los jueves a partir de las seis de la tarde, ¿no le habrá pasado algo?, trató de mirar por las ventanas, las persianas estaban bajadas, de modo que no consiguió averiguar lo que ocurría allí dentro, y desde la puerta no se llegaba a ver el patio de atrás, a lo mejor estaba allá fuera con los instrumentos, pensó, y entonces gritó, aquí estoy, soy yo, Florian, pero nada, de manera que se marchó, algunos vecinos, en particular las dos que pasaban gran parte de la segunda mitad de su vida espiando por la ventana, sucediera algo allá fuera o no, se alegraron sobremanera, ya está, estupendo, no deja entrar a Florian, magnífico, y aunque no sabían lo que significaba, se alegraron, ellas se alegraban de todo, muy en especial cuando ocurría algo fuera de lo común en la Oststraße, lo cual sucedía en contadas ocasiones, la señora Burgmüller incluso abrió la ventana para ver a la señora Schneider, pero ésta todavía no se había recuperado de la sorpresa, de suerte que sólo comentaron el asunto más tarde, cuando ambas salieron y se plantaron delante de sus respectivas casas, y la señora Schneider gritó a la acera de enfrente, ¿qué?, ¿usted qué opina?, a lo cual la señora Burgmüller respondió que, claro, él está en casa, en casa desde luego no está, replicó la señora Schneider, mientras Florian progresaba con la cabeza gacha por la Bahnhofstraße y a continuación por la Bachstraße y torcía después a la derecha, con la intención de regresar, porque era demasiado tarde para ir a la biblioteca, el café Herbst ya había cerrado, así que tampoco podía ir allí, aunque tenía muchísimas ganas de hablar con alguien, explicar que el señor Köhler no estaba en casa, precisamente él que era la puntualidad en persona, pero cuando volvió a la Oststraße tras caminar durante una hora y volvió a tocar el timbre, el señor Köhler aún no había regresado, de manera que llamó a la puerta de la casa de enfrente, la señora Schneider enseguida abrió la ventana, y a la pregunta de si sabía adónde había ido su vecino se limitó a menear la cabeza, no soltó prenda, ella, dijo, no se metía en los asuntos de otros, no le correspondía a ella explicar cuál era la situación, de modo que Florian se marchó de nuevo con las manos vacías, mirando una y otra vez atrás por si el señor Köhler aparecía de repente desde la otra dirección, pero no apareció, Florian regresó a su casa, se afeitó, a veces había de hacerlo dos veces diarias, tan rápido le crecía la barba, y a continuación bebió un vaso grande de agua y decidió no tornar a intentarlo ese día, mejor mañana, pensó, se sentó a la mesa de la cocina, abrió el ordenador portátil, volvió a cerrarlo, cogió el esbozo nuevo que había comenzado tras su viaje a Berlín, pero esta vez no estaba en absoluto satisfecho, pues cada línea daba a entender que continuaba bajo los efectos del viaje a Berlín, y él no lo quería en absoluto, no tenía nada que ver con la sustancia del asunto, se enfadó consigo mismo, porque con cada nueva lectura, y se trataba ya de la cuarta, descubría en el esbozo una palabra o una fórmula traicioneras de las que se deducía que, en contra de su firme intención, continuaba oprimiéndolo lo sucedido en Berlín, tengo que empezar con una hoja en blanco, concluyó, y prefirió, pues, coger otra hoja y escribió entonces que ya era hora de revelar también algo sobre sí mismo, pues eso formaba parte de la verdad entera, o más concretamente no sobre sí mismo, sino sobre el hecho de que un tal señor Köhler lo había guiado hasta la física de las partículas elementales y hasta la conclusión que podía leerse en los tres escritos anteriores, y si él, el señor Köhler, se enterara de que le estaba confiando a la señora canciller qué importante papel había desempeñado él, el señor Köhler, en todo ello, o sea, de que él, Florian Herscht, estaba revelando su identidad, se enfadaría mucho, precisamente hacía una semana más o menos había pasado por su casa y le había insistido que le resultaría muy molesto que Florian lo involucrara a él, al señor Köhler, en ese asunto, de modo que quería exonerarlo de cualquier acusación o sospecha, y por eso volvía él a escribirle, la señora canciller debía saber que en todas las conclusiones a las que él, Florian, había llegado y de las que había informado en tres ocasiones a Berlín, el señor Köhler no había desempeñado papel alguno, en absoluto, todo lo contrario, el señor Köhler había intentado más de una vez y de forma cada vez más insistente quitarle de la cabeza que informara a la Cancillería sobre sus conclusiones, o sea que ahora sólo escribía para exculpar al señor Köhler en el caso de que su papel quizá trascendiera en este asunto, el señor Köhler era el hombre más bueno, más honrado y más sabio que conocía, le habría encantado llevarlo consigo a Berlín, lo cual sin embargo sólo era posible en la imaginación debido a la notoria oposición del propio señor Köhler, y así, en la imaginación, lo llevó, ni siquiera pudo sentarse, en vano había reservado un asiento en el tren, la multitud era enorme, al menos a partir de Halle, por todas partes había gente de pie o tumbada o sentada en el suelo o sentada sobre sus equipajes, y para colmo siempre había algunos que debían subir o bajar, lo cual nunca permitía apaciguar esa masa caótica, él consiguió un sitio junto al váter, siempre y cuando eso pudiera denominarse un sitio, explicó luego a la señora Ringer, a la que informó del viaje, igual que hizo también al Encargado, aunque no le contó todo, ni en sueños había imaginado un tren tan lleno, no creía que existiera algo así, vaya, pues yo lo conozco de sobra, le respondió la señora Ringer y se rascó el brazo, porque su familia, tal como Florian bien sabía, no residía en Kana, sino en Zwickau, de manera que en los últimos años había tenido que viajar allí al menos cuatro veces al año, y la gente que decía que tal cosa sólo se daba en los regionales no viajaba nunca, porque no te puedes imaginar, dijo a Florian, las situaciones que hemos vivido, sobre todo los fines de semana, pero da igual, porque ahora ya solamente viajamos una vez al año mi marido y yo, es más, a veces yo sola, sea por Semana Santa, sea por Navidad, de manera que conozco perfectamente lo que has tenido que vivir, es así, cuando te subes a un tren ya no se trata de mirar cómodamente por la ventanilla, contemplar el paisaje que va discurriendo, porque hoy en día realmente ya no se puede contemplar nada en el tren y para colmo nunca llegas a la hora que deberías llegar, toda esta Reichsbahn, ¿o cómo se llama ahora?, ni siquiera lo sé, o sea, todo el ferrocarril no es más que un desastre, pero qué, ¿con el coche es mejor?, ¡eso crees!, ¡qué va!, son tantos los vehículos en las carreteras que sólo hay camino entre atasco y atasco, es todavía más imprevisible, y además hoy en día ya no se conduce como antes, ahora apenas se respetan las normas de tráfico, yo, dijo la señora Ringer señalándose a sí misma, pues cuando resultaba que durante la conversación había de utilizar la primera persona a menudo se señalaba a sí misma, subrayando así que hablaba con énfasis, y esto se convirtió en un hábito, o sea que ella no era una brandemburguesa, pues eso, lo que sucede es simplemente terrible, no se puede viajar ni en coche ni en tren, una realmente se lo piensa dos veces antes de poner un pie fuera de casa, y lo cierto era que los Ringer pocas veces ponían un pie fuera de Kana, a lo sumo a los alrededores, las montañas del entorno ofrecían bastantes momentos de alegría, como solía expresarlo la señora Ringer, alguna vez, dijo a Florian, deberías venir con nosotros, hay lugares tan hermosos, piensa sólo en el Dohlenstein, allí está el mirador, allí está la vista al valle del Saale y, claro, el castillo de Leuchtenburg, sitios maravillosos, explicó luego a su marido mientras le ponía la cena recalentada, realmente deberíamos llevarlo algún día con nosotros, ¿qué te parece?, pues, para ser sincero, no me parece una buena idea, querida, respondió el señor Ringer negando con la cabeza, y con suma cautela, consciente de que ese huérfano zumbado era un tema sensible para su esposa, trató de recordarle que sus excursiones les suponían una oportunidad para estar solos ellos dos, claro que también lo estaban en la cocina y en la cama, pero realmente solos los dos únicamente lo estaban en las montañas, de manera que el asunto no progresó con los Ringer, aunque ella no se rindió, segura de que el otro algún día cedería si insistía, porque Florian no iba nunca de excursión, la señora Ringer sabía perfectamente cómo y dónde transcurría su vida, el muchacho está muy encerrado en la vida con aquella bestia, se quejaba a su marido, pues así llamaba ella siempre al Jefe, la BESTIA, nunca olvidaba que cuando tenía diecisiete años aquel hombre, unos ocho años mayor que ella, quiso violarla detrás del Rosengarten, pero no lo consiguió porque, gracias a Dios, la señora Ringer era dura de roer y de buenas a primeras le dio al agresor allí donde dolía, eso no lo podía ni lo quería olvidar ni perdonar nunca, y cuando el Jefe trajo a Florian a Kana y lo metió en el rascacielos, y ella lo conoció en la biblioteca, incluso amenazó al Jefe diciéndole que si a este muchacho le pasaba algo, ella lo denunciaría, la señora Ringer mantenía esa amenaza como una espada de Damocles sobre la cabeza de aquel hombre que, si bien no mostraba sentirse amenazado, sí debía tenerlo en cuenta debido al fuerte carácter y el aún más fuerte odio de la señora Ringer, lo cierto era que no temía la denuncia, no temía nada, pero prefería no enfrentarse al señor Ringer, porque éste, aunque probablemente no sabía nada del asunto con su esposa, si bien lo ignoraba cuando se encontraban en el centro comercial, era evidentemente mucho más fuerte que él—¡hombros anchos!, ¡pecho abombado!, ¡robusta osamenta!, ¡gruesos músculos en brazos, espalda, piernas y vientre!—, y eso que no frecuentaba el gimnasio detrás del paso a nivel, Ringer ya nació así, pensaba el Jefe volviendo una y otra vez sobre el asunto, no con tanto hueso y músculo como Florian, porque algo así sólo surgía una vez en el mundo, pero el cabrón ese lo aplastaría como una mosca y, además, su inteligencia y su formación no podían compararse con las suyas, pues él, el Jefe, solamente había acabado la escuela técnica secundaria en Jena, porque debía trabajar y, para colmo, Ringer era judío, o sea, un conspirador, y si bien el Jefe no dejaba escapar ni una oportunidad para despotricar como un loco contra los judíos, personalmente apenas conocía a unos pocos, entre ellos a Ringer, con el que, por otra parte, la relación era más bien delicada, al menos desde su punto de vista, de modo que prefería callar, yo echo el cierre, decía a los demás cuando el nombre de Ringer aparecía en algún contexto en las reuniones del viernes o el sábado por la noche, echo el cierre porque ese cabrón musculoso ha traído la desgracia a Kana, recordad cómo acabó la Defensa Turingia de la Patria y lo que ocurrió a los pies del castillo de Leuchtenburg y el asunto de Timo Brandt y cómo terminaron los Hatebrothers y Wolfleben y Madley, porque detrás de todo eso estaba Ringer, creedme, es nuestro principal enemigo, pero por el momento yo echo el cierre y os recomiendo hacer lo mismo cuando se trata de Ringer, y luego un buen día le reventaremos el taller, que no os quepa la menor duda, aunque habrá que esperar, esperar el momento oportuno, en la elección del momento, camaradas, en la elección del momento reside toda nuestra fuerza, así que, el Jefe los miraba entonces uno a uno a los ojos, brindemos por el momento oportuno, y entonces gritaba OCHENTA Y OCHO, a lo cual los otros respondieron a gritos OCHENTA Y OCHO, y chocaban las jarras, y la cerveza les sentaba bien, la cerveza siempre sentaba bien, en el Castillo bebían la Köstritzer, aunque en otros sitios le daban también a la Ur-Saalfelder y a la Altenburger y a la Apoldaer y a cualquiera que procediera de Turingia, porque, así lo explicó Jürgen a un camarada húngaro en una reunión que se celebró en Hungría, imagínate, mecagüenlaleche, en nuestra Turingia, mecagüenlaleche, tenemos cuatrocientas nueve cervezas diferentes, ¿no es para cagarse?, de puta madre, y como el húngaro algo sabía de alemán incluso lo comprendió y asintió en señal de reconocimiento y dijo, bueeno, bueeno, me cogo en lo leche, algún día te horé una vísita, porque en efecto, señalaba a veces Jürgen cuando estaban juntos y no sabían qué decir, a ver, quién puede decir que su tierra natal cuenta con cuatrocientas nueve cervezas diferentes, y eso que sólo estamos hablando de las cervezas, lo remataba entonces el Jefe, porque aquí tenemos también a Johann Sebastian Bach, ¿verdad?, claro, claro, asentían los demás, que ya estaban hasta las narices de que saliera siempre con su Bach, vale, Bach, pero escuchar todas las semanas que Bach esto y Bach aquello te hincha las pelotas, ¿o no?, explicaba Fritz a Karin, está bien, tenemos a nuestro Bach, aunque tenemos también a Zeiss y a Brehm, ¿los niños qué?, miró Fritz a Karin, ¿con que los niños no cuentan?, ¿cómo que no, mecagüenlaleche?, todos los niños conocen a Brehm, ¿y a Bach quién lo conoce?, gente como el Jefe y unos cuantos estetas sabihondos, vale, no digo, continuó Fritz, que Bach no cuente, cuenta, claro que sí, lo único que digo es que Bach no está solo, tenemos a tantos famosos que ni siquiera somos capaces de enumerarlos, habría que montar un gran libro que incluya a todos aquellos que vivieron e hicieron algo por Turingia, ¿no te parece?, miró a Karin buscando el asentimiento, pero Karin se limitaba a mirar al vacío mientras fumaba su cigarrillo, que era su estado habitual, y en esos momentos, o sea, en general, no convenía molestarla mucho, Fritz también dejó de hablar y se dirigió a otro camarada, porque él, Fritz, era muy hablador, es más, no paraba de darle a la sinhueso y Karin, en cambio, todo lo contrario, y lo cierto era que no se llevaban bien, a veces lo mandaba a la puta mierda diciéndole que la dejara fumar tranquila, y, de hecho, tampoco Jürgen y Andreas se llevaban muy bien, el uno era un hincha furibundo del equipo Chemie-Kana y el otro aficionado del BSG Wismut Gera, por ser oriundo de Gera, no de Kana, y entonces no había manera de decidir quién era mejor, si, por ejemplo, Marcel Kießling o Maxi Enkelmann, de modo que los demás, todos ellos sanamente interesados en el fútbol pero no exaltados como Jürgen y Andreas, acudían fielmente al campo de Kana o de Gera cuando uno o el otro equipo jugaban, porque reconocían a ambos conjuntos como suyos y participaban felices y contentos en los disturbios provocados por los actos de hostilidad contra los aficionados de algún equipo contrario y cantaban juntos a voz en grito los himnos de ambos clubes, aunque el problema surgía cuando los dos grandes de Turingia oriental se enfrentaban el uno contra el otro, fuese en Kana o en Gera, pues sí, entonces callaban en sus localidades de pie y daban la razón ahora a Jürgen, ahora a Andreas, esto no puede seguir así, decían, hay que expulsar al defensa del Gera y al árbitro apalizarlo ahí mismo en la cancha, porque no podía ser que no pitara esa falta tan evidente, pero daba lo mismo, pues de todos modos le arrancarían los ojos después del partido, o sea, que estaban metidos en todas, aunque en ningún momento olvidaban su verdadera tarea, en particular el Jefe, porque estaba bien que se diera todo por el deporte, siendo algo que aglutinaba a la comunidad, pero esto mismo habían de sentir todavía más todos ellos cuando se trataba de Turingia, de modo que cuando a mediados de noviembre les sonó a todos el teléfono móvil y el Jefe les dijo, ¡hombres, a vuestros puestos!, a las ocho de la noche se encontraban todos en el Castillo y escuchaban el plan que se les presentaba, montar guardia una vez más a partir de la medianoche, en esta ocasión sólo en un lugar, en Mühlhausen, porque, mecagüenlaleche, ese mamón, siseó el Jefe, ha vuelto a aparecer, veo su nariz curva, su pelo ralo y graso que le cuelga en diagonal sobre los ojos, veo, continuó, sus huesos flacos bajo la camiseta, veo la jeta de ese cabrón aunque lleve chaqueta con capucha, lo veo delante de mí, así, dijo, y levantó las manos como si se dispusiera a agarrarlo, lo llamo desde Mühlhausen, le había dicho una voz por la mañana, soy el deán Schwarz, alguien ha estropeado la entrada de nuestra iglesia, por favor, ¿podría venir un operario cuanto antes para limpiarlo?, a lo cual el Jefe respondió que la empresa por supuesto podía enviar a un operario, pero si se trataba de la iglesia de Divi Blasii, se sentaría él mismo personalmente en el coche y él mismo lo arreglaría todo personalmente en Mühlhausen, y estas últimas palabras ya las pronunció con una voz ronca y el sacerdote por lo visto no las entendió, pues sólo le quedó claro cuando el director de la empresa llegó, y se enteró entonces de que estaba saludando a un turingio de pura cepa, porque yo soy un turingio de pura cepa, murmuró el Jefe entre dientes, pero no continuó, a pesar de que normalmente solía hacerlo para fundamentar su afirmación, porque enseguida le dio la espalda al deán Schwarz y se dirigió a la entrada de la iglesia, se detuvo y con expresión de incredulidad, con la cara roja como un tomate, sólo atinó a decir, rechinando los dientes, lo voy a matar, mientras se ponía a eliminar los dos grafitis con su AGS 60, Florian esta vez no lo acompañaba, no lo necesitaba, ahora el que se necesitaba era él mismo, y también ellos, vosotros, dijo esa tarde señalando a los camaradas en el Castillo antes de ponerse en marcha rumbo a Mühlhausen, todos y todos juntos, porque el cabroncete ese no terminó su lobo, en esta ocasión lo perturbaron, pero ahora lo pillaré, y sin reflexionar con detenimiento, eso fue también lo que sintieron los demás, ofensa y deseo de venganza, cuando se dirigieron a Mühlhausen, deseo de venganza porque en los meses pasados habían esperado en vano en los anunciados lugares de peregrinaje bachianos, jamás pudieron adelantarse al hombre ni adivinar sus pensamientos, adónde iría en la próxima ocasión, y ahora resultaba que era Mühlhausen, realmente ya basta, cabroncete de mierda, mostró los dientes el Jefe al hacer una pausa mientras daba las instrucciones en el Castillo sobre los sitios en que debía apostarse cada uno en las proximidades de la iglesia, ese tipo se ha conjurado contra Turingia, contra el pasado alemán, contra nosotros, y puso en marcha el Opel, y viajaron a Mühlhausen, y antes de la medianoche estaban todos en sus puestos, esperando en los alrededores de la enorme iglesia, en medio de la ciudad muda y desierta, y al amanecer, cuando regresaron, nadie se atrevió a preguntar nada al Jefe, que seguía con la cara toda roja por el cabreo, no se atrevieron a preguntarle qué carajo pretendían de hecho en Mühlhausen cuando era casi nula la probabilidad de que el grafitero, después de rociar la entrada de la iglesia, volviera a medianoche para acabar la CABEZA DE LOBO arriesgándose a que lo atraparan, había que manejar el asunto con más frialdad, se miraron unos a otros los camaradas sentados en el banco de la gasolinera ARAL, con los cafés humeantes en las manos, pero nadie lo expresó, se limitaron a fumar sus cigarrillos, Nadir, cuando no había más clientes, a ellos les permitía fumar allí dentro, o sólo a ellos no osaba decirles que no, aunque, eso sí, solamente allí dentro, inhalaban y soplaban el humo, y reinaba el silencio, y después se dispersaron, el Jefe fue a buscar a Florian, ¿tienes la lista?, preguntó en el coche, porque sabía que habían de ir a Jena, y ya era Florian quien elaboraba la lista desde que estaba en posesión de un ordenador portátil, calle, número, la lista estaba en regla, la había descargado de la administración municipal de Jena en el café Herbst, de manera que esta vez el Jefe no encontró nada con que pudiera pincharlo, salvo, claro, la pregunta de por qué a su edad no había aprendido aún a afeitarse como era debido, pues él se percataba hasta del pelillo más minúsculo y lo hizo también en esta ocasión y señaló el sitio exacto, y entonces tampoco faltó el manotazo en la nuca, Florian se limitó a hurtar el cuello y a mirar hacia delante, a mirar el denso tráfico, vaya ciudad de maricones es esta Jena, gruñó entonces el Jefe, ¿sabías, Florian, que esta Jena es una panda de putos de mierda?, y Florian asintió, si bien no entendía del todo qué problema tenía el Jefe con Jena, pero se había habituado a no comprenderlo, al Jefe no se lo puede entender, explicaba, defendiéndolo, a la señora Ringer, él vive una vida muy muy impulsiva por dentro y sus palabras no revelan lo que pasa en su interior, y la señora Ringer puso la misma cara que ponía cada vez que Florian nombraba al Jefe y luego le preguntó dónde había aprendido una palabra como *impulsivo*, con lo cual dio por zanjado el asunto, y Florian no continuó, sabía que a la señora Ringer no le gustaba el Jefe, no entendía por qué, pero lo aceptaba, de modo que comenzó a explicarle su viaje a Berlín, y la señora Ringer lo escuchaba con una expresión un tanto ausente, no creía Florian que no prestara ella atención, a buen seguro lo estaba escuchando, pero daba la impresión de que algo la agobiaba, algo que no podía o no quería hacer desaparecer de su rostro, de manera que él incluso le preguntó si tenía algún problema, a lo cual la señora Ringer sólo le dijo que nada, nada de nada, aunque, eso sí, hacia el final, cuando se disponía a despedirse de Florian detrás del mostrador de la biblioteca, le preguntó, oye, Florian, ¿sabes dónde puede estar el señor Köhler?, a lo cual Florian primero la miró pasmado, tanto lo sorprendió la pregunta, y luego, turbado, soltó un no, y le resultaba muy extraño, añadió, porque imagine usted, señora Ringer, el otro día llamé a su puerta a las seis de la tarde, como siempre, y el señor Köhler no me abrió, pregunté a las vecinas, y ellas tampoco sabían nada, jamás había ocurrido, porque el señor Köhler era la puntualidad en persona, y luego Florian no quiso molestarlo ni el viernes ni el fin de semana ni los días siguientes, aunque ya esperaba ansioso, dijo, que llegara el jueves, y ciertamente, esperaba ansioso el momento, pero entonces se entrometió lo de Berlín, de modo que sólo el otro jueves tocó el timbre, y nada, el señor Köhler no acudió a abrir la puerta, Florian insistió unas cuantas veces, oía sonar el timbre en el interior de la casa, pero seguía sin haber respuesta, el señor Köhler no está en casa, le gritó la vecina de enfrente, no lo vemos desde hace un montón de tiempo, era la señora Schneider, y la señora Burgmüller, también asomada a la ventana, enseguida la corrigió, nada, no escuche usted a esa anciana, ella no sabe nada con precisión, porque yo le diré a usted, joven, que el señor Köhler no da señales de vida desde hace exactamente trece días, qué va, protestó la señora Schneider, cómo que trece días, serán incluso tres semanas, señora vecina, y se quedaron discutiendo un rato, pero Florian no esperó el resultado de la discusión, sino que se marchó de la Oststraße con la cabeza gacha, se fue hacia donde lo llevara el azar, se fue triste pues comenzó a sospechar que la visita del señor Köhler a su casa y la ausencia del señor Köhler estaban relacionadas, y a partir de ahí ya no le resultó difícil colegir, sentado en su banco a la orilla del Saale, donde se había refugiado, que todo ello se debía a él, que el señor Köhler no deseaba volver a verlo, sólo ése podía ser el motivo, claro que las vecinas no lo veían, el propio señor Köhler tenía buenos motivos para no salir de su casa, no era solamente el no abrir la puerta, sino también el acusarse a sí mismo de haberlo llevado por el camino equivocado, lo cual no era cierto, no lo era en absoluto, pensó Florian negando con la cabeza amargado al pie del castaño más grande y mirando el cabrilleo de la luz sobre los rápidos del Saale, nadie lo había llevado por el camino equivocado, pensó negando con la cabeza, él solamente extrajo las consecuencias de lo que había aprendido del señor Köhler, pero las extrajo él solito, él era el responsable de todo, de que el señor Köhler no se ocupara de su página de internet, de que no le abriera la puerta, de que por lo visto no le abriera la puerta a nadie, le dolía que todo ello ocurriera por su culpa, aunque ya no había nada que hacer, la cosa era así, el señor Köhler había intentado en vano impedir que actuara, pero a él no había que impedirle nada, lo que había que impedir era la catástrofe, la cual podía producirse igual que podía no producirse, eso era lo que lo volvía loco a uno, y estaba convencido de que ese extraordinario peligro, la conciencia de dicho peligro, había llevado al propio señor Köhler a esta situación, a romper toda relación con el mundo, porque además de no actualizar los datos de su página web, el señor Köhler no salió de su casa ni al día siguiente, ni al tercer día, él, Florian, a partir de entonces todas las noches después de regresar de su trabajo se dirigía allí y tocaba el timbre, el cual seguía funcionando perfectamente, pero nada, las vecinas de enfrente ya no le decían ni mu, se limitaban a mirarse la una a la otra y negar con la cabeza, callaban de forma significativa, miraban a Florian como si lo compadecieran, ya no le gritaban para decirle que el señor Köhler no estaba en casa, no le decían nada, para qué, simplemente asentían un poquito, y luego, cuando Florian se hubo marchado, ambas salieron a la calle, la señora Schneider negó con la cabeza, no podía ser que el señor Köhler abandonara la casa sin que ellas se enteraran, aunque la señora Burgmüller no opinaba lo mismo, según ella ya podía hablarse de una desaparición, en absoluto, la interrumpió furiosa su vecina, ella vivía desde hacía mucho tiempo en el lugar, de manera que lo sabía todo de todos, y según ella el amable vecino no se había marchado de su casa, y Florian, que no participaba en la discusión, estaba del lado de la señora Burgmüller, pues se preguntaba si el señor Köhler estaba quizá tan afectado por todo ello que dejó estar la estación meteorológica y se fue de viaje, entre otras cosas para que Florian no tuviera la oportunidad de plantearle más interrogantes, porque desde luego también a él lo oprimía, si es que no lo había oprimido siempre, que la situación se hubiera agudizado tanto, hasta el punto que uno podía pensar con razón que con un viaje, un cambio de aires, un moverse, tal vez podía quitársela de la cabeza, pero cómo podía quitársela, cómo podía olvidarla, ya que en cualquier momento podía producirse la desaparición del mundo, Florian estaba tan seguro de ver la cuestión de forma acertada que cuando consiguió pillar el regional en Halle, llegar tras un torturante viaje a la Hauptbahnhof, la estación central de Berlín, sumirse en el estudio de un mapa de la ciudad y averiguar cómo dirigirse al Reichstag, ya tenía en su sitio todas las palabras, las había buscado y aprendido de memoria para no quedar en ridículo ante la señora canciller, debería haberse sentido inquieto, inseguro o cuando menos algo titubeante frente al mapa de Berlín en la Hauptbahnhof, pero no se sintió ni inquieto ni inseguro ni particularmente titubeante, sabía perfectamente lo que quería, dónde y a quién quería exponer sus conclusiones, de modo que ni siquiera se le ocurrió que pudiera perderse en el ajetreo para él terrible de la gran ciudad, no se perdió y, además, el mapa le decía que no se encontraba lejos del Reichstag, de hecho hasta podía llegar a pie, y así sucedió, se fue a pie, se puso en marcha por la ribera del Spree, cruzó el puente Kronprinzen para continuar por la orilla del río pero al otro lado y así llegó muy rápido al Reichstag, se quedó contemplando la enorme cúpula que coronaba el edificio, a las personas diminutas que deambulaban por sus diferentes planos, se sumó a diversos grupos de turistas asiáticos y no asiáticos, después se separó de ellos, terrorífica esa cantidad de gente, vaya, pensó no sin cierta admiración, no tenemos nada parecido, tampoco en Jena, es más, ni siquiera en Dresde, claro, esto es Berlín, cosa seria, y sintió orgullo de ver todo esto, aunque sólo se dejó llevar unos instantes por el orgullo, sólo por unos instantes se olvidó del objetivo de su viaje, de modo que después de esos instantes de olvido no pudo menos de pensar que pronto habría de explicar en persona lo que no había conseguido en sus cartas y entonces, allí frente al Reichstag, vio con claridad, vio mucho más claro que en casa, cuando decidió viajar, y la causa de ello fue el propio Reichstag, vio y enseguida supo que sus cartas no valían un pito, que sus cartas no aclaraban lo que quería decir, es lo que explicó también al portero cuando logró entrar en el edificio después de hacer cola, le preguntó al portero dónde podría encontrar a la señora canciller Merkel y le pidió, al ver la cara de asombro del portero, que tranquilizara a la señora canciller, que esta vez le formularía claramente lo que le había escrito en las cartas, el portero se lo quedó mirando extrañado, frunció el ceño y por último le dio de repente la espalda para llamar a un grupo de ruidosos escolares que habían tomado una dirección equivocada, después se volvió de nuevo hacia él y le señaló que si bien era día de puertas abiertas, las puertas no lo estaban para tanto, pero Florian no permitió que se apartara del tema, lo cogió del brazo, lo atrajo hacia sí y con tono confidencial le comunicó que él era Herscht 07769 y que la señora canciller estaba al tanto de su visita, le había escrito que llegaría al mediodía, y era precisamente el mediodía, añadió enseñando la hora en el reloj, el cual, en efecto, mostraba casi las doce, el portero se ajustó su carné sobre el pecho, pues se le había movido ligeramente cuando Florian lo cogió del brazo, y le comunicó en tono cortés que la señora canciller no se encontraba, ¿no se encuentra?, preguntó Florian, ¿dónde está entonces?, él no lo sabía, respondió el portero, era algo que Florian debía averiguar en otro sitio, él no disponía de ninguna información al respecto,

el mundo desaparece

a lo cual Florian, que al percibir por el conjunto de voz y mirada del portero que era una persona amable y que se hallaba ante alguien que empatizaba con su asunto, le explicó que al decir que era Herscht 07769 quería expresar que venía de Kana en Turingia, lo cual sólo era una indicación geográfica, porque visto desde otra perspectiva venía de la física de partículas, venía directamente de allí, dijo asintiendo con la cabeza hacia el portero, y la cuestión era de suma gravedad y requería actuar con prontitud, y por eso había emprendido el viaje a Berlín con el primer tren de la mañana, a lo cual el portero le hizo una señal indicándole que lo siquiera y condujo a Florian hasta las escaleras y le señaló la izquierda, ¿ve usted esos quioscos en el borde del parque?, preguntó, pues sí, los veo, respondió un tanto inseguro Florian, pues entonces tómese allí un refresco y mientras usted se lo bebe yo trataré de averiguar dónde podrá encontrar a la señora canciller, ¿vale?, ¿se puede conseguir allí un Jim Him?, inquirió Florian, puede, respondió el otro, pues entonces vale, dijo Florian mirando con expresión de gratitud a los ojos del portero, y la situación le recordó mucho a aquella en que el Jefe entró por primera vez en la institución, el centro de menores Ranis, fue la primera ocasión en que alguien lo miraba así, porque el Jefe, en cuanto le presentaron a él, a Florian, enseguida lo miró así, y no quería decir, ni lo había dicho nunca, que los educadores no actuaran en su mayoría con corrección, eran en su mayoría correctos, pero la mirada del Jefe era diferente, el Jefe lo miró como sólo un padre mira a su hijo, o un tío a su sobrino, nadie más podía mirar así, Florian enseguida se dio cuenta de que quedaría en buenas manos, vamos a limpiar los muros, dijo el Jefe cuando salieron de Jena rumbo a Kana, y echó un vistazo al muchacho que era dos cabezas más alto y de una constitución física enorme, los muros y todo eso que embadurnan los cabrones de tus coetáneos, artiiiistas grafiteeeros, vaya mieeerda, dijo estirando las palabras con sorna, y si bien él se sorprendió de lo mal que hablaba, pensó que se acostumbraría y, en efecto, se acostumbró, al cabo de un mes los «me cago» y «mecagüenlaleche» y «la puta que los parió» y «la mierda» ya no le decían nada, ni siquiera los escuchaba, a él ya sólo le sonaban como *y* o *pues*, o sea, como palabras de las que no cabía ocuparse, no se les prestaba atención, quién se fija en *y* o en *pues*, nadie, y él seguía sin afirmar que las cosas fueran todas malas o ajenas en el Ranis, no era todo ni malo ni ajeno, pero cuando el Jefe lo llevó a la séptima planta del rascacielos y le dijo, venga, Florian, mecagüenlaleche, ésta es tu casa, casi se le echó al cuello, el otro apenas pudo defenderse de ese ataque de agradecimiento casi mortífero, aunque, quién sabe cómo, logró zafarse de los gigantescos brazos de Florian y le dijo que con él habría que trabajar, ¿trabajar?, preguntó con expresión radiante Florian, ¡lo haré impecablemente!, y en efecto trabajó de manera impecable, pero en vano, porque para el Jefe nunca nada era lo suficientemente bueno, aunque él sabía que la idea era formarlo, enseñarle que uno nunca podía trabajar lo suficientemente bien, es un proceso, le explicaba a veces el Jefe, había que ser cada vez mejor, ésa es nuestra tradición, la tradición de los alemanes, ser cada vez mejores y mejores, de modo que Florian lo asumió todo como un proceso de aprendizaje en el que había que ser cada vez mejor y mejor, y lo intentaba, el Jefe era riguroso, pero él aprendió bastante rápido, ya sabía distinguir desde lejos los grafitis pintados con acrílico de los otros pintados al óleo o con rotulador, no tardó ni dos meses en aprender, y fue haciendo lo que se le mandaba, siempre se presentaba puntualmente a la hora prevista, con su mono de trabajo y la gorra «Castro» en la cabeza, en la esquina de la Christian-Eckardt-Straße y la Ernst-Thälmann-Straße para que lo recogieran, tal como ocurrió también ese día, apareció el Jefe a las siete y media en punto, Florian se subió, pero entonces el Jefe no le dijo, venga, a ver esa puta lista, sino ahora nos vamos a Gotha, vaya, dijo Florian, eso sí que está lejos, y el Jefe no le respondió, echaba el humo por la ventanilla medio bajada y conducía, él jamás le dejaba el volante a Florian, y eso que Florian ya tenía el carnet de conducir, y de hecho se lo debía al Jefe, él lo matriculó en la autoescuela el primer año y él mismo le fue enseñando, le enseñó a dar media vuelta, a estacionar marcha atrás, a frenar en invierno con la calzada helada y cosas por el estilo, pero nunca le dejaba conducir el Opel, deberías comprarte un coche, soltó en una ocasión, así podrían ir a trabajar cada uno a un sitio diferente, aunque luego ya no volvió a mencionarlo, no confiaba en que Florian pudiera realizar por sí solo el trabajo más sencillo, y eso que habría podido, y se lo dijo también al Jefe cuando éste le compró el ordenador portátil, vale, a partir de ahora ahorrará para el coche y así podrían asumir más encargos, no podremos, porque tú nunca conducirás para mí, serás el horror de las carreteras, mecagüenlaleche, de pronto te quedas absorto, te esfumas del universo, y sanseacabó, ya estás en la cuneta, de modo que nada, la idea del coche se fue al garete, igual que la de ir cada uno por su lado, yo ya tengo bastante, explicó el Jefe a sus camaradas, con el niño bobo, lo que me faltaba es dejarlo conducir solo, claro, después me vienen con que la responsabilidad es mía, ya lo sé, por eso no lo dejaré conducir nunca en la puta vida, y punto, y así concluyó la historia del coche, y, a decir verdad, Florian tampoco lo lamentó mucho, porque tenía miedo incluso en el asiento de copiloto del Opel, aunque no lo confesara nunca, se asustaba cuando el Jefe se abalanzaba sobre los coches que iban delante, cuando frenaba de golpe, estaba convencido de que algún día acabarían chocando con alguien o de que alguien se empotraría en su coche por atrás, y era lo que temía también en ese momento, pues el Jefe volvía a conducir de ese modo, todo el mundo lo obstaculizaba, se notaba que tenía ganas de aplastar a cuantos coches iban delante rumbo a Gotha, pero no revelaba para qué iban a Gotha, y Florian tampoco lo entendió cuando llegaron y estacionaron junto al castillo, el Jefe ni siquiera se quejó de lo descarados que eran cobrando tanto por aparcar durante una hora, ni nada parecido, y eso que siempre gruñía cuando había que echar dinero en un parquímetro, se dirigió inmediatamente a la iglesia del castillo, no entró en el templo, sino que dio una vuelta alrededor del edificio, poco a poco, mirando alrededor y volviendo la cabeza hacia atrás, y Florian lo seguía y trataba de llamarle la atención, a ver si lo iniciaba también a él y le explicaba qué buscaban en ese lugar si no venían por ningún trabajo, pero el otro no decía ni mu, se limitaba a fumar su cigarrillo y a veces se sorbía los mocos, hizo con el teléfono móvil algunas fotos desde un lado y después del otro, y acto seguido señaló que ya volvían al coche, Florian se subió, el Jefe se dirigió al parquímetro, y como todavía le quedaba tiempo, pulsó una serie de botones para ver si podía recibir algo de vuelta, pero nada, claro, de modo que no le quedó más remedio que dar gas y salir pitando, y ya tornaban a estar en la A4, y todavía no estaba dispuesto a dar ninguna explicación, apretaba el acelerador como loco, frenaba como loco, de vez en cuando gritaba a alguien, la puta que te parió, ¿estás ciego?, y poco más, eso era todo, no quería decir nada más, y eso que en el camino de vuelta podría haber soltado algo, Florian al menos lo esperaba en cualquier momento, esperaba averiguar algo, pero nada, estas cosas el Jefe sólo las compartía con los camaradas, aunque también allí, en esta ocasión, de forma inusitadamente parca, diciendo que mucho se intuía que la próxima vez el hombre daría el golpe en Gotha, y se equivocó, pues pasaron las dos noches siguientes montando guardia en Gotha en vano, la intuición comienza a fallarle al Jefe, comentó con cierto tono de burla Jürgen en camino de vuelta, claro que no se le ocurrió burlarse del Jefe en su presencia, sino antes, antes de que se sentaran todos juntos en el sitio habitual, en la gasolinera ARAL para fumarse un cigarrillo y tomarse un café, un café hirviente y de un sabor particularmente bueno, Nadir siempre le decía a su marido, no os fijéis en el precio de una oferta, porque si los granos están bien molidos, la gente vendrá, y tenía razón, muchos no acudían a llenar el depósito, sino por el café, empezó a rumorearse que convenía tomar el café en la gasolinera de Nadir, de manera que incluso mandaron hacer un letrero de neón, lo pidieron con la autorización de ARAL, uno que centelleaba y ponía CAFÉ SOLAMENTE EN LO DE NADIR, a veces incluso le preguntaban, sobre todo Jürgen, mientras con la punta de la lengua se lamía el hueco entre los dientes, cuál era el secreto de que fuera tan bueno, pero su marido, Rosauro, enseguida se plantaba a su lado, sabiendo que no elogiaban el café, sino que cortejaban a Nadir, y eso él no lo permitía, Rosauro era famoso por sus celos, con lo cual elevaba el valor de su esposa, venían los camioneros y los conductores del este y del oeste, del norte y del sur, y lo intentaban con Nadir, aunque Rosauro estaba al tanto, tenía un sexto sentido, como lo llamaba, para detectar al seductor, siempre percibe el peligro, decían sus amigos y se reían de él a sus espaldas cuando se reunía con ellos los fines de semana en el Rosengarten a pelotear un poco, podría haber enervado a cualquiera, pero no a Nadir, es más, ella se encogía de hombros cuando sus amigas le preguntaban en el café Herbst cómo aguantaba a Rosauro, incluso le caía bien, sabéis, así me entero por dos lados que todavía significo algo para los hombres, y estallaban entonces las risas, y las amigas la miraban con admiración cuando se mencionaba el tema, como a alguien que mantenía el tipo, a la vez que intuían que la situación no era tan de color de rosa, porque ese Rosauro era el marido más insoportable entre los maridos de ellas y para colmo tenía una barriguita que le colgaba y no había modo de ocultarla con la camiseta ni con la camisa que llevaba suelta, no había ninguna manera, aunque se le notaba que le daba vergüenza, mientras que Nadir irradiaba brillo en todo momento, había en ella una sensualidad irresistible, animal, irradiaba brillo cuando llevaba el café a alguna de las mesas de la terraza a un lado de la gasolinera, a Florian, que iba a menudo a ayudarles, lo ponía directamente nervioso, y ella disfrutaba un poquito con esto, pues no contaba con que al Goliat de Kana, como lo llamaban a veces ella y su marido, ni se le pasaba por la mente pensar *así* en ella, de manera que Florian hablaba casi exclusivamente con su marido, Rosauro, cuando recibía algún mensaje en su correo electrónico y entonces iba a la gasolinera a realizar algún trabajo que consistía en descargar, pintar o talar algún árbol y, en general, en trabajar juntos, Rosauro utilizaba su fuerza sobre todo para labores de peón, durante el trabajo apenas quedaba tiempo para charlar, pero luego Rosauro siempre lo invitaba a sentarse, a comer y a beber lo que quisiera, vamos, amigo, le decía entonces, puedes comer y beber aquí lo que quieras, y antes de que le llegaran a Florian un exquisito bocadillo y un zumo muy especial él ya empezaba a contarle alguna historia emocionante y le contaba y le contaba, le encantaba contar y sabía hacerlo, ahora sobre su familia, ahora sobre Brasil, y Florian lo escuchaba como si realmente le explicara un cuento, de manera que Rosauro le tomó mucho cariño, y en ello sin duda desempeñaba un papel la circunstancia de que él, Rosauro, también vivía, como él, en los márgenes de la sociedad de manera que no resultaba difícil que ambos percibieran cierta comunidad entre ellos, una sensación que ni el uno ni el otro conseguían tener con las demás relaciones en Kana, y por otra parte Rosauro valoraba mucho que Florian no sólo fuese fuerte como un toro, sino que le gustara trabajar, que fuera minucioso y tuviera aguante, eso Rosauro lo apreciaba mucho, de modo que nunca se despedía de Florian sin pagarle algo, en vano se resistía éste y mencionaba que como paga ya le eran más que suficientes las exquisiteces que le servían, él, dependiendo del trabajo, le metía un billete de diez o de veinte euros en el bolsillo del mono, y Nadir se dio cuenta al cabo de un tiempo de que su belleza turbaba a Florian, o sea que cuando éste iba a la gasolinera prefería dejarlos solos a él y a su marido, pero cuando le servía el bocadillo o el refresco no se aguantaba y le sonreía, y si bien su sonrisa no era más que una señal de amabilidad, Florian enseguida bajaba la mirada y así daba las gracias, porque Nadir era bella y su sonrisa la embellecía todavía más, nadie era capaz de sustraerse a su encanto, entre los miembros del batallón era sobre todo Jürgen al que se le caía la baba por ella, bien es cierto que no lo mencionaba, porque el sexo era tema prohibido en el batallón, por Karin, pero a Jürgen se le notaba, y mucho, que Nadir lo embelesaba, aunque sólo fuese porque con la punta de la lengua no paraba de tocarse entonces el hueco entre los dientes, lo encandilaba cuando aparecía con el café o, en invierno, le sonreía a Jürgen desde detrás del mostrador y le preguntaba ¿qué puedo servirle?, y

Jürgen apenas conseguía soltar lo que quería, ellos llevaban mucho tiempo ya en Kana, y eso que la mayoría de los inmigrantes había dejado la ciudad, es más, incluso Alemania después de la liquidación de la fábrica de porcelana, los vietnamitas se han marchado, se decía después del cambio de régimen en las calles de la ciudad, y si bien la palabra *vietnamita* sonaba mal en los viejos tiempos, los ciudadanos de Kana la pronunciaban con sincera lástima desde que se fueron, porque en aquella época, cuando se produjo el cambio, simplemente todo se transformó, todo se vació, quedó desierto y abandonado, a veces daba la sensación de que por las calles sólo discurrían a trancas y barrancas los viejos y los enfermos, pues no solamente se marcharon los vietnamitas, sino todos los jóvenes que servían para algo, que querían lograr algo, y sólo permanecieron los que definitivamente no sabían adónde ir, y eso que tenemos una pequeña ciudad tan bonita aquí en la Turingia oriental, señalaba con tristeza la gente, y la situación tampoco cambió cuando se empezaron a rehabilitar las casas, el casco antiguo, por ejemplo, quedó tan bello como quizá nunca había sido, al cabo de un tiempo empezaron a aparecer a partir de mayo los guías con grupos turísticos, pero llevaban a los visitantes por entre los edificios antiguos y en el mejor de los casos a almorzar en el restaurante Hopf y acto seguido, visto y no visto, ya los estaban llevando rumbo a Jena o a Érfurt o en la mayoría de los casos a Weimar, en la temporada baja, además, los Hopf cerraban su restaurante, nosotros cerramos, explicó la señora Hopf a los huéspedes del hotel Garni, sólo abrimos cuando comienza la temporada, en parte para tener algo que hacer ahora que estamos entrados en años y en parte porque la jubilación tampoco da para tanto, necesitamos un suplemento, y los huéspedes asentían con la cabeza, qué remedio, comprendían a la señora Hopf, ellos pasaban a lo sumo una o dos noches los fines de semana cuando iban a ver a sus hijos que estudiaban en Jena, pero vivían allí en Kana, a no más de diecinueve kilómetros de Jena, es mucho más barato, explicaban a la señora Hopf, incluso aunque los pobres muchachos tengan que viajar todos los días a la universidad, todos los días ida y vuelta, seguro que ella lo entendía, ¿cómo no iba a entender ella lo que significan los gastos?, asintió la señora Hopf, mientras con una amable sonrisa les servía un café o un té, dependiendo de lo que pidieran para el desayuno, Florian conocía bien a los Hopf, porque en la temporada alta le pedían a menudo que los ayudara a descargar en los días en que llegaban los transportes, y él, claro, ayudaba encantado, tenía particular cariño a la señora Hopf, porque la señora Hopf se mostraba siempre amable, también el marido, pero éste era más bien taciturno, quizá incluso enfermo, por eso no participaba tanto en las conversaciones con los huéspedes, tampoco con Florian, por ejemplo, cuando llegaba algún transporte, mientras que ella, después de sorprenderse a cada momento, preguntaba, a ver, Florian, ¿cómo es que eres capaz de entrar todas esas cajas y cartones a la vez?, y él no entendía a qué tanto asombro, esas pocas cajas y cartones no le resultaban en absoluto pesados, los apilaba tranquilamente y se los llevaba, y la señora Hopf le daba el almuerzo o el desayuno, tuviera Florian hambre o no, tenía que desayunar o almorzar, un mocetón como tú tiene que comer, porque de lo contrario se encoge, decía la señora Hopf con una sonrisa, y a él le gustaba esa sonrisa, también cuando la señora Hopf se carcajeaba, y lo hacía a menudo, y él le explicó lo que sucedía en Turingia, que alguien estropeaba con mamarrachadas vergonzosas las casas relacionadas con el gran compositor Johann Sebastian Bach, a lo cual la señora Hopf bajó la voz, señaló con un gesto de la cabeza hacia el exterior y se limitó a decir, mirando a los ojos azules de Florian, que eran los nazis, de lo cual Florian dedujo que la señora Hopf se refería a los habitantes de la Burgstraße, adonde el Jefe solía acudir los fines de semana, y, claro, no dijo nada e incluso se arrepintió de haber traído el asunto a colación, y ya no volvió a mencionar ni a la señora Hopf ni a nadie lo que ocurría en Turingia con el gran músico, y eso que habría habido tema, pues estaban ya en pleno mes de diciembre y en alguna mañana ya asomaba la nieve en las montañas, cuando por el comportamiento del Jefe llegó a la conclusión de que el grafitero había vuelto a las andadas, el Jefe no era el de siempre, volvía a golpear el volante, volvía a soplar el humo del cigarrillo por la ventanilla sin decir palabra y después, mientras clavaba rígida la vista en la carretera, lo hacía cantar el himno nacional de cabo a rabo y se le notaba en los músculos faciales que no paraba de masticar a ritmo, y eso que no tenía nada en la boca, no comía chicle, odiaba los chicles, y sólo Florian sabía por qué, porque su dentadura superior era postiza, una vez, en su juventud, cuando todavía boxeaba, le habían roto la dentadura superior, momentos antes se le había caído el protector bucal y así perdió todos los dientes, por eso no mascaba chicles, por temor a que le arrancara la prótesis, aunque no se lo decía a nadie salvo a Florian, el batallón no estaba al tanto, sólo sabía que al Jefe no le gustaban los chicles y punto, Florian concluyó el himno y miró de reojo al Jefe, pero éste seguía sin moverse, seguía sin decir ni pío, solamente al anochecer, cuando el batallón se enteró por él de que esta vez el calzonazos aquel había vuelto a Eisenach, aunque no se pudo saber lo que quería, porque lo ahuyentaron, el escándalo fue generalizado, vamos, dijo Karin, vamos, dijeron Andreas y Jürgen y Fritz y Gerhard y todos, ¿adónde?, los miró furioso el Jefe, ¿adónde vamos?, dijo a voz en grito, ¿tan imbéciles sois?, ya os lo he dicho, tenemos que adelantarnos a él, ¡no ir detrás!, explicó e hizo con la mano un gesto de resignación, como quien considera que se repite en vano, pues no servía de nada, ellos no conseguían adivinar qué pensaba, he ahí el problema, que no conseguimos adivinar cómo piensa el cabrón, dijo, y se frotó la cara con las manos, como deseando espabilar, espabilar para encontrar una solución, porque el problema es que no entendemos por qué lo hace, continuó, hasta ahora procurábamos cazarlo y no pensábamos, ahora sí, ahora pensaremos, ¿entendido?, los demás asintieron con la cabeza, pero no daba la impresión de que estuvieran pensando ni de que la solución pudiera salirles sin más de la frente, no salió nada, y el Jefe comprendió al mirarlos uno por uno que esto con ellos no funcionaría, necesitaba más gente, concluyó por su parte la conversación ese día, apuró su cerveza y sin más palabras los dejó allá en el Castillo, se subió a su Opel y volvió a casa, cerró el portón, soltó al perro, entró, se sentó en su habitación ante su ordenador portátil, encendió un cigarrillo, exhaló el humo muy poco a poco, se quedó observándolo, apoyó la cabeza calva en ambas manos y se puso a pensar, pero el día era largo, así que de pronto se despertó sobresaltado y se dio cuenta de que tenía la cabeza sobre el ordenador, el cigarrillo, que se había apagado, entre los dedos, tiró la colilla al cenicero, se fue tambaleando hasta la cama y se echó con ropa y todo, de manera que ese día ya no siguió pensando, sino que se quedó traspuesto hasta la mañana siguiente, hacía tiempo que no dormía tan bien, hasta a él mismo le sorprendió, aunque luego llegó a la conclusión de que había formulado la pregunta correcta, el porqué, ésa era la clave, pensó, ésa era la clave, repitió también al anochecer, puesto que dada la situación ya no se reunían sólo en los días habituales, sino todos los días después del trabajo, por aquellos que tenían trabajo, claro, porque Karin y Andreas vivían de la Hartz IV y Jürgen no estaba muy a gusto en su empleo, pues trabajaba como limpiador a cambio de una miseria de sueldo, y tan pronto como encontremos la respuesta al porqué, continuó el Jefe, lo pillaremos, una cosa es segura, prosiguió ya para sus adentros de regreso a casa, los grafitis están relacionados con Bach, y Bach no sólo significa para ese cabrón la necesidad de enguarrar lo más sagrado, sino que ese psicópata baboso, lleno de granos, cubierto con una capucha ¡directamente odia a Bach!, y entonces trató de encontrar algo en la obra de Bach que estuviera relacionado con los lobos, porque no le importaba el NOSOTROS, al menos por el momento, sino la CABEZA DE LOBO que aquel gusano de mierda pintaba en cada ocasión en los muros, esas CABEZAS DE LOBO no solamente se parecían, sino que eran siempre iguales, como si el hombre utilizara una plantilla, pues también había cabrones de esos que utilizaban plantillas, había visto él suficientes, pero esos cabrones miserables eran principiantes muy primarios, no auténticos grafiteros, y éste era auténtico, constató y se rascó la cabeza desesperado, mientras bajaba por la Jenaische Straße rumbo a la Bahnhofstraße, estamos ante un profesional, eso es seguro, determinó, y no utiliza plantillas, tenía la cabeza tan aprendida que era capaz de pintarla igual repetidas veces, seguro que pretendía hacerlo por segunda vez en Eisenach, pintar de nuevo lo que ellos habían limpiado, utiliza acrílico amarillo y verde y marrón, esto lo sabemos, empezó a enumerar, y trabaja además en la segunda mitad de la noche, pero en este punto se detuvo, frenó delante de su casa, aunque no abrió el portón para entrar, porque entonces le vino a la mente la pregunta de cómo era posible que se sintiera tan seguro, pues ya después del primer delito en Eisenach tuvo la impresión de que ese mugroso impresentable «trabajaba» con total seguridad, ¿cómo era posible?, se preguntó en el Opel delante del portón de su casa, pues sí, claro, lo hacía, mecagüenlaleche, de pronto cobró conciencia de ello, porque no actuaba solo, ¡no, ni hablar!, pues es eso, ¡eso!, abrió la puerta, ajustó el letrero que la adornaba, *Mein Haus, mein Hof, meine Tür, meine Regeln*, esto es, Mi casa, mi patio, mi puerta, mis reglas, y entró con el coche, lo cerró, soltó al perro para la noche, se metió en la casa, se sentó y fue repitiendo, dándole vueltas a lo mismo y dando a veces manotazos al aire, este tío no está solo, se trata de un grupo criminal perfectamente organizado, y lo repitió también al día siguiente en el Castillo, cuando se descubrió que sólo él había llegado a alguna conclusión con sus pensamientos, los demás nada, porque es una banda, les explicó, y se levantó de un salto haciendo gestos con su cigarrillo en la mano, realmente se necesita más gente, porque el cabrón trabaja sobre seguro, ¿me entendéis?, un profesional al ciento por ciento, y todos se mostraron de acuerdo y hasta aliviados, en primer lugar porque de alguna manera los disculpaba, explicaba su falta de éxito, la dificultad de cazarlo, y además, dijo el Jefe y se puso rojo como un tomate, no tenemos que organizarnos desde aquí, sino volver a encontrar a nuestros camaradas *in situ*, ¿entendido?, sí, asintieron los demás, así que no se hable más, todo el mundo entendió de qué se trataba, hasta Florian se dio cuenta del cambio, el Jefe parecía otro, lo cual despertó todavía más su curiosidad si cabía e incluso llegó a pedirle que le explicara algo, pero la respuesta fue que tranquilo, mecagüenlaleche, ya te enterarás cuando llegue el momento, así que hasta entonces a callar la boca, y Florian mantuvo la boca cerrada, por otra parte ¿a quién iba a contar algo que desconocía por completo?, ni siquiera estaba del todo convencido de estar bien encaminado con la intuición de que se trataba del grafitero y de que se habían producido progresos en el asunto, de modo que dejó la curiosidad a un lado, ya tenía él sus propios problemas, pues estaba muy implicado en lo ocurrido con el desaparecido señor Köhler, no está, así lo recibía en cada ocasión la señora Ringer en la biblioteca, con mirada cada vez más preocupada, miraba con expresión casi acusadora a Florian, y él no la consideraba injustificada, de modo que volvió a coger una hoja en blanco en casa con la intención de escribir otra carta a Angela Merkel en Berlín, en la cual volvía a pedir, como algo evidente, que se descargara al señor Köhler de toda responsabilidad, comprenda, señora canciller, que si reconociendo la gravedad del asunto ha encargado usted su gestión a la Agencia de Seguridad Nacional, lo cual sin duda ha sucedido, le pido encarecidamente que les dé además la orden de dejar al señor Köhler fuera del asunto, porque sólo él, Herscht 07769, y no el señor Köhler, es el responsable de las olas que ha levantado a raíz de los informes enviados hasta el momento, él solamente podía repetir que el señor Köhler no tenía culpa de nada, única y exclusivamente él, Herscht 07769, había llegado a esas conclusiones, es más, lo repetía de nuevo, a esas conclusiones expresamente sin la aprobación del señor Köhler, pues él, esto es, el señor Köhler, había rechazado abiertamente que sus conclusiones, o sea, las de Florian, fuesen correctas, pero por la simple razón de que quería protegerlo, aunque, claro, a nadie se puede proteger de las conclusiones, éstas sólo se pueden afrontar con la ayuda de una decisión a nivel global, y sin duda ya se está hablando, se está hablando de afrontarlas, afrontar el hecho de que el mundo surgió de una casualidad y de que una casualidad puede revocarlo, ya la ciencia no es lo bastante inteligente para comprenderlo, pues si lo fuera debería acercarse al punto de partida de un proceso terriblemente desconocido, lo cual es imposible, así de simple, y cuyo contenido inconcebiblemente terrible la teoría de la Gran Explosión se limita a nombrar, lo nombra pero no puede decir nada al respecto, ni las matemáticas, ni la física y menos aún la cosmología, la ciencia está confundida, nerviosa y, lo peor de todo, se muestra muda o solamente parlotea sobre la cuestión, pero si no lo entendemos o no hacemos algo relacionado con toda la Tierra para oponernos a este hecho, perderemos, sólo podremos esperar a que el mundo, el universo, el Todo, el Algo desaparezca y nosotros también sucumbamos por ello, aunque no tenemos que esperar el apocalipsis, tenemos que comprender, escribió Florian a la canciller Angela Merkel en Berlín, que el apocalipsis es el estado natural de la vida, del mundo, del universo, del Todo, del Algo, el apocalipsis es ahora, señora canciller, en él vivimos desde hace miles de millones de años, lo cual no es nada en comparación con el Principio, y concluyó la carta diciendo que ahora ya estaba seguro de que no tendría que esperar mucho tiempo la respuesta de la señora canciller, pero que hasta entonces le pedía encarecidamente que decretara la devolución del señor Köhler, y el señor Köhler no fue devuelto, así como tampoco llegó respuesta alguna, Jessica ni siquiera prestó atención a Florian cuando él envió esta última carta, ni cuando empezó a volver a la oficina de correos preguntando si había recibido una respuesta, comenzaron a acostumbrarse en la estafeta de la Roßstraße a que existían las mañanas, las tardes, el correo aéreo, las cartas certificadas y Florian con su pregunta de si había llegado algo a nombre de Herscht, también la señora Schneider dijo a la señora Burgmüller que el niño Herscht ya no venía últimamente a ver al simpático vecino, que era como llamaban entre ellas al señor Köhler, no como lo llamaban los demás, Köhler el hombre del tiempo o cosas parecidas, una falta de respeto, sentenció la señora Schneider, y la señora Burgmüller, excepcionalmente, se mostró de acuerdo, porque si alguien sabía que el señor Köhler era un hombre muy decente ese alguien eran ellas, que lo consideraban ambas un excelente vecino, y un buen vecino era una verdadera bendición, sobre todo un caballero como el señor Köhler, de él sólo se podía decir lo mejor, cómo saludaba y cómo el Día Internacional de la Mujer nunca olvidaba decirles unas palabras amables por la ventana y cómo, en una sola ocasión, eso sí, las invitó a pasar a su patio para que admiraran su nuevo aparato, cuya fama había llegado de algún modo hasta ellas, un *gentleman*, pues sí, se arregló la señora Schneider un ya inexistente rizo en la frente, porque conforme a las exigencias de los nuevos tiempos se dejaba corto el pelo, y se nota que es un hombre culto, concluyó la señora Burgmüller, y hasta allí llegaron, y quedaron luego en tratar de averiguar adónde había viajado el señor Köhler, porque se había impuesto la teoría de la señora Burgmüller y ya no se hablaba de la posibilidad de que el simpático vecino permaneciera en su vivienda, porque era imposible que llevara tanto tiempo sin salir de casa, sin duda ocurrió por la noche, mientras ellas dormían, está, por ejemplo, el tren de las 23:46 a Jena, insinuó la señora Burgmüller, bien podría haber viajado en ése a ver a unos parientes, ¿de noche?, replicó la otra, no lo creo, y así se quedaron charlando un rato, pero no se pusieron de acuerdo en cuanto al tren o autobús que podría haber tomado, sí en cambio en cuanto a que se había marchado y en la casa no había nadie, lo cual no las alegraba en absoluto, como tampoco el hecho de que Florian no apareciera últimamente, ni los jueves, ni ningún otro día, seguro que él sabe algo, coincidieron las vecinas, pero Florian no sabía nada, lo único que comprobaba en el café Herbst era que la página web seguía mostrando los datos de antes, así que se preocupaba cada día más y más, lo atormentaban imágenes terroríficas, veía al señor Köhler en una celda o en una sala de interrogatorios donde le iluminaban los ojos con un foco, y esas imágenes angustiantes aparecieron con más frecuencia si cabe desde que un martes dos hombres de paisano lo esperaron en la zona verde delante de la entrada del rascacielos, habían hablado con el Encargado, quien luego, al ver a Florian, lo señaló diciendo que era él, ellos tenían algunas preguntas, le dijo uno de los hombres, ¿podría dedicarnos unos minutos?, y añadieron después que venían de Érfurt, claro, respondió Florian intuyendo lo peor y los acompañó hasta la séptima planta, donde les ofreció un vaso de agua y esperó a que dejaran de jadear, y fue él quien formuló la primera pregunta, ¿el señor Köhler?, a ver, le respondió uno de los hombres, nada, el que nos interesa es usted, vale, vale, pero ¿cómo está el señor Köhler?, ¿quién es el señor Köhler?, preguntaron entonces los otros, nada, da igual, dijeron, y quedó claro que lo que querían saber era si estaba solo cuando preguntó por la señora Merkel en el Reichstag y después si había escrito él solo las cartas y qué quería en realidad de la señora Merkel, a lo cual Florian los tranquilizó y se quedaron, pues, hablando largo rato, los dos hombres preguntaban, Florian respondía, y eso fue todo, no sabían nada del señor Köhler, eso afirmaron al menos, aunque a Florian sólo eso le interesaba, de modo que se fueron sin que pudiera averiguar dónde estaba, dónde lo tenían retenido, nada de nada, Florian se amargó mucho, ni siquiera bajó a cenar al chiringuito de Ilona como solía cuando Ilona todavía tenía abierto, aunque no le habría venido mal, porque ahora que le tocaban épocas tan difíciles, esos pocos peones de albañil a tiempo parcial y jubilados y beneficiarios de la Hartz IV que conocía desde hacía años y que acudían todos los días como clientes fijos a tomar una cerveza en lo de Ilona, que junto con su marido había transformado la mitad de una caravana en un chiringuito de tal modo que incluso se podía estar sentado en el interior, o sea, barra, estante, tres bancos y tres mesas, un divertido letrero en la puerta dentro, ZONA MILITAR-PELIGRO DE MUERTE, y en el techo de la caravana GRILL, no mucha cosa, pero suficiente con el fin de generar un ambiente agradable para los clientes fijos, y lo colocaron delante del Baumarkt, en diagonal frente al rascacielos, o sea que eran unos pocos pasos y ya se habría encontrado en una compañía en la que siempre había alguien que animaba el cotarro, por eso la gente se sentía a gusto en el chiringuito de Ilona, sobre todo Hoffmann, que trabajaba cuatro horas diarias como almacenista en la fábrica de porcelana y era considerado el maestro oficial de la broma, sólo tenía dos chistes, pero éstos siempre cuajaban precisamente porque todos los conocían, a él le gustaba contar sobre todo uno cuando alguien entraba por casualidad a comer una *bockwurst*, alguien del que Hoffmann suponía que no había pasado nunca por allí, y entonces empezaba con gran entusiasmo, tú escucha, se ponía de un salto en medio y señalaba el suelo, esto es Londres, ¿vale?, y esto es el Támesis, ¿vale?, en la orilla izquierda hay un árbol, allí, señalaba, y en la orilla derecha otro árbol, y mi pregunta es: ¿qué hay en medio?, y por supuesto el extraño no sabía la respuesta para alegría de la clientela fija, a lo cual Hoffmann hacía una señal al extraño, a ver, no es tan difícil, tú presta atención, te lo vuelvo a decir, esto es Londres, volvía a señalar, esto es el Támesis, en la orilla izquierda un árbol, en la orilla derecha otro árbol, ¿qué hay en medio?, el extraño, claro, ni idea, el público se reía, disfrutaban viendo a Hoffmann con sus manchas rojas en la cara tomándole el pelo a alguien siempre con el mismo entusiasmo y siempre con el mismo éxito, por lo que él, Hoffmann, parecía sentirse muy feliz, los ánimos estaban en su punto álgido, se pedían más cervezas, claro que Florian podía olvidar allí lo que lo agobiaba o lo que lo obsesionaba, y precisamente por eso no bajó al chiringuito de Ilona, pues no quería que no lo agobiara o no lo obsesionara el hecho de que los hombres de paisano no se mostraran dispuestos a revelar nada sobre el señor Köhler, y eso que Florian sospechaba, y mucho, que lo sabían todo, ni siquiera se planteó la posibilidad de que no fuera así, estaba convencido de que se lo habían llevado a algún sitio y convencido, además, de que se lo habían llevado por culpa de él, no sabía cómo reparar lo que había hecho, qué hacer para que lo soltaran, si alguien sabía que el señor Köhler era del todo inocente ese alguien era él y que ellos, quienes fueran, habían de soltarlo, porque a quien no habrían de soltar era a él mismo, y no estaría nada mal que por fin sucediera algo así, en parte porque el señor Köhler podría regresar finalmente y en parte porque él, Florian, estaría entonces más cerca de quienes eran capaces de gestionar su asunto, si es que no habían actuado ya, él no estaba muy seguro al respecto, porque dependiendo del día interpretaba de maneras diversas el hecho de que hasta el momento no recibiera respuesta a ninguna de sus cartas, lo interpretaba en el sentido de que, en efecto, sí ocurría algo allá arriba, de que se habían fijado en él y en el tenor de sus misivas, y también era posible, jugueteaba a veces con la idea, que el silencio de Berlín significara precisamente que él, Florian, había concluido su tarea y que ahora eran otros los que asumían el asunto, sí, sí, y entonces veía casi con total claridad la gigantesca mesa en la sala de reuniones del Consejo de Seguridad sobre la que yacía un dosier igualmente enorme, SU DOSIER, porque estaba convencido de que Angela Merkel, canciller de la República Federal Alemana y la mujer más poderosa del mundo, había comprendido enseguida de qué se trataba, la señora Merkel era muy inteligente y si alguien estudiaba la física como sin duda la había estudiado la señora Merkel no se podía dudar de que lo habría captado enseguida y habría actuado también en el acto, y además estaba el marido, también científico, lo ponía incluso el *Ostthüringer Zeitung*, y apareció entonces ante él la imagen de la señora Merkel y su esposo deliberando en casa sobre el asunto, a ver, ¿qué te parece?, pregunta la señora Merkel, pues no lo sé, responde el marido, pero después de reflexionar un rato añade que por supuesto habrá que ocuparse de esta cuestión, ya que no cabe subestimar el peligro, así más o menos imaginaba Florian la situación, pero Berlín callaba y él se encontraba ante el Jefe, que después del trabajo que habían terminado muy temprano ese día le comunicó que no, todavía no volvemos a casa, sino que te vienes conmigo, y estacionaron entonces en la gasolinera ARAL, pues se ponían en marcha desde allí, Florian buscó la mirada de Rosauro, porque era la primera vez que él no iba solo a la estación de servicio y en esta ocasión se presentaba incluso con el batallón, claro, como si perteneciera a ellos, pero no era así, él sólo estaba por el Jefe, trató de hacérselo entender a Rosauro mediante la expresión de su cara, aunque no lo consiguió, pues Rosauro evitaba mirarlo, de manera que dejó de interesarle que no le dijeran adónde iban ni por qué, los miembros del batallón utilizaban una jerga, fumaban sus cigarrillos, tomaban café, y fue el Jefe quien pagó el de Florian y cuando éste quiso darle las gracias, el otro le dio a entender con un gesto nervioso que nada, que no tenía sentido tanta cortesía, y le metió prisa, que bebiera rápido el café, porque habían de partir, y se pusieron en marcha, fueron primero por la B88 a Weimar, luego por la A4 y después tomaron la salida a Gelmeroda y se dirigieron a la calle que llevaba al centro de la ciudad, el Jefe dobló aquí y dobló allá y al final estacionó delante de un edificio, sin decir una palabra le hizo una señal de que lo acompañara, el Jefe tocó el timbre, salió entonces un hombre ya mayor en bata, tenía la cabeza toda tatuada, el mentón, la frente, la calva, las orejas, Florian no hacía más que fijarse en lo que había en ese mentón, en esa frente, en esa calva, en esas orejas, el Jefe habló largo rato, el hombre lo escuchó impasible, y sólo a final asintió con la cabeza, cuando ya comenzaron a despedirse, fue solamente una vez dando a entender que había comprendido, los acompañó hasta la puerta, les dio la mano, una mano fuerte, muy sudada, Florian estuvo frotándose la suya en el pantalón hasta que estuvieron sentados en el coche, y antes de que pudiera preguntar nada ya se encontraban ante otro edificio, otro rascacielos, eso sí, más alto que el de Florian, tocaron el timbre, alguien preguntó por el interfono quién era, el Jefe respondió, ahora bajo, dijo el otro, y apareció un joven en la puerta de entrada, vamos aquí al parque que estaremos mejor, explicó en voz baja al Jefe, okey, respondió éste, dieron unos pasos en silencio y se sentaron en un banco en un extremo del parque delante del edificio, sólo había un indigente durmiendo tres bancos más allá, Florian tenía la sensación de que el hombre estaba a punto de caer, dormía muy al borde, avisó al Jefe y señaló con la cabeza al indigente, tú calla, le dijo el Jefe a sovoz, a lo cual Florian se quedó callado, claro, también él comprendía que se estaba tratando de algo más importante, aunque lo ponía bastante nervioso el temor de que el indigente se cayera, era evidente que si se daba la vuelta se desplomaría en el suelo, de modo que Florian estuvo en todo momento listo para intervenir de un salto si el hombre se disponía a darse la vuelta, listo para acercarse rápidamente y agarrarlo a tiempo, pero el indigente no se movía, seguía tumbado en el banco como quien nunca más va a levantarse, ni en el coche logró Florian quitárselo de la cabeza, porque estaba seguro de que tarde o temprano acabaría dándose la vuelta sin que hubiera allí nadie que lo cogiera a tiempo, en eso pensaba y no preguntaba nada de nada, aunque tal vez habría sido preferible hacerlo, pues era evidente que esos dos habían hablado sobre un asunto sumamente importante y secreto, no es cosa mía, pensó Florian, pero se equivocaba, porque al cabo de un rato, cuando salieron de Weimar rumbo a la autopista A4, el Jefe rompió el silencio y dijo, confío en que hayas entendido que tú has servido de encubridor, así que te has convertido en miembro de una operación de gran calibre, ¿operación?, preguntó asombrado Florian, pues sí, mecagüenlaleche, una operación, le espetó el Jefe, no esperaremos más, ahora ya estás iniciado, necesitamos a todos los patriotas alemanes, y tú eres un patriota, ¿o no?, a lo cual qué podía él responder, sí, un patriota, claro, pues ya está, concluyó el Jefe, y Florian tuvo que cantar de nuevo el himno y el otro no dijo nada más, volvió a sumirse a ojos vistas en sus pensamientos, y en la B88 chocaron entonces con un viejo Škoda, Florian no vio exactamente lo que había sucedido, tan rápido ocurrió, sólo que tanto él como el Jefe fueron lanzados hacia delante y se golpearon la cabeza contra el parabrisas mientras los airbags se inflaban y los empujaban de vuelta a los asientos y los cinturones de seguridad se tensaban sobre ellos, vaya, mecagüenlaleche, lo que me faltaba, y el Jefe salió a trancas y barrancas del coche, se dirigió al conductor del Škoda que ya examinaba la parte trasera de su vehículo y lo tumbó de un solo puñetazo, le pateó además la cara al hombre que yacía ya en el suelo y después volvió a su Opel como si no hubiera sucedido nada particular, se subió, puso el coche en marcha y se fueron, ¿qué te crees?, ¿que por ti voy a esperar a los maderos?, gruñó en voz baja, y realmente dio la impresión de que se cagaba en todo, me importa una mierda, respondió más tarde a Florian, cuando éste le preguntó si no le había sucedido quizá algo a aquel hombre, así que, por supuesto, Florian volvió a cerrar la boca, pues no quería recibir un manotazo, pero lo recibió, un manotazo en la nuca por no prestar atención, porque el incidente desde luego lo había conmocionado y no se daba cuenta, por tanto, de que el Jefe llevaba un buen rato hablándole, para qué te hablo si estás pensando en las musarañas, mecagüenlaleche, sí, sí, estoy atento, dijo Florian asintiendo con la cabeza y, en efecto, empezó a prestar atención y se enteró de que a ésos habría que ponerlos a todos en fila y fusilarlos, porque conducen sin cuidado, frenan y no se dan cuenta de que voy detrás y después incluso se te ponen insolentes, pues no, la puta que los parió, que la palmen todos allí donde están, ¿por qué se sube un tío así a un coche?, a ver, ¿por qué?, y como Florian no respondió, él mismo dio la respuesta, pues para que yo, mecagüenlaleche, les choque por atrás, pero ahora ha recibido su merecido el cabrón, este tío ya no me frenará en la curva a la derecha, a esa gente la mandaría yo a la horca, y un Škoda para colmo, ¿sabes lo que es un Škoda, Florian?, un montón de mierda es el Škoda, que te lo digo yo, mecagüenlaleche, robaron el Volkswagen alemán y ahora andan fardando a ciento cincuenta, por mí que vayan fardando, el final ya se sabe, *knock out*, lo merecía como lo merecen todos esos estúpidos, ahora qué hago yo con el capó y todo eso, porque el cabrón casi me ha destrozado el radiador, ¿y sabes lo que cuesta un radiador de éstos?, Florian no lo sabía y tornó a desconectar, dejó que el Jefe siguiera hablando, pues sabía por experiencia lo que ocurría en los casos en que el Jefe se había equivocado en algo, y esta vez fue él quien se equivocó y lo achacó al conductor del Škoda, era evidente, y Florian sabía a ciencia cierta que el Jefe lo sabía a ciencia cierta y que por eso estaba tan enfadado, pero daba igual, en esas situaciones era muy capaz de desconectar, porque el Jefe no paraba de hablar y hablar hasta que se tranquilizaba, a lo sumo un manotazo en la nuca, eso era todo, doblaron y se plantaron ante la casa de la Ernst-Thälmann-Straße, Florian se bajó, abrió el portón, el Opel entró, Florian cerró el portón y se quedó un rato esperando a que se le pidiera algo, pero el Jefe encendió una linterna, pues empezaba a caer ya el crepúsculo, y se puso a examinar la parte delantera del coche para ver lo que se había estropeado, sobre todo el radiador, el perro tironeaba de la cadena y ladraba, vale, pues entonces me voy, dijo Florian desde el portón, y como no recibió respuesta, se fue a casa sin más, porque, para colmo, tal como descubrió al abrir el buzón, tenía trabajo suficiente, ya que la señora Ringer le avisaba que quería hablar urgentemente con él y, por otra parte, la señora Hopf le pedía ayuda y, en tercer lugar, el Encargado también había dejado un papelito pidiéndole que lo fuera a ver, porque era ¡IMPORTANTE!, ¡da igual la hora!, eso ponía el papel, ¿qué había de hacer primero?, su reloj marcaba las 17 horas y 11 minutos, así que iré a ver al señor Friedrich, y tocó el timbre, vaya, por fin has venido, lo recibió, ven, siéntate, ay, no sé, se excusó Florian, así que se quedaron en la puerta y entonces—inclinándose hacia Florian—le dice el Encargado que deberías cuidarte más, porque esa gente, ya sabes a quiénes me refiero, el asunto es bastante serio, yo tengo años de experiencia y sabes que no quiero hacerte daño, así que tú presta atención a lo que te digo, porque lo que digo es que vayas con más cuidado, que esa gente de Érfurt no se anda con bromas, los conozco de otros tiempos, son los mismos, tengo muchos años de experiencia, o sea que te conviene que aceptes mi consejo, y lo que te aconsejo es que, sea lo que sea en lo que te hayas metido, sal de allí lo antes posible, porque esa gente no está para bromas, hacen migas contigo y después ya verás cómo te las arreglas, te destruyen para toda la vida si quieren, te lo digo con toda sinceridad, sí, entiendo, asintió Florian y poco a poco empezó a retirarse hacia la salida, levantó las manos, sí, se lo tomaba muy en serio y si fuera necesario aceptaría el consejo, pero ahora tenía que irse, y luego escuchó más o menos lo mismo de la señora Ringer cuando llegó a la biblioteca, ay, te he estado esperando mucho rato, le dijo ella con un suspiro, y se quedó mirando a Florian, ya comenzaba a resultar embarazoso lo que tardaba en decir algo, a ver, Florian, te conozco como alguien que siempre me ha hablado sinceramente, dime, ¿es verdad que no sabes nada del señor Köhler?, no, no, no, levantó acto seguido una mano, no me respondas de inmediato, siéntate aquí y piénsatelo bien antes de responder, y Florian se sentó en el taburete delante del mostrador y se quedó reflexionando y a continuación dijo que no sabía a qué se refería la señora Ringer, a qué, a qué, lo interrumpió ella irritada, lo sabes perfectamente, pero Florian no tenía claro en absoluto qué querían de él, y cuando entendió y explicó que no tenía nada que ver directamente con la desaparición del señor Köhler ya era tarde, pues la señora Ringer le espetó que has pensado demasiado tiempo, no dices toda la verdad, ¿cierto?, y él no supo qué contestar, claro que digo la verdad, dijo, pero no sé lo que usted quiere de mí, no sé qué decir, pregúnteme usted tranquilamente, pero la señora Ringer no pudo preguntar tranquilamente cuando le preguntó ¿fuiste a ver al señor Köhler antes de que me contaras que no lo encontraste en casa, porque no te abría la puerta?, ¿que cuándo fui a verlo?, no entiendo, dijo Florian negando con la cabeza, lo que te he preguntado, dijo la señora Ringer, es si fuiste a ver al señor Köhler antes de que me contaras que no te abría, sí, claro, estuve en su casa, iba todos los jueves y fui también el otro jueves, y después el señor Köhler vino a verme a mi casa, ¿a tu casa?, ¿allí?, preguntó extrañada la señora Ringer, sí, continuó Florian, el señor Köhler vino a mi casa, era la primera vez que venía, me sentí muy feliz, pero se quedó sin aire subiendo las escaleras porque el ascensor lleva tiempo sin funcionar, y el Encargado en varias ocasiones, para, lo interrumpió la señora Ringer, no te apartes del tema, ¿así que el señor Köhler fue a verte al rascacielos?, ¿y por qué razón por el amor de Dios?, pues para convencerme de que no pensara en lo que pienso, ¿y qué piensas?, pues que el mundo se acaba,

el silencio de Berlín

¿y seguro que el señor Köhler no te dijo entonces que se disponía a viajar a alguna parte?, no, no dijo nada de eso, sólo que a él no lo mezclara en mi asunto, pero tú sí lo has mezclado en el asunto, y bien mezclado, inclinó la señora Ringer la cabeza en un gesto de pesadumbre, como si todo hubiera acabado ya, pero no había acabado, el Jefe, por ejemplo, le dijo a Florian eso de que ahora ha llegado nuestro momento cuando al cabo de unos días, después del trabajo en Ilmenau, que había terminado mucho antes de lo habitual, no volvieron a casa, sino que se dirigieron a Dornheim por la A71, y el Jefe se fue directo a la iglesia de San Bartolomé, donde se casara Johann Sebastian Bach, y tocó el timbre de la casa parroquial y se quedó hablando largo rato con el pastor, mientras Florian esperaba a dos pasos de distancia, lo suficiente para escuchar con detalle lo que hablaban, concretamente de que, con el objeto de proteger los valores de Turingia en las siguientes semanas o quizá meses, vendría gente y se dedicaría a vigilar la iglesia por la noche y de que le avisaran a él, al Jefe, de inmediato si se observaba algo raro en el entorno de la iglesia, sobre todo se había de prestar atención a los jóvenes extranjeros, éste es el teléfono, está disponible de día y de noche, se despidieron entonces del sacerdote que volvió visiblemente conmocionado a la casa parroquial y dieron una vuelta alrededor de la iglesia, el Jefe volvió a actuar como en la otra ocasión, miró hacia un lado y hacia otro, fotografió la entrada desde diversas distancias y desde diversas calles, desde la Angertor, la Neustraße y la Kirchgaße, pero luego no se marcharon a Dornheim, sino a Wolfsbach, donde no lejos de la iglesia llamaron a la puerta de un tal Möller, es un tal Möller, dijo el Jefe antes de tocar el timbre mirando con aire solemne a Florian, pero en este caso Florian no escuchó lo que hablaron, pues cuando apareció ese tal Möller, el Jefe lo mandó a mirar qué había en la carta del restaurante Poppitz, pero se equivocaba si su intención era almorzar allí, porque Poppitz era una panadería, no un restaurante, aunque cuando se disponía a volver para avisarle que Poppitz a lo sumo vendía pan o *apfelstrudel*, el Jefe ya apareció en la Hauptstraße en el Opel, no pasa nada, dijo encogiéndose de hombros y se dirigió a la A71, ya almorzaremos en casa, y así fue, almorzaron en casa, como siempre cada uno por su lado, el Jefe volvió a la suya y comió algo frío, lo cual en la mayoría de los casos no era nada frío, sino una conserva calentada, mientras que Florian fue al chiringuito de Ilona donde le esperaban una buena *bockwurst* y el ambiente, que bien los necesitaba antes de ir hasta el banco a la orilla del Saale, porque había de pensar a fondo y muy seriamente sobre el significado de las extrañas preguntas que le había formulado la señora Ringer, ¿en qué habrá pensado la señora Ringer?, tenía la sensación de que se cernía sobre él una acusación sin fundamento alguno en vez de acusarlo de algo de lo que realmente habrían podido acusarlo, pero el mayor objeto de sus pensamientos era qué hacer para encontrar al señor Köhler, pues ya en el camino rumbo al Saale, en la estrecha callejuela que discurría a la vera de la colonia de pequeñas parcelas ajardinadas hacia los campos de deporte, decidió que no se quedaría de brazos cruzados, o sea, que él mismo lo buscaría, y enseguida le vino a la mente el amigo del señor Köhler, él sin duda sabría dónde encontrar al señor Köhler, todas las personas cercanas al señor Köhler sabían que era su mejor amigo, desde la infancia para colmo, el doctor Tietz en Eisenberg, allí iré, decidió Florian, miró el reloj, pero era tarde, vale, pues mañana, y así fue, miró los horarios en el café Herbst, los buses y los trenes a Eisenberg ida y vuelta, y al día siguiente después del trabajo volvió a afeitarse, pues debía hacerlo de nuevo, y alcanzó el tren de las 15:30, hasta Jena Paradies, allí se subió al autobús y al cabo de veinte paradas exactamente llegó a su destino, y si bien nunca había estado en Eisenberg, le resultó sumamente fácil encontrar al doctor Tietz, pues la primera persona que se apeó con él enseguida le señaló el edificio de la consulta, aunque ese día el doctor ya no atendía, lo cual podía ser preocupante, pero Florian no se rindió con tanta facilidad una vez que había viajado hasta allí, y por suerte el doctor Tietz residía en el mismo edificio donde tenía la consulta, de modo que haciendo de tripas corazón llamó a la puerta, durante un buen rato no pasó nada, sólo al tercer o cuarto timbrazo apareció un niño de unos cinco o seis años que le dijo que papá no estaba en casa, y ¿cuándo volverá?, preguntó Florian, no lo sé, respondió alegremente el crío y se fue anadeando y emitiendo un zumbido como de un motor, y Florian se preguntó qué hacer, desde luego no cabía la menor duda de que esperaría, no le suponía ningún problema volver tarde a casa, porque el último autobús de largo recorrido con el que llegaba a Jena para tomar el tren a Kana salía a las 21:16 horas rumbo a Jena Paradies, pero no sabía dónde esperar, en la Richard-Wagner-Straße no había nada en las inmediaciones y si volvía a la estación no podía ver si el doctor regresaba a casa, aunque tampoco tenía muchas opciones, así que se dirigió a la estación, donde no había nada salvo una máquina, por fortuna encontró en los bolsillos calderilla suficiente para comprarse un café y un bocadillo envuelto en una bolsa de plástico, se sentó en una de las barras metálicas que servían de asiento y se quedó esperando, decidió volver cada media hora, pero nunca aguantó tanto, siempre lo intentaba antes y siempre aparecía el niño, cada vez más alegre, que al final, antes de recibir la pregunta, ya le decía que papá no estaba y que no sabía cuándo regresaría y se metía de nuevo en la casa anadeando y emitiendo un zumbido, esto una y otra vez hasta que, poco después de las nueve, se encendió una luz en el patio y salió un hombre, el mismísimo doctor Tietz, un caballero de expresión amable, con gafas, de la edad aproximada del señor Köhler, que preguntó con un tono menos amable, parpadeando, más bien como quien ha sido molestado en algo, a quién buscaba, a lo cual Florian respondió que en realidad buscaba al señor Köhler, ¿al señor Köhler?, el señor Köhler no está aquí, pues precisamente por eso venía él a ver al señor doctor, dijo Florian con toda humildad, pues la situación es, dijo, que el señor Köhler no sólo no está aquí, sino en ninguna parte, en Kana nadie sabe nada de su paradero y son muchas las personas a las que preocupa, sobre todo a él mismo, y se presentó, a lo cual el doctor dijo que le entristecía mucho escucharlo, pero que no podía ayudar, ¿cuándo vieron al señor Köhler por última vez?, preguntó, desapareció hace varias semanas, respondió Florian inclinando la cabeza, espere usted, dijo el doctor mientras examinaba al visitante de arriba abajo, ¿no será usted ese joven que iba a su casa a estudiar física?, y se le iluminó un poco la cara al escuchar que sí, que era él, Florian Herscht, que estaba tan preocupado por el señor Köhler que había venido expresamente de Kana para saber si el doctor Tietz sabía algo, ¿y no tiene usted ninguna idea?, preguntó al doctor Tietz, no, ninguna de adónde podría haber ido, y yo confiaba, dijo Florian señalando al doctor, en que quizá tuviera usted alguna idea de adónde podría haber ido, porque en Kana sólo podemos imaginar que se ha ido de viaje, a lo que el doctor negó con la cabeza en el umbral de la puerta, ¿de viaje?, y siguió negando con la cabeza, ¿Adrian?, ¿sin confiar a nadie la estación meteorológica?, no, no, si se hubiera ido de viaje yo seguro que lo sabría, a mí siempre me avisaba de esas cosas, como mínimo me dejaba un mensaje en el teléfono, vale, muchas gracias, se despidió de pronto Florian, el doctor le tendió la mano, pero Florian no se dio cuenta a tiempo y ya fue tarde para volverse atrás cuando se percató, de manera que hizo un gesto inseguro con la mano y ya estaba en la estación, se sentó en la barra metálica más cercana y se inclinó hacia delante apoyando los codos en las rodillas y se quedó mirando tan detenidamente las colillas que se acumulaban alrededor del contenedor de basura que sólo en el último momento se percató de la llegada del autobús y se subió de un salto, y si hubiera tenido que informar sobre su viaje camino de casa difícilmente habría podido decir algo, porque no ocurrió nada en el viaje camino de casa, era lo que podría haber dicho, la niebla envolvía su cerebro, no era capaz de pensar, estaba extenuado, se arrastró hacia el rascacielos en la ciudad completamente desierta, por la noche Kana no daba la impresión de que la gente durmiera plácidamente, sino de que se había marchado, de modo que ofrecía un espectáculo fantasmagórico al forastero, aunque, claro, en Kana no había forasteros, allí no se quedaba nadie, menos por la noche, en la medida de lo posible evitaban pernoctar allí, como si todos los turistas jubilados que visitaban la ciudad llevaran escrito en la frente NO, eran particularmente deprimentes las noches cuando llegaba el mal tiempo, cuando llegaban los vientos gélidos y las lluvias y luego, para colmo, comenzaba a nevar, si bien a la señora Hopf le gustaba precisamente la nieve, es lo que más me gusta aquí, pues sí, caballeros, un espectáculo impagable, pintoresco, animaba a los pocos clientes sentados a la mesa de desayuno en el Garni, cuando entablaba conversación con ellos, los animaba a quedarse una noche diciéndoles yo en su lugar me quedaría y volvería una y otra vez, sobre todo en invierno, saben ustedes, las montañas, los árboles, los maravillosos senderos en las laderas cubiertas de nieve, y en vano la miraban un tanto asombrados los así interpelados, a ver, señora, de qué nos está hablando, Kana da ahora, tanto en primavera como en verano, tal impresión que no se entiende que no haya huido usted de aquí, en vano la miraban con cara de pasmo, la señora Hopf no los entendía ni los habría entendido jamás, pues Kana era para ella a pesar de todo su casa, yo nací aquí, saben ustedes, se volvía en una u otra ocasión hacia una u otra pareja que desayunaba con su hijo para pasar con él cada minuto, ya que el hijo había de quedarse en ese lugar desolado y ellos habían de marcharse, saben ustedes, les sonreía la señora Hopf, Kana es para mí mi casa, yo nací aquí y aquí me enterrarán con mi marido y con mis hijos, yo no veo en este sitio, contrariamente a muchos, un nido de nazis y cosas parecidas, yo veo una pequeña perla que se extiende desde hace siglos entre las montañas, la ciudad es pequeña, lo reconozco, inclinó la cabeza hacia un lado, pero nuestra, como suele decirse, conozco aquí cada esquina, cada calle, cada casa, y nadie podrá sacarme de aquí, de lo cual, sin embargo, no parecía estar muy segura y quizá por eso mismo lo decía, pues le tenía miedo a los nazis, y consideraba la desgracia del destino que tanto el Garni como su restaurante dieran precisamente al muro lateral del edificio en la Burgstraße 19, a ese tugurio por el que tanto tipo maligno había pasado y en el que ahora tantos tipos malignos residían, de tal manera que cuando había de discurrir por delante de aquella puerta en la Burgstraße, que, para colmo, solía estar abierta durante el día, ni siquiera se atrevía a mirar adentro, tal era su miedo, aceleraba los pasos e incluso estaba dispuesta a negar sus huellas, diciendo que ella ni siquiera había estado allí, con tal de no saber quiénes eran sus vecinos, si es que podían llamarse vecinos esos tipos mugrientos, cada uno con un piercing en la oreja, en la boca y en la nariz, tatuados por todos lados, un horror, miraba entonces como pidiendo ayuda o cuando menos comprensión a su marido, quien, sin embargo, no podía ayudar, sino sólo comprender, porque era mayor aún y no quería ya nada salvo la tranquilidad, si hubiera sido por él hasta habrían clausurado definitivamente las pocas habitaciones del Garni, pues únicamente anhelaba que vinieran de vez en cuando los nietos de Dresde y dormitar delante del televisor por las tardes, que era lo que más le gustaba, las tardes, cuando después de comer ocupaba su asiento en la mecedora, y su esposa lo tapaba entonces cariñosamente con una manta y lo dejaba solo, pues siempre había algo que hacer, fuera en la cocina, fuera tras el mostrador del Garni, y él se sumía en el *dolce far niente* y se mecía, se mecía con suavidad en la mecedora y se adentraba en la tarde descabezando un sueñecito, con lo cual no estaba solo, porque a Florian, por ejemplo, también le gustaban mucho esos minutos u horas de los fines de semana, en el café Herbst o sobre el banco a orillas del Saale o durante los ensayos de la Sinfónica de Kana o cuando, a veces, podía sentarse a la mesa de la cocina y no hacía nada ni pensaba en nada, pues solamente entonces era capaz de hacerlo, por las noches no, por las noches, cuando se despertaba entre sueños espantosos, aparecían las imágenes horripilantes, sólo de día y en casos excepcionales y sólo mientras no había empezado aún la tortura del empeño por comprender lo que no se podía comprender, porque ahora había tantas oportunidades, ahora las preocupaciones lo atormentaban continuamente no sólo de noche, sino también de día, las preocupaciones a cuya cabeza estaba, como era lógico, el señor Köhler, ¿qué hacer?, ¿qué?, ¿ir de nuevo a Berlín?, ¿volver a Eisenberg?, ninguna de las dos opciones prometía nada bueno, así que el fin de semana siguiente, cuando terminó el ensayo de la Sinfónica de Kana y el Jefe lo dejó marchar, se fue en tren a Érfurt, incluso fue capaz de comprar solo el billete, el Encargado seguro que lo habría hecho desistir, así que nadie sabía que iba a Érfurt, donde después de preguntar aquí y allá, tocó el timbre en el enorme edificio de la policía en la Andreastraße 38 con el objeto de exponer lo que quería, ¿qué quiere?, le preguntó el guardia, que tardó en llegar y abrir la puerta y que luego no dijo que no era el sitio adecuado ni nada parecido cuando Florian comenzó a explicar su petición, sino que con mirada inexpresiva le cerró la puerta en las narices, pero tampoco tuvo suerte en la Hohenwindenstraße, donde tornó a intentarlo siguiendo otro consejo, pues allí el policía le dijo que los fines de semana, en su caso, lo conveniente era acudir a la clínica Helios y soltó una carcajada extraña, de manera que Florian prefirió no preguntar qué era esa clínica Helios, por lo visto, pensó, el señor Köhler está muy vigilado, y emprendió el camino de regreso, hundido, destrozado, y ya no le interesaba en absoluto en qué operaciones había de participar, no le interesaba qué electrizaba tanto al Jefe, y él, a su vez, no le interesaba al Jefe, tú guárdate tu melancolía para ti, le dijo en el Opel, pero Florian ni lo escuchó, estaba sentado a su lado en el coche, hacía lo que le decía el Jefe y volvía a casa, se sentaba a la mesa de la cocina, apoyaba la cabeza en las manos, esa cabeza había de producir más y más ideas, aunque ya no le quedaban ideas, las cartas seguían sin recibir respuesta, sus intentos en Eisenberg y en Érfurt se habían saldado con sendos fracasos, y pasó el invierno sin que ocurriera nada, iban por las carreteras cubiertas de nieve medio derretida, limpiaban los muros y de vez en cuando el Jefe lo ponía a vigilar por la noche en alguna aldea o en alguna pequeña ciudad, pero él ni siquiera sabía qué hacía allí, tampoco le interesaba particularmente saber contra quién estaba defendiendo el Reich, aunque, eso sí, los ensayos de música de Bach los sábados comenzaban a cobrar cada vez más importancia, antes, durante años, ni siquiera los escuchaba y utilizaba esas horas allí para dar vueltas a sus preocupaciones, se sumía en lo más hondo de sí mismo y eliminaba la Sinfónica de Kana de su conciencia, sin embargo ahora algo lo impulsaba a prestar atención a algún pasaje de la pieza que se estaba ensayando, no le importaba que este o aquel músico perdieran el ritmo o que los contrabajos fueran incapaces de mantener el tempo, no le importaba que el Jefe no parara de quejarse a voz en cuello o que las trompas volvieran a tocar sin orden ni concierto, a él le emocionaba la particular belleza de la armonía, antes carecía de oído para apreciarla, ahora en cambio sí, quizá porque, al perder al señor Köhler, algo se había resquebrajado en su alma y por esa grieta penetraba algo que servía de consuelo, y algunos motivos o la consonancia a veces acertada de los instrumentos eran realmente consoladores, había algunos pasajes cuya sencilla y dolorosa melodía lo elevaba, tenía la sensación de que también él lo entendía, esto también yo lo entiendo, pensaba, y comenzó a prestar atención a lo que ocurría allá en el gimnasio y se daba cuenta de muchas cosas, muchas de hecho secundarias de las que no se había percatado hasta entonces, de que, por ejemplo, el Jefe se quedaba sentado tras los timbales y no hacía nada cuando empezaba a sonar la música y que el verdadero director de la Sinfónica de Kana era el señor Feldmann, el jubilado profesor de Latín y Alemán que tocaba el primer violín y que trataba de dirigir la orquesta no únicamente con el arco sino con todo el cuerpo, y el Jefe sólo volvía a la tarima de director cuando había que interrumpirlos o cuando se trataba de decidir qué se ensayaba o quién fotocopiaba los comentarios a la partitura que ese señor Feldmann había elaborado uno por uno para una versión simplificada de la obra de Bach que se estaba tocando, pues eso era lo que sucedía continuamente con la Sinfónica de Kana, que se ponían a tocar el *Primer concierto de Brandeburgo* y al cabo de un tiempo lo dejaban porque no les salía, empezaban entonces con el *Segundo concierto de Brandeburgo*, pero tampoco les salía, y lo dejaban, llevaban ya meses con el *andante* del *Cuarto concierto de Brandeburgo*, que sin embargo tampoco quería salirles, pues esto no quiere salir, exclamó el Jefe arrojando al suelo las mazas detrás de los timbales y mandó empezar de nuevo desde el comienzo, aunque a vosotros no se os puede enseñar mejor, dijo yendo hacia delante y situándose frente a la orquesta, tocad la flauta, imbéciles, señaló a los dos flautistas que enseguida hurtaron la cabeza, y los demás tampoco se salvaron, al final toda la orquesta tenía pinta de que acababan de decirles que sanseacabó, punto final, podéis iros a casa si una tarea tan sencilla os queda demasiado grande, y todos, desde los violines hasta los dos contrabajos, consideraban justificada la ira del Jefe, conscientes también de no estar a la altura, de modo que fue una salvación que el Jefe comenzara a hablar de la relación que ellos debían establecer con Johann Sebastian Bach, pues sabían que a partir de ese momento, con suerte, se hablaría de Bach, y la suerte la tuvieron, como siempre, y respiraron aliviados y continuaron con el ensayo y todo empezó de nuevo, y sólo entonces descubrió Florian de pronto qué lucha se desarrollaba entre el Jefe y el señor Feldmann, en la que el Jefe, tras perder su poder mientras se tocaba y él no desempeñaba, por tanto, papel alguno, siempre, una y otra vez, enseguida lo recuperaba y marcaba la dirección artística que había de seguir la Sinfónica de Kana, porque lo esencial es la dirección a seguir, gritaba a la orquesta, la dirección es la buena, el camino es el bueno, pero se necesita más esfuerzo, ¿no queréis?, seguía gritando, ¿no queréis escucharos a vosotros mismos?, y los rostros decían, pues no, mientras de él se apoderaba entonces toda la pasión que sentía por Bach, de manera que los ensayos, también esto sólo ahora le llamó la atención a Florian, jamás se salían de su cauce, o sea, era el Jefe quien en gran parte instruía a los miembros de la orquesta, los cuales durante toda su vida se habían preparado para tocar más bien *Let the Sunshine* y *Dragonstone* y *Blood of My Blood* y no Bach, pero Florian, después de que algunas melodías se instalaran en su alma, empezó a comprender cada vez mejor al Jefe, de dónde le venía esa pasión inmensa por Bach, y en el café Herbst, al principio con el volumen muy bajo para no molestar a nadie y luego, tras conseguir unos auriculares, a todo volumen, comenzó a escuchar música de Bach, ya no sólo los *Conciertos de Brandeburgo*, sino también otras obras, las grandes Pasiones, por ejemplo, que enseguida lo hechizaron, ni siquiera se entendía a sí mismo por no haber escuchado al Jefe cuando decía que en Johann Sebastian se encuentran todos los misterios de la vida, si bien no acababa de comprender lo que luego añadía, agarrándolo del brazo, «¡y además descifrados!», lo oyó no cientos sino miles de veces, aunque nunca se lo tomó en serio, nunca se tomó la molestia de entender lo que significaban esas palabras, pero ahora, ya hechizado, también él pensaba, mientras escuchaba la *Pasión según san Mateo* en el café Herbst, que sí, en efecto, en Bach están los misterios de la vida, aunque no llegaba a ningún sitio por el camino de «¡y además descifrados!», en vano lo recordaba, el enigma no se desvelaba, en una ocasión preguntó incluso al Jefe en el Opel, después de terminar el habitual ensayo con el himno, si podía revelarle en qué sentido quedaban descifrados los misterios, vaya, veo que empiezas a ser un adulto, se volvió hacia él asombrado el Jefe, pero no le reveló nada, cada cual debe encontrarlo para sí mismo, agregó con expresión enigmática y no quiso decir nada más al respecto, por el momento escucha a Bach todo lo que puedas, dijo, porque en el camino que has de recorrer la cantidad también cuenta, ¿la cantidad?, preguntó Florian, sí, la cantidad, mecagüenlaleche, y le dio un manotazo en la nuca, y así concluyó la conversación, y Florian comenzó entonces con las cantatas, y las había muchas en internet, tenía la sensación de no llegar nunca al final, sólo sumirse en ellas, y si bien solamente se atrevía a escuchar con el volumen muy bajo en los auriculares, porque siempre había alguien en el café Herbst, percibía que incluso así le llegaban los mensajes, como los llamaba, mensajes, las voces y la consonancia de las voces, pero no quería descifrarlas, sí, su primera impresión era que esos mensajes no poseían un significado, eran en sí bellos, en sí maravillosos, existían y no había forma de traducirlos, ni falta que hacía, porque no comunicaban nada, simplemente eran lo que eran, no podía imaginar en qué pensaba el Jefe cuando hablaba de descifrar, él, Florian, sólo llegaba hasta allí y se sentía satisfecho, y así se presentó la primavera siguiente sin noticias del señor Köhler, es decir, no había cambio alguno en la página web ni respuesta al timbre cuando lo intentó algunas veces en la casa de la Oststraße, aunque procuró pensar cada vez menos en ello, en parte porque quería liberarse de la obsesión de bajar todos los días y tocar el timbre, y en parte porque escuchaba cada vez con más frecuencia las melodías que le quedaban en la cabeza, todo lo cual aliviaba también un poco el grave hecho de seguir sin recibir respuesta de Berlín, así que pensó entonces que quizá debería probar suerte otra vez, pues en la primera ocasión era todavía muy inexperto, no sabía cómo encontrar a alguien, sobre todo una personalidad tan relevante, porque aquella vez se dirigió sin más a la entrada del Reichstag y siguió el consejo del vigilante, bajó a un quiosco que había allí y bebió un Club-Cola, pues por supuesto no tenían Jim Him, pero el vigilante no acudió, contrariamente a lo que había prometido, si mal no recordaba, y cuando volvió para verlo en la entrada del Reichstag, el vigilante ya no estaba, sino que había otro que simplemente lo expulsó de allí cuando quedó claro que no pretendía aprovechar el día de puertas abiertas, no quería visitar el Reichstag, o sea que permaneció por allí un rato sin saber qué hacer, se compró un bocadillo en el mismo quiosco en que había bebido el Club-Cola, y se sentó a comérselo en las escaleras del Reichstag, pero entonces apareció otro uniformado y lo echó, de manera que comió el bocadillo en un banco cercano del Tiergarten y luego, cuando comenzó a preguntar de nuevo, alguien, una mujer turca con velo islámico, le recomendó no buscar a la señora canciller en el Reichstag, sino en la Cancillería, pues yo creía, le dijo Florian, que la Cancillería estaba en el Reichstag, no, no, la Cancillería está por allá, dijo la mujer señalando en una dirección que Florian sólo tuvo que seguir hasta llegar a un edificio supermoderno, pero al principio ni siquiera supo por dónde entrar, el edificio estaba separado del mundo exterior por una valla a un lado y por el río Spree al otro y también por los uniformados, de los cuales uno se avino a hablar con él desde el otro lado de la valla, uno al que pudo explicarle la gestión que se disponía a realizar, aunque el hombre empezó entonces a formularle preguntas extrañas, en vano le señalaba Florian con el dedo índice su reloj, dando a entender que ya habían pasado las doce del mediodía, la hora prevista para el encuentro con la señora Merkel, porque el otro le preguntó de dónde había venido, que si tenía el billete del tren, y quién lo había enviado, en vano le decía Florian que eso ahora no interesaba, que lo único que interesaba era la hora, el tiempo en todos los sentidos, porque eso no impresionó al uniformado, tuvo que describir el aspecto de la mujer con el velo islámico en el Tiergarten, hasta que al final comprendió que no conseguiría nada con ese uniformado, que no era tan simpático como el primer vigilante allá en el Reichstag, que incluso lo cacheó a través de las rejas y apuntó también sus datos, el nombre, la dirección, el número de teléfono, el número de la Hartz IV, y cosas parecidas, como si directamente quisiera hacer tiempo, y luego ni siquiera le explicó por dónde podía entrar, sino que lo despachó sin más, sin admitir protesta alguna, de modo que se marchó, todavía miró hacia atrás, hacia la Cancillería pensando qué podía hacer, pero no sabía, se sentía fatal, seguro de que en ese edificio a su espalda la señora Merkel lo estaba esperando, a él, que no podía entrar, era algo espantoso, sobre todo por sus consecuencias, pensó, y se sentía impotente, no podía asaltar el edificio, de modo que pasaron las horas mientras él daba vueltas alrededor de la Cancillería preguntándose qué hacer, ya empezaba a anochecer, estaba muy desesperado por el hecho de haber ido en vano, pero no podía hacer nada, tenía que volver a la estación central, pues ya salía el tren con destino a Halle, se quedó mirando por la ventanilla y ni siquiera se alegró de haber encontrado un asiento, porque sólo sentía el peso del fracaso, que lo había intentado en vano, que todo era en vano, que el mundo iba derecho a la destrucción igual que el tren a Halle, y a lo que le daba vueltas en la cabeza era que cuando estuvo en la puerta del Reichstag o en las proximidades de la Cancillería se sentía muy muy lejos de Angela Merkel, pero que mientras se alejaba de esos edificios y sobre todo allí en el tren, rumbo a Halle, se sentía más y más cerca, ¿cómo era posible?, ¿por qué tenía esa sensación?, ¿acaso Angela Merkel ya no estaba en Berlín, sino camino de... Turingia?, ¿o tal vez..., precisamente..., camino de Kana?, por mucho que fuera consciente de que, claro, había algo inconcebible en el asunto, era lo que se le metió en la cabeza, pues aunque fuese inconcebible no era imposible, pensó, y a partir de entonces no sólo todos los fines de semana, sino también los días laborables fue durante un tiempo a la estación, fabricó un letrero con una inscripción, ANGELA MERKEL, y cuando llegaba un tren procedente de Jena, lo alzaba y lo mantenía levantado hasta que se bajara el último pasajero, y Angela Merkel no aparecía, y para colmo ya no sólo el Jefe se burlaba de él, sino toda la gente con la que se encontraba, pues no tardó en saberse en toda Kana a quién esperaba Florian y que él creía que la Merkel llegaría precisamente en tren, etcétera, y las bromas caían una tras otra, por lo que lógicamente empezó a darse cuenta de que quizá convenía no seguir acudiendo a la estación y evitar incluso la Bahnhofstraße y, en general, consideró preferible esconderse simplemente en las horas en que había algún movimiento en la ciudad, no se atrevía a ir a ver ni a Rosauro ni a la señora Ringer, aunque ésta lo pilló una vez delante de los estantes de las conservas en el Netto, yo ya no te entiendo, le dijo, y parecía muy preocupada, ¿qué haces tú en la estación, Florian?, y él agachó la cabeza y trató de explicar que cuando llegara la señora canciller, él había de estar allí, porque de lo contrario ¿cómo lo iba a reconocer?, ¿¡que llegara quién!?, alzó furiosa la voz la señora Ringer, ¿¡no habrás pensado seriamente que Angela Merkel iba a venir aquí, verdad!?, pues sí, lo pienso seriamente, respondió Florian inclinando la cabeza, pues se avergonzaba un poco de creerlo, señora Ringer, le dijo luego a la salida y entonces levantó la cabeza, a mí no me quedaba otra solución que creerlo, y del todo imposible no es, Florian, ¡por el amor de Dios!, estalló la señora Ringer, y repitió estas palabras mientras dejaba caer la bolsa de la compra y lo cogió del brazo y empezó a zarandearlo, ¡por el amor de Dios!, ¡por el amor de Dios!, hasta que Florian logró zafarse con cierta delicadeza, y se sintió muy mal, muy muy mal porque tuvo que dejar allí a la señora Ringer, o sea, pero qué podía hacer, o sea que si ella no lo entendía sin duda nadie podía entender que la señora canciller bien podía venir si comprendía el contenido de lo descrito en las cartas, ¿por qué es eso una locura?, se preguntaba y procuraba no toparse con nadie camino de casa, aunque, claro, apareció viniendo de frente Hoffmann, que salía del chiringuito de Ilona, sus grandes manchas rojas brillaban más intensas de lo habitual sobre su cara, oye, Flori, no corras tanto, dijo y lo agarró del brazo cuando Florian, aduciendo que tenía prisa, quiso seguir, oye, escúchame, se inclinó hacia él, ¿me puedes dejar un euro?, sólo tengo un billete de cinco, le respondió él, no importa, ya me va bien, dijo Hoffmann, se lo arrancó de la mano y se marchó feliz y contento, y Florian subió corriendo al séptimo piso, cerró la puerta dándole dos vueltas a la llave, y ya no quedaba por saber si acabaría o no sus apariciones en la estación, pues las dio por terminadas, no porque hubiera dejado de creer en que tuvieran sentido, sino simplemente porque lo agobiaban los numerosos comentarios burlones y sobre todo que la señora Ringer no lo comprendiera, ¿entonces para qué?, se daba golpes en la frente, si llega la señora canciller, pues vale, y si no llega, pues vale también, o salvan el mundo o no lo salvan, ya no dependía de él, ya no escribiría más cartas a Berlín ni esperaría en la estación, lo único que quería era recuperar al señor Köhler, pero abandonó la idea de ir a Berlín y prefirió dirigirse al Jefe, y en una de las áreas de descanso de la A4 donde se detuvieron para comer un bocadillo le contó la historia, el Jefe no lo interrumpió y lo que realmente le cayó bien a Florian cuando terminó de explicarlo todo fue que no se puso a burlarse de él como cuando iba a esperar a la señora Merkel, es más, durante un rato permaneció en silencio, ni siquiera le dio una calada a su cigarrillo, puso los labios en punta como quien piensa que vale, ok, lo comprendía y ahora quedaba por ver cómo actuar y fue eso exactamente lo que le dijo a Florian, vale, ok, lo comprendo y ahora queda por ver cómo actuamos, los ojos de Florian se iluminaron, pues dedujo de ello que podía contar con el Jefe, una vez más podía contar con él, tenía unas ganas enormes de abrazarlo, pero sabía que no debía hacerlo, sólo escuchó lo que obrarían, porque con ese Köhler, el hombre del tiempo, señaló el Jefe, yo nunca he tenido problema alguno, a pesar de que es judío, bueno, entre los judíos también hay excepciones, añadió, y Köhler, el hombre del tiempo, es una excepción, lo reconozco, el tío está en orden, yo siempre me miraba sus previsiones y también me di cuenta de que los datos llevaban ya un largo período sin moverse, es verdaderamente una lástima que sea judío, pero nada, qué le vamos a hacer, así que dices que lleva meses sin aparecer, sí, respondió entusiasmado Florian, meses, vaya, dijo el Jefe, algo he oído, algo he oído, y ahora que lo dices, es realmente bastante extraño, mecagüenlaleche, hasta ahora nunca ha dejado de actualizar su página, ni un solo día, dieron media vuelta en la autopista A4 y regresaron a Kana, el Jefe simplemente empujó la puerta de la Oststraße, luego forzó también un poco la puerta que comunicaba el patio con la casa y entró, pero Florian no lo siguió, esperó fuera, allí dentro no hay nadie, dijo luego el Jefe, sólo un orden absoluto y polvo, ¿polvo?, Florian alzó la cabeza, en casa del señor Köhler nunca ha habido polvo, pues ahora sí, lo cual te da la razón, quiere decir que o se ha ido de viaje o se lo han llevado, volvió a poner los labios en punta, sí, dijo Florian, también lo pensé, pero no conseguí averiguar nada en Érfurt, no me lo devolvieron, ya lo devolverán si se lo pedimos buenamente, le guiñó el ojo el Jefe, con lo cual el asunto quedaba zanjado ese día, porque, pensó luego camino de regreso y cuando entró con su coche y luego en su casa, todo esto es bastante pro-ble-má-ti-co, ya que a su juicio lo que quedaba por ver era ¿qué motivo existía para que Köhler, el hombre del tiempo, se esfumara?, ninguno, y después ¿las cartas de Florian a Angela Merkel, esa hija de sacerdote fofa e hipócrita?, nada, ninguna importancia, pero Köhler, el hombre del tiempo, sí podía tener contactos extraños, toda esa estación meteorológica y demás, ¿no sugería que...?, para entonces ya había abierto una cerveza, podía Jürgen hablar de las cuatrocientas nueve cervezas turingias, de hecho, sin embargo, sólo existía una realmente elaborada a su gusto, tiró la tapa y acercó la botella a los labios, y ésa es la Köstritzer y punto, tomó un trago, eructó tres veces seguidas, las reglamentarias, la regla de tres como la llamaban, y sólo dijo, la Köstritzer, con lo cual el día llegó a su fin, pues buscó esto y aquello en el portátil, cogió otra Köstritzer y otra, hasta que cayó rendido en la cama, con ropa y todo como siempre, mientras la noche de Florian transcurría muy de otra manera, porque él no se fue directamente a casa, sino a ver a la señora Ringer, pero de forma irreflexiva, porque no miró el reloj, de modo que actuó como nunca lo había hecho, y después de hallar cerrada la biblioteca se dirigió a la vivienda de los Ringer, algo que no había ocurrido nunca, el escenario de los encuentros con la señora Ringer era única y exclusivamente la biblioteca y punto, le tenía miedo al señor Ringer, algo en él inspiraba respeto, pero también temor, y no sólo a él, a Florian, lo sabía porque lo había oído, aunque resultaba muy difícil decidir a qué se debía, lo cierto era que todo el mundo lo temía, de modo que Florian no acudía nunca a la casa de la señora Ringer, es más, ni siquiera se le pasaba por la cabeza que la señora Ringer residiera en algún sitio, siempre iba a la biblioteca solamente, jamás a la casa, para llegar a la cual había que subir por la Ludwig-Friedrich-Jahn-Straße, no lejos de la comisaría, que también estaba siempre cerrada, Ringer no entendía por qué la gente le tenía miedo, a él que no era capaz de matar ni una mosca, que pasaba casi todo el día en el taller, qué motivos podía tener la gente para temerle y, además, le parecía un escándalo que en una ciudad como Kana fuera él precisamente quien inspiraba miedo cuando desde comienzos de la década de 1990 los nazzis, pues él siempre pronunciaba así la palabra a la vez que enseñaba los dientes cuando, en compañía de sus amigos, se hablaba del asunto, los nazzis no paraban de alarmar a Turingia y a toda la república, un disturbio tras otro, asesinatos y atentados, todos y cada uno de ellos atribuidos a los nazzis, a los nazzis hay que temer, dijo un día de puertas abiertas en el ayuntamiento, hay que librar de ellos a la ciudad y a toda Turingia, habría que eliminar la idea, a ver si me entienden ustedes, explicó Ringer en la primera planta del ayuntamiento, eliminar la idea, la idea nazzi, para que no vuelva lo que una vez ya fracasó y provocó un horror mundial, y no crean ustedes, dijo a los escasos oyentes, que el peligro sea insignificante, no se remitan a que son unos cuantos inútiles de la Burgstraße 19, porque siempre comienza así, con que sólo lo empiezan unos pocos inútiles, unos pocos desgraciados enfermos, pues sí, es eso, y llega entonces el momento en que esa gente encuentra la «arteria que hay en todos nosotros» y por la que, cuando se toca, todo vuelve, vuelve el satán, dijo Ringer, el satán, créanme, pero no le creyeron, y si bien fueron repitiendo como una cantinela que las ideas inhumanas no tenían cabida entre nosotros, los representantes de la ciudadanía consideraban en realidad insignificante el asunto y lo enfriaban diciendo que sabían perfectamente quiénes eran, conocían sus nombres, ¿cómo podían esos pocos resultar dañinos para la sociedad turingia?, por favor, qué me dice, se decían unos a otros, esas exageraciones no hacían más que crear el problema, porque basta con tentar al diablo para que aparezca, pues vale, pero Ringer no compartía esta opinión, estaba convencido de que el diablo ya había sido tentado de entrada y para que no apareciera había que actuar, y él, ni remiso ni perezoso, se puso manos a la obra e hizo lo que pudo, y la mujer le decía, oye, Mark, cariño, no lo hagas, no te metas en esto, tienes un taller, tienes unos buenos ingresos, puedes mantener a tu familia, no provoques al destino, porque aquí casi todos son nazis, hasta quienes no son conscientes de ello, y contra eso no se puede hacer nada, únicamente proteger con tu persona a quien debes proteger, o sea, a tu familia, a mí, eso debes hacer, no, protestó con vehemencia Ringer, yo no sólo soy responsable de mí y de ti, vaya, lo tenemos crudo, dijo la señora Ringer, ¡ahora resulta que del taller ha salido un profeta!, ¡¡¡déjame en paz!!!, con lo cual el día se acabó en casa de los Ringer, Ringer se marchó encolerizado, se subió a su coche y se dirigió adonde siempre iba cuando necesitaba cambiar de aires, lo cual sucedía a menudo, de modo que no se detuvo hasta Jena, se tomó un café en el Ella junto al Planetario, se relajó y se fue al café Wagner, donde estaban sus amigos, el café Wagner era un poco peligroso para ellos, pues ya sólo por su edad llamaban la atención, pero tanto él como sus amigos opinaban que era un lugar que no se debía ceder a los nazzis, los cuales a su vez opinaban lo mismo, es decir, que no debían cederlo a los putos judíos, y, además, el interior del local era maravilloso, a pesar de que el café no era de lo mejor, por eso prefería Ringer, cuando tenía tiempo, tomar el café en el Ella, como hizo también en esa ocasión, en el Wagner solamente pidió agua y una bolsita de cacahuetes salados, y juntaron las cabezas y bajaron las voces y escucharon las propuestas de Ringer y se mostraron todos de acuerdo en que no sólo en Kana como en Jena se necesitaba un ambiente auténticamente democrático, sino en toda Turingia, en eso quedaron, y luego pasaron a hablar de que los nazzis realizaban extraños ataques contra los lugares conmemorativos de Johann Sebastian Bach, por el momento sólo se sabía que habían deslucido con grafitis las entradas en Eisenach, en Wechmar y en Mühlhausen, él, dijo Ringer señalándose a sí mismo, estaba dispuesto a jurar que un limpiador de grafitis de Kana estaba detrás del asunto, un conocido nazzi de la ciudad, claro que no tenía pruebas para demostrarlo, pero las recabaría, y por eso proponía a los demás crear una comisión protectora de Bach, aquí y ahora, era su fórmula preferida, aquí y ahora, la cuestión era pillar a esa banda, porque Bach pertenecía a Turingia y no podían quedarse de brazos cruzados mirando cómo esa gente lo profanaba, precisamente a Bach, un escándalo, asentían con la cabeza los amigos, que no podían creerse lo sucedido, y estaban dispuestos a defender lo que era de Bach y lo que era de Turingia, todos ellos salvo Ringer bebían cerveza, la Köstritzer era su preferida, y brindaron entonces por lo acordado, Ringer enseguida propuso hablar en Érfurt con la Oficina Federal de Protección de la Constitución, que fue lo que hizo, aunque la señora Ringer no estaba tranquila y, además, sabía que el Jefe era contrario a los grafitis, era al menos lo que había escuchado por boca de Florian, pero Ringer se limitó a sonreír, ¿no entiendes?, ésa es precisamente su bajeza, pinta por la noche lo que limpia de día, así es esa rata y punto, aunque la señora Ringer tenía, por Florian, algunas objeciones que a su marido, sin embargo, no interesaban, eso no, porque realmente quería actuar y, por otra parte, estaba harto del Jefe, sospechaba que había habido algo turbio entre él y su esposa en su juventud, no sabía nada, pero intuía que algo había ocurrido, porque la señora Ringer, cada vez que se mencionaba a ese chulo y nazzi redomado, callaba, no decía nada, no le contaba nada relacionado con el Jefe, de manera que él se temía lo peor, aunque ya era suficiente lo que ese hombre hacía con sus camaradas en la Burgstraße 19, todo el mundo sabía lo que sucedía allí desde hacía más de dos décadas, aunque nadie hacía nada, una o quizá dos veces la policía asestó un golpe y entonces hubo silencio durante un tiempo, pero luego fueron volviendo poco a poco y ya tornaban a estar instalados en la Burgstraße 19, donde últimamente se registraban muchas idas y venidas, ahora ya estaban continuamente presentes en el territorio, pero sin éxito, todavía no, insistía el Jefe y repetía tantas veces la palabra *resistir* que los demás estaban ya hasta las narices, incluso Karin llegó a decir, vale, Jefe, mecagüenlaleche, resistimos, pero ¿no crees que deberíamos utilizar otra táctica?, no, mecagüenlaleche, reaccionó con vehemencia el otro, no lo creo, aunque no llegó a explicar por qué no lo creía, de modo que allí quedó el asunto, el precio de la Köstritzer había aumentado un poco en el Netto, así que en el Castillo pasaron, a despecho de la resistencia inicial del Jefe, a la Ur-Saalfelder, lo cual supuso un cambio bastante significativo, pero por lo demás todo transcurría como siempre, a veces el sol lucía durante largas horas, los ciudadanos de Kana salían a la ribera del Saale, se sentaban en los bancos de la Bahnhofstraße, el centro comercial se animaba, el equipo de Kana se enfrentaba al de Gera en los campos de fútbol y llegaba el Primero de Mayo, que era siempre la fiesta más importante de Kana, los más ancianos llegaban ya a primera hora al Rosengarten para encontrar un buen sitio en las mesas y allí permanecían sentados con la espalda recta, sin abrir la boca, hasta que comenzaba a sonar música amena en el escenario de hormigón con forma de concha que había que imaginar de manera tal que por encima del escenario estaba a un lado del Rosengarten, el cual se hallaba a su vez por debajo de la ciudad, una construcción soñada y realizada en forma de una semiesfera con un bonito revestimiento de madera como techumbre, tras la cual y por encima de la cual pasaba cada cuarto de hora en lo alto un tren tapando por unos segundos con su ruido la música de la que se encargaban en parte intérpretes conocidos por pertenecer a la Orquesta Sinfónica de Kana y en parte estudiantes de secundaria que habían aprendido previamente su intervención, delante estaban los flautistas y clarinetistas, detrás una hilera de saxofonistas, en la tercera fila las trompetas, las trompas y los trombones y al fondo estaba el timbal, un estudiante de segundo de secundaria al que el Jefe odiaba particularmente, cuanto más venían los camaradas con la bandeja llena de cervezas tanto más lo odiaba, aunque era difícil decidir qué odiaba más, si al muchacho o lo que tocaba, porque allí se escuchaban *A Hard Day's Night* de los Beatles y *Blood of My Blood* y *Dragonstone* y porquerías parecidas, el Jefe no cesó de despotricar contra los músicos del escenario de hormigón, hasta que llegó la pausa no pudo parar, soy incapaz de parar, decía negando con la cabeza y gesticulando con el cigarrillo entre los dedos, lo consideraba la conspiración más infame contra todo cuanto era Turingia, ¿no lo escucháis?, preguntaba, sí, sí, lo escuchamos, asentían los demás y tomaban un trago de sus cervezas y andaban con mucho cuidado para que el Jefe no los pillara marcando el ritmo con los pies bajo la mesa, pues él los observaba continuamente, en serio, y entonces pasó un tren rumbo a Jena encima de la concha de hormigón, el Jefe se levantó, declaró que consideraba que ahora le tocaba a él y fue a buscar una bandeja con cervezas y otra con la cantidad de *bockwurst* correspondiente a los que estaban y volvió tambaleando las dos bandejas a través de la multitud que obstaculizaba bastante el camino entre las barras y la mesa que ocupaban, por favor, abran paso, les gritó el Jefe haciendo equilibrios con las dos bandejas, pero no debería haberlo hecho, pues al no prestar atención por un instante, la bandeja con las salchichas se ladeó un poco en su mano izquierda y la mitad de las *bockwurst* fue a parar al suelo, ¡la puta que os parió, ¿no habéis visto que venía alguien con estas dos puñeteras bandejas?!, pues sí, se apartó ligeramente la multitud, que también esperaba sus *bockwurst* y sus cervezas, el Jefe puso sus dos bandejas en el suelo, recogió las salchichas, volvió a levantar las bandejas y procuró mantenerlas en posición horizontal hasta que por fin llegó a su mesa, venga, yo ya he cumplido, muchachos, se sentó extenuado entre ellos, esto yo no lo aguanto mucho más, pero luego no ocurrió nada, porque las salchichas bajaban bien con la cerveza de barril, pues lógicamente no querían de botella cuando encontraban por fin cerveza de barril en algún sitio, y los camaradas miraban cada vez más alegres alrededor y sólo de cuando en cuando osaban echar un vistazo a la orquesta que tocaba en el escenario, de lo cual el Jefe se dio cuenta enseguida, de modo que enseguida se puso a despotricar contra el señor Feldmann que actuaba como director con el propósito de crear un ambiente alegre y divertido y, además, daba la impresión de disfrutar con cada uno de los números, a pesar de su avanzada edad se movía rítmicamente y sus posturas, para cierta alegría del público, eran las del líder profesional de una *big band*, esto es, movía una pierna hacia un lado mientras balanceaba el cuerpo hacia el otro y con la mano indicaba las notas finales de una pieza, con lo cual incitaba a un público cada vez más relajado por la cerveza a tímidos aplausos, y eso que el ambiente no es el mejor, observó una mujer mayor sentada a una de las mesas, una mujer que estaba allí con su hijo, devoraba una gigantesca *bockwurst* y explicaba al desconocido de enfrente que el Primero de Mayo era antes muy distinto, aquello sí era el Primero de Mayo, mientras que esto, dijo torciendo el gesto, ¡esto no!, y tomó un trago de su cerveza de una jarra grande a la manera de los hombres, mientras que su hijo bebía una botella de Köstritzer y recibía de su madre la mitad de su *bockwurst*, porque tiene hambre, explicó al desconocido, el niño no pararía de comer y yo, la verdad, no lo aguanto, para el desayuno ya se come un plato entero de huevos revueltos, con beicon, un plato entero, ¿entiende?, ocho huevos, todas las mañanas, a lo cual el muchacho, que no era particularmente locuaz y para colmo seguía con su *bockwurst*, que lo tenía bastante ocupado, se limitó a sonreír con cierto orgullo, pues sí, ése es el desayuno, y del almuerzo, continuó la mujer, mejor ni hablar, carne, carne y más carne, la carne es todo para él, pero en ese momento calló, pues el otro hombre levantó la cámara fotográfica y tomó unas fotos a la orquesta, aunque por desgracia había entre él y el escenario unas cuantas mesas, entre ellas la del Jefe, y

Karin enseguida se dio cuenta de que alguien estaba fotografiando y se plantó en un plis junto al desconocido y le dijo, usted ha hecho unas fotos y nosotros no deseamos aparecer en ellas, o sea que deme usted el aparato, el desconocido se quedó extrañado y la miró un tanto asustado y le explicó que él sólo pretendía tomar una foto a la orquesta, pero luego le entregó obedientemente la cámara, Karin buscó las imágenes según ella inaceptables, las borró de forma meticulosa, puso el aparato en la mesa, se inclinó sobre él, frunció los labios, apuntó poco a poco a la lente y escupió encima con ganas mientras no cesaba de mirar de reojo al hombre, y eso fue todo, apenas ocurrió nada más ese Primero de Mayo, sólo lo acostumbrado hacia el final, cuando caía ya la noche, la orquesta había bajado ya del escenario y se había sentado a las mesas entre grandes aplausos y vítores, las lámparas estaban encendidas allá al aire libre, quedaba una cantidad considerable de carne asada, pero la *bockwurst* se había acabado, y algunos comenzaron a zurrarse unos a otros en el fondo del Rosengarten, la luna brillaba bellamente, en un extremo del edificio del parque se oían los gritos de júbilo tras alguna jugada exitosa de los muchachos que jugaban al futbolín, y la mujer mayor cogió a su hijo del brazo y se fueron caminando por debajo de las vías y subieron luego a la ciudad, también el Jefe y sus camaradas recogieron sus cosas, compraron todavía una caja de cervezas de los cerveceros que embalaban ya sus productos para tener algo en el Castillo, pero sólo Fritz volvió allí, los demás regresaron a sus casas, aunque antes de separarse Fritz gritó todavía QUE SE PUDRA EL PRIMERO DE MAYO, a lo cual la señora Hopf enseguida se espabiló, pues dormía con la ventana abierta, de manera que se oía todo, en particular si los gritos venían de cerca, de la Burgstraße 19, por ejemplo, vaya, otra vez, se levantó de la cama y cerró la ventana del dormitorio, y eso que le gustaba dormir con la ventana abierta, yo, confesó durante el desayuno a algún cliente que repetía, siempre duermo con la ventana abierta, sabe, le decía, el aire fresco lo es todo para mí, yo no podría conciliar el sueño en un lugar con la ventana cerrada, porque me he acostumbrado al aire fresco y me he acostumbrado al aire del exterior en el dormitorio, pero a veces tengo que cerrar la ventana, pues sí, suspiró, sabe usted, continuó torciendo el gesto y señalando en dirección a la Burgstraße 19 con la cabeza, los nazis, y entonces comenzó a explicar al cliente los sitios maravillosos que merecía la pena visitar en los alrededores, y cómo llegar allí, y después despejó la mesa, lo limpió todo rápidamente, cambió el mantel, miró alrededor en el comedor del desayuno y apagó las luces de manera que quedó todo a oscuras, pues en las otras partes del edificio no malgastaba la electricidad, sólo recurría a ella en la pequeña sala del desayuno, las demás piezas permanecían siempre en tinieblas, más de una vez se había tropezado allí Florian al pasar cargando una torre de cajas de cerveza o de vino rumbo a la cocina que estaba detrás de esa pequeña sala, como también, casi, en esta ocasión, cuando se presentó a raíz del papelito que le había dejado la señora Hopf pidiendo ayuda, en qué puedo ayudarle, preguntó, te esperaba ayer, dijo la señora, aunque da igual, es lo de siempre, mi querido Florian, mi marido ya no puede, quiere, pero yo no lo dejo, no quiero que levante eso, explicó a Florian, que en pocos minutos llevó adentro lo que había que llevar y tomó el desayuno de regalo y a todo esto fue escuchando a la señora Hopf que le decía que tus amigos de allí, y señaló con la cabeza el edificio de la Burgstraße 19, han vuelto a las andadas anoche, y ahora explícame, se inclinó hacia él, ¿cómo puedes tener amigos como éstos?, ¿no sabes que son todos unos nazis?, incluso es posible que estén metidos en este asunto tuyo de Köhler, ay, señora Hopf, yo no sé nada de esos asuntos, respondió Florian, y además sólo por el Jefe me encuentro a veces con ellos, sabe usted, pero no hacen nada malo, vaya, aunque la señora Hopf ya no lo escuchó, pues simplemente no se podía creer que ese niño fuera tan ciego, ¿cómo es posible que alguien se deje engañar así?, preguntó a su marido, aunque no esperó la respuesta, porque es un muchacho correcto este Florian, pero creo que aquí, dijo señalándose la sien, algo no le funciona, y en efecto algo no le funcionaba en la cabeza, y Florian también lo sabía, pues las últimas horas volvían a pesarle en exceso, había escuchado al Encargado, había escuchado a la señora Ringer, y ahora acababa de escuchar a la señor Hopf, resolvió por tanto los tres papelitos, pero sólo se hizo daño a sí mismo, ya que precisamente las personas a las que quería, el Encargado, la señora Ringer y la señora Hopf, sólo parecían haber deseado verlo para sugerirle que la desaparición del señor Köhler significaba también que el señor Köhler había desaparecido de su vida, en particular le dolían las palabras de la señora Ringer, le dolían mucho, que era algo que la señora Ringer no deseaba en absoluto, ella realmente quería a Florian, así como toda la ciudad lo quería, le perdonaban sus peculiaridades, como las llamaban, pero no lo tenían por un loco, sólo muy de vez en cuando algún vecino de la localidad que perdía la paciencia, como, por ejemplo, al cabo de un tiempo entre los vecinos de la Oststraße la señora Burgmüller, pues ella, cuando la historia del señor Köhler se había convertido ya de verdad en un caso y apareció una unidad de investigación de Érfurt que la interrogó también a ella, opinaba que la clave del misterio era, según ella, un joven llamado Florian Herscht, que era, por así decirlo, el loco de la ciudad, un personaje imprevisible, a ver, dijo cogiendo del brazo al agente encargado de la investigación, atrayéndolo hacia sí y hablándole al oído como si se tratara de un secreto,

sólo avisan de que están

en su opinión ese personaje era una evidente vergüenza para Kana, desde que vino a parar a esta ciudad trabaja para un tipo sumamente agresivo, dijo, nadie sabe de dónde viene, nadie sabe dónde está su familia, se trata supuestamente de un huérfano, pero quién sabe, y aquel tipo sumamente agresivo lo trajo de Jena, a ver, yo, la señora Burgmüller se señaló a sí misma con una mano mientras con la otra seguía aferrando el brazo del agente, no tengo pelos en la lengua, yo no me lo creo, todo en Herscht es un misterio, a ver, a quien habría que apretarle las tuercas es a él, y desde luego, si de ella dependiera, le apretaría las tuercas, porque ese muchacho iba por allí todas las semanas y luego, cuando se le perdió el rastro al señor Köhler, fingió estar preocupado por él y apareció en varias ocasiones como si lo buscara, pero ella, la señora Burgmüller, estaba convencida de que era puro teatro, vale, muy bien, señora, dijo el agente soltándose, ya lo investigaremos, y apuntó sus datos, es decir, los de la señora Burgmüller, quien, mientras iba proporcionando las señas, lanzó una mirada orgullosa hacia la señora Schneider, a la que ni siquiera interrogaron y que observaba los acontecimientos con una expresión bastante amargada en el rostro, esperando ansiosa a que le tocara por fin a ella y pudiera rectificar todas las falsedades que había soltado la señora Burgmüller, pero no le tocó, nadie mostró interés por interrogarla, de modo que la señora Burgmüller regresó a su casa con la cabeza bien alta, sin necesidad siquiera de echar un vistazo a la ventana de su vecina, pues sabía de entrada que la señora Schneider había quedado aniquilada, que la señora Schneider estaba acabada, o sea, que una vez dentro se puso las pantuflas y se instaló en su puesto de observación detrás de la ventana, que no abrió, sólo se instaló tras ella, pues le bastaba para ver perfectamente, ver que los investigadores pasaron una hora en la casa del simpático vecino, pero luego se marcharon con una gran caja y se hizo silencio allá fuera, la calle quedó de pronto desierta, nadie llegó, nadie se fue, y la señora Burgmüller se preparó un té, cogió dos galletas del armario de la cocina, dos galletas y no más, tal como había decidido hacía unas décadas, y se atenía a la decisión, dos galletas y un té, así pasaba las tardes junto a la ventana, pero esas dos galletas y ese té le gustaron más que nunca, pues tal como estaba, mirando hacia fuera sentada detrás de la ventana y sorbiendo el té, la inundó una sensación indeciblemente agradable, pues sabía que unos metros más allá la señora Schneider hacía exactamente lo mismo, sentada detrás de la ventana, pero ¿en qué estado?, se preguntó la señora Burgmüller, y tomó el último sorbo de su té, con lo cual dio por cerrado el día, y al siguiente apareció el doctor Tietz ante la puerta del señora Köhler, de modo que una vez más había algo para observar, porque los de Érfurt también interrogaron al doctor Tietz, no había terminado aún la consulta de la mañana cuando entraron, la auxiliar anunció con el rostro demudado que había llegado la policía, pero anunció en vano, pues para entonces los investigadores ya se encontraban junto al escritorio del doctor, que se disculpó con el paciente, lo acompañó afuera y le pidió que esperara unos minutos, y respondió entonces a las preguntas, no sabía nada, dijo, solamente que algo debía de haberle ocurrido a su amigo, de lo cual se enteró, explicó el doctor Tietz quitándose las gafas y apretándose el caballete de la nariz, por un joven que lo buscó aquí, pero en vano, pues tras su último encuentro, es más, tras su última conversación telefónica nada indicaba que pudiera sucederle algo así a su amigo, ¿por qué?, lo interrumpió uno de los investigadores, ¿qué piensa?, ¿cómo que qué pienso?, los miró sobresaltado el doctor, y su propio sobresalto lo confundió, pues qué piensa usted al decir que pudiera «sucederle algo así», ¿qué podía haber sucedido?, ésa era la pregunta, y ellos esperaban una respuesta a esa pregunta, a lo cual el doctor los miró más sobresaltado aún si cabía y se sintió todavía más confundido, como si lo acusaran de retener alguna información importante, pero lo cierto era que él no retenía nada, porque no sabía nada, realmente no sabía nada, insistió, y percibió que se le notaba la vergüenza que sentía porque su sobresalto fuera tan visible, cuya causa no entendía en absoluto, porque de ninguna manera podía haber motivo para ello, realmente no tenía la menor idea de lo que podía haberle ocurrido a Adrian, dijo fuera de sí a su mujer cuando los investigadores se marcharon y él se trasladó rápidamente a su vivienda para almorzar, ¿comprendes?, esa gente me trató como si yo supiera algo, pero ¡¡es que no sé nada!!, a lo cual su esposa se limitó a decir que por supuesto, ¿qué diablos ibas a saber tú si ni siquiera te avisó?, así que siéntate y come, no tengo ganas, apartó malhumorado el plato el doctor, y eso que era su almuerzo favorito, hígado de cerdo rebozado con patatas con perejil y ensalada de remolacha, le encantaba, aunque lo mantenía en secreto cuando venían invitados, pues entonces había de primero *Zwiebeltiegel* y de segundo *Tote Oma*, o sea morcilla con patatas y chucrut, o *Frikadellen*, esas hamburguesas especiadas, o, en el caso de huéspedes más distinguidos, cuando los honraban con su visita el farmacéutico de Érfurt o el director médico del departamento de psiquiatría de la clínica Helios, ostras o ensalada de cangrejo y lenguado con verduras al vapor, pero nunca hígado de cerdo, eso era sólo para él, sólo cuando estaban a solas los dos, y además en contadas ocasiones, pues su mujer se preocupaba mucho por su salud, de modo que el hígado de cerdo tocaba una vez cada dos o incluso cada tres semanas, no más, había un día de carne, tres días de pescado y otro de pasta, y, claro, a veces el plato favorito, hígado de cerdo con un poquito de pimienta molida o, lo que secretamente le gustaba todavía más, codillo con una botella de cerveza, eso, claro, muy muy de vez en cuando, con suerte una vez cada dos meses, porque como le decía su esposa, a tu edad uno ha de cuidar la salud y, como tú no estás dispuesto seré yo quien te diga el qué y el cuándo, pues si de ti dependiera comerías carne y más carne todos los días y quizá también hígado, pues no, cariño, eso no puede ser, por desgracia, añadía para sus adentros el doctor, pues ésa es la situación, continuó su esposa, que yo algo intuía, ¿qué?, pues que Adrian, ¿qué pasa con Adrian?, pues que algún motivo debía de tener para no contarte nada, un motivo, claro, señaló con amargura el doctor, no podía tener ningún motivo, nosotros siempre lo hablábamos todo, Adrian no me dijo nada porque no había nada que decir, ésa es la situación, cariño, ¿y entonces?, le espetó su mujer, ¿cómo que y entonces?, preguntó el doctor acercando el plato humeante y cortando en apariencia de mala gana un trozo del hígado, porque realmente no tenía apetito, tan nervioso lo había puesto el interrogatorio en la consulta, pero, claro, el hígado era el hígado, y su aroma mezclado con el de la pimienta recién molida venció la resistencia del doctor, y mientras su esposa seguía hablando, porque seguía diciendo que si Adrian por aquí y si Adrian por allá, que Adrian volvería a aparecer, que a Adrian no podía haberle sucedido nada malo, y que se calmase y comiese tranquilamente, él iba comiendo un bocado tras otro y le sabía cada vez mejor, de manera que al final pidió repetir, y su esposa, teniendo en cuenta lo extraordinario de la situación, le sirvió otro plato, pues de todos modos sobraría si no comiera, pues ella ya estaba saciada, y le sirvió entonces todo lo que quedaba en la cacerola, y por otra parte al Jefe también le gustaba mucho el hígado de cerdo, que era lo que hacía las pocas veces en que se animaba a cocinar, aunque, claro, para ello había de levantarse temprano, puesto que las brujas asquerosas esperaban ya frente al Netto antes de abrir, le gruñía a veces a Florian, esperaban para conseguir el hígado de cerdo recién traído, porque era más barato, o sea que tuvo que acordar especialmente con uno de los reponedores que cuando llegara el hígado de cerdo enseguida le guardara dos bandejas, tú llámame, le guiñó el ojo el otro, y puedes pasar cuando quieras, lo cual ocurría normalmente los viernes, porque él sólo cocinaba los sábados, si es que cocinaba, aunque no lo hacía en cuanto volvía a casa de los ensayos, ya que entonces necesitaba al menos una hora para tranquilizarse, se quedaba sentado en su banco delante del televisor, no lo encendía, se limitaba a permanecer allí delante procurando olvidar lo que había vuelto a producir la Sinfónica de Kana, simplemente no lo entendía, al fin y al cabo saben tocar, cada uno a su nivel, pero entonces ¿por qué no funciona?, había conseguido el gimnasio del Instituto de Bachillerato Lichtenberg con la promesa de ofrecer un gran concierto en el plazo de un año, y desde entonces habían pasado ya tres, todavía se necesita un poco de tiempo, respondió enérgicamente a la pregunta del director del instituto que quería saber cuándo podría contar con ellos, Johann Sebastian no se deja dominar así sin más, explicó, y tanto él como la Sinfónica de Kana deseaban ofrecer lo mejor y no se presentarían ante el público mientras no tuvieran meridianamente claro que habían alcanzado el máximo nivel posible, ellos ofrecerían una interpretación digna de Bach y el nombre del Instituto de Bachillerato Lichtenberg brillaría en toda Turingia, o sea que el señor director había de armarse de paciencia, vale, pero todo tiene un límite, y hasta él lo comprendía allí sentado en su banco mientras procuraba serenarse después de uno de los ensayos en el gimnasio, la cosa iba fatal, tanto que simplemente no sabía qué hacer con sus músicos, si tan bien les van los putos Beatles y mierdas por el estilo, ¿por qué no progresan con Bach?, si al menos viera un mínimo progreso, una mínima mejora, un pequeño paso adelante, pero nada, no veía ningún progreso ni ninguna mejora, simplemente no avanzaba, pero ¿por qué?, golpeó con fuerza el brazo del banco, o sea que no se había calmado, sino que estaba hecho un basilisco, pero no se rindió, se puso a preparar el hígado de cerdo y decidió que el sábado siguiente les sacaría a palos todo lo que llevaban dentro, pero el sábado siguiente no consiguió sacarles nada, ya había hablado con Feldmann y le había preguntado si había algo muy fácil que pudieran tocar en el gimnasio, pero Feldmann le había respondido con cierta arrogancia que en Bach no había nada fácil, que se olvidara de esta posibilidad, o que lo dejaran todo, tal como había propuesto en más de una ocasión, de modo que el Jefe tragó, entregado como estaba de pies y manos a Feldmann, pues sólo Feldmann era capaz de escribir para las obras de Bach en cuestión los arreglos orquestales que encajaran con sus circunstancias, esto es, que habrían encajado si los músicos de la Sinfónica de Kana hubieran estado dispuestos a realizar un esfuerzo en beneficio de Bach, pero también el Jefe sabía que ahí residía el problema, que sus músicos ni mínimamente tenían ganas de esforzarse, y eso que, les explicaba cuando se levantaba de un salto de su sitio junto a los timbales para parar la cacofonía que en un determinado punto ya no podía soportarse, y eso que, repetía, esa cima no puede alcanzarse sin un esfuerzo, y pasaba entonces revista con la mirada a los callados, porque, claro, todos callaban, y entonces hacía siempre un gesto de resignación con la mano y volvía a sentarse tras los timbales para que comenzaran de nuevo, y sólo se consolaba en cierta medida al darse cuenta de que en Florian se había despertado el patriota alemán y que su presencia en los ensayos había dado por fin el resultado esperado, pues se le notaba que Bach surtía su efecto en él, ¿te gusta, eh?, lo miró en una de las pausas para fumarse un cigarrillo, me gusta, le respondió Florian con una sonrisa, y en efecto, le gustaba, cada vez más melodías se le grababan en la mente y le suponía un consuelo cada vez más profundo que aquí o allá el paso repentino de mayor a menor le afectara, esos cambios le fascinaban, ¿cómo podía ser algo tan maravilloso?, preguntaba entusiasmado al Jefe en el Opel, y el Jefe asentía satisfecho, ya ves, chaval, ya te decía yo que vinieras a los ensayos, porque allí recibes, mecagüenlaleche, lo que no recibes en ningún otro sitio, y realmente, Florian no lo recibía en ningún otro sitio, y precisamente entonces pensó por primera vez en ir un día a Leipzig y escuchar allí a Bach en la iglesia de Santo Tomás, no le dijo nada al Jefe, no sabía cómo reaccionaría, pero sí informó a otras personas, se lo contó primero a la señora Ringer, que lo apoyó, pues lo consideró un síntoma de que Florian comenzaba a salir de la pesadumbre que les había provocado la desaparición del señor Köhler, luego al Encargado, que aplaudió solemnemente la idea, pues el nombre de Bach estaba bien colocado en la estantería de su mente, tal como lo expresó, aunque también era cierto que no era capaz de aguantar mucho tiempo la música, porque soy un hombre práctico, no un melómano, explicó a los demás en el bar IKS, que era el lugar que frecuentaba, pues nunca había tolerado a Heinrich, no un melómano, eso es todo, ya que para mí una música es igual que la otra, continuó, no me gusta ninguna, salvo la que toca la banda municipal, esa sí, claro, alzó el Encargado la botella de cerveza y bebió un trago para brindar por la banda, si bien, por desgracia, los viejos y hermosos desfiles militares ya han acabado hace tiempo, añadió, de modo que la banda sólo se escucha muy de vez en cuando en alguna fiesta de la cerveza o algo parecido, y sólo en Jena o en Leipzig o en Érfurt, pero ¿quién viaja a Jena o a Leipzig o a Érfurt?, pues sí, asintieron los otros en el IKS, y también asentían los clientes fijos del Grill, los buenos viejos tiempos ya han pasado, decían y bebían una botella, e Ilona iba poniendo alegremente una cerveza tras otra sobre la barra, de ahí las llevaban, ésa era la regla, había que ir a buscarlas, sólo si alguien pedía una *bockwurst* la cosa cambiaba, porque en ese caso Ilona tenía que salir del espacio en que estaban los clientes a la diminuta cocina construida al costado de la caravana para calentar o hervir o asar las salchichas que luego entraba y ponía en la mesa delante del cliente, por supuesto los conocía a todos, allí sólo acudían los fijos, acostumbrados todos a las reglas, Ilona a veces fiaba la cerveza o la salchicha a algunos, no a todos, pero sí a unos cuantos, ya me lo pagará la próxima vez, decía entonces y lo apuntaba en un bloc de notas, y ese bloc se hallaba en el centro mágico del Grill, pues ocurría muy a menudo, sobre todo en los días anteriores a la paga de la prestación Hartz IV, que los clientes andaban sin dinero, pero luego, cuando llegaba, la mayoría pagaba, en ocasiones también le sucedía a Florian, pero Ilona le fiaba sin darle más vueltas, conocía bien a Florian y le caía bien, como a todos, y no sólo porque enseguida actuaba si se le pedía algo, entraba las cajas que traían los suministradores o instalaba algún letrero publicitario sobre el techo, no, no sólo por eso, sino porque era un muchacho bondadoso, así se justificaba ella en casa ante su marido, cuando éste echaba un vistazo a la facturación del día y observaba negando con la cabeza, ¿y Florian también?, Florian es un buen muchacho, lo paraba ella, y luego no volvió a hablarse del asunto hasta que corrió la voz de que debido a la desaparición del señor Köhler ya se investigaba el caso en Érfurt y que las sospechas recaían sobre Florian, pues entonces se le prohibió a Ilona que le vendiera nada al fiado, cosa esta que Ilona desde luego no cumplió, siguió fiándole a Florian las salchichas y los refrescos con la condición de que lo mantuviera en secreto, aquí y también fuera, ¿entiendes?, le explicó Ilona, no puedes decir en ninguna parte que recibes esto o lo otro al fiado en mi local, algo que Florian no acabó de entender, pero que por supuesto prometió, aunque fue incapaz de cumplir la promesa, por las ganas que tenía de expresar lo mucho que le emocionaba el afecto de los ciudadanos de Kana y más concretamente el de Ilona, de modo que ya al día siguiente se lo contó al Jefe, justo cuando tenían una intervención en Gotha, le explicó lo generosa que era la señora Ilona, había de imaginar el Jefe que el marido de ella le había pedido que por culpa de su mala fama, la de Florian, no le vendiera nada al fiado, pero la señora Ilona no le obedeció, lo único que había de hacer él era no contárselo a nadie, ¿qué?, estalló el Jefe en el Opel con las luces apagadas, pues allí se escondían ellos en las proximidades del Castillo, incluso bajó los binoculares con los que vigilaba la entrada principal y le espetó a Florian, ¿por culpa de tu mala fama?, ¿qué mala fama tienes tú, quién te lo ha dicho?, a lo que Florian no respondió, pues tampoco tenía nada que decir, si bien no le parecía injustificado que así fuera, que tuviera mala fama, él seguía con mala conciencia por el asunto del señor Köhler, así que prefirió callar, mientras el Jefe seguía despotricando, que a esos cabrones, a esos viejales, a esos vagos de mierda les voy a dar a todos una patada en el culo, cómo es que tienes mala fama, tú eres mi Florian y mientras yo exista nadie te va atribuir mala fama, porque le arranco la cabeza, ¿entendido?, entendido, dijo Florian, y se quedó mirando hacia delante, pero no tenía que estar preocupado, porque esta vez el Jefe no soltó ningún manotazo, ni continuó con su discurso, sino que volvió a llevarse los prismáticos a los ojos y con voz mucho más tranquila se limitó a murmurar, esos putos vejestorios, y nada más, y al día siguiente llegó la noticia de que los Ringer se hallaban en el hospital, habían sido atacados por un lobo, eso al menos afirmaban los dos, estaban arriba, como solían hacer con frecuencia cuando el tiempo era bueno, en el castillo de Leuchtenburg, a punto de almorzar, la señora Ringer había comprado, como solía, panecillos recién salidos del horno en la panadería Chech, que abría relativamente temprano, y a Ringer no le gustaban los panecillos del día anterior, sí, en cambio, los del mismo día, de manera que antes de salir de la ciudad entraron en la panadería Chech, y la señora Ringer no tuvo que decir nada, los de la panadería ya sabían y enseguida pusieron los seis panecillos en una bolsa, sabían que iba los sábados y siempre pedía seis, era lo único que compraba ese día, lo demás ya lo había adquirido el día anterior y lo había repartido en pequeños recipientes de plástico, por separado el pimiento cortado en tiras, por separado el jamón dulce, por separado el queso, había encontrado esos tápers rebajados en Jena y desde entonces le gustaba usarlos, son tan prácticos, explicaba a sus amigas, y nosotros, como sabéis, siempre los necesitamos, y eso fue lo que sucedió, de los tápers pasando por los panecillos hasta un ameno claro en lo alto del castillo de Leuchtenburg, siempre todo igual, querían llegar antes del mediodía, y así fue, realizaron una larga excursión por ese maravilloso paisaje y al cabo de unas horas, cuando todavía no oían las campanadas de la ciudad, pero sus relojes sí mostraban las doce, la señora Ringer puso una manta en el suelo, se sentaron en su sitio habitual desde donde veían tanto el castillo como el paisaje y se pusieron a almorzar, que fue cuando de pronto apareció de la nada un lobo, declaró Ringer en el hospital al policía que le tomó la declaración, con su esposa no se podía hablar aún porque el animal la había mordido en el cuello, de modo que la ingresaron en la unidad de cuidados intensivos después de que la operaran, todo ocurrió en un santiamén, dijo Ringer, en un momento no estaba y al siguiente ya estaba allí, nos quedamos paralizados, no entendíamos nada de nada, y la bestia nos atacó enseguida, aquí no hay lobos, lo interrumpió el policía, lo sé, dijo Ringer y tragó saliva, todavía hasta cierto punto en un estado de shock, yo también sé que no había, pero ahora sí los hay, y el lobo en muy contadas ocasiones ataca al ser humano, por lo que sé el lobo teme al ser humano, continuó el policía, Ringer asintió con la cabeza, pero luego se encendió en ira, a ver, ¿no querrá usted decir que no estoy diciendo la verdad?, en absoluto, en absoluto, lo tranquilizó el policía, yo no opino nada, a mí sólo me importan los hechos, y admita que hasta ahora no había lobos en la Turingia Oriental, sí en Baviera, sí en Brandeburgo, pero por las informaciones que recibimos se siguen con atención sus movimientos, entiendo, lo interrumpió irritado Ringer, pero mire usted esto, dijo señalando su brazo, y mire esto, señaló su pierna, y mire mi espalda, añadió girándose hacia el policía, estaba vendado por todas partes, pero las vendas estaban todavía empapadas de sangre, estas heridas, amigo, alzó la voz Ringer, las causó un lobo, no sé hace cuánto tiempo, pero aún sigue allá fuera, agregó y luego volvió la cabeza sobre la almohada, dando a entender que daba por concluida la conversación, y eso fue lo que empezó a correr como un reguero de pólvora por toda Kana, que el animal seguía allá fuera, en libertad, clamó Torsten, el bedel y chico para todo del Instituto de Bachillerato, cuando entró deprisa y corriendo en el gimnasio, no había, como era sábado, nadie más en el edificio, los entrenamientos comenzaban a las tres de la tarde, y él tenía que encontrar necesariamente a alguien para contarle la terrible noticia después de que, por algún motivo, lo llamara por teléfono Ringer y le rogara con voz apenas audible que pidiera ayuda en el acto, así que primero avisó a la orquesta y luego salió corriendo del edificio, pero allá fuera no había nadie, así que llamó a su esposa, que estaba precisamente en la farmacia haciendo cola para comprar vitamina C a precio rebajado y que tanto se asustó por la noticia que sólo atinó a gritar, para que todos la escucharan, que había

en Bach no hay nada fácil

lobos en Leuchtenburg, lobos que atacaban, la gente de la cola al principio ni siquiera entendió de qué se trataba, pero luego sí, cuando siguieron escuchando a la esposa de Torsten, según la cual su marido sólo sabía que había ya dos personas hospitalizadas, una de las cuales con una herida mortal, lo cual no era del todo cierto, porque la señora Ringer había sufrido lesiones graves debido a la gran pérdida de sangre, graves pero no gravísimas, así se expresó el médico de servicio, un médico residente de la Universidad de Jena, el primero en hacer declaraciones al periodista del *Ostthüringer Zeitung*, que se había presentado con inusitada rapidez, el estado de la paciente era satisfactorio, añadió, y más no se le pudo sonsacar, muchas gracias por su atención, dijo en medio del sorpresivo silencio y le dio la espalda al periodista, que se quedó pasmado, pues la noticia le afectó no como periodista, sino como persona, al menos esto escribió luego, y de hecho todos y cada uno de los ciudadanos de Kana se quedaron de piedra cuando se enteraron de lo ocurrido en Leuchtenburg, resultaba difícil asumir que hubiera sucedido, que hubiera podido suceder algo así, incluso hubo quienes no lo creyeron, pero los miedos ancestrales reaparecieron en la mayoría, pues era desde luego un hecho que había habido lobos en los montes, y los más viejos recordaban a sus padres, cada uno de los cuales tenía su propia historia relativa a los lobos y todavía asustaban con ellas a sus hijos, hasta tal punto se les había grabado en la memoria en qué peligrosa proximidad habían convivido el ser humano y el lobo, y el lunes siguiente se presentó alguien de la asociación medioambiental NABU de Turingia para avisar de que el rumor según el cual el lobo había atacado a alguien en la región era completamente falso, el lobo jamás atacaba al hombre, en la NABU lo sabían perfectamente, de modo que no cabía preocuparse, y las heridas, si es que existían, desde luego no provenían de un lobo, y acto seguido subieron rápidamente a Leuchtenburg, recorrieron la zona en el todoterreno y la examinaron con detenimiento en busca de huellas, y al cabo de poco las encontraron, el jefe de la delegación compuesta por dos personas, un tal Tamás Ramsthaler, propuso, sin embargo, a su compañero que por el momento no hablaran del asunto, organizarían un grupo de diálogo entre los Amigos de los Lobos de Turingia y los representantes de Kana y en ese marco expondrían su opinión y su valoración de la situación, es decir, cómo había podido ocurrir lo que no debía ocurrir, pues no había debido ocurrir, dijo Tamás Ramsthaler, vecino de Dornburg-Camburg, había sucedido algo del todo incomprensible, pero a él, explicó en una sesión informativa convocada al cabo de cuatro días, a él no le gustaban las historias incomprensibles, porque no creo en ellas, dijo, todo tiene una explicación, porque tiene que haberla, un lobo no ataca a las personas, jamás, me gustaría que lo aceptáramos, y para colmo, algo que es del todo ajeno a la naturaleza, que en pleno día, sin ninguna necesidad externa, a traición, por así decirlo, se abalanzara directamente sobre dos personas, no tenía ningún sentido, y estas palabras las pronunciaron luego infinitas veces, explicando la naturaleza del lobo, que el lobo era tímido, vergonzoso, evitaba los riesgos, ponderaba sus actos, y lo repito, dijo Tamás Ramsthaler, es vergonzoso, vergonzosa la madre que lo parió, gruñó Ringer en la cama del hospital y a punto estuvo de arrancarse del brazo el tubo para el goteo intravenoso cuando le contaron lo que habían dicho los de la NABU en el ayuntamiento, yo vi sus ojos, vi cómo enseñaba los dientes, a mí que no me venga nadie con que ese monstruo es vergonzoso, la puta que lo parió, no lo era cuando mordió a Sybille en el cuello y a punto estuvo de matarla, yo le arranqué a la bestia, y fue entonces cuando me dio la primera tarascada, y si no hubiera sido por el Jefe, realmente habríamos muerto allí mismo los dos, lo cual era un poco exagerado, aunque cierto era que cuando acabaron de entender por las palabras balbuceadas por Torsten lo que había ocurrido en Leuchtenburg, el Jefe salió pitando de la sala de ensayos, se subió a su Opel, se dirigió a casa, cogió el fusil Mauser M03 ya cargado y se marchó a toda pastilla rumbo a Leuchtenburg, no tardó más de unos segundos en ver desde arriba a las dos personas, se tumbó boca abajo, se arrastró hacia ellas, y en eso se le pasó por la cabeza de dónde soplaba el aire, tras lo cual enseguida cambió de dirección y se volvió hacia el viento, y así siguió rateando hasta una pequeña colina con una vegetación espesa, y su instinto no lo había engañado, allí yacía el animal al pie de un arbusto, por lo visto sólo había llegado hasta allí con una pata rota, la que le había roto Ringer, el Jefe se levantó, le quitó el seguro al arma y sin titubear le disparó dos balas, por si las moscas, a la cabeza, justo entre los ojos, vale, pero él no salvó a nadie, protestó cuando informó sobre lo ocurrido a los policías de Jena y al agente forestal, en absoluto, aunque si no hubiera actuado con tanta rapidez, explicó al agente forestal en el ayuntamiento ante el personal reunido, si no hubiera llegado cuando llegó, era posible que el animal herido reuniera aún sus últimas fuerzas y se arrastrara hasta la fuente del peligro con la pata rota y optara por atacar de nuevo, por muy extraño que suene, dijo, yo ya he visto cosas parecidas, pero lo curioso es, añadió en voz más baja, que no apareció ningún compañero, es más, que no aparecieran sus compañeros, un lobo, en la gran mayoría de los casos, si es que no es un lobo joven que se está alejando de la manada, un lobo no ataca solo, sino con la manada o, como ustedes dicen, con la horda, y a partir de ese momento comenzó a correr, otra vez como un reguero de pólvora, el rumor de que los lobos atacaban en horda, y entonces se asustaron en Kana incluso aquellos que habían puesto en duda el ataque del lobo, si bien Torsten no pertenecía a esa gente, él enseguida creyó lo que Ringer con voz ronca, apenas audible, le contó por teléfono, esa noche ya no pudo dormir, una y otra vez se incorporaba sobresaltado, a lo cual su esposa, tumbada dándole la espalda, inmóvil, le preguntó, ¿tú tampoco duermes?, pues no, gruñó Torsten, y se levantó para ir a buscar un vaso de agua y decidió no volver a acostarse, para qué, mientras no desapareciera de su mente la imagen de la bestia arrancando trozos de carne de la espalda de Ringer, mientras no se apagara en sus oídos la voz de Ringer, por favor, pide ayuda enseguida…, en el lugar de siempre…, al pie del castillo de Leuchtenburg…, ya sabes…, ayuda…, un lobo…, Sybille está sangrando…, de lo cual Ringer después no se sintió muy orgulloso, pero fue incapaz de pensar en el momento de arrancar al animal del cuello de Sybille y agarrarlo con fuerza y romperle incluso una pata, y entonces se tomó un pequeño respiro y llegó a ver vagamente que el lobo se alejaba a rastras y pulsó el teléfono, la última llamada había sido la de Torsten, pues el viernes había pasado con su coche por el taller, era la idea más sencilla, aunque de hecho no fue una idea, sino la manera de funcionar del instinto, y el instinto le sugirió que contactara a la persona a la que pudiera llamar pulsando un solo botón, y esa persona era Torsten, la última que lo había llamado el día anterior, y lo consiguió, y ese cabrón del Jefe nos salvó la vida, dijo en voz muy baja Ringer al oído de su esposa cuando a ella ya la sacaron de la unidad de cuidados intensivos y la trasladaron a planta, y él logró que lo dejaran verla, el Jefe nos salvó, pero no parecía que la señora Ringer comprendiera sus palabras, todavía no había vuelto en sí, estaba despierta, pero no sabía ni dónde estaba ni por qué, sólo al tercer día, cuando Florian viajó a Jena y los fue a ver al hospital, estaban los dos en una habitación doble, uno al lado del otro, mucho más tarde, cuando todo no era más que un mal recuerdo, la señora Ringer dijo a su marido, sabes, cuando te vi en la habitación del hospital y comprendí que estábamos ambos el uno al lado del otro con vida, casi tuve ganas de morir, pues yo sólo contigo…, y se puso a llorar, y se abrazaron, Ringer la apretó con sumo cariño, pues lo mismo sentía él por ella, no podía imaginar la vida sin ella, y entonces decidió, ese día en que estaban los dos en la cocina y se abrazaron durante un minuto más o menos, que morirían juntos cuando llegara el momento, y ése fue el título del artículo del *Ostthüringer Zeitung* que se escribió sobre la historia de su supervivencia, y como título le gustó, aunque no, en absoluto, lo que contó al periodista, pero qué se podía hacer, nada, el periódico había salido a la calle, PREFERIMOS MARCHARNOS JUNTOS, y el subtítulo, *Eso decidió una pareja de mediana edad que sobrevivió al terrible ataque*, etcétera, a Ringer le dio mucha vergüenza y rabia haberse expuesto de esa manera, no pensaba que algún día fuera capaz de algo así, de contar cosas íntimas sin freno alguno y para colmo en un periódico, ya está, déjalo, le dijo la señora Ringer, lo hemos superado y lo único que nos queda ahora es olvidarlo, Florian comprendió muy bien lo que quería decir cuando ella, con estas mismas palabras, le explicó en la biblioteca todo lo que habían pasado y cómo, que en el hospital aún no podía ni hablar, es más, le estuvo prohibido durante unas tres semanas, el mordisco no sólo le había afectado una arteria carótida sino en parte también, y seriamente, las cuerdas vocales, de tal modo que incluso le había cambiado la voz, ésa fue al menos la impresión de Florian, después de que la señora Ringer se recuperara del todo y volviera a su vida normal, yo estaba cubierta de sangre, Mark me tapaba la arteria con una mano y con la otra me protegía, eso fue lo que me contó, porque yo no me acuerdo de nada, creo que sufrí un shock, pues perdí mucha sangre, puedes imaginar lo que habrá vivido el pobre Mark hasta que llegó tu Jefe y mató a ese… a ese…, pero no continuó, y a quienquiera que explicara el caso en los meses siguientes, siempre había de detenerse en este punto, no era capaz de nombrar al que mató el Jefe, salvándoles la vida, pues también ella pensaba que era lo que había ocurrido, aceptaba la explicación general que convertía de forma unánime al Jefe en héroe, Florian se sentía muy orgulloso de que otros también supieran ya quién era realmente su benefactor, un héroe, decía todo el mundo en el chiringuito de Ilona, y todos ponían cara muy seria y sacaban a colación historias antiguas, que si esto y que si aquello, y el brillo de la hazaña del Jefe irradiaba con más y más fuerza, y a partir de entonces los ciudadanos de Kana se cercioraban dos veces si habían dado dos vueltas a la llave antes de acostarse, por no hablar de los que tenían contraventanas, que cerraban a cal y canto, felices y contentos, pues Kana no se fiaba ni de la NABU ni de la policía, si de éstas hubiera dependido el lobo se habría comido a los Ringer para almorzar, ésa era la opinión generalizada, que empeoró todavía más cuando del llamado gran mundo llegaron noticias de una nueva pandemia, pero el Jefe se cagaba tanto en lo uno como en lo otro, como se expresaba, porque, gruñía, para qué mierda tenemos que ocuparnos en lo que hay allá fuera, nosotros tenemos que ocuparnos en aquello que nos destruye aquí, así que no sentía ni pizca de satisfacción, sino más bien irritación cuando oía hablar de su fama o cuando alguien le daba golpecitos en el hombro en el Netto, a mí que me dejen en paz, hasta ahora he sido el malo de la película y ahora soy el bueno, que se jodan, refunfuñó en el Castillo ante los demás, yo fui allá por el lobo, no por los Ringer, me cago en los Ringer, no suelo yo salvar a judíos, y entonces brindaron todos con las botellas de cerveza, ahora que el precio de la Köstritzer no había vuelto a bajar, se quedaron con la Ur-Saalfelder, lo cual suponía realmente un cambio considerable, ya que con el primer trago se notaba el sabor a malta, pero no el mismo que el de la Köstritzer, el cual era más profundo, más serio, más disciplinado, observó Jürgen, quien durante las discusiones provocadas por la subida del precio opinaba que habían de mantenerse fieles a la Köstritzer, por meros motivos históricos, pero sólo el Jefe se mostró de acuerdo con esta opinión, porque eran todos unos pobretones, unos pobretones, señaló Andreas torciendo el gesto, pues para ellos, dijo a Jürgen, unos cuantos céntimos ya contaban, cuarenta y nueve céntimos son cuarenta y nueve céntimos, y eso era incuestionable, tanto Jürgen como el Jefe tuvieron que conformarse, y llegaron entonces las cajas con veinte botellas de Ur-Saalfelder cada una, de modo que al final se acostumbraron al cambio, aunque el problema era que la Ur-Saalfelder resultó ser más fuerte que la vieja Köstritzer, así que se emborrachaban mucho más y mucho antes, los sábados hacia las diez o las once ya apenas lograban hablar los unos con los otros, lo cual enfadaba bastante al Jefe, pues a veces tenía algo importante que comunicar precisamente a esa hora, y le era difícil tratar con los borrachos, hasta le daban un poco de asco cuando se ponían a vomitar, y para colmo más de una vez sucedió que algún camarada que necesitaba vomitar no llegaba a salir de la habitación de Jürgen, donde se celebraba la reunión para fomentar la cohesión, que era como lo llamaban siempre, la cohesión, ellos habían de estar en un estado de disponibilidad permanente, explicaba el Jefe, en particular desde que, en opinión de todos, estaban ya cerca del grafitero, y a ello se atuvieron también en adelante, no era necesario explicarlo una y otra vez, todo el mundo en el Castillo sabía de qué se trataba, se había repetido tantas y tanta veces, pero el Jefe dale que te pego, decían entre ellos, estaban ya realmente hasta las narices, porque no había que explicarles una y otra y otra vez, ya sabían por ellos mismos qué era la Patria, y qué era la Disponibilidad y por qué, y el Jefe, en cambio, no consideraba en absoluto superfluas esas repeticiones, porque en realidad no confiaba en sus camaradas o al menos no estaba muy seguro de hasta qué punto podía contar con ellos en una situación de crisis, Karin estaba en orden, Fritz también en orden, pero Jürgen o Andreas o Gerhard y los demás, pues, a ver, no lo sé, compartía en ocasiones su preocupación en el Opel con Florian, él, Florian, no era capaz de descubrir tales diferencias dentro del batallón, para él

ofrecía un consuelo más profundo

eran todos iguales, les tenía miedo a todos, quizá a veces un poco más a Karin, en otros momentos a Jürgen, para colmo no había con quien hablarlo, pues a la única persona a la que podía explicarlo no podía explicárselo, sabía perfectamente cómo reaccionaría, no te acerques a ellos, Florian, ésa habría sido la respuesta, déjalos enseguida, ni se te ocurra estar con ellos, ya verás, lo habría amenazado, como de hecho lo amenazó la señora Ringer, que algún día te traerán problemas, y le miró muy en serio a los ojos, en realidad ya es suficiente que hasta ahora te hayan visto con ellos, pero, claro, no era tan fácil, y la señora Ringer lo sabía, no lo mencionaba, salvo cuando el tema aparecía de forma directa en alguna conversación, Florian siempre llegaba tarde, en general a eso de las cinco o cinco y cuarto, le contaba cómo había trascurrido el día, qué le había dicho el Encargado, qué le había dicho la señora Ilona, o que había de arreglar su portátil, porque el sistema a veces no respondía, explicaba, pues esto y aquello, y por supuesto, en muy contadas ocasiones, se refería también al señor Köhler, por ejemplo, que esa noche soñó que el señor Köhler volvía a tocar el timbre en el rascacielos, y Florian miraba por la ventana, y era él, en efecto, de tamaño natural, por así decirlo, estaba abajo, haciéndole señas alegremente, saludándole, hola, Florian, aquí estoy, he vuelto, y lo desesperante que le resultó despertar justo cuando bajó los escalones de dos en dos, actuó tan rápido que no se puso nada sobre el pijama, así bajó las escaleras y abrió la puerta de entrada, pero el señor Köhler no estaba, no le saludó diciendo, hola, Florian, aquí estoy, he vuelto, nada, en esos casos ¿qué podía decirle la señora Ringer para consolarlo?, pues lo siguiente: Florian, escucha, no creo que alguien pueda desaparecer sin dejar huella, eso no existe, yo no creo en ello, y al ver que Florian bajaba la cabeza, añadía: no creo en ello porque no existe nada sin explicación, y ella no se percataba de que con eso daba en un punto sumamente delicado de Florian, pues él ya sabía que existen cosas inexplicables, es más, que para las preguntas más profundas, más importantes, más sustanciales no existen las respuestas ni existirán, después de estas conversaciones Florian se despedía en la biblioteca y se marchaba a casa con una sensación de tristeza, echaba mucho de menos al señor Köhler, y ahora ya no pensaba que él, Florian, fuese el responsable cuando todo hubiese acabado, sino simplemente que lo echaba mucho de menos, lo echaba de menos todos los jueves, era tan agradable antes, pensaba, cuando se levantaba temprano de la cama recordando que era jueves, que esa tarde a las seis volverían a estar juntos, él preguntaría y el señor Köhler, con su estilo tranquilo y equilibrado le respondería e iluminaría lo que precisamente no era claro y él saldría a la cocina y le prepararía la tila al señor Köhler, el señor Köhler era laminero, de manera que había que poner bastante miel en la taza de té, y él siempre preguntaba desde la cocina, ¿cuántas cucharadas?, a lo cual el señor Köhler respondía a veces, hoy sólo dos, Florian, sólo dos, porque debía tener cuidado, debo cuidar, explicaba, mi nivel de azúcar, pero ahora decía dos, ahora tres, es más, en ocasiones incluso cuatro, de ahí que Florian tuviera que preguntar siempre, cada vez que vertía el agua hervida sobre el filtro de té, y le habría encantado formularle preguntas también en ese momento, sentado a la mesa de la cocina después de regresar a casa, y las hojas DIN A4 en blanco, en las que antes escribía sus cartas, tampoco le interesaban ya, no, pues si lo oprimía la situación del señor Köhler no le resultaba importante la correspondencia con la señora canciller, pero al día siguiente se le pasaba, con suerte se despertaba y no tenía al señor Köhler allá abajo, sino que se le aparecía Angela Merkel, con sus gestos delicados, a veces la veía con su blazer azul, a veces con una chaqueta amarilla, otra con una roja, siempre con pantalones, y eso era mejor, mucho mejor que cuando se le aparecía el señor Köhler, porque él siempre le daba de lleno en el corazón, pero si era la señora canciller, entonces..., pues, a ver..., también le daba en el corazón, aunque no de forma directa, sino desde la distancia, y también en su sentido común, en su cerebro, en esa parte del cerebro cuya tarea consistía en alzar la voz en defensa del universo, pero lo cierto era que llevaba tiempo sin enviarle nada, cuando la señora Hopf le pidió en una ocasión que despachara unas postales en la oficina de correos para ella, Jessica le dijo, oye, Florian, qué pasa, que últimamente apenas te vemos, y así era en efecto, realmente apenas iba a la oficina de correos, de hecho nunca desde hacía meses, pues ya no sabía qué escribir o, para ser más preciso, no sabía cómo escribir que no hacía mucho había descubierto la música de Johann Sebastian Bach y que tenía la sensación de que ese descubrimiento escondía una indicación para el caso de una catástrofe, pero se trataba tan sólo de una sensación, no sabía qué contenía esa indicación, todos los sábados tenía la posibilidad de asistir a los ensayos de la orquesta local, la Sinfónica de Kana, de modo que podía ver regularmente la médula de esa música o, para ser más preciso, sentir su médula, y justo allí, así lo formulaba para sus adentros dirigiéndose a Angela Merkel, allí residía exactamente la diferencia entre ver y sentir, aunque no sabía si podía escribir esto, si la señora canciller entendería lo que él pensaba allá en Kana, que había dado con algo importante, porque con algo había dado, no tenía la menor idea de lo que era, estaba sentado los sábados en el sitio asignado, lejos de la orquesta, delante de la espaldera, el lugar elegido a buen seguro por el Jefe para él porque no quería que apoyara la espalda, la espaldera no era un lugar muy apropiado para hacerlo, no, porque el Jefe quería que su atención no se relajara ni por un instante durante las más de dos horas que duraba el ensayo, o simplemente que nadie, ni él mismo ni Florian, pudiera reclinarse tranquilamente mientras ellos se dejaban la vida tratando de sacar el *andante* del *Cuarto concierto de Brandeburgo*, mientras él no entiende nada de nada, cero, cero patatero, gritaba el Jefe en el Castillo cuando le mencionaban a Florian y le preguntaban, ¿por qué carajo arrastras contigo a ese idiota?, yo también sé que no comprende nada de nada, pero a ver, ¡tal vez!, ¡tal vez!, mejora un poco su oído, pues no puede ser que no dé resultado el exponerse una vez por semana a la música, el exponerse una vez por semana a Bach, y en esto no andaba equivocado el Jefe, aunque la cosa acabó tomando un rumbo muy distinto, se notó que Florian quedó de pronto hechizado, al Jefe enseguida le llamó la atención un día que volvían a casa después del ensayo y la cara de Florian estaba encendida, le brillaban los ojos, ¿qué?, ¿qué?, le preguntó mientras conducía, ¿maravillado, no?, pues sí, maravillado, respondió Florian, que apenas era capaz de ocultar su orgullo de estar maravillado, sabía que eso alegraría mucho al Jefe, que no habían sido en vano esos dos años sentado junto a la espaldera, ¿y por qué te ha maravillado?, le gritó el Jefe visiblemente contento por el hecho de que le hubiera salido bien el cálculo y de que el arte alemán más excelso finalmente subyugara a Florian, y entonces le echaba una palada más, ¿te saldrá entonces ahora el himno?, pero Florian esto ya no podía prometerlo, e hizo bien, pues el lunes siguiente, cuando fue obligado a cantar de nuevo el himno en el Opel, se produjo después un silencio sepulcral durante un buen rato, el Jefe no dijo nada, se limitó a poner los labios en punta, le dio un golpe luego al volante, y acto seguido el consabido manotazo a Florian en la nuca y por último le dijo apretando los dientes, no te preocupes, hijo mío, no te preocupes, esto también te saldrá, ya verás, te saldrá, lo cual era bastante poco habitual en su caso, el dar ánimos, Florian desde luego no le encontraba explicación alguna, salvo que su repentino interés por Bach hubiera llevado al Jefe a considerar que su relación se había vuelto más profunda, pues no sabía, pensó Florian, que esa relación más profunda ya no podía ser, él quería al Jefe, y se alegraba mucho de poder mostrarlo de tal manera que el Jefe lo entendiera, lo cual no era fácil, porque al Jefe los sentimientos o no le llegaban o le llegaban por algún desvío o Dios sabía cómo, y él, sin embargo, sólo podía comunicarse de esa forma, salvo en las últimas semanas, en las que, debido a Bach, deseaba mucho hablarle de algunas cosas, comprender, por ejemplo, qué lo vinculaba exactamente a él, al Jefe, con Johann Sebastian Bach, porque de alguna manera no podía aceptar que Bach lo atrajera tanto simplemente porque, tal como repetía el Jefe hasta la saciedad, en Bach estaba expresado el carácter alemán, no, eso era difícil de creer, había en el entusiasmo del Jefe algo que apuntaba a otra cosa distinta, que no se explicaba por el espíritu alemán o cosas parecidas, en el Jefe todo era diferente de lo que parecía, Florian intuía que el Jefe había sufrido en su infancia o juventud una tragedia personal muy grave de la que no era capaz de hablar nunca, y como si Bach fuese un bálsamo para una herida incurable que el propio Jefe no comprendía, porque no sabía que existía dentro de él esa herida, Florian pensaba a veces traer a colación el asunto, pero luego no se presentaba la ocasión, no encontraba nunca el momento adecuado para hablar de ello, toda la actitud del Jefe, con sus palabras groseras y su comportamiento basto, daba la impresión de querer advertir a su entorno que existía un límite que no era posible traspasar, lo cual en parte era verdad, uno no se podía acercar al Jefe así sin más, él simplemente se habría despreciado, así como despreciaba a todo aquel que permitía que se acercaran a él, un hombre se caracterizaba por sus actos y única y exclusivamente por sus actos, ése era su credo, a un hombre sólo se le podía ver lo que hacía, nada más, el acto era siempre inequívoco, hablaba por sí solo, no necesitaba la cháchara, no somos hembras que no paran de parlotear, no estamos para hurgar en nosotros mismos ni para hurgar en los otros, miramos lo que el otro ha hecho y lo que hace y punto pelota, así era el Jefe, bien lo sabía Florian, de modo que se quedó casi del todo solo con su Bach, aunque si se hubiera dado cuenta de cuál era el verdadero origen del entusiasmo del Jefe por Bach le habría resultado también más fácil aclarar su propia relación con Bach, pues esa relación no era clara, no entendía qué le sucedía, no entendía por qué quedaba tan subyugado por una música, tanto que comenzó a parecerle escasa esa única sesión semanal, en la que, a pesar de unas circunstancias no demasiado favorables, podía escuchar alguno de los *Conciertos de Brandeburgo*, pues anhelaba asistir a un concierto de verdad con música de Bach, y así se le ocurrió de nuevo viajar realmente a Leipzig, adonde el Jefe también planeaba ir, lo repetía y lo repetía, aunque, eso sí, él pensaba ir con la Sinfónica de Kana, Florian, en cambio, en solitario para escuchar por primera vez en su vida el Coro de Santo Tomás, por eso, cuando se cercioró de que la señora Ringer se había recuperado ya del todo, se había quitado incluso el collarín y no había que visitar a la enferma en la biblioteca, se dirigió al café Herbst y compró *online* una entrada con la tarjeta de la Hartz IV para el siguiente concierto, en el que podía escucharse la cantata *Man singet mit Freuden vom Sieg*, se lo comentó al Jefe, le comunicó que ese sábado no acudiría al ensayo, pero al Jefe le entró por una oreja y le salió por la otra y, de hecho, tampoco le interesó cuando luego le dijeron que Florian, en efecto, no había ido, era realmente su menor preocupación, sobre todo porque unos días después de que se hubieran apaciguado momentáneamente los ánimos en el asunto del ataque del lobo, a él se le ocurrió preguntarse qué pasaba si existía una relación entre ese cabrón del grafitero y la aparición del lobo, al principio era una idea repentina que le venía y luego desaparecía, le venía a la mente una y otra vez, hasta que no lo dejó en paz, de modo que decidió ir al fondo de la cuestión, fue a ver a Fritz en el Castillo y le dijo que al día siguiente, porque ese día era jueves, no acudiría, que se reunieran sin él, pero que no se olvidaran de leer el pasaje que tocaba de la *Ein Trupp SA, ein Stück Zeitgeschichte* de Waldemar Glaser, y Fritz se lo prometió, lo habrían leído de todos modos, les gustaba Glaser, dicho entre ellos, más que Bach, sobre todo por su lenguaje sencillo, a Glaser lo entendían enseguida, a Bach no, y no sólo de entrada no, así viajó también Florian a Leipzig, pensando que con el entendimiento no se acercaría a Johann Sebastian y que no viajaba allí para que eso cambiara, no creía que con eso lo comprendiera, sólo quería escuchar cómo era Bach cuando uno lo escuchaba en el escenario original y en vivo y en directo, y eso fue lo que ocurrió, se buscó un sitio bastante atrás, y como no tenía ninguna experiencia de lo que era cada cosa en una iglesia, se reclinó un poco en el banco cuando sonaron las primeras notas, cuando empezaron a oírse las trompas y las trompetas y los trombones y enmudeció el público, apoyó los pies en un hueco del banco de delante, juntó las manos en el regazo y cerró los ojos, feliz de estar allí, de estar en la iglesia de Santo Tomás y de escuchar en vivo y en directo lo que era Bach en realidad, tan feliz que sólo al cabo de un rato se dio cuenta de que alguien le estaba dando toquecitos en el costado y le daba a entender mediante señas que no pusiera los pies en ese hueco, pues no era correcto, así que los retiró rápidamente y se sonrojó, nunca había estado en una iglesia, nadie lo había llevado nunca allí, no lo había hecho la institución ni menos aún el Jefe, no tenía la menor idea de cómo comportarse en ese lugar, de manera que a partir de los toques casi sólo fue capaz de estar atento a permanecer sentado bien recto, con los pies correctamente bajo el cuerpo, esperando a que volvieran a darle un toquecito, bien era cierto que oía la música fluir desde arriba, que oía también el canto del coro, pero con el cuerpo rígido a la espera de que el toque de esa mano volviera a llamarle la atención por algo que no debía hacerse, por algo incorrecto o por algo que precisamente debía hacerse así o asá en un determinado momento, y si bien nadie volvió a darle ningún toque, él no fue capaz de concentrarse en la música, de modo que al acabar ésta y salir él del templo con la multitud, sintió un enorme cansancio en todo el cuerpo, un cansancio como nunca, le dolían todos y cada uno de los miembros, los músculos todos lo atormentaban, creía que se le caería la cabeza allí mismo, en la plaza delante del maravilloso portal, así que rodeó la iglesia de Santo Tomás, dispuesto a meterse en alguna callejuela para quedarse solo y sentarse en algún lugar en el que no le dieran toquecitos en el costado, pero la zona estaba llena de cafés y de McDonald's y de restaurantes y de cervecerías y de monumentos y de museos dedicados a Johann Sebastian Bach, no encontró refugio en ninguna parte, de modo que se fue hasta el parque al lado de la Schillerstraße, donde por fin pudo sentarse en un banco y reflexionar sobre lo que le había pasado en la iglesia de Santo Tomás, no era para él, pensó, no era para él estar tan cerca de Bach, nunca más se le acercaría tanto, porque el final sería ése, quedaría exhausto y le dolería todo, le dolían hasta los pulmones, pues en la iglesia de Santo Tomás hubo momentos en que apenas se atrevió a respirar y después minutos en los que sí se atrevió, pero sólo un poquito, sobre todo cuando el canto del coro se desplegaba triunfante en el gigantesco espacio de la iglesia, y miraba él entonces de reojo hacia un lado y veía el feliz fervor en esos rostros y comprendía, pues, que Johann Sebastian Bach era precisamente ese genio que no era de todos, al menos no desde la proximidad más directa, y así regresó en uno de los últimos trenes a Kana, con la determinación de no acercarse nunca más demasiado a Bach, de conformarse con escuchar de vez en cuando alguna cantata o las Pasiones con el volumen bajo en el café Herbst, y lo explicó también a la mañana siguiente cuando el Encargado tocó el timbre de su casa, pues el ascensor ya funcionaba, se había arreglado solo, de modo que el Encargado aprovechó la ocasión y lo fue a visitar, lo cual significó sentarse con él en la cocina, o sea, que le contó que había estado en Leipzig y había escuchado un concierto con música de Bach y que, si bien había sido maravilloso, casi inconcebible, le resultó muy agotador, y que no volvería a Leipzig, ¿por qué no me lo preguntaste a mí?, intervino el Encargado alzando la cabeza, te habría dicho enseguida que Leipzig no merece la pena, ahora ya veo que estás muy enterado, que viajas para aquí y para allá como un viajero diario, lo reconozco, pero si me lo hubieses preguntado, te lo habría desaconsejado y tú te lo habrías ahorrado, pues hoy en día las masas y el ruido y el hedor allí resultan tan insoportables que nosotros, los insignificantes ciudadanos de Kana, no lo aguantamos, que lo respiren ellos, dijo el Encargado, que cada cual inhale su propio hedor, y como le parecieron sabias sus palabras, asintió varias veces con la cabeza y miró fijamente a los ojos celestes de Florian, pues el Encargado tenía la costumbre, cuando decía algo que consideraba esencial, de inclinarse ligeramente hacia delante y pegarse casi al rostro de su interlocutor, aunque en este caso ni siquiera tuvo que inclinarse, pues la mesa era tan pequeña en la cocina que cuando dos personas se sentaban a ella no había manera de hacerlo sin tener las caras prácticamente pegadas la una a la otra, pero Florian comprendió lo que quería el Encargado y estaba muy de acuerdo, así que también asintió unas cuantas veces y preguntó luego si deseaba un té, siempre preguntas lo mismo, Florian, negó con la cabeza el otro, y eso que sabes que sólo bebo cerveza, ¿tienes una cerveza?, vaya, usted siempre pregunta lo mismo, le devolvió Florian riendo, y eso que sabe perfectamente que nunca tengo cerveza en casa, vaya, da igual, dijo el Encargado con cierta resignación, como que le habían estropeado el día, ¿bajamos entonces al bar IKS, qué te parece?, pues, a ver, respondió Florian, ahora mismo preferiría no ir, es temprano todavía para mí y me gustaría tumbarme un rato más, si no le molesta, pues como le he dicho, volví a casa anoche tarde, pues entonces nos fumamos un cigarrito, trató de estirar el tiempo el Encargado, sin importarle que Florian tampoco fumara, no tenía ganas de ir solo, lo cual significaba, claro está, que no quería estar solo, paso demasiado tiempo solo, y el tono de su voz se convirtió en un tono de queja, precisamente yo que nunca he soportado estar solo no encuentro mi sitio desde que se marchó Christine, ¿sabes lo que significa, Florian, echar de menos a alguien?, cómo vas a saberlo, claro, pero da lo mismo, seguro que entiendes que echo de menos a Christine, mientras vivía, para ser sincero, no aguantaba en realidad sus reniegos y critiqueos, porque la mujer no paraba de renegar y criticar, Florian, tú no la conocías, renegaba tanto que a veces tenía ganas de tirarla por la ventana, y ahora, por un lado, vivimos en la planta baja, y por otro, ya sabes cómo va esto, ahora la echo en falta, y habría continuado pero Florian poco a poco lo fue exhortando amablemente a marcharse y luego volvió a acostarse y se durmió enseguida, agotado por el viaje del día anterior, ida y vuelta en el tren y para colmo lo que sucedió en la iglesia de Santo Tomás, tenía que dormir a su gusto y durmió casi hasta las dos, y entonces se vistió, se sentó a la mesa del cocina, cogió una hoja DIN A4 y a pesar de su anterior decisión intentó escribir una nueva carta, diciendo que han pasado dos años más o menos desde que le escribí la primera carta a usted y casi un año desde que el señor Köhler desapareció por mi culpa, y en esta ocasión no se rompió la cabeza pensando cada palabra, sino que escribió tal como le venía, que era desde luego consciente de que a la señora canciller le entusiasmaba Wagner, pero, bueno, la música es la música, él estaba convencido de que, por mucho que le gustara Wagner, en Berlín se apreciaba a Bach igual que en Kana, de ahí que él se dirigiera a ella con una propuesta hasta el momento no mencionada que, de hecho, no le había presentado porque sólo ahora había descubierto la belleza que partiendo de la música de Johann Sebastian resuena en el interior del ser humano, y allí se detuvo, porque le gustó un poco eso de que «resuena en el interior del ser humano», cogió entonces rápidamente el bolígrafo de tres colores, lo puso en rojo y subrayó dos veces la palabra *resuena*, pero no sólo belleza, continuó, sino que en Bach podía haber una propuesta de cómo actuar en tiempo de catástrofe, y como había escrito ya innumerables veces, la catástrofe podía producirse en cualquier momento, de ahí que conviniese, a su juicio, incluir a Bach en la discusión del asunto, él llevaba ya meses bajo su influjo, más no podía decir al respecto, pues su mente era incapaz de abarcar semejante grandeza, pero otras personas, los grandes del país o del mundo sí lo eran quizá, y he ahí por tanto su propuesta, de momento era sólo esto lo que quería añadir a lo ya dicho y con ello concluía su carta, le deseaba buena salud desde Kana, donde, la señora canciller debía saberlo, siempre sería recibida con los brazos abiertos, él, durante una época, había acudido cuantas veces podía a la estación para esperarla, aunque sin duda los miles de asuntos que tratar y resolver no se lo permitían a la señora canciller, pero él, Herscht 07769, la seguía esperando, la señora canciller podía venir cuando quisiera, él esperaba únicamente una señal para acudir de nuevo a la estación, y con estas palabras terminó la carta, la dobló en cuatro, la metió en un sobre, le puso la dirección, y a Jessica, cuando llevó la carta a la oficina de correos, se le notó que se alegraba de volver a ver a Florian, ya pensaba que no volverías nunca, cogió el sobre, leyó el nombre de la destinataria y no dijo nada, se limitó a sonreír y a guiñarle el ojo a Florian, y fue como si el señor Volkenant percibiera ese guiño, pues en ese momento habló desde su despacho, ¿qué tal, Florian?, ¿otra vez a Berlín?, y luego en casa, durante la cena, sacó el tema con su mujer diciendo, oye, Jessica, ¿no te parece también que Florian necesitaría un médico?, y ante las evasivas de Jessica, añadió que la cosa podría acabar mal, ya verás, estas locuras no suelen terminar así sin más y, repito, Florian no se quedará en este punto, conozco casos como éste, veo a bastante gente en la oficina de correos, cuando empieza el embrutecimiento luego no para, ya verás, es lo que le ocurrirá también a Florian, pero Jessica se rio, ¡qué dices!, dijo, ¿cómo se te ocurre algo así?, Florian es un muchacho encantador, ni loco ni nada, sólo que es raro, y por otra parte, ¿crees que es el único en Kana que tiene un poco suelto un tornillo?, pues sí, te doy la razón, se rio también Volkenant, con lo cual dio por zanjado el asunto de Florian, y entonces ya se pusieron en serio a cenar, era su fiesta, pues precisamente ese día se conocieron hacía nueve años, y siempre lo conmemoraban, y además siempre de la misma manera, Jessica preparaba un pollo al horno que quedaba bien crujiente, de entrada tomaban champán y luego, ya en la sala, una botella de un buen vino blanco del Rin, y así ocurrió también ese día, el vino del Rin estaba bien frío, Volkenant lo había comprado el día anterior y puesto en la nevera, fue una noche maravillosa, se reclinaron en el sofá, en la mano las copas de vino de cristal que sólo utilizaban en los días de celebración, Jessica entornó los ojos y dijo, sabes, Horst, soy feliz, feliz contigo, me gusta mi trabajo, me gusta la gente, se acumula nuestro dinero en la caja de ahorros, en dos años hasta podremos cambiar quizá nuestro Ford, cariño, yo no deseo más nada, ¿realmente nada?, le sonrió Volkenant, y entonces entraron en el dormitorio y Volkenant se echó encima de Jessica, a Jessica lo único que no le gustaba era que a su marido, cuando cumplían el deber conyugal, no le importara tirar los calcetines aquí y allá, no aguantaba esos calcetines arrugados tirados aquí y allá, lo cual la enfriaba de alguna manera, se le quejaba a veces, sabes, es como... como..., cómo decirlo, como si una perdiera la ilusión, vaya, pero lo decía en vano, a Volkenant no le interesaba, lo tenía por una minucia a la que no había que prestar atención, pero a Jessica no le daba igual, si él hubiera podido proceder de otro modo con los calcetines cuando cumplían con el deber conyugal ella se habría sentido plenamente feliz, así también era feliz, lo admitía, aunque sin los calcetines tirados aquí y allá la felicidad habría sido plena, si bien, eso sí, no se atrevía a confesarle que lo que de verdad le molestaba era que esos calcetines olían un poco a queso cuando Volkenant se los quitaba, había probado ella de todo, había comprado los más diversos antitranspirantes para Volkenant, aunque ninguno le servía de verdad, ¿qué hacer?, suspiraba más de una vez hablando con su madre en alguna de sus visitas a Jena, Horst es uno de ésos a los que les sudan los pies, es lo que hay, vaya, pero, hija mía, la consolaba su madre, no encontrarás un marido que no tenga alguna tara, y Horst sigue siendo de los mejores en mi opinión, claro, también en la mía, se reía Jessica, y eso era todo, se resignaba a que no hubiera solución, la vida sigue, como le gustaba decir, y la vida seguía, en efecto, si bien durante un buen tiempo Florian no apareció, él tenía un poco la sensación de que cuando llegara la respuesta de Berlín, el cartero se la llevaría de todos modos a su casa aunque él no acudiera continuamente a la oficina de correos, lo cual significaba asimismo, por supuesto, que se habían desvanecido también un poco sus esperanzas de que alguna vez llegara una respuesta, comprendió que el gobierno del mundo sólo era capaz de resolver las preocupaciones por turno, por así decirlo, había que ser más paciente, aunque le costara, y para colmo tenía claro que lo importante no era la respuesta, que si llegaba o no llegaba, sino lo que podía hacer la señora canciller ante esta amenaza, llevaba él un tiempo observando la agenda del Consejo de Seguridad, y si bien no sabía inglés, sí podía averiguar el qué y el cuándo a través de Google Translator, pero no había encontrado por el momento ningún tema que le permitiera colegir que se estuvieran ocupando de las cuestiones que él había planteado, aunque, claro, bien podía ser que todo transcurriera a puerta cerrada, es más, que el asunto se hallara en una fase preparatoria, esta posibilidad lo tranquilizó, y en uno de los fines de semana en que estaba sentado en su banco a la orilla del Saale incluso se le ocurrió que el señor Köhler había desaparecido precisamente por esto, porque no lo escuchaban a él, a Florian, sino a él, a Adrian Köhler, allá en Nueva York, en lo que respectaba a este asunto, le pareció todo tan evidente, ¡sí!, exclamó dando una palmada al aire, ¡sí, eso es!, gritó dando otra palmada, hasta una pajarito cantor posado en uno de los castaños levantó asustado el vuelo, y él se levantó de un salto y comprendió de pronto lo sucedido, ¡oh, cómo no lo había pensado antes!, y febrilmente se puso en marcha primero rumbo a la pista de balonmano, después se dio la vuelta y entró en la estrecha callejuela que discurría a la vera de la colonia de pequeñas parcelas ajardinadas, ¿cómo había podido ser tan estúpido?, sacudió la cabeza feliz y contento, y a cada paso se sentía más convencido de que era eso lo que había sucedido, de que consideraron al señor Köhler la persona más adecuada para explicar el asunto a quienes tomaban las decisiones, claro que sí, no a él, pues qué sabía él de esas cosas, él sólo intuía que había un problema, pero el verdadero experto era, lógicamente, el señor Köhler, y además recordó que en su último encuentro el señor Köhler había dicho algo así como que «a partir de ahora asumo yo el asunto», pues sí, ya se le presentaba todo bajo una luz muy distinta, y se puso a deambular por la ciudad con el rostro radiante por el alivio y la liberación, y a los conocidos con los que se topaba en el camino sólo pudo decirles que estaba todo en orden, todo en regla, que no había ningún problema, que todos podían estar tranquilos, que el asunto estaba en buenas manos, y cosas por el estilo, con lo cual los conocidos no entendían nada de nada, sólo que Florian se había vuelto definitivamente loco o por fin había encontrado a alguien con quien casarse, pues gran parte de la gente opinaba que en realidad el único problema de Florian era el no tener una esposa, un hombre necesita una mujer, explicaba la situación, entre otros, el señor Heinrich, que era algo así como intermediario en lo de Ilona, alguien que a cambio de un veinticinco por cierto conseguía trabajo clandestino a los receptores de la Hartz IV, de modo que era muy respetado, sin una mujer un hombre joven y fornido no era un hombre, lo cual sólo podía llevar por mal camino, dijo, y lo repitió cuando Florian entró como una exhalación y proclamó jadeando que todo el mundo podía estar muy tranquilo, que él se había dado cuenta de lo sucedido, y enseguida se marchó deprisa y corriendo, está chaveta, dijo Hoffmann y miró alrededor por ver si la gracia había dado en el clavo, y sí, la clientela fija del chiringuito de Ilona soltó una unánime carcajada, mientras Ilona sonreía detrás de la barra, pues normalmente apenas intervenía en las conversaciones, prefería escuchar de qué iba el asunto, muy de vez en cuando soltaba algo, que si así o asá, pero en contadas ocasiones, su tarea no consistía en entretener al personal, como explicaba luego a su marido, sino en trazar los límites, hasta dónde se podía llegar, porque era imprescindible trazar unos límites, las cervezas iban saliendo, sobre todo en los días de paga, y surtían su efecto, empezaban a desplegarse las historias, y entonces era ella la que había de enfriar con alguna frase más sobria los ánimos desatados, y siempre resultaban suficientes una o dos frases, Ilona era una santa para la clientela fija, con su palabra enseguida se cumplía lo que ella quería, Ilona es aquí la estrella, decía Hoffmann a menudo en voz bien alta para que la aludida también lo escuchara, podríamos apagar la luz y aun así veríamos gracias a su brillo, a lo cual siempre se alzaban las botellas y todos brindaban por Ilona, brindaban por esa isla de la paz que era realmente la única luz en sus vidas y en la que la reina era Ilona, quien por supuesto no lo veía en absoluto así, sabía que la gente quería el Grill, pero ella lo resumía diciendo que los clientes se sentían satisfechos, y ésa era la meta, así progresaba el negocio, no ingresaba mucho, aunque podían mantenerse en medio de tanto desempleo, cuando llegó procedente de la Transilvania rumana y se casó la tarea era bastante clara, al comienzo intentaron convertir la casa de su marido situada en una aldea cercana a Kana en un hostal, más concretamente la primera planta, ellos se instalaron en la planta baja y vivieron en una sola habitación con los correspondientes baño y cocina, y en un principio no pareció una mala idea, cuando los vietnamitas se marcharon del rascacielos nadie creía lo que algunos individuos advertían, que la fábrica de porcelana quebraría, pero luego ocurrió exactamente eso, de modo que sólo quedaron cien de los varios miles que había, nadie contaba realmente con eso, ellos tampoco, pensaban que el cambio de régimen no traería la ruina, sino el florecimiento, porque, a decir verdad, la fábrica de porcelana tampoco era una maravilla en la época anterior y entonces podía llegar algún importante inversor occidental, por un breve tiempo lo pensaron todos, también Ilona y su marido, pero no llegó nadie de occidente, es más, quien pudo se marchó de Kana, de modo que el hostal apenas funcionaba, se necesitaba algo más para seguir con los dos pies en el suelo, y fue entonces cuando a Ilona se le ocurrió el Grill, que la situó sobre una base segura o, como ella misma decía, sobre ocho seguros pilares de hormigón, y ese chiringuito se mantendría durante un tiempo, confiaban Ilona y su marido en casa, y en efecto, en cuanto desaparecía un cliente porque se lo llevaba la edad o una repentina enfermedad, enseguida era sustituido por otro de las inmediaciones, la cantidad de clientes era, por tanto, siempre más o menos la misma, suficiente para que el Grill devolviera la energía invertida en él, como solía decir Ilona, de modo que iban tirando y, además, el turismo había comenzado a florecer en los últimos años y ya merecía la pena pensar en reformar la casa para no tener que alquilar las habitaciones sólo a trabajadores, sino poder alquilarlas también a turistas, para lo cual, claro, se precisaba dinero, y lo iban acumulando con diligencia, dos años más, decía el marido de Ilona, y nos habremos rehecho del todo, pero no se rehicieron, porque la aparición de los lobos lo cambió todo en Kana, porque ya se hablaba de varios lobos, no de uno solo, algunos hacían circular la noticia de nuevos ataques, se despotricaba contra Brandeburgo y contra Baviera y contra los polacos y los checos, se despotricaba contra la policía, se despotricaba contra el gobierno regional, y sobre todo contra la NABU, de la que habían oído hablar por primera vez con ocasión del primer ataque, pero que pronto se convirtió en el principal blanco de los ciudadanos de Kana, igual que los judíos, declaró el héroe en el Castillo, cuando por fin apareció, pues llevaba dos semanas como borrado del mapa, el tiempo que necesitó, exactamente ese tiempo, explicó, para darse cuenta de que el grafitero y los lobos, vamos, que son uno y lo mismo, a lo cual los camaradas pusieron cara de no entender nada de nada, lo que encendió al Jefe, pues, a ver, ¿qué carajo no se puede entender?, me cago, ¿no lo entendéis?, preguntó extendiendo los brazos, y no, la respuesta fue profundo silencio, ya que realmente no sabían qué pensaba él al cabo de dos semanas, lo que pienso, camaradas, es que se trata de una conspiración, dijo sumamente irritado, aquí no estamos hablando de que un cabroncete encapuchado rocía aquí y allá una y otra vez los muros de Bach, aquí se ha puesto en marcha un ataque, ¿y sabéis contra quién, contra qué?, miró al uno y al otro, pero los rostros sólo le venían a decir que esperaban de él la respuesta, aunque respuesta no hubo, pues les hizo un gesto de renuncia con la mano, apuró la cerveza, salió del Castillo sin decir palabra, dando un portazo que resonó en los alrededores, tanto que la señora Hopf se incorporó asustada en su cama y no logró conciliar de nuevo el sueño durante más de media hora creyendo haber oído un disparo, pero el Jefe estaba ya lejos, tenía claro que era así, desde luego que estaba perdiendo la paciencia, explicó en el Opel a Florian, que apenas conseguía mantener abiertos los ojos, tal era el sueño que tenía, el Jefe lo había despertado poco después de las cinco, venga, le dijo, hay curro, y eso que no había ningún curro, Florian tuvo que permanecer en el interior del coche cuando el Jefe se bajó delante de la casa de Bach en Eisenach y con el dedo índice recorrió el muro del edificio a ambos lados de la entrada, donde, a pesar del trabajo de limpieza y del tiempo transcurrido, todavía se notaban, aunque fuese de forma apenas perceptible, partes del NOSOTROS y de la CABEZA DE LOBO, murmuró algo, volvió al coche, lo puso en marcha y comenzaron a dar vueltas por la ciudad y al ver al primer indigente, frenó con un chirrido, se bajó de un salto del Opel, cogió al hombre por el cuello de la chaqueta, lo zarandeó, volvió a zarandearlo, lo apretó contra la pared ante la cual dormía el hombre y le susurró a la cara, te voy a matar, mecagüenlaleche, si no me respondes con franqueza, a lo cual el otro pestañeó asustado y trató de asentir con la cabeza, que sí, que respondería con franqueza, ¿sabes algo del grafitero?, le preguntó el Jefe con un siseo, yo no, ni idea, ¿de quién?, gimió el indigente, de manera que el Jefe tuvo que expresarse con más claridad, que fue lo que hizo diciendo que si sabía algo del que había rociado con espray la entrada de la casa de Bach, mecagüenlaleche, pues de él, de ese yo no, nada de nada, negó con la cabeza el indigente, lo único que escuché, ¿qué?, ¿qué escuchaste?, enseguida le apretó la garganta el Jefe, pues, pues, pues, pues que el Franz, el austríaco, lo vio, dijo el desdichado tratando de respirar, aunque sin mucho éxito, porque acto seguido le llegó la otra pregunta, ¿a quién, mecagüenlaleche, a quién vio?, a lo cual el hombre sólo atinó a decir, pues, pues, al delincuente, ¿y dónde está ese tal Franz, el austríaco?, cayó la siguiente pregunta, pues junto a la iglesia, soltó a duras penas el indigente y señaló la dirección con la mirada, y el Jefe sabía a qué iglesia se refería, lo soltó, lo tiró como un trapo, y al cabo de unos minutos ya le estaba apretando la garganta a otro, ¿eres tú el tal Franz?, ¿yo, yo, qué carajo?, ¿es verdad que viste al que hace dos años roció la entrada de la casa de Bach?, sí, pero suélteme, y el Jefe dejó de apretarle el cuello, aunque no lo soltó del todo, sino que se inclinó hacia delante hasta pegársele casi a la cara, ¿así que fuiste tú?, qué va, respondió asustado Franz, ¿entonces quién?, un hombre, ¿un hombre?, ¿qué hombre, mecagüenlaleche?, pues uno, uno que llevaba una chaqueta, respondió, y entonces el Jefe lo soltó, le dio unas palmaditas en la cara y le dijo con un tono muy tranquilo, oye, recibirás un euro si me describes exactamente qué pinta tenía, con lo que precipitó una avalancha, pues mientras el otro seguía contando que llevaba una cazadora verde, una boina y unas flamantes zapatillas deportivas, ellos ya estaban de vuelta en el coche y se dirigían a la otra esquina, quién sabía cómo había circulado tan rápido la noticia, pues de inmediato apareció el siguiente indigente y les explicó que el tal Franz andaba siempre borracho, que no le creyeran ni una palabra, el tío ese debía de tener unos veinte o veinticinco años, tenía el pelo a lo mohicano teñido de blanco, las patillas de las gafas atadas a las orejas, y el hombre los miraba a través de la puerta del coche abierta y estiraba el brazo y mostraba la palma de la mano, y ellos lo interrogaron un rato, dieron luego una vuelta más, regresaron a la plaza de la iglesia y de golpe se les plantó delante del coche una cuarta figura, en esta ocasión una mujer mayor que al ver que frenaban y alguien sacaba la cabeza por la ventanilla, retrocedió unos pasos para agarrar con fuerza el carro de la compra y dijo que el rayo me parta aquí mismo si no era un hombre de unos treinta y cinco años que llevaba una máscara, ¿una máscara?, vaya, dijo el Jefe bajando un poco más la ventanilla, sí, una máscara, continuó ella, una máscara negra u oscura como la que llevan los atracadores de bancos, ¿sabe usted?, y pasó a mi lado tan despacito que apenas lo oí, fue eso lo que me despertó, porque yo dormía arriba, lo recuerdo perfectamente, prosiguió, en la placita encima del museo, ¿sabe usted?, en uno de los bancos, y alguien pasó a mi lado casi sin hacer ruido, claro que me desperté y me dije, mecagüenlaleche, Rosalind, ¿qué ha sido esto?, de manera que me quedé mirando lo que hacía, porque escribió con pintura y con grandes letras la palabra GOD y luego esa cara de perro, y yo dije, Rosalind, aquí habrá follón, y así fue, venga, basta, viejales, a ver si te pudres, la paró el Jefe, lárgate, la puta que te parió, y que te traten, y le puso una moneda de diez céntimos en la mano, a lo que la mujer hizo una mueca de desagrado, alzó la moneda como si no se creyera lo que veía, lanzó una mirada furiosa al Jefe, pero éste ya había subido la ventanilla de su Opel y se marchaban de la plaza, a éstos también los vamos a encerrar en los campos, dijo rechinando los dientes y aceleró, extrajo con una mano un cigarrillo de la cajetilla, se lo puso entre los labios y lo encendió, dejó el cigarrillo en la comisura, ladeó un poco la cabeza para que el humo no le diera justo en la cara, pero le daba, de modo que comenzó a entrecerrar un ojo y siguió despotricando, al principio como si fuese para sus adentros, como si Florian ni siquiera estuviera, así no iré a ninguna parte, la puta que los parió a todos, éstos no han visto a nadie, golpeó entonces el volante y, a la pregunta de Florian, ¿de dónde lo sabían entonces?, le espetó que esos no sabían nada de nada en su puta vida, que esos pajilleros sólo habían entendido a quién buscábamos, seguro que porque los maderos ya los habían interrogado y también los lugareños, vaya, así que por eso sabían ellos lo que queríamos, dijo Florian, porque lo que yo no acababa de comprender era por qué había circulado tan rápido entre ellos la noticia, ah, dijo el Jefe con un gesto de desprecio de la mano y bajó un poco la ventanilla para echar la ceniza, esa gente no lo sabe la una de la otra, sino que percibe cuando quieres algo de ellos, todos ellos perciben cuando se puede ordeñar a un perdedor, explicó, porque ellos ya sólo poseen instinto, y el instinto sólo funciona en una dirección, allá donde huelen el dinero, pues sí, todo se resume en eso, a ver si cae algo, pero lo que no sé, añadió mientras se le ensombrecía la cara, daba mucho la impresión de estar pensando en otra cosa, aunque aun así tenía la intención de acabar lo que había empezado, lo que no sé es por qué no los hacen desaparecer a todos, el camión de la basura pasa todos los días, ¿no?, venga, da igual, dejémoslo, concluyó, y salieron a la A4, pero en el nudo de Érfurt no siguieron en línea recta, sino que torcieron a la A71, Florian no se atrevió a preguntar por qué iban a Érfurt o si realmente querían ir a Érfurt, y efectivamente iban a Érfurt, era muy temprano todavía, el Jefe miraba una y otra vez el reloj, paró el coche en una gasolinera ARAL, donde se sentaron a tomar un café, me cago, éste tampoco lo ha preparado Nadir, mecagüenlaleche, declaró tras el primer sorbo y apartó asqueado la taza, pero más no se habló, Florian no quería molestarlo, pues notaba que estaba pensando intensamente, allí se quedaron un buen rato, Florian se comió un bocadillo, el Jefe no pidió nada, no paraba de mirar el reloj y de querer sacar un cigarrillo del paquete, que luego enseguida guardaba en el bolsillo, hasta que finalmente se levantó y le dijo a Florian que no se moviera, que él tenía que resolver algo, no quiso decir de qué se trataba, y eso que en esta ocasión estaban allí por un asunto relacionado con Florian, pero ahora hay que esperar una cojonada, se quejaba el Jefe ante el café ya frío, porque a él tampoco le gustaba mucho lo que le había pasado a Köhler, el hombre del tiempo, no porque fuese tan importante lo que le había ocurrido, explicó luego el fin de semana a los camaradas, sino porque no le gustaba que en la ciudad sucediera algo de lo que ellos no estaban enterados, por eso, por eso mismo llamó por teléfono al llegar a la entrada lateral de un gran edificio, dijo que ya estaba allí, y al cabo de dos o tres minutos apareció un joven con zapatillas de deporte, tejanos, cazadora color celeste con rayas bancas, las manos en los bolsillos de manera que la chaqueta se abrió un poco mostrando la inscripción en la camiseta, Albuquerque, y debajo, con letras más grandes, RÍO GRANDE, se dirigieron a un costado del edificio donde sólo podían aparcar coches de la policía, y entonces él, el Jefe, preguntó, ¿vosotros qué sabéis?, a lo cual el hombre se lo quedó mirando y luego respondió, en voz muy baja y aguda, que la verdad era que no sabían nada, ¿nada?, dijo el Jefe arqueando las cejas, nada sustancial, añadió el otro encogiéndose de hombros, y el Jefe montó en cólera y le gritó: ¿para esto he tenido que esperar varias semanas?, ¿para esto he tenido que venir a primerísima hora de la mañana?, ¿por qué carajo no has podido decírmelo por teléfono?, y dio entonces media vuelta, pero aún tuvo tiempo para pedir que al menos le hicieran el favor de liquidar al puto dueño de la gasolinera ARAL, porque el café es una puta mierda, dijo, regresó luego a la gasolinera en la esquina de la Kranichfelder Straße, indicó a Florian que subiera al coche, y ya volvían a toda pastilla por la A71, las carreteras y autopistas estaban por cierto en perfecto estado, no sólo en esa zona, la de Érfurt, sino en todas partes, casi en toda Turingia, la gente ya ni siquiera se acordaba de las catastróficas circunstancias que reinaban en los frentes del asfalto, no recordaban los anchos y por tanto peligrosísimos abismos generados por la dilatación, los baches y charcos producidos por las heladas, los bordes rotos, los surcos que dejaban en el asfalto los neumáticos de los camiones en el calor veraniego, como tampoco recordaba cómo había que circular en aquel entonces por esos mismos motivos, cuando todo el mundo estaba alerta para no meterse en esos charcos, para no ir a parar a los bordes erosionados y pelados, los conductores giraban el volante hacia un lado y hacia el otro, frenaban de golpe y aceleraban de golpe, y eludían de pronto un obstáculo, los accidentes eran por supuesto innumerables, pues no se podía estar atento a cientos de circunstancias a la vez, pero todo ello cambió radicalmente en la nueva época, había que reconocerlo, señalaban también los ciudadanos de Kana, es más, hasta el mismísimo Jefe lo elogiaba, sabía de qué hablaba, sé de qué estoy hablando, solía decir, porque aquello era una carrera de la muerte, la puta que los parió, una carrera de la muerte desde el momento en que te metías en el coche, pero nosotros lo aceptábamos como si así lo hubieran ordenado los Altos Poderes del Partido, ahora es mejor, lo reconocía también él, se han acostumbrado a que en el asfalto somos buenos, así que ahora lo consideraban algo natural y se quejaban felices y contentos de las obras interminables en algunos carriles de las autopistas, porque esas obras siempre duraban más de la cuenta, ya ni siquiera se anunciaba entre qué fechas transcurrirían, tampoco se atrevían las autoridades a hacer obras en la B88, que era la que más usaba el Jefe y su pandilla, más que nada porque les gustaba el nombre, decía a veces el Jefe guiñándole el ojo a Florian, que no entendía a qué se refería, sólo recordaba que el Opel llevaba antes una matrícula que tenía el número 88, pero que hacía unos años hubo que cambiarla, aunque no comprendió entonces ni comprendía ahora a qué se jugaba, trató de preguntarle al Jefe, y éste se limitó a inclinarse hacia él, sonreírle en silencio y decirle luego, apostamos a que ni siquiera te sabes el abecedario, mecagüenlaleche, pero esto a Florian no le ayudaba, mientras que el Jefe disfrutaba abiertamente de que fuese tan bobo, es tan bobo, camaradas, explicaba gesticulando con el cigarrillo en la mano en el Castillo, cuando, en contadas ocasiones, el ambiente allí era bueno, el tío este ni siquiera entiende lo que significa el 88, mecagüenlaleche, y en cambio sí que tiene mucho coco en lo que respecta a la física y al universo, y luego está sentado a mi lado y no entiende, no hay manera, porque ese gigante no comprende nada, nada de nada, que no esté relacionado con la física y con el universo, decía exhalando el humo y ponía entonces como colofón una cara que venía a decir que en el fondo no le molestaban esas pocas entendederas de Florian, sino que era más bien como si le divirtieran, sí, de hecho le divertía ese personaje tan raro que era su Florian, y había en ello incluso cierto orgullo en que a su modo quería a ese tonto del bote a pesar de todo, porque es eso, un tonto del bote, repetía a los demás, lo sé, pero fui yo quien lo sacó de esa puta institución, soy yo el que lo educa, y sea lo que sea, algo va progresando, y ya veréis, miró alrededor ante el grupo, alguna vez nos resultará útil, porque, me cago en el copón bendito, haré de él un patriota, y punto, y entonces todos brindaron, y Florian seguía preguntándose, cuando se mencionaba, qué carajo significaba ese 88, primero, claro, pensó en el doble infinito, si bien no tenía ni la menor idea de lo que podía significar ese doble infinito, claro que lo pensó, porque si tumbamos el ocho, reflexionó, es el signo del infinito, pero ¿por qué había entonces dos, uno encima del otro?, el doble infinito, vaya, muy interesante, pensó, aunque era consciente de que esa dirección no era probablemente la que llevaba hacia el Jefe, no suponía de él que interpretara así los ochos, pero ¿qué podía ser en ese caso y por qué se refería al abecedario?, le pareció incomprensible, de modo que dejó de darle vueltas, consideró que no revestía tanta importancia, que ya se enteraría, ya lo soltaría algún día el Jefe, aunque el Jefe no soltaba nada y para colmo se enfadó seriamente con él al llegar de Érfurt a casa, pues antes de bajarse para abrir el portón y dejar entrar el Opel, Florian le dijo, Jefe, si usted trata de hacer algo en Érfurt por mí, no lo haga, pues ya tengo la solución, y comenzó a explicarla, y a medida que iba hablando se le iba iluminando la cara por el entusiasmo, mientras que la mirada del Jefe se oscurecía del todo, hasta que estalló, eres un imbécil, un tonto del culo como no lo hay, mecagüenlaleche, a ver si pones los pies en el suelo, porque todo esto no es más que un invento de tu cabeza que está hecha un lío, eso del Consejo de Seguridad, ¿qué carajo de Consejo de Seguridad?, ¿eres normal, mecagüenlaleche?, y comenzó a zarandear con ambas manos a Florian, que se agarró del cinturón de seguridad, agachó la cabeza y se puso rojo, y si bien le habría gustado continuar diciendo que él se había dado cuenta de dónde estaba el señor Köhler, ya no se atrevió a abrir la boca, sólo esperaba poder bajarse por fin del coche, y fue hasta el portón para no recibir otro palo, porque vas a recibir un buen palo, mecagüenlaleche, le dijo el Jefe sacando la cabeza por la ventanilla, un buen palo, y sabrás lo que toca luego, y Florian lo sabía, claro, así que abrió y el Jefe metió el coche en el patio, y él cerró el portón mientras, como siempre, el perro atado a la cadena le ladraba arrojando espumajos, y luego se marchó rumbo a su casa sin osar despedirse ni mirar atrás siquiera, se fue hacia el rascacielos, y le bastaron los siete pisos para tranquilizarse un poco, pues al llegar al séptimo ya consideró que el problema residía sin duda en haber sacado el tema en un momento inoportuno, y era, en efecto, un momento muy inoportuno, pues el Jefe tenía algo muy distinto en la cabeza, tenía en la cabeza el haber encontrado una relación, un nexo, aunque dar el siguiente paso no resultaba tan fácil, es más, resultaba puñeteramente difícil, lo reconoció rechinando los dientes, pero tenía que dar el paso, porque donde hay una relación hay también una explicación, aunque no había manera de encontrarla, y sólo la consiguió cuando un día miércoles volvían tras un trabajo en Rudolstadt a Kana, salieron de la B88 para dirigirse a la ciudad, y el Jefe propuso que ese día no comieran cada uno por separado en sus respectivas casas, sino algo bien caliente y picante en el Panda, y allí se toparon con Fritz, que los invitó sentarse con él, y entones se inclinó hacia el Jefe y le susurró al oído que llevaba una hora más o menos buscándolo, pero tenía el móvil descargado y no había podido llamarlo, se trataba de algo importante, pues creía haber conseguido una información seria, a lo cual el Jefe le indicó con un gesto de la cabeza que sería preferible hablarlo afuera, de manera que salieron, y Florian pidió una sopa agridulce, así como los fideos con el nombre de Cien Lotos Radiantes, bien picantes, aguantaba mucho y le gustaba mucho lo picante, pero, claro, los precios del Panda no estaban pensados para su billetera, no en el sentido de que no pudiera ir allí una o dos veces, porque sí podía, sino de forma regular, eso era imposible, la prestación de la Hartz IV y la llamada semanada que el Jefe le entregaba en efectivo, esos noventa euros, no daban para tanto, y Florian para colmo ahorraba, siempre juntaba dinero para algo, ahora, desde que el Jefe le prohibiera un coche, soñaba con un portátil nuevo, porque el HP se colgaba a menudo, en esos casos nunca sabía qué pasaba, qué hacer, ocurría a veces que ni siquiera se podía reiniciar, entonces esperaba unas horas, procuraba cambiarlo todo, desenchufaba el cargador y volvía a enchufarlo, pulsaba una tecla y la otra, intentaba proceder de manera diferente y cuando estaba a punto de rendirse de pronto el aparato volvía a funcionar, pero, claro, la vida así se tornaba insegura, de modo que necesitaba uno nuevo, a ver, ni siquiera del todo nuevo, aunque sí uno en buen estado, para lo cual estaba bastante bien preparado, pues ya poseía 210 euros y podía llegar incluso a los 260 o 280 y entonces avisaría al Jefe, así que la vida empezó a presentársele desde el lado más soleado, tenía la desaparición del señor Köhler por algo casi cerrado, la señora Ringer ya se había restablecido del todo, lo único que no recuperó fue el tono de voz, no es que se volviera más profundo, porque siempre había sido profundo, sino que había cambiado de timbre, era un poco más afilado, más rasposo, el Encargado también lo visitaba cada vez más a menudo cuando funcionaba el ascensor o lo llamaba para que bajase cuando no, y la señora Hopf mostraba más a las claras que le tenía afecto, y también le tenían cariño en lo de Rosauro, así como en lo de Ilona, lo notaba cuando entraba en el chiringuito y lo conmovía el saludo de los allí presentes, así que sentía plausible y cercano el nuevo portátil, de modo que abrigaba cierta preocupación cuando había de pasar por delante de la Oststraße, evitaba la zona en la medida de lo posible, pero a veces tenía que ir allí y entonces se le clavaba el dolor, aunque procuraba no mirar hacia esa calle, pasaba a toda prisa por delante y seguía su camino, subía al casco antiguo o iba a ver a la señora Ringer o pasaba por lo de Rosauro en la gasolinera ARAL por ver si había algún trabajillo para él o iba a ver, últimamente cada vez más, a la señora Hopf, últimamente la visitaba incluso aunque no tuviera ninguna tarea que realizar, y la señora Hopf no se extrañaba en absoluto, encendía la luz en el comedor del desayuno, lo invitaba a sentarse y le servía un té o un café o un refresco, lo que Florian le pidiera, y se ponían a conversar, en particular sobre los lobos, porque la señora Hopf, como los demás habitantes de la localidad, utilizaba el plural, lo cual resultaba curioso, pues precisamente ésa fue la información que soltó Fritz, eso fue lo que le susurró al oído al Jefe, vuelven a estar aquí, le dijo, ¿quiénes?, preguntó el Jefe apartándose un poco, pues le asqueaba el aliento fétido y pútrido de Fritz, pero éste volvió a acercársele al oído y le dijo, ¿pues quiénes van a ser?, y asintió con la cabeza y abrió las manos dando a entender que, a ver, sí, el Jefe lo sabía, sabía perfectamente a quiénes se refería, no, mecagüenlaleche, ni la menor idea, a ver si hablas claro, carajo, y además, ¿por qué estás susurrando?, a lo cual Fritz se ofendió un poquito y se enderezó, pues los lobos, dijo con tono frío y se tocó con el dedo meñique el hueco que también él, como Jürgen, tenía entre los dientes, ¿qué pasa con ellos?, pues que vuelven a estar aquí, toda una manada,

¿dónde?, le gritó el Jefe, los vieron cerca del Spitzberg e incluso los fotografiaron, supuestamente, cuando aparecieron anoche, pero el Jefe no esperó a saber lo que había pasado anoche, pues la explicación era que ya se disponían a eliminar mediante epidemias todo cuanto era alemán, pero primero les echaban encima a los lobos para provocar miedo, para hundir en el caos lo que era Turingia, lo que era Alemania, lo que era la civilización, para hacerlas retroceder, para echarlas, para quitarles su espacio vital, para que esperaran temblando la noche y escucharan bajo edredones cómo aullaban en las proximidades, más y más cerca, su mente fue enumerando los elementos de una lista interminable hasta que llegó a casa, abrió la puerta de par en par, se metió en el Opel y olvidando incluso echarle algo al perro se marchó a toda velocidad hacia la Christian-Eckardt-Straße, de tal manera que casi había recorrido un tercio del trayecto rumbo a Jena cuando se dio cuenta de que no iba en la buena dirección, dio media vuelta en la primera oportunidad que se le presentó, apretó el acelerador sin mirar el velocímetro, el Opel aguantó, y ya atravesaba Kana echando leches en la dirección opuesta, camino de Orlamünde, cuando frenó de golpe, chirriaron las ruedas del coche, casi le dieron por atrás, él bajó la ventanilla y le gritó a ése que casi, casi, escucha, gilipollas, que te voy a arrancar los ojos, mecagüenlaleche, ¿es que no ves?, y se detuvo en el arcén, su cuerpo se inclinó hacia delante y hacia atrás ante el volante, resopló, dio suspiros, sabía que había acertado, sabía que tenía la solución, ahora entendía, aunque no sabía adónde carajo se dirigía, lo único que no sé, pensó, es adónde carajo me dirijo aquí en esta puta carretera, le latía tan acelerado el corazón que apenas escuchó que le estaban tocando la bocina como tampoco que un coche de policía se detenía con las luces azules detrás de él, y no le importó que le tocaran los huevos los maderos, sopló en el tubo, no los conocía personalmente, así que pagó la multa y enseguida se puso en marcha rumbo a

Orlamünde, donde tuvo que pararse de nuevo, se metió en el primer pequeño aparcamiento que encontró, se encendió con manos temblorosas un cigarrillo y dijo en voz alta, ah, no, éstos no vienen ahora con drones, no envenenan los pozos, ¡claro que no!, éstos mandan lobos, de momento, porque de momento sólo mandan estas manadas que muestran los dientes, pero la información tenía un problema, porque Fritz se creyó el rumor, alguien explicó que sí, aunque hasta entonces podían contarle lo que quisieran, él siempre estaba en su seso, no se lo creía nunca, si bien aquel día llegó alguien con la noticia y él cometió el error, excepcionalmente, de creerle, y sólo se descubrió que no debería haberlo hecho cuando tras un encuentro casual con el Jefe fue a comprobar el asunto, fue por la L1062 para ver al agente forestal del que supuestamente procedía la información, y la información, por desgracia, no provenía de él, pues no sabía nada de nada, él, negó con la cabeza, en ningún caso había dicho nada parecido ni podía haberlo dicho, puesto que salvo ese único lobo que había atacado al matrimonio no había aparecido ninguna manada de lobos en la zona desde entonces, y él, además, no se había encontrado con nadie al que hubiera podido decirle nada, mire, señor, explicó al ostensiblemente nervioso Fritz, yo llevo ya casi una semana sin bajar a la ciudad, ni ganas tengo de respirar el mismo aire que ustedes desde que la ciudad ha sido vendida a los turistas, antes era el hedor de la fábrica de porcelana, ahora son los turistas, así que, añadió el agente forestal mirando a Fritz fijamente, con un extraño destello en los ojos, le confieso con toda franqueza que no sé qué odio más, si el hedor de la fábrica de porcelana de antaño o el de los turistas ahora, pero a ustedes, a los que debo todos esos horrores, los odio sin la menor duda, o sea que no, y explicó que el sábado anterior había sido el último día que había pasado allí abajo, para comprar lo que necesitaba, y que a sí mismo se describiría como alguien sin grandes exigencias, dijo mirando a Fritz con ese extraño destello en los ojos, con algo de pan y cerveza se sentía bastante a gusto sin la civilización, a ustedes no habría que asustarlos con una manada de lobos, sino con una manada de turistas, es lo que yo haría si me interesara mínimamente lo que ocurre allá abajo, pero no me interesa, como bien puede usted suponer, concluyó dando la espalda a Fritz, lo dejó allí plantado y regresó a su casa ante cuya puerta se había desarrollado la conversación, pues sólo había dejado pasar a ese tipo hasta allí, lo conocía, igual que a su banda, personajes gravemente enfermos todos, pero aunque la policía los pille de vez en cuando, murmuró mientras entraba en la casa, éstos vuelven a crecer como las setas, y qué pueden extrañarnos las setas, son así, siempre crecen de nuevo, él no entendía el asombro, explicó ya dentro a su esposa, el gran asombro de que hubieran vuelto a aparecer, de que la historia se repitiera, ¿no lo decía Marx?, habría que recordarlo más a menudo, se sentó a la mesa y se bebió el resto del café, porque habían tocado el timbre justo mientras lo estaba tomando, podemos tirar a Marx a la basura, dijo reclinándose en la silla, pero algunas de las cosas que dijo no merece la pena desecharlas, porque nos arrepentiremos, y como hemos tirado todo Marx nos vamos a arrepentir, te lo digo yo, dijo y luego calló, y su esposa no respondió, en general no solía hacerlo, no se hablaba mucho en la familia del agente forestal, sólo lo imprescindible, y además la esposa no estaba de acuerdo con la postura de su marido respecto a Marx, porque a su juicio, tal como expuso una sola vez en el curso de su matrimonio, pero, eso sí, entonces a fondo, Marx habría servido perfectamente para matar a golpes con los dos volúmenes de la edición de lujo de *El capital* a toda la dirección del Partido en plena gran reunificación, porque nos destrozaron, porque lo vendieron todo por un marco, porque nos abandonaron para salvar su pellejo, ésa era su opinión sobre Marx, y en cuanto a la gran reunificación, la esencia no había cambiado, porque la esencia no cambia nunca, destruyeron los bosques, mataron sin pensar a los animales, tanto antes como ahora, ¿y las abejas?, ¿las abejas?, lo pagaremos, dijo, y nunca más volvió a hablar del asunto, y Fritz regresaba ya a toda pastilla a Kana y buscaba como un loco al Jefe, en el Castillo nadie sabía nada de él, ni siquiera Florian, al que encontró en lo de Ilona, tampoco estaba en casa, Fritz estaba desesperado, aunque no era de los que se desesperaban, pero en esta ocasión estaba cagado, cagado hasta las patas, así lo expresó cuando volvió al Castillo y contó lo que había ocurrido, porque el Jefe me va a arrancar la cabeza, aunque el Jefe no se la arrancó cuando apareció, sólo lo miró en silencio, con cara de pocos amigos, y luego le dio una patada en los huevos y se largó a toda prisa, volvió a casa, soltó al perro de la cadena, encendió el portátil y se sentó delante del televisor, pero, como solía hacer, no lo encendió, se quedó mirando la alfombra en el suelo, mirando los dibujos, mirando lo mucho que se notaba dónde solía pisar normalmente, pues estaba allí muy gastada, en general no le gustaban las alfombras, nada que supuestamente hiciera más cómoda una vivienda, en su día, cuando compró la casa después de un largo período de alquiler en una vivienda amueblada como la llamaban, la montó tirándolo todo de las habitaciones, incluso de la cocina, de todas partes, arrancó los ringorrangos de las paredes, él, explicó a sus compañeros de aquel entonces, la mayoría de los cuales seguían todos en la cárcel o se habían largado después de los disturbios, él no necesitaba ringorrangos en su vivienda, allí debía reinar el orden y punto pelota, no quería nada más de una vivienda que era además la suya, ni cortinas ni cojines ni alfombras, ésa era su consigna, pero luego a pesar de todo un día se compró dos alfombras para su habitación, las encontró en el polígono Camisch junto a la carretera, estaban en bastante buen estado, le venían bien para la habitación, porque el suelo era frío allí donde siempre se sentaba, a la mesa o en el banco delante del televisor, porque también eso era duro, él no necesitaba ni sofacitos ni canapecitos, dijo, ni camitas blanditas, para él todo había de ser de madera, o sea que se ensambló un banco, que pasó a ser su canapé, y compró unas sillas de madera usadas en el mercado de segunda mano de Hummelshain, simplemente no le gustaba lo blando, simplemente no me gusta, a ver si me entendéis, dijo a los del Castillo cuando ellos consiguieron el Castillo, ellos, la nueva banda, el batallón, con Fritz, Karin y los demás, me hundo en uno de esos putos sillones y simplemente no aguanto, me mareo, no encuentro el equilibrio, los demás lo entendían, pero ellos, aunque no eran exigentes, equipaban sus viviendas de otra manera, yo no voy a mirar la tele o un DVD desde un banco, apuntó por ejemplo Jürgen en referencia a los principios demasiado rigurosos del Jefe, sólo esas dos alfombras, una de las cuales estaba deshilachada, eso lo ponía nervioso desde el comienzo, le irritaban las hilachas cuando tomaba conciencia de ellas, decidió cortarlas, pero luego siempre aparecía algo más importante, por eso durante mucho tiempo no encontró el momento para liberarse de las hilachas, aunque en ese instante sí llegó, se levantó del banco, pues pensó que sí, era el momento a partir del cual ya no aguantaría más esas putas hilachas, ya no debían seguir en la habitación, fue a buscar unas tijeras grandes y no tardó ni un minuto en cortarlas, las barrió y lo tiró todo a la mierda, a la mierda, explicó luego a Florian en el Opel cuando al día siguiente se fueron a trabajar, le molestaba mucho lo que había sucedido el día anterior, pero prefería no contarle nada a Florian, aunque a la vez el asunto lo reconcomía por dentro, pues le fastidiaba muchísimo que la noticia no fuese cierta, esa noticia debía ser cierta, de modo que sintió realmente alivio cuando al cabo de unos días, ni siquiera eran las siete aún, sonó el timbre y el agente forestal estaba en la puerta, y dijo que lamentaba mucho lo que había dicho dos días antes, porque la noticia sí era cierta, pero no ocurrió hacía dos días, sino esa misma madrugada, Fritz le propuso que fuera a verlo, o sea que tan pronto como los avistó, los grabó en un vídeo que, por cierto, envió luego a Adrian Köhler, quien ya lo subió a su página web, los nervios del Jefe estaban todos en un estado de máxima tensión, durante medio minuto ni siquiera lo hizo pasar, permaneció allí parado mirando al agente, ¿así que es cierto?, ¿no será una broma?, luego abrió rápidamente la puerta, invitó a pasar al huésped, porque a partir de entonces trató al agente forestal como corresponde a un huésped, le ofreció asiento, le dejó incluso el suyo propio, trajo dos botellas de cerveza, las abrió, dio una al agente forestal y se sentó frente a él y le pidió que le contara la historia de cabo a rabo, que cuándo los vio, por qué iba por ahí, si estaba solo, cuántos miembros tenía la horda, manada, lo corrigió el agente forestal, así la llamamos, van en manada, pero esta vez la rectificación tampoco molestó al Jefe, en otros casos probablemente le habría gritado que a él no se le daban clases, que a él le importaba un pepino si era una banda, una horda o una manada, aunque en esta ocasión no fue así, absorbía las palabras del agente forestal, quien además le fue describiendo la situación de forma detallada y precisa, que cuándo los vio, por qué estaba allí y, una vez más, cuántos miembros tenía la manada, etcétera, etcétera, así que están aquí a pesar de todo, se frotó las manos el Jefe, acompañó al huésped hasta la puerta y enseguida se marchó al gimnasio Balance detrás del paso a nivel y estaba tan entusiasmado que tuvo que parar de levantar las pesas cuando llegó a los setenta kilos, ese día simplemente no aguantaba más, se quedó sin aire, a ver si me entendéis, dijo más tarde en el Castillo cuando mandó reunirse a todo el batallón, el aire, dijo, a partir de los setenta kilos me quedé sin aire y eso lo debo a que no era capaz de concentrarme, porque sólo era capaz de concentrarme en la horda de lobos, en el hecho de que ya empezó, es ése el anuncio, que YA EMPEZÓ, así sonó en las cabezas de los reunidos en el Castillo, como si repicaran unas campanas, hasta Karin se levantó de un salto, tenía la sensación de haber llegado por fin a un momento histórico, pues había para ella algo tremendamente aburrido en esas reuniones de fin de semana, no por los demás, que con ellos no tenía problema alguno, porque no tenía a nadie aparte de ellos, sino porque no ocurría nunca aquello que llevaban años esperando, no ocurría aquello que ya no obligaba a gritar para dar la alarma, simplemente porque la alarma ya existía sin que nadie gritara, era lo que ella esperaba, era lo que esperaban también los demás, aunque en las primeras horas no quedó claro aún hacia dónde debían partir, el enemigo es invisible, declaró el Jefe, lo que debemos hacer es, intervino entonces Karin, forzarlo a salir, a lo cual el Jefe respondió que ¡exactamente! y dio tal golpe a la mesa que las botellas de cerveza se tambalearon, una incluso cayó y comenzó a rodar, pero nadie intentó cogerla, porque todos se levantaron en ese momento como un solo hombre, siguiendo a Karin, como sabiendo a partir de ese instante lo que había que hacer, cosa esta que en realidad sólo el Jefe sabía con exactitud, y cuando explicó en qué consistía el plan, todos, de nuevo, como tantas otras veces, tuvieron la sensación de tener el plan ya listo en la cabeza antes de que el Jefe lo expusiera, se dirigieron a los escondites al pie del Leuchtenburg y en Pfaffenberg y en Altenberga y en Greuda y, lógicamente, también en Zwabitz, Karin incluso fue a ver los sótanos de Spitalberg, pues nunca se podía saber, pensó, si no se necesitarían las granadas de mano o algunas armas de fuego cortas, de modo que esa gran recogida concluyó con que se reunió tanto material explosivo que bien podía hacer desaparecer Kana, tal como era, de la faz de la tierra, a Florian le llamó la atención, claro, la cantidad de idas y venidas en torno al Jefe, aunque mucho no le interesaban los motivos, porque el batallón se presentaba ahora de forma regular en la casa del Jefe, lo cual hasta entonces había sucedido en contadas ocasiones o quizá incluso nunca, sucedió en alguna ocasión que esperasen delante de la puerta, y entonces ni siquiera había que decirle nada, él ya sabía en qué consistía su tarea, esto es, en largarse de inmediato, porque ellos no le contaban nada, así que a partir de entonces, y durante bastante tiempo, le quedó más tiempo libre que antes, ya no tuvo que presenciar los ensayos de los sábados, aunque tardó en enterarse de que eso se debía a que el Jefe los había suspendido por un tiempo indefinido, y en medio de esa relativa libertad que se le presentó de pronto, entró, casi por costumbre, como solía hacer en el café Herbst, en la página web del señor Köhler, pero al verla se quedó petrificado, pues no sólo descubrió allí datos nuevos, sino también un vídeo reciente de una horda de lobos, ni siquiera pagó su café, dejó el portátil allí mismo, abierto sobre la mesa, y salió corriendo, bajó de la colina hacia la Oststraße, jadeando, jadeando tocó el timbre, volvió a tocarlo ante la puerta que por supuesto ya no cerraba del todo desde que el Jefe y él la forzaron, ya lo oigo, ya lo oigo, sonó una voz desde el patio, aunque no se podía ver aún de quién venía, pero la voz era familiar, y mucho, y entonces apareció el señor Köhler, llevaba puesta la bata, las gafas en la mano, lo cual significaba que salió de la vivienda al oír los timbrazos, Florian se lo quedó mirando pasmado, como quien ve un fantasma, qué pasa, amigo mío, me miras como si vieras un fantasma, abrió la puerta que estaba floja, dejó pasar a Florian, se adelantó y ya en el interior lo invitó a tomar asiento y le preguntó si quería un té, algo que no había sucedido nunca, pues normalmente era Florian quien lo preparaba y ahora, en cambio, era el señor Köhler, ¿cómo estás, Florian?, preguntó luego, cuando se sentaron con las tazas en la mano en los lugares de siempre, ¿te has recuperado de las falsas conclusiones mientras he estado fuera?, pero Florian se mostraba incapaz de hablar, lo miraba con los ojos como platos, lo miraba y lo miraba, puso la taza en la mesita que tenía a su lado y apenas logró contenerse para no levantarse de un salto y tocar al señor Florian, pues no se lo creía, simplemente no conseguía entender la situación, no que no le hubiera pasado nada malo, no que no veía en él cambio alguno, que llevara la misma ropa, el pelo peinado de la misma manera, que sostuviera la taza de la misma manera y soplara el té caliente de la misma manera, sino que estuviera allí, eso no se lo podía creer, señor Köhler, señor Köhler, negaba con la cabeza Florian, ¿qué pasa?, lo miró con una expresión pícara por encima de la taza el señor Köhler, señor Köhler, ¡me alegro tanto!, y al ver que el otro no decía nada y se limitaba a sonreír, sólo fue capaz de soltar una pregunta, ¿dónde ha estado usted?, ¿por qué?, ¿dónde crees que he estado?, le devolvió la pregunta con esa misma mirada el dueño de la casa, ¿en la ONU?, inquirió Florian, a lo cual el señor Köhler estalló en una carcajada y también dejó la taza de té sobre el escritorio que tenía al lado del sillón, se reclinó y lanzó una mirada amable a Florian y entonces fue él quien preguntó, ¿qué novedades hay por aquí?, pero los ojos de Florian, de un color azul deslumbrante, brillaban como nunca y ya había llegado al punto de creer que no estaba soñando, que era todo cierto, que el señor Köhler estaba en efecto allí sentado en el sillón al lado del escritorio, aunque para asegurarse todavía preguntó, señor Köhler, ¿es verdad?, a lo cual éste volvió a soltar una carcajada y respondió, hombre, claro que es verdad, si lo que quieres saber es si soy yo, porque soy yo, y después dijo una vez más algo extraño, pues sí, me he desacostumbrado un poco de las cosas cotidianas, no lo niego, pero no te preocupes ni te ocupes de ello, y Florian no lo entendió, ni podía entenderlo, y a continuación se pusieron a hablar de los asuntos de siempre, de que la página web ya estaba lista con las últimas noticias, de si tenía ganas de ayudarle a reparar los instrumentos un poco oxidados de la estación meteorológica, porque algunos estaban colocados a una altura que ya era exagerada para él y últimamente, así se expresó, como si Florian pudiera saber lo que significaba, últimamente se mareaba un poquito cuando se subía a una escalera, de modo que sería bueno, dijo, que pasara al día siguiente, cuando tuviera tiempo, hoy ya no, hoy se acostaría más temprano, pues estaba un poco cansado, acompañó hasta la salida a Florian, que seguía observándolo con mirada incrédula, pero también regocijada, cerró la puerta y por último, antes de entrar en su casa, saludó con un gesto de la mano a la señora Burgmüller, que en ese preciso momento se asomaba a la ventana para ver mejor, porque tampoco ella se lo creía, no, se dijo en voz alta, mientras se inclinaba todavía más hacia fuera, esto no puede ser, ¡es el vecino!, ni más ni menos que el vecino, que ha vuelto, ya lo decía yo, se retiró entonces de la ventana, cuando al otro lado no podía verse ya nada, corrió la cortina de encajes, volvió a sentarse en su sitio, al final tenía razón yo, murmuró satisfecha, y no esa vieja delirante, porque, claro, no hay por qué preocuparse, aquí no ha pasado nada, él ha vuelto a su casa y punto, todo eso mientras Florian ahora corría, ahora se paraba y después volvía a correr, no sabía qué hacer, adónde ir, se ponía en marcha en esta dirección, luego en la otra, y de repente se encontró en la Ernst-Thälmann-Straße, estaba delante de la puerta, el perro saltaba hacia él arrojando espumajos, pero la cadena lo retenía de forma violenta, Florian tocó el timbre una vez, luego otra vez, nada, el Jefe no estaba en casa, así que siguió correteando por la ciudad, donde a pesar de lo temprano que era, pues apenas habían dado las siete y cuarto de la tarde, no se topó con nadie, no había ni un alma en las calles, se extrañó, porque a esa hora siempre había gente, y luego, como era demasiado tarde para ir a ver a la señora Hopf, decidió volver a visitar a la señora Ringer, porque de hecho no le había ido mal al presentarse por primera vez en su puerta, la señora Ringer se extrañó un poco en aquella ocasión, pero después lo dejó pasar sin más, lo invitó a sentarse en la sala, el señor Ringer no estaba en casa, y Florian explicó con la respiración entrecortada que venía porque había cobrado conciencia de haber cometido un terrible error, porque él y sólo él era el responsable de la desaparición del señor Köhler, había sido un error y hasta podía definirse como un crimen, pues no había escuchado a nadie, ni al Encargado ni a la señora Ringer y, lo más grave, tampoco al propio señor Köhler, y eso era realmente más bien un crimen, y ahora no sabía en absoluto qué hacer, cómo desandar lo andado, ya había intentado todo lo posible, sin resultado, al señor Köhler se le había perdido el rastro, lo confirmó también el Jefe, con el que habían forzado la puerta y entrado en la casa del señor Köhler, sin encontrar nada salvo polvo, y eso que el señor Köhler no toleraba el polvo, y si bien el Jefe lo animaba, él consideraba no tener ya nada en la recámara, no se le ocurría ya nada, ni sabía a quién dirigirse, y había contado a la señora Ringer todo cuanto había probado hasta entonces, sin ningún éxito, fracasos todos, fracasos en todas partes, agachaba la cabeza, y la señora Ringer sólo procuraba que Florian no viera hasta qué punto le resultaba preocupante la situación, lo consoló, lo animó aquella vez, pero él notaba que tampoco la señora Ringer podía ayudarle y veía que esto, además, entristecía a la señora Ringer, de modo que lo primero que hizo en esta ocasión fue avisarle a ella, ya que no conseguía encontrar al Jefe, y como la biblioteca había cerrado hacía un buen rato, volvió a subir a Am Kanterberg y la señora Ringer se sorprendió, claro está, no me lo puedo creer, dijo con una expresión de pasmo en el rostro mientras lo invitaba a sentarse en la cocina y no paraba de decir, a ver, a ver, pero ¿qué dices?, las lágrimas asomaron a los ojos de Florian mientras asentía con la cabeza, sí, sí, así es, ha ocurrido, y no pidió nada para beber, nada para comer, no habría podido tragar ni un sorbo ni un bocado, de hecho, ni siquiera era capaz de tragar debidamente, estaba sentado, mirando a la señora Ringer, respondiendo a las preguntas que poco a poco le iba formulando, y se sentía tan feliz que no pudo quedarse, se despidió y se marchó deprisa y corriendo, quería pasar por el chiringuito de Ilona, pero a medio camino recordó que también estaba cerrado, de modo que se dirigió a la gasolinera ARAL, y allí sólo había una luz encendida encima de la caja, lo cual significaba que Rosauro estaba atrás, en la vivienda, despierto, eso sí, mirando la televisión, aunque dormitando, como él mismo solía contar al referirse al llamado servicio nocturno, o sea que no tocó el timbre en la puerta de la gasolinera, pues habría sonado también atrás y entonces quizá lo habría despertado, cosa que Florian no quería, de manera que volvió a casa, se sentó en la cocina y enseguida volvió a levantarse y comenzó a dar vueltas alrededor de la mesa y luego, hurtando la cabeza como siempre que había de moverse, entró en la habitación y salió de la habitación, entró en la cocina y salió de la cocina, incluso entró en el baño, pero allí no había sitio, o sea que dio media vuelta, y así pasó la noche hasta que extenuado se derrumbó finalmente sobre la cama y cuando el reloj lo despertó al amanecer todavía no podía creérselo, habría preferido ir corriendo a la Oststraße antes de la hora prevista para estar en la esquina, pero no había suficiente tiempo para ello, no lo había pensado, se enfadó consigo mismo, por qué no puso el reloj para que lo despertara un rato antes, aunque ya era tarde, esperó pues en el lugar de siempre, el Opel se presentó al minuto exacto y sólo hicieron falta cincuenta o sesenta metros para que el Jefe comprendiera la noticia, apretó el freno, dio media vuelta a toda velocidad y ya estaban ante la casa del señor Köhler, donde el Jefe sólo dijo al dueño de la casa que salió con expresión somnolienta en la cara que le pedía perdón por haber forzado las dos puertas, la de entrada al patio y la de entrada a la casa, durante su ausencia, pero estábamos muy preocupados por usted, vamos, no importa, respondió el señor Köhler, ya las mandaré arreglar y entiendo, es más, les agradezco que se hayan preocupado, aunque no era necesario, no ocurrió nada especial, me marché una temporada, pero ya estoy de vuelta, así que si necesita usted algo, algún dato particular relativo a la meteorología o algo parecido, encantado de ponerme a su disposición, por el momento nada, dijo con tono frío el Jefe y se lo quedó mirando, y luego se despidieron, Florian estaba radiante de alegría, el Jefe, en cambio, no, ya había superado evidentemente la sorpresa y le daba vueltas a otra cosa en la cabeza, pero Florian ni se percataba, no era capaz de imaginar que alguien pudiera tener otra cosa en la cabeza, porque al señor Köhler no le habían tocado ni un pelo de la ropa, regresó sano y salvo, fue devuelto tal como se fue, porque les fue devuelto, volvía a latirle con fuerza el corazón, y le daba vueltas en su cabeza a si todo tornaría entonces a su cauce de siempre, ¿volverían los jueves a partir de ese día?, ¿prepararía él el té?, ¿preguntaría cuántas cucharadas ante el pote de miel?, la miel, por cierto, que el señor Köhler conseguía del agente forestal, que entre las numerosas otras actividades se dedicaba también a la apicultura y se quejaba mucho de que desaparecieran las abejas, lo que decía, para ser exactos, era que también las abejas *desaparecían*, que millones y millones de inmensas familias desaparecían de un año para el otro, los productos químicos, decía mirando con expresión acusadora el agente forestal al señor Köhler, si bien tenía claro que éste realmente no tenía culpa de nada, a ver, no olvidemos en medio de nuestra gran alegría que esto resulta muy extraño, mecagüenlaleche, señaló a todo esto el Jefe, y Florian se limitó a asentir con la cabeza, pues ahora ya sólo era capaz de asentir, pues sí, claro que resultaba extraño, pero ¿a quién le importaba una vez que había vuelto?, y así se expresó, y añadió luego para desdramatizar la situación que ya contaría más adelante el señor Köhler por dónde había andado y qué había hecho, lo esencial estaba resuelto, y de forma milagrosa además, sí, milagrosa, murmuró el Jefe echando la ceniza por la ventanilla, aunque algo en este asunto no me cuadra, pero dejémoslo, mecagüenlaleche, tenemos otras cosas que hacer, no darle vueltas a la cuestión, no le estamos dando vueltas, no, respondió Florian feliz y contento y empezó a moverse de un lado a otro en su asiento, hasta que el Jefe le dijo, oye, no te muevas tanto que te vas a caer del coche, ¿y quién representará entonces el TODO QUEDARÁ LIMPIO?, ¿yo quizá?, añadió sonriendo y dándole un codazo en el costado a Florian, que realmente a punto estuvo de caer del coche, pero no podía contenerse y siguió moviéndose, haciendo cosas completamente incomprensibles en su estado de felicidad, quitando el polvo del salpicadero o arreglando la funda del asiento que tenía debajo o toqueteando la manilla de la puerta, a ver si dejas de joder con la manilla, mecagüenlaleche, le gritó finalmente el Jefe, que si te caes de aquí yo no voy a juntar tus restos, porque eso será tu asunto, aunque no creo que lo consigas despachurrado como estarás, y así llegaron a Suhl, y él y Florian se pusieron a limpiar juntos las fachadas, Florian fue enumerando las direcciones exactas registradas en la lista, y así avanzaron durante todo el día, de una dirección a la otra, hasta que por fin pudieron regresar a Kana, y Florian se fue entonces corriendo a la Oststraße, las dos vecinas lo esperaban ansiosas, ambas querían ser las primeras en decirle cuánto les alegraba el regreso de su amable vecino, que haría que también Florian se sintiera tranquilo y que nada se opusiera ya a que todo volviera a ser como antes, y la señora Burgmüller le dedicó una amplia sonrisa, aunque había en ésta una ligera sombra, y también le sonrió la señora Schneider, aunque en su caso sin sombra alguna, como si fuese Florian un nietecito, a quien sentaron muy bien esas palabras, las comprendía perfectamente, y con ellas entró en la vivienda del señor Köhler, y la noticia significó evidentemente un alivio para la ciudad, pues por fin sucedía algo bueno, se decía la gente, porque de verdad se alegraban de que no le hubiese ocurrido nada a Adrian Köhler, regresó y volvía a verse en su página web el tiempo que haría mañana o pasado mañana, la noticia supuso un apaciguamiento momentáneo, si bien no fue capaz de reprimir la principal preocupación, porque en vano había vuelto, en vano funcionaba de forma impecable la estación meteorológica, en cuanto comenzaba a oscurecer la gente seguía desapareciendo de las calles, todos se encerraban en sus casas y esperaban y esperaban a escuchar de pronto a los lobos aullar en los montes, y nadie sabía qué era peor, si los aullidos en sí o la espera de los aullidos en medio del silencio, así pasaban las noches desde la aparición de la horda de lobos, todas las noches en ese estado de tensión, y por la mañana, cuando tocaba salir a la calle, a todo el mundo se le notaba que no había dormido, pero quien conseguía levantarse no lo mencionaba, sino que salía a la caza de nuevas noticias, aunque no había nada de nada, y el agente forestal no podía satisfacer las demandas, en cuestión de pocos días aumentó exponencialmente la venta de miel, es más, al cabo de dos o tres semanas los ciudadanos de Kana dieron cuenta de las existencias de jalea de endrino y de jarabe de grosella, aunque en realidad no necesitaban ni miel ni jalea de endrino ni jarabe de grosella, sino sólo hablar con él, todos los días a ser posible, para enterarse enseguida de si se había producido algún acontecimiento extraordinario allá arriba en los montes, pero no, el agente forestal les explicaba que no había nada que temer, que no se sintieran tan aterrorizados, que era de hecho natural que los lobos aparecieran también allí, ya que su repoblación había comenzado hacía años ya en Baviera y en Brandeburgo, y se sabía también que se los había visto igualmente en Sajonia y de allí podían llegar, Alemania ya no es lo que era, decía el agente forestal, después de una pausa de cien años volvemos a tener lobos, ¿y qué pasa?, nada, él no veía nada objetable en ello, él en su lugar les tendría mucho más miedo a unas cuantas personas, piensen ustedes en lo que sucede en el proceso de Chemnitz o en el infierno de Halle, eso sí que inspira terror, que eso vuelva a ser posible, que esos criminales vuelvan a aparecer, y si eso no es suficiente, que la gente tiemble y se estremezca ante la realidad de que no sólo la vieja Alemania pertenece ya al pasado, sino que tampoco Europa ni la Tierra en general son lo que eran, todo ha cambiado, porque lo han destruido, ustedes lo han destruido, sermoneaba entusiasmado el agente forestal, mientras ellos, continuaba señalándose a sí mismo, ellos que defendían el equilibrio ecológico no tenían ni tendrían voz en este asunto, a ellos nunca se les había prestado atención ni se les prestaría en el futuro, y ahora ya era tarde, sí, decía con fervor profético, en el fondo tenían razón al encerrarse por las noches, porque el viejo mundo se acabó y todos hacían bien en quedarse en casa, y así acababa, vendía los últimos frascos de miel y de fruta en conserva, cobraba el dinero correspondiente y se marchaba en su todoterreno por el polígono Camisch hacia Großpürschütz, mientras los habitantes volvían con sus mieles a casa, y entonces comenzó a ocurrir que quien podía se encerraba incluso de día en su casa, Ringer, por supuesto, no veía en todo ella más que histeria completamente superflua y carente de fundamento, y nombró a quien generaba la angustia, a quien generaba el miedo, y no pienso en el agente forestal, dijo a sus amigos en Jena cuando las heridas se habían curado ya hasta el punto de permitirle conducir el coche, ése se limita a aprovechar la ola, dijo, para vender a buen precio su miel y qué sé yo qué más, no, continuó y cogió dos cacahuetes salados del cuenco que había traído el camarero, yo sigo pensando en el Jefe, en ese monstruo del que supongo desde siempre que es el que está detrás de los escándalos con los monumentos bachianos, porque me he enterado, dijo inclinándose un poco más hacia los otros, y ya no se trata de una mera intuición como cuando os hablé por primera vez del asunto, de que él estaba allí cada vez que se profanaba alguno de esos monumentos, estaba en Eisenach, estaba en Mühlhausen, estaba en Wechmar, estaba en Ohrdruf, al cabo de unas horas siempre se descubría allí donde aparecían esas infames pintadas en los muros, es más, se vio también cuán listo es, pues en cada uno de los casos lo llamaban siempre a él para limpiar los muros, dijo, lo cual significa que es realmente un personaje vil, y entonces Ringer volvió a proponer que se organizaran, porque Johann Sebastian Bach y todas las personas honestas de

Turingia necesitaban protección, no podemos dejar, no podemos entregar a esa gente nuestra tierra turingia, dijo subiendo el tono de voz, que se tornó más aguda, lo cual bastó para que realmente empezaran a organizarse, lo primero, decidieron, sería una manifestación, y el día más adecuado que se les presentó no podía ser otro que el tres de octubre, y así fue, unas ciento ochenta personas o, según otras fuentes, unas trescientas se reunieron ese día y desfilaron por el centro de Érfurt, toda persona honesta debía acudir, se leía en los carteles que Ringer pegó en Kana, y lo difundió también de viva voz, pero de Kana no fue nadie, lo cual lo amargó mucho, él contaba con mucha más gente, contaba con mucho más valor cívico, como lo expresó, y la señora Ringer estuvo totalmente de acuerdo con él y no les perdonó a los ciudadanos de Kana su cobardía, porque son unos cobardes, dijo a su marido, ése es el gran problema, y ahora te lo digo sin pelos en la lengua, que son todos unos cagados, gente amable, pero cuando surge algún problema nadie se atreve a saltar a la palestra, ¿tú, por ejemplo, dónde estabas?, pidió explicaciones a Florian después de la manifestación, a ver, respondió él con expresión alegre en la cara, primero desayuné, dos panecillos y medio litro de leche, o sea, lo de siempre, después fui a ver si estaba el Jefe en casa, pero no estaba, luego bajé hasta el pequeño puente y me quedé escuchando un buen rato el murmullo del Saale, a continuación pasé por el chiringuito de Ilona, subí después al café Herbst, donde eché un vistazo a la previsión del señor Köhler para el día de mañana y finalmente bajé de nuevo hasta el banco en la ribera y me quedé hasta eso de las cuatro, ya está, suficiente, lo interrumpió la señora Ringer, lo que yo te preguntaba era ¿por qué no fuiste con nosotros a la manifestación en Érfurt?, ¿a ti no te interesa?, ¿a la manifestación?, la miró asombrado Florian, pues sí, le respondió enfadada la señora Ringer, pero es que yo no suelo ir a manifestaciones, sabe usted, señora Ringer, el Jefe también me invitó hace unos años, cuando ellos participaban en esas cosas, no, no y no, levantó las manos Florian en un gesto de rechazo, yo le dije que no, y se quedó mirando a la señora Ringer con orgullo, esperando un reconocimiento, yo no voy a manifestaciones, no sabría qué hacer allí, a ver, ¿a ti no te indigna en absoluto lo que hacen esos depravados?, preguntó con tono acusatorio y voz más aguda la señora Ringer, yo no entiendo, contestó Florian, realmente no lo entiendo, porque el Jefe y yo no le vemos ningún sentido a todo eso, no sabemos quién lo hace, por qué lo hace, hasta cuándo lo hará, no tenemos ni la menor idea, señora Ringer, no es nada agradable limpiar las pintadas precisamente allí donde se conserva la memoria de Johann Sebastian Bach, para mí Bach, no sé si se lo he dicho ya, pero lo cierto es que antes yo era sordo, simplemente no escuchada nada de su música, y eso que, como usted sabe, tenía que presenciar todos los sábados los ensayos, aunque nada, estaba allí sentado, continuó siempre con la mirada radiante fija en la señora Ringer, allí sentado, y ¿cómo explicarlo?, sentado en medio de Bach, rodeado de esas maravillosas notas, y nada, en ninguno de los ensayos abrí yo los oídos, sólo ahora, claro que esto, explicó a la cada vez más malhumorada señora Ringer, no se produjo de manera lineal, sino como un relámpago, como cuando a uno se le tapan los oídos y no oye nada y de pronto se destapan y lo oye todo, fue lo que me ocurrió, y desde entonces escucho la música de Bach incluso cuando no suena, o sea, la recuerdo, imagínese, señora Ringer, que cuando me siento en el banco en la ribera del Saale y escucho el rumor del río es como si escuchara alguna de las piezas, y eso que sólo recuerdo las notas o, cómo decirlo, las melodías, o cuando estoy sentado en el coche con el Jefe yendo a trabajar, también entonces, también entonces, cuando trabajo, cuando froto las pintadas o las quito con la pistola, también entonces las recuerdo, siempre las recuerdo, es más, cuando me despierto, lo primero que pienso, sobre todo desde que regresó el señor Köhler, es que he pasado la noche, mientras dormía, recordando música de Bach, es lo que me sucede, y solamente no recuerdo cuando el ruido es demasiado grande, estuve una vez en Jena y presencié una manifestación, pero el ruido era espantoso, y así como antes no acudía a las manifestaciones porque había aceptado el consejo de la señora Ringer de no hacer con los amigos del Jefe algo que luego pudiera perjudicarme, ahora no acudo más bien por el ruido, porque entonces no recuerdo la música de Bach, pero la señora Ringer no hacía más que negar con la cabeza y siguió hasta que Florian tuvo que dejar de explicar de la manera más prolija posible lo de Bach y lo de las manifestaciones, comprendió ella que Florian jamás entendería por qué debería haber ido, y claro que Florian tuvo cierto remordimiento de conciencia después de la conversación, no volvió a mencionar el asunto, porque no sólo se debió al ruido su ausencia en la manifestación, sino a que no quería suscitar la cólera del Jefe, pues éste le había dicho antes, claro, le había dicho que esa gente como el cabrón de Ringer sólo traería el mal a Turingia, a esos habría que cogerlos a todos, de nuevo, ¿me entiendes?, de nuevo, y trasladarlos a los pies de Leuchtenburg y no autorizarles sus manifestaciones, porque una manifestación así es una vergüenza, una vergüenza para todos cuantos se sienten alemanes, así que nada, ni se le pasó a Florian por la cabeza ir a Érfurt, y eso que seguro que había una plaza para él en el coche del señor Ringer, pero Dios me libre, lo que me faltaría, que el Jefe se enterara de que yo también, no podía hacerlo, y para colmo, algo que los Ringer ni siquiera intuían, el Jefe estaba en contra del grafitero, quería exactamente lo mismo que ellos, que se atrapara al grafitero, de ahí que surgiera a su juicio un gran malentendido, todo porque no se hablaban, durante mucho tiempo deseó Florian reconciliar a la señora Ringer con el Jefe y al Jefe con la señora Ringer, pero ambos se mostraban inflexibles, de modo que últimamente ya ni siquiera se atrevía a recordarles que sería bueno resolver sus discrepancias, así que, después de la manifestación en Érfurt, estaba constantemente al acecho, procurando no tener que decir nada cuando el tema volviera a salir, pero no salió, al menos no de manera que lo obligara a responder de alguna forma, quedaba Bach, y ahora ya fluía constantemente en su cabeza, en sus oídos, en su corazón, así lo formuló cuando volvió a escribir una carta a la señora canciller, pues consideraba justo informarla también de la situación, es más, sobre todo a ella, ya que habían soltado al señor Köhler, y él, o sea, Florian, sabía a quién se lo debía, de modo que pedía a la señora canciller que aceptara su más sincero agradecimiento, ya que resultaba difícil incluso imaginar lo mal que lo pasó él, como admirador de señor Köhler, hasta que se tomó finalmente la decisión y el señor Köhler volvía a estar en libertad, y el señor Köhler por supuesto no hablaba, examinaba sus instrumentos en el patio, llevaba su página web y hacía esto y aquello en el ordenador, aunque no podía saberse qué, sólo que algo hacía, él se había dado cuenta de que el señor Köhler no quería que él, Florian, se enterara de *eso*, de modo que de *eso* no preguntaba nada al señor Köhler, y bueno, por otra parte fingía que no había sucedido nada, y él, o sea, Florian, no lo forzaba, algún día quizá le contaría algo si lo deseaba, pero, para confesarlo con franqueza, ya no le interesaba mucho dónde había estado ni qué había pasado ni qué pasaba ahora que lo habían soltado, a él sólo le importaba que esto era así, que el señor Köhler volvía a estar con ellos, él, o sea, Florian, jamás, jamás podría agradecérselo y resarcírselo lo suficiente, pero si la señora canciller necesitaba algo, él estaría encantado de ponerse a su disposición, bastaba que le escribiera una línea y el asunto quedaba resuelto, eran muchos también en Kana los que le pedían pequeños arreglos, él sabía arreglar de todo, con la sierra, con la lima, atornillaba, montaba, desmontaba, no había problema alguno, era capaz de acarrear leña, de talar y desramar en los jardines, lo que hiciera falta, podía cargar de todo, así que se podía contar con él si se precisaba una ayuda para algún trabajillo doméstico, aunque nada de esto podría ser agradecimiento suficiente, porque en realidad él nunca podría agradecer realmente todo lo que la señora canciller había hecho por el señor Köhler, y todo esto lo puso negro sobre blanco, aunque por el momento no lo envió, puesto que esperó todavía, miró las veces que pudo si algo ocurría en el Consejo de Seguridad, acudía al café Herbst a entrar con la ayuda de un diccionario *online* en la página web de las Naciones Unidas, a enterarse a través del menú desplegable de la página web un.org de la sesiones actuales y futuras del Consejo de Seguridad, confiando en que el asunto se hiciera público cuanto antes, si bien suponía, desde luego, que la cosa no resultaba tan fácil, pues era probable que primero hubiera que prepararlo todo, para lo cual se precisaba tiempo, pero que en los despachos traseros se desarrollaban sin duda ya las negociaciones en círculos restringidos, era lo que pensaba y luego, al cabo del día, cuando el café Herbst cerraba, cerraba él también su portátil que desde hacía un tiempo ya no llevaba de vuelta a casa, porque la señora Uta, la dueña, le propuso un buen día que, como sólo lo utilizaba allí, no tenía ningún sentido llevarlo y traerlo, ella lo guardaría en un lugar seguro, y lo dejó en un sitio atrás, lo cual funcionó de maravilla, a la señora Uta le caía bien Florian, lo llamaba el cliente fijo más simpático, aquí llega mi cliente fijo más simpático, así lo saludaba cada vez que Florian entraba, y ya confiaba tanto en él que a veces incluso le pedía que en sus horas libres le echara una mano, cuando, por ejemplo, era la temporada alta de los helados o cuando en las escuelas de los alrededores comenzaba o acababa el año escolar o se celebraba algo, pues los niños solían asaltar entonces en grupos más grandes de los habituales el café Herbst, y él, por supuesto, asumía la tarea encantado, le fascinaba servir los helados, lo aprendió bastante rápido, de modo que la señora Uta no hacía mucho incluso le propuso pagarle lo mismo que le pagaba aquel personaje espantoso siempre que trabajara cuatro horas diarias para ella, eso sí, sin factura de por medio, pero Florian le respondió que prefería ayudarle sólo en los ratos libres, porque no podía dejar en la estacada al Jefe, así que de vez en cuando, ocasionalmente, servía los helados a los niños, y aprovechaba los momentos en que la señora Uta no miraba para ponerles bolas grandes, o sea, sin pasarles la paleta como le había advertido con rigor la señora Uta, de modo que se quedó, evidentemente, con el Jefe, iban a las direcciones asignadas en zonas cercanas o lejanas, hasta que se produjo la gran explosión en la calle comercial de Jena, con el resultado de nueve heridos, y dijo el Jefe que bien merecido lo tenían, y cuando se enteraron de otro atentado junto al mercado de Suhl y la radio daba precisamente la noticia, el Jefe se limitó a decir, ahora se enterarán por fin, me cago en la puta que los parió, y Florian no lo entendió, a lo cual el Jefe le explicó que ambos atentados los había cometido el mismo grupo terrorista enemigo de la nación, los que quieren destruir Turingia, los que infectan con sus mentiras liberales a los hombres alemanes de bien, y ahora, dijo levantando la voz, a lo mejor recobran la razón, mecagüenlaleche, y se dan cuenta de que hay algo que defender, por no hablar, continuó golpeando airado el volante, y hubo unos instantes en que apenas lo sujetó, pues el cigarrillo se le cayó de entre los dedos y él se inclinó para recogerlo y tirarlo luego por la ventanilla, por no hablar de que ahora quizá sí estarán dispuestos a actuar, por ejemplo, contra los mariconcillos y compañía que tienen el culo como bebedero de patos, quizá sí estarán dispuestos a hacer algo, por fin algo, porque con un pequeño batallón como el nuestro no se consiguen los resultados deseados, pero luego, al cabo de unos días, declaró que eso no significaba que ellos hubieran parado, oh, no, nosotros no paramos, sino que seguimos trabajando con el objetivo más claro todavía, más claro todavía, ¿me entiendes?, y Florian asintió con la cabeza, aunque no entendía nada, y entonces volvieron a escuchar por la radio, cuando viajaban a Ilmenau, donde los esperaban varios trabajos, y la radio estaba puesta todo el rato, escucharon que un grupo agredió y lesionó gravemente a miembros de una banda ilegal de grafiteros juveniles en Jena, y el Jefe enseguida subió el volumen y así supieron que la noche anterior unos desconocidos habían atacado a un grupo de jóvenes de los que existían sospechas fundadas que estaban preparando grafitis ilegales en las inmediaciones de la universidad de Jena, pues sí, ahora ya se pueden enterar de lo que está pasando, murmuró el Jefe rechinando los dientes, y a partir de ese momento cesaron los trabajos, comunicó a Florian que podía practicar el himno todos los benditos días si quería, podía manipular tranquilamente los instrumentos del señor Köhler en la Oststraße o servir helados como quisiera, porque durante un tiempo ya no irían a limpiar muros, lo cual significa para ti vacaciones pagadas, recibirás cuarenta euros y yo tendré una tarea que cumplir, porque la patria me necesita ahora en otro lugar, y miró a Florian, que pocas veces había visto una expresión así en el rostro del Jefe, mostrando decisión y haciéndose el misterioso, a menudo jugaba a esconder algo, pero siempre acababa revelándose que sólo jugaba, o si había algo que no quería desvelar enseguida, era él mismo quien no se aguantaba y terminaba contándole el secreto a pesar de todo, aunque a la luz de los nuevos acontecimientos, declaró un viernes por la tarde en el Castillo, no pondré a Florian al corriente de nada, sería demasiado peligroso, a ver, Florian, ya lo conocéis, es un muchacho inocente pero imprevisible, o sea que puede soltar algo, y los demás asintieron unánimemente, porque ellos no confiaban en absoluto en Florian, es más, por mucho que fuera un Godzilla todo músculo, como lo llamaba Jürgen en tono burlón, no era alguien que perteneciera a los suyos, de modo que les resultaba más bien repelente, pues ¿qué clase de persona es el que no tiene ni padre ni madre?, comentó Fritz en la época en que Florian se trasladó al rascacielos gracias al Jefe, nosotros no necesitamos a gente como ésa, ese tío no puede ser ni será nunca en su puta vida un verdadero patriota, se decían los unos a los otros, y era lo que pensaban sobre Florian, de modo que el Jefe, por así decirlo, metió a Florian en un cajón que cerró con llave y si bien no la tiró, sino que se la guardó en el bolsillo, el asunto quedó por el momento zanjado, mientras Florian a partir de ese momento ni siquiera llegó a intuir lo que sucedía a su alrededor, no tuvo que acudir a los ensayos ni ir a trabajar, podía hacer lo que quisiese, y lo que quería era estar el máximo tiempo posible al lado del señor Köhler y pasar asimismo horas en la biblioteca con la señora Ringer, también durante el día, y además pasaba a menudo largos ratos con la señora Hopf, quien le explicó que ella, y no sólo ella sino toda su familia, tenía miedo, lo tenía seriamente, hasta ahora, dijo negando con la cabeza y soltando un profundo suspiro, a la vez que apretaba un pañuelo en una mano, hasta ahora sólo estaba preocupada, preocupada pensando en lo que podría ocurrir en este o en aquel caso, pero ahora, Florian, me creas o no, lo que siento es puro y simple miedo, claro que tengo miedo a los lobos y tengo miedo a los nazis, aunque lo que de verdad temo es que de pronto también aquí empiecen a atentar los terroristas, imagínate, en cuanto el cartero mete el *Ostthüringer Zeitung* en el buzón, yo enseguida lo retiro, y tampoco dejo que se encienda el televisor, pues nunca se puede saber cuándo se pondrán a hablar del juicio de Chemnitz, y me preocupa mucho mi marido, porque lo conoces, él sólo aspira a la tranquilidad, y mi tarea consiste en ofrecerle tranquilidad a mi querido, porque yo, y toco madera, y golpeó el tablero de la mesa por abajo, gracias a Dios estoy sana y aguanto el trabajo, por así decirlo, dijo la señora Hopf, tampoco hay tanto que hacer, preparar los desayunos y ocuparse del orden en las habitaciones, y el trabajo físico lo realiza ya una camarera en mi lugar, pero tú, Florian, ¿qué piensas?, le lanzó una mirada inquisitiva, ¿yo?, respondió alegremente Florian, yo no pienso nada especial, no creo que nosotros tengamos que temer atentados, no, no, y miró con expresión más alegre todavía a la señora Hopf, somos demasiado pequeños para eso, Érfurt, claro, o Jena, o Leipzig, o Plauen, vale, eso es otra cosa, allí quizá sí, pero ¿en Kana?, me parece inconcebible, aunque si usted quiere le pregunto al Jefe, y si él dice que aquí no hemos de temer nada entonces puede usted estar completamente segura, porque si hay alguien que tiene palabra es el Jefe, ay, él no, por favor, juntó las manos de golpe la señora Hopf, ni se te ocurra pedirle a ese hombre, no, no, prefiero no haber dicho nada, ¡ni se te ocurra!, dijo amenazando con el dedo índice a Florian, ni se te ocurra decirle nada, ay, se levantó de repente, ya me arrepiento de haberte hablado de esto, olvídalo, y acompañó hasta la puerta a Florian, que a esto no dijo nada, ni pudo decir nada, tan rápida fue la despedida, de manera que su estado de ánimo ya no era tan alegre como cuando llegó allí, bajó por la Jenaische Straße, preguntándose cómo tranquilizar a la señora Hopf en la próxima ocasión, a lo mejor, pensó de repente, si la convencía de escuchar también ella a Bach, sí, ésa sería la mejor solución, no hay mago más grande que Bach en la tierra

servía bolas de helado grandes

y enseguida dio media vuelta y tocó el timbre del Garni y dijo por el interfono, ay, perdone que vuelva a molestarla, sólo quiero preguntarle si tiene usted, señora Hopf, algún aparato para escuchar música, ¿qué?, se oyó una voz malhumorada, y Florian repitió la pregunta de forma más fuerte y lenta, a lo cual llegó la respuesta que sí, hay un equipo *hi-fi* en la sala, pero ¿para qué lo necesitas?, nada, nada, no se trata de mí, respondió Florian, ya se lo explicaré, y entonces se despidió, y en el interfono ni siquiera recibió respuesta, pues la señora Hopf estaba inquieta, ya lo estaba en general, y ahora se le agregaba para colmo este Florian, porque solamente le faltaba que el chico se fuera de la lengua y entonces vinieran otra vez los de enfrente y patearan de nuevo, como había ocurrido ya, la puerta del Garni, la señora Hopf decidió no cruzarse de brazos y se dirigió al taller de Ringer en la Friedrich-Ludwig-Jahn-Straße, ya que sólo de él sabía que se había enfrentado más de una vez y siempre con pleno convencimiento a los de la Burgstraße 19 y se había corrido también la voz de que Ringer ayudaba a quienquiera le pidiera ayuda y, en efecto, no lo decepcionó, pues enseguida dejó lo que estaba arreglando, la hizo pasar y sentarse en la oficina del taller, le ofreció un vaso de agua y le dijo, tranquilícese, señora, yo realmente procuro no quedarme con los brazos cruzados esperando a que esos energúmenos se vuelvan más insolentes todavía, y tiene usted razón, añadió con expresión sombría en el rostro, los terribles acontecimientos de los últimos tiempos dejan claro que se necesita el agrupamiento civil y me gustaría que me creyera que existe ese agrupamiento civil capaz de detenerlos, con lo cual el señor Ringer se despidió de la señora Hopf, quien después de la conversación regresó más intranquila todavía a casa, y no sólo cerró la puerta, sino incluso la trancó con la barra de hierro que hasta ese momento casi nunca habían utilizado, mientras Ringer llamaba a un amigo en la Agencia Federal para la Protección de la Constitución y le explicaba que los ciudadanos normales acudían cada día a él por el temor a que todo aquello por lo cual habían trabajado, que habían levantado y que hasta ahora tenían por seguro se fuera al traste debido a una caótica situación política, y entonces volvió a lo que estaba haciendo, instalar un filtro nuevo en un Ford del año 2010, y Florian aprovechó sus vacaciones para viajar a Jena en el autobús de las 11:30, se dirigió a la tienda MR. MUSIC en la Kanaische Straße y en los cajones de las ofertas a un euro pronto encontró lo que buscaba, pues consideró que la señora Hopf no había de comenzar con las grandes Pasiones, ni con las grandes piezas para órgano, ni con los grandes conciertos para violín, sino más bien con un CD que contuviera los *Conciertos de Brandeburgo*, así como uno con las cantatas *Wo soll ich fliehen hin* y *Bleib bei uns, denn es will Abend werden* y *Denn du wirst meine Seele nicht in der Hölle lassen*, y encontró uno que tenía precisamente las tres cantatas, con el celofán un poco desgarrado en la esquina superior derecha y el estuche de plástico rajado en un sitio, pero el disco parecía intacto, de manera que lo compró junto con otro con los conciertos de Brandeburgo, también a muy buen precio, dos euros con cincuenta, y regresó feliz y contento, y enseguida se plantó en la Jenaische Straße y dijo por el interfono sin contener su regocijo, buen día, soy yo, señora Hopf, le he traído dos discos compactos, escúchelos, por favor, los dejaré en el buzón, y allí los dejó, con cuidado para que no se dañaran, y acto seguido se fue como niño con zapatos nuevos de vuelta hacia el centro de la ciudad, preguntándose si a la señora Hopf le gustaría de inmediato la música de los discos o si necesitaría más tiempo para acercarse a ella, que era, por ejemplo, su caso cuando las piezas de Bach no sólo se le quedaban grabadas en la memoria, sino que ya se sumergía más en ellas, cuando había obras que enseguida le llegaban al corazón y otras que no lo hacían de inmediato, sino más tarde, al cabo de un tiempo, al captarlas de pronto en un punto después de varios intentos, captar cuán hondo estaba allí oculto aquello que no podía alcanzar, aunque, claro, la palabra *captar* no expresaba en su caso la verdadera situación, pues se consideraba incapaz de mencionar su propia relación con Bach, él no tenía una relación propia, él quedaba anonadado cuando escuchaba a Bach, entonces desaparecía de él precisamente lo que era él mismo, Bach asumía el poder sobre él o, dicho de otro modo, daba igual quién escuchaba cuando Bach hablaba, porque cuando Bach hablaba, él callaba o, para ser más exactos todavía, cuando Bach hablaba no se precisaba de ningún escuchante, Florian tenía la sensación de que Bach sonaba incluso cuando nadie lo escuchaba, Bach no cesaba de hablar y ellos sólo de vez en cuando escuchaban, pero Bach sonaba y sonaba, en un momento dado Bach comenzó a hablar y a partir de entonces no lo dejó, gente como Bach, pensaba Florian, de pronto se ponía a hablar y nunca más lo dejaba, y la tarea de ellos, allí en Turingia y en todo el mundo, consistía en escuchar cuantas veces podían, era lo que pasaba con los genios, pensaba, es más, lo escribió en una hoja de papel DIN A4 que ya no era la que tenía sobre la mesa de la cocina para escribir una carta a la señora canciller, porque a ella le escribió en una hoja de papel DIN A4 diferente cuando volvió a tener la sensación de tener que explicar con mayor precisión lo que quiso decir cuando recomendó incluir a Johann Sebastian Bach en las conversaciones, que era lo que veía igualmente ahora, y también esta vez empezó exactamente igual, en la esquina superior de la hoja DIN A4, como siempre, también en esta ocasión comenzó arriba, muy arriba, incluso la dirección, Angela Merkel, canciller de la República Federal Alemana, Willy-Brandt-Straße 1, 10557 Berlín, la puso en la esquina superior izquierda, siempre llenaba por completo la hoja, no quedaba margen ni a la izquierda ni cuando acababa la línea, y lo mismo ocurría también abajo, escribía la carta hasta que llegaba al final del papel, y sólo continuaba en la hoja siguiente cuando era de temer que siguiera sobre el tablero de la mesa, y así fue también en esa ocasión, pues si bien no podía afirmar que conociera todas las obras maestras de la historia de la música, ni siquiera que él mismo se considerara un experto, porque, a decir verdad, no conocía a nadie salvo a Bach, era sordo antes de conocer a Bach y después de Bach se volvió sordo a todo lo demás, había de confesar que no echaba de menos ninguna música que no fuera creada por Johann Sebastian Bach, ese encuentro supuso para él la experiencia que se apodera de uno en presencia de la grandeza, a él Bach lo había cautivado, el genio lo había cautivado, y consideraría superfluo probar de escuchar otra música, ya que para él, de hecho, Bach ni siquiera era música, sino el paraíso en sí, y estaba convencido de que la señora canciller lo entendería igual que había entendido cuanto le había escrito con anterioridad, él por cierto, no era religioso, por eso no imaginaba de esa forma, la religiosa, el paraíso, lo confesaba aunque sabía que la señora canciller sí lo imaginaba de ese modo, pero le rogaba que no se enfadara por ello, él en su infancia no había tenido la posibilidad de establecer relación alguna con la religión, y cuando, ya adulto, fue a parar a Kana, volvió a no tener posibilidad alguna de aproximarse a cualquier religión, pero ahora se había acercado a Bach, lo cual significaba asimismo que se había acercado a toda clase de religiones, al menos a aquellas en las que existía un Dios, aunque ahora esto no importaba, pues lo que se necesitaba ahora era que la señora canciller tuviera claro por qué había que incluir de todas maneras a Bach en las conversaciones que, por lo que suponía, estaban en curso, aunque a puerta cerrada, si bien ansiaba enterarse ya por la agenda del Consejo de Seguridad cuándo se harían públicas, pero ahora no quería escribir sobre eso, sino poner en primer plano el tema Bach, esto es, por qué pensaba él que la obra de Bach, que había de escucharse siempre y de forma continua, ese reino que no sólo se escuchaba, sino que también se experimentaba en la música de Bach, era un reino real, lo cual se contradecía por completo con la opinión que no reconocía ningún reino de esa índole, es más, negaba la existencia de tal cosa, pero existía y contenía además el mundo en el que les era dado vivir a los humanos, junto con las plantas, los animales y los elementos inorgánicos y también con todos los acontecimientos que la mente humana reconocía como singulares, ¿y eso él cómo lo sabía?, preguntó Florian inclinado sobre la hoja en la cocina, ¿cómo sabía que el universo es mucho más amplio?—y enseguida se puso a precisar esta palabra, ¿mucho más amplio de lo que la mente humana acepta como existente?—¡¡¡pues por Bach!!!, justamente Bach se lo había mostrado y se lo muestra a cualquiera y lo muestra en cada fracción del tiempo en un sentido cotidiano, por Bach precisamente lo sabía y había llegado a la conclusión de que si uno lo escuchaba percibía ese reino, aunque esto sólo era el primer punto del que quería escribir, y el segundo, que si esto era así, y así era, el universo había de ser una totalidad mucho, muchísimo..., no más grande, no más amplia, sino, ¡ahora lo precisaba!..., mucho más rica, que sólo resultaba concebible para una concepción diferente, radicalmente distinta de la concepción científica, lo cual no quería decir ni ajena ni hostil a la ciencia, o sea, no era una fantasmagoría mística o trascendental u otra bobada de ese tipo, sino una imagen de la realidad generada por una concepción diferente, si bien no teníamos presente aún la estructura de esa realidad, no teníamos presente aún su lógica, no podíamos saber todavía lo que hay allí en lugar del sistema de causa y efecto, y eso era lo que quería decir, que en la decisión del Consejo de Seguridad habría que tener en cuenta, a su juicio, que la preocupación por la llegada en cualquier momento de la catástrofe estaba justificada, pero al mismo tiempo que el mundo empírico que nosotros percibimos a la sombra terrorífica de esa catástrofe total era, desde el punto de vista del reino, una mera representación, una mera representación, señora canciller, de lo que es la realidad, de modo que nuestra querida Tierra y todo lo que pensamos sobre ella y sobre el universo que la rodea, quizá no fuera más que un malentendido, un malentendido de ese reino que él sólo podía denominar así, reino, aunque con eso no decía nada sobre él, pues resultaba difícil referirse a algo cuyo vocabulario y cuya gramática desconocemos, pero en Bach ahí están ese vocabulario y esa gramática, y da igual cómo él los llamara, si Dios o Fe, da igual, señora canciller, escribió transportado por el entusiasmo, cuando escuchamos, cuando lo escuchamos a él, a Bach, nos convencemos no sólo de que el reino existe, sino de que existe un camino hacia él, aunque queda por ver si es eso todo cuanto podemos decir al respecto, pero, sentenció Florian tomando la recta final, ya nadie podía poner en duda que la mejor manera, la más adecuada, de tratar el asunto de la catástrofe era escuchar a Bach en el Consejo de Seguridad, prestarle atención, señora canciller, y no sólo en el Consejo de Seguridad había que escuchar a Bach, sino que habría que introducirlo a nivel general, en la televisión, en la radio, en cada escuela, en cada centro comercial, en cada campo de deportes, en cada empresa, en cada tren y avión y autobús y en cada barco, en cada teléfono móvil, en la pantalla de cada ordenador que se enciende, hagan lo que hagan los miles de millones de personas, siempre han de escuchar música de Bach, que sea Bach como el aire, y la gente no se aburrirá de Bach como no se aburre del aire, que sea Bach parte invisible y permanente de nuestra vida en la Tierra, pero no continúo, hoy sólo quería añadir, señora Merkel, que naturalmente confío mucho en que venga usted a Kana, pero le pido una señal, porque Kana la necesita para insuflar fuerzas a las personas, pues la gente no teme lo que debería temer, sino lo que no debe, y para entonces ya llegó al final de la hoja prevista como la última y por desgracia la frase de que «la gente no teme lo que debería temer, sino lo que no debe» fue a parar a la mesa de la cocina, aunque en el estado de trance al que había llegado simplemente no se dio cuenta, sólo cuando apartó la carta y se reclinó en la silla para tomarse un respiro, sólo en ese momento vio desde lejos la hoja y esa última frase escrita sobre el tablero de la mesa, ¿y entonces qué podía hacer?, ¿escribirla en otra hoja DIN A4?, pero en ese caso ¿qué pinta tendría todo?, ¿con esa última frase escrita arriba y el añadido de que le saluda atentamente su seguro servidor Herscht 07769?, no, decidió, prefería escribir de nuevo toda la última página, apretando más las líneas, y fue lo que hizo y consiguió poner la conclusión abajo en la hoja, y entonces volvió a reclinarse, cerró los ojos, repasó mentalmente cuanto había escrito para comprobar si estaba en regla, y así le pareció, y entonces subrayó en la mente las palabras más importantes, que si sordo, que si todo lo demás, que si experiencia, que si lo cautivó, esto incluso dos veces, que si incluir, que si reino y real y uno escucha y totalidad y realidad y representación y malentendido y camino y aire hasta que finalmente dobló las hojas en cuatro, pero la carta tenía tantas hojas que difícilmente cabía en un sobre pequeño, de manera que las desplegó e intentó hacer desaparecer las dobleces y al día siguiente se presentó a primera hora en la oficina de correos, nervioso, preguntándose si Jessica vendía sobres de tamaño cuartilla, pero su inquietud fue en vano, porque Jessica sí los vendía, claro, nosotros tenemos de todo, le sonrió con orgullo, y una vez más no prestó atención a la destinataria de la carta cuando Florian se la entregó, la puso sobre la balanza, dijo un euro con cincuenta, cogió el euro con cincuenta y sólo le dijo, me alegro de verte de nuevo por aquí, aunque enseguida hizo pasar al siguiente, porque eran muchos los usuarios en ese momento, resultaba difícil cerrar la puerta, y eso que hacía frío en el exterior y no podía permanecer abierta, de modo que la fila hacía una curva hacia la izquierda, Volkenant incluso salió para poner un poco de orden, porque, hagan el favor, esto es una oficina de correos, no se formen de cualquier manera, dijo, aprieten un poco la fila, así, vale, elogió a la obediente clientela y regresó a su sitio, mientras Jessica estampaba con diligencia los sellos y echaba cuentas y cobraba en efectivo o con tarjeta, no sé qué le ha dado a esta gente, preguntó mirando sin entender nada a su marido cuando por fin pudieron poner el letrero de cerrado, hora de almorzar, y subieron a su piso, no hay ni fiestas ni nada parecido, pero vienen en legión, lo digo en serio, dijo sacando el bocadillo de la bolsa de papel y poniéndolo delante de su marido, porque siempre lo hacían traer y así sustituían el almuerzo, sólo comían bien a la hora de la cena, cuando había tiempo para algo caliente, la media hora de pausa al mediodía no daba para nada, un bocadillo y un café y punto, nada más, pero comían a gusto, Volkenant se limitaba a mascullar, no respondía a la pregunta de por qué se había acumulado tanta gente, aunque Jessica insistió y volvió a preguntar con la boca llena, yo qué sé, contestó su marido, eran muchos y ya está, a mi juicio es pura casualidad, dijo y barrió las migas que quedaron sobre la mesa, las metió en la bolsa del bocadillo, era la señora Ingrid la que se ocupaba de los bocadillos y del café, ella no vivía lejos de ellos en la Margarethenstraße, no lejos del Demokratieladen, y se ofreció una vez, todavía en tiempos del traslado de la oficina de correos, cuando oyó a los Volkenant preguntarse cómo resolver lo de la breve pausa para almorzar, se ofreció encantada, ya que no tenía nada que hacer y se aburría como una ostra, a traerles lo que quisieran de abajo, de la panadería Hubert, y así fue, se pusieron de acuerdo, y desde entonces la señora Ingrid se convirtió para ellos en el mismísimo reloj, pues, tal como lo expresaba Jessica, la señora Ingrid era puntual como un clavo, no era el reloj sobre sus cabezas el que daba la hora del mediodía, sino la señora Ingrid al mover la manilla de la puerta de la oficina a las doce en punto, ponía luego con cautela los dos vasos de plástico con el café sobre el mostrador, luego su bolso del que extraía las dos bolsas de papel con los bocadillos, y por último sólo decía buen provecho y desaparecía en el acto, consciente de que en ese momento no cabía ponerse a charlar, cosa esta que aceptaba con bastante tristeza y resignación, pues todos los días tenía algo que contar, siempre ocurría algo que merecía la pena compartir con alguien, y, claro, no podía molestar cada vez a la señora Ringer en la biblioteca, y eso que le habría gustado muchísimo, en este caso, por ejemplo, por los atentados, algo que le afectaba como a todo el mundo, porque una sólo oye hablar de eso, explicó a la señora Ringer el día en que le tocó ir a la biblioteca, que si esto y aquello, que si Kana es el nido, que si toda Turingia está llena de pocentiales terristas, siempre lo decía así, pocentiales terristas, y nadie la corregía, todos dejaban a la señora Ingrid decir lo que quisiera, sabedores todos de lo que le costaba soportar la soledad, mi marido falleció, explicaba a veces a algún turista desprevenido que le preguntaba por una dirección, el pobrecito lleva diecisiete años ya sin estar entre nosotros y desde entonces ando como alma en pena, con estas piernas, precisamente yo que siempre he sido una persona sociable, todos los días venía gente invitada a casa, porque a mi János, que así se llamaba mi marido, le encantaban las reuniones, y desde entonces apenas queda alguien que me abra la puerta, sólo el médico, porque tengo miles de achaques, se quejaba a la persona ansiosa por proseguir su camino, mis piernas, mire usted, llenas de varices, y esto no es nada, porque el problema está aquí, decía señalando su barriga, cuando como, enseguida me hincho, y no baja, no baja de ninguna manera, sólo al día siguiente, entonces ¿cómo voy a comer?, a ver, dígame, pero en eso quedaba el asunto, pues el turista finalmente conseguía zafarse, y la señora Ingrid se quedaba sola con sus males a aguardar el momento para ir a la oficina de correos o a la biblioteca, raras veces conseguía pillar a Florian allí en la Roßstraße, pues sí, un joven muy correcto, explicaba a los Volkenant, no se marcha inmediatamente, no dice disculpe que tengo prisa, que me esperan, él escucha a esta anciana, un muchacho de buen corazón, ¿no les parece?, ¿y qué podían responder los Volkenant?, pues que sí, Florian, claro, realmente un muchacho de buen corazón y ya está, Florian también la evitaba, por supuesto, como todo el mundo, no porque no le cayera bien, le caía bien, una señora amable, pero cuando no había más remedio, cuando era inevitable toparse con ella, la señora Ingrid no estaba dispuesta a soltarlo, hablaba y hablaba, y Florian asentía y asentía, y cuando se movía ya con la intención de marcharse, la señora Ingrid lo cogía de la mano y no lo soltaba, es más, cuando él intentaba zafarse con suma cautela, la señora Ingrid lo agarraba con más fuerza para impedir que se fuera, no se vaya, para qué tanta prisa, y seguía hablando, explicando que el médico últimamente apenas la visitaba y eso que habían acordado que él iría a verla, porque ella con sus piernas no era capaz de acercarse hasta la consulta y menos aún volver luego a casa, y preguntaba entonces a Florian si le parecía que tomara el medicamento que le habían recetado, pues había leído en el prospecto que resultaba perjudicial para el hígado y quería saber si había de creer al médico o no, y Florian le recomendaba creerle, pero entonces ella salía con que el médico últimamente, y no había manera de librarse hasta que la señora Ingrid se rendía y lo soltaba, vale, hijo, ya puedes irte si tanto trabajo tienes, y realmente tenía mucho que hacer, porque el señor Köhler le había pedido hacía poco que le pintara la caseta de los termómetros y reforzara la escalera y, además, la pintara, porque no se había podido hacer en su momento, cuando la montara en el patio y, por otra parte, había de ir a la casa de los Feldmann a apilarles de nuevo la leña, pues la leñera se les había venido abajo sin más debido a la sequía, el señor Feldmann vivía en un chalet antiguo, muy hermoso, en la Hochstraße y estaba siempre muy ocupado, no tengo tiempo, explicó a Florian, para volver a apilar la leña, ¿sabes?, ahora que se han suspendido los ensayos con el Jefe por fin puedo dedicarme a los arreglos de las canciones de toda la vida, ¿sabes?, esos éxitos fantásticos, los de Eberhard y Stefanie Hertel, ¿sabes?, o de Frank Schöbel y Brigitte Ahrens y Ute Freudenberg, no los conoces, claro, no habías nacido siquiera, pero te aseguro, merece la pena, el público estará enfervorizado, se le iluminaron los ojos al señor Feldmann, estoy organizando un concierto con las canciones de toda la vida, confío en poder comenzar ya en primavera, pero, ojo, te lo ruego, dijo bajando la voz, de esto ni una palabra al Jefe, ya sabes cómo es, para él sólo existe Bach y nada más que Bach, y no valora estas joyas dulces que entran por el oído, y Florian lo prometió y apiló la leña a un costado de la casa, porque los Feldmann tenían una chimenea elegante, aunque también ellos, como los demás, utilizaban la calefacción central, pero mantenían la chimenea para crear ambiente, una sensación tan agradable, querido Florian, dijo la esposa del señor Feldmann con una sonrisa, es tan agradable acurrucarse allí cuando fuera aúlla el viento, ese calor es diferente, claro que la calefacción central es buena, pero el fuego de la chimenea, ese fuego crea ambiente, es algo..., a ver, no sé cómo decirlo, algo humano, me entiendes, Florian, ¿no?, y Florian asintió con la cabeza y aceptó a regañadientes los cinco euros que la señora Feldmann intentaba meterle en el bolsillo por el trabajo realizado, y ya llevaba 220 euros acumulados, normalmente no aceptaba dinero de quienes estaban muy cerca de él, pero los Feldmann no estaban tan cerca, de hecho apenas los conocía, a veces le salía algún trabajillo en su casa, pero eso era todo, además vivían fuera de la zona por la que se movía, así que tenía los 220 euros, pensó, ya no había de esperar mucho para cambiar el portátil, y preguntó entonces la hora, por el amor de Dios, dijo, y se despidió rápidamente y se marchó a toda prisa, pues eran casi las cuatro y cuarto, y antes de ir a ver al señor Köhler había quedado con la señora Uta en pasar por el café Herbst, pásate si puedes, le había dicho la señora Uta el día anterior al guardar el portátil, tengo un pequeño proyecto para la cocina de atrás, para lo que debería apartar estos muebles tan pesados, trasladar uno aquí, el otro allá, de modo que Florian fue corriendo por la Hochstraße para resolver ese asunto, empujó un mueble hacia aquí y el otro hacia allá y después se fue a remo y vela a la Oststraße, ay, señor Köhler, dijo al entrar, jadeando, siento haber llegado un poco tarde, pero he tenido tanto trabajo hoy, y le contó todo lo que había hecho, mientras el señor Köhler lo hacía pasar a la vivienda, nadie utilizaba la planta de arriba, desde que el dueño de la casa se quedara solo la cerró y lo dejó todo tal como estaba, ya no volvió a subir, a menudo ni siquiera recordaba que tenía una planta de arriba en el edificio, ese piso era el pasado, y el señor Köhler no tenía ganas de ocuparse del pasado, al menos del pasado que lo vinculaba con su esposa, se resignó a haber perdido a su mujer, con el tiempo lo superó, es más, hoy por hoy, había contado precisamente la tarde anterior al doctor Tietz, quien después de varias llamadas telefónicas había ido por fin a verlo desde Eisenberg, hoy por hoy ya ni siquiera podía imaginarlo de otra manera, incluso le gustaba cocinar, le gustaba hacer la compra, le gustaba limpiar, a su juicio tampoco había en la época de Eva más limpieza en la casa que desde que vivía solo, pero dime, Adrian, lo interrumpió el doctor Tietz, ¿qué fue esto?, me contaste esto y aquello por el teléfono, pero ahora dime en serio, ¿adónde te marchaste sin decir palabra, por tanto tiempo para colmo?, a lo cual el señor Köhler se limitó a responder que ya lo contaría en su momento, pero no te esperes una historia rara o una historia de aventuras, no fue nada del otro mundo, y punto, aunque, mientras lo decía, el doctor Tietz tenía la sensación de que su amigo se sentía confuso, incluso un tanto irritado, de modo que no insistió, ya lo contaría cuando quisiera, de hecho, era asunto suyo, no debemos presionar a Adrian, dijo a su esposa, y en esto estuvieron de acuerdo, aunque era todo bastante extraño, la señora Tietz decidió incluso, ya que su marido no había actuado con mano izquierda, coger a Adrian por la solapa la próxima vez que fuera a verlos, pero pasó tanto tiempo hasta que eso se produjo que ella se olvidó del asunto, ya no le parecía ni tan esencial ni tan enigmático, todo volvió a su viejo cauce, se hablaban a menudo por teléfono, como antes, se encontraban a menudo, como antes, Adrian era el de siempre, ellos tampoco habían cambiado, para qué insistir, y no insistieron, ni ellos ni Florian, aunque en su caso el motivo era diferente, pues él consideraba que debía respetar el hecho evidente de que el señor Köhler había de guardar silencio, claro, evidentemente no podía decir ni una palabra sobre lo ocurrido una vez que se había movilizado en una cuestión tan decisiva y, por otra parte, quién era él para que el señor Köhler lo iniciara en sus asuntos más privados, por ejemplo, en lo que estaba escribiendo últimamente de forma tan aplicada en su ordenador portátil, quién era él, Florian, un don nadie, ya le suponía un honor enorme que lo tratara de forma tan amistosa, lo cual era cierto, el señor Köhler lo acogió de manera más amistosa incluso que antes, para lo cual se daba, eso sí, una condición tácita, eso pensaba Florian al menos, la condición de que ni se le ocurriera plantear la eventual llegada de la destrucción del universo ni mencionara que seguía en contacto con la señora Merkel, lo cual era un asunto privado suyo, concluyó Florian para sus adentros y así se mantuvieron las cosas en equilibrio, pintó la caseta de los termómetros, arregló la escalera que llevaba a ella, le cambió cuatro peldaños que estaban un poco podridos, seguro que encontrarás algo en el desván, le dijo el señor Köhler, cuando lo mandó a buscar recambios, y Florian los encontró, y la escalera mejoró, quedó mejor que antes, dijo el señor Köhler en señal de reconocimiento, y ya sólo quedó pintar la escalera, pero para eso no debía usar pintura blanca al óleo, sino un barniz resistente a la intemperie, porque la escalera no debía ser resbaladiza, y no lo fue, el señor Köhler quedó sumamente satisfecho, hasta tal punto que pidió a Florian que, ya que tanto tiempo tenía todos los días, subiera él por la escalera a la caseta de los termómetros, la abriera y leyera los valores indicados, lo cual le supuso a Florian una alegría inmensa, pues así podía tener la sensación de participar también él en el funcionamiento de la célebre estación meteorológica, el señor Köhler incluso lo nombró meteorólogo segundo, a ver, meteorólogo segundo, díctame los resultados, pues con el señor Köhler fue un juego de niños aprender cómo y qué debía leer en los instrumentos, y Florian se sentía orgulloso de poder leerlos, le latió con fuerza el corazón cuando en el café Herbst miró la página de Wetter-Kana y entre los datos encontró por primera vez también «sus datos», no pudo evitar volver una y otra vez a la página, que mostró a la señora Uta, genial, Florian, lo elogió ella, ¿ves, hijo, el provecho que sacas enseguida cuando te concentras y dejas a ese criminal?, lo cual, por supuesto, no le supuso una alegría a Florian, que ni siquiera respondió, sino que cerró el programa que estaba utilizando, así como el portátil, lo entregó a la señora Uta sin decir palabra y se despidió, porque le dolía, le dolía mucho que se hablara así del Jefe, debería haberse habituado hacía tiempo, y no se habituaba, no había manera, aunque, eso sí, nunca le había dolido tanto, no sabía decir por qué le dolió más en esta ocasión que en otras, pero esta vez le dolió más que no conocieran la verdadera cara del Jefe, y así como a menudo se responsabilizaba a sí mismo de las acusaciones contra el Jefe, últimamente se acusaba todavía más, pues ¿por qué no emprendía algo para que cambiara la opinión de la gente respecto a él?, tras el primer ataque del lobo había confiado mucho en que los juicios anteriores sobre el Jefe, entonces declarado héroe, cambiarían radicalmente, pero al Jefe le duró poco esa fama, al cabo de unos días ya empezó a ser cuestionado, se preguntó si el arma utilizada para matar al lobo estaba registrada, y a continuación vinieron insinuaciones mucho peores, pues sí, claro, quién sino el Jefe podía matar al animal, sólo él y su banda, añadió Ringer, que desde un buen principio había aceptado a regañadientes los méritos del Jefe en esa historia, muy a regañadientes, porque no lo consideraba en absoluto un héroe, había de reconocer que quizá sí, en efecto, le debían la vida, pero ése era precisamente el lado amargo de la verdad, ¿por qué justamente él?, podría haber llegado el agente forestal, podría haber llegado un policía, y no, el que apareció fue el maldito Jefe con su fusil, en resumen, que el asunto no gustaba en absoluto al señor Ringer, incapaz de sentir gratitud, verdadera gratitud hacia el Jefe, y además, cuando las cosas se calmaron, encontró una fórmula para no tener que sentir gratitud, puesto que llegó a la conclusión, y la explicó también a sus amigos en la siguiente reunión, que él ya no sólo sospechaba del Jefe y de su banda en lo que respectaba a las pintadas, sino que a su juicio existía también una relación entre él y las dos explosiones, aunque le resultó difícil que su teoría fuese aceptada, los amigos de Jena conocían al Jefe y no lo consideraban capaz de algo parecido, vale, dijo uno, reconocían que era un nazi vil e intrigante, pero las explosiones, a ver, eso era algo bien distinto, no podía cometerlas así sin más, sin despertar las sospechas de las autoridades, pues lo cierto era que la sección de Turingia de la Oficina Federal de Investigación Criminal ni siquiera siguió esa posible pista, y eso que Ringer, después de su primera conversación, ya declaró enseguida sin ambages de quién sospechaba y por qué, no lo entiendo, le dijo Sebastian, uno de sus amigos más leales, en el café Wagner, ¿cómo has llegado a la conclusión?, ¿tienes alguna prueba contra el Jefe?, porque hasta ahora ni él ni su banda han hecho nada, e Irmgard, también considerada uno de los miembros más antiguos del grupo de amigos, terció, en el fondo Sebastian tiene razón, a lo sumo podemos tenerlo por sospechoso de las pintadas en los monumentos de Bach, esas sí que lo señalan a él, a su manera de pensar, tal como has dicho, a eso de que es él el autor y al mismo tiempo hace como si buscara al autor, o sea, a sí mismo, vale, hasta ahí llego, pero las explosiones, dijo frunciendo el ceño, no, las explosiones se dirigen inequívocamente contra los migrantes, ya lo has dicho, el Jefe no es más que un antisemita y odia a aquellos que insisten en la cuestión de los migrantes en vez de despotricar directamente contra los judíos y por otra parte, el Jefe y su banda, eso lo sabemos, llevan años sin hacer nada, pues sí, es eso precisamente, levantó la voz enfadado Ringer y acomodó la silla de manera que no le cosquilleara tanto la herida en la espalda, han actuado con suma habilidad todos estos años, realmente no han hecho nada y el Jefe incluso fundó ese conjunto espantoso llamado Sinfónica de Kana para luego poder iniciar todo aquello que al final sitúe a Turingia en el foco como un lugar despreciable, él sólo ha querido crear confusión, caos, porque es el caos lo que él y, en general, todos ellos necesitan, porque el caos es su medio natural en el que se mueven como pez en el agua, pues en realidad no quieren nada salvo el caos, de modo que es así como hay que ver la Sinfónica de Kana y todo cuanto ese personaje repelente ha realizado en los últimos años y, por otra parte, ¡qué es eso de la Sinfónica de Kana!, es algo tan profundamente cínico, algo que sólo puede provenir de él, de ese tipo corrupto hasta la médula que en buena parte sólo monta tan desdichado conjunto para esconderse detrás, porque se esconden, lo repito una y otra vez, se esconden como las fieras, pero yo sé perfectamente quién es el Jefe y, en general, quiénes son ellos, nazzis de pura cepa que no desfilan, no ondean las banderas, no llaman la atención mediante provocaciones nazzis, en absoluto, y es eso precisamente, llevan años sin llamar la atención de nadie, por eso me resultaba y me sigue resultando sospechosa esa gente, y para colmo en mi ciudad, es lo que explicó Ringer con tono cada vez más apasionado, pero no logró convencerlos, los amigos esperaban argumentos más convincentes y, además, todos sabían que a Ringer lo movía la venganza personal, hablaba de la Burgstraße 19 y de quienes allí se instalaban como si cada uno de ellos por separado fuera su enemigo, Fritz y Jürgen y Karin y Andreas y los demás, me dan ganas de vomitar, decía a veces al encender el televisor, y eso que no estaba enterado aún de que en el Castillo se había producido un cambio considerable, pues aparte de Fritz, que ya estaba registrado en el Castillo y residía allí, todos dejaron las habitaciones que, según el caso, alquilaban o realquilaban y, después de que un camión trasladara sus trastos más imprescindibles a un almacén a nombre del Jefe en el polígono Camisch, se mudaron al Castillo, así que a partir de entonces vivían juntos, fue una propuesta del Jefe que todos aceptaron de forma unánime, así seremos más eficaces, les explicó, y podremos encarar mejor la meta, sólo él se quedó en su casa, pero, claro, era suya y además quedó claro de forma tácita y unánime, también por consideraciones relacionadas con la seguridad, que el líder había de vivir aparte, él necesitaba la soledad para elaborar sus planes y a ello se sumaba la importancia de camuflarse adecuadamente, porque a nadie llamará la atención que a partir de ahora viváis aquí todos juntos, dijo a los demás, pues de hecho estabais siempre juntos aquí, a vosotros os pueden conocer si es que os conocen, pero yo sí llamaría la atención si no viviera en mi casa, o sea que así estará bien, y estuvo bien, aunque no contaron con que la convivencia continua haría aflorar viejas tensiones en el batallón, que las había, en parte debido al fútbol, en parte por las diferencias de carácter, sobre todo Karin, pero también Jürgen y Andreas, ya les costaba ponerse de acuerdo sobre quién había de limpiar el váter y cuándo, fue el problema más serio en una primera fase, la depuración de la mierda, que era como llamaba Fritz al asunto, Karin, cuando le tocaba a ella, quería darle dinero a Andreas, porque, tal como explicaba, por el mero hecho de ver la mierda le daban ganas de vomitar, y cuando tenía ganas de vomitar le entraban ganas de matar, y eso era algo que a su juicio nadie deseaba en el Castillo, mientras que Fritz a su vez se desvinculaba de la limpieza de la mierda, al considerar que hasta el momento la había limpiado siempre, siendo como era el único inquilino, y ahora que todos residían allí lo correcto era que cada cual eliminara su mierda y, es más, opinaba también en consecuencia que eliminaran asimismo la suya, porque vais atrasados, decía como si fuese en broma, pero no era en broma, y para colmo Jürgen tenía el problema de una mala digestión y las diarreas lo atormentaban de forma regular y cagaba de tal manera que básicamente expulsaba todo cuanto llevaba dentro y era incapaz de comprender que en esos casos no sólo había de limpiar el fondo del retrete sino examinar también el borde superior de la taza y el tabloncillo por debajo, porque hasta allí saltaba la mierda, pero él no estaba dispuesto a hacerlo y siempre esperaba que otros actuaran si deseaban que el inodoro quedara impecable, y no sólo era el inodoro, porque las preocupaciones de esa índole afectaban también al espacio que utilizaban como cocina común, pues la cuestión era saber por qué no lavaba la cafetera quien acababa de prepararse un café, por qué alguien echaba sistemáticamente la borra al desagüe y después quién devolvía las botellas de cerveza vacías donde correspondía, quién barría los añicos cuando una de esas botellas caía al suelo y se rompía, al principio todos lo esperaban de Fritz, pues hasta ese momento era él quien había asumido tales tareas siendo él el inquilino del lugar, pero desde que vivían juntos resultaba difícil aceptar que Fritz ya no se mostrara dispuesto, y la consecuencia más desagradable fue que aunque fuera él precisamente el más mugriento no manifestaba ningún interés por lo que ocurría en el Castillo, consideraba una nimiedad que alguien comenzara a quejarse y enseguida se ponía a sermonear a los demás diciendo que debían afrontar tareas mucho más grandes, serias y sustanciales, de modo que dejaran de molestarlo con cosas como el inodoro o la cocina o la basura o la borra o las botellas de cerveza, a quién podía interesar eso cuando se estaban jugando el futuro de Alemania y el Cuarto Reich, a lo cual poco o nada se podía objetar, pero el problema era que ni él ni nadie quería usar el retrete si antes alguien lo había dejado sucio, ni él ni nadie quería tomar café si previamente había que lavar la cafetera, por no hablar de sacar la basura o devolver los envases de cerveza vacíos, por desgracia existía la vida cotidiana y ésta fue agudizando las tensiones en pocas semanas, en vano se recordaban unos a otros que lo importante era la meta, el hecho era que un voluminoso trozo de mierda o su variante con salpicaduras, la de Jürgen, a menudo los enfrentaban, al Jefe le costaba restablecer el orden hasta que al final se vio obligado a redactar él mismo un reglamento interno que todos habían de cumplir, pues sí, funcionó, funcionó durante un tiempo, hasta que comenzó todo de nuevo, pero entonces dejaron de enfrentarse, admitieron que la convivencia exigía renuncias y acuerdos, no preguntaron por qué no lavaste esto, por qué no limpiaste eso, por qué no fregaste aquello y por qué no cepillaste lo de más allá y se concentraron en la causa que los había juntado, o sea que el Castillo, que nunca había sido un palacio, pronto empezó a tener un aspecto bastante deplorable, y Florian, por ejemplo, cuando alguna vez pasaba por delante de la puerta de entrada abierta, prefería no mirar, pero al final sí miraba y se le encogía el corazón, porque lo que se veía era un pasillo estrecho y tan oscuro que sólo se distinguían los primeros metros, la claridad procedente del exterior enseguida se convertía en polvo y la bombilla pelada y sucia apenas daba luz, y esa bombilla pelada y sucia que colgaba torcida de un cable, así como el olor a miseria agrio y mohoso que salía del interior, lo obligaban a dar un paso hacia la puerta, pero luego se lo pensaba y proseguía turbado su camino, y sólo podía decir para sus adentros, *estos pobres nazis*, y eso que él no venía de un chalet de la Hochstraße como el señor Feldmann, sino del rascacielos, que no era ningún palacio, y para colmo el ascensor últimamente ya daba la impresión de que jamás sería reparado, el Encargado se mostraba muy nervioso cuando los vecinos se lo preguntaban, los llamo en vano, explicaba, no cogen el teléfono, lo cual quería decir que no podía ponerse en contacto con la empresa contratada para el mantenimiento y no había posibilidad de contactar otra empresa

en la proximidad de la grandeza

el ascensor no tenía arreglo, pero no podía explicar eso a los habitantes del edificio, sólo a Florian se lo contaba y le pedía además que no se lo contara a nadie, pues, claro, no podía plantarse ante ellos, estimados vecinos, el ascensor ya no funcionará, ni lo sueñen ustedes, no puedo hacer nada, Florian, le dijo, el conserje que figura en el tablero allá en la entrada, a ver, no existe, y le encareció que no lo mencionara, ni pío de lo que hablaban entre ellos, por supuesto, no diré nada, señor Encargado, a lo cual el otro negó con la cabeza, le gustaba negar con la cabeza, y dijo, a ver, ¿cuántas veces te he dicho que no me llames señor Encargado?, no estamos tan lejos el uno del otro, ¿no es así?, puedes llamarme tranquilamente por mi nombre, pues sí, respondió cohibido Florian, lo que pasa es que me cuesta, me he acostumbrado a eso de señor Encargado, por mí, vale, sigue llamándome como quieras, dijo el otro en señal de rendición, y eso fue todo, dejó marcharse a Florian que estaba a punto de irse en el momento en que el Encargado lo pilló una vez más en el vestíbulo del rascacielos, a punto de irse a la casa del Jefe, convencido de que había de echar una mano también allí, pues el Jefe había tocado el timbre hacia el mediodía y le había pedido por el interfono que se presentara a las cuatro en su casa, y ya eran casi las cuatro, de modo que se sintió aliviado cuando el Encargado lo dejó marcharse, entra, que está abierto, le gritó el Jefe que llevaba una camiseta sin mangas y una toalla en torno al cuello cuando Florian llamó, pero está el perro, dijo Florian señalando al rottweiler que no paraba de ladrar con espumajos en la boca, no te pasará nada, gritó irritado el Jefe, la cadena lo sujeta, y se dio la vuelta y desapareció entonces tras la puerta, así que Florian tuvo la rara fortuna de poder entrar en la casa, lo cual ocurría en escasísimas ocasiones, el Jefe casi nunca lo dejaba entrar, y Florian se alegró por un lado de que en este caso fuese posible, pero por otro lado abrió aterrado el portón, pues le daba miedo el perro y no estaba seguro de que la cadena sujetara al animal que seguía ladrándole, lo sujetara de tal modo que él pudiera pasar, la cadena, eso sí, era suficientemente corta, aunque ese metro que hacía de franja de protección fue para él más bien una franja de miedo, jamás se había atrevido a acercarse al perro cuando había tenido que hacer algo en el patio, y también esta vez pasó conteniendo la respiración hasta la puerta de la casa, pero el Jefe se le rio a la cara cuando, ya dentro, se presentó ante él, vaya, mecagüenlaleche, ¿qué pinta tienes de nuevo?, es sólo un perro, perdón, respondió Florian, es que le tengo miedo, no tienes por qué, bueno, da igual, a ver, y el Jefe lo miró con expresión seria, a ver, la cosa es que, empezó, pero no pudo continuar porque volvió a sonar el timbre, el Jefe despotricó, miró quién era y dejó entrar a Fritz, que no se presentó muy diferente de Florian, el Jefe incluso lo comentó, caray, mecagüenlaleche, ¡vaya pinta que tienes!, ¿tú también te cagas en los pantalones por el chucho este?, ¿qué os pasa?, preguntó creyendo que Fritz se había asustado por el perro, pero no, el asunto es que, comenzó Fritz, que la policía se ha llevado a Jürgen, porque no fue suficiente que el gilipollas le metiera mano a Nadir, también se peleó con Rosauro, y Rosauro lo tumbó sin más con el cubo de la arena y llamó a la policía, lo cual era, a grandes rasgos, verdad, aunque no fue un cubo de la arena, sino un extintor que Rosauro arrancó de la pared y le arrojó a Jürgen, que escapaba, y le dio en la cabeza, así que Jürgen cayó al suelo y durante un buen rato no supo ni dónde estaba ni qué había pasado, ni siquiera cuando la policía llegó a la gasolinera ARAL, y eso que tardaron bastante, así es siempre, Kana es Kana, hombre, está a diecinueve kilómetros, argumentó uno de los policías cuando Rosauro le pidió una explicación, ¿por qué habéis tardado tres cuartos de hora, por el amor de Dios?, oiga, tranquilo, que no está usted hablando con su compadre, le espetó el policía, y entonces echaron un vistazo a Jürgen, le tomaron los datos a Rosauro, y Rosauro señaló la esquina del edificio de la gasolinera, ese criminal, que además apenas parecía un ser humano, sino más bien un saco apoyado contra el muro, ese engendro, insistió apretando los dientes y mostrándole el puño del que el otro ni se enteraba porque seguía inconsciente, la sangre que le había bajado de la cabeza rapada hasta la espalda ya se había secado, los policías, cuando lo miraron de frente, sólo vieron una mollera inclinada hacia delante, en vano le hicieron preguntas, el hombre no era capaz de responder con palabras comprensibles y además tenía los pantalones bajados hasta los tobillos, no se los había subido Rosauro cuando lo maniató y lo apoyó contra el muro hasta que llegara la policía, porque así exactamente lo pillé, dijo Rosauro señalándolo, con los pantalones hasta los tobillos, la camisa desabotonada abajo, mi esposa gritando, sin poder zafarse de él, es un animal, dijo señalando de nuevo a Jürgen, simplemente agredió a mi mujer, la introdujo en la oficina y la violó, sí, y en ese momento se quedó sin voz e hizo una señal a uno de los policías para que lo acompañara al interior de la tienda, donde lo invitó a sentarse y se sentó también frente a él, le temblaban las manos, y le explicó que llevaba tiempo observando que le echaba el ojo a su señora y tenía claro que en algún momento lo intentaría, por eso estaba él, o sea yo, dijo Rosauro señalándose a sí mismo, siempre alerta, esperando pillarlo si lo intentaba, pero el otro sin duda lo estuvo espiando y sabía cuándo viajaba a Jena con los ingresos y lo aprovechó, y la suerte, continuó Rosauro enjugándose las gotas de sudor de la frente, la suerte en la desgracia fue que había olvidado en casa un talonario y se había dado la vuelta a medio camino y fue entonces cuando lo pilló in fraganti, al bajar del coche en el aparcamiento ya oyó a Nadir, que estaba en la oficina, pidiendo socorro, vale, vale, lo interrumpió el policía y alzó el bolígrafo con el que estaba redactando el informe, poco a poco, paso a paso, y formuló entonces unas preguntas más, que a qué hora y qué minuto llamó a la ambulancia, que cuando llegó la ambulancia, que cuándo se fue, que cuándo se decidió no llevar a Nadir al hospital sino atenderla ahí mismo, luego realizó unas llamadas telefónicas y comprobó los datos y dio por concluido el atestado, salieron entonces a ver a Jürgen, le quitaron las cintas adhesivas con que estaba maniatado y lo metieron en el coche de la policía, pero Jürgen continuaba sin volver en sí, seguía sin entender lo que le estaba pasando, por él no llamaron a la ambulancia como sí hicieron con Nadir, explicó indignado Fritz, y eso que no cabía duda de que sus heridas eran graves, aunque ni eso se les dijo cuando un coche de la policía se presentó delante del Castillo y los interrogaron sobre Jürgen, no se les dijo nada de si habían trasladado a Jürgen al hospital ni nada parecido, sólo les hicieron unas cuantas preguntas que si esto, que si lo otro, como si ellos tuvieran algo que ver con lo que hacía ese imbécil, en vano le habían dicho miles de veces, sacudió la cabeza indignado Fritz, en vano, que dejara en paz a Nadir, porque Rosauro no estaba para bromas, esos sudamericanos no paraban hasta mearse encima de tu tumba, o sea que el Jefe mandó enseguida a Florian de vuelta a su casa y no se pudo saber lo que había querido de él, sea como fuere, esa misma noche se enteró por el Encargado de que se había producido una explosión, él también la oyó, porque no había logrado conciliar el sueño, preguntándose si debía ir a la mañana siguiente a ver a Rosauro y a Nadir por si podía ayudarles en algo o si se trataba de una mala idea debido a la naturaleza misma del asunto, en ésas estaba, pero cuando oyó la explosión enseguida fue corriendo a la ventana, la abrió, se asomó y vio abajo al Encargado en pijama y una bata a rayas gritando que algo había explotado, que se veían llamas en la B88, porque allí está ardiendo, dijo el Encargado señalando hacia la derecha, ¿lo ves?, y Florian no veía nada porque su ventana daba al otro lado del edificio, de modo que desde allí no podía ver nada, pero sí pudo oír la sirena de los bomberos, a pesar de que ni él ni el Encargado lograban distinguir desde su posición la dirección del sonido y para colmo daba la impresión de que esa sirena sonaba como un eco encima de la ciudad entera, de manera que pasó tiempo hasta que llegó la noticia, el portero que curiosamente se apellidaba Pförtner, o sea, 'portero' en alemán, se acercó desde la fábrica de porcelana para contarle al Encargado que había explotado la gasolinera ARAL, ¿la gasolinera ARAL?, preguntó incrédulo el Encargado, no puede ser, y enseguida avisó por el interfono a Florian, escucha, parece ser que ha sido la gasolinera ARAL, sí, continuó jadeando Pförtner, que había llegado corriendo deseoso de compartir cuanto antes la noticia, pues estaba solo de servicio, no era en realidad portero, sino portero de noche, de modo que sólo trabajaba en las horas nocturnas, no consideraba ningún secreto el hecho de haber asumido ese trabajo cuando hacía tres años, después del servicio militar, se presentó para un empleo en la fábrica de porcelana y le dijeron que como mucho lo podrían colocar como portero en el turno de noche, y él preguntó, ¿será de vigilante nocturno?, no, no, le respondieron, vale, dijo él rápidamente, acepto, y así ingresó, al fin y al cabo, explicaba a veces después de que se conocieran, cuando también al Encargado le tocaba alguna noche más ardua de lo habitual y él iba a verlo, pensándolo bien, he sido siempre una lechuza, siempre he preferido dormir por la mañana, esto es, quizá habría podido hacerlo, aunque nunca lo logré, porque en el ejército sólo me tocaba el turno de día, pero aquí, me lo creas o no, decía asintiendo con la cabeza para así convencer al Encargado, aunque en realidad no era necesario, porque el Encargado ya le creía antes de escucharlo que era un hombre feliz, soy feliz, decía, te hallas delante de un hombre feliz, porque desde que tengo este empleo puedo por fin dormir a pierna suelta, a las cinco de la madrugada termino y enseguida me voy a la cama, me meto bien adentro bajo el edredón y duermo como un osito de peluche, ¿me entiendes?, como un osito de peluche, y el Encargado lo entendió, pero prefirió no responder, pues para qué quejarse explicando que desde que Christine ya no vivía le daba lo mismo que fuese de día o de noche, él dormía fatal, no había otra manera de definirlo, se despertaba al más mínimo ruido y luego se torturaba intentando volver a conciliar el sueño, no lo conseguía de ningún modo, pero para qué quejarse de ello ante Pförtner, le bastaba exponer sus lamentos a Florian, que se mostraba más comprensivo y lo animaba, si tanto le costaba dormirse, podía subir tranquilamente a verlo, puede usted venir tranquilamente a mi casa, señor Encargado, y éste lo habría hecho, pero siete plantas eran siete plantas, de forma que prefería ir a ver a Pförtner cuando éste estaba de servicio en el cubículo de la fábrica de porcelana, tenía colgada en la pared una hoja con los turnos de Pförtner en la semana siguiente y la subsiguiente y así sucesivamente, el portero siempre se la daba para tener a alguien con quien hablar, porque, vale, le gustaba mucho trabajar allí, aguantaba bien las horas nocturnas, no daba nunca cabezadas y aunque se sentía decididamente feliz cuando había pasado por todos los canales de televisión, había terminado de leer el *Ostthüringer Zeitung* y había llegado al estado en que no pensaba en nada, en nada de nada, le resultaba agradable hablar con el Encargado, el Encargado entendía lo que le decía y él entendía lo que le decía el Encargado, y eso que él era oriundo de Mecklemburgo, mientras que el Encargado, tal como le confesó de entrada, lo era de Sajonia, pero, bueno, lo importante, decía Pförtner dándole unas palmadas al otro en el hombro, es que los dos somos de la Alemania del Este, somos *ossis*, así que no es de extrañar que nos entendamos, ¿no es así?, y el Encargado se mostraba de acuerdo, a él también le venía bien poder hacer algo cuando no conseguía conciliar de nuevo el sueño, pero ¿cómo es esto de ARAL?, ¿qué ha pasado?, preguntó aterrado, esperando una respuesta del portero, que sin embargo no llegó, porque sólo sabía eso, la policía no dice nada, añadió, ya lo he probado con el noticiero de Turingia a las cinco y quince por el canal MDR, y nada, quizá más tarde a través del programa *Aktuell*, y la situación no pintaba de otra manera en las demás casas de Kana, la explosión los despertó y los asustó a todos, habían pasado ya las ocho de la mañana, ni siquiera osaban salir a la calle quienes deberían haber salido, muchos creían que había sucedido lo que ya se temía, ahora también en Kana, los Volkenant no se atrevieron a ir a la oficina de correos, de modo que ésta no abrió, aunque tampoco había gente que la necesitara, a la señora Burgmüller incluso le daba miedo acercarse a la ventana, igual que a la señora Schneider, los Feldmann también desayunaron con las cortinas corridas y lo mismo ocurrió, lógicamente, en todas las casas, nadie poseía el valor suficiente para tomar alguna decisión sin la información necesaria, ni que fuese en el asunto más nimio, nadie quería tentar al destino, tampoco el señor Köhler, ¿qué haremos con este día?, ¿podré salir al patio a comprobar los instrumentos?, ¿o será mejor dejarlo por hoy?, y prefirió dejarlo y se preparó un café y volvió a sentarse ante el televisor que permanecía encendido desde la explosión, esperando noticias, ponía ahora MDR, ahora la Jena TV, y en su teléfono móvil estaba puesta la Érfurt TV, cuando hacia las nueve les llegó a todos que había explotado la gasolinera ARAL y que la policía no podía dar aún información alguna, que la investigación seguía su curso para averiguar a qué se debió el accidente, pero para entonces la señora Burgmüller ya no se aguantó y abrió la ventana y dio unos golpecitos en el cristal, la señal acordada de que algo quería comunicar a la señora Schneider, quien enseguida reaccionó y se asomó, a ver, ¿qué me dice, señora Schneider?, son varios los muertos, respondió ésta con voz de ultratumba, ¿cómo?, que son varios los muertos, repitió la señora Schneider sin admitir ni un pero, y se quedó mirando a la otra, esperando una respuesta, aunque la otra cerró la ventana de golpe, cómo que varios muertos, yo también miro la televisión, no sólo ella, se dijo furiosa, y miro exactamente lo mismo, nadie ha hablado de muertos ni de nada parecido, yo no sólo tengo MDR, sino también Jena TV, despotricó para sus adentros y salió de la habitación para prepararse otro café, y tenía razón, pues por el momento realmente no se había hecho mención de víctima alguna, el señor

Köhler consideraba que por mucho que se deseara saber la verdad, cabía esperar y había que resignarse a ello, llamó a Eisenberg, pero el doctor Tietz ya estaba en su consulta, y su esposa parecía tan asustada que el señor Köhler prefirió despedirse de ella tras unas palabras tranquilizadoras y diciéndole que volvería a llamar en cuanto se supiera algo más, luego pasó el tiempo y nada, venían cada hora y cada media hora las noticias aquí y allá, y sólo se escuchaba que se había producido un accidente en la gasolinera ARAL de Kana y nada más, la policía proseguía la investigación con la ayuda de los expertos, aunque ni el motivo ni el hecho mismo eran claros, el Jefe también se quedó en casa, y cuando se despidieron en medio de la noche fue lo que recomendó a los demás, lo cual sonó como una orden, que lo era, en momentos como ése, pensó el Jefe, mantener la disciplina era lo más importante, y los demás no lo dudaban, pero nadie quiso acostarse, permanecieron sentados juntos en la cocina durante el tiempo que duró todavía la noche y durante toda la mañana, lo esencial ya lo habían hecho, bebieron café, y ya era hacia el mediodía cuando Fritz declaró que él por su parte renunciaba al inquilinato del Castillo y preguntó quién quería ocupar su lugar, pero no recibió respuesta, pues no quedaba claro qué pretendía Fritz, y entonces Karin se levantó, se acercó a Fritz, se le puso detrás y allí permaneció hasta que él se dio la vuelta, y ella le dijo, el alquiler seguirá a tu nombre, a lo cual Fritz no contestó, se volvió y por la expresión de su cara resultó evidente que retiraba su propuesta, y Karin, lentamente, tal como había venido, se dirigió de nuevo a su asiento, poniendo así de manifiesto que era ella la que mejor aguantaba todo, no se podía observar en ella cambio alguno, seguía exactamente igual que ayer y que anteayer, y entonces, cuando en el canal MDR se anunció que el incendio había causado dos muertos, el Jefe se levantó de un salto, marcó un número de teléfono, se subió a su Opel y se marchó rumbo a Jena, a Jürgen lo habían trasladado a la clínica universitaria, la lesión craneal era grave, pero su vida no corría peligro, le informó el médico de turno cuando por fin logró encontrarlo y se le presentó como pariente cercano, fue terrible, muy terrible ver al pobre Jürgen allí tumbado, incluso, pensó el Jefe, aunque él fuera el culpable, porque era realmente un imbécil, la cosa fue brutal, sumamente brutal, y ya ni siquiera formuló las preguntas que solían plantearse normalmente, que cuánto tardaría en recuperar la conciencia, cuánto en restablecerse del todo, que si quedarían secuelas duraderas y cosas parecidas, sino que se fue del hospital, volvió a llamar por teléfono antes de poner en marcha el coche y tomó el camino de regreso a Kana, quiso pasar por delante de la gasolinera para echar un vistazo, pero el tráfico fue desviado, tuvo que dirigirse hacia Großpürschütz, subir hacia los montes y volver por la L1062, sólo así consiguió entrar en la ciudad, donde por la tarde ya se podía ver gente en las calles, también Florian salió, quería comprobar que al señor Köhler no le hubiera sucedido nada, y el señor Köhler, al ver al muchacho con los ojos llorosos, intentó suavizar la situación con una broma y fingiendo asombro le preguntó si creía que la explosión se había cargado también la Oststraße, pero Florian, turbado, le respondió que en realidad sólo quería saber si los instrumentos estaban en regla, sí, le dijo el señor Köhler, le ofreció un vaso de agua y trató de retenerlo, y el otro, aduciendo que tenía mucho que hacer, se marchó enseguida después de beber el agua, se fue a toda prisa y con los ojos llorosos, y se dirigió, no por primera vez, a la gasolinera ARAL, pero en esta ocasión tampoco lo dejaron acercarse, un coche de la policía bloqueaba el camino desde el casco viejo de la ciudad, de modo que a Florian no le quedó más remedio que sentarse sobre una piedra y llorar de nuevo a moco tendido, sabía que Rosauro y Nadir eran las dos víctimas, sólo podían ser ellos, no era capaz de asumirlo, se golpeaba la cabeza con las manos y lloraba, y ya no pudo seguir allí sentado, de manera que se fue corriendo a la biblioteca, y la señora Ringer, viendo el estado en que se encontraba Florian, le habló de cualquier cosa menos de las víctimas de la gasolinera ARAL y para tranquilizarlo de algún modo hasta comenzó a quejarse de que su voz no acababa de mejorar y, en efecto, seguía sonando rasposa, mi voz, Florian, no mejora, de ninguna forma quería ella, viendo el estado del muchacho, hablar precisamente con él sobre el atentado, que era cómo lo consideraba, un atentado, no quería ni mencionarlo siquiera, tanto ella como su marido tenían su opinión al respecto, no puede ser una casualidad después de lo que le ocurrió a Nadir, dijo Ringer completamente abatido en su taller, simplemente no puede ser una casualidad, al principio no quería dejar a su mujer ir a la biblioteca, pero luego, cuando ella se fue a pesar de todo, porque se había apuntado toda una clase de quinto y la visita no se había suspendido, así que ¿qué pasaría si los alumnos hallaran cerrada la biblioteca?, él volvió a la tarea que había interrumpido, porque la tarde anterior le habían devuelto el Ford con el radiador que se había calentado de nuevo, se inclinó sobre los tubos pero no logró concentrarse, y casi todo el mundo estaba igual, no había manera de concentrarse en lo que ayer mismo se estaba haciendo con normalidad, sólo la señora Ingrid salió de su casa en la Margarethenstraße y el primer lugar en el que entró fue la oficina de correos, pues los Volkenant se habían asustado bastante pensando que podría aparecer una inspección y descubrir que no habían abierto, incluso podría haber alguien que nos denunciase, señaló con cara de preocupación el señor Volkenant, pero esto no ocurrió, pues nadie se atrevía aún a acudir a la oficina de correos, la única persona que abrió la puerta fue la señora Ingrid, feliz y contenta, ya que no se había enterado de nada, tenía unos tapones para los oídos como nadie, durante un tiempo lo fue explicando a todo quisque, creedme, tengo unos tapones para los oídos como nadie, y en efecto, no escuchó ni la explosión ni el consiguiente jaleo por la noche, pero a la mañana ya tenía listo su plan, porque el médico, en su última revisión, le había aconsejado, doña Ingrid, está usted en perfecto estado, no tiene usted ningún problema de salud que no sea normal a su edad, así que piense en alguna actividad, y se quedó ella entonces pensando largo rato, contó a Jessica, que estaba toda pálida, largo rato hasta que dio con la actividad, organizaría un movimiento, ¿qué?, alzó Jessica la vista desde detrás del mostrador, tú ya sabes lo mucho que me gustan los crisantemos, ¿verdad?, pues sí, se oyó la sorda respuesta, entonces, Jessica, prepárate tú también, pues pronto comenzará el campeonato de crisantemos, campeonato de crisantemos, preguntó Jessica, pero con la entonación de una afirmación, sí, querida, campeonato de crisantemos, aunque puede que acabe llamándose Campeonato de Crisantemos de Doña Ingrid, no lo he decidido aún, y explicó que era evidente que los crisantemos habían disminuido en Kana, cuando vas al cementerio, ¿ves crisantemos?, apenas unos pocos, querida Jessica, muy pocos, y eso que el crisantemo, ¿cómo decirlo?, es una de las flores más bellas de la tierra, tiene una fragancia, bueno, y luce con tantos colores que a veces me dan ganas de llorar, cuando veo cómo brota el capullo rojo y el capullo verde y el capullo rosado y el capullo azul y, entiendo, doña Ingrid, qué idea tan bonita, paró Jessica la enumeración, seguro que prenderá en la gente, añadió con cierto sarcasmo, lo suficientemente contenido para que la señora Ingrid no se diera cuenta, pero sí el señor Volkenant, que desde luego lo captó, y por mucho que reinara un ambiente depresivo no pudo contenerse, y soltó una risa en la oficina, es la última flor del otoño, continuó enfervorizada la señora Ingrid, como bien sabes, mi querida Jessica, es anual, y por eso se consigue tan barata en primavera, porque cualquiera se puede gastar uno o dos euros, yo me recorreré la ciudad y me ganaré a todos para la causa, escúchame, querida Jessica, a todos, y pienso también en ti, porque te gustan las flores bellas, ¿no es así?, ¿a qué mujer no le gustan?, pues ya ves, tesoro, o sea que participarás, ya tengo yo a mi primera candidata, ¿verdad?, verdad, llegó la sorda respuesta desde detrás del mostrador, Jessica no soportaba los crisantemos, los llamaba las flores de la muerte, pero no lo reveló en ese momento, y la señora Ingrid se marchó renqueando y se puso a llamar a las puertas de sus conocidos, y quién no lo era, sobre todo allí, en su barrio, y contó su proyecto y recibió respuestas afirmativas, de modo que su entusiasmo fue en aumento a medida que progresaba por la Jenaische Straße hacia el cruce, y tocó entonces el timbre de la señora Hopf, a la que realmente le gustaban los crisantemos, y si bien tardó en abrir la puerta, luego, al enterarse de por qué venía la señora Ingrid y comprobar que evidentemente no sabía nada de lo ocurrido, se alegró tanto que no sólo aceptó su propuesta, sino que enseguida la hizo pasar, en vano se excusaba la otra diciendo que tenía muchísimo que hacer, la obligó a sentarse, le preguntó qué podía ofrecerle, y la señora Ingrid se enderezó, le sonrió a la señora Hopf, inclinó la cabeza hacia un lado y preguntó, ¿te queda todavía ese licor de cerezas tan bueno, querida?, y sí, quedaba, y la señora Hopf pensó, considerando los acontecimientos de la noche, que no le vendría mal un pelín, de modo que enseguida sacó dos copitas y las apuraron con un único gesto como si llevaran tiempo ansiosas deseándolo, sobre todo ella, a la que tanto había aterrado la horrorosa explosión de la noche que ni siquiera osó moverse en la cama, su marido dormía con los tapones en los oídos porque la señora Hopf supuestamente roncaba, lo cual podía estropearle las noches al señor Hopf, o sea que le compró unos tapones en la droguería, y desde entonces no oye nada el pobrecito, explicaba de vez en cuando a algún cliente fijo del Garni, y el pobre tampoco escuchó nada en esta ocasión, ella sí, ella lo escuchó todo claramente, y se le tensaron todos los músculos, y se acurrucó debajo del edredón, tras el primer estampido no se lo creyó, y luego vino el siguiente, y no se lo creyó, y con eso no acabó, vinieron más y más, más fuertes y más profundos y más terroríficos, y así continuó un buen rato, parecía que nunca iba a terminar, pero de repente terminó, aunque el ruido tardó en írsele de los oídos, fue desapareciendo poco a poco, muy poco a poco, y un silencio aterrador se posó sobre ellos, lo cual la asustó todavía más, y no se movió hasta que comenzaron a aullar las sirenas, ni siquiera sabía cuántas oía, de modo que se acercó de puntillas a la ventana, y la calle abajo estaba desierta como siempre, se apartó un poquito, pero de tal manera que mientras a ella no pudieran verla, ella sí podía verlo todo si hubiera algo abajo, y así permaneció largo tiempo, y nada, y nada, ya estaba a punto de volver a la cama cuando se dio cuenta, sólo fue un relámpago, de que un coche pasaba a toda velocidad desde la Roßstraße hacia la Burgstraße, realmente tan rápido que ni siquiera fue capaz de determinar su color, lo oyó frenar y detenerse, luego el golpe de las puertas al cerrarse y por último el silencio, los nazis, pensó la señora Hopf, quiénes sino ellos circularían en medio de esa noche, y para colmo así, a toda pastilla, demasiada prisa, demasiada prisa, murmuró ella y enseguida se acostó de nuevo, volvió a taparse con el edredón hasta el mentón y se quedó sin moverse, porque no quería saber lo que era todo eso, no quería saber nada, permaneció largo tiempo tumbada, esperando lo que pudiera suceder, pero no ocurrió nada, y su cuerpo cedió, la venció el sueño, y sólo se despertó cuando su marido le trajo el café, porque ésta era la costumbre entre ellos, así empezaban el día, el señor Hopf aparecía con el café humeante, a la señora Hopf le encantaba tanto que no podía renunciar a ese hábito, y eso que había decidido en más de una ocasión asumir ella la tarea para que su querido señor Hopf pudiera quedarse un rato más en la cama, pero era tan agradable percibir el aroma cosquilleante del café en medio del duermevela, tan tan agradable, que optó por no cambiar nada, o sea que el señor Hopf seguía preparando el café y trayéndolo al dormitorio, tal como ocurrió también ese día, de modo que se sentaron, según su costumbre, en la cama apoyando la espalda en el respaldo y se cubrieron con el edredón hasta las rodillas, la señora Hopf no dijo ni mu sobre la sucedido esa misma noche, simplemente no quería estropearle el humor al señor Hopf, que siempre parecía tan feliz, para poder empezar así la mañana, el café, por cierto, lo conseguían en Jena y solían comprar una cantidad suficiente para todo el mes, a ambos les resultaba esencial consumir el más selecto, el que más les gustaba, y por eso no podían conformarse con los que se vendían en el Lidl o en el Netto o en el Penny, y con la panadería Hunger que había en diagonal enfrente no se llevaban bien, porque Hunger se mostraba muy arrogante y como veía en ellos, por razones incomprensibles, unos rivales, no estaba dispuesto de ningún modo a mantener una relación de cooperación, esto es, por ejemplo, adquirir conjuntamente el café cuando el Garni y el restaurante todavía funcionaban a pleno rendimiento, así que quedó el hábito de comprar el café en Jena, para lo cual sí encontraron una familia de la Hochstraße que se apuntó a la idea, pero como los Hopf necesitaban también más artículos, la mayoría de las veces eran ellos quienes se encargaban del asunto, y, además, la señora Hopf prefería no confiar a otro la compra, porque sólo se fiaba de ella misma, que no se equivocaba, se sentía muy orgullosa de ello, y fue lo que le dijo a Florian cuando éste se presentó con ojos llorosos y ambos hablaron sobre lo que cada uno había oído de la explosión, yo siempre he llevado las riendas de las cosas, dijo, pero a partir de ahora, en estas circunstancias, realmente ya no sé lo que ocurrirá, tras lo cual Florian calló largo rato, hasta que recobró la compostura y trató de calmarla, aunque no resultó muy convincente, porque se le notaba, y mucho, lo que había sufrido a raíz de la tragedia, y para colmo había de guardar en el buche algo que quería soltar a toda costa, aunque prefirió abstenerse teniendo en cuenta el estado anímico de la señora Hopf, el hecho, concretamente, de que, para colmo, aparte de las explosiones, algo no iba bien con el señor Köhler, llevaba dos o tres días manifiestamente taciturno, parecía igual de equilibrado y sereno que siempre, pero apenas contestaba cuando se le preguntaba algo, es más, a veces ni siquiera respondía, y daba la impresión de no ser capaz de mantener una conversación prolongada, aunque luego sí se lo contó al Jefe cuando fue a verlo después de pasar por la casa de la señora Hopf para enterarse de si había más noticias sobre lo sucedido, él imaginó la conversación hablando por encima de la valla como antes, pero el Jefe volvió a gritarle desde la puerta de la casa y llevaba de nuevo una camiseta sin mangas y una toalla en torno al cuello, lo cual significaba que se estaba entrenando en el interior, entra dijo, y le hizo una señal para que lo hiciera, y el mismo miedo al rottweiler, el mismo demudamiento que el otro día, pero en esta ocasión el Jefe no estaba para bromas, ni siquiera para soltar algún comentario, pues quería hablar de algo, pero Florian se le adelantó diciendo que a su juicio el problema era bastante grave, porque si bien el señor Köhler lo invitaba a tomar asiento en el sillón en el que solía sentarse, no se sentaba en el suyo frente a él para tratar con más detalle asuntos sobre lo que fuera, mientras leían los datos de los instrumentos o realizaban algún trabajo en el patio, sólo podían hablar de forma superficial, no, el señor Köhler permanecía de pie, y lo extraño era eso, que permanecía de pie, apoyando las manos en el respaldo del sillón, sin mirarlo, aunque él, Florian, tenía la sensación de que tampoco miraba a otro lado, estaba de pie y no decía nada, mientras él intentaba iniciar una conversación, pero nada, era como hablarle a una pared, ni una sola reacción, sólo al final, cuando él se levantó para marcharse, le dijo algo, algo insustancial y cotidiano, como si no le interesara nada que no fuese insustancial y cotidiano, y eso, explicó Florian al Jefe, que mientras iba levantando las pesas no hacía más que contar cuántos levantamientos le faltaban para llegar a los cien, eso nunca había sucedido entre ellos, antes de ayer, ¡antes de todo lo sucedido!, dijo Florian frotándose los ojos, ya no aguantó más, y al marcharse esperó a que el señor Köhler cerrara el portón que seguía sin repararse y regresara al interior de la vivienda, fingió dirigirse hacia la Bahnhofstraße, pero no, al cabo de unos pasos dio media vuelta y fue con sigilo hacia la casa para espiar al señor Köhler a través de la ventana, y como en esa ocasión las persianas no estaban bajadas, vio al señor Köhler entrar en la habitación, sentarse inmediatamente al ordenador portátil y ponerse a escribir, escribir algo a una velocidad increíble, siempre, desde que lo conocía, le extrañó la velocidad a la que escribía el señor Köhler, es más, le extrañaba el hecho de que escribiera utilizando los diez dedos, y también en esta ocasión con los diez dedos y como el viento, a buen seguro lo de siempre, dijo con un profundo suspiro Florian, a buen seguro introduciendo en el ordenador los datos que los instrumentos indicaban en el patio, pero aun así resultaba todo muy extraño, por ejemplo, el señor Köhler ignoraba en todo momento su propuesta de que se reparara por fin la cerradura del portón de entrada, así como la puerta que conducía al interior de la vivienda, con un gesto de la mano daba a entender que no había prisa, no había prisa, o sea que no era de extrañar que él, Florian, estuviera preocupado, pues yo no me preocupo, dijo el Jefe dejando las pesas sobre el banco, estaba todo sudado, estoy todo sudado, mecagüenlaleche, añadió jadeando, ahora mismo me voy a duchar y vuelvo, así que espérame aquí sentado, señaló una de las sillas y desapareció en el baño, porque quería hablar con él, y al salir del baño habló, en efecto, se sentó frente a él con el albornoz puesto y le explicó que había pasado la noche anterior en casa, yo estuve en casa, dijo a Florian mirándolo fijamente a los ojos, y Florian le contestó, claro, ¿por qué no iba a estar en casa, Jefe?, en casa como todas las noches, por supuesto, prosiguió el otro, irritado al verse interrumpido, es sólo por si te preguntan, si alguien te pregunta, quienquiera, ¿me entiendes?, entonces le dirás que pasé la noche en casa, que pasé la noche en casa como siempre, y eso lo sabes concretamente porque te llamé hacia las 11, te llamé hacia las 12 y hacia la 1 y hacia las 2 y hacia las 3, cinco veces te llamé, porque cuando hago cuentas, cuando repaso el libro de ruta y la demás mierda, te llamo cada vez que no recuerdo un dato y tú me lo pasas, porque eres tú quien lleva la lista, pero en esta ocasión la tenías más que nunca, y yo te llamaba cada hora, porque siempre te llamo cada hora cuando hacemos el resumen mensual, ¿me entiendes, Florian?, esto ahora es importante, y te diré por qué, se aclaró la garganta mientras extraía un teléfono móvil del bolsillo del albornoz, pero no uno de los suyos, Florian se dio cuenta enseguida, aunque no se atrevió a mirar con más precisión, porque algo se olía, aunque no se atrevió ¡a creer que...!, y el Jefe a todo esto acercó su silla, es importante porque no está excluida la posibilidad, y de pronto se le nublaron los ojos, no está en absoluto excluida, de que alguien quiera endiñarme ese gran desastre, dijo señalando con la cabeza hacia fuera, hacia lejos, ya sabes la cantidad de gente que me odia, sin ninguna razón además, claro, asintió nervioso Florian mientras ya era capaz de mirar hacia el teléfono móvil, porque el Jefe comenzó a gesticular intensamente con el aparato para dar énfasis a cada una de sus palabras, ¿me entiendes?, es posible que quieran endosarme la historia de la gasolinera ARAL, y todo por culpa de Jürgen, mentira, rio Florian a la vez que seguía los movimientos del teléfono móvil que se le acercaba y se le alejaba en la mano del Jefe, y mientras pensaba, ESTO ES UN NOKIA, balbuceó, Jefe, ¿no me estará hablando de la explosión?, aquello fue un accidente, ¿no?, todo el mundo dice que fue un accidente, y se está investigando, vale, pues entonces nos entendemos, dijo el Jefe bajando tanto la voz como el NOKIA, pero luego volvió a levantarlos y mientras ponía con un gesto solemne el teléfono en la mano de Florian le explicó, lo tienes desde hace medio año más o menos y lo recibiste de mí,

¿vale?, ¿medio año?, sí, mecagüenlaleche, al menos, y desde entonces nos hablamos todos los benditos días, ¿todos los benditos días?, sí, desde hace medio año al menos todos los benditos días y sólo conmigo en este aparato, por eso no te lo ha visto nadie, sólo conmigo y con nadie más, y sí, también esa noche en que te llamé cinco veces, repitió, y añadió a un ritmo muy pausado para que se le quedara grabado, ¡cin-co!, ¿capito?, y entonces extrajo del bolsillo un cargador y se lo puso en la otra mano a Florian, que a partir de ese momento ni siquiera fue capaz de mirarse las manos, solamente al Jefe, y olvidando todo lo demás poco a poco se le iluminó la cara de felicidad, un NOKIA, balbuceó, pues sí, un NOKIA, le respondió nervioso el Jefe, y ya tiene cinco llamadas, ¿me entiendes o no?, pero él seguía sin ser capaz de mirarse las manos, mientras daba a entender con todo el cuerpo que sí, que comprendía perfectamente y quería, y mucho, que se le quedara bien grabado en su estúpida cabeza, y se lo grabó, ahora se lo gra-ba-ría todo minuciosamente en el cerebro, podían confiar en él plenamente, y era bueno poseer tanto el teléfono móvil como el cargador, ¿así que ahora es mío?, preguntó, sí, y antes también era tuyo, le respondió impaciente el Jefe, se levantó de la silla, se frotó el cuerpo con el albornoz, se lo quitó, lo tiró hacia atrás, y Florian, al verlo como su madre lo trajo al mundo, enseguida se levantó y se dispuso a salir de la habitación, pero el otro lo detuvo y lo amenazó con el dedo índice, ¿lo has captado realmente todo?, por supuesto, todo claro, asintió Florian poniéndose colorado porque el Jefe ni siquiera se había tapado el pito, y se marchó, y pasar por delante del perro fue también de miedo, y eso que cuando alguien pasaba en dirección a la salida, el rottweiler no es que no ladrara, no es que no tironeara de la cadena, es que ni siquiera se levantaba, a lo sumo soltaba un gruñido, pero a Florian esto le bastó para sentir lo mismo que cuando iba en dirección hacia la casa, y ni siquiera pudo cerrar el portón porque apareció la señora Ingrid proveniente del edificio Wagner, gritando a voz en cuello y agitando los brazos, no cierres, cariño, no cierres, porque a mi juicio, dijo jadeando al llegar, a mi juicio aquí tampoco funciona el timbre, figúrate, hijo, explicó, llevo horas andando con mis piernas horribles, pero en un montón de lugares no va el timbre, jamás me habría imaginado que fueran tantas las casas donde no funciona, tampoco entiendo cómo es que la gente no necesita un timbre que funcione, ¿tú lo entiendes, Florian?, y él no lo entendía, así como no comprendía de qué estaba hablando, así que dejó pasar a la señora Ingrid y se fue rumbo a su casa, con el móvil en una mano y con el cargador en la otra, manteniendo ambos un poquito alejados de sí, no quería ni verlos antes de llegar a casa, allí sí, allí me los miraré, latía en su interior, y luego, cuando entró en su vivienda y dejó con mucho cuidado el aparato sobre la mesa de la cocina y lo conectó y en la pantalla enseguida aparecieron unos cristalitos de color celeste en el fondo, pero no se sentó para echar un vistazo, es más, retrocedió un poco y cerró los ojos, aunque volvió a abrirlos y dijo en voz alta, color celeste, dio un paso adelante, puso al lado el cargador, retrocedió de nuevo y los siguió mirando, el Jefe, pensó, y se le hizo un nudo en la garganta, Dios mío, incluso se le empañaron los ojos, cuando uno tiene la sensación de derrumbarse bajo el peso de lo sucedido, aparece el Jefe, que comprende por lo que uno está pasando a raíz de la terrible muerte de Rosauro, le regala un NOKIA de verdad para poder soportar mejor lo insoportable, y se quedó inmóvil, no los tocó, se quedó inmóvil mirándolos, y después, al salir a la calle, ni siquiera sabía adónde ir, se dirigió instintivamente hacia la casa del Jefe, pero cambió de pronto de dirección, fue a la Bahnhofstraße y progresó por ella hasta llegar a la Oststraße, donde se plantó ante la casa del señor Köhler y se topó allí con el agente forestal que, si bien se dio cuenta de que podía entrar porque la cerradura estaba rota, prefirió por educación tocar el timbre, ¿crees tú que está en casa?, preguntó a Florian, y volvió a tocar, tocaba y tocaba el timbre, y no salía nadie, y entonces apareció de pronto el señor Köhler, abrió la puerta de par en par ante Florian, pero dejó pasar también al agente forestal, he traído miel, explicó éste, yo no quiero molestar, es sólo por la miel, vale, no se preocupe, dijo el dueño de la casa, pero entre, ahora me bastará medio litro, añadió señalando uno de los frascos, pero el agente forestal le ofreció uno más grande, seguro, ¿será suficiente?, lo miró tratando de animarlo, pero el señor Köhler indicó el más pequeño, pues sí, suficiente, pagó y pidió que cerrara el portón al salir, y el agente forestal obedeció, se subió al coche y prosiguió su camino con la miel o, para ser preciso, con una maleta grande llena de frascos de miel, pues quería a toda costa aprovechar el interés suscitado, llevaba años sin apenas vender nada, en más de una ocasión se había quedado con casi toda la producción anual, pero ahora creció la demanda debido a los lobos, si bien la demanda había disminuido de manera perceptible en los últimos días, de modo que hoy, al enterarse por el bombero jubilado que vivía en el tramo inicial de la L1062 lo que había ocurrido en la gasolinera ARAL, enseguida llenó la maleta más grande para intentar colocar la máxima cantidad posible, ni siquiera se atrevió a pensar en la jalea y en el jarabe que le quedaban, pero al menos algo de la miel, porque la miel era la miel, con la miel se sacaba algo, aunque tenía la sensación de que a partir de entonces resultaría una tarea difícil, y eso que al comienzo de la fiebre de los lobos incluso creyó que tendría que diluirla, pero nada, eso se acabó, gruñó para sus adentros mientras salía de la casa de Köhler, también éste sólo ha comprado de los frascos pequeños, qué carajo voy a hacer con los demás, me voy a quedar de nuevo con todos, y al decir esto puso el intermitente y se marchó, decidió ir también a la Hochstraße, allí, en los grandes chalés tal vez comprarán algo, pensó, y al cabo de un minuto tocó el timbre de la primera casa, pero en vano, nadie abrió, como tampoco en la segunda ni en la siguiente, y eso que a veces veía una cortina descorrerse ligeramente, pero silencio de cementerio, sólo los Feldmann respondieron en el interfono, ellos sí querían, a la señora Feldmann le gustaba mucho la miel, sobre todo cuando llegaba el frío, como ahora, e incluso compró tres frascos grandes, siempre exagerando, querida, la reprendió el señor Feldmann y volvió a meter dos en la maleta, pero de todos modos invitaron al agente forestal a tomar asiento y le preguntaron si tenía alguna información y lo miraron luego con cara de decepción cuando supieron que acababa de enterarse de lo ocurrido después de bajar de la montaña, o sea que nada, lo despidieron al cabo de unos minutos, así que le quedaban diez frascos en la maleta, ¿qué hacer?, se preguntó, ¿volver a casa?, lo intentó con todos los timbres y procedió de la siguiente manera, avanzaba cinco o seis casas con el coche, estacionaba, retrocedía a pie y tocaba el timbre en todas las casas, después volvía a avanzar cinco, estacionaba y lo intentaba de nuevo, pero no hubo manera, se quejó incluso luego camino de regreso al bombero, ya que pasó a verlo en un estado de suma tristeza y le explicó que eso de la miel ya no iba, que le quedaban todavía dos largos estantes llenos de frascos, y aceptó una cerveza, ay, esos dos estantes, suspiró el agente forestal, se despidió y decidió no volver a poner el pie en Kana durante un tiempo, ¿para qué?, dijo con amargura a su esposa, ¿para humillarme?, no soy un buhonero, no soy un pobre vendedor ambulante, es la miel más fina que puedan probar, lo cual era cierto, el señor Köhler no pudo resistirse a probarla enseguida en cuanto Florian se marchó, desenroscó la tapa y lo primero que hizo fue oler el contenido con los ojos cerrados, luego probó un poco con una cucharita de té, pero después se lo pensó y continuó con la cuchara grande, a Florian también le gustaba, pero él no podía permitírselo, un frasco pequeño seis euros, oh, señor agente, le dijo en una ocasión, a mí me resulta una diversión muy cara, y era, en efecto, el precio al que lo vendía, al considerar que si Rinke cobraba once euros el kilo de una miel de calidad bastante dudosa, la suya bien podía valer doce, ¿o no?, pues sí, por supuesto, asentía su esposa, así que el frasco pequeño valía seis euros, y al principio se vendía junto con la jalea y el jarabe, pero ahora nada, nada de nada, no lo repitas continuamente, se quejó su esposa, a lo cual el agente forestal calló, que fue lo mismo que le ocurrió, en otro sentido, al señor Köhler, un extraño enmudecimiento, pues Florian había de experimentar día tras día que la situación empeoraba cada vez más, ya que descontando los dos primeros días que pasó con el NOKIA, en los que—como contrapeso al duelo que le oprimía terriblemente el alma—lo intentó y lo aprendió todo con el aparato, lo iba a ver todos los días, no sólo los jueves, y tuvo que comprobar que el señor Köhler le saludaba cuando llegaba y cuando se despedía, pero entretanto no soltaba ni una palabra, y después, al informar al Jefe y a la señora Ringer de la evolución del asunto, tuvo que confesar que el señor Köhler ya sólo asentía con la cabeza cuando acudía a abrir la puerta y asentía cuando se marchaba, pero por lo demás no se manifestaba, y el problema no era que no pudiera hablar, sino que no quería, y no se entendía por qué, y ya no parecía tan tranquilo y equilibrado como cuando empezó, aunque tampoco podía Florian afirmar que estuviera abatido, se mostraba más bien… apático, como alguien a quien todo le daba lo mismo, pues entonces llévalo al médico, mecagüenlaleche, lo interrumpió el Jefe, que ahora no tenía tiempo para bagatelas o mierdecillas como las llamaba, el asunto era que el agente forestal, supuestamente, había vuelto a ver lobos cerca de Ölknitz, y lo llamó a él, no a la policía, a él y a esos cabrones de la NABU, y para colmo había vuelto a producirse una pequeña explosión en Eisenach, no lejos de la casa natal de Bach, así que tengo problemas suficientes, gruñó, inhaló el humo del cigarrillo y lo fue soltando muy poco a poco, y a continuación pasó a explicar que él desde luego no vio a los lobos cuando se trasladó con el agente forestal al supuesto escenario del avistamiento, de modo que tendría que volver allí a medianoche, pero hay otra cosa, dijo a Florian, y para esto cuento contigo, porque, sea lo que sea lo de la gasolinera ARAL, parece que tenemos que convocar de nuevo para el sábado a esos jiñados en el gimnasio, pero él no tenía tiempo precisamente, o sea que había de ser Florian quien se ocupara de que el ensayo se desarrollara de forma correcta, y Florian necesitó un buen rato para comprender de qué se trataba, de que los ensayos de la Sinfónica de Kana tendrían continuidad y de que se precisaba de alguien para encargarse del orden, ya conoces a Bach y tienes cabeza y experiencia, por no hablar de tu condición física, porque si ves algo que no corresponde, simplemente te levantas, te plantas ante ellos allí donde estaría la tarima del director si la hubiera, y punto, pero no hubo ni punto ni nada, porque cuando comenzó el ensayo a las once se presentaron sólo ocho de los veintiún convocados, y Florian pensó que no tendría ningún sentido plantarse ante ellos, no había nada que hacer, les pidió como mucho que ensayaran lo que se pudiera en esa formación instrumental y permanecieran hasta la una, que era lo que les encareció el Jefe, pero la cosa acabó en nada, porque las cuerdas presentes hicieron chirriar algo en sus instrumentos, y el único trompetista se sumó un rato al chirrido, pero los dos contrabajistas declararon que no estaban dispuestos a seguir así y guardaron sus instrumentos, y los dos violoncelistas hicieron otro tanto, y los que quedaron, el del fagot y los dos oboístas lanzaron miradas tan inquisitivas a Florian que éste cogió, se dirigió a las espalderas, se sentó, apoyó la espalda en las barras y primero se quedó observando cómo se iban marchando poco a poco del gimnasio, uno tras otro, los miembros de la Sinfónica de Kana, luego se levantó él también para seguirlos, pero al llegar a la puerta se lo pensó y regresó a su asiento para no tener que pensar de nuevo en Rosauro y Nadir ni en el señor Köhler, permaneció ensayando el himno para sus adentros, pulsando después las teclas de su teléfono y esperando a que llegara la una, sabiendo lo que ocurriría, y ocurrió, pues el Jefe se puso hecho un basilisco y se despachó a gusto con Florian, pero no hubo manotazo en la nuca, últimamente no se producían a menudo, claro, nada era como antes, no iban a trabajar, no se podía ensayar, todo había cambiado, salvo que el miedo era exactamente el mismo que cuando los lobos aparecieron por vez primera en la zona, vuelven a estar aquí, y así continuará, violan a las mujeres, hacen estallar bombas, nos echan encima a los lobos, a esto hemos llegado, así lo resumió el señor Heinrich en lo de Ilona, igual que Jessica y su marido en la oficina de correos, igual que el Encargado en el bar IKS, igual que la señora Hopf, y sólo esperaban a que desde el plano regional o incluso desde el federal se decidiera por fin asestar un golpe a los responsables de todo ello, ya le zumbaban los oídos a Florian, en todas partes escuchaba lo mismo, todo el mundo tenía miedo, menos él, porque él, aparte del duelo, estaba ocupado con el señor Köhler, a él dedicaba todas sus fuerzas y todo su tiempo, pues sospechaba, lógicamente, la existencia de alguna enfermedad, y como no consideró de buena educación llamar por teléfono, viajó en persona a Eisenberg a visitar al doctor Tietz y pedirle que fuera a ver al señor Köhler, porque la situación era bastante inquietante, y el doctor Tietz acudió y examinó a su amigo, mientras Florian esperaba fuera, en la cocina, y los dos hombres pasaron más de una hora juntos, aunque por desgracia no pudo oírse nada desde el exterior, y eso que Florian se acercó con más y más frecuencia a la puerta de la habitación para poner la oreja, pero lo único que oyó fue al doctor Tietz que hablaba, no se le entendía nada, y cuando por fin salió, y Florian le preguntó con la mirada ¿qué?, el otro se limitó a fruncir el ceño y negar con la cabeza, como si el señor Köhler tuviera una enfermedad incurable, ¡pero no la tiene!, exclamó una voz dentro de él, es imposible, y entonces intentó apelar a su conciencia, hasta ese momento no se había atrevido, pero había llegado el momento, y le dijo, señor Köhler, por el amor de Dios, dígame, ¿por qué no habla conmigo?, a lo cual el otro lo miró asombrado, como si no entendiese qué problema tenía Florian, se sonrió, le dio la espalda, se sentó a su escritorio y levantó la tapa de su ordenador portátil, y antes de continuar lo que tenía escrito, le dijo, estoy haciendo cálculos, Florian, cálculos, no hay nada de qué preocuparse, y él se quedó un rato parado, mirando lo que hacía el señor Köhler, pero no comprendió nada, pues nunca había visto nada semejante a lo que aparecía en aquella pantalla, números y letras que bajaban rápidamente, y el señor Köhler se concentró en ellos como si Florian ni siquiera estuviera allí, contemplaba cómo bajaban esos números y letras, y tal como estaba allí sentado era evidente que ya no le interesaba lo que pasara con su página web, no le importaba que los ciudadanos de Kana supieran o no si al día siguiente amanecía con lluvia o con neblina, no veía más que lo que había en su ordenador al que se sentaba día tras día, sólo esas letras y esos números blancos o verdes o a veces rojos sobre fondo negro que se precipitaban rápidamente, jamás salía al patio—al menos mientras él, Florian, estaba con el señor Köhler—para pedirle que subiera a la caseta y leyera lo que ponían los instrumentos, y él solo no sabía qué hacer con esos datos, todavía se sentía inseguro, salvo con el termómetro no era capaz de orientarse con ellos sin recibir alguna instrucción, en vano rogaba al señor Köhler que le dedicara ni que fuese unos minutos, el señor Köhler no estaba dispuesto a salir de su casa, y al cabo de un tiempo se dio cuenta Florian de que ni siquiera se cambiaba de ropa, y eso que antes siempre le echaba en cara que no se quitara nunca el overol ni se desprendiera nunca de la gorra «Castro», mientras que ahora siempre llevaba el mismo cárdigan de color marrón con un pantalón de franela gris, así como unas pantuflas con borlas, y la camisa se notaba cada vez más sucia, estaba Florian convencido de que no se cambiaba ni esto ni lo que tenía debajo, y lo cierto era que el señor Köhler comenzaba a heder, pero él consideraba una falta de tacto insinuar algo en este sentido, si bien algo tenía que hacer, de modo que una tarde se sentó frente a la señora Ringer en el mostrador de la biblioteca, dígame, por favor, qué puedo hacer, aunque la señora Ringer estaba igual de desconcertada que Florian, tal como me lo cuentas, comenzó con tono inseguro, da mucho la impresión de que se está desmoronando, pero habría hecho mejor en no decirlo, porque Florian, al escuchar esta palabra, se echó a llorar, se inclinó hacia delante y escondió la cara en las manos, descargaba así toda la tensión acumulada desde que Rosauro y Nadir enmudecieran para siempre y el señor Köhler se volviera más y más taciturno, ya no se pudo aguantar y lloró a moco tendido, y la señora Ringer se arrepintió mucho de haber dicho lo que dijo, precisamente eso, pero era eso, no podía ser otra cosa, contó con expresión de preocupación a su marido, quien, sin embargo, no le prestó atención, pues lo agobiaban problemas mucho más graves, el hecho de que no hubiera explicación alguna, me resulta demasiado místico todo, meneaba la cabeza ante sus amigos de Jena en el Wagner, y lo mismo decían o pensaban los ciudadanos de Kana, pues consideraban sospechoso que nadie tuviera el control de nada, los ciudadanos de Kana no estaban acostumbrados a ello y no se podían creer que algo así fuese posible, que nadie llevara las riendas, claro que alguien las lleva, se animaban los unos a los otros, no puede ser, esto sigue siendo la República Federal de Alemania, algo tiene que suceder ya sea desde el plano regional, sea desde el federal, y esperaban la intervención desde el plano regional o incluso desde el federal, pues todo el país hablaba ya de ello, mientras Florian, cuando no estaba precisamente en la habitación del señor Köhler, pulsaba en el café Herbst las teclas de su móvil o las de su ordenador portátil y buscaba, buscaba una explicación de la situación, y ya escribía en el Word de su portátil sus formulaciones para la señora Merkel, porque no había dejado de escribirle sus cartas, es más, lo hacía con creciente frecuencia, las redactaba con el programa Word y luego las imprimía en el Print Shop, una hoja sólo le suponía unos pocos céntimos, o sea no significaba un dispendio, pues, además, ya frecuentaba mucho menos el chiringuito de Ilona, la comida la compraba en el Netto, el sitio más barato, porque estaba ahorrando y, en efecto, logró reunir 280 euros, y entonces ni siquiera tuvo que recurrir al Print Shop, ya le había cogido el truco al asunto, tanto que no le pidió ayuda… al Jefe…, que parecía demasiado ocupado…, sino que se buscó él mismo un ordenador portátil a buen precio y, además, y ésa era la gran noticia, una impresora doméstica, una dirección de Leipzig vendía juntos los dos aparatos, 280 euros nos van bien, le respondieron cuando negociaron, de modo que a partir de entonces sólo había de gastar en el papel para imprimir, su presupuesto semanal de cuarenta euros lo toleraba, aunque, claro, de vez en cuando había que cambiar también la tinta, eso sí, pocas veces, explicó al Encargado, pues sí, si el presupuesto lo aguanta, perfecto, dijo éste, extrañado de que Florian fuese capaz de ocuparse de estos asuntos en medio de tiempos tan terroríficos, que era como los llamaba, tiempos terroríficos, también en esto estaba plenamente de acuerdo con el portero de noche de la fábrica de porcelana, con el que el Encargado se encontraba cada vez más, porque dormía peor que antes, es más, le confesó a Pförtner que en realidad ya no dormía por la noche, pues no se atrevía mientras reinaba la oscuridad, prefería hacerlo a la luz del día, por la mañana lo conseguía bastante bien, al mediodía lograba estirar el sueño hasta las dos, con lo cual alcanzaba las horas obligatorias, pues aunque a su edad bastaban, de hecho, cinco horas de sueño, a él, por desgracia, no, él necesitaba de todas maneras unas siete horas, pero para ser sincero, contando el día entero le salían desde luego ocho, o sea que eso era, durante el día se producían ruidos en el exterior, los coches iban y venían y demás, lo cual lo tranquilizaba, mientras que por la noche reinaba el silencio más absoluto cuando uno se tapaba con el edredón y aprestaba el oído por si escuchaba a alguien volver a causar una explosión, porque así se desarrollaron las cosas, hasta tal punto que ya no sólo el Encargado, sino que casi todo el mundo en Kana, igual que en toda Turingia, consideraba que no se había producido un accidente en la gasolinera ARAL, sino un atentado, de tal manera que mientras la epidemia era tenida por cada vez más imparable en algunas regiones más lejanas del país, aquí los habitantes se veían alarmados cada dos o tres meses por más y más hechos que no se aclaraban, así que había opciones para elegir, murmuraban los insomnes bajo sus edredones, de modo que ya sólo Florian descansaba como era debido por las noches, porque por un lado dormía literalmente con su NOKIA y, por otro, consiguió desprenderse de la imagen de la gasolinera envuelta en una bola de fuego mediante unos ejercicios de concentración que había encontrado en una página web, porque esa imagen le había atacado continuamente el cerebro hasta entonces, de manera que su sueño sólo se veía interrumpido cuando el señor Köhler se presentaba junto a su cama y lo miraba, pero el señor Köhler, por supuesto, ni se presentaba junto a su cama ni lo miraba, a veces tengo la sensación, confesó Florian al Encargado, de que mientras voy imaginando realmente se me plantará allí, tú tranquilo con el señor Köhler, le respondió el Encargado, la ciudad tiene mayores problemas que tu señor Köhler, o sea que te aconsejo que trates de averiguar algo a través de tu Jefe, porque él, el Encargado, estaba convencido de que un tipo como ese Jefe, al que odiaba de todo corazón por un asunto del pasado, a buen seguro sabía más que la gente honesta, lo odiaba, pero no podía decirle nada a Florian al respecto y, además, le tenía miedo, porque el Jefe, cuando se discutieron por el contenedor de basura del rascacielos, esto es, cuando él le pidió que por favor no tirara su basura en el contenedor del rascacielos y ese auténtico delincuente, pues así lo llamaba, ese auténtico delincuente lo amenazó, casi le pegó y sólo le dijo que la próxima vez que saliera del rascacielos en el momento en que él, el Jefe, tiraba su basura, le haría polvo la cabeza con la tapa del contenedor, pues eso, de modo que desde entonces, al ver al Jefe acercarse con la basura, ni se atrevía a salir del edificio, de lo cual, claro, prefería no hablar con Florian, porque ¿qué podía esperar?, nada, que Florian lo defendería, él, el Encargado, simplemente no era capaz de entender por qué Florian apoyaba al Jefe, aunque sin duda también lo temía, se lo aseguraban tanto el cartero como Pförtner y todo aquel con el que mencionaba la absurda relación entre Florian y el Jefe, y todo el mundo estaba de acuerdo con él, porque, claro, este hombre oprimía con facilidad al muchacho, opinaba la gente, si bien Florian no se sentía en absoluto oprimido por el Jefe, aunque sí conocía, lógicamente, la opinión generalizada, pero él, que acababa de recibir de regalo un teléfono móvil que era de por sí una prueba de quién era en realidad el Jefe, no la aceptaba y estuvo convencido de que la opinión cambiaría cuando él mató al lobo, y no la policía ni el agente forestal, aunque sufrió una decepción, de modo que al difundirse el rumor de que, después de aquel primero, volvió a verse una manada de lobos en las inmediaciones Ölknitz y al comprobar que a pesar de toda su buena voluntad no variaba el juicio sobre el Jefe, Florian decidió hablar con la gente y concienciarla de que era un error lo que pensaban sobre el Jefe, un error que para colmo venía de antiguo, según él, y nunca se había aclarado, porque no habían prestado atención, ya que de haberlo hecho se habrían dado cuenta de lo que realmente hacía y habrían dejado de juzgarlo en base a su supuesta participación tiempo atrás en la balacera a los pies del castillo de Leuchtenburg, tras lo cual estuvo bajo vigilancia de la policía durante unos meses, eso debió de ser sin duda un desliz juvenil, él sólo había oído hablar del asunto, pues por aquel entonces ni siquiera vivía aún en Kana y a su entender también los demás conocían lo sucedido sólo de oídas, lo cual podía inducir a la gente a error, bastaba fijarse en todo lo que el Jefe había hecho y hacía desde entonces por Kana, el inminente estreno de una orquesta sinfónica de Kana se debía sobre todo a su esfuerzo y entusiasmo, ¿quién en la Turingia Oriental podía presumir de una orquesta sinfónica propia?, y, por lo demás, no era de extrañar que ese hombre obligado a vivir al margen debido a una serie de habladurías sin fundamento buscara amigos que también estaban marginados, mientras él, el Jefe, no hacía más que luchar por Turingia y, encima, de forma voluntaria, nadie debía olvidar que actuaba de forma voluntaria, pues ¿pedía él dinero, por ejemplo, para que su empresa limpiara esas escandalosas pintadas?, no, no pedía, y él, Florian, podía atestiguarlo, ya que había estado y estaba allí cuando les encargaban esos trabajos, ¿o había pensado alguien en lo importante que era para el Jefe que se detuviera al autor de los grafitis?, ¿que se acabaran por fin esos actos de vandalismo?, y si esto no bastaba, convenía que la gente reflexionara al menos sobre la circunstancia de que el Jefe era un admirador apasionado de Johann Sebastian Bach y de otros valores de Turingia, esto explicaba Florian al Encargado, a Ilona y a los clientes fijos de su chiringuito, esto pregonaba a la señora Hopf y a la señora Ringer y al señor Feldmann, y por primera vez lo veían así, pues había algo en el comportamiento de Florian que hasta entonces no había observado nadie, porque no trataba de conquistar a sus interlocutores a su manera suave o alegre o ingenua, sino con cierta desesperación, quizá porque percibía que se estaba estrechando la soga en torno al cuello del Jefe, así opinaba, por ejemplo, la señora Ringer, que era con quien más lo intentaba Florian, sabedor, precisamente por ella, de que el señor Ringer estaba organizando una cacería contra el Jefe, lo cual era ya demasiado, él, Florian, había de aclarar como fuera semejante malentendido, ése era su punto de vista, aunque en ningún momento hablaba de ello al

Jefe, quien, al enterarse de que Florian hacía campaña por él, enseguida intentó frenarlo, pero no pudo ser, Florian rechazó sin más el intento, siguió en sus trece, y el Jefe se dio cuenta de que parecía actuar de esa forma tan rara, con esa tozudez hasta entonces desconocida en él, porque empezaba a no estar del todo seguro de él, del Jefe, es más, era quizá el motivo por el que había comenzado la campaña, como si quisiera convencerse a sí mismo de que no sabía del todo bien lo que sabía y por eso estaba confundido, porque estaba confundido, desde entonces ya no lo miraba cuando hablaba con él, es más, con esos brillantes ojos suyos evitaba su mirada, ¿qué te pasa, mecagüenlaleche?, le preguntaba desconfiado, ¿ya ni siquiera te afeitas?, pero Florian agachaba la cabeza y no explicaba nada, no se excusaba ni protestaba, lo cual no era nada habitual en él, y lo que más dio que pensar al Jefe fue la ocasión en que tocó su timbre abajo, porque ninguno de los dos utilizaba el NOKIA desde que pertenecía única y exclusivamente a Florian, tocó su timbre y le pidió que bajara porque esa noche habían de acudir juntos a una intervención contra los pequeños chupapollas en el escenario original en Eisenach, pues así los llamaba desde hacía un tiempo, los pequeños chupapollas, Florian simplemente no bajó, sino que se asomó por la ventana y punto, y entonces él volvió a tocar el timbre y le gritó por el interfono, ¿has entendido lo que te he dicho, mecagüenlaleche?, sí, fue la respuesta al cabo de un rato, con una voz suave, contenida y en absoluto insegura, y el Jefe comprendió que por algún motivo ya no le tenía miedo, ¿qué carajo le habrá pasado?, gruñó ante el interfono, pero ya no tenía tiempo para darle más vueltas a la pregunta, y Florian se sintió aliviado al librarse de él, regresó a la ventana y observó cómo el otro atravesaba a toda prisa el patio rumbo a su Opel, se subía y se marchaba hacia el centro de la ciudad, casi atropelló a la señora Ingrid al salir a espetaperros del aparcamiento del rascacielos, y ella, tal como explicó enseguida a Florian por el interfono, pues fue él la única persona en reaccionar después de que ella pulsara todos los timbres, lo que la desconcertó bastante, sabes, hijo mío, no entiendo cómo es posible que sólo tú hayas respondido, ¿adónde se habrá ido la gente?, a lo cual Florian no supo qué decir ni quería decir nada, cómo iba a saber adónde habían ido, no le interesaba, como tampoco le interesaba la señora Ingrid, soltó el pulsador del interfono, colgó el auricular y se sentó ante su ordenador, como disponiéndose a escribir otra carta, pero no redactó ninguna, en los últimos días había dejado de redactar cartas, ¿para qué seguir escribiendo?, ya lo saben todo, buscó una cantata de Bach a la que últimamente volvía una y otra vez y que había conseguido bajarse junto con otras muchas para poder escucharla también en casa, sin necesidad de conectarse a la red, se reclinó en su asiento, cerró los ojos, y sonó entonces *Falsche Welt, dir trau ich nicht!*, podría haber ido a ver al señor Köhler, pero no, podría haber ido a ver a la señora Ringer, pero no, podría haber ido al chiringuito de Ilona, pero tampoco, no tenía ganas de ir a ningún sitio, no tenía ni hambre ni sed, y entonces volvió a oír el timbre del interfono, y no le interesaba, permaneció inmóvil, y a todo esto terminó la música y la puso de nuevo, volvió a reclinarse y cerró los ojos, y la señora Ingrid no entendía lo que estaba pasando, ¿así que éste también?, ¿no responde?, quizá no son los timbres los que están estropeados en Kana, sino las personas, y fingen no estar en casa mientras sí están, y la señora Ingrid a partir de ese momento, allí delante del rascacielos, comenzó a tomar conciencia de ello, por desgracia, pues ¿adónde podía ir?, y eso que ella la consideraba una idea realmente bonita, un campeonato de crisantemos, aunque no sabía aún cómo denominarlo, dijo después, cuando se marchó del rascacielos y se dirigió a la Ernst-Thälmann-Straße, y en una de las casas, la del doctor Henneberg, la señora de la limpieza, Ruth, salió del edificio y le preguntó, vaya, doña Ingrid, ¿usted qué hace por aquí?, sabe, querida, todavía no he logrado decidir si llamarlo Campeonato de Crisantemos de la Señora Ingrid o Festival de Crisantemos o Competición de Crisantemos, porque realmente no lo había decidido, eso sí, lo esencial era que competirían los crisantemos más hermosos, ¿o no?, y Ruth se la quedó mirando, igual que se la quedaron mirando otros cuando continuó su marcha y salieron a ver quién llamaba y también supusieron que desvariaba, no era de extrañar en los tiempos que corrían, así que la saludaron y le cerraron la puerta, y la señora Ingrid oyó que no sólo le daban una vuelta a la llave sino a veces incluso tres, el Campeonato de Crisantemos se celebrará de todos modos, murmuró para sus adentros, y prosiguió su camino y tocó el timbre aquí y allá y acullá, y nada, fue de la ceca a la meca, pero apenas logró explicar su proyecto y regresó a su casa tan cansada que no podía tenerse en pie, sobre todo le dolía la pierna mala, se libró rápidamente de las medias compresivas, puso las piernas en alto y pasó la tarde revisando la lista, ordenó alfabéticamente los nombres, pues con las que pudo hablar consideraban «realmente estupenda» la idea y se apuntaron, ¿así que puedo apuntarte, querida?, les preguntó, y todas dijeron que sí, aunque el número le extrañó, porque contaba con muchas más, pero, vale, da igual, ya se arreglará, se consoló, ella soñaba con cientos de personas y sólo había llegado a diecisiete, aunque no importa, dijo con las piernas en alto, y realmente no se rindió, salió al día siguiente y siguió tocando los timbres y llamando a las puertas, y la lista, aunque con dificultad, comenzó a cobrar forma, ¿ves, querida?, dijo a Jessica cuando les llevó el almuerzo, ya son veintidós, y tengo el pálpito de que esto es sólo el comienzo, a lo cual Jessica, con la voz apagada, se limitó a contestarle, vaya, no está mal, algo es algo, no estaba de buen humor, dicho con delicadeza, no estoy de humor, respondió a la pregunta de un cliente, ¿oiga, Jessica, qué le está pasando?, normalmente no la veo a usted con esa cara, a lo que Jessica le dijo casi de forma grosera, como si la culpa fuese de quien le formulaba la pregunta, a ver, ¿imaginaba usted así la vida en Kana, sin atreverse a salir desde que se va el sol?, porque, además, ella no era de Kana, no, ella, solía contestar con mirada pícara a las preguntas de los clientes, nació en Sajonia-Anhalt, en una aldea tan diminuta que ustedes ni siquiera habrán oído hablar de ella, pero ya no mencionaba la aldea diminuta, no mencionaba nada, se limitaba a saludar a los clientes y después estampaba el sello en los sobres en silencio y del mismo modo, en silencio, cogía el dinero o la tarjeta de crédito, no tenía ganas de animar a la gente, antes siempre decía, sobre todo desde que se trasladaran a esa hermosa oficina nueva, que aunque seamos una estafeta de correos no tenemos que actuar como si las personas estuvieran haciendo cola en la oficina de extranjería, porque, así intentaba replicar al señor Volkenant que a veces se burlaba de ella por eso, qué problema hay en animar un poco a la gente, una no es una máquina de estampar sellos, y el señor Volkenant también tenía su opinión al respecto, él había nacido para funcionario de correos, yo sí, espetaba a Jessica cuando no estaban de acuerdo en algo y quería soltar algo realmente ofensivo, pero tú no, la oficina de correos no es un cabaret, la oficina de correos no es un espectáculo de variedades, por el amor de Dios, la gente no acude para pasárselo bien y por eso no somos artistas de variedades, y Jessica realmente no estaba hecha para correos, a ella le gustaba la vida social, y como el trabajo determinaba en gran parte la vida de ambos y al final del día casi sólo les quedaban fuerzas para permanecer con la cabeza gacha ante el televisor y conversar luego un ratito en la cama, al menos procuraba divertirse en la oficina, como lo expresaba el señor Volkenant, le bastaban a ella unas palabras, unas preguntas, ¿qué, ha vuelto ya el gato?, o ¿le sirve a la señora el medicamento que le recetó el doctor ayer?, eso y nada más, pero le sentaba bien, y la gente dialogaba encantada con ella hasta que comenzó el apocalipsis, porque así lo definía el pastor protestante en la iglesia y pedía a los feligreses, cuyo número aumentaba día tras día, que miraran a lo más hondo de ellos mismos y reflexionaran, etcétera, a lo cual en otros tiempos habrían dicho, ojo, cuidado, no nos asuste, y menos aún en la iglesia, y enseguida habría menguado el número de fieles, eso antes, sí, pero ahora precisamente no menguaba, sino que crecía realmente, y lo único que pedían al pastor era que avanzara la hora de la misa, pues no querían volver a casa en la oscuridad, tras la puesta del sol, y el pastor abría los brazos y señalaba con la cabeza hacia lo alto, dando entender que la decisión no dependía de él, es decir, que no podía cambiar los horarios, de modo que en la iglesia continuó todo como antes, y los repentinos fieles volvían con miedo y con sigilo a casa en medio de la oscuridad tras el oficio, entre ellos la señora Hopf, aunque a ella le resultaba fácil, pues la iglesia se hallaba en diagonal frente al Garni, pero aun así, esos pocos pasos, explicaba cuando alguien iba a verla, son más que suficientes, porque la puerta del Castillo justo enfrente está siempre abierta, y alguno de ellos puede salir en cualquier momento y asaltarla mientras ella introduce la llave en la cerradura, y la situación empeoraba, además, por el hecho de que tras la explosión en la gasolinera ARAL aparecían cada vez más policías en Kana, es más, últimamente, comentaba satisfecho el Encargado, vayas donde vayas siempre te topas con alguno de ellos, lo cual suponía para él el amanecer de un nuevo comienzo, pero con esa opinión estaba solo, solísimo, ya que el efecto que surtía en los demás habitantes de la ciudad era precisamente el contrario, a ellos la indudablemente numerosa presencia policial los angustiaba todavía más, ya que los agentes de las fuerzas del orden no sugerían seguridad, sino lo opuesto, sugerían que alguien no controlaba la situación, y para colmo no sucedía nada, no se desvelaba nada, lo único que hacían eran investigar, investigar, señalaba con acento crítico la gente, pero no se echaba luz sobre lo ocurrido, quiénes habían sido, qué querían, cuándo acabaría todo esto, nada, nada de nada desde que ellos daban vueltas por ahí interrogando al personal, a Florian lo interrogaron en dos ocasiones y también a los moradores del Castillo, en primer lugar al Jefe, aunque en vano, Florian no hablaba, sólo los miraba, era un hombre triste, roto y turbado el que los miraba, lo mismo comentó también el Encargado a Pförtner una noche que se vieron, algo le ha pasado a este Florian, dijo, realmente, como si lo hubieran cambiado, y todo el mundo percibía el cambio, pero lo atribuían a que a él, claro, a Florian, ese ambiente general tan terrible le afectaba más, no es de extrañar, con la sensibilidad que tiene, pensaba también la señora Ringer, y con estas palabras sacó a colación el asunto de Florian ante su marido en casa, y Ringer se limitó a callar y a mirar a su mujer, y en sus ojos fulgió una luz furiosa y desconocida, de manera que la señora Ringer enseguida dejó caer el tema de Florian e intentó decir unas palabras tranquilizadoras, sin efecto alguno, pues Ringer la fulminó con esa misma mirada encolerizada y acto seguido se marchó pitando de casa, pero esta vez no se subió a su coche para viajar a Jena, sino que dio vueltas por la ciudad, subió al casco antiguo, después bajó a la Bahnhofstraße, como un loco, según comentó la gente que se topó con él en el camino, no dice nada, sólo mira, con unos ojos de los que no puede venir nada bueno, o sea, que los ciudadanos de Kana tenían claro que algo iba a suceder, pero aun así, cuando se enteraron de que habían encontrado muerto al Jefe en su casa y se descubrió que lo habían matado con un golpe, con un único y certero golpe en la cabeza, y no con un objeto, sino con el puño, explicó en voz baja Hoffmann en lo de Ilona, nadie se atrevió a nombrar a la persona en la que pensaban, si bien todo el mundo tenía claro que muy pocos eran capaces de tal cosa, no decían de entrada de quién sospechaban, pero cuando al día siguiente Andreas se acercó corriendo al coche de la policía que vigilaba delante de la casa de Burgstraße 19, el Castillo, y le hizo señas al hombre sentado al volante pidiéndole que bajara la ventanilla y le comunicó que en el interior del edificio había dos cadáveres, los de dos personas muertas a golpes con una silla mientras ellos estaban ausentes, uno de los fallecidos era un tal Jonathan Fritz, anotó en el atestado el policía que entró, y el otro el entrenador de porteros del equipo de fútbol de Kana, un tal Eberhard Kossnitz, de quien Andreas no supo decir qué hacía precisamente en la casa, y entonces, claro, todos comenzaron a señalar a una sola persona, si bien nadie se atrevía a nombrarla, pues en quién podían pensar, todo el mundo pensó en Ringer, claro, sólo él poseía la fuerza suficiente, él, cuya fuerza era bien conocida y de quien se sabía además que desde hacía mucho tiempo responsabilizaba al Jefe y a los del Castillo de todo, a quién podían señalar si no a él, tan evidente era que odiaba profundamente tanto al Jefe como a sus camaradas, de modo que el juicio se formó muy pronto, quienquiera al que preguntaran los policías apuntaba en una dirección, y en el extremo de esa dirección se hallaba el antes por lo general respetadísimo y ahora, casi de un día para el otro, aborrecido Ringer, convertido desde ese momento en blanco de todos, al que cualquiera podía disparar sin cortapisas, y algunos desde luego habrían disparado si hubieran sabido dónde se hallaba, pero Ringer había desaparecido, ya que por supuesto era consciente de lo que ocurría a su alrededor y sabía que querían interrogarlo por lo sucedido, suponía, claro, que lo acusarían a él, de modo que emprendió, como era lógico, la huida, aunque no se podía afirmar que los ciudadanos de Kana no estuvieran asombrados porque, de hecho, no salían de su asombro al pensar que Ringer, hasta entonces merecedor de un respeto generalizado, era ni más ni menos que un asesino, y como lo era, pues al huir realmente se traicionaba a sí mismo, todo el mundo sólo deseaba que lo atraparan cuanto antes y lo encerraran, en resumen, que se lo llevaran de allí, pues ya tenían horrores bastantes, se rumoreaba que también les llegaría la epidemia, o sea que no necesitaban para colmo que se estuviera persiguiendo a un matarife, pues cómo si no habían de llamar a partir de entonces a Ringer, matar a mano limpia a alguien en la Ernst-Thälmann-Straße y asesinar luego con una silla a dos hombres, incluso decirlo era terrible, ¿adónde hemos ido a parar?, preguntaba la señora Hopf en el Garni, ¿adónde hemos ido a parar?, preguntaban la señora Burgmüller y la señora Schneider, ¿adónde?, preguntaban todos y cada uno de los ciudadanos de Kana, y lo cierto era que había desaparecido, no está en casa, dijo a la policía la señora Ringer con tono metálico, hecha un ovillo allí en su sala de estar frente a dos agentes de las fuerzas del orden que la interrogaban, no lo he visto desde que se marchara a toda pastilla, ¿cuándo se marchó a toda pastilla?, preguntó uno de los interrogadores examinando con suspicacia la mirada de la señora Ringer, ¿cuándo?, a ver ¿cuándo?, y la respuesta no se entendió, porque la señora Ringer estalló en llanto, no aguantó más, comprendió que se sospechaba de su marido, lo cual era un absurdo, pero el mero hecho de que se lo sugirieran la derrumbó por completo, y realmente no sabía dónde se encontraba, y resultaba difícil decidir qué la oprimía más, si la sospecha o que él llevara un día entero sin regresar a casa, ambas cosas eran inconcebibles, ¿cómo podía ser su esposo un asesino?, era inimaginable, pero si no lo era en absoluto, entonces ¿dónde se encontraba?, encogida como estaba se inclinó hacia delante sobre el canapé, con la cara enterrada en las manos, sollozando, y trató de comunicar mediante señas a los policías que la dejaran en paz y se marcharan, pero ellos permanecían impertérritos en los dos sillones frente a ella, esperando a que diera alguna respuesta razonable en cuanto se tranquilizara, aunque esto no ocurrió, continuó farfullando palabras incomprensibles, vinieron más preguntas y más farfullas, y el llanto en que prorrumpía cada vez que se le formulaba una pregunta y resultaba insoportable a los oídos de los interrogadores, hasta que la dejaron sola asegurándole que volverían más tarde, pero no volvieron, sino que, de hecho, ni siquiera se fueron, pues un coche patrulla permaneció delante de la puerta de la casa, y la señora Ringer entró tambaleante en su cuarto de baño, se agarró del lavabo, levantó la cabeza y lo que vio en el espejo fue una cara irreconocible, tanteando cogió en el estante debajo del espejo una crema y, después de limpiarse el maquillaje de los ojos que se había desparramado por las lágrimas, se la puso alrededor de los ojos, así como sobre la frente y sobre la nariz y por último empezó a arreglarse el pelo, pero interrumpió la operación, con la sensación de que ese pelo no tenía arreglo, y volvió a apoyarse en el lavabo, agachó la cabeza y de nuevo dio rienda suelta al llanto, incapaz de concebir que se acusara a su marido de algo así, sabía que esa acusación no sólo no era cierta, sino que simplemente iba más allá de lo que una podía esperar de la gente de Kana, pues la señora Ringer sabía perfectamente que no sólo los dos policías de antes lo pensaban, sino que lo pensaban también los habitantes de la ciudad, lo cual ofendía profundamente su autoestima, su sentido de la justicia y su orgullo, hería gravemente lo que para ella era importante, volvió a arreglarse, se lavó, se puso crema, salió del cuarto de baño con pasos inseguros, se dirigió al mueble bar en la sala, primero fue a coger el licor de cerezas, que era su preferido, pero se lo pensó y cogió el aguardiente de ciruelas húngaro de Ringer, que era fuerte como el demonio y del que apenas quedaba algo, pues Ringer, por lo visto, le había dado con ganas antes de desaparecer, tomó un buen trago, se estremeció y finalmente se sentó en el canapé y esperó, esperó a que regresara, esperó a que le explicara, a que le explicara algo, a que le explicara lo inexplicable, pues jamás había ocurrido que se marchara sin decirle ni una palabra, era habitual que debido a las tensiones diarias y a la situación general fuera a menudo a Jena a ver a sus amigos, algo que la señora Ringer consideraba de lo más natural, le parecía de lo más natural que su marido tuviera una esfera propia, privada, igual que ella misma, pero eso de no dormir en casa, eso jamás, se acercó a la ventana y miró afuera a través de la cortina, y allá afuera sólo vio el coche de la policía, así como a quienes estaban sentados dentro, la calle por lo demás estaba desierta, como solía a esa hora, pero esta vez de manera diferente, lo que mostraba a quien se hallaba detrás de la cortina era que esa calle ya nunca volvería a ser como antes, nada volvería a ser como antes, lo mismo sentía la señora Hopf, también ella sola en la recepción del hotel, sentada, con las luces apagadas, con el café de la tarde enfriándose en la taza, ya no tenía ganas de beber lo que quedaba, porque ya todo daba lo mismo, porque si allí se podía hacer estallar una gasolinera, si allí se podía asesinar, entonces ya daba lo mismo, realmente daba lo mismo lo que le ocurriera al café frío en la taza, generalmente no derrochaba nunca nada, desde su infancia se acostumbró a no tirar nada, no verter nada, no se desprendía ella ni siquiera de la más mínima bolsa de plástico, pues siempre se descubría que justamente ésa, justamente la de esas dimensiones, podía servir para algo, había en la despensa al lado de la cocina un cubo de la basura grande que ella fregó a fondo cuando lo compraron en su día, a pesar de que estaba limpio, y allí juntó durante años, es más, durante décadas las bolsas de plástico, y no sólo bolsas, sino también estuches o saquetes, y el gran cubo estaba siempre lleno y siempre utilizable, porque las bolsas podían servir para esto y para aquello, y lo mismo pasaba con los envases de vidrio, porque, aparte de las botellas de vino y de cerveza que ella, lógicamente, siempre devolvía, los guardaba, y no se trataba tan sólo de los frascos para las mermeladas y los encurtidos, sino de las botellas de champán y de licor, es más, se daban incluso algunos trofeos, pues la colección, que desde luego no era una simple colección, se veía enriquecida por algunas botellas con etiquetas desconocidas y de formas nunca vistas, regalos de clientes del hotel como señal de su satisfacción y agradecimiento, y a todos los frascos y botellas les buscaba algún uso la señora Hopf y a todos les encontraba alguna utilidad, ahora cuando compraban jugo de tomate en grandes cantidades, ahora cuando les llegaban los concentrados para el jarabe, la señora Hopf entraba en la despensa y cogía una hilera de frascos que entonces alcanzaban su verdadero valor, no hay nada inútil, ésa era la consigna de la señora Hopf, decía ella que sólo los caracteres débiles derrochaban, y es que además derrochar no tenía ningún sentido, yo no soy para nada tacaña, explicaba a alguien que entraba en el local, no crea usted que lo soy, sino que veo las cosas así porque no creo en la vida que nos quieren imponer, en eso de comprar y tirar, a ver, ¿qué actitud es ésa?, ¿qué pensamiento es ése?, preguntaba abriendo los brazos, yo no soy así ni lo seré, yo guardo las cosas, yo cuido las cosas, porque sólo así y no de otro modo se puede vivir una vida de verdad, una vida correcta, con lo cual daba por concluida su explicación, y todo cliente o pariente o conocido se mostraba evidentemente de acuerdo con ella, sobre todo si se les ofrecía otra copita, si se les ofrecía otra jarra, si se les ofrecía, como a la familia de Dresde, una gran caja con frascos de jugo de tomate que se conservarían y servirían durante mucho tiempo, hasta que volviera a regalarles otra partida, o sea que las cosas tenían su orden, ése era su principio, y ella no habría actuado de otra manera con el café que se había enfriado, lo habría recalentado o se lo habría tomado tal cual, frío, pero ahora reinaba una situación extraordinaria, por lo cual la señora Hopf tenía la sensación de que ya no le quedaban fuerzas para mantener la apariencia de la paz tampoco arriba, en la vivienda particular, pues cómo podía callar ante su marido que todo era en vano, que no podían concluir sus vidas tal como lo habían planeado, porque la paz ya no existía ni existiría desde lo sucedido, negaba amargamente con la cabeza en la pieza a oscuras, porque a partir de ahora habría que vivir entre asesinos y terroristas, una ya no se enfrentaba a asesinos y terroristas en las noticias de la televisión, sino que ¡había de convivir con asesinos y terroristas!, ¡eso es terrible!, suspiró la señora Hopf y se levantó para subir a la planta de arriba y echar un vistazo para comprobar que todo estuviera en regla, y arriba estaba todo en regla, el señor Hopf dormitaba en silencio en su sitio de siempre, los niños le habían regalado una mecedora hacía unos años para Navidad, claro que la señora Hopf había pagado la mitad y había acolchado la silla con gruesas mantas, la acercaron a una de las ventanas donde podía disfrutar más rato del sol, y allí estaba sentado su tesoro, con la cabeza inclinada a un lado, descabezando un sueñecito, sí, y a la señora Hopf se le encogió el corazón al imaginar el momento en que estallaría algo o se derrumbaría algo o les caería algo encima, algo dirigido justamente a ellos, voy a correr las cortinas, decidió mientras observaba la respiración de su marido, las voy a correr todas, por supuesto, tapar todas las ventanas, y ahora que viene el mal tiempo lo dejo todo calentito para él y yo también me tumbaré aquí en la cama y así nos quedaremos los dos y rezaremos y acariciaremos alguna esperanza, pues qué podemos hacer más que quedarnos y rezar y acariciar alguna esperanza aunque no tenga ya ningún sentido, pero el ser humano es así, explicó al día siguiente a la señora Ingrid, a la que dejó entrar una vez más y le ofreció una copita, las personas confían mientras viven, pues sí, así es, asintió la visitante, aunque confesó que ella misma no veía tan negras las cosas y por eso recomendaba a la señora Hopf que no se rindiera, pues allí estaba como ejemplo el Festival de Crisantemos, ¿sabe usted por dónde vamos?, ¡ya son veintisiete!, y a su juicio esa cantidad de personas ya era suficiente para garantizar una hermosa competición el otoño del año siguiente, apuró su copita de alcohol y volvió a pedir consejo a la señora Hopf, volvió a inquirirle qué opinaba sobre la denominación del campeonato, pero la señora Hopf apartó la mirada, ni ella sabía adónde miraba, miraba al vacío, ni siquiera escuchó lo que se le preguntaba, igual que el señor Köhler cuando tocaron el timbre de su casa, sólo alzó la vista de la pantalla de su ordenador cuando el doctor Tietz llamó a su ventana, cerró el portátil con un solo movimiento y dejó pasar a su amigo, quien comenzó diciendo que habían tomado una decisión en Eisenberg y que había venido precisamente para explicarla, porque habían llegado a la conclusión de que a Adrian no le convenía estar solo, se habían enterado de lo sucedido en Kana y estaban convencidos de que a él, a Adrian, no le convenía seguir allí, no era seguro, o sea que concluyeron que se trasladara con ellos a Eisenberg, donde nunca ocurría nada, en particular no ocurrían los horrores que se producían en Kana, y sabes, tenemos en nuestro patio un edificio pequeño donde vivían nuestros hijos cuando ya eran grandes, pero ellos, claro, se han marchado y desde entonces está vacío, así que, a ver si me entiendes, lo hemos acondicionado perfectamente para ti, está listo, podemos llevar allí tus cosas, sea un armario, una cama, lo que sea, lo que quieras, incluso la estación meteorológica si lo deseas, pues sí, ésa es la situación, ¿qué te parece?, pero el señor Köhler no dijo nada, se limitó a mirar a su amigo y le preguntó si quería una taza de té, y el doctor Tietz no quería, así que el señor Köhler se dirigió a la cocina, se preparó una taza de té, le echó dos cucharadas de miel, volvió, y sólo entonces se dio cuenta el doctor Tietz de que Adrian caminaba arrastrando un poco los pies, o sea que ¿de acuerdo?, se levantó entonces mientras el otro se sentaba de nuevo en su sitio, claro, de acuerdo, murmuró revolviendo con gesto indiferente el té, se ajustó después las gafas, sorbió un poco de té, frunció el ceño y pidió a su visita que le trajera el frasco con la miel y una cuchara del cajón de la cocina, pero ¿me has entendido?, preguntó el doctor Tietz, podríamos realizar la mudanza mañana mismo si estás de acuerdo, claro, vale, murmuró el señor Köhler y visiblemente se fijaba más bien en que el doctor no se cayera con el frasco de miel y la cuchara al regresar a la sala, pues él tampoco era ya joven, también se le notaba cierta inseguridad en los movimientos, su esposa incluso lo comentaba a veces en tono de broma, ¿qué te tambaleas siempre a mi alrededor?, al final tendrás que ir al médico para que te examine, porque me da mucho la impresión de que algo te está pasando con el sentido del equilibrio, pero el doctor siempre resolvía la situación con alguna gracia, como que hay una mujer que me hace tambalearme y esa mujer eres tú, cariño mío, y cosas por el estilo, lo cual no tranquilizaba en absoluto a la esposa, que ni siquiera se reía, de manera que el doctor Tietz acabó realmente yendo al cabo de un tiempo a Jena a ver a uno de sus compañeros de promoción, que lo examinó en profundidad, pero no encontró nada grave, esto va con la edad, le dijo el colega, va con la edad, explicó también en casa, con lo cual aplazó lo inevitable, que era tener que tomar medicamentos para paliar los problemas de equilibrio cada vez más frecuentes, medicamentos que sólo ralentizaban el asunto, aunque, fuera éste el que fuese, todavía se movía mejor que su amigo, y eso no era agradable de ver, el doctor Tietz no era del tipo sentimental, no lo era tampoco por su oficio, pero le dolió un poco ver a Adrian tan envejecido—y ¡tan de pronto!, a su juicio—, era evidente que había comenzado una decadencia mental, si bien lo asombró la velocidad del proceso, de hecho, era también el motivo por el que comenzaron a preguntarse qué hacer por Adrian y la cosa acabó con que intentarían tenerlo más cerca para ocuparse de él, era algo que uno debía a su mejor amigo, señaló el doctor, y su esposa estuvo de acuerdo, ella que estaba convencida de poder ocuparse incluso de dos familias y, además, tal como solía decir a sus vecinas, con alegría, pero no contaban, y menos aún el doctor, con que se resignara sin más, esperaba cierta resistencia en Kana, que Adrian adujera esto y aquello, que se había acostumbrado al lugar y que la estación meteorológica estaba en Kana, pero no, no mostró resistencia alguna, y si bien el doctor Tietz se sentía sumamente inseguro cuando al día siguiente se presentó ante la casa con dos camiones, Adrian, con el ordenador portátil bajo el brazo, se sentó sin más al lado del conductor del primer camión, dispuesto a marcharse, y hubo que explicarle que primero se lo necesitaba en el interior de la vivienda, para que dijera lo que habían de llevarse y lo que habían de dejar, y él entonces volvió obedientemente a la casa y señaló esto y aquello como si fuese al buen tuntún, mandó sacar esto y aquello, un poco al azar según apreció el doctor Tietz, también la señora Schneider lo observó delante de su puerta, en voz alta para que la escuchara la señora Burgmüller, eh, cuánto movimiento en casa de nuestro vecino, con lo cual sólo estiraba el tiempo a la espera de lo que dijera la señora Burgmüller ante semejante revolución, pero ésta se encontraba con los brazos cruzados ante su propia puerta y observaba a los mozos de mudanza que aparecían una y otra vez con algún armario, con una cama, con una mesa y demás objetos, los subían a los camiones, pero ¡¿esto qué es?!, exclamó entonces, ¿no se estará mudando por culpa de la epidemia?, y lo dijo la señora Burgmüller como si no deseara en absoluto que esto ocurriera, aunque ocurría, no se podía negar que ocurría, no merecía la pena discutirlo, el simpático vecino se marchaba realmente, fruncía los labios con amargura la señora Schneider, ella lo intuía desde hacía tiempo, e incluso había dicho que la cosa acabaría así y que también ellas deberían mudarse, pero ¿adónde?, dígame usted, y la ira se adueñó de la señora Burgmüller, que le espetó, venga, ¿qué dice?, usted no hace más que mirar la tele, donde no hacen más que alarmar a la gente, que si el virus por aquí y el virus por allá, ¿cómo?, exclamó la señora Schneider, ¿que yo no hago más que mirar la tele?, y se volvió ofendida y entró en su casa, donde, sin embargo, ya no se ocupó de la señora Burgmüller, sino más bien del simpático vecino, porque en verdad la entristecía mirar por la ventana y ver esos dos camiones, pues qué sería entonces de la calle, la Oststraße era inimaginable sin él, el señor Köhler representaba el principal valor de la Oststraße, ¿y se marchaba?, la señora Schneider contemplaba a los mozos de mudanza y su corazón le decía que sí, en efecto, y le dolía como toda pérdida, aunque no quería mostrar su dolor a la señora Burgmüller, porque esa bruja incluso podía llegar a creer que se metía en asuntos que no le concernían, pero era lo que era, no podía ocultarlo ante ella misma, ¿para qué?, era evidente lo que ocurría cuando se cerraron las traseras de los camiones y éstos se pusieron en marcha rumbo a la Bahnhofstraße, y entonces vio que el señor Köhler se subía al coche de aquel médico de quién sabe dónde y ambos se iban, se quedó mirando el edificio de enfrente y tuvo la sensación de que el simpático vecino había muerto y se llevaban precisamente su ataúd, ese día ya ni siquiera tuvo ganas de volver a mirar afuera, no le interesaba cuanto pudiera opinar aquella vieja de lo sucedido, y a todo esto el señor Köhler permanecía sentado en el asiento de copiloto con el ordenador portátil en el regazo, asiendo con fuerza la agarradera encima de la ventanilla, y no le quitaba ojo a la carretera mientras el doctor le hablaba con alegría de la futura situación, de lo bueno que sería estar cerca el uno del otro, y se le notaba al señor Köhler el miedo que tenía, y el doctor se dio cuenta al cabo de un rato y bajó de los ciento cuarenta kilómetros por hora a los que iba a noventa, y así continuaron rumbo a Eisenberg, siempre había sido su problema el conducir demasiado rápido, lo habían multado varias veces por exceso de velocidad, en ocasiones, cuando el policía era conocido, se salvaba, en otras, cuando no era conocido, no, su esposa se ponía hecha un basilisco, estoy furiosa contigo, despotricaba, no es sólo que conduzcas demasiado rápido, sino para qué, a ver, dime, pero el doctor no decía nada, porque no lo sabía, simplemente le gustaba conducir a toda la velocidad que le permitían las circunstancias, qué podía hacerle, él era así, aunque su esposa eso no lo admitía y para colmo temía por él últimamente, estás envejeciendo, cariño, a ver si lo entiendes, llevas gafas y, además, a tu edad no se puede ir a toda pastilla, pero nada, todo siguió como siempre, aunque por su amigo bajó ahora a noventa y continuó hablando de su futuro en común, su esposa los esperaba con un caldo suave de carne y, además, había preparado especialmente para Adrian—porque el nieto no podía comer esas cosas—un buen plato árabe de carne, que le había preparado una vez que estuvo invitado y a Adrian le había gustado muchísimo, así que es lo que cocinaré mañana, informó ella el día anterior a su marido cuando repasaron cómo transcurrirían las cosas, aunque estaba un poco preocupada, quedarse con un Adrian enfermo no era lo mismo que invitarlo a cenar, y Adrian era además sumamente gracioso y entretenido, y tuvo que confesarse a veces que le gustaba como hombre, pero, claro, nadie se daba cuenta, al doctor Tietz le encantaba ver resplandeciente a su señora cuando Adrian acudía invitado a cenar, ni siquiera se le pasaba por la cabeza que quizá en realidad estuviera sucediendo algo bien distinto, y ahora se alegraba particularmente de que esa amena armonía de las cenas se convirtiera en algo regular en su casa, y así sucedió, las cenas se convirtieron en algo regular, pero el doctor tardó en confesarse que aquella amenidad de antaño ya no existía y hacía un gesto de rechazo cuando su mujer aludía a ello, aunque por supuesto sabía que Adrian había dejado de ser

Falsche Welt, dir trau ich nicht!

el que fuera, que todo había cambiado en él, si bien meses después siguió considerando una sabia decisión el haber traído al amigo, que lo necesitaba, porque esa necesidad y dependencia se volvió con el tiempo cada vez más evidente y acuciante, porque al principio sólo tuvieron que acostumbrarse a un Adrian que deambulaba por la casa y luego a despertarse alguna noche sobresaltados y encontrarlo junto a la cama, con el pelo alborotado, con los ojos mirando al vacío en lo alto y hablando, asegurando que no fue que en el gran aniquilamiento durante el Big Bang se produjera un fallo de la simetría después de todos los miles de millones de partículas, que apareciera entonces un plus de una partícula de materia y surgiera así el mundo, sino que en el gran aniquilamiento durante el Big Bang NO apareció una partícula de antimateria y así surgió el mundo a la vez que la antimateria desaparecía sin dejar rastro, nadie sabía adónde, sólo él lo sabía, porque a su juicio, debido a la estructura inestable de la antimateria ésta enseguida se desintegró para convertirse en agujeros negros y la antimateria se ocultaba ahora toda ella en los agujeros negros, sólo habría que medir su masa total y aparecería lo que había desaparecido, eso decía Adrian mientras ellos permanecían incorporados en la cama, apoyados en el respaldo, tapándose apenas con el edredón, mirando aterrados en la oscuridad, sin entender lo que el otro desbarraba y sin entender sobre todo si eso significaba que se había vuelto loco por completo, aunque ni el doctor ni su esposa se atrevieron a preguntarle nada tras esas apariciones nocturnas, pero luego el asunto se zanjó por sí solo y acabaron las fantasmales conferencias, acabaron porque en realidad dejó de tener cualquier disposición elemental a la iniciativa y, por qué negarlo, perdió también todo interés por el nieto, que era para ellos algo así como un regalo sagrado a su edad y al que antes Adrian seducía con una sencillez encantadora, jugaba con el niño y el niño estaba encantado con él, y apenas conseguían dormirlo cuando él se marchaba después de una de esas cenas, lloraba y lloraba pidiendo que volviera, y llorando acababa durmiéndose, pero ahora era como si Adrian ni se percatara de su existencia, el crío lo intentaba a diario varias veces y entraba en su cuarto y se metía bajo su brazo, y bien es cierto que el señor Köhler no lo echaba, es más, aceptaba la presencia del pequeño allí bajo su brazo, pero seguía trabajando, significara esto lo que significara, de modo que el niño al cabo de un rato se introducía a hurtadillas en la casita, se paraba en la puerta de la habitación y se quedaba mirándolo, pues percibía, claro está, que aquel señor Adrian no era este señor Adrian, que una vez se volvió hacia él y le preguntó, ¿sabías que no hay nada más perfecto que el mundo?, y el niño, que estaba en el umbral, lo miró y se fue corriendo, y en alguna ocasión volvió luego para espiarlo, pero ya no se atrevía a acercársele, y Adrian ya ni siquiera se daba cuenta de que estaba allí, era lo que le pasaba con todo, si no le insistían, él no se levantaba de delante de su ordenador, al cabo de un tiempo había que volver a insistirle para que fuese a almorzar o a cenar, porque a la primera o a la segunda señal ni siquiera se movía, había que ayudarle cuando en el jardín se dirigía a algún sitio pues ya no recordaba por qué se había puesto en marcha, los de la casa sabían perfectamente en qué consistía el problema, pero tú sabes, querida, lo que sirve esta clase de tratamiento, dijo sentado, encogido, al lado de su esposa en el sofá cuando pusieron las noticias del canal MDR, no podemos hacer más que ralentizar el proceso, ralentizar ya es algo, lo animó su mujer, y ésa era también la palabra clave para Ringer, *ralentizar*, abandonar la carrera desenfrenada, aunque durante bastante tiempo se mostró incapaz de ello, mas lo necesitaba, pues tenía la sensación de que no aguantaría mucho, ahora paro, decidió una y otra vez, pero continuó su carrera, en un momento estaba en Ilmenau, después en Meiningen, a continuación en Suhl, luego en Sondershausen, hasta que marcó un número de teléfono y dijo al auricular, lo que quiero es que me interroguen, y más tarde, cuando ya estaba en una habitación pelada en Érfurt, lo repitió, también con otras entonaciones, soy yo quien quiero que me interroguen, apúntenlo, insisto, fue lo que dijo al funcionario sentado delante de él, y explicó con detalle cuanto podía tener importancia en el caso, no olvidó ni la más mínima minucia, dio los nombres y las direcciones de quienes podían certificar que era cierto lo que decía, porque no fue él, porque no fui yo, sé que es lo que se cuenta, pero no, estaba allí en Érfurt y miraba con expresión sincera y ya más tranquilo a la persona que lo interrogaba, aunque, eso sí, no supo responder a la pregunta, vale, perfecto, y entonces ¿quién?, no es mi asunto, repuso Ringer negando con la cabeza, averígüenlo ustedes, a mí déjenme en paz, ya tengo suficiente con lo que he de afrontar, lo cual era rigurosamente cierto, la situación era realmente bastante difícil, pues si bien solicitó que se le retiraran de inmediato las acusaciones, que calificó de absurdas en todos los sentidos y que, en efecto, se le retiraron con la ayuda de la Oficina de Protección de la Constitución, no mencionó en ningún momento que en parte se responsabilizaba a sí mismo de lo ocurrido en Kana, de que las cosas allí se salieran de madre de esa manera y que ellos no las pararan cuando aún era posible, ellos mismos, allí en el escenario de las cosas, por desgracia habían bajado los brazos, pero en este punto la señora Ringer no se mostró en absoluto de acuerdo con él cuando apareció y por fin regresó a casa, estaban de acuerdo en todo menos en eso, pues por qué, preguntaba ella abriendo las manos, por qué deberías ser tú responsable de lo sucedido, por qué te culpas a ti mismo si hiciste todo cuanto podía hacerse, no, negaba él con la cabeza, sólo le daba a la sin hueso, pero no hice nada, porque contra eso, contra hechos como ésos, no bastan las manifestaciones, cariño, ni las conferencias ni las declaraciones ni los debates televisivos, y la señora Ringer le acariciaba las manos, estaban sentados el uno frente al otro en la sala, no habían encendido las luces, y eso que ya había oscurecido, le acariciaba ella las manos y lo consolaba y hablaban en voz muy baja y así le preguntó ella, dime, ¿qué quieres que cocine?, ¿qué te apetecería?, ¿una sopa de cerveza?, pues sí, no estaría mal, le sonrió extenuado su marido, pero supongo que es muy tarde para eso, ¡qué va!, ¿cómo que tarde?, la señora Ringer se levantó de un salto y ya estaba en la cocina, pelando las verduras, sacando del congelador el plato semipreparado y metiéndolo en el microondas, lo puso en la función de descongelar, primero diez minutos, pero se lo pensó y lo subió a quince, estuvo a punto de soltar un profundo suspiro, y se contuvo, no quiso que se oyera en la sala, así que apenas soltó unos breves suspiros casi inaudibles, y enseguida terminó con las verduras, les añadió un poquito de azúcar y cuando el microondas se detuvo echó la sopa de cerveza en la cacerola, le agregó un poco de agua, sin condimentos por el momento, que sólo vendrían al final, cuando al percibir los ricos olores hasta Ringer se presentó en la cocina, se dejó caer sobre la silla junto a la mesa, se frotó la cara como quien acaba de despertar de una pesadilla, porque lo era, parecía una auténtica pesadilla lo que había pasado en los últimos días, cómo se escondió, cómo huyó, él que realmente no había vivido para andar escondiéndose ante nadie ni ante nada se encontró de pronto con que sí, y para colmo no empezó con la búsqueda de un escondrijo, sino que a raíz de lo sucedido se rompió de pronto el hilo, sabía que era ya otro mundo al que habían ido a parar y no lo entendía, de entrada no entendía en qué se había metido Kana en general, qué estaba sucediendo en Turingia y qué estaba sucediendo en el país, todo eso lo turbó por completo, ni siquiera sabía cuánto tiempo estuvo correteando de aquí para allá en la ciudad, y cuando le avisaron, en confianza, que se largara, porque se sospechaba de él, de él que habría eliminado encantado a esos nazzis enfermos y hechos polvo si con eso hubiera podido resolver algo, pero incluso en ese estado trastornado sabía que desgraciadamente por esa vía no se resolvía nada, que era absurdo responder al mal con el mal, y entonces se rindió y se presentó por propia iniciativa pues quería poner fin a la huida sin sentido, y ya no se preocupó por saber qué le ocurriría en Kana, de hecho Kana lo desilusionó de manera inconmensurable, tenía la sensación de que nadie lo apoyaba, es más, se volvieron contra él desde el primer momento, pero no le importó, no le importaba nada, cayó en un estado de total apatía, no tenía ganas de ver ni siquiera a sus amigos de Jena, y cuando fueron a visitarlo, les pidió expresamente que no volvieran, pues tenía la sensación de no servir ya para nada, lo cual asustó sobremanera a la señora Ringer, que hizo lo posible por darle a entender que estaba a su lado, le cogía la mano, lo acariciaba, aunque lo dejaba también solo a menudo, cuando sentía que era eso lo que necesitaba, y le habría gustado hablar con alguien sobre la situación, pero no tenía ya a nadie en Kana, tampoco abría la biblioteca, pasaba todos y cada uno de los minutos en casa, no quería alejarse ni un solo instante, por temor a que su marido precisara de pronto de su presencia, pero, claro, ¿qué hacer?, no podía permanecer con los brazos cruzados, así que se puso manos a la obra, a arreglar algo que la agobiaba desde hacía tiempo, concretamente la despensa, pues sí, el caos se había adueñado de ella y alguna vez había que poner orden, se lo proponía, fijaba un día y otro día, y siempre lo aplazaba, pasaban los fines de semana juntos, hacían excursiones o iban al teatro o al cine, fuese en Jena o en Leipzig, así que no le quedaba tiempo, y durante la semana, si bien casi no tenía que hacer nada en la biblioteca, aun así volvía a casa demasiado cansada para emprender algo, así que aplazaba esa tarea, pero ahora sí se embarcó en ella, primero retiró la cantidad ingente de frascos con mermeladas, compotas y encurtidos de los estantes, así como las botellas de aguardiente y las cajas y las bolsas, los innumerables condimentos y la harina y el azúcar y el aceite y etcétera y etcétera, lo llevó todo a la cocina, lo examinó con detenimiento, separó lo que había que tirar de lo que había que conservar, limpió los estantes, los repasó con un trapo para secarlos, y volvió a colocar las cosas en su sitio, o sea, las que todavía consideraba útiles, aunque la decisión no fue fácil, no era ella derrochadora, o sea que si por la fecha de caducidad o por el estado del producto había decidido tirar esto o aquello, luego, al ponerlos de nuevo en los estantes volvía a pensárselo, y a la balanza le costaba inclinarse hacia un lado o hacia el otro, es más, cuando por fin sacó las cosas que juzgó inutilizables, prefirió meterlo todo en una bolsa de basura grande y gruesa, lo llevó al coche, se dirigió a la parroquia protestante y lo dejó allí, a los pobres les vendrá bien, dijo al pastor, así se tranquilizó y volvió rápidamente a casa, a ver a Ringer, aunque sabía que sin duda no la necesitaba, el estado de Ringer no cambiaba, es más, se tornó más desesperanzador si cabía, y todo también parecía más desesperanzador a la señora Ringer, así que ya resultó imprescindible hablar con alguien, tenía que repartir la carga bajo la cual, lo notaba, podía derrumbarse en cualquier momento, pero no podía recurrir a sus amigas, pues ellas, al igual que los ciudadanos de Kana en general, le habían dado la espalda, de modo que por mero orgullo no fue a verlas, si bien ellas ya intentaban, con suma cautela, darle señales, que si esto o lo otro, que si llevaban tiempo sin verse, pásate a tomar un café y cosas por el estilo, pero no, la señora Ringer necesitaba otra solución, y esa solución se presentó un día que entró en el centro comercial en busca de flores, pueden ser con maceta y todo, dijo a la dependienta, se trata de darle un poco de vida a la casa, y allí, en la floristería, se topó con la señora Feldmann, que con su entusiasmo juvenil y su cháchara cotidiana fue capaz de arrancarla de su impotencia, ella, esto es, la señora Feldmann, le propuso con su talante amable que, como llevaban tanto tiempo sin encontrarse, se sentaran a tomarse un café o lo que fuese, la señora Ringer apenas conocía a la señora Feldmann, pero quién sabe por qué, percibió tan natural y evidente buena voluntad en sus palabras que enseguida aceptó la invitación, se sentaron a tomar un café, y de pronto cobró conciencia de que, sin tener ningún propósito deliberado, se estaba sincerando, miraba el rostro amable y sonriente de la señora Feldmann y ya era tarde para preguntarse si se trataba de la persona adecuada a la que abrirle el corazón, porque ya lo había hecho, las dos parejas, los Feldmann y los Ringer, apenas se conocían, aunque se habían encontrado en algún acontecimiento, en las festividades del Primero de Mayo en el Rosengarten por ejemplo, siempre con unas palabras amistosas los unos a los otros, pero nada más, no se visitaban, no cenaban juntos, nada de eso, la verdad es que no lo entiendo, observó la señora Feldmann, no entiendo por qué no nos veíamos más a menudo, oye, le cogió el brazo a la señora Ringer, venid a vernos algún fin de semana, y la señora Ringer se alegró mucho, aunque sabía que, debido a Ringer, todavía tardarían bastante en acudir a la invitación, si es que alguna vez lo hacían, y le sentó bien, le levantó el ánimo, por fin había encontrado a alguien que hallaba las palabras adecuadas para consolarla, oye, le dijo por ejemplo la señora Feldmann, es lo que está pasando en todas partes, no creas que sólo es cosa de Kana, tanto aquí como por doquier la gente tiene miedo y cae fácilmente bajo el influjo de los rumores, por eso yo no juzgaría a la gente, no cargues con eso, es lógico, aquí todo el mundo tiene motivos para el miedo, ¿o no es así?, ¿no tenemos que vivir de pronto en medio del horror?, ¿tengo razón o no?, pues sí, tienes razón, reconoció la señora Ringer, y tuvo la sensación de contar con una nueva amiga, y así ocurrió, la señora Feldmann, cuando ya resultó evidente que la señora Ringer y su marido, debido al estado de éste, sin duda no pasarían por la Hochstraße, fue directamente a verla, escucha, dijo en la puerta cuando le abrieron, he venido directamente a verte, conozco la situación, o sea que me presento sin invitación alguna, si me dejas entrar, bien, y si no me dejas, también, se sentaron en la cocina y la dueña de casa preparó un buen café, contenta de encontrar en la señora Feldmann a una mujer tan amable, eres una mujer tan amable, Brigitte, dijo mientras le servía la taza de café, ni siquiera sé cómo agradecértelo, y se sentía realmente agradecida, y volvió a sincerarse con ella y a sentirse aliviada y a percibir fuerzas y energías renovadas, y el fin de semana siguiente, después de intentar en vano convencer a su marido para que fuesen de excursión al Saaleblick, dijo para sus adentros, pues vale, entonces le toca ahora a la cocina de atrás, porque poseían también una cocina de atrás, donde cocinaban en verano, en realidad casi nadie se construía una cocina trasera como ésa, porque casi todo el mundo tenía una casucha en la colonia de pequeñas parcelas ajardinadas y allí preparaba la ciudad sus comidas cuando lucía el sol, aunque el problema para la señora Ringer era que para eso habría necesitado un poco de ayuda, pues si se ponía manos a la obra habría que pintar, eso era forzoso, pero no podía llamar al único lugareño amigo de Ringer que era pintor, pues éste también se había sumado a los demás en aquellos días difíciles, y Florian tampoco aparecía últimamente, así que ¿ir a la tienda del Baumarkt?, ¿resolverlo sola?, pues sí, parecía la mejor solución, porque ¿no podía ella pintarla?, pues claro, absolutamente, así que se puso manos a la obra, pintó, limpió, separó lo útil de lo inútil, fregó, ordenó, al final apenas sabía ya por dónde seguir, tal era el impulso que había tomado, de modo que incluso limpió las gruesas vigas del techo, mientras Ringer permanecía sentado en la sala, con la televisión encendida el día entero, pero no la miraba, no miraba nada, constató la señora Ringer, todo lo contrario que en los viejos tiempos, cuando no había apostados policías y otros personajes de paisano por todas partes, cuando no se producían explosiones y asesinatos ni nada parecido, cuando en Kana nadie recordaba un asesinato, el único nido turbio, criminal, como lo llamaban, era el Castillo, la casa en la Burgstraße 19, pero eso se acabó, señalaron aliviados los ciudadanos de Kana, la puerta estaba clausurada, cintas amarillas indicaban que allí no se podía entrar, y es que, además, tampoco vivía nadie allí ya, Karin y Andreas y Gerhard y Uwe, quienes no se encontraban en la casa aquel día, se desbandaron, será lo más inteligente, asintieron al escuchar la propuesta de Karin, y así, en efecto, procedieron, Karin se trasladó a Mattstedt, Gerhard a Saalfeld, los demás se dispersaron por Turingia o por Sajonia, sólo Andreas intentó quedarse en Kana, pero la decisión no resultó muy propicia, de modo que pronto abandonó la idea y se fue a Jena, los otros igual, uno aquí, el otro allá, así que sólo se encontraron por primera vez en un partido de fútbol importante, no nos encontremos, dijo, sin embargo, con mirada gélida Karin mirando alrededor en el pequeño estadio de Gera, porque están fotografiando, así que durante un tiempo ni siquiera eso, yo os daré una señal para el cuándo y el dónde, y entonces se marchó del partido, sólo quedaron Andreas y el núcleo duro de Gera y, claro, la red, en cuyas páginas secretas continuaban en contacto a diario, como siempre, y así se enteraron de la fecha del entierro del Jefe, Andreas recibió una llamada de Érfurt para comunicarle que la autopsia había concluido y podían llevarse el cadáver, Andreas enseguida dio la voz de alarma y ese misma tarde fue a Mattstedt, donde trataron de averiguar si el Jefe tenía algún pariente vivo, pero decidieron que si el propio Jefe jamás había dado señal de tener ningún nexo familiar, ellos lo considerarían su testamento y ellos mismos lo enterrarían, otra cosa era, sin embargo, el caso de Fritz, pues su madre todavía vivía en Meuselwitz, adonde fue entonces Gerhard, le explicó lo sucedido, pero la mujer estaba tan borracha que no registró en absoluto lo que le estaban contando, su hijo ha muerto, ¿entiende?, alzó Gerhard varias veces la voz, al final incluso la zarandeó para hacerla comprender que era ella quien había de enterrar a su hijo, la llevó hasta el baño lleno de huellas de quemaduras y de olor a humo, abrió el grifo de la ducha, esperó a que saliera primero el agua con óxido y metió después la cabeza de la mujer bajo el agua, la arrastró luego de vuelta a la sala, la tiró sobre el sillón que hedía a vómitos, le abofeteó la cara y volvió a sacudirla hasta que la señora recobró más o menos, menos que más, la conciencia y le volvió a explicar lo ocurrido, ¿qué pasa?, ¿qué pasa?, preguntó ella con la lengua pesada, que ha muerto su hijo, mecagüenlaleche, pues vaya a ver al pastor, soltó la mujer, lo cual realmente pareció la mejor solución, Gerhard fue a la parroquia, tocó el timbre, el párroco incluso conocía a Fritz, fui yo quien lo puso bajo el agua bendita, Dios mío, qué tragedia, y conocía también a la madre, otra tragedia, Dios mío, pero es el buen Dios quien decide, a mí me da lo mismo, dijo Gerhard, harto ya de tanto ir y venir, por mí que decida Dios, pero que alguien decida, así que puedo dar la dirección de usted, ¿no?, y entonces traerán aquí a Fritz, claro, por supuesto, respondió el pastor, la iglesia acoge a todos los pecadores, y en eso quedaron, los pecadores volvieron de Érfurt, igual que los lobos, escribió en la página oculta Uwe, que era, por cierto, hermanastro de Andreas, porque los lobos volvieron a aparecer, informó el agente forestal en el ayuntamiento de Kana, pues sí, una manada nueva, de cinco miembros, tres machos, incluido el alfa, y dos hembras, además de un cachorro, ¿de dónde sabe que es otra?, le preguntaron en el ayuntamiento, lo sé porque no es la misma que anduvo por aquí antes, dijo con tono ofendido el agente forestal y explicó por enésima vez cuanto había que saber sobre los lobos, y que no eran peligrosos, y que siguieron su marcha rumbo a las Montañas de Pizarra, donde a buen seguro buscan un territorio más amplio que el que encuentran por nuestra zona, dijo, o sea que no cabe asustarse de nuevo, pero, claro, los ciudadanos de Kana se asustaron, como cada vez que llegaban noticias de alguna manada de lobos, la NABU se hartaba de visitar una y otra vez Kana con el fin de explicar en conferencias la verdadera naturaleza del lobo, a mí me pueden venir con lo que quieran, negó con la cabeza el señor Heinrich en lo de Ilona, pueden decirme lo que quieran, un lobo es un lobo, y todo lobo es un monstruo y punto, sanseacabó, y los clientes se mostraron todos muy de acuerdo, en particular Hoffmann, que estaba ya muy endeudado en lo de Ilona y buscaba en vano a Florian por ver si conseguía de él algo, pero no lo encontraba, de modo que procuraba mantenerse calladito y en muy contadas ocasiones se pronunciaba, aunque en esta ocasión sí se pronunció, asegurando que pensaba lo mismo, porque un lobo es un lobo, así que bien dicho, un lobo no tiene piedad, todo lo contrario de lo que Tamás Ramsthaler aseveró en la sala puesta a su disposición en el ayuntamiento, ante un público también esta vez escaso, consistente en exactamente cuatro habitantes de la ciudad convencidos de que a través de ellos, o sea, de la NABU, podrían averiguar con qué se había de contar con respecto a las montañas, aseveró que el miedo a los lobos tenía la misma edad que la humanidad o al menos eso se afirmaba, dijo, pues debo confesar, alzó entonces la voz, que cuando comencé a interesarme por el tema me asombró la ingenuidad e ignorancia que lo rodea, porque da igual que sea antes de la Edad Media o después de la Edad Media, nadie se tomó nunca la molestia de acercarse y conocer a ese animal extraordinario, excepcional, a nadie le importaba saber realmente ante quién nos hallábamos, porque el miedo era tan grande que la realidad habría perturbado ese miedo, ya que es fácil renunciar a la realidad y difícil renunciar al miedo, dijo, de manera que las primeras mentes eruditas que tenían una visión científicamente aceptable predicaban en el desierto, y el lobo sanguinario de los mitos, de las leyendas y de los cuentos le parecía a la gente más real que el lobo que realmente, insisto, realmente convive con nosotros, hasta que conseguimos liquidarlos a todos, alzó la voz Tamás Ramsthaler de la NABU, que es lo que de hecho ocurrió, dijo, pues al final del siglo XIX ya no quedaba en Alemania ni un solo ejemplar, solamente ahora, a partir de los años ochenta y noventa del siglo pasado, en buena parte gracias a organismos como la NABU, se ha comenzado a revertir la situación, pero todavía queda mucho por hacer, dijo, si bien no especificó en qué consistía ese mucho, porque abandonaron una tras otra la sala las cuatro personas que constituían hasta ese momento el público, de modo que Tamás Ramthaler de la NABU se quedó sin nadie a quien dirigirse, nadie a quien hablar, mientras Florian no le veía ya sentido alguno a hablar, porque a quién podía hablar, y para colmo sólo podía hacerlo sobre una asunto totalmente personal, pues seguía durmiendo con el teléfono móvil, pero ya no lo guardaba bajo la almohada, sino que lo había apartado un poco y luego un poquito más y después un poquito más todavía hasta que una mañana cayó al suelo, o sea que al final ya no lo llevaba a la cama, es más, ya ni siquiera lo alcanzaba, lo dejó en la cocina, guardado en el armario encima de los fogones, bien lejos, detrás del azúcar, pero después ya ni siquiera esto le pareció una solución adecuada y prefirió ponerlo detrás de los utensilios domésticos, aunque lo cierto era que no lo puso, sino que lo tiró, lo tiró atrás, como si le quemara la mano, y cerró rápidamente la puerta del armario, punto, no volvió a tocarlo, y eso que no empezó así, todo lo contrario, pues la alegría de recibirlo ni siquiera fue comparable con la que sintió al recibir su primer ordenador portátil, el NOKIA fue otra cosa, él no contaba en absoluto con el NOKIA, en absoluto, él aceptaba la explicación del Jefe de que no necesitaba un móvil, porque, según el Jefe, la verdadera conversación era la conversación personal que se desarrollaba entre ambos, y ésa no se podía estropear con un aparato técnico, exceptuando el interfono, ellos dos eran un mundo aparte, dijo el Jefe, y no tenía importancia, no tenía importancia alguna que todos los demás poseyeran un móvil y que también él, el Jefe, poseyera uno, y no sólo uno, pero él, el Jefe, no utilizaba esos móviles para asuntos personales, porque solamente conocía un asunto personal, y ése era Florian, lo cual a Florian le sentó de maravilla y por tanto se quitó de la cabeza la idea del móvil y aceptó ese argumento, pero cuando llegó el momento inesperado y el Jefe le puso el móvil en la mano le resultó igual de convincente la razón por la cual ahora sí recibía un NOKIA y antes no, a quién podía importarle que hasta ahora no pero a partir de ahora sí, lo esencial era que tenía uno en la mano y lo llevó manteniéndolo un poco alejado de sí, como si temiera que se le cayera si lo llevaba de otra manera, y lo dejó sobre la mesa de la cocina con sumo cuidado, como si temiera estropearlo con el más mínimo movimiento, pero no se estropeó, Florian cerró los ojos unas cuentas veces y volvió a abrirlos, pero el NOKIA seguía en la mesa, así que era verdad, no mera imaginación, tengo un NOKIA, pensó, le zumbaba la cabeza, y después fue corriendo hasta la casa del señor Köhler y luego de vuelta, y en los dos días siguientes descubrió en el móvil todos los secretos que por sí solo podía descubrir, de hecho, entendía menos los teléfonos móviles que los ordenadores portátiles, bien era cierto que veía más o menos lo que hacían sus usuarios, pero no se fijaba con detenimiento en lo que eso significaba, de modo que ahora era él mismo quien había de familiarizarse con las teclas de arriba y del costado, y empezó, claro, cargando el aparato, porque vio por las señales que estaba bastante descargado, y él sabía cómo hacerlo, porque el Jefe le pedía a veces cargar el teléfono, pero cuando metió uno de los extremos de su cargador en el enchufe y el otro en el agujerito de abajo en su móvil y se iluminó la pantalla indicando que se iniciaba la carga, casi echó el aparato al suelo al tirar del cable por lo nervioso que estaba y sólo hubo de agradecer a sus buenos reflejos que no ocurriera nada grave, y no ocurrió, pilló el teléfono a tiempo y volvió a ponerlo encima de la mesa, aunque para evitar que corriera nuevos riesgos mientras se iba cargando no se sentó al lado, sino que permaneció durante un buen rato de pie a cierta distancia, observando cómo se cargaba y se cargaba y se cargaba el teléfono, se acercaba a veces un poco para ver mediante el icono por dónde iba la carga, eso fue lo más difícil, el primer paso, lo que vino a continuación no le resultó tan complejo, y eso que no conocía ni el lector de la huella dactilar, ni el funcionamiento de los iconos, y como, además, no sabía descifrar las palabras y las abreviaturas en lengua inglesa que encontraba aquí y allá, se vio obligado a realizar probaturas, pulsaba aquí, pulsaba allá, pulsaba lo que podía y esperaba a ver si algo sucedía o no sucedía, poco a poco se fue abriendo ante él el mundo del NOKIA y a partir de entonces ya sólo tuvo que practicar, pues al comienzo no lo utilizaba, sino que practicaba, conectaba y desconectaba, escribía un número y lo borraba, apuntaba algo en la aplicación NOTAS y lo borraba, pues sólo quería ver cómo funcionaría la cosa, así fue progresando más y más, y después, hacia la mitad del segundo día tenía tanta hambre que se vio obligado a dejarlo y bajar a lo de Ilona, aunque no supo qué hacer, ¿llevar el móvil?, ¿dejarlo en casa?, argumentos había para ambas opciones, al final prefirió dejarlo en la mesa, pero al salir al pasillo se lo pensó, regresó y con un pañuelo de papel lo tapó para evitar que le cayera polvo encima mientras él se hallaba fuera, y habría deseado tanto contar en el chiringuito de Ilona lo que había ocurrido que por los nervios no pudo, los demás se asustaban unos a otros con los rumores que corrían, y él de algún modo no encontró el hueco para explicarles, señores, tengo un NOKIA, y entonces

no hay nada más perfecto que

regresó a toda prisa a casa habiéndose quedado con la nueva guardada en su fuero interno, el Encargado no se encontraba en casa o ya se había acostado, sea como fuera, no respondió al timbre, así que tampoco a él pudo contarle nada, y eso que el Encargado sí estaba en casa, pero sin ganas de levantarse, tumbado en la cama, no con pijama sino con ropa de calle, tapado sólo con una manta, mirando la televisión, seguro que no es más que Florian, pensó, y no se movió, ya lo llamaría más tarde, y continuó mirando el canal MDR de Turingia, no solía mirar ningún otro canal, salvo a lo sumo RTL, aunque de RTL opinaba que solamente perseguía llamar la atención, pero el verdadero, el que era sinceramente el que era,

era MDR, su canal, allí en el Este sólo MDR, pues tenía la sensación de que se dirigía a él, no sólo por Turingia y todo eso, sino porque le recordaba los viejos tiempos que, dijeran lo que dijeran, consideraba buenos, y él no lo callaba, menos aún ante Pförtner, eso sí, a Florian no le decía nada al respecto, pero Pförtner entendía a qué se refería, había entre ellos una natural complicidad, sobre todo en los grandes asuntos, porque a veces sí aparecían pequeñas divergencias de opinión, por ejemplo, en el tema de cuál era la mejor cerveza, si Lübzer o Rostocker Pils, si Köstritzer o Hasseröder, aunque en las cuestiones importantes el acuerdo era absoluto, de modo que, dijeran lo que dijeran, señalaba ahora el uno, ahora el otro en las grandes y silenciosas noches de Kana, se tratara de nuestra industria o de la situación de la vivienda o del mercado laboral y así sucesivamente, no podía aparecer ningún campo en sus conversaciones en que no quedara claro que antes todo era mejor, vale, añadía ahora Pförtner, ahora el Encargado, descontando la calidad de las carreteras, porque, vale, desde luego, no se puede comparar con la de ahora, o sea que no la comparaban, igual que Florian se enredó en una comparación cuando al día siguiente fue al café Herbst para bajarse más música y de paso mirar qué aparato era el suyo en comparación con los otros NOKIA, pero lo que vio fueron nombres y datos demasiado complejos, y cuando volvió a casa pulsó el icono AJUSTES y luego aquello que sí entendía lo que era, y durante un buen rato sólo ocurrió lo que de todos modos comprendía y fue practicando con eso, solamente se atrevió a adentrarse en territorios desconocidos cuando comenzó a hartarse de lo ya sabido, y así llegó al punto del menú que mostraba las llamadas entrantes y las salientes, donde entre muchas otras halló las que había comentado el Jefe, y para su gran asombro encontró también cinco llamadas salientes que, por lo visto, él mismo había dirigido al Jefe, y de hecho fue entonces cuando se preguntó por primera vez de qué iba la cosa en realidad, pero antes de profundizar en la cosa, enseguida la apartó, la ahuyentó, para qué tratar de entenderla mejor, eran tantas las cosas del Jefe que no comprendía, así que para qué hacerlo con esas cinco llamadas, al cabo de cierta indecisión lo mandó todo al carajo y prefirió poner el dedo sobre el icono de la cámara para ver cómo funcionaba, primero pulsó al buen tuntún un botón en la pantalla, y como tenía el NOKIA mirando hacia abajo sólo consiguió fotografiar una mancha de color marrón rojizo, de modo que a la segunda ya fotografió a través de la ventana y se sintió sumamente orgulloso al ver que lo había conseguido y a partir de entonces pasó el día tomando fotografías desde la ventana y desde los ángulos más diversos, hasta que cayó la noche, y entonces dejó el aparato sobre la mesa y esperó a que se enfriara para poder envolverlo con el pañuelo de papel, porque había decidido que para protegerlo del polvo no bastaba con taparlo, sino que había que envolverlo meticulosamente, y así lo dejó, permaneció sentado mirando y esperando que se enfriara, y luego, en un momento dado, se levantó, lo abrió mediante el lector de huellas dactilares, pulsó las llamadas entrantes y salientes, volvió a repasarlas y cerró, pues para entonces el aparato se había enfriado ya bastante para poder envolverlo, y lo envolvió y se fue a lo de Ilona, pero no podía decir que no tuviera una mala sensación, porque la tenía, la tenía por eso y la tuvo sobre todo porque fue a parar precisamente a una discusión en la que los clientes de Ilona se referían a la responsabilidad del Jefe, porque, dijo el señor Heinrich, y Hoffmann se mostró plenamente de acuerdo, fue él quien nos acarreó todo esto, fue él quien estuvo criando durante años a esos pequeños nazis en la Burgstraße, etcétera, etcétera, Florian pidió una *bockwurst* y un Jim Him y escuchó que el Jefe esto y el Jefe aquello, de modo que cuando habló no lo hizo con su voz de siempre, sino que estalló diciendo que ¡el señor Heinrich y los otros no hacen más que tergiversarlo todo!, ¿por qué lo tergiversan todo?, ¿por qué no preguntan quién fundó la Sinfónica de Kana?,

¿quién salvó la vida del señor Ringer?, y, claro, enseguida se hizo el silencio, y no solamente porque de pronto aparecía allí una opinión contraria, sino porque no era habitual la voz, la voz de Florian, pues estaba furioso, y algo más difícil de definir, se lo quedaron mirando, Hoffmann enseguida cambió de asiento y se apartó de él, Florian, sonrojado por lo que acababa de decir, agachó la cabeza, fijó la vista en la mesa, le temblaban las manos, mientras Ilona le llevaba la *bockwurst* que él comió así, con manos temblorosas, y los demás, tras un breve silencio, empezaron de nuevo a conversar, mas no volvieron a sacar el tema, tanto les había sorprendido el inesperado e incomprensible arrebato de Florian, nunca lo habían visto así, yo, dijo Hoffmann cuando Florian pagó y se marchó, jamás lo había visto así, señor Heinrich, pero algo malo le pasará, lo digo yo, pues algo ha sucedido aquí, añadió, y no continuó, se quedó murmurando como quien sabía algo más del asunto pero prefería guardárselo, aunque, de hecho, no sabía nada más, no sabía nada, e Ilona, desde detrás de la barra, lo mandó callar, tú calla, Hoffmann, ¿cómo puedes hablar así de una persona a la que no paras de sablear?, y la voz, la voz de Ilona, también sonó extraña, normalmente no increpaba a nadie, a lo sumo cuando alguien estaba ya como una cuba, pero entonces sin ira de verdad, contrariamente a este momento, cuando sí se percibía claramente que esta vez estaba realmente enfadada con Hoffmann, quien enseguida se arrepintió, pidió la llave del lavabo y fue allí, y cuando volvió se sentó en un rincón y no dijo nada, porque se había achicado, porque Ilona, como siempre, tenía razón, Hoffmann no cesaba de mangar, pero nadie le daba nada, salvo Florian, quien, además, le daba cada vez que llevaba dinero, de modo que cerró la boca, sorbió de tanto en cuanto su cerveza y o bien sonreía cuando oía algo divertido o bien asentía con gesto sombrío cuando se trataba de algo serio, porque éste era su único grupo, su única comunidad, en la que había encontrado su lugar y en la que sólo temía una cosa, que de repente le dieran la espalda, que lo apartaran, que no lo dejaran volver, así que se arrepintió mucho de haberse manifestado contra Florian, si hubiera podido tragarse lo dicho lo habría hecho, pero no era posible, y para colmo el chiringuito de Ilona cerró de tal manera que la clientela fija se dispersó desde el aparcamiento delante del Baumarkt sin que nadie le dijera nada, en vano se despidió, nadie le devolvió el saludo, y Hoffmann volvió entonces a casa como si lo hubieran apaleado, soplaba el viento, era el primer viento glacial de comienzos del otoño y caía lluvia, de modo que era como si miles de chispas le dieran en la cara y tuvo que calarse la capucha para protegerse el rostro, y fue caminando a toda prisa, un poco de costado, casi a ciegas, pero conocía bien el camino, nunca se había tropezado, ni siquiera cuando regresaba borracho como en esta ocasión, conocía cada centímetro entre el chiringuito y su casa, conocía cada bache, cada grieta, cada saliente, sabía de memoria dónde había un tramo impecable en la acera, dónde había que bajarse de ésta, dónde cruzar, dónde levantar la pierna y alargar el paso, en todo el mundo mundial era éste el camino al que realmente pertenecía, porque el propio camino lo conocía a él perfectamente, conocía cada uno de sus pasos, avanzara a trompicones o progresara lisa y llanamente, el camino sabía incluso cuándo levantaba la pierna izquierda y cuándo la derecha, cuándo se desviaba, cuándo se apoyaba a un costado y cuándo y con qué pie intentaba restablecer el equilibrio tras haberlo perdido, y lo mismo ocurrió también esa noche, mientras se acercaba avanzando un poco de costado a su casa, tomando la curva ante el taller de Wagner, entrando en el túnel bajo las vías del tren y después a la derecha hasta la casa en el Ölwiesenweg, donde alquilaba una habitación trasera por sesenta y cinco euros mensuales, y si hubiera avanzado habría tenido oportunidad de pedir perdón—y quizá también unas moneditas—, porque Florian, en su estado de excitación, no volvió al rascacielos, sino que también se encontró de pronto en el Ölwiesenweg después de salir del chiringuito de Ilona y deambular de acá para allá y de allá para acá, y entonces, a pesar del mal tiempo, del que ni siquiera se enteró, se fue hasta su banco a la vera del Saale, donde no se sentó, pero sí se quedó largo rato de pie bajo uno de los castaños, mirando cómo caían las gotas de lluvia en el río presuroso, y seguía tan nervioso que le habría gustado volver a lo de Ilona y explicarlo todo, se le ocurrieron nuevos argumentos, pues no, decidió, esto no puede quedar así, hasta ahora no hacía más que insinuar la verdad respecto al Jefe, pero desde este momento debía actuar con más energía, alguien tenía que defender al Jefe, se puso en marcha con gran ímpetu, aunque no había adónde ir, era demasiado tarde, así que no le quedó más remedio que encaminarse hacia su casa, subir al séptimo piso, quitarse la ropa y colgarla toda, el abrigo en la manilla de la ventana, el overol sobre el tendedero en el baño, el gorro, el jersey y el abrigo sobre el radiador, puso hasta los calzoncillos y los calcetines en el borde de la bañera, tan empapado estaba todo, y para colmo se puso a estornudar, de modo que después de vestirse con ropa seca se preparó rápidamente un café y lo fue sorbiendo en la cocina, contemplando las gotas de lluvia que golpeaban el vidrio de la ventana, mejor las gotas de lluvia que el NOKIA, pues si bien no sabía qué, algo no encajaba en el aparato, por el momento no quería averiguarlo, había un problema con el NOKIA, o sea que mejor las gotas de lluvia que se iban deslizando por la ventana que el NOKIA, no se produjeron cinco llamadas y, de hecho, ni una sola, ni siquiera podía tener un teléfono, pero ahora lo tenía, usado, sí, pero de color celeste, usado, sí, pero hermosísimo, y funcionaba de maravilla, servía para tomar fotos espléndidas y tenía un lector de huellas dactilares y demás, aunque algo fallaba, en su mente volvía una y otra vez a ese algo, en vano intentaba evitarlo, trataba de fijarse en la ventana y en las gotas, aunque no aguantaba mucho tiempo y sus pensamientos regresaban al NOKIA, notaba que lo inundaba el sofoco, pero no por el café, sabía que se le había puesto roja la cara, sabía que cuando algo lo turbaba se sofocaba, y ahora algo realmente lo turbaba, aunque no quedaba claro qué, si bien era evidente, pensó, que ese algo guardaba relación con las cinco llamadas, ¿por qué le molestaban tanto esas cinco llamadas?, se preguntó, pues porque no hubo cinco llamadas, se respondió, y repitió luego varias veces para sus adentros, no es que no se produjeran cinco llamadas, es que no se produjo ni una sola, eso no ocurrió, pero aun así el Jefe le pidió que fueran cinco, y él, claro, dijo que sí, y lo diría también si alguien se lo preguntara, aunque nadie se lo preguntó ni se lo había preguntado nadie hasta entonces, ¿por qué lo harían ahora?, ah, no, sacudió la cabeza, es algo distinto, ya le preguntaría al día siguiente al Jefe aprovechando el entierro, pero no preguntó nada, sólo fueron ellos dos al cementerio, el Jefe creyó que se habían equivocado de camposanto, a ver, dijo, y soltó varios mecagüenlaleche, en Kana sólo hay uno, ¿o es que me he perdido algo?, miró a Florian, pero Florian, de pie a su lado, parecía de piedra, sin decir ni mu, y luego se presentó el sacerdote, que también se asombró bastante de que tan pocos se presentaran al entierro de los brasileños, es decir, prácticamente nadie, y cuando quedó claro que había pasado ya la hora prevista para la ceremonia y después de añadir todavía unos quince minutos, hizo como si comprendiera perfectamente a qué se debía tanta ausencia, lo entiendo, se inclinó hacia la oreja del Jefe, pues es perfectamente natural que la gente tenga miedo en momentos tan traumáticos y por eso se lo agradezco a ustedes particularmente, dijo volviéndose hacia los dos, y a la hora de la colecta de esta noche recordaré que hubo dos hombres valientes y respetables entre los atemorizados, siempre hay dos justos, como dice el evangelio, venga, déjelo ya, le indicó irritado el Jefe, que no se consideraba en absoluto entre los atemorizados, a ver si vamos rápido, muéstrenos dónde hemos de pararnos y empiece después lo que tenga que empezar, usted ya sabe qué, a lo cual el sacerdote, claro, se ofendió y no volvió a mirar al Jefe, desde el Credo hasta la Despedida fijó los ojos cuando era imprescindible en Florian y le representó toda la liturgia del entierro a él, que también se comportó de manera perturbadora, no desconsiderada, constató el sacerdote para sus adentros, pero como si no estuviera presente sino en otro sitio, y Florian estaba realmente en otro sitio, no lloraba, y eso que el sacerdote observó al principio claramente que tenía los ojos llorosos, aunque luego nada, ni en la Invocación, ni en el Salmo Penitencial, ni en el Salmo de la Misericordia, ni cuando se pusieron en marcha con dos ataúdes baratos, nada, el rostro de Florian permaneció impertérrito, y tampoco consoló al sacerdote que después de que los sepultureros dieran las últimas paladas a las tumbas pegadas la una a la otra para ahorrar espacio y dinero, y después de que se enterara por el Jefe, mientras los tres volvían ya, que él, el Jefe, asumiría los costes de los ataúdes y de todo, Florian de pronto, a medio camino entre las tumbas y la puerta del cementerio, se echó a sollozar, no lo consoló, pues lo consideró más la voz de la conciencia de un alma culpable que el duelo por los difuntos, aunque estaba muy equivocado, porque el duelo de Florian era desde el principio de los principios profundo y sincero, si bien su cabeza estaba hecha un caos y todos sus esfuerzos iban encaminados a que no se le notara nada, pero ahí se le acabaron las fuerzas, y cuando volvieron en el Opel hasta la esquina de la Ernst-Thälmann-Straße, y él se bajó, ni siquiera se despidió del Jefe, es más, al día siguiente, el Jefe tocó el timbre del interfono, Florian abrió la ventana y miró abajo, pero tornó a cerrarla, y preguntó en voz alta, ¿por qué toca el timbre?, ¿por qué no me llama ya que tengo ahora un teléfono?, y no respondió cuando el timbre sonó de nuevo, el Jefe no insistió y se marchó en el Opel, y Florian se tumbó en su sala de estar sobre el banco duro como piedra, que también se lo había conseguido el Jefe en su día, antes incluso de que lo llevara allí arriba y le dijera, venga, mecagüenlaleche, es tuyo, siempre se alegraba al evocar ese momento en que comprendió que todo lo de allí era de su propiedad, que le pertenecía hasta ese banco sobre el cual ahora estaba tumbado, porque en ese preciso instante ocurría justo lo contrario, en ese preciso instante le molestaba directamente que también ese banco fuera suyo, pues no era así, aquí todo pertenece al Jefe, se levantó de un salto, salió a la cocina y comenzó a deambular, después bajó primero a ver al Encargado, luego a la señora Hopf, a continuación fue a lo de Ilona y por último a ver a la señora Ringer, y les dijo que pedía encarecidamente que dejaran al Jefe fuera del asunto y enumeró la larga lista de cuanto demostraba la honradez del Jefe, pero en vano, pues nadie se mostró convencido, mientras que a él se le notaba un estado de tensión a punto de estallar cuyo motivo no acababan de comprender, aunque luego cobraron conciencia, no sólo la señora Ringer, sino también los demás a los que intentó recurrir en interés del Jefe, de que Florian debía de estar un poquito perturbado por los terribles sucesos y por eso tan excitado, tan atemorizado, tan agresivo, porque lo estaba, en efecto, y la señora Ringer se lo dijo a su marido, jamás he visto agresivo a Florian, pero esta vez sí, imagínate, casi se le salían los ojos de las órbitas mientras hablaba, mientras decía que si el Jefe esto y el Jefe lo otro, a mi juicio ese cabrón lo tiene atemorizado, asintió enfadada con la cabeza la señora Ringer, tiene intimidado a ese pobre muchacho, pero no, el Jefe no conseguía ponerse en contacto con Florian, que no deseaba en absoluto encontrarse con él o, para ser más exactos, no se sentía capaz de encontrarse con él, aunque no sabía explicar bien por qué, pero no, cuando tocaba el interfono, él no cogía el telefonillo ni abría la ventana, y si hacía sonar el NOKIA, él definitivamente no reaccionaba, fueron cinco llamadas aquella noche, le daba vueltas a eso en la cabeza, lo pensaba sólo desde cierta distancia, no se atrevía a acercarse al asunto, tenía la sensación de que ocultaba algo gravísimo, y después de los primeros intentos incluso tuvo que dejar de tratar de convencer a la gente de que procuraran ver al Jefe bajo otra luz, porque en realidad era él quien comenzaba a ver al Jefe bajo otra luz, no había cobrado aún un perfil claro el personaje en que se había convertido el Jefe a sus ojos, para ello aún veía desde demasiado lejos las cinco llamadas de aquella noche, pero para entonces el Jefe ya no era aquel al que había conocido y por el que habría entregado incluso su alma para protegerlo, llegó el día en que ya ni siquiera cogió el NOKIA, lo guardó en el armario encima de los fogones, primero detrás del azúcar, y después consideró más adecuado el armario debajo del fregadero, en el espacio sucio y oscuro detrás de los utensilios domésticos, y de hecho ni siquiera lo guardó, sino que lo tiró allí dentro y cerró rápidamente la puerta, porque ya le quemaba la mano aunque no lo usara, es más, sabía que jamás volvería a usar ese teléfono, necesitaba tranquilizarse, necesito tranquilizarme, dijo para sus adentros y se inclinó y abrió el grifo y bebió unos sorbos, se sentó a la mesa de la cocina, abrió el portátil y puso lo último que se había bajado, *Was willst du dich betrüben*, y escuchó la cantata a través de los auriculares hasta que de pronto se despertó sobresaltado, pues se había dormido con la cabeza sobre el tablero, con el brazo tan pegado al borde del portátil que le quedó incluso una marca, y entonces apagó el aparato y se acostó en la cama con ropa y todo y se durmió enseguida, cosa esta que pocos pudieron decir en Kana durante esa noche, pues desde la explosión de la gasolinera ARAL la absoluta incapacidad de la policía había resultado del todo evidente y, en consecuencia, esa misma tarde comenzó a difundirse la noticia de que se trataba de una explosión provocada, alguien había hecho explotar la gasolinera y la pobre Nadir y el pobre Rosauro habían muerto quemados allí dentro, pero ¿quién fue?, se preguntaban las personas no unas a otras, sino a sí mismas, y no osaron acudir al entierro, y continuaron preguntándose en sus casas, ¿quién será el monstruo capaz de cometer un acto tan terrorífico?, ¿y por qué?, ¿a quién habían hecho daño esos dos?, y no podían conciliar el sueño, muchos ni siquiera osaban dar vueltas en la cama, por miedo de que en alguna de las vueltas pudieran no oír ese ruido sospechoso que los alarmara y los hiciera levantarse rápidamente y bajar al sótano, porque ése era el plan de la mayoría de los habitantes para cuando volviera a desatarse el infierno, levantarse de la cama y bajar al sótano, pues si ese alguien había provocado una explosión, bien podía provocar otra, así se fue formando de manera cada vez más decidida la opinión generalizada, y realmente se preparaban para esto o para algo similar, pero ninguna persona en sus cabales podía estar preparada para lo que luego ocurrió en realidad, primero el Jefe y luego los otros dos, fue sencillamente inconcebible, se decían unos a otros los ciudadanos de Kana con ojos insomnes, aquí nunca se ha asesinado a nadie, nunca, aseguraba Torsten a su mujer, aunque tampoco había que asegurar tanto, porque la esposa también lo sabía, él sólo expresaba lo evidente, y si bien no pudo evitar ciertos remordimientos de conciencia, a partir de ese día no acudió a su puesto de trabajo, no abrió el edificio del Instituto de Bachillerato Lichtenberg, pues desde lo sucedido en la gasolinera ARAL tampoco se presentaban los profesores, así como no había nadie que dejara salir a sus hijos por la mañana, sólo él, el bedel, acudió hasta que se descubrieron aquellos asesinatos y puso en marcha la caldera de la calefacción, porque no quería correr el riesgo de no ir, así que esperaba sentado solito en su lugar en el sótano, subía a veces y recorría el pasillo de la planta baja, contemplaba las orlas y las imágenes ganadoras de los concursos de dibujo, volvía a leer el último anuncio que habían colgado avisando del cambio de horario del partido de básquet, tristemente trató de volver a pegar la esquina inferior izquierda de la hoja que se había despegado, pero no lo consiguió, así que continuó por el pasillo, subió a la primera planta y también a la segunda y todo le pareció fantasmagórico, sumido en el vacío y en la mudez más absoluta, curioso era que si bien no iba nadie al instituto, él sí oía el griterío de los alumnos liberados en medio de ese silencio, como si todo el tiempo hubiera recreo, los oía salir de estampía de las aulas, y también sonaba estridente el timbre, sobre todo en ese momento en que no sonaba timbre alguno, pero a partir del día en que salieron a luz los asesinatos su esposa ya no lo dejó marcharse de casa, discutieron, que si sí, que si no, pero en casa de Torsten no decidía Torsten, sino su mujer, y su mujer no lo dejó, le dijo que no y punto, aquí te quedas, lo único que me falta es que, y Torsten se quedó, y no tardó en no hacer nada, no había qué, pues si se ponía, por ejemplo, a desmontar el grifo que goteaba, su esposa enseguida le arrancaba la llave inglesa de la mano diciendo que al final lo estropearás todavía más, y si quería recolocar las cosas en el sótano, su esposa aparecía en el acto y lo miraba severamente, de modo que también lo dejaba estar, permanecía sentado en la cocina, sin nada que hacer, sin nada que decir, Torsten está acabado, decía Torsten para sus adentros, aunque, a decir verdad, lo que pensaba era que no sólo Torsten estaba acabado sino todos ellos, lo cual desde luego era bastante exagerado, porque tras los asesinatos la policía se presentó con más efectivos que antes, y se quedaron en la localidad, patrullaban las calles continuamente, Kana estaba lleno de policías o, para ser exactos, con más policías que los que habían llegado y permanecido tras lo sucedido en la gasolinera, y se percibió que se estaban realizando considerables esfuerzos para averiguar los hechos, los interrogatorios se sucedían uno tras otro y daba la impresión de que la autoridad policial confirmaba el juicio de la población, es decir, que la gasolinera y los asesinatos estaban relacionados, aunque los agentes al principio opinaron de manera diferente sobre los crímenes, sobre todo debido a Jürgen, quien más o menos recuperado ya pudo volver de Jena o, más bien, podría haber vuelto, pero dijo no querer regresar a Kana, ¿entonces adónde?, le preguntaron los policías, mientras le colocaban un dispositivo de control telemático en la pierna, a casa de mi madre, respondió, y como no tenía dinero para pagar el taxi, lo trasladaron en una ambulancia a la casa materna en Mücka, donde comprobaron el funcionamiento del dispositivo en la pierna y le comunicaron que no podía abandonar la casa hasta que recibiera la citación del juzgado, pero cuando llegó la citación, él ya no estaba en la casa de su madre en Mücka, ni la menor idea, dijo la madre en la silla de ruedas después de llegarse hasta la puerta para recibir a los agentes y apartó el humo del cigarrillo con la mano que sostenía el dispositivo cortado, y lanzándoles una mirada glacial añadió que su hijo jamás le había dicho adónde iba ni lo que hacía, así era desde que cumpliera los catorce años, a él no lo detenía nada, no escuchaba a su madre, y ya no la dejaron hablar más, le quitaron el dispositivo telemático y luego se decretó la busca y captura de Jürgen, pero Jürgen se había esfumado, no lo encontraban y no podían encontrarlo, durante un tiempo se habló en Kana de lo severa que sería la sentencia y de cosas por el estilo, pero cuando se cometieron los asesinatos se olvidaron de Jürgen y no sólo porque los asesinatos por sí solos superaban con creces los casos más pequeños y anteriores, sino porque no entendían por qué habían sido asesinados precisamente ellos, lo lógico habría sido, explicó por ejemplo en el aparcamiento del Baumarkt Wagner, que había acudido para comprar un paquete de cuatro bujías Bosch, que asesinaran ellos, porque eran unas bestias, pero ¿que los mataran a ellos?, a ver, eso no acabo de comprenderlo, y al señor Heinrich, que sólo había ido a ver a los compradores por si encontraba a alguien conocido que necesitara a gente dispuesta a trabajar, no le quedó más remedio que asentir con la cabeza, y bajo esa luz analizó luego el asunto con los demás clientes fijos en el chiringuito, mientras Ilona, por muy terrible que considerara lo sucedido, no les prestaba ninguna atención, desde hacía un tiempo desconectaba por completo cuando los clientes se ponían a conversar, la aburría, sinceramente, la aburría sobremanera, porque el tema era siempre el mismo, no cesaban de repetir que era horrible, que algo semejante allí jamás, y así dan la lata el día entero, se quejaba ella a su marido, desde que abro hasta que cierro la misma canción, desde el comienzo hasta el final, que si esto y que si lo de más allá, que si el autor de los crímenes era éste, que si era aquél, que si los nazis esto y los nazis aquello, que si los policías esto y los policías aquello, me zumba la cabeza, o sea que no me hables, no me digas nada, quiero una hora de silencio, y era lo que sucedía todas las noches al volver a casa, pero ¿qué podía hacer?, tenía que llevar el chiringuito, tenía que abrir todos los días y cerrar todos los días, aunque a veces se planteaban la posibilidad, tal como estaban las circunstancias, de marcharse, ¿qué te parece?, preguntaba de vez en cuando el marido, ¿qué te parece si cerramos el local y nos largamos de aquí?, ¿adónde?, le espetaba a voz en cuello Ilona, lo cual era muy poco habitual en ella, le espetaba a punto de estallar, por lo que revelaba que también ella se lo había preguntado, que también a ella la habían conmocionado los acontecimientos, pero ¿adónde?, y lo miraba entonces con rabia, como si el otro fuera el impotente, el que se quejaba y se quejaba pero no sabía adónde, ¿dejar ahora todo cuanto habían levantado?, ¿ahora que el negocio funcionaba y estaban ya prestos para iniciar la ampliación del local con el fin de acoger también a turistas?, ¿cuando la casa ya la habían equipado por completo?, y su marido no decía entonces ni mu, pasaban días y días sin hablarse, y todo seguía su curso como siempre, pero quedaba en el aire cierta tensión, el hombre le daba vueltas a la pregunta de adónde ir e Ilona a la pregunta de cómo quedarse, sólo Florian no había participado de entrada en ese nebuloso y generalizado estado de nerviosismo, no temía lo que pudiera ocurrir, no se preocupaba por el curso que podían seguir los acontecimientos, o sea, no se torturaba por lo general y nebuloso, sino solamente por el Jefe, simplemente no sabía dónde situar el hecho de esas cinco llamadas de las que, por supuesto, no dijo ni una palabra cuando tras la explosión de la gasolinera lo interrogaron los policías, que luego volvieron a presentarse delante del rascacielos y hablaron con el Encargado, han venido a verte, le dijo el Encargado, una vez más, añadió con cierto filo en la voz, pero ¿qué podía decirles?, estaba sentado en la sala de estar del Encargado, quien había convencido a los policías que utilizaran su vivienda, en parte porque ésta se hallaba al menos en la planta baja, de modo que no había que subir a la séptima, y en parte porque así podía demostrar su buena disposición, pero Florian no era un sujeto adecuado para un interrogatorio, hasta el Encargado se dio cuenta enseguida, igual que los policías, permanecía sentado en uno de los sillones desvencijados de la sala del Encargado y los miró como si no entendiera nada cuando le preguntaron qué sabía de Jürgen y si lo conocía, pues sí, claro, balbuceó, pero no sabía nada, y realmente daba la impresión de alguien que no quería ocultar su irritación, ¿por qué le preguntaban sobre Jürgen?, él tenía la cabeza en otro sitio, a él le importaba algo bien distinto, así que al cabo de media hora lo dejaron tranquilo, era un caso perdido, ya volveremos más adelante, comunicaron al Encargado al despedirse, y el Encargado no sabía cómo excusar a Florian, y para salvar la situación todavía les dijo mientras ya se marchaban, pueden volver ustedes cuando quieran, mi casa está siempre abierta para las autoridades, estaba muy enfadado con Florian porque no colaboraba, e incluso se lo dijo con un considerable tono de reproche, ¿por qué no has colaborado al menos un poquito?, dime, ¿por qué?, ¿colaborado?, preguntó Florian, ¿en qué?, a lo que el Encargado hizo un ademán de resignación, lo despidió y cerró la puerta con furia detrás de él, y Florian realmente no entendía qué diablos querían de él, de Jürgen sólo sabía quién era, jamás había hablado con él, como tampoco mucho con los demás, y menos aún con Jürgen o con Fritz, eran a quienes más temía, descontando, claro, a Karin, ¿qué podía decir entonces?, ¿que le daba miedo como el fuego?, la próxima vez lo explicaría, decidió, si es que se presentaba una próxima vez y, en efecto, se presentó, porque esos mismos dos policías volvieron a llamarlo por el interfono y en esta ocasión tuvieron que subir los siete pisos, y tras recobrar la respiración se toparon con un Florian todavía más reservado, pues a las preguntas, primero, que cómo definiría a Jürgen y a Fritz y a los demás habitantes de la casa en la Burgstraße 19 como personas, segundo, que si tenía conocimiento de los actos que habían realizado en los meses pasados y, tercero, que cómo definiría al jefe de ese grupo, que era también su jefe, a esas preguntas no contestó en absoluto, se los quedó mirando, fijando la vista ahora en los ojos de un policía, ahora en los del otro, y se sintió muy triste al no ver en ellos nada, mientras ellos esperaban una respuesta, pero no la hubo, así que dejaron caer las demás cuestiones y, adoptando un tono amenazante, empezaron a asediarlo con preguntas relativas exclusivamente al Jefe, por lo cual se encerró aún más, y no habría podido hablar ni si hubiera querido, pues lo confundieron por completo, ni siquiera se levantó cuando los dos policías abandonaron la vivienda, se quedó sentado frente al banco en el que habían estado ellos, después se dirigió a la cocina, extrajo del rincón trasero del armario debajo del fregadero el NOKIA y volvió a examinar las llamadas entrantes y salientes, y las cinco entrantes seguían allí como siempre, así que rápidamente salió de allí y pulsó el icono de las fotografías y para tranquilizarse un poco comenzó a repasar el material acumulado y cuando llegó al final o, para ser exactos, al comienzo, descubrió que había fotografías de antes de que él comenzara a tomar algunas desde la ventana, aunque, de hecho, sí se había percatado de su existencia en su momento pero ni siquiera las había mirado, ni siquiera les quiso prestar atención, pues pertenecían al Jefe y no deseaba inmiscuirse en algo que no le pertenecía, pero ahora ya todo era diferente, y no sólo halló fotografías, sino también imágenes que tenían una flecha en el medio, al principio no sabía qué eran, pero luego, al pulsar una flecha y al comenzar la imagen a moverse, los vio a ellos, vio a Andreas corriendo delante, seguido muy de cerca por Fritz y detrás de ellos, un poco rezagados, a Karin y a Gerhard, cada uno con un bidón metálico en la mano, el NOKIA, quienquiera que lo sostuviera en aquel momento, empezó a temblar, la imagen iba y venía, y después volvió a enfocar a una de las figuras, era precisamente Andreas que vertía algo del bidón en una parte de un muro, Florian se puso tenso al darse cuenta de qué muro era ése, el muro del edificio de la gasolinera ARAL, no cabía la menor duda, y en ese instante el NOKIA dio un salto y mostró a Fritz que corría agachado alejándose del edificio hacia el NOKIA y se reía, se reía visiblemente y decía algo a la mano que sujetaba el NOKIA, pero en medio del zumbido que acompañaba a la grabación no se comprendían sus palabras, y la cámara volvió a dar un salto y apareció la cara de Karin, a ella se la veía muy de cerca en el momento en que aproximaba la mano al NOKIA y apartaba el teléfono móvil diciendo, muy poco a poco, de forma bien articulada, que eso no había que documentarlo, que sí, se oyó entonces una voz muy conocida, hay que hacerlo, y mucho, mecagüenlaleche, a Jürgen le gustará, lo consolará un poco, y Florian lo paró todo, aunque por desgracia no con la suficiente rapidez, pues llegó a verse cómo la toma mostraba ya desde lejos que ardía, sí, ARDÍA LA GASOLINERA ARAL, bajó entonces el NOKIA hasta su regazo con la sensación de que los músculos le dolían tanto que estaba a punto de desgarrarse todo en él, porque los músculos no podían soportar lo que veía, el cerebro no le funcionaba, pero los músculos lo comprendían todo, el cerebro no se conectó, sino que se desconectó, mientras que con los músculos sucedió todo lo contrario, trepidaban, se contraían y luego se estiraban con tal intensidad que era evidente que acabarían desgarrando el cuerpo, mientras el cerebro permanecía en un modo de funcionamiento silencioso, o sea, parálisis total arriba, delirio total abajo, la intensidad más dolorosa que podía imaginarse, quiso levantarse, pero no pudo, tenía la sensación de que se desintegraría si lo hacía, de forma inconsciente alzó el NOKIA y volvió a las imágenes, buscó el punto en que las había dejado y encontró el siguiente vídeo, en el que sólo podía verse cómo aquí y allá algo estallaba y arrojaba gigantescas llamas desde el interior de la tierra, se oían también pequeñas explosiones, sus músculos lo comprendieron todo y lo levantaron luego, el NOKIA se le cayó de la mano, le dolían todos y cada uno de sus movimientos, pero se puso en marcha, dio una vuelta alrededor de la mesa, quiso beber agua, pero le pareció que si cogía el grifo para abrirlo lo rompería, prefirió dar más vueltas, una y otra y otra, y después se sentó en el suelo, apoyó la espalda en el armario debajo del fregadero, y así se quedó, y el espacio se oscureció tan de pronto que dio la impresión de que alguien había apagado la luz, y su cerebro continuaba sin funcionar, los músculos en cambio sí, todavía, y fueron ellos los que lo levantaron al cabo de unas horas, pues ellos, los músculos, ya lo tenían todo claro, sabían lo que había sucedido, quién era quién y qué era qué, y por qué, y cuándo, y metió entonces a toda prisa el ordenador portátil en la mochila, así como la ropa que reunió en un dos por tres, y acto seguido ya estaba fuera del rascacielos, y en esta ocasión no tocó el timbre, sino que empujó el portón, el perro ni se inmutó esta vez, pero a él le dio lo mismo, pues le bastaron dos movimientos para romperle el cuello y tirarlo a algún sitio en la oscuridad, a continuación abrió la puerta de una patada y mató de un solo golpe al Jefe, que no tuvo ni una opción, todo ocurrió en cuestión de segundos, estaba tumbado en el banco de pesas, que era el que utilizaba cuando no tenía ni tiempo ni ganas de ir al gimnasio Balance detrás del paso a nivel, y así, tumbado, lo alcanzó el golpe, fue como si una tonelada le hubiera caído sobre la cabeza, y así se quedó, como si realmente se le hubiera echado encima, pero ya no era una cabeza, sino huesos y carne ensangrentados, Florian ni siquiera miró hacia allí, ya estaba fuera, corriendo, le zumbaba el cerebro, pero aún lo guiaban los músculos, y fue muy poco lo que encontró cuando entró como una exhalación en el Castillo, cogió la primera silla que halló a mano y con ella los golpeó, no le importaba quiénes fueran, sólo que fuesen ellos, y acto seguido ya estaba en la primera planta, registró todo el edificio, arriba, abajo, pero no dio con nadie más, y salió entonces, bajó a la carrera hasta el Saale, dejó la mochila sobre el banco y se lavó las manos en el río, pero la sangre no terminaba de marcharse, y a continuación el cerebro ya sólo supo que él corría, los músculos lo aguantaban, salió corriendo de Kana y salió corriendo del mundo, pero luego, ya bien entrada la noche, regresó, nadie lo vio, lo cual era lógico, pues las calles llevaban ya horas completamente desiertas, abrió despacio la puerta de entrada y se acercó por el patio, al lado de los instrumentos de la estación meteorológica, a la puerta de la casa, llamó con sigilo, pero dentro reinaba el silencio, no se movía nadie, sin duda porque el señor Köhler dormía profundamente, dormía bastante bien, es más, a veces le decía al doctor Tietz, ¿ves para qué sirve una buena conciencia?, y siempre jugaban a esto, que el señor Köhler bromeaba sobre la archiconocida amoralidad de los psiquiatras y el doctor le respondía con que los profesores de física sólo odiaban a los alumnos un pelín menos que los profesores de gimnasia, lo cual se debía a la frialdad de su corazón, cosa esta que sonaba particularmente divertida, pues si algo resultaba innegable era la atención empática del señor Köhler, su innata buena voluntad hacia todas las personas con las que se relacionaba, el señor Köhler no había cambiado desde su juventud, y el doctor lo valoraba muchísimo, Adrian es un hombre realmente bueno, comentaban de vez en cuando él y su mujer, y ella, eso sí, siempre añadía que algún día lo acabaría pagando, porque era casi como si se ofreciera para que se aprovecharan de él, y en eso la pareja estaba de acuerdo, por lo que, además del alivio al ver que establecía una relación más profunda con alguien, también sospecharon durante un tiempo de aquel joven alumno del que el señor Köhler les habló desde que Florian comenzó a visitarlo, sí, al principio temían un poco por él, porque era la primera vez desde la muerte de la esposa de Adrian que éste dejaba a alguien acercársele tanto, pero luego, a medida que se iban enterando de informaciones sobre ese joven alumno, fueron también desapareciendo las suspicacias, sustituidas por algo así como gratitud hacia Florian, pues al cabo de un tiempo quedó claro que ese discípulo, a pesar de las preocupaciones que le causaba a Adrian su exagerado apasionamiento, en el fondo expresaba la profundidad de esa relación afectuosa de un hombre ya mayor y solitario que se aferraba a él, por lo que sólo podía estarle agradecido un amigo al que le importaba e inquietaba el destino del otro, porque aunque el señor Köhler bromeaba con que un psiquiatra era amoral y carecía de corazón, lo chistoso era en realidad que esto no valía para el doctor Tietz, pues el doctor Tietz era un cacho de pan, y ni siquiera llegó muy lejos en su profesión, lo cual, sin embargo, no le dejó clavada ninguna espina, abrió una consulta en Eisenberg en vez de permanecer en Jena para ir subiendo en el escalafón y apuntar así a Leipzig o incluso a Berlín, se trasladó a esa ciudad pequeña y allí se enterró en vida porque quería disfrutar de la vida y, de hecho, la disfrutaba, porque le gustaba Turingia y no habría sido capaz de abandonar la región por el motivo que fuese, y quería a su amigo, al único que le quedaba de su juventud, y con él sentía esta vida como plena, sobre todo a partir del momento en que pudieron vivir juntos debido a la triste decisión del destino que había convertido a Adrian en una persona que mentalmente se iba desmoronando a pasos agigantados, porque ellos no veían en ese nuevo Adrian más que a un enfermo al que había que cuidar, al que había que dar todo cuanto podían, y punto, así que les alegraba que pudiera entretenerse con algo, ya que había perdido todo interés por la estación meteorológica, que fue lo que ocurrió, y a partir de entonces parecía estar ocupado en algo así como una programación de nuevo cuño, al menos era capaz de pasarse horas con el ordenador, en cuya pantalla corrían a gran velocidad densas hileras de números blancos y verdes y a veces rojos ante un fondo negro, el doctor no sabía de informática más que lo que sabía cualquier usuario normal, y eso fue lo que consiguió extraer de aquello en que Adrian era capaz de ocupar horas y horas, que aquello debía de ser un nuevo lenguaje informático o algo parecido, explicó a su mujer cuando ella le preguntó qué hacía Adrian a su juicio, lo importante era que algo lo ocupara, suspiró ella, y era exactamente lo mismo a lo que le daba vueltas la señora Ringer, en qué concentrar para alejar así de los pensamientos oscuros la atención de su marido, porque la situación no mejoraba y para colmo todavía se les presentaban de vez en cuando los policías, y si bien insistían en que no venían a interrogar a Ringer, sino sólo a recabar información, y se mostraban sumamente corteses, de hecho no hacían más que sumirlo cada vez más en los pensamientos oscuros, de manera que su mujer intentaba ayudarlo de todas las maneras, pero, claro, Ringer era inteligente y por mucho que lo distrajeran, no conseguía abstraerse de los gravísimos hechos y, tal como percibía con claridad su esposa, de la autoacusación, ya se había acabado hacía tiempo la última botella del aguardiente de ciruelas húngaro, porque últimamente Ringer se había dado más aún a la bebida, bebía por la tarde, por la noche e incluso por la mañana, y cuando alguno de los amigos de Jena iba a verlo a pesar de su petición inicial y expresa, siempre llevaba una botella de ese aguardiente húngaro, por lo visto lo había hablado con ellos en secreto por teléfono cuando no conseguía disuadirlos y acordaban fecha y hora para la visita, pues sí, era innegable, no puedo negarlo, se quejaba la señora Ringer a la señora Feldmann, casi siempre noto que ha bebido, conque bebe, suspiró la nueva amiga y buscó palabras de consuelo, pero no encontró las adecuadas, pues también su Feldmann solía llevar unas copas de más últimamente, ¡antes nunca!, exclamó la señora Feldmann, y ahora me doy cuenta de que de la botella faltan ahora un dedito, ahora dos, ¡de mi botella de licor!, y a la señora Ringer no le sirvió de consuelo que el marido de otra bebiera, jamás, jamás se habría imaginado que Ringer tomara alguna vez ese camino, pero lo tomó, dijo con suma tristeza a la señora Feldmann, no hace nada, ni siquiera va al taller, tampoco viaja a Jena, de manera que son ellos los que vienen a verlo, no hace más que mirar vídeos en los que los nazis desfilan aquí y desfilan allá, mira con los ojos clavados en la pantalla cómo esas horribles banderas ondean arriba y esa botas avanzan abajo, sólo hace eso, y luego se pasa el día sentado, mirando al vacío y… y…, pues sí, bebiendo, y en ese momento la señora Ringer se echó a llorar, lo cual le ocurría bastante a menudo en los últimos tiempos, pero únicamente ante la señora Feldmann, ante las demás se contenía, ¡claro!, suspiraba cuando esa circunstancia se mencionaba, ¡las demás!, mis amigas de antes me han traicionado todas, así que ya no tengo ganas de verlas, sólo me quedas tú, querida Brigitte, ante ti no me da vergüenza, dijo con un sollozo, pues sí, aquí he llegado yo también, y la señora Feldmann encontró entonces las palabras adecuadas y pudo consolar a su amiga, al menos durante las horas que pasaban juntas en su domicilio de la Hochstraße o en un café del centro comercial, porque últimamente parecía menos que nunca una buena idea ir a verla a su casa, y eso que a Feldmann le habría gustado acompañarla, porque consideraba simpático a Ringer, porque a mí, decía un tanto enrojecido por el licor, Ringer siempre me ha caído bien, me fiaba de su palabra, cuando decía algo se cumplía, se podía confiar en él, si decía a las cinco, era a las cinco, pero adónde ha ido a parar todo eso, se preguntaba la señora Ringer en casa, sola, pues Ringer ya no era el que había sido, sólo una sombra de sí mismo, lo reconocía, y la situación no parecía querer cambiar en absoluto, es más, como si sólo fuera a peor, y eso que desde aquellos asesinatos en Kana no se produjeron más crímenes, y aun así la gente no extraía la conclusión de que con eso todo había terminado, sino más bien de que era el comienzo, pues algo se ha desatado, comentaba con expresión sombría el Encargado a Pförtner, puesto que también él se había sumado ya a aquellos que no contaban con nada bueno a partir de entonces, durante un tiempo había confiado directamente en la eficacia del aparato policial, pero el problema era que después de semanas e incluso meses no se veían resultados, es más, no se veía nada, no se veía que se supiera algo de las motivaciones ni que se hubiera detenido aunque fuese a una sola persona, no han detenido a nadie, dijo decepcionado a Pförtner, una detención habría demostrado al Encargado que la policía, o sea, el Estado, estaba en su sitio y se podía contar con ella, pero, bajó la voz y se inclinó más hacia Pförtner y casi le susurró, esta policía no vale ni una mierda, perdón por la expresión, pero ni una mierda, no son capaces de detener a nadie, porque ¿han detenido a alguien?, ¡no, no y no!, y entonces se enderezó y, buscando asentimiento, miró a los ojos a Pförtner, en cuyo rostro ese asentimiento se vio claramente, no tuvo que decir nada, el Encargado sabía que en esto coincidían, de hecho, era ése el motivo por el que no se había convertido en cliente fijo del chiringuito de Ilona, vale, a veces se pasaba por allí, porque la *bockwurst* era buena e Ilona sabía llevar el local, pero había de confesar que no se sentía a gusto allí, todo lo contrario que los demás, eso no cambiará nunca, nunca, explicó a Pförtner, o son occidentales como Heinrich o son orientales vagos y desarrapados que revolotean zumbando como abejas en torno al tal Heinrich, ¿cómo iba a sentirse a gusto entre ellos?, y Pförtner asentía con la cabeza, lo cual, sin embargo, era poco para el Encargado, a quien le habría gustado hablar con Florian sobre el asunto, o sobre cualquier cosa, echaba de menos a Florian y no tenía ni idea de dónde se había metido, llevaba más de dos semanas sin verlo, por el amor de Dios, y subió a la séptima planta, a pie, recobró el aliento y tocó el timbre de los cuatro pisos que había allí, y preguntó a los inquilinos, pero ellos tampoco habían visto a Florian, a decir verdad, no lo había visto nadie, porque habían surgido en él nuevas habilidades, circulaba sin que nadie lo viese, conseguía alimentos y agua de tal manera que nadie se diera cuenta, porque cogía los panecillos y similares de los estantes en esos minutos matutinos que transcurrían entre que se marchaba el transporte y los empleados salían de las tiendas a recoger los productos, bebía el agua de los grifos para el riego en los cementerios o de las fuentes de las plazas principales en las localidades más grandes y, como no utilizaba ni el tren ni el autobús y tampoco quería viajar a dedo, recorría los caminos por las noches a pie entre las ciudades, no quería ser visto, no quería que lo identificaran, no quería que lo obstaculizaran en su empeño por llevar a cabo lo que aún debía llevar a cabo, pues aún le quedaban asuntos por llevar a cabo,

pero de color celeste

y, de hecho, en el edificio no llamó la atención su ausencia, aparte del Encargado nadie pensaba en su desaparición, así como Karin tampoco pensaba, tras desprenderse de su jeep y ponerse manos a la obra, que resultara tan difícil encontrar a Jürgen, Jürgen es muy listo, reconoció cuando lo buscó en vano en Mücka, llamó una y otra vez a la puerta, y nadie le contestó, se marchó y volvió al cabo de una hora, pero tampoco entonces había nadie en casa, eso creyó ella al menos hasta que un vecino abrió un resquicio la ventana y le dijo que golpeara más fuerte, porque la persona a la que buscaba estaba en casa, mirando la televisión, y entonces se abrió por fin la puerta y pudo entrar, ni idea, dijo la anciana, él nunca le decía nada, así desde los catorce años, pero Karin alzó la mano, la interrumpió y le preguntó si no le había dicho adónde iría, porque ella era amiga suya, y lanzó entonces una mirada glacial a la mujer, la cual, sin embargo, se limitó a rascarse la cabeza ya completamente calva, se acomodó en su silla de ruedas como quien llevaba demasiado tiempo sentada en una posición, dio una calada al cigarrillo, apartó con un gesto de la mano el humo delante de su rostro y lo primero que dijo luego fue que hablara en voz más alta, y después, cuando Karin repitió la pregunta, sólo quiso saber si era realmente su amiga, y al preguntarlo puso una cara como quien no creía que lo fuese, así como no creía que alguien pudiera ser amigo de su hijo, al que la policía se llevó ya cuando tenía catorce años y lo metió en el talego, pero no pudo seguir porque la visitante volvió a interrumpirla preguntando si había mencionado a otro amigo, o si iba a emprender algo, un trabajo, una ocupación, algo por el estilo, está en Kana, declaró la anciana, allí seguro que no está porque vengo de allí, entonces estará en Suhl, ¿en Suhl?, preguntó Karin, ¿por qué precisamente en Suhl?, porque en Mücka no aguanta, llegó la respuesta, cuando sus amigos de la infancia se pusieron a bailar el baile del pollito hace dos años, ya sabe usted, con viejos uniformes militares en la casa de cultura, dijo que él no soportaba ni una hora más entre ellos, y eso que éste es su lugar de nacimiento, ojalá no lo fuese, añadió frunciendo el ceño, apagó el cigarrillo en el brazo de la silla de ruedas, tiró la colilla al suelo y empezó a rodar hacia la puerta de salida, dando a entender a Karin que debía marcharse, y Karin, en efecto, se marchó, ni siquiera se despidió, Suhl, dijo para sus adentros, y ya había desaparecido, la anciana trató de observarla desde detrás de la cortina de la ventana, pero la perdió de vista más rápido que una mala aparición y luego señaló todavía, murmurando para sus adentros, que era mucha la gente que buscaba últimamente a ese criminal, y rodó de vuelta a la sala de estar, ocupó su sitio ante el televisor, que no apagó mientras estuvo esa mujer, sino sólo silenció, de modo que volvió a poner el volumen y continuó viendo *Violetta*, que era su serie preferida, y le costó conectarse de nuevo, y eso que le habría gustado muchísimo ver si Leon y Violetta volvían a encontrarse, pero esa mujer de ojos extraños pasó demasiado tiempo allí o al menos el suficiente para que no resultara fácil retomar el hilo, aunque lo retomó, sí, Leon y Violetta volvieron a encontrarse, todo bien si bien acaba, suspiró y silenció de nuevo el aparato al llegar la publicidad, pero no lo apagó, para qué, pues pronto vendría el siguiente capítulo y mientras lo esperaba rodó con la taza y la tetera hasta la cocina, se preparó otro té, porque el que quedaba se había enfriado, le agregó un poco de ron y luego otro poco, regresó a su puesto y enseguida puso el volumen, porque tornaba a empezar la serie, igual que tornó a aflorar en Karin la rabia contenida, porque era lo que pasaba cuando miraba a alguien a la cara, dijo para sus adentros, y un nervio empezaba a crisparse en su mentón cuando se fijaba más allá de un instante en alguien, y entonces siempre ocurría lo mismo, que esa persona, por su ojo malo, también se ponía a mirarla fijamente, y como esto volvía a suceder, se trasladó al siguiente vagón y se sentó allí, permaneció un rato sentada y fue luego al servicio para escuchar si alguien la seguía, pero no percibió ningún movimiento fuera, no chirrió la puerta, así que salió y se sentó de nuevo en su sitio, miró por la ventanilla, pero no había nada que ver, a lo sumo las gotas de la lluvia torrencial que azotaba el vidrio, y también llovía en Suhl, aunque no tanto como durante el viaje en el tren, que se había alargado bastante, pues tuvo que hacer trasbordo tres veces, primero en Hoyerswerda, luego en Leipzig y por último en Érfurt, y eso la agotó, pero no notaba cansancio, sino impaciencia, deseaba dejar atrás todo esto, porque debía empezar otra vez de cero, no había más, para eso debía cerrar primero este asunto, y ya oscurecía cuando llegó a Suhl, más o menos conocía la ciudad, pues había estado allí a menudo, y si bien no había participado en las acciones organizadas desde allí, porque tanto para ella como para los demás no suponían más que mero circo de ostentación, fue donde intuía que se encontraba él y como siempre acertó, pues lo halló en el hostal Sport, montó el silenciador en la escalera después de enterarse por el recepcionista dónde se alojaba su «hermano», llamó suavemente a la puerta, y cuando ésta se abrió, entró, la cerró, y le bastaron dos rápidos disparos en la cabeza, Jürgen ya sabía de qué se trataba, si bien lo que quedó de la cabeza destrozada se parecía más bien a algo así como asombro, pero Karin no pudo verlo, pues estaba ya lejos, aunque Florian entendió precisamente por esto que estaba investigando en el sitio adecuado, si bien, cuando descubrió en Mücka que la madre sólo sabía que su hijo estaba en Suhl, tuvo claro que no le resultaría fácil, pues aun cuando habían ido a Suhl a limpiar muros no conocía realmente la ciudad, bien era cierto que recordaba una gran urbanización y el centro, donde habían trabajado, pero no sabía nada preciso, de modo que se vio obligado a preguntar aquí y allá hasta que por fin llegó al club de deportes de tiro de Suhl, donde recorrió el recinto de arriba abajo hasta darse cuenta de que la persona a la que buscaba no se había ocultado allí, y así llegó al hostal, eligió un sitio desde el que podía tener una visión completa del edificio, pero que no permitía que desde allí se lo viese, se quitó la mochila y puso el primer Preludio del *Clave bien temperado*, no tuvo que ponerse los auriculares, porque no se los quitaba nunca, escuchó los primeros compases de esa pieza en do mayor, y esperó, esperó a verlo salir, y luego, para su sorpresa, fue Karin la que surgió de pronto de la nada, llevaba un sombrero, una peluca roja y gafas, pero enseguida la reconoció, incluso desde esa distancia, porque era imposible no reconocer los movimientos rígidos y la mirada fría de Karin, la vio entrar sigilosamente en el edificio y no dudó ni un instante, iba ya por la Fuga en mi menor del *Clave bien temperado*, no la encontró en el vestíbulo del edificio, preguntó por Jürgen, pero al recepcionista no le sonaba el nombre, y, eso sí, preguntó si buscaba al mismo hombre que la mujer que quería ver al tirador deportivo de Mücka y a la que había mandado al piso de arriba, pero fue tarde, no se topó con Karin, aunque en el tercer piso enseguida descubrió la puerta abierta y, claro, dentro ya no tenía nada que hacer, así que descendió rápidamente por las escaleras y al llegar a la planta baja buscó otra salida, convencido de que no se había topado con Karin porque ella había usado otra escalera y no había salido del edificio por la entrada principal, y así era, había una puerta trasera, y si bien no vio a la mujer, supuso que sólo podía dirigirse corriendo a la Schützenstraße, me veo más cerca, dijo para sus adentros, y en efecto lo estaba, le quedaba cada vez menos para alcanzarla, pero no encontró ni huella de Karin, se había esfumado, en vano la seguiría buscando, sabía que no podía competir con ella y por el momento ni siquiera lo deseaba, se quedó en Suhl para pasar la noche, se metió en un polígono industrial que parecía abandonado, llegó a escuchar el segundo volumen del *Clave bien temperado* hasta el final, aguantó el frío, aguantó la lluvia, pero empezó a destemplarse, de modo que buscó en aquella nave ruinosa un lugar más o menos protegido de la lluvia y del frío, tenía un jersey seco y tenía una camiseta seca, también ropa interior y calcetines en la mochila, o sea que se cambió y tendió la ropa empapada en la baranda de una escalera de hierro, y si bien buscó en el ordenador otra pieza musical, enseguida se durmió en cuanto comenzaron las *Variaciones Goldberg*, pero después se despertó de golpe al oír unos ruidos, se espabiló en el acto, levantó la cabeza, apagó la música y aguzó el oído, nada, en la nave reinaba el más absoluto silencio, y ya no volvió a conciliar el sueño, porque tenía frío, y entonces recogió la ropa que había tendido, la metió apretujándola en la mochila, y se puso en marcha, salió de Suhl y progresó a la vera de la A71, rodeó Ilmenau dando un gran rodeo y enfiló hacia la autopista A4, mientras ya comenzaba a clarear, sentía hambre y sentía sed, sobre todo sed, de modo que buscó agua en las proximidades de un campo de deportes de Martinroda, se acercó luego con cautela hasta el borde del pueblo y allí escarbó para extraer unas patatas de la tierra del huerto de una casa y se las comió crudas, pues su estómago estaba fuerte, a ese estómago ya nada le hacía daño, porque desde que se puso las pilas todo se le transformó también por dentro, así como igualmente cambiaron por completo sus sentidos, en ellos se fue apoyando en vez de hacerlo en el cerebro, pues su cerebro no funcionaba aún, y en la medida de lo posible evitaba cualquier situación que lo pusiera en contacto con los seres humanos y, eso sí, se encontraba a menudo con los animales, observaba de cerca a los corzos, a las liebres, a los zorros, a las ardillas, a los ratones, pues ningún animal huía lejos al percatarse de su presencia, los corzos sólo se alejaban unos saltos, se paraban y se lo quedaban mirando, esto es, se miraban entre sí, Florian y los corzos, y lo mismo pasaba con los demás, como si percibieran que él no les suponía peligro alguno, porque realmente no lo era, no era un peligro para ellos, era lo que ocurría en la mayoría de los casos cuando pasaba por una zona boscosa, bebían lo mismo, comían lo mismo, porque su estómago no sólo toleraba la patata cruda y otras plantas de los alrededores de las casas, sino que habría podido comer sin preocuparse cualquier cosa que encontrara en el bosque y beber tranquilamente de cualquier arroyo, lago o fuente, no le causaba ningún daño, el único problema era que se acercaba el frío de verdad, al amanecer helaba ya a menudo en las zonas más altas, y debía equiparse para ello, de manera que comenzó a robar, allí donde encontraba alguna tela gruesa enseguida la metía en la mochila, entraba en los patios traseros, allí donde se tendía la ropa y cogía cuanto necesitaba, entraba también en las iglesias en busca de mantas y de algún abrigo, una noche desmontó, por ejemplo, el toldo de la terraza de un café en Érfurt, pero ya no cargaba continuamente con estos objetos, sino que construyó escondites en las inmediaciones de diversas localidades para ocultar su botín y finalmente encontró una pista en Jena, de hecho por casualidad, se había aseado en un cementerio y limpiado en la medida de lo posible su ropa y después de desconectar el ordenador en su mochila, se sentó en un café de la periferia de la ciudad, que era en realidad una taberna, pidió un café y agua, pero para fingir, pues su verdadera intención era, por un lado, cargar la batería y, por otro, secar el aparato, por miedo a que se hubiera dañado en la mochila mojada, pero no fue así, lo dejó sobre la mesa y pidió permiso a la camarera para enchufar el cable en el interruptor al lado de su mesa, y no llamó la atención ni con esto ni con otra cosa, pues era un lugar de la periferia con wifi gratuito, casi todos los clientes estaban entretenidos con sus portátiles o sus tablets, y mientras iba secando con un trapo el ordenador, escuchó en ese pequeño local a dos hombres que hablaban en voz muy baja, pero aun así audible, y decían que se celebraría una reunión en la Casa Parda, y no le costó averiguar que esa casa se hallaba en el barrio de Alt-Lobeda, no lejos en tranvía, así que sólo hubo de vigilar la entrada, y si bien contaba con ver a otra persona, no a Andreas, vio entrar a éste, esperó a que saliera y lo siguió hasta una callejuela de la que Andreas ya no volvió a salir, ni siquiera lo ocultó, lo dejó allí tirado al lado de un contenedor de basura, porque lo demás ya no le interesaba, en general no le interesaba nada que consideraba pasado y superado, lo que ocurría, de alguna manera, era que lo que quedaba atrás no existía y lo que tenía por delante tampoco todavía, aspiraba al vacío absoluto, y no había forma de pararlo, porque nadie podía plantarse ante él, no se lo podía obstaculizar, transitaba como si fuese invisible, simplemente no sabemos dónde está, dijo el Encargado frotándose las manos cuando apareció buscándolo un detective de paisano al que no había visto hasta entonces y le formuló algunas preguntas sobre Florian, se frotaba las manos como si la culpa fuera suya, pero la culpa no es mía, se defendió al ver en la cara del detective que éste se mostraba insatisfecho con sus respuestas, ¿qué puedo hacer?, ¡no soy su papá!, y le cuento todo lo que sé, estoy a su disposición, pero no tengo ni la menor idea de dónde se encuentra, nunca se marchaba por mucho tiempo, porque cuando se iba, por ejemplo a Leipzig, volvía esa misma noche, mire usted, se inclinó hacia el detective en la sala de estar, Florian es un muchacho de nervios frágiles, pero un simple muchacho, en esto me gustaría hacer hincapié, sea lo que sea por lo que lo buscan, es inocente, jamás en mi vida he visto yo a un muchacho tan inocente, o sea que, y en ese momento calló, se limitó a encogerse de hombros y acompañó al detective hasta la puerta, sin saber en absoluto por qué buscaban a Florian, ahora que, por lo que sabía, había abandonado su correspondencia con la canciller federal, no podía imaginar por qué, y lo mismo habrían pensado todos en Kana si hubieran sabido que estaban buscando a Florian y no lo encontraban, pero nadie lo sabía, no lo sabía la señora Ringer, ni la señora Hopf, ni Ilona, ni las señoras Burgmüller y Schneider, nadie, aunque sí resultaba extraño, extraño, decía la señora Ringer, porque antes jamás había ocurrido que se ausentara durante tanto tiempo, y eso que si hay alguien a quien desearía abrir mi corazón, ese alguien es Florian, claro que ya he abierto mi corazón a Brigitte, pero es diferente, a Florian lo conozco desde tiempos inmemoriales y me encantaría ahora mirarle a esos ojos grandes y azules, dijo a su marido, y éste hizo como si no la escuchara, qué le importaban Florian o Kana o lo que fuese, suspiró, aunque en las últimas semanas se había tranquilizado un poco, según la señora Ringer, o más bien parecía haberse conformado con aquello que no podía cambiar, y como no sucedían más hechos terribles y como los nazzis habían desaparecido a su manera de la ciudad, todo ello contribuyó a que bebiera cada vez menos, como si sus heridas en el alma comenzaran a curarse, así al menos explicaba la señora Ringer el cambio que se estaba produciendo, y por eso mismo ya le hablaba más, porque hasta entonces sólo se atrevía a decirle, ven, que ya está lista la cena, o vamos, cariño, al baño, que ya llevas dos días sin ducharte, y cosas por el estilo, pero a partir de entonces empezó a contarle esto y aquello, lo bien que había quedado la despensa y la cocina de verano, y que mañana empezaría con el desván, que fue lo que hizo, al día siguiente se puso manos a la obra, por desgracia había que bajarlo primero todo al patio, pero tuvo que aplazarlo debido a la lluvia, y entonces ¿qué podía hacer?, se preguntó, y se puso a separar arriba los diversos objetos que habían ido a parar allí, estornudaba por el polvo acumulado, aunque no le importaba, si no hubiera actuado así no se habría reconocido a sí misma, explicó a la señora Feldmann, a cuya casa prefería ir, y eso que vivía bastante lejos, sabes, cuando paro enseguida me viene todo a la cabeza, por eso no paro, todo el día haciendo algo para cansarme, y me canso muchísimo, casi acabo cayendo de bruces en la cama, pero eso es lo bueno, si no lo hiciera me volvería loca, claro que la señora Feldmann trataba de convencerla de que lo dejara, de que se liberara de las torturas que se infligía, de que las cosas se arreglarían, porque siempre se arreglan, se apaciguan, de que el tiempo cura las heridas y cosas por el estilo, pero la señora Ringer no creía que las heridas y el tiempo se arreglarían, aunque, si bien esas fórmulas banales le repugnaban, no sólo las soportaba, sino que las deseaba, eran un bálsamo para ella, la sanaban, querida Brigitte, le decía, las dos sabemos lo que sucede, pero te confieso que tus palabras me sientan muy bien, ni siquiera puedes imaginar lo agradecida que le estoy al destino por habernos juntado, y a la señora Feldmann le asomaron las lágrimas a los ojos y le apretó la mano a su amiga para darle ánimo y preparó entonces dos café *latte*, pues era incapaz de controlarse y parar cuando algo le gustaba mucho, y el nuevo café de Jena le encantaba, anteriormente se aliaba con la señora Hopf, porque ellos iban a comprar de todos modos de forma regular, pero últimamente, ya que el Garni se había quedado sin clientes y allí sólo se necesitaban los granos de café, a veces los Feldmann se encargaban de hacer el viaje y, además, en ocasiones se sumaba a la compra también la señora Ringer, así que valía la pena, el dinero para gasolina ya no costaba casi nada, claro que todos ellos estaban de acuerdo en que el Markt 11 era caro, pues sí, es caro, decían y se miraban, qué le vamos a hacer, pero lo cierto era que resultaba muy fácil habituarse allí al café que molían *in situ*, y los tres se acostumbraron mucho a él, a nosotros últimamente nos gusta la *Hausmischung*, la mezcla de la casa, dijo la señora Ringer, mientras que la señora Hopf apreciaba única y exclusivamente el Rica Tarrazu, al que en su momento se habían sumado los Feldmann, que antes, durante años, bebían el Santos, y era muy rico, es muy rico, señalaba Brigitte mientras tomaba un sorbo de la taza, muy rico el aroma, querida, decía, y cerraba los ojos con una expresión de placer, cómo me acaricia la nariz, eso ya es divino, ¿no te parece?, pues sí, respondía la señora Ringer bebiendo de su taza y asintiendo con la cabeza, y se sonrió, y era algo nuevo, querida, hasta ahora no te he visto sonreír, la miró la señora Feldmann con ojos radiantes, Dios mío, la sonrisa enseguida desapareció de la faz de la señora Ringer, y también ella tuvo la sensación de que todo empezaba a mejorar, y se echó a llorar, no era llorona, pero los sufrimientos recientes le habían atormentado el alma, las primeras semanas fueron muy difíciles, explicó una y otra vez a la señora Feldmann, a quien no le molestaba escucharlo tantas y tantas veces, lo difícil que fue conservar la serenidad en medio de todo eso, dificilísimo, dificilísimo aguantar el hecho de mostrarse impotente y confiar sólo en la paciencia, la señora Feldmann era una persona de buenos sentimientos y por supuesto sabía a quién se referían esas palabras, empatizaba con su amiga, conmigo puedes sincerarte, le apretaba la mano, a mí puedes contármelo todo, querida, y la señora Ringer se sinceraba y le contaba, y así se fue estableciendo una relación tan estrecha que a la señora Ringer sólo le faltaba Florian, incluso fue en una ocasión al rascacielos y tocó el interfono, pero Florian no reaccionó, y cuando tocó el interfono por tercera vez el Encargado apareció rápidamente en la puerta y le dijo, quizá se acuerda usted de mí, soy aquí el Encargado, y le explicó que Florian no se encontraba en casa, que tocaba el interfono en vano, no sabemos dónde está, nadie lo ha visto desde hace semanas, y estamos preocupados, y entonces puso los labios en punta, se encogió de hombros y abrió las manos, dando a entender que nadie sabía nada de Florian, lo cual, explicó a continuación, le dolía especialmente, porque se llevaban bien, lo sé, asintió la señora Ringer, lo sé porque habla a menudo de usted, y le estoy agradecida por haberle prestado tanta atención, pero ¿dónde estará?, jamás ha ocurrido algo así, ¿verdad?, verdad, respondió el Encargado, incluso la policía lo está buscando, ¿la policía?, alzó la voz la señora Ringer, pues sí, eso es, la policía, lo interrogaron varias veces y después también vinieron, pero para entonces nuestro Florian se había esfumado, y a la señora Ringer no le gustó cómo hablaba el Encargado, y esa palabra *esfumado* se le quedó zumbando largo rato en el oído mientras volvía a casa, porque si bien era evidente el motivo por el que los policías quisieron hablar en su momento con Florian, ya que era quien más podía saber sobre aquella bestia, eso de *esfumado* le pareció bastante errado, pues daba la impresión de sugerir que había alguna causa para no encontrar a Florian, si es que realmente era cierto, añadió cuando, ya en casa, contó su visita a Ringer, quien no respondió, seguía sin interesarse por nada y, además, el tema de Florian lo ponía directamente nervioso, también en la época previa a los hechos, así que desconectó y dejó que su esposa hablara y hablara, ya callará, pensó Ringer apático, en los últimos días miraba incluso la televisión, que su esposa tenía encendida desde hacía tiempo, pero él antes no podía concentrarse en la pantalla y ahora sí, a veces, cuando daban las noticias en el canal MDR, se fijaba someramente y se iba fortaleciendo, lo percibía también la señora Ringer, que condimentaba cada vez más las comidas que le servía para almorzar o para cenar, pues al comienzo lo evitaba, pero ahora que veía o quería ver cierta mejora en la situación trataba de encauzar las cosas en la dirección en que se hallaban antes, incluso en detalles tales como la comida, pues deseaba que recobrara las fuerzas, quería que se recuperara, quería que volviera a ser el Ringer de siempre, el que decidía y estaba lleno de ganas de actuar, al que la gente seguía a ciegas, así como también Florian seguía a ciegas las pistas que lo llevaban de un sitio a otro, esa particular sensación que había aflorado en él afilaba cada vez más sus instintos, había pasado ya mucho tiempo desde que se pusiera en marcha, pero continuaba sin pensar, aunque no como al principio, cuando no era capaz de ello, sino más bien porque no le interesaba el pensamiento, no necesitaba el pensamiento, es más, se le hacía un nudo en el estómago cada vez que, en raras ocasiones, daba la impresión de que iba a ponerse a pensar, sólo sus instintos importaban y éstos lo guiaban realmente a ciegas, siempre encontraba la meta y nadie se le interponía en el camino, eludía con creciente habilidad las situaciones que podrían resultarle peligrosas, intercambiaba escasas palabras con los peatones, con los camareros, con éste o aquél cuando necesitaba información o cargar la batería, pero nada más, se sentía un extraño entre ellos, claro que siempre le había pasado lo mismo, con la diferencia de que ahora las cosas transcurrían como él quería, ahora veía con claridad que había nacido para esto y que lo habían llevado en la dirección equivocada, ahora sabía que él era él y se movía a gusto en ese mundo extraño, entre los árboles en el bosque, en las inmediaciones de las carreteras, nunca demasiado cerca, durmiendo por las noches al abrigo de arbustos o en lugares abandonados de las periferias de las ciudades, y arrastrándose o corriendo o caminando con discreción durante el día, lo que hiciera falta, se lavaba cuando encontraba alguna fuente o unos lavabos públicos donde no lo molestaran, aunque esto no le parecía importante, pues sabía, si bien no le interesaba, que lavarse ya no cambiaría mucho su aspecto, y por esto, por su aspecto, prefería dirigirse sólo muy raramente a personas para pedir alguna orientación, debía encontrar de otra forma a quien buscaba, por ejemplo, en esta ocasión, pues tuvo que esperar a que el equipo de Gera volviera a jugar en Gera, pero esperó en vano, pues no halló a nadie entre los hinchas que gritaban a voz en cuello, de manera que se encaminó hacia Saalfeld, no por la A9 o la B2, sino realizando un desvío, un gran desvío pasando por Dürrenebersdorf, por Merkersdorf, por Bocka y por Lederhose, ahora por caminos trillados, ahora por senderos apenas hollados, siguiendo la ribera de un arroyo y buscando en todo momento la proximidad de los bosques, hasta llegar a Pößneck, mientras por los auriculares escuchaba la *Pasión según san Mateo*, que pronto acabó, de modo que la puso de nuevo, pero desde Pößneck sólo fue siguiendo la B281 desde cierta distancia y así llegó al borde nororiental de Saalfeld, había comenzado a andar al amanecer y a última hora de la noche alcanzó tambaleante un contenedor en el patio trasero de una acería, consiguió subirse a duras penas a lo alto, ni siquiera llegó a desconectar el portátil, pues se durmió al instante siguiente, agotado como estaba por el camino, se había lesionado el pie, como si se hubiera fracturado un dedo al entrar por la valla de hierro del recinto, pero sólo lo examinó al amanecer, cuando se despertó al oír voces, no había sido lo suficientemente cauteloso, ya empezaban a trabajar en la acería, así que tuvo que quedarse hasta la noche, esperó a que todo callara a su alrededor, fue arrastrándose hasta la valla más cercana, los perros, que ya iban sueltos, no le preocupaban, tampoco ladraron cuando llegó, sólo observaban cada uno de sus movimientos desde una respetuosa distancia, como si lo hubieran reconocido, el Saale era allí mucho más ancho que en Kana, durante un rato discurrió por la orilla del río, y, evitando el centro de la ciudad, torció al cabo de un rato hacia un lado, prefirió evitar la estación de ferrocarril, y continuó siguiendo las vías del tren, bebió algo de un grifo en el patio de una fábrica, aunque no encontró allí nada para comer, así que buscó algún huerto en el que pudiera arrancar algo de la tierra, pero nada, nada durante un buen rato, mero desierto fabril, hasta que descubrió una panadería, las luces estaban encendidas en su interior y junto a una puerta trasera del edificio había dos trabajadores fumando, esperó a que volvieran a entrar y luego, entre las cajas amontonadas a ambos lados encontró una repleta de panes secos y pastas también secas, llenó su mochila, metió cuanto allí cabía, y se marchó con el sigilo con el que había llegado, y al otro lado del camino, tras un edificio de servicios, se puso a devorar, desgarraba los panes y se embutía un panecillo tras otro, apenas masticaba, más bien tragaba, hambriento, no había comido nada durante todo el trayecto, deseoso de llegar cuanto antes a su destino, al final envolvió lo que quedaba en una camisa, metió la camisa de vuelta en la mochila, se la puso a la espalda, y volvió a andar por la orilla del Saale sin encontrar largamente ningún puente que le permitiera pasar al otro lado, donde estaba la ciudad, de modo que retrocedió, volvió a evitar la estación, pero después se lo pensó dos veces y entró, todavía no habían cerrado la entrada principal, había allí tumbados algunos indigentes, nadie esperaba ya ningún tren, se sentó en uno de los bancos, metió la mano en la mochila, volvió a poner la *Pasión según su Mateo* y esperó, y al cabo de un rato se dirigió a un puesto de *döner kebab* que se disponía a cerrar y preguntó a través de la ventana abierta dónde podía encontrar allí a los nazis, a lo que el empleado, que estaba cortando los restos de la carne de cordero ya fría del asador vertical, lo amenazó con el cuchillo, pero Florian introdujo la mano por la ventanilla y lo agarró del cuello, en el «Labor», respondió con un gemido el vendedor, y sus ojos empezaron a desorbitarse, Florian lo soltó un poco y le preguntó de nuevo, ¿dónde?, en el «Labor», en Silberberg, y entonces lo soltó del todo y le hizo explicar dónde estaba Silberberg, y desapareció en el acto, no conocía Saalfeld mejor que las otras localidades turingias, pero aun así poseía una idea aproximada de la ciudad, de manera que no tardó en hallar primero un barrio llamado Gorndorf y en seguir allí por la Geraer Straße, y encontró el edificio del «Labor» todo envuelto en tiniebla cuando llegó, daba la impresión de estar deshabitado, sólo cuando fue examinando las puertas oyó un ruido que se filtraba a través de una de ellas, desde fuera no se podía determinar si eran voces humanas o algo distinto, eran voces humanas, descubrió muy pronto, ¿dónde está Gerhard?, preguntó a tres jóvenes con la cabezas rapadas, ropa militar y aros en las orejas, sentados en torno a una estufa de carbón en uno de los rincones de la gran sala tras la puerta y bebiendo cerveza, ¿qué Gerhard?, a lo cual Florian se les acercó, y los tres se levantaron de un salto, así que tuvo que tumbar a dos de ellos, y al tercero lo obligó a sentarse de nuevo al lado de la estufa y volvió a preguntarle, Gerhard, ¿dónde está Gerhard?, ¿qué Gerhard, mecagüenlaleche?, y lo miraron dos ojos asustados, ¡no conozco yo a ningún Gerhard!, pero Florian lo agarró del cuello, lo acercó, se lo quedó mirando durante unos segundos y luego lo soltó, ¿eres un madero?, preguntó gimiendo el joven mientras se apartaba todo lo que podía en su asiento, no, respondió Florian, porque si se trata del de Kana, dijo ya más dispuesto el otro a la vez que se masajeaba el cuello, ése está viviendo ahora en casa de Berndt, ¿dónde está Berndt?, no lo sé, sonó la respuesta, pero cuando Florian se dispuso a cogerlo de nuevo, el joven enseguida soltó, a duras penas, eso sí, que en Gorndorf y explicó después con detalle en qué calle y qué casa de Gorndorf, Florian lo seguía mirando sin moverse, el joven se mordisqueó los labios, lanzó una mirada a sus compañeros que continuaban tumbados, inmóviles, y agachó la cabeza, Gorndorf no estaba lejos, tuvo que desandar un poco el camino hacia el centro de la ciudad y no le costó encontrar la casa, era ya bastante tarde, apenas quedaban viviendas en las que permanecieran encendidas las luces, lo intentó con el interfono por ver si se abría la puerta por casualidad, pero cuando alguien respondió sólo fue por unos instantes, pues tras un breve crujido la comunicación se cortó enseguida, así que Florian rodeó el edificio y buscó el patio, y lo encontró, lo encontró a tiempo, pues en ese preciso momento Gerhard salía del patio por una cancela de tela metálica, a punto de desaparecer en la tiniebla, pero no pudo, le rompió la crisma contra un poste de hormigón en cuyo extremo, arriba, parpadeaba apenas, como la lámpara de la barca de Caronte, una bombilla pelada, aunque su débil luz no llegó a iluminar lo que ocurría abajo y luego, en medio de esa penumbra sucia y difusa, tampoco hubo mucho que ver, pues Gerhard ya no era Gerhard, y Florian estaba ya lejos, y durante mucho tiempo no se supo que era él a quien había que buscar, las piezas no acababan de encajar, y aunque hubiera razones para sospechar ninguna era concluyente y sobre todo nadie fue capaz de establecer conexiones hasta que se concentraron en la forma de actuar, ya que el asesino había utilizado en Saalfeld y en Jena el mismo método que en Kana, y sólo el asesinato de Suhl no encajaba en la serie, porque allí el autor del crimen utilizó un calibre 9 mm Parabellum, lo cual volvió a confundir a los de Érfurt encargados del caso, así que dividámoslo en dos, dijo el comisario que dirigía la investigación, pero por mucho que lo dividieran tardaron lo suyo en asociar a Florian con el asesino, el invierno ya estaba en todo su esplendor, se había apoderado de toda la región, al amanecer la gente había de vérselas con la niebla y con fuertes heladas y durante el día nevaba a menudo, la circulación se hacía más y más difícil, había que contar con considerables retrasos en los trenes y en los autobuses de media distancia, al principio, claro, como todos los inviernos, era bastante grande el caos, pero, como todos los inviernos, poco a poco se fueron serenando los ánimos, todo el mundo se acomodó a las circunstancias, a que al amanecer fuesen densas las nieblas y fuertes las heladas, aunque lo que más preocupaba a Florian era el viento, así que no pasaba los días de necesario descanso en zonas habitadas, sino que se retiraba a las profundidades de los bosques, y el viento glacial le penetraba hasta los huesos, casi no podía ya usar las manos, tanto se le habían helado, aunque intentó varias veces robar unos guantes, no lo había conseguido, así que las envolvía con una camiseta o con un jersey y, para colmo, si bien resolvía este asunto por un tiempo, seguían allí la cara, la nariz, las orejas, pues aunque se rodeara y tapara toda la cabeza con algo, al cabo de un rato no podía respirar, pero si no se cubría acababa con la sensación de que a la mañana se le caerían la nariz o las orejas, o sea que era muy arduo todo, buscó refugio en alguna granja solitaria, se introducía en los henales, en cualquier sitio, con tal de sobrevivir un solo día, pero eso suponía también un riesgo, ya que en cualquier momento alguien podía aparecer, y en efecto aparecían con una horca en el henal o dondequiera que pretendiese dormir en ese preciso momento, y entonces tocaba huir de nuevo, y ocurría también, en contadas ocasiones, que lo veían, lo cual significaba que podían denunciarlo, o no, eso no podía saberse, pero tenía la sensación de que no podía seguir así y, además, como no podía recorrer distancias importantes debido a las condiciones climáticas, durante un tiempo no dio con ninguna pista, pues apenas sabía nada de Uwe, en realidad apenas lo veía cuando se juntaba el batallón, a Uwe los demás lo consideraban una persona turbia, turbia e insignificante, lo cual quería decir que no poseía un perfil definido, nada particular lo caracterizaba, nada destacable, tan común y corriente era, ni alto ni bajo, ni flaco ni gordo, su cara simplemente no expresaba nada, jamás llamaba la atención y casi nunca hablaba, siempre se mantenía en un segundo plano en las actividades del batallón, de modo que ahora que él tendría que haber sido el siguiente, Florian no sabía muy bien dónde ni cómo conseguir información referida a él, debería haber preguntado a Andreas, pero por desgracia no le preguntó cuando éste todavía habría podido contestar, pero daba igual, ya era tarde, y de todos modos había que encontrar a Uwe siguiendo la pista de Andreas, por el Jefe sólo sabía que ambos camaradas habían ido a parar a Kana procedentes de un reformatorio, pero a la pregunta de si podía hallar a Uwe a partir de ese dato no tenía por el momento respuesta en el feroz y para él desfavorable invierno, y Uwe, a su vez, tampoco le veía, a grandes rasgos, mucha salida a su situación, deseoso como estaba de vengarse de quien había acabado con Andreas, al principio sospechó de Karin, pero no tenía ningún sentido, claro que era normal sospechar de Karin, porque ella era idéntica a lo más imprevisible e incomprensible, en el batallón nadie sabía qué pensaba Karin en un preciso momento ni por qué decía esto o decía aquello ni por qué hacía esto o hacía aquello, bastaba con mirarle a los ojos para darse cuenta enseguida de que no convenía acercarse a ella, pues las consecuencias eran imprevisibles, era la única persona en el Castillo a la que todos temían, nadie lo confesaba, pero así era, Uwe siempre tenía la sensación de tener razón, todos, incluido el Jefe, la temían, de ahí que pensar que Karin estaba involucrada en el asunto realmente venía dado en bandeja, aunque, claro, no tenía ningún sentido, le dio vueltas y más vueltas, habían pasado semanas ya desde el entierro, al que Karin no se presentó, aunque sabía lo que le había ocurrido a Andreas, como tampoco se había presentado al entierro del Jefe, y eso que lo habían organizado bastante bien a través de las líneas de comunicación secretas, acudió gente de Plauen, Érfurt, Dresde, Berlín y Dortmund, incluso de la Unificación Nacional de Chequia y de la Légió Hungária de Hungría, fue realmente una hermosa conmemoración, dio fuerzas a pesar de que afrontaran precisamente una pérdida, porque se escucharon discursos que prometían que del sacrificio surgiría un nuevo poder, y él le dio vueltas y más vueltas y no le encontró sentido alguno, pues cuál habría sido el objetivo de Karin, acabar con Andreas, ¿y para qué?, y además, ¿cómo?, siendo que sólo pesaba cincuenta kilos, se preguntaba Uwe en la casa de sus padres o, mejor dicho, en una sola habitación de la planta baja a la que se había mudado la hermana de su madre después de quedar hecha polvo por las drogas y perder también la casa, de ahí que no tuviera más remedio que trasladarse allí cuando se dispersaron todos tras el ataque, acordaron no ir a casa de ningún simpatizante y buscar refugio en casa de familiares, ése fue el plan que todos aceptaron y el motivo por el que Andreas y él no pudieron seguir juntos, pero de haberlo estado lo habría protegido, ésa era su sensación, a él no lo habría tumbado sin más, por muy fuerte que fuese, sin duda había atacado por la espalda, era lo único que podía imaginar, de lo contrario jamás habría podido con Andreas, Uwe estaba convencido de ello, pero aun así no lo entendía, no conseguía figurarse a ningún enemigo interno o externo empeñado en deshacerse de su hermano, salvo, se le ocurrió en un momento a principios del invierno, salvo ese judío grandullón que llevaba años azuzando a la población y a las autoridades contra ellos, muy capaz de cualquier cosa con tal de borrarlos de la faz de la tierra, pero aun así no parecía capaz de realizar una acción ilegal, de enfrentarse a sus propias leyes ni nada por el estilo, no, no, pensó reculando, no será él, aunque como no le venía a la mente ninguna otra persona, viajó de nuevo a Kana, fue a comienzos de diciembre, ya estaba adornada la Bahnhofstraße con las ridículas hileras de luces y con las titilantes coronas luminosas, la puta que la parió a esta ciudad, murmuró y fue a ver a Archie, se sentó entre los clientes que esperaban y luego llamó al maestro de los tatuajes y le susurró al oído que se trataba de algo urgente, que por el momento echara a todos del sótano, porque era importante y no admitía aplazamiento, y Archie con voz profunda le dijo, oye, sí que te han cambiado, mecagüenlaleche, ¿dónde has estado?, ¿en la universidad?, ¿qué es eso de que no admite aplazamiento?, ya vale, continuó Uwe en voz baja, si bien no quedaba ya nadie en el local, y le explicó que necesitaba una pista, porque había ocurrido esto en Saalfeld y aquello en Jena y aquello otro en Suhl, y ninguno de ellos sabía de qué carajo se trataba, pero como liquidó también a mi hermano tengo que ajustar cuentas, ¿me entiendes?, y Archie lo miró por primera vez desde que se conocían como a alguien que era muy capaz de llevar a cabo aquello con lo que amenazaba y, de hecho, lo miró por primera vez de tal manera que lo vio, porque a decir verdad Uwe jamás había contado para él aunque estuviera, no estaba presente para él, si los hubieran fotografiado a todos juntos, en su lugar se habría encontrado un hueco, pues nadie se percataba nunca de su presencia, pero daba la impresión, inclinó la cabeza mientras pensaba qué responder, de que se trataba ya de la siguiente generación, y pusieron en común, pues, lo que sabían y omitieron lo que no, y entonces Archie cerró la tienda, se sentó al ordenador y empezó a investigar en la red, y no aparecían respuestas, Uwe se puso más y más nervioso y al constatar que Archie no conseguía nada, dio un golpe tremendo a la mesa en que Archie guardaba las agujas, los desinfectantes y las empuñaduras de repuesto, de tal manera que todo salió volando, después tiró el estante con los tubos de pintura, Archie intentó salvar lo salvable, pero no estaba en tan buena forma física como Uwe, así que le costó, aunque finalmente logró empujar a Uwe hasta el exterior de la tienda, mientras que Uwe sólo pensaba en una cosa, pues sí, claro, mecagüenlaleche, fue ella, por eso no damos con nada y, para colmo, a todo el mundo se le arrugan los huevos ante ella, pero yo la encontraré, la puta que la parió, pero no la encontró, como tampoco la había encontrado cuando su tarea había consistido en eso, en hallarla, puesto que en la dirección que le habían dado nadie sabía de ella, y eso que era seguro que fue ella, no podía ser nadie más, nadie era tan listo, nadie tan mortíferamente habilidoso, pero aquella vez tampoco lo había conseguido, o sea que ella no fue al entierro a pesar de que habría debido ir, pues el Jefe la apreciaba y la respetaba y jamás midió fuerzas con ella, lo tenían claro todos los que en algún momento aparecieron por el Castillo, así que el entierro se desarrolló sin ella, fue una ceremonia bonita, la Sinfónica de Kana tocó *Yesterday*, del comienzo hasta el final, sonó estupendamente, y cuando acababa empezaban de nuevo, tanto en el tanatorio como luego en el cortejo hasta llegar a la fosa, habían pedido un entierro sencillo, y lo fue, reunieron el dinero, pero no pidieron a ningún sacerdote, no se atrevieron, después de que hablaran algunos forasteros sólo el señor Feldmann pronunció un discurso fúnebre, le rogaron que fuese breve, pero se hizo largo, el señor Feldmann enumeró todo cuanto le venía a la cabeza, habló de la flor de la vida y de que el destino era inescrutable y de las tragedias inesperadas y del heroísmo en el cielo y concluyó con una cita en latín, mientras ellos se apoyaban en un pie y luego en el otro, no sabían qué carajo hacer, los sepultureros retiraron la bandera de guerra del Reich del ataúd y, a falta de información, se dispusieron a arrojarla a la tumba, pero se consiguió impedirlo y cogerla en el último instante, cuando volaba ya a la fosa, la doblaron con cuidado y la devolvieron al sitio al que pertenecía, y punto, se acabó, y lo mismo se desarrolló luego en tres ocasiones, no quedaba ya casi nadie del batallón originario, los grandes nos han dejado, comunicó Uwe en la puerta del cementerio a otros asistentes, y se dispersaron, se dispersaron de forma definitiva, Uwe tenía la sensación de haber ido a parar a un espacio al que le habían absorbido el aire, se escondió durante un tiempo, pero luego no aguantó y se presentó en el local de Archie y, claro, con Archie tampoco sacó nada en limpio, porque también él es un cabrón, incapaz de hacer nada, así que viajó de regreso, y durante días y días estuvo comiéndose el coco en esa habitación de la planta baja, su tía permanecía casi todo el tiempo tumbada, completamente ida, en una cama y él en la otra, las manos juntas tras la cabeza, mirando el techo, pero el techo lo deprimía tanto que prefirió cerrar los ojos y no conseguía hallar el motivo por el que habría sido Karin, hasta que un buen día se le cayó la venda de los ojos y pensó que sí, que quizá sí era ella, porque quería liquidar a todo el batallón para que no quedara huella alguna, y eso la señalaba a ella, pensó, esa previsión, así que se levantó de un salto de la cama, algo hedía de manera espantosa, olía a mierda, constató, y venía de la cama de la tía, no quiso saber de dónde venía realmente, se limitó a recoger sus pertenencias, abandonó la vivienda sin despedirse y viajó de vuelta a Jena donde, sin embargo, ya no tenía mucho que hacer, así que se dirigió al cementerio, se detuvo ante la tumba de Andreas, ya se acercaba la primavera pero aun así soplaba un viento bastante frío, y allí delante de la tumba el viento le daba, además, en la cara, de modo que no aguantó mucho tiempo, se subió la cremallera de la chaqueta hasta el cuello, se puso la capucha y se inclinó hacia el viento para avanzar y acercarse a la puerta del cementerio, cuando de pronto el mundo se oscureció ante él y ya nunca más recobró la claridad, los pajaritos trinaban sobre las ramas de los árboles sin hojas todavía en torno a la puerta, trinaban con un tono más lamentoso que alegre, porque si bien había señales primaverales, no tenían muchos motivos para la alegría, pero a Florian le llamó la atención que hubiera pájaros alrededor, durante un rato apagó la cantata *Wo soll ich fliehen hin* y los escuchó, aunque luego volvió a poner *Wo soll ich fliehen hin*, y emprendió la marcha, ya sólo le quedaba un asunto por resolver, si bien, eso sí, el más difícil, pues no sólo se trataba de no tener ningún punto de apoyo, ya que hasta entonces tampoco lo había tenido y aun así había salido adelante, sino el hecho de que también a él Karin le parecía sumamente peligrosa y había de contar con ello, de ahí que se volviera más cauteloso aún de lo que había sido hasta ese momento, de ahí que se retirara por un tiempo, no diera señal alguna de su existencia, y si no hubiera tenido que cargar a diario la batería del ordenador, no se habría topado nunca con un ser humano, pero era necesario, era imprescindible, y a pesar de su aspecto asilvestrado era capaz de mostrarse tan insignificante que cuando alguien se fijaba en él por un momento enseguida lo catalogaba como indigente, cuando entraba en un bar, por ejemplo, o en una estación de ferrocarril o en una tienda informática, y así sucesivamente, para enchufar el cargador en un interruptor, sólo entraba en lugares en que hubiera mucha gente y no llamara la atención por su aspecto de abandono, y tuvo mucha suerte en ese sentido, pues ya podrían haber empezado a buscarlo, el Encargado había denunciado en la comisaría de Jena, donde lo conocían desde hacía tiempo, que Florian Herscht, domiciliado en Ernst-Thälmann-Straße 38, 07769 Kana, llevaba meses desaparecido, no semanas, insistió, sino meses, fue dictando los detalles, y regresó después a casa y esperó a que ocurriera algo, pero no ocurrió nada, Florian no apareció, y a él, al Encargado, claro, no le informaron de la evolución de los procedimientos, porque tampoco había evolución alguna, su denuncia era una de muchas y no había ni tiempo ni energía para todas, así lo formulaban en la policía de Jena cuando alguno de esos denunciantes se presentaba de nuevo y se interesaba por su caso, mire usted, le dijeron también al Encargado cuando éste volvió al cabo de dos semanas, aún no podemos decir nada, pero estamos sobre el asunto, usted ha cumplido con su deber de ciudadano, y eso era todo, aunque eso no tranquilizaba al Encargado, así como tampoco estaba tranquila la señora Ringer, ni estaban tranquilos la señora Hopf ni Ilona ni, en general, los ciudadanos de Kana que conocían de cerca a Florian, pero en medio del gran caos nadie se había ocupado de eso, ya aparecerá, seguro que se ha escondido en algún sitio porque se ha asustado, pensaban, si es que pensaban, pero ahora que no se habían producido ni más explosiones, ni más asesinatos, ni ningún horror que tuvieran que experimentar, la desaparición de Florian no sólo llamó la atención, sino que les resultó incluso angustiante, únicamente la señora Ingrid tranquilizaba a los Volkenant cuando éstos le explicaban que no encontraban a Florian, les decía, es un niño un poco alelado, seguro que volverá a aparecer, no hay motivo para ponerse nerviosos, porque ella se mostraba sumamente tranquila, convencida de que la lista estaba en perfecto orden, lo contaba casi cada vez que se presentaba por la mañana en la oficina de correos, ¡la lista está en regla!, y a los Volkenant les sentaba bien esa voz, pues no se oían muchas como ésa en la estafeta, la gente se limitaba a saludar al entrar y punto, luego reinaba el silencio, permanecían callados en la cola y esperaban a que les tocara su turno para pagar facturas o enviar la tarjeta postal en la que invitaban a sus hijos a pasar la Semana Santa en casa, aunque a los hijos ni se les pasaba por la cabeza venir, a quién se le ocurría volver a esa región oscura una vez que habían conseguido escapar, de modo que las postales eran enviadas, pero los hijos no acudían, ni para Semana Santa ni luego, el invierno no quería terminar, incluso en abril había días en que el canal MDR hablaba de heladas, si bien en mayo todo volvió a su sitio, por fin ha llegado la primavera, decían los de Kana en el centro comercial, por fin vuelve a estar aquí, y así como antes lo vivían con gran alegría, esta vez casi no se percibía nada de esa alegría, sólo una breve sensación de alivio, solamente para eso daba la llegada de la primavera, algo que a Florian, en cambio, sí le significó mucho más, pues por fin no estaba obligado a luchar contra la congelación todos los días y todas las noches y, además, sus instintos le dieron a entender que ya bastaba de tanto esconderse y que había motivos para salir, y en efecto salió, y ya no le molestaba que aquella enorme águila real apareciera de nuevo encima de él en el aire, la misma que todavía en el invierno, como si hubiera encontrado la solución para el invierno, se había sumado a él y que también ahora parecía esperarlo, de modo que cuando se ponía en marcha, lo iba acompañando, trazando lentos círculos en lo alto, y cuando se detenía, abría las gigantescas alas, planeaba poco a poco y acababa posándose sobre una rama o una valla cercanas, exactamente lo que había hecho después de presentarse por primera vez encima de él, siempre lo seguía, nunca se apartaba, hasta tal punto que cuando Florian se instaló en una cueva abandonada y situada no muy debajo de la superficie, la Marienglashöhle, en las inmediaciones de Friedrichroda, incluso quiso seguirlo hasta allí, pero la ahuyentó, aunque en vano, porque el águila permaneció en las proximidades de la cueva y allí aguantó, cosa que durante un tiempo lo inquietó, porque cuando, cada dos o tres días, salía a buscar alimento, enseguida levantaba el vuelo desde algún sitio y lo seguía adondequiera que fuese, de modo que al cabo de un tiempo ya no le importó, es más, al cabo de dos o tres semanas empezó a robar también para ella productos de panadería o lo que encontrara, y le dejaba panecillos u otra cosa que pillara delante de la boca de la cueva, así que, ahora que abandonaba definitivamente su escondite, lo primero que hizo fue alzar la vista y buscarla en el cielo, y mucho no tuvo que buscar, pues al cabo de unos segundos ya levantó el vuelo desde la copa de un árbol y comenzó a trazar círculos sobre su cabeza en lo alto, Florian no se dirigía a ella ni con una palabra, no le hacía señas de que hiciera esto o hiciera aquello, pero el águila real siempre entendía perfectamente lo que debía hacer o evitar, y así regresaron a Kana, llegaron a la ciudad en plena noche, y no resultó en absoluto difícil forzar la cerradura de Archie, bajó las escaleras por las que sólo en sus pesadillas había descendido un par de veces y se ocultó tras la cortina que tapaba la puerta del lavabo, mientras el águila lo esperaba afuera, arriba, con las enormes, anchas y sigilosas alas desplegadas, y así permanecieron al acecho, hasta que Archie llegó, se quedó un rato examinando la cerradura rota en la entrada y luego, con pasos inseguros, deteniéndose a cada momento, bajó las escaleras, pero al comprobar que no había nadie en el taller ni faltaba nada y que tampoco había señal de destrozo alguno, se encogió de hombros, como diciendo para sus adentros, vale, pues esto ha sido todo, aunque no acababa de entender por qué se había forzado la puerta, y Florian tampoco se lo explicó cuando apareció de repente, sin el menor ruido, desde detrás de la cortina y le dio en el cuello con el canto de la mano, sólo quería que hablara, no acabar con él, pues no pertenecía a los otros, aunque sólo por él podía conocer, si acaso, el paradero del último de ellos, y a todo esto oyó al pájaro gritar allá fuera, de modo que se sentó frente a Archie, se puso los auriculares que se le habían caído

el vacío absoluto

y esperó pacientemente a que Archie más o menos volviera en sí, y Archie le dijo al principio que no sabía dónde estaba, pero luego sí logró sonsacarle que, según tenía entendido, se había trasladado a Mattstedt, si bien no estaba al tanto de si continuaba en aquella localidad o no, lo único seguro es que por aquí no ha andado, soltó a duras penas, mientras se agarraba el cuello con ambas manos, como si eso le sirviera para aliviar el intenso dolor, pero no le servía, bien era cierto que ya podía respirar un poco, pero le costaba porque el golpe en el cuello le dolía mucho, de modo que empezó a marearse y tuvo que vomitar, aunque Florian no esperó ese momento, fuera ya clareaba, ya se distinguía todo con nitidez, las casas, las farolas todavía encendidas, los adoquines que brillaban por el rocío, y exactamente lo mismo vio también ella, desde el piso alquilado encima de la pizzería de la Margarethenstraße, por cuánto tiempo le preguntó la casera, a lo que ella se limitó a responder, ya veré, y enseguida se dirigió a la ventana que daba a la calle, miró afuera y dijo, lo alquilo, pues no le cabía la menor duda de que el otro actuaría así, sabía, lo sabía con toda certeza, que ya no le quedaba otra opción, sólo le quedaba ir a ver a Archie, de modo que permaneció día tras día ante la ventana encima de la pizzería, esperando a que un día se presentara, y no esperó en vano, porque se presentó, pero Florian debió de notar algo, porque al salir del taller de Archie y encaminarse hacia la pizzería, de pronto se lo pensó dos veces y dio media vuelta, y desde la Karl-Liebknecht-Platz, con el águila allá arriba, que por algún motivo volvía a chillar como loca, echó a correr para alejarse del casco antiguo de la ciudad, así que cuando Karin llegó allí, ya no lo vio por ninguna parte, muy listo, pensó, y regresó a su alojamiento, se cambió la peluca roja por una negra, se puso las gafas sin graduación y recorrió todas las calles que salían de la Bergstraße, hasta que por último, aunque no se rindió, sí renunció a atraparlo enseguida, podía permitírselo, convencida de que a partir de ese momento ya no cabía duda de lo que ocurriría, y hacia el anochecer se le presentó una oportunidad, pero se le escapó, pasó horas yendo y viniendo entre el estrecho paso subterráneo que salía de la Ernst Thälmann-Straße y el Ölwiesenweg, el camino que discurría paralelo a las vías al otro lado, pues algo le sugería que la solución se hallaba en algún punto entre la casa del Jefe y el gimnasio Balance, y así fue, pero Florian ya no era aquel al que conocía, este Florian era como un guerrillero bien adiestrado, ella no sabía qué le había sucedido, ni le importaba, o él o yo, sólo eso había dentro de ella cuando se dio cuenta de que sólo podía ser él quien—adelantándose a ella misma, que habría actuado del mismo modo para hacer desaparecer ante las autoridades las huellas que señalaban al batallón—los había liquidado a casi todos, no indagó en el motivo, a ella los motivos y las circunstancias y las explicaciones y las opiniones y las consideraciones jamás le habían interesado, de modo que, flemática, impasible, se puso a buscarlo con el objeto de hacerlo desaparecer de la faz de la tierra y durante mucho tiempo tuvo que armarse de paciencia, en parte porque bastante tarde se dio cuenta de la verdad y en parte porque simplemente no había huellas que la llevaran hasta él, de ahí su elección del taller de tatuaje, pues cuando intentó pensar lo que Florian haría llegó a la conclusión de que Florian no había terminado aún y de que lo que faltaba para terminar era precisamente ella, o sea que debía mostrarse, decidió poco antes, debía llamar la atención para hacerlo salir de su escondite, estuviera donde estuviera, y por eso regresó a Kana, consciente de que Florian también había de volver, pues tampoco a él le quedaba otra persona que no fuese Archie para conseguir las informaciones pertinentes, y fue precisamente eso lo que ocurrió, la probabilidad no era grande, pero era la única, y se hizo realidad, y ahora está aquí, pensó Karin, y no se irá hasta que hayamos terminado, y fue entonces cuando lo divisó junto a la barrera del ferrocarril, fue como un relámpago, alguien apareció y desapareció tras el edificio del gimnasio, pero su ojo bueno enseguida lo identificó, estaba convencida de que era Florian, cogió la Parabellum y mientras le quitaba el seguro ya corría en esa dirección, saltó por encima de la barrera bajada, y entonces dejó de correr y fue rodeando con cautela el edificio, y en ese momento, desde arriba, de forma tan silenciosa que no oyó ni el más mínimo ruido, un ave enorme se abalanzó sobre ella y le clavó las garras en la cabeza a través de la capucha y del gorro y de la peluca, sólo una vez, pero con ambas patas, y con tal fuerza que en el primer segundo creyó que se iba a desmayar, y eso que sólo había perdido la Parabellum, el animal era gigantesco, y en el siguiente instante, a la vez que las uñas le arañaban el cuero cabelludo atravesando la gruesa peluca, las alas primero desplegadas y luego cerradas la cubrieron del todo, y tuvo la sensación de que, vale, esto se ha acabado, el animal me alzará y me llevará por los aires o me desgarrará en el acto, pero así como todo ocurrió en un plis plas, terminó también en un plis plas, en el tercer segundo logró echarse a un lado de alguna manera y mientras sus gafas falsas se rompían y le herían la frente acabó tumbada en el suelo, se agarró la cabeza con ambas manos y permaneció inmóvil, y el ave, ¡zas!, levantó el vuelo y desapareció en la oscuridad de la noche, pero Karin conservó la presencia de ánimo, esto es, no se movió enseguida, pues no creyó que eso fuera todo, de modo que prefirió aclarar la mente, buscó, tanteando el terreno con cautela, su arma, y después rodó a toda velocidad y se arrastró hasta llegar a otra zona de maleza espesa y arbustos, donde por el momento pudo ocultarse, pero no por mucho tiempo, pues el animal, que por sus dimensiones no podía ser más que un buitre o un águila, de hecho no se había esfumado en la nada, sino que se mostraba como algo muy real, porque tenía sus planes respecto a Karin, al principio se limitó a dar vueltas en el aire sobre la maleza, cosa esta que ella vio a la perfección, pues, tumbada boca arriba y conteniendo la respiración, se concentró en la observación del cielo y pudo divisarla debido a las luces de la ciudad que hasta allí llegaban, y entonces el ave volvió a descender en picado para atacarla, una y otra vez con una fuerza inusitada, pero sólo alcanzó la cima de los arbustos, Karin ya estaba tumbada boca abajo, con la capucha sobre el gorro a modo de protección, y no se movió, sólo cuando el animal lo intentó por tercera vez, pues para entonces también Karin había desarrollado sus planes, en la medida de sus posibilidades, sin importarle el daño que pudieran ocasionarle las ramas peladas, salió de entre los arbustos arrastrándose en la dirección contraria, y cuando el ave empezó a abalanzarse de nuevo sobre ella, se levantó de un salto y, como el arma había vuelto a caérsele, intentó agarrarla del cuello, pero no lo consiguió, y el animal se echó a volar con un chillido muy agudo y ya no regresó, o al menos Karin ya no se enteró de si sí o si no, porque tras recoger la Parabellum empezó a correr, de vuelta rumbo a la ciudad, se adentró en el estrecho paso subterráneo bajo las vías, se dirigió luego a la Ernst-Thälmann-Straße y, pasando junto al Baumarkt, ascendió por la Franz-Lehmann-Straße a la colina en dirección al polígono residencial, todavía no pensaba con claridad, pero aun así sabía adónde iba, lo único que no sabía era por qué una ruta era mejor que la otra, una y otra vez volvía a levantar la cabeza, miraba el cielo, pero nada, y aunque en realidad podía estar segura de que no la seguía, continuaba a tal punto bajo el efecto de ese surrealista ataque que podía imaginar cualquier cosa, de modo que durante un tiempo no cesó de correr pegada a los edificios, y así llegó a la Margarethenstraße, donde subió rápidamente a su habitación, se quitó la peluca y el abrigo rojo que se había agenciado después de lo de Suhl, pues sabía que sin ellos enseguida la reconocerían en Kana, se sentó en la silla junto a la ventana y durante unos minutos no hizo más que resoplar, a continuación entró en el baño y examinó en el espejo las heridas, pero éstas se encontraban más bien en la parte trasera del cráneo, que no podía ver, de modo que prefirió ir palpándolas y llegó a la conclusión de que, si bien eran grandes y profundas, no resultaba necesario suturarlas, bastaría algún desinfectante, regresó a la habitación, cogió la cajita de primeros auxilios que guardaba en el bolsillo izquierdo del pantalón del chándal, puso unas gotas de alcohol en una gasa, se frotó las heridas en la cabeza, así como en la frente la que le habían causado las gafas rotas, las apretó con fuerza para que sangraran, se lamió la sangre de los dedos, se enjuagó la boca con agua, se sentó a la enclenque mesa de la habitación y allí se subió con un dedo el párpado de arriba y con otro se bajó el inferior para quitarse el ojo postizo, lo llevó hasta el grifo, esperó a que el agua saliera tibia, lo lavó con esmero y después lo guardó en la cajita que para tal fin utilizaba por las noches y finalmente se acostó, y permaneció tumbada, no lograba conciliar el sueño, la sobresaltaba cualquier ruido, se incorporó y volvió a echarse, y sólo hacia el amanecer logró dormirse un rato, pero cuando un camión pasó por la calle, enseguida se espabiló, se levantó de un salto, se acercó a la ventana, descorrió ligeramente la cortina porque clareaba, y allá fuera no se veía ni un alma, extrajo el ojo postizo de la caja, se puso un gel en la cavidad ocular, un poco también en la prótesis que volvió a situar en su lugar con un gesto ya rutinario, y después de coser más o menos las rajaduras en el gorro y también las de la peluca debido al ataque, guardó esa peluca, porque esta vez se puso la roja, se caló el gorro, se puso el abrigo y ya estaba lista, no se lavó, no le importaba el olor acre que desprendían sus axilas y que se notaba a través del jersey, bebió para despedirse un vaso de agua, cerró la puerta con sumo sigilo con el fin de no despertar a la casera y evitar así que le pidiera el pago del alquiler, que tocaba justo ese día, pues evidentemente no se fiaban de esa mujer del abrigo rojo, que así era como la llamaban, no se fiaban, y con razón, porque no tenía ni la más mínima intención de pagar nada, ni tenía con qué, hasta entonces solía llevar la pistola, que en su día sacó del escondite de las granadas de mano, encajada atrás en el cinturón del pantalón debajo del abrigo, pero por los efectos de los hechos de la noche anterior prefirió guardarla en el bolsillo del abrigo, la llevó siempre cogida, no la soltó ni un solo instante, y sólo entonces, cuando enfiló por la Margarethenstraße a la panadería Hunger, empezó a preguntarse por qué se había mostrado tan torpe con la Parabellum siendo que jamás le había sucedido nada semejante en las prácticas, y eso que si no hubiera ocurrido lo que ocurrió dos veces incluso, esto es, que dejara caer el arma, habría podido disparar, aunque sólo fuese al aire, y, en general, tenía una navaja, tenía una pistola, ¿qué carajo había pasado?, y lo que era aún más importante, ¿qué carajo había sido todo eso?, no creía haberse visto envuelta en algún asunto misterioso o incluso místico, pues no creía en nada y menos aún en algo similar, pero con la mente sobria, que era la suya, costaba explicar que un ave atacara en plena noche oscura a una persona, ¿por equivocación?, ¿o porque el ave se había vuelto loca?, ¿existía algo así?, jamás en su vida había oído mencionar nada parecido, y entonces se le ocurrió pensar que la habían adiestrado, no cabía otra posibilidad, seguro que la habían domado, sí, pues no había ave rapaz que emprendiera por sí sola algo así, por muy salvaje que fuera, era simplemente impensable, le daba vueltas en la cabeza igual que el animal había dado vueltas encima de ella la noche anterior, y a todo esto la panadería estaba ya abierta, se compró dos panecillos con semillas de girasol, se fue con ellos al costado de la iglesia de Santa Margarita y allí se sentó sobre uno de los pilones de piedra, se comió uno y guardó el otro en el bolsillo izquierdo, le vendría bien para almorzar y sin esperar a que apareciera gente en la zona bajó por la Jenaische Straße, en el preciso momento en que la señora Hopf miró por la ventana y la vio, por el amor de Dios, dijo desde la ventana a su marido, que aún no se había despertado del todo, vuelven a andar por aquí, ¿quiénes?, los nazis, respondió asustada la señora Hopf, la reconozco, dijo descorriendo todavía más la cortina y arrimando la cabeza al cristal para ver a esa mujer, todo lo que podía ver a través de la ventana, aunque lleve pelo y abrigo rojos y, además, un gorro, la reconozco, dijo volviéndose hacia la cama, es esa mujer, la de la cabeza tatuada que lleva esa cosa en el labio, están todos tatuados, querida, le contestó el marido desde debajo del edredón y a todos les cuelga algún narigón de esos para cerdos de la nariz, o de los labios, o de las orejas, o de un párpado, son así, qué le vamos a hacer, o sea que vuelve para acá, acuéstate y duerme, y qué podía hacer la señora Hopf sino acostarse de nuevo, también ella se subió el edredón hasta el mentón, pero no logró conciliar el sueño, pues lo que acababa de ver resultaba bastante inquietante, sabía que la policía estaba tratando de cazar a quien todavía no había sido asesinado, o sea que la tarea de ellos consistiría en denunciar enseguida lo que había visto, pero, por favor, ¡eso no!, apartó enseguida la idea, lo que faltaba, que empezaran de nuevo a romperles las ventanas o que les forzaran la entrada y les entraran a robar, tal como habían intentado ya una vez, ellos lo que necesitaban era paz, no que los policías volvieran con sus idas y venidas, ya tenían suficiente de todo eso, ellos no dirían nada, nada de nada, se arrepentían de que, cuando dos policías los interrogaron después de los asesinatos, les contaran todo cuanto sabían, no deberían haberlo hecho, pero era tarde ya para volver atrás, porque ¿qué pasará si se enteran?, ¿qué pasará si se descubre?, ¿qué pasará si a esa mujer le llega de alguna manera que ellos presentaron una denuncia allí en el barrio, lo cual era, por cierto, su deber?, no y no y otra vez no, es más, cuando decidieron levantarse y al cabo de unos minutos el marido apareció con el desayuno que según su costumbre consumieron juntos, incorporados en la cama, apoyados en el blando respaldo, ella ya ni siquiera volvió a mencionarlo, como si todo se hubiera esfumado junto con la noche, y el señor Hopf tampoco lo trajo a colación, como si sólo se hubiera tratado de un estúpido sueño, así que todo siguió como antes, siempre y cuando pudiera definirse así, porque si bien obraban todo el día exactamente igual, como siempre, estaban acongojados, llenos de miedo, el cual no había desaparecido desde que Kana comenzara a ir cuesta abajo, tal como lo formulaba la señora Hopf, así era desde entonces, así seguía, no hablaban de cuanto sucedía en el fondo de su alma, procuraban protegerse mutuamente, porque se querían, nunca tanto como en estos tiempos en que quedó claro que sólo estaban ellos el uno para el otro, que eran una sola persona en la medida en que dos personas podían ser una, dos cuerpos, un alma, así lo definió la señora Hopf cuando en una ocasión, en una sola, se manifestó al respecto a una hija que volvió de visita, sabes, si a tu padre le ocurriera algo, yo no podría seguir viva, créemelo, hija mía, y la hija, también ella madre de dos criaturas pequeñas, comprendió perfectamente, pues la situación tampoco era mejor allá donde vivían, porque de Dresde realmente no se podía explicar nada esperanzador, no me preguntes, así replicaba ella a la pregunta de la señora Hopf, a ver, ¿y allá cómo van las cosas?, el caos es total, explicaba amargada la hija, y nadie sabe qué hacer, migrantes, nazis, manifestaciones, enfrentamientos, y ¿sabes?, ese nerviosismo en nuestro interior, ese ambiente tenso, a punto de estallar, pero en todas partes es así, créeme, madre, en todas partes, si vas en tranvía, todos callan, cada cual sumido en sí mismo, si vas a la tienda, nadie habla con nadie, la ciudad es tal que lo que más me gustaría sería volver aquí, pero, claro, Kana tampoco está mejor, ¡¿mejor?!, exclamó asustada la señora Hopf, y juntó las manos con un chasquido, ¡¡ni se os ocurra, cariño!!, éste es el sitio más peligroso, incluso yo he pensado en marcharnos, porque en Kana nos estamos jugando la vida, aunque suene estúpido y exagerado, es así, ni se te pase por la cabeza, hija, y punto, así se acabó, ya sólo quedaron las palabras de consuelo, de la madre a la hija, de la hija a la madre, cuidaos, y llamad, y enviad algún sms, lo que sea, lo importante es saber los unos de los otros, todo eso sonó una y otra vez en la puerta a la hora de la despedida, y entonces la pequeña familia se marchó por la Roßstraße rumbo a la B88, y ellos siguieron en la puerta mientras oían el zumbido del coche, luego volvieron, cerraron, y ese día ya sólo comieron las sobras, más que suficientes para ambos, la señora Hopf había cocinado tallarines con col, a su hija le encantaban, pero solamente como ella los hacía, eso sí, los pequeños no probaron ni un bocado, pues mientras los adultos hablaban habían encontrado la llave del cajón de los dulces en vano oculta, de modo que no tenían nada de hambre cuando se sentaron a la mesa, pero en cuanto a los tallarines con col, era también en otros sitios uno de los platos preferidos, la propia señora Feldmann, e incluso la señora Ringer los preparaban una vez por semana al menos para evitar que se comiera siempre carne, siempre solamente carne, y así como a la señora Feldmann le salían salados, a la señora Ringer le salían más bien dulzones, porque Ringer, muy aficionado a las cosas dulces, solamente así estaba dispuesto a probarlos, y eso no había cambiado, por mucho que no consiguiera salir de la depresión profunda, ya que la impotencia general y por tanto su impotencia resultaban cada vez más evidentes, con los tallarines con col no podía hacer una excepción, no le gustaban salados, ni ahora ni antes, así que tocaba azucarar, a pesar de que la señora Ringer a nada le ponía azúcar con gusto, pero qué le iba a hacer, claro, era lo que tocaba, Ringer sólo los probaba así, mientras que a la señora Ingrid le daba lo mismo con tal que fueran tallarines con col, explicaba también a los Volkenant cuando les llevaba el almuerzo, para ella podían ser incluso dos veces por semana, ahora dulces, ahora salados, a ella le daba lo mismo, decía, porque lo esencial era el sabor incomparable de los tallarines con col, ni la sal ni el azúcar lo hacían desaparecer, ella preferiría ni salarlos ni azucararlos, pero, claro, algo había que poner, ¿no?, con lo cual ya salía a toda pastilla por la puerta de la oficina de correos, a ella no se le notaba que hubiera percibido ni mínimamente en qué se había convertido la ciudad, en qué se había convertido Turingia, en su mundo no cabían las preocupaciones, se espantaba, claro, cuando se enteraba por la televisión que aquí se había producido un atentado, allá un incendio y acullá un asesinato, a los que se sumaban las manifestaciones y las estadísticas cada vez peores, y que incluso la gran coalición se había venido abajo, pero sólo se conmocionó de verdad, eso sí, por un día solamente, cuando el canal MDR comunicó que la señora canciller Merkel daba por concluida su carrera política, pues para ella Angela Merkel era sinónimo de estabilidad, un dechado de ponderación y fiabilidad, ¿qué pasará ahora sin ella?, preguntó ese día con expresión de temor en los ojos a los Volkenant, pero el marido la tranquilizó, no se preocupe, señora Ingrid, Merkel ya debía irse, piense usted en todo el tiempo que lleva, realmente se merece unos años tranquilos, así lo expresó Volkenant, pues siempre tenía la sensación de que, tal como su esposa explicaba a sus conocidos, era muy capaz de encontrar la expresión clara y concisa, las más clara y concisa, y fue también el efecto que produjo a la señora Ingrid, porque de pronto lo miró y dio la impresión de haberse calmado realmente, preguntó, ¿cree que ya le tocaba?, a lo cual Volkenant asintió transmitiendo confianza, y la preocupación desapareció del rostro de la señora Ingrid, porque, claro, Merkel de verdad merecía por fin unos años tranquilos, ha trabajado tanto por nosotros, los alemanes, ¿no?, abrió entonces las manos, por supuesto, por supuesto, asintió Volkenant, y la fue empujando hacia fuera y luego, tras volver a su despacho, le dejó caer a su esposa, ya que no quedaba nadie más en la estafeta, vaya, vaya, ya me creía que por la Merkel renunciaría a traernos el almuerzo, cosa que, sin embargo, ni se le pasaba por la cabeza a la señora Ingrid, lo único que le daba pena era que transcurrieran tan rápidos los años, tanto que hasta la señora canciller se jubilaba, pues sí, se sentó en casa en la mecedora, a todos nos llega la hora y de repente llaman a nuestra puerta, y se puso a mecerse y así continuó durante unos minutos, pero luego se levantó, cogió los papeles y repasó, según su costumbre diaria, los nombres de la lista, si había conseguido ponerlos en orden, esto es, que estuvieran correctamente alfabetizados, y sí lo estaban, como siempre, de modo que también en esta ocasión encontró cada uno de los nombres en su sitio, así que volvió a sentarse, se inclinó hacia atrás, cerró los ojos, empezó a mecerse de nuevo y mientras pensaba si no era el momento ya de ir a la cocina y prepararse el té de vitaminas de la tarde, poco a poco la venció el sueño y poco a poco se detuvo la mecedora, pero su muerte no conmocionó a nadie, es más, hubo quienes, cuando se difundió la noticia de que había muerto de manera tan bella y apacible y, además, en una mecedora, sobre todo muchos entre los mayores, aunque no quisieran confesarlo, un poco la envidiaron por el hecho de que el Ser Supremo le concediera una muerte tan hermosa, no siento nada de envidia, decían unos a otros en el entierro, mientras se concomían de envidia pensando que a ellos la vida les guardaba una muerte muchísimo más dolorosa, y a eso mismo le daba vueltas el Encargado, no diría, dijo una noche a Pförtner, que no pensara a veces en eso, pues sí, cómo no iba a pensarlo, pero lo cierto era que el darle vueltas al tema día tras día era nuevo para él, aunque así era, no pasaba ningún día sin preguntarse cuánto tiempo le quedaba todavía, y, sinceramente, cuanto más se acercaba, más temía la muerte, tampoco ayuda, añadió, vivir solo, pero es lo que hay, si mi esposa viviera la situación sería bien diferente, y Pförtner se limitó a asentir, no abrió la boca, se consideraba joven aún, sobre todo comparado con el Encargado, así que el asunto no le interesaba mucho, por no hablar de que no se sentía en absoluto solo gracias a la garita de portero, se lo dijo también al Encargado, que la garita era su esposa y, además, no le rezongaba, y soltó entonces una carcajada, pero, claro, tampoco cocina, esbozó una sonrisa forzada el Encargado para responder de alguna manera a la gracia, aunque realmente de una manera un tanto forzada porque no tenía ganas de bromear sobre el asunto, pues ni siquiera entendía a qué se refería su compañero, ¿cómo podía explicar la garita que Pförtner no estuviera solo?, menuda tontería, pensó, pero no lo era, porque a Pförtner no le gustaba estar en casa, allí sí que se sentía solo, muy solo, como un extraño, no le gustaba nada en su casa salvo dormir a pierna suelta, ni las paredes, ni la puerta, ni la manilla, ni la llave para la cerradura, y cuando tocaba a retreta enseguida se ponía a esperar ansioso el momento de volver, no tenía explicación, pero la garita con sus escasas dimensiones, en la que a pesar de ello todo estaba en su sitio, en la que lo alcanzaba todo sentado o con uno o dos pasos, le daba la sensación de que el espacio estaba diseñado para él, y era buena también la noche, le gustaba la noche, no iba y venía la gente, nada perturbaba el silencio, le gustaban los ladridos que de vez en cuando se oían desde diversos puntos de la ciudad, y cuando no iba a ver al Encargado o éste no venía a verlo a él simplemente se reclinaba en su asiento y no pensaba en nada, era para él la sensación más agradable del mundo, permanecer sentado en su asiento tras la ventanilla de la garita y no pensar en nada, y en eso no estaba solo en Kana, porque también al señor Feldmann le gustaba, aunque no lo llamara así, pensar en nada, le comentaba a su esposa que cuando se daba una tarde agradable y él podía instalarse en su sillón de cuero preferido, reclinarse y cerrar los ojos, eso era para él el paraíso, no sucedía nada, sus pensamientos, por así decirlo, se detenían y no iban a ninguna parte, es como tu estado zen, añadió aludiendo al pasatiempo preferido de Brigitte, que ciertamente llevaba años dedicada a la meditación zen y animaba a su marido a seguir sus pasos, pero él se mostraba más bien reacio y se reía de toda esa cosa zen, la consideraba una ocupación que algunos farsantes ya mayores habían inventado para señoras de mediana edad, a cambio de una buena cantidad de dinero para colmo, porque Brigitte había comenzado este asunto en el antiguo edificio de correos, en el que se había instalado un charlatán venido de Hamburgo particularmente enervante a ojos del señor Feldmann, aunque quién sabía exactamente de dónde venía, pues esos tipos mentían como bellacos con el insoportable tono de voz de los hipócritas, y fue lo que hizo, se buscó a las mujeres apropiadas para sus fines, y al cabo de dos semanas Brigitte ya volvía a casa diciendo que había experimentado el satori, el señor Feldmann ni siquiera le preguntó qué diablos era ese satori, se conformó con que durante un tiempo no pudo quitárselo de la cabeza a su mujer, pero tanto daba, él tenía la música, ¿por qué no podía tener entonces Brigitte su satori?, así lo pensó, y no puso ningún obstáculo a que su esposa se sumiera cada vez más en la búsqueda de su satori, para él el satori eran los Beatles, para él los Beatles estaban por encima de todo, lo sabía todo sobre los Beatles, desde su juventud seguía fanáticamente todo y se interesaba por todo cuanto estaba relacionado con los Beatles, oh, George, oh, Ringo, oh, John, suspiraba a menudo cuando tocaba en versión propia alguno de los éxitos de la banda, pero al que más quería era a Paul, lo consideraba el verdadero genio, el único, él y nadie más, porque los otros sin duda eran Beatles, pero musicalmente Paul estaba muy por encima de ellos, lo único que deseaba era componer música y lo hacía a un nivel tan elevado que nunca nadie alcanzó y, en su opinión, nunca nadie alcanzaría, por no mencionar que al señor Feldmann la personalidad de Paul también le parecía sumamente atractiva, no era un rebelde ni se perdió en las grandes confusiones de los años sesenta, tal como lo resumía, realmente consideraba a Paul una persona de verdad simpática que no hacía más que componer y componer música cada vez mejor, y sus arreglos, ¡SUS ARREGLOS!, qué sensibilidad y saber incomparables de la MÚSICA se manifestaba en sus arreglos, eso no se podía imitar, y al llegar a este punto al señor Feldmann le asomaban las lágrimas, y para calmarse siempre tocaba *Blackbird*, y en verano a veces, no por casualidad de hecho, lo hacía con la ventana abierta y esperaba mirando de reojo a que algún viandante, al escucharlo, se detuviera ante la ventana, pero para quién había de abrirla ahora, la situación era tan amarga, y eso que nos encontramos aún en plena primavera, pensaba, y la ventana permanecía cerrada a la espera de tiempos mejores, pero esos tiempos mejores no llegaban, lo percibía también él, lo percibía todo el mundo en Kana, los hábitos cambiaron o, si no lo hicieron del todo, sí bastante, los habitantes iban de otra manera y en otro momento y para otras cosas al centro comercial, a la consulta médica, a la farmacia y al masajista, y muy de otra manera pintó desde luego ese año el célebre Primero de Mayo en el Rosengarten, ayayay, suspiró la señora Uta, una de las primeras en acudir junto a su marido, ¿qué será de este Primero de Mayo?, y miró alrededor viendo los bancos y las mesas casi vacíos, eligió un sitio desde el que podrían ver perfectamente, se sentó y obligó también a su marido a sentarse, diciéndole, ¿qué haces ahí papando moscas?, siéntate ya, a lo cual el otro obedeció, pero no hizo más que volver la cabeza hacia la barra de las cervezas, donde estaban ya dispuestos a servirlas, aunque no había todavía a quién, la señora Uta consideró el sitio más alejado de la barra el adecuado, así pensaba impedir que su marido consiguiera con facilidad y frecuencia su botín, a ver, es el Primero de Mayo, gruñía el marido cuando partía ya en busca de una jarrita, pero la señora Uta enseguida, y de forma inequívoca, lo devolvía a su asiento, tú te quedas, ¿te vas a dar ahora mismo a esa maldita bebida?, aunque después de diez minutos de silencio, durante los cuales escucharon tres números de los Omega por los altavoces, se rindió y soltó la rienda y todavía le gritó mientras se marchaba, ¡sólo una jarrita!, pero dejó que fuera, pues al fin y al cabo era el Primero de Mayo, y para entonces comenzaban ya a aparecer por la boca del paso por debajo de las vías los lugareños que acudían a festejar, al principio sólo alguna familia pequeña con hijos y todo, porque daba mucho la impresión de que no aguantaban con ellos, pero luego comenzaron a presentarse los mayores solitarios, así como los matrimonios, bien acicalados como correspondía, sonaba la música a todo volumen, la terraza comenzaba a llenarse, salía la cerveza de los barriles, se introducían en las cacerolas las primeras *bockwurst*, o sea, en resumen, que se ponía en marcha el movimiento habitual, pero la música aún salía de los altavoces, todavía no se había presentado la llamada Sinfónica Ampliada de Kana en el escenario, aunque nunca es tarde si la dicha es buena, de modo que cuando el reloj del cercano campanario dio las once empezaron a desfilar hacia el tablado los miembros de la orquesta, con hermosos uniformes de color rojo, ocuparon sus sitios, regoldaron la tuba y el trombón y el saxofón, maullaron las primera cuerdas de los violines, y comenzaron a afinar, lo cual provocó un agradable escalofrío al público oyente, tras lo cual concluyeron sus preparativos sobre el escenario y los músicos se mostraron dispuestos a que a la señal del señor Feldmann sonaran los primeros compases, todos los ojos los miraban a ellos, chocaban las jarras, bajaban las primeras *rostbratwurst*, con mostaza Bautz'ner, como no podía ser de otra manera, única y exclusivamente Bautz'ner, pero qué ha sido del buen ambiente, gruñó meneando la cabeza el Encargado, que había llegado solo y soltó la pregunta al aire así sin más, por ver si alguien de las mesas vecinas le respondía, pero aunque estuvieran de acuerdo nadie respondió, así que tras una breve pausa se bebió la mitad de la jarra de cerveza, se enjugó los labios, se acodó en la mesa y esperó a que ocurriera algo, y lo que ocurrió fue *Yesterday*, pues era lo que mejor funcionaba en opinión del señor Feldmann, la orquesta parecía entusiasmada, se hinchaban las venas en las filas de los vientos, y en los rostros de todos se percibía el miedo escénico, pero también en casi todas las caras de quienes los miraban, como si se esperaran unos a otros, a ver si se producía por fin el incomparable ambiente del Primero de Mayo, que durante un buen rato no se produjo, para ello había de consumirse tras la primera jarra también la segunda, pero, claro, con la segunda tampoco se podía parar, ya que precisamente con la segunda empezaba a crearse, desde hacía siglos y no solamente el Primero de Mayo, cierta atmósfera sombría en la comunidad de Kana, los hombres miraban al vacío, aferraban el asa de las jarras apuradas y asentían lentamente con la cabeza, aunque no sabían por qué, simplemente asentían, así que lo único que podía ocurrir era que fueran a buscar una tercera y bebieran un sorbo, y fue como si hubieran barrido los nubarrones sobre la terraza, el primer sorbo de la tercera jarra de alguna manera siempre obraba el milagro, las miradas se despejaban, las conversaciones no discurrían ya a trancas y barrancas, sino que de pronto se animaban, estallaban las risas a la izquierda, luego a la derecha, y al cabo de unos minutos la muchedumbre parecía un enjambre, Hoffmann parecía especialmente alegre, iba y venía entre las mesas y saludaba a todos con una amplia sonrisa, allí donde se presentaba alguna oportunidad para charlar se quedaba hasta que le daban la espalda, que era cuando continuaba su ruta y lo probaba con otros, así transitaba en medio de la ya densa multitud festiva, Feldmann y los suyos en el escenario ya habían pasado a *Blood of My Blood*, pero a decir verdad no se les prestaba mucha atención, y eso que el señor Feldmann había comenzado sus movimientos, sus inimitables acrobacias que siempre ejecutaba en las fiestas del Primero de Mayo cuando el ambiente, a su juicio, se acercaba ya al punto álgido, marcaba el ritmo y comenzaba la pirueta una semínima antes de cualquier cadencia importante estirando la pierna en los últimos compases hacia un lado e inclinando el cuerpo hacia el otro y manteniéndose así hasta la última nota, momento en que con un único y tremendo batutazo concluía la pieza, y en esta ocasión tampoco faltaron los aplausos, y se notaba que el señor Feldmann, por así decirlo, los registraba como un éxito personal, aunque durante los aplausos nunca se olvidaba de señalar a los miembros de la Sinfónica Ampliada de Kana, es más, aplaudía a esta y aquella sección de los músicos, pero se le notaba en la expresión que el éxito, del que no cabía la menor duda, se debía única y exclusivamente a él, y con una profunda reverencia daba las gracias después de cada uno de los números y, en efecto, las muestras de aprobación eran sinceras, si bien el público, enrojecido por las cervezas, festejaba más bien el hecho de hallarse en regiones más elevadas, pues dónde quedaban las preocupaciones, las angustias, era eso lo que expresaban los rostros, para qué estar tristes si tocan tan a gusto sobre el escenario, de modo que los hombres iban en pos de otra jarra, mientras que las mujeres se ponían en la cola en busca de una cerveza en botella y de una salchicha, y cuando la Sinfónica anunció una pausa, y Hoffmann con su singular buen humor entonó entre las mesas la canción *Cuando mamá va temprano al trabajo*, al principio sólo algunas señoras mayores se sumaron con ojos radiantes, pero luego se incorporó más y más gente, o sea que al cabo de un minuto ya tronaba:

Cuando mamá va temprano al trabajo
yo me quedo en casa y allí
me ato el escusalí
y la sala limpio y barro

y a partir de ahí también los varones levantaron las jarras y se agregaron los bajos cantando

Si algo no sé es cocinar
soy para ello muy pequeña
pero el polvo he limpiado con frecuencia
y eso alegrará a mamá

y comenzaron de nuevo, porque no recordaban cómo seguía la letra de esa simpática cancioncilla de los viejos tiempos, y quizá incluso caía bien la repetición, pues había ya algunos, sobre todo Hoffmann, aunque no se quedaban atrás ni Torsten, ni Wagner, ni el Encargado, que inclinados hacia delante golpeaban las mesas con las jarras y al final hasta gritaban, así que no podía haber quejas respecto al ambiente que reinaba y a primera hora de la tarde, en efecto, ya nadie se quejaba, y para entonces la barrera del ferrocarril representaba el único motivo para que la festiva multitud callara de pronto, y eso que la habían oído montones de veces, aunque ahora un tanto somnolientos, miles y miles de veces habían oído el mecanismo que a unos veinte o treinta metros del túnel comenzaba a sonar con su peculiar registro anunciando la llegada de un tren, aunque desde allí abajo, o sea, desde el Rosengarten, lógicamente no se podía ver, sólo oír, pero se sabía lo que ocurriría, se sabía que en medio de grandes chirridos bajaba la barrera y empezaba la espera, y también ellos comenzaban a esperar a que procedente del sur pasara en diagonal frente a ellos, arriba, el tren rumbo a Jena o a Saalfeld, esperaban y esperaban, pasaban los minutos, dos, tres, cinco, y no sucedía nada, la orquesta había dejado de tocar y había bajado del escenario, pero los festejantes continuaban esperando el tren, aunque en vano, pues no pasó ni uno solo, ni del sur ni del norte, y ocurrió lo que siempre ocurría últimamente, que la barrera al cabo de ocho o diez minutos, después de aguardar también ella en vano, se levantó con un chirrido más melancólico quizá que antes y, bueno, así terminó el Primero de Mayo, la gente se levantó con cierta dificultad y poco a poco comenzó a desfilar hacia el túnel para subir por allí, bajo las vías, a la Töpfergasse y volver a casa por la Heimbürgerstraße, a casa, donde los aguardaba el frío, porque en esa época nadie ponía ya la calefacción, sobre todo durante el día, había que ahorrar, no sabían exactamente por qué, pero había que ahorrar, y en última instancia preferían envolverse en mantas y así se tumbaban sobre las camas a descansar, la señora Hopf los observaba desde la ventana, pues ella nunca iba al Rosengarten, jamás, no es para nosotros, decía alzando un poco la cabeza cuando le preguntaban, oiga, ¿ustedes por qué no van?, el ambiente es buenísimo y además es el Primero de Mayo, y a esto último la señora Hopf ni siquiera respondía, se miraban ella y su marido, ellos rechazaban la celebración, les bastaba decirse el uno al otro—cuando llegaba cada año el día de esa fiesta—no es para nosotros, y realmente no era para ellos, iban al teatro a

Jena o a Dresde o a Leipzig mientras eran todavía jóvenes y habrían seguido yendo si ese plan no les resultara ahora demasiado cansado, es más, incluso peligroso, no les gustaba mucho salir, se sentían a gusto en casa, ya ni siquiera iban de compras a Jena, si querían compañía ahí estaban los clientes, sobre todo mientras mantuvieron el restaurante, y ahora les bastaban, ¡y les sobraban!, alzaba la voz la señora Hopf, los escasos e intrépidos viajeros que se alojaban en el Garni, y además venía a veces la familia, no necesitaban ellos nada más, el señor Hopf se instalaba después de comer en la mecedora bien surtida de cómodos cojines y dormitaba durante una o dos horitas, y la señora Hopf, después de lavar los platos, se sentaba a su lado en el sillón y hojeaba BARBARA, su revista preferida, porque BARBARA estaba hecha a medida para su edad y, por otra parte, ella se consideraba una mujer moderna, y BARBARA le transmitía exactamente esto, sí, se lo transmitía, porque en el curso de los años se convirtió casi en una de sus mejores amigas, ya no tenía que viajar aquí o allá, ella viajaba con BARBARA a todas partes, a menudo releía algún artículo y si llegaba a aburrirse todavía le quedaban las imágenes, las imágenes de BARBARA son excelentes, explicaba a su marido cuando él le preguntaba si no quería pasarse a otra revista, mira esta foto, le respondía señalándole una, y su marido asentía con la cabeza y durante un tiempo dejaba de proponerle un cambio de publicación, y de hecho BARBARA se hallaba, además, en varios hogares y ejercía considerable influencia, pero una abonada tan fiel como la señora Hopf no se encontraba en ninguna parte, bien era cierto que la señora Feldmann intentó una que otra vez convencer a la señora Ringer de que se abonara, aunque ella prefería no hacerlo, porque no, pero en alguna ocasión sí compraba la revista en el centro comercial y en ese momento la estaba hojeando, realmente sólo hojeando, pues no podía concentrarse de verdad, ya que la situación en su casa había empeorado considerablemente, el estado de su marido, a pesar de algunas esperanzas anteriores, comenzó en efecto a agravarse de forma del todo inesperada, en vano volvió a una dieta estricta, en vano le contaba que había terminado alguna de las fases de la gran renovación de la casa, porque de eso se trataba, pues no sólo significaba pintar las paredes y poner orden, sino una auténtica renovación, la vivienda se aclaraba por dentro cuando fuera reinaba todavía la oscuridad, pero a él ya ni siquiera la primavera le decía nada, la señora Ringer intentó en algún momento reintroducir de contrabando, por así decirlo, su vieja pasión, las excursiones de fin de semana, mas sin éxito, Ringer se limitaba a negar con la cabeza, hoy no, decía nada más, como si con ese rechazo breve y concluyente deseara comunicar a su esposa que no les convenía volver adonde el lobo atacaba al hombre, y eso que llevaban tiempo sin noticias de lobos en los alrededores, muy de vez en cuando el canal MDR informaba de avistamientos de alguna manada más al sur, entre Coburg y las Montañas de Pizarra de Turingia, de lo cual se deducía que con toda probabilidad ya no regresarían, pues, tal como señalaba una comunicación de la NABU, Kana y sus inmediaciones sin duda habían dejado de pertenecer al círculo de interés de los lobos, así, de esa manera tan divertida, lo formulaban para seguir tranquilizando a los lugareños, pero en vano, pues a partir de ese momento los ciudadanos de Kana se pusieron más nerviosos aún, ellos, aunque todo el mundo se alegraba de poder volver a dormir y de no despertarse sobresaltado al menor ruido procedente del exterior en la gran noche de Kana, no querían saber nada de la NABU, porque esa gente, con el tal Tamás Ramsthaler a la cabeza, no hacía más que aumentar la inquietud mientras andaba por ahí y procuraba tranquilizar los ánimos, pero al final el llamado alcalde, a quien antes nadie tomaba en serio porque no desempeñaba papel alguno en Kana, les pidió que no volvieran, y a partir de entonces ya no volvieron, Tamás Ramsthaler se ofendió y se limitó a enviar una vez al mes informaciones en un comunicado con el título de «Carta abierta a los ciudadanos de Kana» en su propia página web, que nadie leía, y así se cerró al menos ese pequeño capítulo de los horrores, pues nadie negaba que aquel ataque del lobo palideció, convertido en un mero episodio, en comparación con los horrores que vinieron a continuación, eso sí, sobre todo en Ringer y en su esposa quedó aún el terrible recuerdo de aquel momento, pero las heridas se curaron, en la cara de la señora Ringer no quedaba casi huella alguna de lo sucedido, oye, que en tu cara no se ve ya casi nada, le dijo la señora Feldmann cuando se reunieron para su habitual café con pastitas fuese en casa de los Feldmann o en el café Herbst, y la señora Ringer, turbada, se sonrió con cierta vergüenza y aferró de forma involuntaria el pañuelo de seda que le cubría el cuello, porque ella sí percibía aún, y mucho, las heridas y sabía que para ella jamás desaparecerían, que fue lo que ocurrió también, a grandes rasgos, con aquellos terribles hechos, y los ciudadanos de Kana al principio se dieron prisa con el proceso del olvido, pues ¿cómo convivir con algo así?, preguntó una noche el Encargado al portero, lo normal es dar carpetazo al asunto, porque, mira, así como nos asustaron con lo de la pandemia en su día, la vida volverá a su cauce normal, pero lo cierto fue que no volvió, lo sospechaba incluso el Encargado, sobre todo porque algunas cosas, como lo formuló ante Pförtner, todavía no se han aclarado, pensándolo bien, no se ha esclarecido nada, continuó con amargura, porque ¿sabemos quién hizo explotar la gasolinera ARAL y con ella a la pobre Nadir y a Rosauro?, no lo sabemos, ¿y sabemos quién mató a los nazis?, no lo sabemos, y para mencionar un asunto que me concierne más de cerca, ¿sabemos dónde está Florian?, tampoco lo sé, extendió los brazos y miró alrededor con expresión acusadora en la garita del portero de la fábrica de porcelana, todo el universo es un misterio, negó con la cabeza, decepcionado, como quien no creía en los misterios, pues sólo creía en el trabajo organizado, riguroso y concentrado de las autoridades, y en este caso, concluyó, simplemente no podemos ni podremos hablar de nada parecido, es un desastre, mi querido Pförtner, un absoluto desastre toda la investigación y lo relacionado con ella, en vano voy escribiendo mis solicitudes con información detallada sobre Florian, para que lo sepan todo de él, pero nada, no dan palotada, lo cual no era del todo cierto, pues la unidad de investigación de Érfurt sí se estaba ocupando del caso y, en particular, de la desaparición de Florian, y quién podía saberlo mejor que el Encargado, pues habían acudido dos veces ya al rascacielos, y fue él quien los condujo hasta el piso de Florian y les abrió la puerta con la llave de seguridad, fue él quien tuvo que esperarse fuera sin poder saber lo que hacían allí dentro, pero luego salieron al corredor y no le dijeron nada, lo cual dolió al Encargado, pues a él como Encargado podrían haberle dicho algo oficialmente, ya que tanto contribuía a su labor, pero no dijeron ni pío, sólo le indicaron que ya podía cerrar, y después volvieron a presentarse otro día y todo transcurrió de la misma manera, así que el Encargado no se enteró en absoluto de que en la segunda ocasión habían regresado con la esperanza de encontrar en el suelo algo más que el teléfono móvil pisoteado de cuya memoria, gracias al extraordinario trabajo del laboratorio especializado de Érfurt, habían logrado extraer los datos, incluidos dos vídeos, y una vez concluido el análisis se decretó la busca y captura de Florian Herscht, se consiguió a través del *job center* de Jena una fotografía suya bastante reciente y se difundió por todo el país, pues sospechaban que el buscado no se hallaba en Turingia, sino que se escondía en otra región, o sea que reinaba cierta excitación en Érfurt por el hecho de que por fin tenían algo palpable, estaban casi seguros de que el tal Herscht sujetó la cámara y estaba, por tanto, hasta el cuello de mierda, de modo que ahora ya sólo hacía falta hallar una pista, pero no encontraron ninguna, lo cual no era de extrañar, pues en los últimos meses Florian no sólo parecía un depredador, sino que había cobrado un aspecto que no semejaba en absoluto al que los investigadores veían en la fotografía, porque realmente había cambiado profundamente, en lugar de la gorra «Castro» que había perdido en algún sitio llevaba un *ushanka*, un gorro con orejeras que había robado y del que asomaban mechones de pelo, también la barba se había asilvestrado, los ojos se habían enrojecido, la cara estaba cubierta de cicatrices y rascadas, había reunido una cantidad ingente de ropa que llevaba el día entero encima del overol, todo tan desastrado y hediondo que los indigentes lo ahuyentaban las pocas veces en que se disponía a pasar la noche en alguna ciudad, porque los indigentes solían llevar ropa relativamente buena, es más, en ocasiones incluso superfina, pues de las organizaciones que se ocupaban de ellos recibían abrigos, pantalones, jerséis, camisas y zapatos de una calidad como mínimo satisfactoria, Florian, en cambio, lo tenía todo en un estado lamentable y ni idea de dónde se hallaban esos lugares en que se repartía la ropa y, además, ir allí no podía, en su caso era imposible, se mantenía alejado de toda esa clase de organismos y, en general, de cuanto lo habría obligado a verse frente a aquellos para quienes desde el mes de mayo se había convertido sin la menor duda en el enemigo, porque era evidente que había transgredido todas las leyes imaginables, que era un asesino, que vivía en la clandestinidad y que ni siquiera había concluido su tarea, de modo que no sólo se trataba de que había cambiado su aspecto externo, sino que tampoco su interior era como lo habían conocido los ciudadanos de Kana, ya no era el muchacho manso y vergonzoso, no era el muchacho desorientado en los asuntos de la vida cotidiana, no era el bobo inexperto, sino alguien peligroso como una mina antipersona, es decir, que aunque su cerebro se detuvo cuando comenzó ese nuevo capítulo de su historia y no volvió a ponerse en marcha, de lo más profundo de su ser emergió otro ser al que ya difícilmente habría reconocido nadie, y ese ser pernoctaba ahora precisamente en Eisenach, pues debido a una imagen que se le presentaba de forma regular desde hacía unos días necesitaba ver de nuevo los alrededores de la casa de Bach, había allí algo junto a lo cual había pasado una y otra vez pero había quedado en un punto ciego de su memoria, no sabía lo que era, debía volver para examinar el lugar, y volvió, y también en esta ocasión los dos bancos de la plaza llamada Frauenplan, que se abría desde la plazuela con la estatua de Bach delante de la puerta del edificio, estaban ocupados como siempre por dos indigentes, pero él no dejó que lo ahuyentaran aunque lo intentaron, cogió a uno de ellos por los hombros y lo apartó violentamente, tras lo cual el otro se marchó, dejaron que hiciera lo que quisiera, se quedaron a cierta distancia y lo observaron, pero no sacaron mucho en limpio, porque no acababan de entender por qué el tío ese examinaba el muro a ambos lados de la entrada del museo, lo acariciaba, y después lo frotaba más y más fuerte, como si quisiera quitarle el revoque, vaya imbécil, dijo el uno al otro, y estuvieron ambos de acuerdo, así que regresaron con cautela a sus bancos, se acomodaron los abrigos, se tumbaron de costado y siguieron durmiendo, mientras Florian continuaba examinando el muro a los dos lados de la entrada del museo, hasta que lo dejó y subió hacia la plaza, pasó entre los bancos de los dos indigentes y se dirigió a la Domstraße, donde miró a la derecha, miró a la izquierda, pero no vio a nadie, pues era noche cerrada, debían de ser, aunque no lo sabía exactamente, entre las dos y las tres de la madrugada, volvió a mirar a la derecha y entonces comprendió por qué tuvo que ir allí, comprendió qué lo había guiado de vuelta a ese lugar, porque reconoció que a unos veinte metros del punto en que estaba parado mirando alrededor había un gran contenedor de basura, eso era, eso era lo que buscaba, porque cuando fue allí con el Jefe, sólo echaron un vistazo a la Domstraße, no hicieron más que pasar por delante de ese contenedor, pues no buscaban algo, sino a alguien, esto es, no investigaron, y eso que deberían haberlo hecho, y es lo que hizo en esta ocasión, se acercó al contenedor y cuando se disponía a abrir la tapa, ésta de pronto saltó, le dio en el mentón, por lo cual se tambaleó por un momento, pero sólo un poco, de modo que consiguió sacar al personaje que se ocultaba dentro, un muchacho de unos quince o dieciséis años, le torció la muñeca, lo aplastó contra el suelo, le arrancó el bolso del que salieron varios espráis de pintura, tres colores, y recordó entonces perfectamente que el grafitero había utilizado esos mismos colores en su momento, volvió a meter las pinturas en el bolso, lo tiró todo al suelo y con unos pocos movimientos lo pisoteó hasta que el bolso se desgarró y los espráis estallaron con un estampido y las pinturas se esparcieron por el pavimento, el muchacho creyó poder aprovechar ese instante para huir, pero se equivocó, sólo pudo arrancarle a Florian el auricular del oído, aunque no zafarse, porque Florian lo sujetaba con tal fuerza por el cuello que no tenía ninguna posibilidad, y lo comprendió, y al principio apenas logró musitar, ahora se lo explico, a lo que Florian le respondió, no me interesa, pero el muchacho lo miró con una expresión de sumo enfado en los ojos e insistió, gimiendo le dijo que realmente se lo iba a explicar, y Florian aflojó ligeramente la presión y le preguntó si actuaba solo, a lo que el otro asintió en la medida en que podía asentir en esa situación, y entonces Florian lo acercó, clavó la mirada en esos ojos que chisporroteaban de rabia y le preguntó, ¿tú quién eres?, y el otro aguantó su mirada y dijo con un gemido..., la escuela..., no, en la NABU..., esto y aquello, pero..., y se quedó sin voz, Florian tuvo que soltarlo un poco, pues al muchacho le costaba respirar y luego, tras tomar aire desesperado, aseguró que le explicaría la situación siempre y cuando Florian no contara nada a los maderos, y entonces comenzó a relatar que había abandonado la escuela y había trabajado como voluntario, pero no estaba de acuerdo con cómo trataba la NABU a los lobos, porque decían quererlos y no los querían, para ellos sólo eran unos putos datos y únicamente estaban interesados en la puñetera pasta, en las subvenciones, en el dinero de la administración regional, en las convocatorias, pero Florian entonces lo sacudió, en vano, porque el otro ya no le tenía miedo, su ser entero ardía de odio, de modo que a la pregunta de qué tenía que ver todo eso con Bach, al principio no supo dar una respuesta comprensible, pues a cada palabra se ponía a toser, y Florian soltó entonces del todo su cuello y lo sujetó solamente por la chaqueta, el muchacho acabó de toser y con la mirada nublada por la ira le espetó, ¿cómo que Bach?, ¿cómo carajo iba a saberlo?, él sólo hacía lo que le encargaban, esto lo dijo en un susurro, con la cara desfigurada, a lo que Florian le preguntó, ¿y quién te lo encargaba?, y él, ¿cómo mierda iba yo a saber quiénes eran?, me llamaban, me daban el lugar, y yo llevaba a cabo el trabajo, aunque sólo a medias, porque ellos querían que pusiera NOSOTROS VOLVEREMOS, pero él únicamente ponía NOSOTROS, pues había de agregar su sello personal, la CABEZA DE LOBO, sin eso no asumía el encargo, así que para VOLVEREMOS no le quedaba tiempo, y se pusieron de acuerdo, ¿me entiende?, ¿y por cuánto?, cada pintada por un billete de cincuenta, ¿y por qué tú?, ésa fue la última pregunta, y la respuesta fue porque soy el mejor, con lo cual se acabó la conversación, a partir de ese momento el muchacho no hizo más que negar con la cabeza desesperadamente, como alguien a quien ya todo le daba lo mismo, que dejaba que sucediera lo que sucediera, aunque no contaba con que el otro tío lo levantara y se lo quedara mirando largo rato a los ojos, como queriendo averiguar si decía la verdad, porque no se le pasó por la cabeza que Florian se estaba preguntando en realidad cómo podía darse tal casualidad, por qué se lo había encontrado precisamente entonces, por qué el muchacho se disponía a intentarlo de nuevo precisamente entonces y por qué se le había ocurrido a él, a Florian, venir precisamente esa noche, abrir la tapa del contenedor, ¡qué casualidad era ésa!, ¿qué probabilidad había de que tal cosa sucediera?, esas casualidades sólo se daban en las novelas, pero esto no era una novela, pensó clavando la vista en la mirada que brillaba audaz, orgullosa, hostil, aguantando la suya, como si ya sólo quisiera que el otro se enterara de que no lo temía, porque realmente le daba lo mismo, porque por él el mundo podía venirse abajo, él había saldado ya las cuentas con el mundo y no quería ya nada de este puto mundo, aunque no era del todo así, pues había algo que sí quería, y mucho, ya que cuando lo soltó de nuevo y volvió a posar los pies en el suelo lo dijo por segunda vez, oye, mecagüenlaleche, no me denuncies a los maderos, y como Florian no reaccionó, añadió... el que me encargaba la faena era buena persona, no quería profanar nada, sino precisamente lo contrario, porque había conseguido saber que todo se hacía por admiración a Bach y también, supuestamente, por un objetivo más elevado que él nunca llegó a comprender y, de hecho, no le competía, pero Florian continuó sin darle respuesta, lo único que hizo fue meterle la cabeza en el charco de pintura, levantarlo, meterlo de vuelta en el contenedor y cerrar la tapa, eso fue lo que ocurrió, y si bien no entendió del todo los disparates que había dicho el muchacho, no deseaba hacerle daño, así que volvió a ponerse el auricular en el oído, dejó atrás el contenedor y con pasos sigilosos enfiló por la Domstraße y se marchó de la ciudad rodeando la colina por la iglesia de la Cruz hasta que se le perdió la pista, y cuando uno de los dos indigentes, el que poseía un teléfono móvil, llamó a la policía, ya no se encontró al muchacho en el contenedor, de modo que el agente que se presentó no dio mucho crédito a las confusas palabras de los indigentes, y eso que lo tiró allí dentro como un saco, explicaron interrumpiéndose el uno al otro y ofreciendo versiones a menudo contradictorias, así que el policía cesó de tomarles declaración al cabo de un rato, cerró el cuaderno, les hizo un gesto de desprecio con la mano, se sentó furioso en el coche y los dejó plantados, aunque de todos modos le quedaron sendas descripciones de los presuntos alborotadores que según los testigos se habían peleado, de tal manera que uno de ellos acabó tirando al otro al contenedor, pero, claro, no se halló en realidad ninguna huella útil, salvo los frascos de pintura con gas a presión en el suelo, ni se vio ningún sentido en todo ello, no se había cometido delito alguno, de modo que el policía, al regresar a la comisaría de Jena, al principio ni siquiera quiso entregar las dos descripciones al agente de servicio, según las cuales uno de ellos parecía un animal, un depredador, con una fuerza sobrehumana, y no hablaba, sino que gruñía, y antes de actuar contra el otro examinó por algún motivo inescrutable el muro de la casa de Bach, sí, y además, añadió uno de los testigos, llevaba una mochila y un auricular en un oído, claro, y el otro era prácticamente un niño, llevaba una chaqueta con capucha, un muchachito delgaducho, dijo el otro indigente, y mostró lo delgadito que era, el policía realmente estuvo a punto de tirar sus apuntes, pero se lo pensó, arrancó las hojas respectivas de su cuaderno y las puso sobre la mesa del agente de servicio para que las pasara a máquina y quedara algún registro de dónde había estado y qué había hecho en Eisenach, y suerte que no se desprendió de esas hojas, suerte que el agente de servicio las pasó a máquina, porque resultó ser la primera pista más o menos utilizable, pues la declaración fue a parar a Érfurt, y uno de los hombres de allí reflexionó sobre el asunto y se presentó ante su superior diciendo que a su juicio existía una relación entre este caso y los daños materiales provocados por uno o varios grafiteros en Eisenach y en otros escenarios de Turingia, de modo que en Érfurt no resultó difícil llegar a la conclusión de que era preciso estudiar con más detenimiento aquellos hechos del pasado, que fue lo que se hizo, y de los datos extraídos ya no se podía tirar del hilo, pues se descubrió al cabo de unos instantes que la única persona digna de consideración entre los personajes relacionados con el asunto había sido asesinada, esto es, observó el jefe del grupo de homicidios de la policía de Érfurt, ejecutada o, para ser más exactos, que era lo que él quería, matada con un solo y certero golpe, y ese único y certero golpe los condujo a otro caso, concretamente uno de Kana, pues exactamente así, aunque recurriendo a un objeto contundente para asestar los golpes, se acabó allí con otras dos víctimas, pues sí, entonces ya se olieron algo, pero al mismo tiempo también Florian pareció notar algo, pues se volvió más cauteloso si cabía, de hecho desde su tiempo en la caverna no solía acercarse a menudo a lugares habitados, y ahora ya no se acercaba en absoluto, a lo sumo buscaba un poco de comida en algún huerto situado junto a la trasera de las casas, y le costaba encontrar agua para beber, ya que apenas funcionaban las fuentes en las plazas, así que había de aguzar el ingenio, lo más seguro se antojaba observar cuándo llegaba el transporte a la tienda de alguna aldea y aproximare entonces con sigilo a la furgoneta y robar una o dos cajas de agua o atacar al transportista por la espalda para no ser identificado, lo ponía momentáneamente fuera de combate y robaba una o dos cajas, aunque era complicado y corría cierto riesgo, por mucho que fuera muy capaz de elegir el momento idóneo, pero cuando resolvía con éxito una de esas acciones se quedaba tranquilo durante un tiempo, buscaba sitios adecuados en bosques o en laderas bien cubiertas de vegetación y podía concentrarse mejor en lo que escuchaba, ya que desde que encontró su refugio invernal y salía a buscar alimento cada día o cada dos, renunció a cargar su portátil, sabía que con la ropa harapienta, la cabellera hirsuta, los ojos enrojecidos y desasosegados, con el aspecto que le había dado la huida no podía entrar sin llamar la atención en ningún bar ni lugar público, ni siquiera en una estación, de modo que no cargaba la batería, pero no se quitaba el auricular del oído, pues quedó claro que ya no sólo recordaba la música como antes, sino que la escuchaba con claridad, la escuchaba incluso cuando el auricular callaba, el motivo de lo cual era sin duda que tras cerrar el asunto del Jefe la música no cesó de sonar, y lo impregnó tanto, el escuchar sonidos se convirtió en algo tan natural como respirar, así que ya no era necesario que viniera del portátil, sonaba aunque el ordenador estuviera apagado, de modo que incluso en invierno y también en los bosques o en las laderas bien cubiertas de vegetación en las horas de calma, o también al despertar durante la noche, podía concentrarse en la música, porque su cerebro volvía a funcionar, aunque con dificultad, y su cerebro llegó a la conclusión de que la física de las partículas elementales no daba ni, probablemente, podía dar una respuesta tranquilizadora a aquello que en su día había surgido en él en relación con el terrible peligro que acechaba al universo y sobre el que no había logrado llamar la atención del gobierno federal y muy en particular de la canciller federal Angela Merkel, no la daba ni podía darla aunque no sabía por qué, pero en invierno, en ese retiro casi absoluto, tuvo tiempo para reflexionar y llegó a la conclusión de que, si bien no conseguía resolver la cuestión, sí podía deducir que esa física de las partículas elementales o no era capaz de dar una respuesta o nunca estaría en condiciones de darla, por la simple razón de que ella misma se ponía los obstáculos, concretamente unos obstáculos que no podría superar nunca jamás, pues esos impedimentos venían dados por el sistema de la lógica humana y allí el pensamiento se enredaba en sí mismo, por así decirlo, y consumía de tal modo su propia fuerza libre que entonces ya sólo se limitaba a buscar una salida, siempre una salida y otra y otra de la siguiente y de la subsiguiente trampa que ella misma se había construido precisamente por el hecho de proceder según la lógica científica, porque no podía actuar de otra manera, de modo que en ese momento, a principios de mayo, pues sabía que era mayo por los palos altos adornados con cintas y flores que veía por todas partes, o sea, que en ese momento en que su cerebro ya fue capaz de funcionar de nuevo retrocedió hacia un razonamiento anterior, no, no era un razonamiento, sino más bien una sensación de que debía dar un paso atrás, volver concretamente a Bach, ya tenía una idea inicial al respecto, sobre lo que encontraba por ese camino e incluso lo había compartido con la señora Merkel en su día, pero ahora, en el mes de mayo, se aproximó desde otro lado, y la música que no cesaba de sonar en su cerebro, esa presencia continua de Bach en su mente le sugería que Bach era para él más bien un estado personal o, mejor dicho, que ya no escuchaba a Bach, sino que estaba dentro de Bach cuando en ese cerebro ya no podía distinguir entre sí mismo y aquello que no paraba de escuchar, de ahí que no necesitara poner en realidad la *Pasión según san Mateo* o los temas corales, ya que la *Pasión según san Mateo* o los temas corales sonaban sin más, todas las obras que alguna vez se descargó y escuchó ya no dejaron de sonar, no importaba que no las pusiera, permanecía tumbado en la placidez de mayo entre los arbustos de una mullida ladera o bien oculto del mundo en las profundidades de un bosque y repasaba la *Pasión según san Mateo* o los corales y el *Clave bien temperado* y las *Variaciones Goldberg* y las sonatas y las suites y las partitas y las cantatas y etcétera etcétera y pensaba que para el juicio final el remedio no residiría quizá en la ciencia ni en la política basada en la ciencia, sino única y exclusivamente en Johann Sebastian Bach, que el camino a Bach pasaba por la estructura de sus obras, y esas estructuras eran perfectas, y si las estructuras eran perfectas lo eran también los temas basados en ellas, y si los temas eran perfectos lo eran también las armonías que hacían aparecer esos temas y si las armonías eran perfectas entonces también lo era cada nota, o sea que Florian, en esos instantes o minutos y a veces horas de tranquilidad, llegó en última instancia a la conclusión de que en Johann Sebastian Bach NO HABÍA MÁCULA, pues sí, eso era lo que se podía contraponer al peligro que parecía inevitable, al arte de Bach simplemente era ajeno a TODA MÁCULA, Bach había creado ese arte y no había nada que pudiera destruirlo, contrariamente a lo que le ocurría al universo, y en Bach no cabía el azar, pero no en los preliminares de su creación, sino desde el momento de su creación, no existía y no existía el azar ni existiría jamás, a partir de allí no surgiría nada casual, no se produciría ningún cambio, porque Bach era una ESTRUCTURA ESTABLE y permanecería eternamente, era como el ideal, como un cristal salido de un cuento, como la superficie de una gota de agua, de una estabilidad indescifrable, de una perfección indescifrable, y por supuesto se lo podía describir, pero no aferrar, porque su esencia elude el movimiento del intelecto que trata de captarla, pues hay cosas de las que no somos capaces, pensó el cerebro de Florian, lo cual es natural, pese a lo cual para poder decir que comprendemos por qué la perfección no tiene una esencia debemos decir que la perfección simplemente existe, pero si carece de esencia lo único que nos queda es el asombro, pensó el cerebro de Florian, y entonces sus músculos volvieron a asumir el mando, salió de las profundidades del bosque o de entre los arbustos de las mullidas laderas y regresó a Kana, y ya no se movió de allí, esperó, y lo mismo hizo Karin, no podía ir a la Margarethenstraße, es más, ni siquiera podía mostrarse mucho en esa zona, de modo que prefirió elegir el hostal de Ilona, que no se hallaba en el municipio de Kana, sino a unos pocos kilómetros hacia el noroeste, lo cual le permitía circular también a pie, y así fue, los dueños no le supusieron problema alguno, le bastaron dos disparos para liquidarlos, y los enterró no lejos de la casa, aunque fuera de la aldea, y al día siguiente se dirigió caminando a Kana para que cuando cayera la tarde pudiera ocupar su sitio en el puesto de vigilancia, el cual, por cierto, fue cambiando, pues durante un tiempo se concentró en el edificio del gimnasio, pero luego decidió observar desde la gasolinera abandonada la pequeña zona verde delante del rascacielos, podía retirar perfectamente y devolver intactos los tablones que cegaban una ventana y podía pasar así bien protegida las horas nocturnas y no perder de vista el rascacielos, la desembocadura de la Ernst-Thälmann-Straße, el aparcamiento delante del Baumarkt e incluso el estrecho sendero en las proximidades de la antigua casa del Jefe que discurría por debajo de las vías rumbo al Ölwiesenweg, pero pasaba también horas en el Castillo, clausurado y precintado por la policía, en el cual era para ella pan comido entrar sin dañar el precinto, porque desde allí, desde la última planta que ellos apenas habían utilizado, le resultaba bastante fácil vigilar la Jenaische Straße y las dos calles paralelas que llevaban al ayuntamiento en el casco antiguo, y tenía también un puesto de vigilancia en el solar contiguo al Instituto de Bachillerato Lichtenberg, desde donde podía ver quién entraba y salía del café Herbst, pero Florian ni entraba ni salía, pues no iba ya a ninguna parte, había encontrado el sitio adecuado justo frente al Castillo, en el campanario de la iglesia de Santa Margarita, ya que sólo desde allí podía contemplar de forma nítida y sin ser molestado lo que por las noches ocurría frente al Castillo, podía observar de forma nítida y sin ser molestado quién entraba y quién salía, pero en la única ocasión en que pudo asestar el golpe Karin se movió a tal velocidad que no tuvo él ninguna posibilidad de bajar a tiempo de la torre y abalanzarse sobre ella, y a esto se sumó además que, al descender, oyó un ruido procedente de la zona del altar y se detuvo por un instante al pie de las escaleras, aguzó el oído y sólo escuchó el silencio de la iglesia, no tuvo ninguna posibilidad y para colmo no le costó llegar a la conclusión de que Karin había permanecido desde quién sabía cuándo, pero desde hacía mucho tiempo, en el edificio y lo abandonaba en ese preciso momento, de modo que el asunto no comenzaba con buen pie, si bien tampoco le sorprendió mucho que fuera difícil, pues sabía que lo sería, Karin lo quería cazar, y Karin era una muy buena cazadora, lo había demostrado en Suhl y en los alrededores del gimnasio y lo demostraba también ahora, o sea que era evidente que mientras él buscaba a Karin, ella lo buscaba a él, o, dicho de otro modo, que Karin sabía que ella sería la siguiente persona, es más, la última que debía pagar y, es más, era asimismo evidente que Florian era para Karin un auténtico enemigo, así como a él no le costó darse cuenta de que Karin lo sabía todo y por eso deseaba adelantarse a él, con esta idea y con tristeza volvió sobre sus pasos por la estrecha escalera que llevaba a lo alto del campanario, y aunque no sabía por qué lo había inundado tal tristeza, lo cierto era que antes también le ocurría y ni entonces ni ahora era capaz de manejarlo, quizá porque se trataba del único sentimiento que le venía desde que abandonara su antigua forma de vida y no estaba preparado para aceptar el hecho de abrigar en su interior un sentimiento, el que fuese, no contaba con ello, pero en todo caso, cuando a veces lo sorprendía, no podía oponerle nada, había de dejar que ocupara todos y cada uno de sus poros, se hallaba impotente ante esa tristeza peculiar, fría y metálica, y así seguía, también en esta ocasión en que se sentó sobre una viga junto a la campana en la torre, se inclinó hacia delante acodándose en las rodillas y esperó a que pasara y su cerebro volviera a aclararse y tornaran las fuerzas a sus músculos, de ahí que no prestara atención cuando el mecanismo que ponía en marcha la campana comenzó a traquetear señalando que pronto comenzaría a sonar, por lo cual no reaccionó como solía desde que se introdujo en el lugar, es decir, en vez de descender rápidamente una planta más abajo y resguardarse en una concavidad, en esta ocasión el primer toque de la campana lo alcanzó de lleno, tan potente, tan terriblemente sonoro, que casi lo tumbó, cayó de rodillas, se tiró al suelo y se alejó del instrumento, se tapó los oídos, en vano, pero antes de que lo alcanzara la segunda campanada, tuvo la presencia de ánimo suficiente para rodar hacia un lado y bajar así a trancas y barrancas los escalones que golpearon su cuerpo a diestro y siniestro mientras él rodaba hacia abajo y luego, con las manos pegadas a las orejas, logró ponerse en pie y, golpeándose contra las paredes, fue a parar a la nave central de la iglesia, todo le zumbaba en su interior, todo le dolía, la cabeza estaba a punto de estallarle y se sentía muy mareado, tardó en volver más o menos en sí, y por fortuna no era una persona la que antes había producido aquel ruido en las inmediaciones del altar, sino una rata que había entrado procedente de la ribera del Saale, una inocente rata, se sentó Florian en el banco más cercano y agarrándose la cabeza con las manos se quedó mirando cómo el robusto animal trataba de arrancar la sabanilla de encajes que protegía el pesado mantel sobre el altar y con ella un trozo de pan que escandalosamente había quedado allí, se quedó mirando a la rata y vio que lo conseguía y se abalanzaba sobre el pan a pesar de que sólo lo logró tirando con la sabanilla cuanto había encima, la cruz, la Biblia abierta con atril y todo, los dos candelabros y el florero, pero a la rata no le importó quedar cubierta, se hizo con el pan debajo de la tela blanca de encajes y salió de allí mientras no paraba de comer, masticaba y masticaba el pan y no le interesaba nada más, de vez en cuando volvía la cabeza hacia un lado y hacia el otro, aunque a ojos vistas sólo le importaba devorar la comida, no le importaba ni siquiera Florian, aunque él, a despecho de su intenso mareo, era muy consciente de que la rata se había percatado de su presencia pero no le importaba, así como a Florian tampoco le importaba qué se zampaba ni cómo, ya tenía él bastante con luchar contra el mareo y las ganas de vomitar, lo cual no era nada fácil, incluso tuvo que echarse sobre el banco y permanecer así, pues el primer toque de la campana siguió un buen rato zumbando en su interior, la rata casi había acabado, recogió las últimas migas con esa boquita pequeña en comparación con las dimensiones de su cuerpo y volviendo la cabeza hacia un lado y hacia el otro eligió una dirección y la tomó corriendo a toda velocidad con sus patitas, mientras Florian continuaba tumbado, hasta que comenzó a percibir algo de fuerza, la suficiente para largarse, pues no podía esperar a que debido al ruido causado por la rata alguien, el encargado de velar por la iglesia, entrara para ver si se había producido algún desperfecto, así que antes de que esto sucediera, antes de sentirse realmente bien, salió tambaleándose por la puerta lateral que previamente había forzado, y no fue una mala idea, porque el aire fresco de la noche le ayudó, el malestar disminuyó de manera significativa al cabo de unos minutos, y aunque no se atrevió a sentarse en la repisa en el ábside de la iglesia, sí al lado, y allí permaneció, un tanto resguardado del viento fuerte y frío, frío a pesar de que era mayo, pues en la región de Kana y sus alrededores las montañas hacían todavía gélidas las mañanas y las noches, y para colmo era luna llena, con el cielo tan despejado que no se veía ni una sola nube en lo alto, así que quien deseara circular por las calles sin ser visto había de pensárselo dos veces, había de darle muchas vueltas antes de elegir el modo de moverse, Karin, por ejemplo, no se apartó de su puesto de vigilancia, por temor a que cualquier paso supusiera exponerse a la atención de Florian, pues también ella sabía ya que el plan de obligarlo, mediante su presencia, a aparecer no podía llevarse a cabo, ya que el otro poseía un talento que no era moco de pavo, quién sabía de dónde le venía, pues era bastante sorprendente que todo esto sucediera con Florian, que siempre se había mostrado como un tarugo, aunque había de confesar que, lanzando una mirada retrospectiva, era muy posible que ese personaje bruto que era además una mole algún día sacaría a relucir al Guerrero, como lo formuló ella para sus adentros, de modo que continuó actuando con suma cautela, pensó que lo más correcto era vigilar por el momento, observar por dónde se movía Florian, si es que se movía por la ciudad, y que solamente lo atacaría cuando conociera con exactitud sus rutas, pero, claro, Florian no seguía ninguna ruta, cambiaba de sitio de forma completamente imprevisible, más cauteloso aún que Karin, al menos lo demostraba el hecho de que pasara varios días sin aparecer mientras ella se escondía en el desván de un edificio abandonado en la Jenaische Straße, que antaño también había utilizado a menudo y en el que ahora se ocultó, porque desde allí podía seguir en buena parte los movimientos en algunos lugares del casco antiguo, incluso si alguien se dejaba ver en el centro comercial o en las inmediaciones de la estación de ferrocarril, pero no detectó ni una sola huella que indicara que Florian continuaba en la ciudad, hasta llegó a plantearse la posibilidad de que hubiera cambiado de estrategia y se hubiera instalado en algún punto de los alrededores porque también se mantenía a la espera, y ésa era la única explicación de que ella se mostrara algo más imprudente cuando un día salió al amanecer, se dirigió a la parte de atrás del centro comercial y como había olvidado llevar comida cogió algunos productos de las furgonetas que habían llegado y se dispuso a abandonar el lugar caminando rumbo a las vías del tren, más imprudente, lo cual significó que no prestó la atención debida, y a ello se debió que sólo se diera cuenta y se apartara en el último momento cuando aquella bestia asquerosa que en alguna ocasión ya la había atacado volvió a aparecer de forma del todo inesperada en lo alto, se abatió sobre ella y casi le clavó de nuevo las garras en la cabeza, y Karin sabía que era esto lo que quería, se apartó de un salto, y esta vez la sorpresa no la heló del todo, así que sacó la pistola del bolsillo, le quitó el seguro y disparó, y no acertó a la primera, aunque sí a la segunda, pero el águila sólo se estremeció en el aire, descendió un poco, volvió a levantar el vuelo, Karin le disparó una vez más, creyó que podría ver cómo se venía abajo, ya muerta, al cabo de unos aletazos, pero el ave logró volar hacia un lado como si quisiera eludir su campo visual, de modo que no pudo ver su desplome, no, pues si bien era cierto que el águila fue perdiendo fuerzas metro a metro debido a los disparos que había recibido su cuerpo, aguantó, mantuvo desplegadas las alas y comenzó a planear para no malgastar energía, pues aún había de volar, hacia arriba para más inri, porque quería encontrar, y en efecto encontró, el lugar para posarse, Florian ni siquiera se movió cuando el ave tomó tierra a unos cuantos metros de él y se estiró en el suelo sin plegar el ala izquierda, estaban arriba en el Dohlenstein, desde el que podía ver con claridad la ciudad, y si bien los más de trescientos metros de altura y la distancia no permitían seguir con precisión los movimientos de la gente, sí le servían para no ser visto, la zona estaba llena de cuevas donde, gracias a un clima favorable por la estación del año, no había de sufrir tanto por las noches como en invierno en la Marienglashöhle, y durante el día se sentaba fuera, como también en esta ocasión, en una atalaya y trataba de ver lo que no podía, pero aun así tenía la sensación de que merecía la pena intentarlo, seguro como estaba de que si Karin iniciaba alguna acción significativa él lo percibiría y sería capaz de responder, lanzó una mirada al águila que se desangraba a su lado y mantenía las patas heridas tiesas y alejadas del cuerpo, vio las garras lisiadas en una de ellas, la sangre que poco a poco iba formando un pequeño charco alrededor de las garras, vio en otro sitio mucha más sangre que iba formando un charco aún más grande en torno a las alas, quizá se le había lesionado el buche y cada vez que el animal respiraba el charco crecía y crecía, lo vio y volvió entonces la vista hacia la ciudad, y así permanecieron ambos hasta que oscureció del todo, Florian buscó otra cueva para recogerse, mientras el ave ya no se movía, así pasó la noche, muerta, y al amanecer estaba ya toda rígida, el buche no se alzaba y bajaba latiendo, el silencio reinaba a su alrededor, y cuando Florian salió y se sentó a su lado en el suelo, no la miró, pues fijó la vista en la ciudad por ver si Karin se movía, pero le pareció que no, y tenía razón, pues ella desayunaba en el hostal, Ilona y su marido habían equipado la casa perfectamente, encontró allí cuanto necesitaba, incluso un antibiótico con el que se adelantó a que se le infectaran las heridas en la cabeza, se puso luego un gorro sobre la peluca y se fue a pie a Kana, volvió a introducirse en el edificio abandonado de la Jenaische Straße, no se le ocurrió nada mejor, y volvió a esperar, no era algo inhabitual para ella, antes también, cuando estaban aún juntos en el Castillo y el batallón ponía en marcha una acción, se necesitaba paciencia, y ella se mostraba como la persona adecuada para ello, los demás ya querían abalanzarse sobre el objetivo, querían atacar, como aquella vez que tuvieron que pillar uno por uno a unos putos grafiteros en Jena, pero ella se mantuvo tranquila y esperó el momento idóneo, y funcionó, fue ella quien atrapó uno tras otro a los seis cabroncetes cagados en las patas, el interrogatorio corrió a cargo del Jefe, claro está, ella no participaba en principio en los interrogatorios, no eran de su gusto, no se consideraba la persona apropiada, lo suyo era el ataque, eso sí, no las acciones abiertas y precipitadas, guiadas por la emoción, la rabia, la furia y la ceguera, sino asestar el golpe después de elegir el momento oportuno, para lo cual se precisaba paciencia, ponderación, así que ella se apartó, literalmente, cuando ataron a los seis cabroncetes a las sillas en el sótano de uno de sus depósitos de armas después de tirarlos primero al suelo para que el Jefe pudiera desfogar en ellos su ira, para que los pateara hasta que no pudieran moverse, los rociaron después con agua para que volvieran en sí, los sentaron, los inmovilizaron con cintas adhesivas, y entonces comenzó el interrogatorio, si es que así podía llamarse, ya que por un lado sólo se formulaban preguntas y por el otro no podía llegar respuesta alguna, porque después de cada pregunta enseguida caía un golpe, preguntaba sobre todo Fritz, pero también Jürgen, el Jefe había retrocedido un poco, dispuesto a abalanzarse sobre los muchachos con el rostro desencajado, pero Karin y Andreas se le plantaron delante con delicadeza para evitarlo, y Fritz preguntó, ¿por qué lo habéis embadurnado todo?, y Andreas entonces propinó un golpe y luego preguntó, ¿qué buscabais en Eisenach?, paf, ¿y en Ohlsdorf?, paf, y ¿en Wechmar?, paf, y así sucesivamente, el uno preguntaba, el otro zurraba, después este preguntaba y el primero zurraba, y así continuó el procedimiento hasta que se cansaron, y los seis muchachos sólo se sostenían más o menos en las sillas gracias a las cintas adhesivas, y luego descansaron un rato, y volvieron a rociarles las caras con agua, para que llegara el momento de Karin, quien emergió entonces del segundo plano, pasó revista a los seis muchachos, se los quedó mirando, ya que no le costaba fijarse bien en sus rasgos y retenerlos, aunque la sangre fluyera de sus caras, de sus narices, de sus orejas, y formuló entonces también ella preguntas al que estaba sentado al borde, pero en voz muy baja, de tal modo que sólo la oía el interpelado, continuó con el siguiente y de este modo interrogó a los seis muchachos y después se dio la vuelta y se limitó a comunicarle al Jefe, ellos no han sido, tras lo cual salió del sótano, subió, se sentó sobre una piedra, se encendió un cigarrillo y esperó a que el batallón hiciera otro tanto, porque la paciencia era realmente uno de sus fuertes, y en ella basaba ahora su táctica, y la cuestión era saber quién aguantaría más, Karin sabía que también en este caso el aguante era lo decisivo y consideró que Florian, deseoso de acabar con todo el asunto, daría el primer paso, se encresparía de pronto e intentaría arremeter contra ella, ahora estaba ya solo, se había quedado sin el pájaro, no tenía a ese monstruo adiestrado, porque estaba bastante segura de que aquella bestia pertenecía a Florian y no había sobrevivido, y sin el águila no tendría él fuerzas para aguantar, se delataría y caería en la trampa que ella, Karin, le había tendido con el tiempo, con la ayuda del tiempo que, a su juicio, trabajaba a su favor, pues entonces no sabía aún que Florian, desde hacía mucho, no actuaba en el tiempo y que en sus actos no había ponderación alguna, que no pensaba en absoluto, no urdía plan alguno, sentado en lo alto del monte y observando Kana, observaba el movimiento de los coches y de vez en cuando había de mirar hacia un costado para ahuyentar a los animales que probaban de acercarse al águila real convertida en botín, le bastaba lanzarles una mirada para que comprendieran que ese botín no era para ellos, el cadáver se había encogido y parecía ya como si jamás hubiera habido vida en aquel enorme cuerpo, el viento en general suave, pero helado, agitaba a veces las plumas del ala derecha desplegada, y alguna racha alzaba incluso un poco el ala como si ésta quisiera saludar para volver a caer junto a la muerta, siempre en la misma posición de la que acababa de levantarse, desplegada, extendida, como si el águila estuviera volando con un ala en el suelo, al lado de Florian, para acudir en su ayuda, para protegerlo, para ahuyentar a quien lo pusiera en peligro, pusiera en peligro a ese hombre que a su manera había tomado conciencia de ella, es decir, que había aceptado que en vida estuviera con él y aceptaba ahora que lo estuviera ya muerta, eso era todo, tenía otras cosas que hacer y sólo en ellas concentraba la atención, y cuando se decidió y resolvió bajar a Kana dejó la mochila en la cueva, la última que le había servido de refugio, para qué tanta mochila y para qué tanto ordenador, ya no necesitaba nada, descendió por la L1062 y era evidente que no le importaba que lo vieran y más evidente aún cuando cruzó el puente para entrar en la ciudad, algunos coches incluso desaceleraron y los conductores se lo quedaron mirando tratando de averiguar quién era ese vagabundo desgreñado, pero no lo reconocieron, aunque sí consideraron oportuno avisar enseguida, desde el coche, a la policía que habían detectado en tal y tal sitio a un forastero, a un gigantesco bárbaro selvático del que bien podía suponerse que tramaba algo malo, pero a la policía, desde que se había retirado de Kana, estos asuntos no le interesaban especialmente, y para colmo era lunes, y ese día, conforme al orden antiguo, la pequeña comisaría de la Gabelsbergerstraße ni siquiera estaba de servicio, o sea que sólo dos coches patrulla vacíos permanecían como antes aparcados frente al edificio, sin nadie en su interior, sólo los martes y los jueves se atendía al público, es decir, sólo esos días había agentes en la ciudad, sin contar los festivos o la necesaria presencia con ocasión de algún partido de fútbol más o menos serio, entonces sí, pero en este caso, que un tipo raro entrara caminando en la ciudad, vamos a ver, eso no es nada, y colgaron el teléfono y, eso sí, se tomó nota, aunque el agente de servicio ni siquiera consideró necesario compartir la noticia, de modo que Florian pudo transitar por las calles sin que nada lo perturbara, salvo, claro, las miradas curiosas y suspicaces, hubo señoras que se paraban después de que pasara junto a ellas y se quedaban largo rato mirándolo, pero a él todo esto parecía no interesarle lo más mínimo, jugaba a ojos vistas con las cartas abiertas, si es que podía considerarse un juego, pero no, la cosa se puso sumamente seria al exponerse y ofrecerse él a Karin, ofrecerle la posibilidad de tener tiempo para pensar sobre el método que utilizar, y Florian no se detuvo, pasó por la Bahnhofstraße, echó incluso un vistazo al rascacielos, dobló delante del Baumarkt y como si fuera lo más natural del mundo entró en el Grill, se sentó en su sitio de siempre y cuando un joven de unos veinte o veintidós años le preguntó desde detrás de la barra qué quería, le respondió que una *bockwurst* y un vaso de agua, sólo había allí cuatro clientes, Florian los conocía, pero no le interesaban, como tampoco el hecho de que evidentemente no lo reconocieran, porque así era, no lo reconocieron, lo observaron durante un rato, pero ninguno de los clientes fijos se dio cuenta de que se trataba de Florian, ni se les pasó por la cabeza, pues entre Florian y ese consumidor desconocido no se podía descubrir parecido alguno, a pesar de que el cuerpo fornido y los enormes hombros bien podrían haberlo sugerido, pero no lo sugirieron, porque para los lugareños ese personaje era fornido sí, aunque de muy diferente manera, no era Florian, la cara diferente, la postura diferente, el modo de sentarse, con las piernas muy abiertas, también eso era diferente, o sea que no podían pensar en Florian al ver a tal tipo, y tampoco se atrevieron a preguntarle quién era, no daba la impresión de alguien que aceptara de buena gana las inquisiciones, así que lo dejaron estar, comenzaron de nuevo a cuchichear entre ellos, a comentar que volvía a retrasarse la Hartz IV y cosas por el estilo, y a Florian se le sirvió la *bockwurst* y el vaso de agua, y se puso a comer como un animal, explicó luego Hoffmann, realmente como un animal, desgarró la comida con los dientes y con dos mordiscos la hizo desaparecer en la boca, y resopló y de un trago se bebió también el agua, y se dirigió después al camarero y le comunicó que no podía pagar, a lo cual el joven tragó y, asustado, comenzó a arrebujar el paño mientras soltaba un ¿qué?, no estaba preparado para algo así, en un principio sólo se había hablado de que asumiría provisionalmente la dirección del Grill, de que cocería y asaría las salchichas si era necesario, serviría las bebidas, cobraría, pero no de que pudiera encontrarse en una situación inopinada como ésta, de hecho, no había formado parte de sus planes el llevar un establecimiento donde se tomaban bebidas y comidas, porque él se preparaba para ser pintor y quería vivir en Holanda, aunque cuando hallaron muertos a su prima y al marido de ésta en las afueras de Kana, no lejos de una localidad llamada Altenberga, y las autoridades clausuraron el Grill y dieron luego permiso para volver a abrirlo, la parentela lo eligió a él en Transilvania, Rumanía, para que se encargara de llevar el chiringuito y lo alojaron en la casa del señor Heinrich, pues en ningún momento se planteó que el muchacho pudiera vivir en el escenario mismo del horror, y él lo asumió, evidentemente, pero no lo prepararon para provocaciones de esta índole, pues ¿qué podía hacer?, eso estaba escrito en su rostro, mientras no paraba de estrujar el paño, entreabrió los labios, luego no, después sí y otra vez no, y así ocurrió que cuando había formulado en su mente una respuesta, Florian ya había salido a paso lento del Grill sin que sucediera nada, y los clientes fijos, sobre todo Hoffmann, enseguida le espetaron al muchacho que por qué lo había permitido, que el jefe, en definitiva, era él, y cada cual dio su opinión a voz en grito, que no podía ser, que quien pedía algo debía pagarlo, qué pasaría si ellos hicieran lo mismo, cómo acabaría entonces el chiringuito, el muchacho se puso más y más nervioso, se le notaba que habría preferido tirar aquel paño y largarse en el instante rumbo a Holanda para ser un artista, pero nada, continuó estrujándolo, mientras Florian proseguía su camino, fue hasta el final de la Christian-Eckardt-Straße, torció allí a la izquierda, bajó a la vera del tramo urbano de la B88 hacia el centro, subió luego hasta el casco antiguo y se pateó durante horas las calles, y allí tampoco lo reconocieron, a nadie, nadie en absoluto, se le ocurrió que esa persona pudiera ser el desaparecido Florian, sólo se asustaban al verlo y cruzaban a la otra acera y se lo quedaban mirando y preguntándose quién podía ser, el señor Volkenant, por ejemplo, cuando le avisaron que un extraño estaba pasando por delante de la oficina de correos, enseguida salió corriendo para ver quién era, pero no lo reconoció y, además, al volver negando con la cabeza para expresar su desaprobación dijo directamente, señores, por lo visto, ahora ya no se contentan con alarmarnos avisándonos de que pronto aparecerá una epidemia o quién sabe que carajo en nuestra bien protegida Turingia, sino que nos traen lobos con piel humana, con lo cual no cosechó necesariamente aplausos, ya que todos recordaron en ese momento lo que acababan de leer en el último comunicado de la NABU a los ciudadanos de Kana, que venía a decir, concretamente, que no había nada que temer, que en Alemania se habían avistado últimamente más de cien manadas completas, y tantos lobos que vivían en pareja y tantos y tantos lobos solitarios, pero que podían convivir pacíficamente con los seres humanos, aunque a nadie se le ocurrió preguntarse por qué, en el fondo, se interesaba tanto la NABU por ellos, pues los miembros de la NABU volvían a acudir a la localidad, pronunciaban conferencias, escribían comunicados con regularidad única y exclusivamente a los ciudadanos de Kana, claro que se intuía que había algo detrás, pero resultaba imposible adivinar la realidad, que era la mala conciencia provocada por un experimento fracasado, la mala conciencia debida a que estaban silenciando un proyecto de investigación que se había torcido al intentar recabar nuevos datos sobre el extraordinario oído y el extraordinario olfato de los lobos, y los compañeros de la NABU en Érfurt, un total de tres investigadores, incluido Tamás Ramsthaler, mantuvieron en secreto, debido al escaso presupuesto, lo que habían hecho, concretamente que habían decidido capturar a dos lobos cuyos microchips había que cambiar y ponerles unos parches adhesivos para taparles los ojos y, con la ayuda del nuevo dispositivo de seguimiento, observar cómo se orientaban tan sólo con la ayuda del oído y el olfato, pero en el plan se introdujeron, en diferentes planos, una cadena de errores de los cuales descubrieron algunos después de poner en marcha el proyecto, aunque el más grave sólo se evidenció cuando ya hubo pasado bastante tiempo tras el comienzo del experimento, pues contaban lógicamente con que los dos animales, dormidos primero y luego despertados, intentarían quitarse los parches adhesivos de los ojos, pero no con que, debido al adhesivo extraordinariamente fuerte que utilizaron para pegar los parches en la zona depilada alrededor de los ojos de los lobos, ambos animales no dejarían de intentarlo hasta conseguir librarse por completo de los parches, así que cuando los soltaron y los lobos se alejaron hasta una distancia segura de sus torturadores, comenzaron a rascar salvajemente con las uñas de las patas delanteras aquello que no debía estar allí, porque les resultaba terrorífico no poder ver y deseaban ver con una fuerza igual de terrorífica, de modo que rascaron y rascaron a pesar de un dolor cada vez más terrorífico hasta sangrar, como consecuencia de lo cual ambos animales quedaron ciegos, pero la NABU de entrada sólo supo que el seguimiento planeado no se había hecho realidad, ya que los animales se arrancaron también los microchips de seguimiento nuevos de debajo de la piel del carrillo derecho, o sea que los perdieron y los buscaron en vano, no los encontraban, y cuando esto quedó claro se reunieron en Érfurt y juraron mantener en secreto el caso, pero Tamás Ramsthaler, dado su sentido de la responsabilidad científica y confiando en una posible intercepción futura, propuso que, como los dos animales provenían de una manada que, como bien sabían, había sido observada en un principio en una zona por debajo de Kana, intensificaran su relación con los habitantes de la ciudad, los proveyeran de información y así no pareciera extraño que los tres se presentaran regularmente en los alrededores de Kana para examinar de vez en cuando si los lobos, por alguna casualidad, habían regresado al lugar, si bien la causa tácita de sus cuitas se debía sobre todo a que no querían que se descubrieran esos ojos tapados con parches, esto ni siquiera lo mencionó Tamás Ramsthaler ante sus dos compañeros aunque, de hecho, ni falta que hizo, pues los tres eran muy conscientes de que habían recurrido a un método primario, contrario a los usos y protocolos de la ciencia, a un método que no deberían haber empleado, de manera que temían ser descubiertos, que se desvelara que habían utilizado medios no autorizados en un experimento, o sea, en una palabra, corrieron un tupido velo de silencio sobre el asunto, iban a Kana, examinaban los montes de las inmediaciones, reunían más y más datos, y por supuesto redactaban comunicados destinados a los lugareños, quienes no se alegraban en absoluto, sino que se asustaban al leer cada una de tales notificaciones, como también en esta ocasión, cuando algo así como un escalofrío les recorrió el cuerpo al escuchar el comentario con intención más o menos jocosa del funcionario de correos que al cabo de poco tiempo ya corría de boca en boca, y todo aquel al que le llegaba todavía añadía algo, el doctor Henneberg, por ejemplo, soltó un caramba, ¡ya sólo nos faltaban los hombres lobo!, y lo hizo de forma imprudente en presencia de su esposa en el comedor, tratando de justificar así por qué, después de almorzar a las doce, había llamado por teléfono a la consulta para cancelar las visitas de la tarde, y tras comprobar si había cerrado las ventanas pequeñas de su casa que daban a la fábrica de porcelana—y que hasta ahora sólo había dotado de unas rejas—, y ver que no, no las había cerrado, volvió a soltar, menos prudente aún, la frase a su mujer, que desesperada iba detrás de él y no hacía más que preguntarle, ¿por qué, querido?, ¿crees que esos también han llegado aquí?, pero a la pregunta estúpida y enervante se limitó a tragarse lo que quería responder, pues sí, así era su vida por desgracia, nunca tuvo la posibilidad de hablar en casa lo que le habría sentado bien hablar, y no sólo en casa, porque tampoco tenía ni un solo verdadero amigo con el que hablar, y en la consulta las oportunidades para ello se daban todavía menos, nunca sacaba allí nada bueno de las miradas de los enfermos que aguardaban con ojos asustados, ¡¿conversar con ellos?!, exclamaba en su fuero interno, ¿abrirle a uno de ellos el corazón?, de mí lo único que quieren todos es huir, me cago en estos alicates y pinzas y tijeras y espátulas y tornos, a la mierda todos ellos, estallaba a veces, y sólo Melanie, la auxiliar, podía ser testigo de sus prontos, porque Melanie comprendía, comprendía profundamente al doctor, con lo cual lo sacaba de quicio todavía más, porque él no deseaba en absoluto que Melanie lo comprendiera, cualquier persona menos esa Melanie que fijaba en él ojos húmedos, apesadumbrados y compasivos desde detrás de sus gafas de nueve dioptrías y a la que, cada vez que él estallaba, la inundaba un sentimiento materno, tanto que habría deseado acariciar la cabeza del doctor Henneberg, cogerlo en brazos y acariciarlo, acariciarlo hasta el final de los tiempos, para confesar por último que sentía más de lo debido por el doctor, pero no quería hacer daño, no quería romper una familia, ésa era la razón por la que en el curso de los años, es más, de las décadas, todo quedó encerrado en el doctor Henneberg, siguió taladrando muelas, empastando y empastando, tratando raíces podridas y hediondas, y arrancando y arrancando, y nada ni nadie le ayudaba a combatir la soledad, y en ese momento en que le llegó al oído—a través de uno de sus pacientes con el que por desgracia se topó camino de casa a la hora del almuerzo—esa historia del hombre lobo, se adueñó de él una desesperación tan intensa que después de cerrar las ventanas pequeñas que daban a la fábrica de porcelana, se refugió en la sala huyendo de su esposa y enseguida se sirvió tres deditos del bíter Rhöntropfen, el célebre y digestivo licor que era para él un mensaje realmente fabuloso del pasado, porque el Rhöntropfen de Meiningen es el súmmum, querida, explicaba en momentos más alegres a su esposa, y después de desenroscar otra vez el tapón, vertió un poquito más en la copa y se la bebió de un trago, se sentó en el sillón estilo Chesterfield más cercano y trató de fingir que no sabía que su mujer estaba detrás de la puerta de la sala, esperando y sin atreverse a entrar, sabedora de lo que vendría a continuación, lloriqueando y aguardando a que la dejaran entrar, ¿es esto vida?, preguntó para sus adentros el doctor Henneberg masticando su desdicha, se inclinó hacia delante para coger el espejito que tenía sobre una mesa pequeña al lado del sillón, un espejo que, al igual que el sillón, trataba de evocar un tiempo histórico tan entrañable para él, concretamente la era victoriana, se subió el labio, sonrió y con el dedo índice golpeó el cinco superior izquierdo, diente que últimamente notaba un tanto sensible, pero no, nada, así que se reclinó en el sillón, volvió a servirse una copita, en esta ocasión de entrada cuatro deditos, sorbió un poco, volvió a reclinarse, suspiró, miró hacia la ventana y constató con tristeza que, por mucho que mayeara, el sol seguía poniéndose demasiado temprano, y, en efecto, bastante pronto desaparecía el sol frente al sinuoso recorrido del Saale, quizá también debido a los montes que por el lado oriental dejaban entrar muy tarde los rayos y por el occidental tapaban la luz con demasiada premura, nunca hemos tenido un mayo así, constató la señora Ringer, pero sólo para sus adentros, no osaba decir nada parecido ante su marido, porque esa clase de comentarios tenían siempre un efecto demoledor sobre él, así lo veía Ringer, y lo hablaba también con su esposa las pocas veces en que se pronunciaba, opinaba, no sólo en un sentido social o político, sino en general, que habían perdido la batalla, es más, incluso quizá la guerra, en las pausas de la historia siempre emergen de las cloacas y destrozan, aniquilan, humillan todo cuanto tocan, rebajan lo valioso, ensucian lo que para otros es sagrado y con ellos se propaga una enfermedad contra la cual no existe vacuna, pues para nosotros el peligro no reside en la epidemia que afecta a la salud, sino en esta peste cuyo síntoma consiste en que las personas muestran su peor lado, personas débiles e inconmensurablemente estúpidas, y la culpa es nuestra, dijo Ringer señalándose a sí mismo, y llegado a este punto ya no seguía, como quien ya no sabía qué añadir, ni falta que le hacía, pues quien no entendía a qué se refería no lo entendería nunca, y así volvía a hundirse en ese estado de ánimo de profunda indiferencia y en su rostro aparecía la mirada apática que tanto angustiaba a su mujer y que venía a sugerir que él, Ringer, ya no pertenecía, de hecho, a la vida, porque esto no es vida, decía la señora Ringer a su amiga y sorbía su café en el café Herbst, sino más bien, ¿sabes?, como si pasara sus últimos días ya en la cripta, yo no le veo salida, y entonces, desesperada, negaba con la cabeza, y la señora Feldmann, claro, la consolaba, aunque casi habría preferido decir que la vida de ella y de su marido tampoco era para tirar cohetes, pero callaba, para qué quejarse ahora, para qué cargar todavía más a su amiga cuando su amiga tenía muchos más motivos para la queja, que realmente los tenía, pues primero los atacó aquella bestia en los montes, luego se sospechó de Ringer como autor de los asesinatos y por último se vino él abajo, acusándose a sí mismo de lo sucedido en Kana y en todas partes, pero es que no tenía motivos para ello, protestó el señor Feldmann en casa cuando su esposa se lo contó, precisamente Ringer, ese hombre de principios tan puros que en todo momento, en toda su vida, sólo había buscado el bien, así como yo las armonías justas cuando transcribo alguna canción difícil de los Beach Boys, porque mira, dijo señalando el atril sobre el piano, aquí tienes por ejemplo el célebre *I Get Around*, en eso llevo trabajando desde hace dos días más o menos, querida, y, en serio, no es broma, con Bach me las arreglo, pero con esta serie de armonías sofisticadas, maravillosas, propias sólo de los más grandes no y no y no, porque, ¿sabes?, trato de insertar también lo que hace el coro a la vez que mantengo la melodía, pero es muy difícil, dijo el señor Feldmann torciendo el gesto y enseguida se inclinó sobre su trabajo, porque él consideraba la música un trabajo, amaba todo cuanto era música igual que otros su trabajo, y para él podía ser cualquier cosa desde la clásica hasta el pop, no existían las diferencias, se instalaba ante el instrumento con la misma entrega con que habría proyectado un puente o una caja de fósforos y decía que se ponía a trabajar, y así lo llamaba también cuando su esposa, hacia el mediodía, anunciaba desde fuera que el almuerzo estaba listo, ay querida, sólo un minuto, un minutito, que aún estoy trabajando, y la señora Feldmann esperaba feliz y paciente, y no se enfadaba porque a todo esto tuviera que resolver la forma de mantener caliente la comida que desde luego se iba enfriando, pero esperaba y mantenía caliente la comida, y así vivían en la mayor de las armonías, con lo cual la señora Feldmann, cuando de vez en vez lo mencionaba al cabo de sus amorosos días, venía a decir que, aunque en su casa las armonías estaban en el piano y en las partituras del señor Feldmann, esa armonía desde luego también reinaba en sus vidas, y mientras haya un candado en mi puerta, declaraba cuando llegaba alguna noticia horrorosa, yo no tendré miedo, porque ésa era para ella la garantía de que no les sucedería nada, le gustaba la cerradura en la puerta de entrada, es más, no se trataba de una cerradura, sino de un sofisticado sistema de candados, obra de un extraordinario cerrajero de

Bad Berka, un maestro en su oficio, y cuando renovaron el chalet lo llamaron a él, por fortuna, y pudo montar una combinación de cerraduras en el lugar de la antigua que, tal como lo formuló, ni siquiera un T-34 soviético podía romper, y ocurría que la señora Feldmann, sobre todo al llegarles la noticia, después de los horrores que se produjeron en la gasolinera, de que tres hombres habían sido asesinados en la ciudad, se levantaba con sigilo de la cama después de acostarse y esperar a que el señor Feldmann comenzara a roncar, se levantaba, salía y sacudía primero los candados para comprobar si aguantaban, y aguantaban, y mucho, y acto seguido acariciaba los candados, los quería, pues sí, eso era todo, pero las cerraduras se revalorizaron considerablemente en Kana, llegaron los pseudocerrajeros pero también los viejos profesionales, quienes adujeron convincentes argumentos e instalaron barras de seguridad—verticales o transversales—en las puertas de las casas, pues la seguridad pasó a ser la palabra clave en Kana y en toda Turingia, la protección, la seguridad personal, era también lo que aconsejaba la policía a quienes se le dirigían, por mucho que estas personas no estuvieran del todo convencidas de que las cerraduras sirvieran de verdad para protegerse, pero, claro, valían desde un punto de vista psicológico, de modo que era esto lo que se recomendaba en interés de la protección personal, que dejaran atrás los viejos hábitos e instalaran cerraduras modernas, puertas y ventanas con cierres de último diseño, miraran al futuro que era el ahora mismo, decían en los teléfonos del servicio de información, que recibía más y más llamadas, sobre todo en Érfurt, pero también en Jena, en Suhl, en Gotha, en Weimar e incluso en localidades más pequeñas tales como Eisenach u Ohrdruf o Wechmar y así sucesivamente, hubo que contratar a más gente para responder a las llamadas que pedían información y consejo, porque el personal que había simplemente no aguantaba la presión, se decretó obligatorio el servicio los fines de semana, pero aun así no daban abasto, hubo que emplear a personas que ni siquiera eran policías simplemente para atender tras los mostradores de información, y así más o menos se fue resolviendo la situación, aunque el agobio se mantuvo de forma perceptible todo el tiempo, y la gente de la región ya estaba acostumbrada a esperar en estos casos, pero no tanto a que, tras la espera llena de anuncios publicitarios, la línea se cortara a menudo y hubiera que marcar de nuevo el número, pues nada, decía también el Encargado y tornaba a pulsar las teclas de su teléfono cuando se apoderaba de él la sensación de tener que dar un nuevo aviso, y a sus llamadas insistentes recibió finalmente respuesta cuando fue invitado a acudir a Érfurt, donde explicó que el peculiar carácter de Florian siempre le había dado que pensar, pues los dos extremos de ese carácter nunca coincidían, lo que digo, dijo inclinándose hacia la policía que le estaba tomando la declaración en la comisaría sur de Érfurt, es que entre la enorme fuerza física de Florian y su naturaleza mansa en apariencia se abre, a ver cómo formularlo, un abismo tal que a mí siempre me ha sorprendido, pero a decir verdad nunca sospechó, había de confesarlo, es más, ni siquiera se le pasó por la cabeza que se hallara frente a un hombre con dos caras, frente a las dos caras de Jano, algo que ahora veía con claridad, de ahí que sintiera la necesidad de cumplir con el deber de todo ciudadano, que era en este caso llamar la atención de las autoridades de que no buscaran a un asesino tosco, brutal, agresivo y sanguinario, sino todo lo contrario, y confiaba en poder influir así en la dirección que tomaran las pesquisas en el sentido de que se había de buscar a un muchacho de aspecto infantil, de apariencia inocente, un tanto temeroso y vergonzoso, un muchacho de buena voluntad, pero ahí se le cortó el hilo de la paciencia a la policía que lo interrogaba y lo interrumpió diciendo que está usted hablando de un asesino en serie, con lo cual dio por concluida la declaración, hizo que la firmara el Encargado y lo despidió explicándole que quizá se lo volvería a necesitar, que debía mantener abiertos los ojos y avisar si veía algo, pero algo concreto, insistió la policía, ellos precisaban de hechos concretos, no de opiniones y sensaciones, sino de hechos simples y palpables, o sea que entonces sí debía llamar de nuevo, llamar de nuevo en todo caso, y el Encargado lo prometió y emprendió el camino de regreso a su casa dándole vueltas a su declaración, ya en el tren se arrepintió de no haberse expresado en esta y en aquella parte tal como debería haber hecho, iban y venían en su mente las frases que había dicho, así como aquellas que debería haber dicho y que expresaban el asunto con mucha mayor precisión, así que le habría encantado bajarse a medio camino y volver a Érfurt y pedir que corrigieran, por favor, esto y aquello, pero desistió, no quería sobrecargar también él a las autoridades, y además, muy al principio de su declaración, se había enterado por la agente de policía, una mujer de formas bastante voluptuosas por cierto, de que ya estaban siguiendo una pista, lo cual no estaba nada lejos de la realidad, porque ocurrió que, aparte de personas como el Encargado, cuyos avisos por desgracia no servían para nada, se presentó poco antes que él otro ciudadano de Kana en la comisaría de Jena dando parte de que disponía de información nueva sobre el paradero de un tal Florian Herscht, ¿sobre su paradero?, preguntó el agente de servicio, sí, respondió el otro, ¿seguro?, sí, y entonces lo hicieron pasar a un despacho más pequeño y se redactó un atestado, según el cual Freddi Hoffmann, domiciliado en Kana, declaraba en relación con el paradero de Florian Herscht, ciudadano en busca y captura, tener conocimiento de dicho paradero, declaraba que el sospechoso se hallaba en Kana, desde hacía días más concretamente, enmascarado y disfrazado, aunque el declarante afirmaba estar seguro al ciento por ciento de haberlo reconocido, lo cual no era del todo cierto a pesar de que fuera él quien acudió a denunciarlo, pues sucedió que al señor Heinrich comenzó a resultarle conocido el forastero que en una ocasión entró en el

Grill, aunque en aquel momento no lo identificó, pero sí intuyó de alguna manera que había visto ya alguna vez, no la cara y la fisonomía, como lo expresó, eso no, sino los ojos, al principio sospechó de alguna serie de televisión, contó el señor Heinrich a los demás, le parecían, confesaba con franqueza, los ojos de Gojko Mitić, pues sí, y luego, cuando el susodicho empezó a deambular por la ciudad y volvió a toparse con él, vio algo en esa manera de andar que ya no le recordaba al célebre Winnetou alemán que fuera Gojko Mitić, si bien en un primer momento no cayó todavía en la cuenta, pero sí esa misma noche o quizá la noche siguiente, ya no se acordaba con exactitud, sea como fuese, se preparó para acostarse, se tumbó, se estiró, suspiró, se volvió hacia el costado derecho, cerró los ojos, ¡y entonces!, entonces, dijo en el Grill, de repente cayó en las mientes, comprendió por qué le resultaban conocidos esos ojos y ese andar, claro, eran los de Florian, alzó la voz, y los clientes del Grill protestaron todos al unísono, ¡qué dice!, ¡cómo va a ser Florian!, ¡seguro que no!, sí, sí, insistió el señor Heinrich, él no se equivocaba, tenía la facultad de no olvidar nunca un par de ojos que había visto alguna vez, y luego esa manera de andar, o sea, alzó la jarra de cerveza, aquel tipo era Florian en persona, sentenció y apuró la jarra y no dijo nada más, no era hombre de muchas palabras y para colmo el Grill se convirtió en algo así como una colmena, al principio llena de voces de incredulidad, pero luego, como el señor Heinrich no decía nada, Hoffmann se le acercó y sugirió que él también se había percatado de algo así y entonces otros comenzaron a sumarse, de modo que al cabo de unos minutos se había formado ya una opinión unánime en torno al señor Heinrich, pues nadie tenía trabajo en aquel momento, y ya sólo quedó por resolver quién lo comunicaría a la autoridad competente, y el señor Heinrich propuso a Hoffmann, quien asumió la tarea con orgullo y aceptó humildemente que lo invitaran enseguida a una cerveza, tras lo cual no le quedó más que viajar a la ciudad, que era como llamaban a Jena—en contraposición a Kana—, y explicar lo que había descubierto, y los policías volvieron a presentarse en Kana, desde donde se habían retirado hacía un tiempo, bloquearon primero las salidas de la ciudad, en cada una de las cuales situaron una unidad de dos agentes con un coche patrulla, y después se pusieron a peinar la localidad en grupos de tres, al principio sin resultado alguno, simplemente no les acompañó la suerte, y eso que con la presencia policial, con un número tan considerable de agentes para colmo, los habitantes desaparecieron enseguida de las calles, pero Florian no se movió por el momento, tampoco se escondió, permaneció delante de la entrada del gimnasio sentado en una silla que había quedado allí desde que el propietario cerrara el negocio, allí estaba sentado comiendo un pan que acababa de robar en la puerta trasera del Netto, le arrancaba un trozo, lo masticaba a conciencia, lo tragaba y arrancaba otro trozo, desde su asiento veía justo las barreras del ferrocarril, las segundas en el tramo urbano de las vías, las primeras se hallaban junto al Rosengarten, las segundas allí, pero ambas funcionaban de manera similar últimamente, ambas comenzaban a zumbar por alguna razón en un momento dado y bajaban después chirriando y esperaban, esperaban a que pasara un tren procedente de esta o aquella dirección, que daba igual con tal que pasara, pero en general no pasaba ninguno, las barreras esperaban, esperaban un rato y luego, al cabo de ocho o diez o quién sabe cuántos minutos, con gran pesadumbre pues no había pasado ningún tren de ninguna dirección, se levantaban, como ahora, y era lo que miraba Florian, la unidad de agentes de la policía no había llegado allí, estaban peinando la zona en los alrededores de la casa de la primera víctima, instalaron después un puesto de vigilancia ante la puerta, el Encargado incluso salió rápidamente al verlos, ya que se pasaba el día observando desde sus ventanas, se identificó, les mostró su documento aunque no se lo pidieron, y explicó que si se trataba de Florian Herscht, el asesino en busca y captura, había sido inquilino de su edificio, y podía contar muchas cosas sobre él, pero habló en vano, pues los dos policías no mostraron ningún interés, y a la pregunta de ellos de si lo había visto respondió que no, o sea que lo mandaron de vuelta a su casa para que no obstaculizara la operación, tras lo cual volvió enfurecido al rascacielos y al principio ni siquiera entró en el edificio, pero entonces le indicaron que no debía permanecer en el patio anterior, por lo cual se vio obligado a ceder y entró, se sentó junto a las ventanas, desde donde podía ver perfectamente hacia dos lados, porque el suyo era un piso de la esquina, aunque en la Ernst-Thälmann-Straße no ocurría nada, los dos policías estaban allí parados, apareció un coche patrulla que les trajo café, y punto, y la situación era más o menos la misma en los otros sitios de la ciudad, concluyeron en buena parte el rastreo, y como no hallaron al buscado montaron más puestos de vigilancia, uno de los cuales el Encargado podía ver perfectamente desde su posición, aunque pasaban las horas y Florian no aparecía por ninguna parte, pues seguía sentado en la silla junto a la entrada del antiguo gimnasio, inmóvil, mientras las barreras continuaban intentándolo, pero ningún tren venía ni del norte ni del sur, Florian miraba y esperaba, como esperaba toda Kana lo que pudiera ocurrir, porque por el mero comportamiento diferente de los policías, a los que se los notaba nerviosos, se podía intuir que se estaba preparando algo grande, si bien nadie conseguía entender qué, las opiniones divergían, es más, eran confusas, la mayoría apostaba a que las manadas de lobos se disponían a atacar la ciudad, así que llamaban a la NABU, pero la NABU no sabía nada del asunto, aunque cuando le llegaron más de cincuenta llamadas, Tamás Ramsthaler decidió no salir al día siguiente, sino ese mismo día al escenario, porque si tantos habían llamado, algo de verdad debían de contener los rumores, su primer viaje lo llevó a la casa del agente forestal, quien abrió la puerta feliz y contento pensando que venía alguien por miel, pero Tamás Ramsthaler, después de regalarle una mascarilla clínica, lo desilusionó al decirle que según los ciudadanos de Kana los lobos se preparaban para atacar la ciudad, y al preguntarle si sabía de algo que pudiera servir de base para semejante pronóstico, no, no sabía nada, no había avistado lobo alguno desde la aparición de la última manada y, además, la NABU debía de saber mejor dónde buscar los lobos, porque en su página web ofrecía supuestamente informaciones precisas y actualizadas y, si mal no recordaba, justo en el último comunicado había tranquilizado a los ciudadanos de Kana afirmando que si bien había lobos en Alemania, decididamente no los había en Turingia, o al menos había pocos, los grandes territorios más cercanos en que se habían instalado las manadas se hallaban en Sajonia, ¿o está usted mal informado?, preguntó con cierto filo el agente forestal, a lo que Tamás Ramsthaler negó con la cabeza, en absoluto, estaba perfectamente enterado, y se alegraba de que el agente forestal también formara parte de quienes seguían con regularidad sus notificaciones, él sólo quería comprobar, tras la cantidad de llamadas, si esos rumores tenían una mínima, insistió, una mínima base, porque lo tenían que averiguar, ellos en la NABU tenían que averiguarlo todo, para eso estaban y, claro, también para gestionar de manera pacífica la reanudación del contacto entre el lobo y el hombre, vale, pues entonces continúen ustedes gestionando, dijo el agente forestal dándole la espalda y le cerró la puerta en las narices, y mientras regresaba al interior de la casa todavía murmuró, caray, éste tampoco ha venido por miel, pero casi enseguida dio media vuelta y se dirigió al edificio de atrás para volver a contar, y eso que ya lo había hecho hacía tres días, cuánto le quedaba del año anterior y, en efecto, era mucho, torció insatisfecho el gesto, volvió a contar los frascos y, además del total de diecisiete de medio litro y cinco de litro, también tuvo que afrontar el triste hecho de que de la jalea de endrino le quedaban más de once frasquitos, y eso que a la jalea no le venía bien conservarse tanto tiempo, porque él apostaba por el uso de métodos naturales y no recurría a productos químicos para su conservación, lo cual siempre conllevaba cierto riesgo, bien lo sabía él, de que tarde o temprano, por muy minucioso y limpio y atento que fuese, apareciera el maldito moho en la superficie de los dulces de fruta, en invierno ya lo quitó una vez todo en una ocasión, pero era evidente que sólo era cuestión de tiempo, el moho no se alejaría asustado, y él acabaría tirándolo todo a la mierda, así que no fue de extrañar que, hundido, se quedara sentado en la cocina todo el día, y bebiera en su pesadumbre cuatro botellas de cerveza, y su esposa no hacía más que barrer el suelo a su alrededor para reducir mediante su presencia el número de botellas consumidas, pues no podía decir nada, era una regla tácita entre ellos, podían opinar de manera divergente respecto a Marx, pero no respecto a la cerveza, hasta las idas y venidas de la esposa con la escoba eran un procedimiento temerario, aunque ¿qué podía hacer?, lo que es mucho es mucho, ¡cuatro botellas!, ¡y la cerveza cuesta su dinero!, exclamó en su interior el espíritu ahorrador, cómo acabarían ellos si cada día se gastaran cuatro botellas, o más, protestó, y esto incluso llegó a oírse, ¿qué pasa?, gruñó su marido, nada, nada, murmuró ella, salió de la cocina y lo dejó allí, ¿ahora qué podía hacer?, mientras él, Förster, cogía ya la quinta, porque eran realmente excesivos esos veintidós frascos de miel, todos opalinos ya, en algunos se veía ya la cristalización, si no salen, escondió la cabeza en las manos, se endurecerá y nadie la comprará, eso seguro, los habitantes de Kana no estaban ahora para mucha compra y para colmo a la mayoría todavía le quedaba una buena parte de lo adquirido el año anterior, no decían que no les gustara, es buena, aseguraban cuando salía a colación, pero mucha, les encajaba la miel, era la opinión generalizada entre los habitantes, aprovechaba que le pedíamos información y nos la encajaba, y ahora la tenemos en casa, ¿y qué hacer con ella?, no podemos atiborrar a los niños con miel todos los días y además estamos en primavera, y cuando vuelva el invierno y venga bien para los resfríos y el dolor de garganta ya se habrá espesado toda, segurísimo, así que no se le veía ninguna solución al tema de la miel, aunque resultaba agradable distraerse al menos por unos minutos con ese asunto y no pensar en aquello que realmente los amenazaba, porque los runruneos de por qué habían vuelto los policías a la ciudad y por qué se mostraban tan nerviosos seguían tomando los rumbos más diversos, los lobos poco a poco pasaron a un segundo plano y la mayoría apostaba más bien a que se había conseguido alguna información nueva y por eso se habían instalado allí, porque querían adelantarse a algo, los habitantes de Kana seguían sin estar realmente a gusto con la presencia de los policías que todavía daban más bien la impresión de que, emprendieran lo que emprendieran, no conseguían nunca ningún resultado y por tanto en cualquier momento y por cualquier cosa algo le podía ocurrir a cualquiera, como si fueran siempre a la zaga de los acontecimientos, siempre llegaban tarde, cuando ya había explotado la gasolinera ARAL, cuando ya habían asesinado a los nazis, cuando el lobo ya había desgarrado a Ringer y a su esposa, y así sucesivamente, suposiciones había muchas, sólo el Encargado no suponía, sino que sabía a ciencia cierta de qué se trataba, pero callaba, no revelaba a quién buscaban las autoridades, se lo guardaba para sí porque de esta manera quería contribuir a las pesquisas, aunque le costaba pensar en la persona con la que había convivido bajo el mismo techo, siempre y cuando se pudiera hablar de algo así como un mismo techo en referencia al rascacielos, lo esencial, pensaba, era que había dejado acercarse tanto a ese psicópata de doble cara y en consecuencia se había expuesto a un peligro tan enorme que el escalofrío le recorría ahora la espalda, así que pasaba el día entero sentado tras sus ventanas observando cómo se desarrollaban los acontecimientos en el exterior, pero no había acontecimientos, y tenía tiempo entonces para pensar que ese Florian incluso podría haberlo matado a él, ¡cuántas veces había estado en su vivienda!, ¡cuántas veces habría podido echarlo de aquel piso en la séptima planta!, la fuerza para ello la tenía desde luego, ¡¡y él que lo había tomado por uno de sus mejores amigos!!, ¡¡cómo había podido ser tan ingenuo!!, o sea, probaba y probaba de ver en Florian al carnicero de manos ensangrentadas, pero de algún modo no lo conseguía, hizo lo que tenía que hacer, esto es, personarse y declarar en debida forma, aunque pensar en él, imaginarlo, recordar su postura, su manera de andar, su sonrisa, su mirada, su voz y llegar a la conclusión de que ese Florian era un doctoryequilimisterjaid, le resultaba difícil, me resulta particularmente difícil, explicó a Pförtner encogiéndose de hombros, dando a entender que no, no puede ser, ese muchacho no puede ser a mi juicio ningún asesino, esos hechos son tan terribles que prefiero imaginar a una fiera como asesino ¡pero no a Florian!, y Pförtner permanecía en silencio, porque él sabía de qué se trataba, pues a él también habían ido a verlo los policías en el curso de las primeras investigaciones con el fin de comprobar con él la declaración del Encargado, o sea que sabía que era Florian a quien buscaban, y él, además, aparte de considerarlo un simple idiota, no tenía una impresión especial de Florian, por él hasta podía ser un asesino, no lo conocía, apenas lo había visto, así que ¿por qué dudar de la palabra de los policías?, de modo que callaba, a lo sumo asentía de vez en vez con la cabeza cuando el Encargado volvía a sacar a colación el tema en las noches de Kana, dejaba que el otro se desahogara y punto, él por su parte se habría sentido de todos modos más tranquilo si todo el asunto hubiera acabado ya, le deseaba suerte a la policía para que pillara por fin al criminal y diera por zanjado el caso, porque amaba la paz, amaba la tranquilidad, la ausencia de perturbaciones, deseaba que cada día fuera igual que el anterior, de manera que no se conmovió mucho cuando llegó la noticia de que todo había acabado, el asunto estaba cerrado, los policías se marcharon y volvieron las noches bellas, tranquilas y silenciosas, y lo cierto era que gran parte de la población coincidía en esto, pues la gran mayoría opinaba exactamente lo mismo que él, en particular en ese momento en que el canal MDR de Turingia comenzaba a informar del número de los llamados «casos diarios», opinaba que lo importante era el orden equilibrado, pacífico y tranquilo, la uniformidad atemporal e ininterrumpida de los días, porque si eso se daba, nada podía perturbar las vidas, salvo si ocurría algo en el frente de la salud, pues esto era más temible que las catástrofes, ojalá esté todo en orden en el frente de la salud, insistían antes de que MDR de Turingia empezara a comunicar los números de casos, así que en general ésa era siempre la primera pregunta, pues ellos, con el *wie geht es dir?*, en realidad lo que querían saber era cómo se hallaba el interpelado en el frente de la salud, no formulaban la pregunta por mera costumbre, no decían *wie geht es dir?* o *wie geht es Ihnen?* como fórmula de saludo igual que en muchos otros países, sino que en Turingia como quizá en toda la República Federal Alemana contaba única y exclusivamente el interés por el estado de salud, el interés no en particular por la salud de la otra persona, sino por la salud en general, pues en el fondo cada cual se interesaba de forma exclusiva por su propia salud, la respuesta del otro a menudo les entraba por una oreja y salía por la otra y esperaban ansiosos el momento de poder hablar de la propia, de explicar que estaba así y asá, y cuando el interpelado comenzaba a mencionar que algo fallaba en su salud, el otro le respondía que en su caso todo iba de maravilla o que en su caso tampoco pintaban bien las cosas y sin esperar a saber cómo se encontraba el otro en el frente de la salud, que no le importaba en absoluto en comparación con el suyo, se ponía a describir con pelos y señales su situación en el frente de la salud, de modo que la paz y la salud o, para ser más exactos, la salud y la paz eran en Kana y quizá en toda la República

Federal Alemana la base de cualquier intercambio de pareceres sobre la existencia, y el resto se lo dejaban a los niños, a los jóvenes o a quienes eran en general demasiado ingenuos para conocer lo verdaderamente esencial o, en última instancia, a los enceguecidos que aspiraban con ahínco a lo que denominaban un gran objetivo y olvidaban que la aspiración intensa a un llamado gran objetivo era inútil cuando algo fallaba en el frente de la salud, como ocurrió, por ejemplo, en los casos de Ringer o de Feldmann o del Encargado o de Jessica, víctimas de trágicas circunstancias en fechas no demasiado alejadas unas de otras, claro que cada caso tenía su particularidad, es más, las diferencias eran considerables, porque a Ringer lo encontró un día su esposa ahorcado, como consecuencia de su depresión, en la recientemente pintada cocina de atrás, mientras que un imprevisible derrame cerebral acabó con las vidas del señor Feldmann y del Encargado, y por su parte Jessica fue la joven víctima de un destino injusto, al fallecer en la flor de su existencia en un accidente de automóvil cuando volvía con su marido de Dresde, donde habían asistido a una representación de una opereta de Imre Kálmán, o sea que las diferencias eran evidentes, aunque esas muertes tan cercanas en el tiempo parecían certificar una característica muy definida de la vida, como si existiera algo organizado, un nexo espantoso, en la decisión sobre las fechas de los decesos, que no lo había, lo único era que las personas murieron en días seguidos, para alegría, eso sí, de las tres funerarias del lugar, pues les molestaba bastante que, exceptuando los dos brasileños, como los llamaban, a los que enterró el propio Jefe, lo cual supuso que no recurriera a las empresas locales, sino que encargara a sus propios hombres los ataúdes y las demás gestiones, o sea que salvo ellos los demás fallecidos en los últimos tiempos fueron todos trasladados fuera de Kana y se les dio sepultura en otras localidades, pero ahora por fin, con estos cuatro casos, los familiares tenían que recurrir a ellas para los ataúdes o las urnas, lo cual no significaba que Dios de repente convirtiera en boyantes las empresas de servicios funerarios Hartung o Beyer o Aschenbach, eso no, por supuesto, pero sí pintaba que tendrían trabajo, pues no hay mal que venga solo, como afirmaba el dicho tan difundido en el lugar, y en esto confiaban los tres empresarios, contando con que a partir de entonces la mortalidad local se pondría por fin en marcha con su frecuencia natural, si bien por el momento estaban ocupados en saber quién de ellos recibiría el encargo, si los parientes se dirigirían a Hartung o a Beyer o a Aschenbach, y se dirigieron por desgracia a Hartung, constataron furiosos en las empresas Beyer y Aschenbach, los cuatro casos fueron a parar a Hartung, pero ¿por qué?, ni en Beyer ni en Aschenbach se consideró la decisión de las familias un gesto que demostrara sensibilidad a la vida, como lo expresaron, ¿por qué sólo Hartung?, ¿por qué precisamente él?, ¿qué trato diferencial recibía allí el difunto?, no lo entendían, y no lo entendieron hasta que se encontraron ambos en el día del entierro de Ringer, el primero de la serie, y llegaron a la conclusión de que Hartung a buen seguro había empleado prácticas poco éticas y que se había producido un caso típico de competencia desleal, una impresión que ambos vieron reforzada cuando se descubrió que al día siguiente Hartung enterraba también a Jessica y el tercer día tanto a Feldmann como al Encargado, ¿dónde quedaba entonces la justicia?, pero así fue, los cuatro difuntos fueron enterrados rápidamente, aunque las autoridades pusieron ciertas trabas con Ringer, pues por mucho que se tratara de una depresión, alguien se había tomado la muerte por su mano, lo cual obligaba a una investigación policial, pero como la viuda exigió, con suma tristeza y también suma determinación, que la incineración se produjera cuanto antes, el encargado de la investigación en Érfurt hizo una excepción, máxime cuando lo llamaron de la Oficina Federal de Protección de la Constitución y le pidieron que en la medida de lo posible satisficieran la petición de la viuda y tramitaran sin dilación el documento que permitía proceder, que fue lo que ocurrió, Ringer fue incinerado pocos días después de su muerte y luego tampoco hubo que esperar mucho con Jessica, que fue la segunda en la sucesión de los entierros, si bien debía este segundo lugar en realidad a que su marido simplemente no pudo aceptar su muerte, a él no le había afectado ni un pelo el accidente a pesar de que iba en el mismo coche, es más, conducía él, pero cuando volvió en sí tras la grave colisión y se bajó, empezó a corretear sin ton ni son al no encontrar a Jessica en su sitio al lado de él, la puerta se había desprendido de ese costado, aunque Jessica debería haber estado allí, al lado de él, y no estaba, y el señor Volkenant no la encontraba en ningún sitio, corría hacia delante, corría hacia atrás, se mesaba los pelos como quien estaba a punto de enloquecer, pero nada, nada de nada, Jessica no estaba, Jessica había desaparecido, y cuando los policías, que no tardaron en llegar, la hallaron en una cuneta junto a la autopista, más de quince metros detrás del lugar donde se había producido el choque, y lo avisaron de que la habían encontrado y debía identificarla, el señor Volkenant no fue capaz de identificarla y dijo que no era ella, porque el cadáver estaba hecho un ovillo, de la cara no se veía casi nada, realmente resultaba difícil ver a Jessica en ese amasijo de carne y huesos, y el señor Volkenant no la vio y sólo preguntaba, ¿y ahora qué hago?, ¿y ahora qué hago?, y los policías, claro está, en parte lo comprendían y en parte no lo comprendían, el señor Volkenant no hacía más que llorar, así que lo introdujeron en una de las ambulancias y lo trasladaron a las urgencias del hospital de Jena, aunque por mucho que le dieran sedantes, ni uno surtía de verdad efecto, sólo se dormía, pero luego, al despertarse, se echaba de nuevo a llorar y repetir, ¿y ahora qué hago?, ¿y ahora qué hago?, o sea que le dieron el alta, no sabían qué hacer con él, pues consiguieron que superara el shock, mas no tenían remedio para el llanto, no tenían medicamentos para el sollozo, no hacía más que llorar, los vecinos no podían dormir por su culpa, pues el piso de los Volkenant encima de la oficina de correos sólo estaba separado de los vecinos a un lado y al otro por sendas paredes sin aislamiento acústico, y se oía todo, así que avisaron a todo quisque que por favor hicieran algo con Volkenant, pues con él no habría ni noche ni día, sobre todo noche no habría, porque el hombre simplemente no paraba, lo cual no podía ser, lo explicaron en el ayuntamiento, luego en la policía y por último también a Anita Ehrlich, una psicóloga muy popular últimamente y con justa razón además, pero todos se limitaron a encogerse de hombros, que no podían hacer nada, decían, porque el llanto no tenía tratamiento ni había ley que lo rigiera, de modo que al final fue el señor Hartung quien resolvió la desgraciada situación al coger a Jessica y enterrarla en segundo lugar, lo cual resultó sumamente práctico, porque después del entierro el señor Volkenant, de la misma manera súbita con que había estallado en llanto tras el accidente, de pronto calló, simplemente dejó de llorar y enmudeció, bueno, al menos reina el silencio, suspiraron los vecinos a ambos lados de su piso, y a partir de entonces el silencio fue muy grande también en la estafeta, durante un buen tiempo los ciudadanos de Kana se lo pensaban dos veces antes de pagar el recibo de la luz o enviar ese mismo día, urgente, el paquete con los pastelitos caseros para el hijo, porque la mudez del señor Volkenant era tan difícil de soportar como antes su llanto tras la muerte de Jessica, y ya sólo habló una vez, cuando una mañana, a primera hora, clasificaba con el cartero las cartas llegadas y a repartir y de pronto encontró en sus manos una cuyo destinatario y también cuyo remitente le chocaron de manera visible, porque como destinatario figuraba Herr Herscht, sin una dirección exacta, sólo con la ciudad y el código postal, y como remitente, Angela Merkel, con un apartado de correos, y el señor Volkenant se quedó mirando un rato la carta, le dio la vuelta al sobre, luego otra vuelta, y entonces se limitó a farfullar, ¿y ahora qué hago?, y al final la puso en una caja de rafia con la inscripción «destinatario ausente» y ésa fue la última frase que salió de sus labios, ya nunca más nadie oyó su voz, y el cartero, claro, difundió la noticia por todas partes, o sea que hubo tema de que hablar en la ciudad, esto es, el día a día se animó decididamente y, además, el tiempo también mejoró, era ya mediados de mayo, la temperatura no estaba bajo cero al amanecer y los valores diurnos superaban ya con creces los habituales, en los árboles apareció un follaje espeso, las begonias plantadas en la Bahnhofstraße y en torno a la iglesia de Santa Margarita florecían amablemente, reverdecía la zona en torno al café Herbst, así como en el Rosengarten y la orilla del Saale y los montes de los alrededores, reverdecía todo, la naturaleza recobraba cuanto había perdido en el otoño del año anterior, tal como lo expresó el alcalde en una carta abierta a la ciudadanía en la que resumía los hechos sucedidos en mayo y aprovechaba la ocasión para anunciar que daba por terminados esos acontecimientos insoportables, y bajo ese signo se ordenó el regreso de los policías a sus puestos de siempre, algo que era bastante evidente, pues de hecho ya empezó a observarse en Kana en los días anteriores a la carta del regidor que eran cada vez menos los agentes que deambulaban por la ciudad, hasta que al final también el último desapareció, y todo ello se desarrolló en tres o cuatro días, por el tono de la carta los vecinos pudieron deducir con valentía que ya no debían tener miedo a tener miedo, así que sólo Karin estaba alerta, al acecho, permanecía desde antes del alba en el hostal de Altenberga, que no le daba mayores problemas, en una sola ocasión tuvo que esconderse en los alrededores antes de volver a la casa, cuando una delegación oficial se presentó, sin duda porque algún perro había desenterrado los cadáveres, y examinó a fondo el edificio y precintó la cerradura, pero nada más, a ella los precintos no le suponían dificultad alguna, es más, le significaban mayor protección todavía, pues quién iba a sospechar que precisamente la asesina se refugiaba allí, pero así era, pasaba los días allí dentro y las noches en el exterior, mientras que Florian obraba exactamente igual, aunque al revés, pasaba el día en la ciudad para obligar a Karin a exponerse y en las noches se retiraba a los montes, y nada, Karin no aparecía, es decir, los caprichos del destino hacían que siempre se evitaran hasta que llegara el buen día en que el uno pillara al otro o el otro al uno, difícil era que ambos cumplieran lo que se habían prometido, así como la señora Ringer también confió en vano cumplir su promesa, pues había decidido que tras el total derrumbe y la muerte de Ringer ella también se quitaría la vida, pero esto no ocurrió, sino algo asombroso, porque todo había empezado lógicamente con la angustia, se angustiaba ante aquello que podía suceder, se angustiaba ante la idea de que Ringer lo hiciera, aunque en ningún momento había creído que realmente sucediera, y cuando aun así ocurrió, sintió surgir una extraña fuerza en su alma, todos, en particular la parentela de Zwickau, a la que la viuda quería mandar al infierno, pensaban, y más que nadie ella misma, que entonces se vendría abajo, pero no, venciendo la tentación del abismo en el que a punto estuvo de precipitarse en los dos primeros días, pues muchos se habrían hundido al ver al marido tan amado pender de esa viga terrible con la lengua fuera, colgada hacia un lado, y habrían seguido los pasos del ser querido, pero de ello, por alguna razón desconocida, la salvó la vida, y no lo debió a la señora Feldmann, si bien hubo de reconocer que sin ella le habría resultado mucho más arduo, sino que se despertó en ella una obstinación por no renunciar, por quedar con vida, y no solamente quedar con vida sino buscarle un sentido a su existencia, de modo que tras recibir el alta en el hospital de Jena, donde la trataron durante no más de dos días, y tras regresar a su casa, enseguida después del entierro se puso manos a la obra en la revitalización de la biblioteca que de modo tan infiel no sólo había abandonado, sino que desde hacía más de un año ni siquiera había abierto, los estantes, los libros, los alféizares, los cuadros en las paredes y las propias paredes y el techo mismo presentaban un aspecto desolador, estaba todo lleno de polvo, la biblioteca en sí eran demasiado oscura, lo cual hasta entonces no la molestaba, es más, tampoco le había llamado particularmente la atención, pero ahora sí, y mucho, y comenzó a darle la lata al alcalde para que soltara dinero, pues había que agrandar los huecos de las ventanas, para lo que se necesitaban también ventanas nuevas, y después estantes nuevos, y libros nuevos, y una iluminación nueva en el techo y alfombras y cortinas y ficheros nuevos, en general, se necesitaba dinero, y el alcalde, perteneciente al partido Die Linke, que se hallaba ante nuevas elecciones, se lo concedió, y comenzaron entonces los trabajos de renovación, y la señora Ringer parecía una Juana de Arco venciendo la hoguera y levantando un reino nuevo, y sí, la señora Ringer quería levantar un reino con esa biblioteca, una casa, como solía explicar en las escuelas a los padres, a quienes animaba a mandar a sus hijos de nuevo a la biblioteca a despecho del virus, porque merecía la pena, había libros nuevos en los estantes, decía, y toda la luz que necesitaban los niños, y prometió un pequeño rincón también para juegos y aire acondicionado en verano y buena calefacción en invierno, y todo eso salió adelante, es más, al organizar con éxito las llamadas excursiones poéticas al Dohlenstein, donde en cada uno de los miradores, eso sí, siempre elegidos con antelación, se recitaban algunos de los maravillosos poemas de la obra inigualable del gran poeta Heinrich Heine a la vez que los niños disfrutaban de las espléndidas vistas, los padres simplemente se peleaban por conseguir que la señora Ringer aceptara a sus hijos en alguno de los grupos de la biblioteca, que eran ya cuatro, y al principio no quiso añadir más, pero el asedio al que la sometieron los padres la obligó a ser más flexible, pero ésta es sólo la historia de la señora Ringer, porque luego sucedió también que si bien un tal Beyer, una versión con corbata de los nazis, como lo expresaba la señora Hopf, entró como concejal en el ayuntamiento, el alcalde fue reelegido, pues los habitantes de Kana necesitaban un alcalde que no cediera al alarmismo en relación con la epidemia, esto es, uno que no hiciera nada, que dejara que los días transcurrieran en medio de una seguridad inmutable, la ciudad recibió además a dos policías permanentes y éstos, a su vez, sendos coches patrulla que antes pertenecían a Jena, o sea que, en una palabra, todo se desarrollaba de la mejor manera posible, pronto ya nadie mencionaba lo que había pasado allí durante años, los nazis, claro, se habían extinguido en aquel edificio de la Burgstraße 19 que la alcaldía con mayoría de izquierdas por fin pudo convertir en propiedad municipal, y también allí comenzaron los trabajos de rehabilitación, la señora Hopf apenas se creía lo que veían sus ojos, tanto ella como su marido comenzaron a abrigar serias esperanzas, igual que los demás, es más, al cabo de un tiempo la señora Hopf y su marido llegaron a pensar que si los turistas no evitaban la ciudad y Turingia por la cantidad de neonazis que habían vuelto a aparecer, porque algunos municipios, también el de Kana, habían aceptado la voluntad política superior y admitido la presencia de unos diez o veinte llamados refugiados, o sea que si todo esto no ahuyentaba a quienes deseaban hacer turismo en la región, contratarían a dos personas y volverían a abrir el Garni, aunque desde luego no el restaurante, porque ella, negó con la cabeza la señora Hopf, no tenía ni ganas ni fuerzas para eso, y tampoco contaban con ayuda, y mejor no mentar a Florian, porque todavía se nos aparece, así habló la señora Hopf, y era la primera vez desde que se supo quién era Florian en realidad que pronunciaba su nombre, ya que tras los increíbles acontecimientos estuvo tan aterrada que realmente evitaba incluso pensar en él, porque él anduvo por allí, les trasladaba las cajas y lo demás cuando llegaba algún transporte, y permanecía allí sentado, señalaba ella la cocina de abajo situada tras las escaleras que llevaban a la primera planta, aquí, en mi casa, y comía huevos revueltos y bebía Coca-Cola o algún zumo, por el amor de Dios, suerte que no me mató a mí ese gigantesco King Kong, así sin más, porque sí, mejor no hablar de ello, y esto lo dijo justo cuando se aclararon las cosas después de los acontecimientos y en Kana hubo que afrontar el hecho de que ese alguien había vivido entre ellos como un corderito, y desde entonces, en efecto, jamás salió ese nombre de sus labios, es más, cada vez que se topaba con el nombre de Florian en su BARBARA, enseguida pasaba la página, porque le sentaba mal verlo incluso, yo simplemente no me lo puedo creer, le dijo la señora Feldmann cuando de vuelta del cementerio pasó a tomar el té y preguntar qué harían ahora con la compra del café, ya que a su alrededor todo había cambiado tanto, no, simplemente no me lo puedo creer y supongo que no podré nunca, bueno, es lo que hay, querida, le respondió la señora Hopf, y confío en que no malentiendas la comparación, pero a mi juicio tras cada cordero aparece tarde o temprano el lobo, y entonces el cordero debe morir, y la señora Feldmann no la contradijo, sólo podía asentir en lo esencial, le daba la razón y le agradecía, además, todas las explicaciones, a tal punto la había desconcertado aquel caso y no sabía cómo interpretarlo, ni ella ni, de hecho, nadie, y lógicamente menos aún quienes lo habían conocido de cerca, como por ejemplo la señora Ringer, ella no sólo repetía una y otra vez que no se lo podía creer, sino que realmente no se lo creía, y primero llamó a Eisenberg, pues desde que se mudó no supo nada del señor Köhler y supuso que él sí debía enterarse de lo que le había sucedido a Florian, pero le respondió una mujer diciendo que al señor Köhler lo habían trasladado hacía dos meses a una residencia, en la que finalmente falleció hacía una semana y media, el entierro fue organizado, como no podía ser de otra manera, por el doctor Tietz y su esposa, que eligieron el féretro más bonito con bordes dorados, en la casa Hartung, por supuesto, así como una tumba situada bajo un hermoso roble, pues Hartung incluso en esto pudo ayudar, y acudió muchísima gente, la fecha, la hora y la dirección del cementerio aparecieron a tiempo en la prensa local, es más, se anunció también en el canal MDR de Turingia, y se acumuló tanta gente en la puerta del cementerio que la administración designó a algunos sepultureros como miembros de un servicio del orden para organizar a la gente, a ver, no empujen, decían, todo el mundo podrá entrar, vamos, en fila, por favor, y cosas por el estilo, así que apenas se pudo ver el ataúd instalado delante del tanatorio y hubo que recurrir a un altavoz para el discurso fúnebre del sacerdote, para que la mayoría, aunque no lo viera, al menos lo escuchara hablar de la elevada personalidad de Adrian Köhler, de la inmensa gratitud que todo habitante de Kana sentía por él, de que por sus predicciones meteorológicas y por su actividad como profesor su nombre había quedado grabado para siempre en la crónica de la ciudad, y los discursos posteriores al descenso del féretro al hoyo resultaron incluso más conmovedores, tras el director del Instituto de Bachillerato Lichtenberg fueron antiguos alumnos los que se situaron ante la tumba y dijeron que acababan de perder a una personalidad que encandilaba y al final se pronunció hasta un desconocido que parecía un erudito, nadie sabía de dónde había venido, de qué ciudad, es más, ni siquiera desveló su nombre, aunque de hecho no habría quedado bien presentándose allí delante del hoyo, pero de sus palabras sí se desprendió que era un científico, pues destacó el enorme servicio que Adrian Köhler había prestado en el altar de la ciencia, porque había demostrado la necesidad de incluir nuevos ámbitos en la serie de teorías tanto de la cosmología como de la física cuántica que se iban desarrollando a una velocidad vertiginosa, especialmente en las investigaciones relacionadas con el lenguaje de programación Fortran, por lo cual la sociedad y muy en especial la población de Kana le debían un necesario reconocimiento, y la señora Ringer no hacía más que llorar y arrojó una rosa blanca tras el féretro a la tumba y ocultó el rostro tras un pañuelo, y también llorando arrojó unos puñados de tierra la señora Burgmüller junto con su vecina, quienes se acercaron del brazo como dos viudas sollozantes y no consiguieron apartarse de la tumba, de modo que hubo que retirarlas con delicadeza, y venían los ciudadanos de Kana y arrojaban tierra sobre el ataúd, hasta que a los sepultureros, exagerando un poco, ya apenas les quedó trabajo cuando por fin pudieron ponerse manos a la obra y rellenar el hoyo y formar el pequeño montículo, y la multitud empezó a dispersarse y al cabo de media hora no quedaba ya nadie en el cementerio, como si con esto se hubiera cerrado la vida de Adrian Köhler, pero no, pues la señora Ringer ya durante el entierro pensó intensamente en qué hacer para que el nombre del difunto se conservara realmente, aunque antes de ponerse manos a la obra telefoneó a uno de los amigos de Ringer, un abogado de Érfurt, para pedirle que asumiera la defensa de Florian, y el letrado se reunió con ella y le explicó que si llegaban a encontrar a Florian sus crímenes eran tan palmarios que no se le ocurría nada que pudiera defenderlo, la cadena perpetua era por tanto inevitable, y entonces la señora Ringer llamó a otro abogado, al que no conocía, pero le parecía la persona adecuada, y le preguntó directamente por el teléfono si estaba dispuesto a asumir el caso aunque Florian no negara ser el responsable de los asesinatos, y el abogado aceptó y pidió el expediente y luego se retractó, mire, dijo al teléfono cuando llamó a la señora, yo entiendo que se aferre usted a ese joven, pero siendo el caso tan evidente, un abogado concienzudo como él ni siquiera podría atenuar la sentencia del tribunal, confórmese usted con un abogado de oficio, la solución más práctica y también la más económica, de modo que la señora Ringer se quedó más sola que la una, convencida de que ese Florian al que conocía y ese Florian que mataba eran una y la misma persona, Florian no había cambiado, todo cuanto hizo venía dado exactamente por lo que era y seguía siendo, o sea que continuó insistiendo, pero en vano, pues no se produjo ni pudo producirse ningún juicio, ya que Hoffmann se presentó en la comisaría local, tan jadeante que tuvo que sentarse en la pequeña sala de espera para poder hablar y explicar que ya había estado en Jena y ahora traía información nueva, concretamente que había visto de nuevo a Florian, pues él vivía en el Ölwiesenweg y aunque no espiaba a nadie, afirmó—no, lejos de él nada parecido, no era su costumbre—, lo que ocurrió era que casualmente había mirado por la ventana y visto una figura desgreñada que se dirigía cojeando de manera ostensible hacia los campos de deporte, y como él tenía una retentiva visual increíble, enseguida se dio cuenta de que esa figura no podía ser otro que el mismísimo Florian Herscht, el asesino en serie cuya busca y captura se había decretado, lógicamente esperó a que ese monstruo se alejara a una distancia prudente y enseguida se puso en marcha para declarar que él, Freddi Hoffmann, había avistado a ese hombre en busca y captura y que, por otra parte, no quería parecer pesado, pero le gustaría saber a cuánto ascendía la recompensa, aunque no lo supo, pues a los dos agentes locales esto último les entró por una oreja y les salió por la otra, se fueron pitando al coche patrulla, mientras avisaban a la central en Jena y a todos quienes a su juicio debían enterarse, y enseguida tomaron el camino al Centro Deportivo, de modo que al cabo de unos minutos ya estaban peinando la zona detrás de las porterías de fútbol, en la mano las armas de servicio sin el seguro, y al cabo de un cuarto de hora se presentaron también los de Jena y después asimismo los de Érfurt y unidades de quién sabía cuántos sitios más, y antes de obedecer a las nuevas órdenes dadas debido al virus que amenazaba a pasos vertiginosos ya no sólo a Sajonia, sino también a Turingia, decidieron resolver este asunto, zanjarlo, darlo por acabado y punto, lo esencial, determinaron los dos policías locales, era que la zona de operaciones quedara bajo control, de tal modo que de allí no saliera nadie con vida, y bajo la dirección del director de la policía de Érfurt se puso en marcha el cerco, no se podía saber, por supuesto, dónde darían con el buscado, es decir, dónde situar el centro de aquel círculo en el que caerían sobre el criminal, pero, eso sí, lo fueron estrechando, lo fueron estrechando más y más, y cada una de las unidades estaba convencida de que el hombre no se les podía escapar, porque el anillo era realmente ceñido y, siempre y cuando la información fuera cierta, el perseguido no tenía ninguna posibilidad de salir de aquel anillo por mucho que lo intentara de alguna manera, pero lo que no pudieron prever era que el intento de fuga era ya cuestión irrelevante, Florian Herscht no podía ya oponer resistencia alguna, porque Karin lo había visto primero o Florian la había visto a ella, fue imposible determinarlo, en todo caso ambos enseguida se pusieron a cubierto, Karin se dirigía precisamente a casa cuando vio a Florian en el polígono Camisch, delante de las instalaciones de Ibismed, o fue él quien la vio, ya daba lo mismo, y entonces ocurrieron muchas cosas en un abrir y cerrar de ojos, Karin tomó el camino a la izquierda de la entrada del edificio de oficinas de Ibismed y allí se resguardó, procuró de inmediato contener la respiración, mientras con la mano derecha pasaba la pistola a la izquierda y luego, con la misma mano, extraía bruscamente la navaja del bolsillo del pantalón y con el cañón de la pistola apuntando hacia arriba le quitó el seguro con suma delicadeza para que no se oyera ni un clic, y dirigió la navaja hacia abajo, con el filo hacia fuera, como quien se disponía a clavarla de abajo hacia arriba, y así esperó, con la espalda pegada al muro, convencida de que se percataría del más mínimo movimiento, pero no oyó nada, pensó que su adversario estaba haciendo lo mismo, o sea, esperando, aunque al otro lado de la parte baja del edificio, si bien no ocurrió así, y ella nunca llegó a saber cómo ocurrió lo que ocurrió, sólo notó en el crepúsculo de pronto enmudecido que no podía respirar con normalidad, que no se le movía ni una de las manos, y si bien la pistola seguía apuntando hacia arriba y el cuchillo hacia abajo, no podía guiarlos, y fue lo último que captó, ya que el instante siguiente ya no fue suyo, de modo que ni siquiera oyó el crujido, el terrible crujido de su propio cuello que se rompía, sólo Florian lo oyó, e incluso habría podido verlo si hubiera mirado, pero no miró, él miraba hacia delante, y así se había acercado a Karin, se había acercado más y más, de tal modo que no se percibiera ni un solo ruido de sus movimientos, y con una rapidez que de nadie se podía esperar, pues mientras Karin preparaba sus armas él había tenido que rodear las oficinas por detrás y aproximarse desde un lado que ella, en ese poco tiempo, no pudo anticipar, y todo con tal sigilo que ni siquiera un sonido insonoro pudiera llegar a los oídos de la otra, y en los últimos metros se arrimó también él al muro y así pilló, a ciegas, el cuello de Karin y lo apretó hasta que oyó el crujido, hasta estar seguro de que ella ya no se movería, y dejó entonces que se desplomara, que cayera como un saco, aunque no contó con que la cabeza que se inclinaba hacia atrás pertenecía a un cuerpo que se sacudió todavía una vez al tocar el suelo y la pistola se disparó, a lo cual ni siquiera él pudo reaccionar lo bastante rápido, oyó el disparo, pero se movió en vano, la bala le dio en el muslo, y él miró hacia atrás para comprobar si la bala había salido, mas no había suficiente luz para verla, de manera que se puso a palpar el muro a su espalda por si encontraba el agujero en que se había clavado el proyectil, pero no lo halló, o sea que del muslo no salió, y así tuvo que marcharse, porque el disparo hizo ruido, su eco se oyó durante unos segundos allá entre los montes de Kana, y en vano lucía luna llena en el cielo, no podía mostrar todavía todo su vigor debido a la iluminación de las calles, y Florian echó a correr bajo esa luna llena, cojeando de la pierna derecha, apretando con la mano el lugar de la herida todo lo que podía, corrió y corrió, atravesó el polígono Camisch y luego, al llegar al casco antiguo, mientras en su cabeza sonaba suavemente *Tilge, Höchster, meine Sünden*, de repente se preguntó, ¿para qué correr?, ya no había por qué correr, de modo que ralentizó el paso y así, renqueando de manera ostensible con la pierna derecha, recorrió la ciudad desierta, en el cruce de la Bachstraße pudo ver perfectamente la Jenaische Straße y, como le pareció que estaba todo tranquilo, enfiló hacia allí y alcanzó la iglesia de Santa Margarita, tras la cual se dispuso a bajar con su cojera por las escaleras, pero en ese momento escuchó ya más fuerte *Tilge, Höchster, meine Sünden*, mientras sangraba profusamente, de manera que se detuvo pensando que debía apretar mejor la herida, aunque se lo pensó otra vez al oír una voz, una voz que salía por la puerta abierta de la iglesia y de la que descubrió, al acercarse arrimado al muro, que era la del sacerdote que hablaba en el interior, a buen seguro se estaba celebrando una misa, lo cual quería decir que si se quedaba cualquiera podía salir y verlo, allí no alumbraban las farolas, pero precisamente por eso brillaba la luna con más intensidad, aunque daba lo mismo, pensó de nuevo, podía salir quien quisiera, tranquilamente, ya todo daba igual, y como si allá dentro se opinara lo mismo no quiso salir nadie por él, pero sea como fuere Florian decidió bajar por las escaleras detrás de la iglesia, se dirigió hacia el Rosengarten atravesando el estrecho túnel que pasaba por debajo de las vías, torció después a la izquierda rumbo a los campos de deporte, *Tilge, Höchster, meine Sünden* sonaba ya con tal fuerza en su cabeza que no sabía si se mareaba tanto por la sangre que había perdido o por la potencia de esa melodía tan triunfal como trágica, y a pesar del brillo intenso de la luna veía con dificultad, de modo que apretó el paso y, rodeando las porterías de los campos de fútbol y de balonmano, enfiló hacia las proximidades de su antiguo lugar preferido para pensar, que era adonde quería ir, pero pese a su estado de debilidad y mareo logró distinguir, al aproximarse a los dos bancos bajo los castaños a la orilla del Saale, dos manchas negras delante del banco más corto, el más alejado de él, justo allí donde había estado en otro tiempo su sitio, de modo que desaceleró la marcha y, puesto que ya apenas veía nada, se detuvo por temor a caer en una trampa, dio un paso adelante con la pierna izquierda, arrastró tras ella la derecha sin hacer ruido, mientras concentraba sus fuerzas en asegurarse de que no hubiera allí nada, en que sólo se tratara de una sombra, pero no, no estaban jugando con él ni el mareo ni el salmo de Bach que retumbaba ya en su cabeza, sino que realmente había allí algo, es más, dos algos delante del banco más alejado, pero para entonces se hallaba él ya lo suficientemente cerca para darse cuenta de que eran dos lobos sentados, mejor dicho, sentado el uno y tumbado el otro, o sea que se detuvo, aunque como estaba demasiado mareado y consciente de que había de sentarse de todos modos, porque de lo contrario se desplomaría, tensó los músculos en un último esfuerzo por defenderse en el caso de que los animales se abalanzaran sobre él, y con cautela dio un paso hacia el banco más cercano, pero ellos ni siquiera se movieron, y dio entonces otro paso, y desde esa distancia resultó ya evidente que él no interesaba en absoluto a los animales, y se acercó conteniendo la respiración, los lobos ni se inmutaron, y luego uno de ellos, el más próximo, el que estaba sentado, giró lentamente, muy muy lentamente la cabeza hacia él, pero no le mostró los dientes, sólo levantó ligeramente el belfo de tal manera que apenas se le vio la dentadura y tornó a bajarlo y volvió también la cabeza, como si Florian fuera uno más y no hubiera nada que temer, y entonces comprendió que solamente daban la impresión de estar contemplando las aguas del Saale, pues cuando sin fuerzas logró por fin sentarse muy despacio en el banco que estaba libre a su lado se percató de que también ellos habían llegado al final de sus fuerzas y en el lugar de los ojos sólo quedaban dos agujeros purulentos..., y en ese momento calló el salmo, el dolor y el mareo le hicieron cerrar los ojos, y Florian comprendió que en realidad los lobos no miraban, sino más bien escuchaban, igual que él a partir de ese instante, y desde ese instante los tres, ciegos ya para siempre, escucharon el dulce y calmo borboteo con que murmuraban las aguas a unos pasos de ellos en la noche que sobre el paisaje se posaba implacable.

AGRADECIMIENTOS

Mi agradecimiento a Gábor Etesi, András Tábori, Rüdiger Hänsch, jefe de la oficina de investigación criminal de Érfurt, Clemens Meyer, Vincent, Otto Klinger y sus colaboradores.

ESTA EDICIÓN, PRIMERA,
DE «HERSCHT 07769», DE LÁSZLÓ
KRASZNAHORKAI, SE TERMINÓ DE
IMPRIMIR EN CAPELLADES
EN EL MES DE MAYO
DEL AÑO
2026

Otras obras del autor publicadas en esta editorial

MELANCOLÍA DE LA RESISTENCIA
Narrativa del Acantilado, 17

AL NORTE LA MONTAÑA, AL SUR EL LAGO,
AL OESTE EL CAMINO, AL ESTE EL RÍO
Narrativa del Acantilado, 97

GUERRA Y GUERRA
Narrativa del Acantilado, 155

HA LLEGADO ISAÍAS
Cuadernos del Acantilado, 36

Y SEIOBO DESCENDIÓ A LA TIERRA
Narrativa del Acantilado, 252

TANGO SATÁNICO
Narrativa del Acantilado, 297

RELACIONES MISERICORDIOSAS
RELATOS MORTALES
Narrativa del Acantilado, 368

EL BARÓN WENCKHEIM VUELVE A CASA
Narrativa del Acantilado, 375

Colección Narrativa del Acantilado
Últimos títulos

311. GREGORIO CASAMAYOR *Los días rotos*
312. JO ALEXANDER *Palas y Héctor*
313. GIORGIO BASSANI *Detrás de la puerta. La novela de Ferrara. Libro cuarto*
314. GEORGES SIMENON *Liberty Bar. (Los casos de Maigret)*
315. FERNANDO PESSOA *El mendigo y otros cuentos*
316. GÁBOR SCHEIN *El sueco*
317. GUZEL YÁJINA *Zuleijá abre los ojos* (5 ediciones)
318. ALEKSANDAR TIŠMA *Lealtades y traiciones*
319. NATALIA GINZBURG *El camino que va a la ciudad y otros relatos*
320. SÒNIA HERNÁNDEZ *El lugar de la espera*
321. SŁAWOMIR MROŻEK *Magacín radiofónico y «El agua (pieza radiofónica)»*
322. DANILO KIŠ *La buhardilla*
323. ÁDÁM BODOR *Los pájaros de Verhovina. Variaciones para los últimos días*
324. KRIS VAN STEENBERGE *Vesania*
325. CHRISTOPHER ISHERWOOD *Un hombre soltero*
326. COLIN THUBRON *Noche de fuego*
327. A. G. PORTA, GREGORIO CASAMAYOR & FRANCISCO IMBERNÓN *PatchWord. Historia de un sombrero*
328. PETER STAMM *Monte a través*
329. ITAMAR ORLEV *Bandido*
330. HELEN OYEYEMI *Lo que no es tuyo no es tuyo*
331. JORGE EDWARDS *Oh, maligna*
332. EÇA DE QUEIRÓS *La ciudad y las sierras seguido de «Civilización»*
333. EMIR KUSTURICA *Forastero en el matrimonio y otros cuentos*
334. JULIANA KÁLNAY *Breve crónica de una paulatina desaparición*
335. MANUEL ASTUR *San, el libro de los milagros* (2 ediciones)
336. MARÍA IORDANIDU *Vacaciones en el Cáucaso* (3 ediciones)

337. ILIJA TROJANOW *Poder y resistencia*

338. ZSUZSA BÁNK *Los días luminosos*

339. PABLO MARTÍN SÁNCHEZ *Diario de un viejo cabezota. (Reus, 2066)*

340. AFONSO REIS CABRAL *Mi hermano*

341. CLARA PASTOR *Los buenos vecinos y otros cuentos*

342. MARTA CARNICERO *Coníferas*

343. NATALIA GINZBURG *Domingo. Relatos, crónicas y recuerdos* (3 ediciones)

344. CHRISTOPHER ISHERWOOD *La violeta del Prater*

345. COLETTE *El quepis y otros relatos*

346. EÇA DE QUEIRÓS & RAMALHO ORTIGÃO *El misterio de la carretera de Sintra* (6 ediciones)

347. ILJA LEONARD PFEIJFFER *Grand Hotel Europa* (5 ediciones)

348. SÒNIA HERNÁNDEZ *Maneras de irse*

349. YANNICK HAENEL *Que no te quiten la corona*

350. GREGORIO CASAMAYOR *Estás muerto, y tú lo sabes*

351. JUDITH SCHALANSKY *Inventario de algunas cosas perdidas* (2 ediciones)

352. NATALIA GINZBURG *Sagitario* (2 ediciones)

353. ISAAC BASHEVIS SINGER *El seductor* (2 ediciones)

354. ISABEL ALBA *La ventana*

355. NICOLA PUGLIESE *Aguamala*

356. ANDRZEJ STASIUK *Una vaga sensación de pérdida*

357. GABRIELA ADAMEŞTEANU *Vidas provisionales*

358. JOAN BENESIU *Seremos Atlántida*

359. ZERUYA SHALEV *Dolor*

360. FULGENCIO ARGÜELLES *Noches de luna rota*

361. MARTA CARNICERO HERNANZ *Matrioskas* (3 ediciones)

362. CLARA PASTOR *Voces al amanecer y otros relatos*

363. GREGORIO CASAMAYOR *Búscame*

364. RAFAEL ARGULLOL *Danza humana*

365. SZCZEPAN TWARDOCH *El rey de Varsovia*

366. ISAAC BASHEVIS SINGER *Keyle la Pelirroja* (2 ediciones)

367. MARÍA IORDANIDU *Como pájaros atolondrados*

368. LÁSZLÓ KRASZNAHORKAI *Relaciones misericordiosas. Relatos mortales* (4 ediciones)

369. MENIS KOUMANDAREAS *El apuesto capitán*

370. GABRIELA ADAMEŞTEANU *Fontana di Trevi*

371. MANUEL ARROYO-STEPHENS *De donde viene el viento. Textos inéditos reunidos*

372. AFONSO REIS CABRAL *Gi*

373. GUZEL YÁJINA *Tren a Samarcanda* (2 ediciones)

374. JESÚS DEL CAMPO *Aguafuertes*

375. LÁSZLÓ KRASZNAHORKAI *El barón Wenckheim vuelve a casa* (4 ediciones)

376. PABLO MARTÍN SÁNCHEZ *Fricciones. (Nueva edición ampliada y revisada)*

377. PETER STAMM *El archivo de los sentimientos*

378. SÒNIA HERNÁNDEZ *Ejercicios de inmovilidad*

379. MIKOŁAJ GRYNBERG *Un brazo muerto del río*

380. ISABEL ALBA *Tortugas*

381. MASSIMO BONTEMPELLI *Gente en el tiempo*

382. COLETTE *La gata*

383. FULGENCIO ARGÜELLES *El desván de las musas dormidas* (2 ediciones)

384. ILJA LEONARD PFEIJFFER *Monterosso mon amour* (2 ediciones)

385. TXOMIN BADIOLA *Mamuk*

386. HELEN OYEYEMI *Pan de jengibre*

387. VLADÍMIR SOROKIN *El Kremlin de azúcar*

388. A. G. PORTA *El invierno en Millburn y otros relatos*

389. MARÍA STEPÁNOVA *Desaparecer*

390. CHRISTOPHER ISHERWOOD *Amigos de paso*

391. CHARLOTTE GNEUß *Los confidentes*

392. OLGA MEDVEDKOVA *La educación soviética*

393. UMBERTO PASTI *Arabesco. Aventuras tangerinas de un coleccionista*

394. COLETTE *Sido*

395. CLARA PASTOR *Erietta*